HARUKI Murakami

1Q84

2

HARUKI Murakami

1Q84

2

przełożyła z japońskiego **Anna Zielińska-Elliott**

Warszawskie Wydawnictwo Literackie
MUZA SA

Tytuł oryginału: ***1Q84***
ichi-kew-hachi-yon
Projekt serii: *Agnieszka Spyrka*
Projekt okładki: *Anna Pol*
Redaktor prowadzący: *Małgorzata Burakiewicz*
Redakcja techniczna: *Zbigniew Katafiasz*
Korekta: *Małgorzata Denys*

Zdjęcia wykorzystane na okładce:
Ifel Barrenechea / sxc.hu
Ilja Wanka / sxc.hu

ISBN 978-83-7495-936-0 (oprawa broszurowa)
ISBN 978-83-7495-949-0 (oprawa twarda)

Warszawskie Wydawnictwo Literackie
MUZA SA
Warszawa 2011

Księga 2
(lipiec–wrzesień)

Rozdział pierwszy – Aomame

To było najnudniejsze miasto na świecie

Choć oficjalnie nie ogłoszono jeszcze zakończenia pory deszczowej, całe niebo tonęło w błękicie, a niepowstrzymane, gorące, letnie słońce zalewało żarem świat. Bujne listowie wierzb po raz pierwszy od dawna rzucało na ziemię gęsty cień.

Tamaru przywitał Aomame. Miał na sobie ciemny letni garnitur, białą koszulę i krawat bez wzorów. Nie był wcale spocony. Aomame zawsze dziwiło, że taki potężny mężczyzna, nawet w bardzo upalne dni, w ogóle się nie poci.

Na jej widok Tamaru skinął głową, mruknął pod nosem jakieś niedosłyszalne pozdrowienie, ale nic więcej nie powiedział. Nie gawędzili na luźne tematy, jak to mieli w zwyczaju. Ruszył przed nią długim korytarzem, nie odwracał się. Prowadził ją do pokoju, w którym czekała starsza pani. Aomame przypuszczała, że Tamaru nie jest w nastroju na pogawędki. Może przybiła go śmierć psa. „Da się znaleźć innego psa do pilnowania", powiedział przez telefon. Obojętnie, jakby mówił o pogodzie. Ale Aomame wiedziała, że to jedynie poza. Wilczur był mu bardzo drogi, a przez kilka lat nauczyli się nawzajem dobrze rozumieć. Nagłą i niewytłumaczalną śmierć psa uważał za osobistą zniewagę i wyzwanie. Patrząc na szerokie jak szkolna tablica plecy milczącego Tamaru, potrafiła sobie wyobrazić cichy gniew, który musi w nim płonąć.

Otworzył drzwi do salonu, puścił przodem Aomame, a sam stał na progu, czekając na polecenia starszej pani.

– Nie potrzebujemy w tej chwili nic do picia – powiedziała.

Tamaru w milczeniu lekko skłonił głowę i wyszedł, cicho zamykając drzwi. Zostały w pokoju same. Obok fotela, w którym siedziała starsza pani, stał stolik, a na nim słój z dwiema czerwonymi rybkami. Był to bardzo zwyczajny słój na złote rybki. W wodzie unosiły się typowe zielone wodorosty z plastiku. Aomame wiele razy była w tym eleganckim pokoju, ale pierwszy raz widziała tu rybki. Klimatyzację nastawiono chyba na lekkie chłodzenie, bo co pewien czas czuła na skórze delikatny powiew. Na stoliku za Aomame stał wazon z trzema białymi liliami. Kwiaty były duże i ciężkie, jak małe zwierzątka z dalekiego kraju pogrążone w medytacjach.

Starsza pani gestem wskazała Aomame stojącą obok kanapę. Białe firanki zasłaniały wychodzące na ogród okna, lecz słońce letniego popołudnia było wyjątkowo silne. W jego świetle starsza pani zdawała się wyczerpana, co jej się nigdy nie zdarzało. Bezsilnie opierając głowę na szczupłej dłoni, siedziała zatopiona w dużym fotelu. Oczy jej się zapadły, przybyło zmarszczek na szyi. Wargi pobladły, a końce długich brwi lekko się opuściły, zupełnie jakby zrezygnowały z prób przeciwstawiania się grawitacji. Być może krew wolniej krążyła w jej żyłach, bo skóra zdawała się miejscami pobielała, jakby pokryta mąką. Wydawało się, że starsza pani jakby postarzała się od ostatniego spotkania o pięć albo sześć lat. I w tej chwili nie zwracała chyba szczególnej uwagi na to, że jej zmęczenie jest widoczne. To było niezwykłe. Do tej pory, przynajmniej w obecności Aomame, zawsze bardzo dbała o swój wygląd, mobilizowała wszystkie siły, prosto się trzymała, panowała nad wyrazem twarzy i starała się, żeby nie było po niej widać absolutnie żadnych oznak starości. Te wysiłki zawsze dawały godne podziwu efekty.

Dzisiaj ten dom wydaje się zupełnie inny niż zwykle, pomyślała Aomame. Nawet światło zabarwiło się innym kolorem. A w tym wytwornym, wypełnionym antykami wysokim pokoju pojawił się, jakoś do niego niepasujący, zupełnie zwyczajny słój z rybkami.

Starsza pani przez pewien czas milczała. Z łokciem na poręczy fotela i głową opartą na dłoni wpatrywała się w jakiś punkt w przestrzeni obok Aomame, która wiedziała jednak, że nie ma tam niczego specjalnego. Starsza pani po prostu musiała zawiesić na czymś wzrok.

– Chce się pani pić? – zapytała.

– Nie, nie chce mi się pić – odparła Aomame.

– Tam jest herbata z lodem. Jeśli ma pani ochotę, proszę sobie nalać.

Wskazała na barek przy drzwiach. Stał na nim dzbanek z herbatą i lodem. Obok niego trzy różnokolorowe szklanki z rżniętego szkła.

– Dziękuję bardzo – powiedziała Aomame, lecz nie ruszyła się z miejsca, czekając na dalsze słowa starszej pani.

Ale ona znów zamilkła na dłuższą chwilę. Być może myślała o czymś, co musiało zostać powiedziane. Bała się jednak, że wypowiedzenie tego na głos uczyni różne fakty bardziej niezaprzeczalnie rzeczywistymi. W miarę możliwości chciała tę chwilę odsunąć. Jej milczenie zdawało się mieć takie znaczenie. Zerknęła na stojący obok słój. A potem, jakby zrezygnowana, spojrzała w końcu prosto na Aomame. Usta miała zaciśnięte, ale kąciki świadomie uniosła.

– Słyszała pani od Tamaru, że zdechł pies, który pilnował schroniska, prawda? Zginął w niewytłumaczalny sposób – powiedziała starsza pani.

– Słyszałam.

– Potem zniknęła Tsubasa.

Aomame lekko się skrzywiła. – Zniknęła?

– Rozpłynęła się w powietrzu. Prawdopodobnie w nocy. Rano już jej nie było.

Aomame stuliła wargi i szukała odpowiednich słów. Nie od razu je znalazła. – Ale… z tego, co pani wcześniej mówiła, wynikało, że

Tsubasa zawsze z kimś spała. Ktoś był z nią w tym samym pokoju dla bezpieczeństwa.

– Zgadza się. Ale ta kobieta zasnęła głęboko jak nigdy i w ogóle się nie zorientowała, że Tsubasa zniknęła. Kiedy się rano obudziła, dziewczynki nie było w łóżku obok.

– Zginął wilczur, następnego dnia zniknęła Tsubasa – powiedziała Aomame, jakby chcąc się upewnić.

Starsza pani przytaknęła. – W tej chwili nie mamy pewności, czy te dwa wydarzenia są ze sobą powiązane. Ale przynajmniej ja sądzę, że pewnie istnieje między nimi związek.

Aomame bez żadnego specjalnego powodu spojrzała na słój z rybkami. Starsza pani też, jakby za jej przykładem, skierowała na niego wzrok. Rybki, poruszając delikatnie płetwami, pływały sobie obojętnie tu i tam w tym szklanym stawie. Letni blask wywoływał w słoju przedziwne załamania światła i tworzył złudzenie, że patrzy się na pełną tajemnic morską głębię.

– Te rybki kupiłam dla Tsubasy – wyjaśniła starsza pani, patrząc na Aomame. – W handlowej części Azabu odbywał się niewielki jarmark, więc poszłam tam z nią wieczorem na spacer. Uważałam, że niezdrowe dla niej jest takie ciągłe siedzenie w domu. Oczywiście Tamaru też z nami poszedł. I na jednym z nocnych straganów kupiłam ten słój i rybki. Zdawało się, że rybki bardzo Tsubasę zainteresowały. Postawiła słój w swoim pokoju i potrafiła całymi dniami się im przyglądać, nigdy jej się to nie nudziło. Kiedy zniknęła, przyniosłam je tutaj. Ja też ostatnio często się im przyglądam. Nic nie robię, tylko nieruchomo się w nie wpatruję. To przedziwne – rzeczywiście nie nudzi mnie to. Nigdy przedtem nie wpatrywałam się w rybki z takim natężeniem.

– A czy domyśla się pani, gdzie może być Tsubasa? – zapytała Aomame.

– Nie domyślam się. Nie ma żadnych krewnych, których mogłaby odwiedzić. O ile wiem, zupełnie nie ma się gdzie podziać.

– A czy możliwe, że ktoś ją zabrał wbrew jej woli?

Starsza pani lekko i nerwowo potrząsnęła głową, jakby odganiała jakąś muszkę.

– Nie, ona p o p r o s t u stąd odeszła. Nikt z zewnątrz nie mógł jej zabrać siłą. Gdyby tak było, ktoś by się obudził. Kobiety, które mieszkają w schronisku, mają naprawdę lekki sen. Myślę, że Tsubasa sama zdecydowała się odejść. Zeszła bezgłośnie po schodach, cicho odsunęła zasuwę, otworzyła drzwi i wyszła. Mogę to sobie wyobrazić. Wyszła, lecz pies nie zaszczekał. Nie żył już od poprzedniego dnia. Nie ubrała się. Mimo że miała przy łóżku gotowe ubranie na następny dzień, wyszła w piżamie. Nie wzięła też ani grosza.

Twarz Aomame jeszcze bardziej się skrzywiła. – Zupełnie sama, w piżamie?

Starsza pani skinęła głową. – Tak. Gdzie może się podziać w środku nocy dziesięcioletnia dziewczynka, w piżamie i bez grosza przy duszy? Rozsądnie rzecz biorąc, trudno to sobie wyobrazić. Ale z jakiejś przyczyny nie wydaje mi się to szczególnie niezwykłe. Myślę nawet, że stało się, co się musiało stać. Dlatego wcale jej nie szukam. Nic nie robię, tylko wpatruję się w te rybki. – Starsza pani zerknęła na słój, a potem znów skierowała wzrok na Aomame. – Bo wiem, że nawet gdybym zaczęła jej szukać, i tak wszystko będzie na darmo. Poszła gdzieś, gdzie nie możemy jej dosięgnąć – powiedziała, podniosła głowę i powoli wypuściła oddech, który długo wstrzymywała. Położyła dłonie jedną przy drugiej na kolanach.

– Ale dlaczego odeszła? – zapytała Aomame. – Przecież w schronisku była bezpieczna, poza tym nie miała się gdzie podziać.

– Nie znam powodu. Ale mam wrażenie, że to śmierć psa stała się bezpośrednią przyczyną jej odejścia. Od przybycia tutaj bardzo go polubiła, on też wyjątkowo się do niej przywiązał. Byli bliskimi przyjaciółmi. Dlatego pewnie śmierć psa – i do tego taka krwawa, niewyjaśniona śmierć – okazała się dla niej prawdziwym szokiem. To zrozumiałe. Wszystkie kobiety w tym domu doznały szoku. Ale kiedy teraz o tym myślę, wydaje mi się, że może ta okrutna śmierć psa była rodzajem wiadomości przeznaczonej dla Tsubasy.

– Wiadomości?

– Że nie wolno jej tu być. Wiemy, że się tu ukrywasz. Musisz stąd odejść. Jeśli tego nie zrobisz, innym może się przydarzyć coś jeszcze gorszego. Tego typu informacja...

Palce starszej pani poruszały się rytmicznie na jej kolanach, odmierzając wyimaginowany czas. Aomame czekała, co jeszcze powie.

– Prawdopodobnie zrozumiała tę wiadomość i sama stąd odeszła. Nie dlatego, że chciała. Musiała odejść, chociaż wiedziała, że nie ma dokąd iść. Wprost nie mogę o tym myśleć. Żeby dziesięcioletnie dziecko musiało samo podjąć taką decyzję.

Aomame miała ochotę uścisnąć dłoń starszej pani, ale powstrzymała się. Jej opowieść nie dobiegła jeszcze końca.

Starsza pani ciągnęła: – Dla mnie to oczywiście wielki cios. Czuję się, jakby ktoś mi wyrwał część mnie samej. Bo przecież chciałam Tsubasę oficjalnie adoptować i wychować jak córkę. Wiedziałam, że to pewnie nie będzie proste, ale pragnęłam tego mimo wszelkich trudności. Oczywiście, gdyby nic z tego nie wyszło, tylko do siebie mogłabym mieć pretensję. Ale szczerze mówiąc, w moim wieku coś takiego kosztuje człowieka wiele zdrowia.

– Może Tsubasa któregoś dnia nieoczekiwanie wróci? Przecież nie ma pieniędzy i nie ma się gdzie podziać.

– Chciałabym, żeby tak było, ale pewnie się tak nie stanie – odparła starsza pani głucho. – Ma dopiero dziesięć lat, lecz ma też swój rozum i zdecydowała, że musi stąd odejść. Prawdopodobnie sama nie wróci.

Aomame wstała, podeszła do barku koło drzwi i nalała sobie herbaty z lodem do niebieskiej szklanki z rżniętego szkła. Nie chciało jej się szczególnie pić, ale miała ochotę wstać i chwilę odetchnąć. Wróciła na kanapę, wypiła łyk herbaty i odstawiła szklankę na stolik.

– Na temat Tsubasy nie ma co dalej rozmawiać – powiedziała starsza pani, poczekawszy, aż Aomame znów usiądzie. Jakby chcąc zmienić nastrój, podniosła głowę i zacisnęła przed sobą dłonie. – Teraz porozmawiajmy o przywódcy Sakigake. Powiem pani, czego udało nam się o nim dowiedzieć. To najważniejsza sprawa, jaką chciałam dziś z panią omówić. Dlatego poprosiłam panią o przyjście. Oczywiście ma to także związek ze sprawą Tsubasy.

Aomame skinęła głową. Spodziewała się tego.

– Tak jak wcześniej pani mówiłam, Lidera musimy bez względu na wszystko w y e l i m i n o w a ć. To znaczy musi się p r z e n i e ś ć n a t a m t e n ś w i a t. Jak pani wie, gwałci dziesięcioletnie dziewczynki. Wszystkie są dziewicami, nie miały jeszcze pierwszej miesiączki. Żeby usprawiedliwić takie czyny, wymyśla jakieś religijne dogmaty i wykorzystuje struktury sekty. Zdobyłam na ten temat informacje tak dokładne, jak tylko to było możliwe. Poprosiłam właściwego człowieka o zebranie ich, wydałam na to sporo pieniędzy. I nie było to proste. A także wymagało większej sumy, niż się spodziewałam. W każdym razie udało się znaleźć cztery dziewczynki, które przypuszczalnie zostały przez Lidera zgwałcone. Tsubasa była czwartą z kolei.

Aomame podniosła szklankę i wypiła łyk herbaty. Nic nie poczuła. Jakby miała usta pełne waty, która zaabsorbowała cały smak.

– Szczegóły nie są jeszcze jasne – ciągnęła starsza pani – ale co najmniej dwie z tych czterech dziewczynek nadal żyją w sekcie. Podobno należą do ścisłego otoczenia Lidera i pełnią jakby rolę kapłanek. Nie ukazują się zwykłym wiernym. Nie wiadomo, czy są w sekcie z własnej woli, czy też nie mogą stamtąd uciec. Nie jest też jasne, czy nadal łączą je z Liderem związki seksualne. Ale tak czy inaczej, podobno mieszkają razem z nim. Zupełnie jak rodzina. Nikt nie ma wstępu na teren, na którym znajduje się dom Lidera, zwykli wierni nie mogą się tam zbliżać. Wiele rzeczy owianych jest mgłą tajemnicy.

Stojąca na stole szklanka z rżniętego szkła pokryła się kropelkami rosy. Starsza pani zrobiła przerwę, uspokoiła oddech i mówiła dalej.

– Jednego jesteśmy pewni. Pierwsza z tych czterech ofiar była rodzoną córką Lidera.

Aomame skrzywiła się. Mięśnie twarzy same się poruszyły i bardzo rozciągnęły. Chciała coś powiedzieć, lecz słowa utkwiły jej w gardle.

– Tak. Uważa się, że najpierw zgwałcił rodzoną córkę. Siedem lat temu, kiedy miała dziesięć lat.

Starsza pani podniosła słuchawkę interkomu i poprosiła Tamaru o przyniesienie butelki sherry i dwóch kieliszków. Milczały obie, zbierając myśli. Tamaru przyniósł na tacy jeszcze nieotwartą butelkę i dwa eleganckie wąskie kryształowe kieliszki. Postawił tacę na stole, a potem zdecydowanym i celowym ruchem, jakby ukręcał łebek jakiemuś ptaszkowi, otworzył butelkę. Słychać było, jak napełnia kieliszki. Gdy starsza pani skinęła głową, Tamaru ukłonił się i wyszedł z pokoju. Przez cały czas nie powiedział ani słowa. Nawet poruszał się bezszelestnie.

Nie chodzi tylko o psa, pomyślała Aomame. Zniknięcie dziewczynki (i to dziewczynki, do której starsza pani była bardzo przywiązana) głęboko zraniło Tamaru. Ściśle mówiąc, nie była to jego wina. Nocą tu nie przebywał. Jeśli nie działo się nic szczególnego, wieczorem wracał do domu – mieszkał dziesięć minut stąd – i tam spędzał noc. Śmierć psa i zniknięcie dziewczynki miały miejsce nocą, kiedy go tu nie było. Nie mógł zapobiec ani jednemu, ani drugiemu. Jego zadaniem była przede wszystkim ochrona starszej pani i Wierzbowego Dworu, nie mógł również zapewnić bezpieczeństwa kobietom w schronisku, bo znajdowało się poza terenem jego nadzoru. Ale mimo to oba wydarzenia były dla niego osobistym niepowodzeniem i niewybaczalną zniewagą.

– Czy pani jest przygotowana na pozbycie się tego człowieka? – zapytała starsza pani.

– Jestem przygotowana.

– To nie będzie łatwe zadanie. Oczywiście to, co pani dla nas robi, nigdy nie było łatwym zadaniem, ale tym razem jest ono s z c z e g ó l n i e trudne. Zrobimy wszystko, co w naszej mocy, ale nie jestem pewna, w jakim stopniu uda nam się zapewnić pani bezpieczeństwo. Prawdopodobnie będzie to bardziej ryzykowne niż zwykle.

– Zdaję sobie z tego sprawę.

– Jak już wcześniej pani mówiłam, nie chcę pani celowo narażać na niebezpieczeństwo. Ale szczerze mówiąc, tym razem nie bardzo mam wybór.

– Nie szkodzi. Nie można pozwolić, żeby on żył dalej na tym świecie.

Starsza pani podniosła kieliszek i zaledwie umoczyła wargi w sherry. Potem znów przez chwilę przyglądała się rybkom.

– Od dawna lubię pić nieschłodzone sherry w letnie popołudnia. Nie przepadam za piciem zimnych napojów podczas upałów. Wypijam sherry, a po pewnym czasie ucinam sobie małą drzemkę. Sama nie wiem, kiedy zasypiam. Budzę się i jest trochę chłodniej. Myślę, że dobrze byłoby pewnego dnia tak umrzeć. Wypić trochę sherry w letnie popołudnie, położyć się na kanapie, nie wiadomo kiedy usnąć i już więcej się nie obudzić.

Aomame ujęła kieliszek i wypiła odrobinę. Nie przepadała za tym trunkiem, ale rzeczywiście miała ochotę się czegoś napić. W odróżnieniu od herbaty z lodem, sherry zdawało się mieć trochę smaku. Język mocno ją zapiekł.

– Niech mi pani szczerze powie – poprosiła starsza pani – czy pani boi się śmierci?

Aomame nie namyślała się nad odpowiedzią. Pokręciła głową.

– Szczególnie się nie boję. Nie jest straszna w porównaniu z koniecznością życia jako ktoś taki jak ja.

Starsza pani leciutko się uśmiechnęła. Wyglądała teraz młodziej niż przedtem. Jej wargi nabrały zdrowego koloru. Być może rozmowa z Aomame dodała jej animuszu. Albo podziałała ta niewielka ilość sherry.

– Mówiła pani przecież, że kogoś kocha.

– Owszem. Ale prawdopodobieństwo, że uda mi się z nim związać, jest nieskończenie bliskie zera. Dlatego gdybym teraz umarła, to, co zostałoby wraz ze mną utracone, byłoby również nieskończenie bliskie zera.

Starsza pani zmrużyła oczy. – Czy jest jakiś konkretny powód, dla którego sądzi pani, że się pani nie uda z tym kimś związać?

– Nie ma szczególnego powodu. Prócz tego, że jestem sobą.

– I nie ma pani zamiaru sama wykonać pierwszego ruchu?

Aomame potrząsnęła głową.

– Dla mnie najważniejsze jest to, że ja go całym sercem głęboko pragnę.

Starsza pani przyglądała się Aomame przez chwilę jakby z podziwem.

– Ma pani bardzo definitywny sposób myślenia.

– Musiałam go sobie wyrobić – powiedziała Aomame i podniosła do ust kieliszek, wypiła jednak zaledwie odrobinę. – Nie stałam się taka dla przyjemności.

Na pewien czas pokój wypełniło milczenie. Lilie nadal zwieszały główki, złote rybki niezmiennie pływały w załamującym się blasku lata.

– Możliwe jest zaaranżowanie takiej sytuacji, w której znajdzie się pani sam na sam z tym ich przywódcą – odezwała się starsza pani. – Nie będzie to proste i pewnie zajmie dość dużo czasu, ale w końcu mi się uda. I wtedy wystarczy, że pani zrobi t o, c o z w y k l e. Tylko tym razem będzie pani musiała potem zniknąć. Poddać się operacji plastycznej. Zrezygnuje pani oczywiście z obecnej pracy i wyjedzie daleko stąd. Zmieni pani także nazwisko. Będzie pani musiała porzucić wszystko, co dotąd miała. Stanie się pani inną osobą. Oczywiście otrzyma pani odpowiednie wynagrodzenie. Ja wezmę na siebie całą resztę. Czy nie ma pani nic przeciwko temu?

– Tak jak pani wcześniej mówiłam, nie mam nic do stracenia. Praca, nazwisko, moje tokijskie życie w ogóle nie mają dla mnie znaczenia. Nie mam żadnych obiekcji.

– Nawet przeciw temu, że zmieni pani twarz?

– Czy będę ładniejsza niż teraz?

– Jeżeli tego sobie pani życzy, to możliwe – odparła poważnie starsza pani. – Oczywiście są granice, ale można zmienić pani twarz na taką, jaką pani zechce.

– Może powinnam przy okazji powiększyć sobie piersi.

Starsza pani skinęła głową. – Może to i dobry pomysł. Oczywiście po to, żeby zmylić ludzi.

– Żartowałam – powiedziała Aomame i uśmiechnęła się. – Nie jestem z nich specjalnie dumna, ale mogą zostać takie, jakie są. Są lekkie, łatwe do noszenia, a poza tym miałabym problem z kupowaniem nowych staników.

– Ależ mogę pani kupić, ile pani chce.

– To też był żart – powiedziała Aomame.

Starsza pani uśmiechnęła się. – Przepraszam. Nie przywykłam do tego, że pani żartuje.

– Nie mam żadnych oporów przed operacją plastyczną. Nigdy wcześniej nie myślałam o robieniu sobie czegoś takiego, ale nie mam też powodu się nie zgadzać. Nigdy mi się nie podobała własna twarz, nie podobała się też szczególnie nikomu innemu.

– Straci pani także przyjaciół.

– Nie mam nikogo, kogo mogłabym tak nazwać – powiedziała Aomame. Potem nagle przypomniała sobie Ayumi. Jeżeli nagle zniknę bez słowa, być może będzie jej smutno. Albo poczuje się zdradzona. No ale od początku niemożliwe było zaprzyjaźnienie się z Ayumi. Aomame wybrała zbyt niebezpieczny kurs jak na przyjaźnienie się z policjantkami.

– Ja miałam dwoje dzieci – powiedziała starsza pani. – Chłopca i o trzy lata młodszą dziewczynkę. Córka zmarła. Jak pani wcześniej mówiłam, popełniła samobójstwo. Nie miała dzieci. A syn z powodu różnych okoliczności od dawna jest ze mną w niezbyt dobrych stosunkach. Teraz praktycznie ze sobą nie rozmawiamy. Mam troje wnuków, ale bardzo dawno ich nie widziałam. Mimo to, kiedy umrę, większość majątku będącego w moim posiadaniu przejdzie na niego i jego dzieci. Nieomal automatycznie. Teraz testamenty nie mają większego znaczenia, nie tak jak dawniej. Lecz w tej chwili mam pieniądze, którymi mogę dowolnie dysponować. Jeżeli wykona pani dobrze tę pracę, chciałabym większą ich część przekazać pani. Proszę mnie źle nie zrozumieć. Nie zamierzam pani kupować za pieniądze. Chodzi mi o to, że jest pani dla mnie jak rodzona córka. Chciałabym mieć taką córkę jak pani.

Aomame w milczeniu patrzyła na starszą panią, która jakby coś sobie przypomniała. Odstawiła na stolik kieliszek sherry. Potem odwróciła się i spojrzała na pięknie lśniące płatki lilii. Wciągnęła w nozdrza ich intensywny zapach, później znów skierowała wzrok na Aomame.

– Jak wcześniej mówiłam, zamierzałam wziąć do siebie Tsubasę i adoptować ją. Lecz w końcu ją utraciłam. Nie udało mi się jej pomóc. Stałam tylko z założonymi rękami i odprowadzałam ją wzrokiem, kiedy znikała w ciemnościach nocy. A teraz zamierzam panią narazić na wielkie niebezpieczeństwo. Prawdę mówiąc, wolałabym tego nie robić. Ale, niestety, nie widzę innego sposobu osiągnięcia celu. I mogę jedynie konkretnie to pani wynagrodzić.

Aomame przysłuchiwała się w milczeniu. Kiedy starsza pani przestała mówić, zza okna dobiegł wyraźny głos ptaka. Śpiewał przez pewien czas, a potem umilkł.

– Bez względu na wszystko należy się p o z b y ć tego człowieka – powiedziała Aomame. – To w tej chwili najważniejsze. Jestem bardzo wdzięczna, że pani uważa mnie za tak bliską osobę. Przypuszczalnie pani wie, że z pewnych przyczyn odeszłam od rodziców. Z pewnych przyczyn zostałam przez nich w dzieciństwie odrzucona. Musiałam żyć pozbawiona rodzinnego ciepła. Żeby przetrwać, przystosowałam się do takiego stanu. To nie było łatwe. Czasami wydawałam się sobie śmieciem. Nic niewartym, brudnym śmieciem. Dlatego jestem bardzo wdzięczna za pani słowa.

Ale dla mnie jest już trochę za późno na zmianę sposobu myślenia i stylu życia. Nie jest tak w przypadku Tsubasy. Dla niej pewnie jest jeszcze ratunek. Proszę się tak łatwo nie poddawać. Proszę nie tracić nadziei i odzyskać dziewczynkę.

Starsza pani skinęła głową. – Pewnie źle się wyraziłam. Wcale nie poddałam się w kwestii Tsubasy. Zamierzam bez względu na okoliczności włożyć wszystkie siły w odzyskanie jej. Ale jak pani widzi, jestem teraz zbyt zmęczona. Przez to, że nie mogłam jej pomóc, ogarnęła mnie głęboka bezsilność. Potrzebuję trochę czasu, żeby odzyskać siły witalne. A może jestem już za stara? Może siły już nie powrócą, choćbym nawet długo czekała?

Aomame wstała z kanapy i podeszła do starszej pani. Usiadła na poręczy fotela, wyciągnęła rękę i uścisnęła jej szczupłą i wykwintną dłoń. – Jest pani nieprawdopodobnie twardą kobietą. Potrafi pani być niezwykle silna. Teraz jest pani tylko rozczarowana i zmęczona. Lepiej się położyć i trochę odpocząć. Kiedy się pani obudzi, pewnie wróci pani do zwykłej formy.

– Dziękuję – odparła starsza pani i odwzajemniła uścisk ręki. – Rzeczywiście może powinnam się trochę zdrzemnąć.

– Ja już pójdę – powiedziała Aomame. – Będę czekała na wiadomość. Uporządkuję swoje rzeczy. Choć niewiele posiadam.

– Proszę się tak zorganizować, żeby nie miała pani ze sobą zbyt wiele bagażu. Jeżeli coś będzie potrzebne, od razu to pani dostarczymy.

Aomame puściła dłoń starszej pani i wstała. – Dobranoc. Na pewno wszystko dobrze się ułoży.

Starsza pani skinęła głową. Przymknęła oczy. Aomame jeszcze raz spojrzała na rybki, powąchała lilie i wyszła z tego przestronnego pokoju.

Przy wejściu czekał na nią Tamaru. Była już piąta, lecz słońce unosiło się jeszcze wysoko na niebie i nie straciło wcale energii.

Czarne buty Tamaru jak zwykle lśniły, wręcz raziły odbitym światłem. Tu i tam na niebie widać było białe letnie chmurki, ale zgromadziły się po bokach, by nie przeszkadzać słońcu. Jeszcze nie nadszedł koniec pory deszczowej, choć przez ostatnich parę dni panowała prawdziwie letnia pogoda. Spośród drzew dobiegały głosy cykad. Niezbyt donośne. Może się jeszcze krępowały. Ale był to niewątpliwy znak lata. Świat kręcił się jak zwykle. Cykady grały, chmury płynęły po niebie, na butach Tamaru nie było nawet pyłku. Z jakiegoś powodu Aomame wydało się to wszystko bardzo ożywcze. To, że świat dalej się tak niezmiennie kręcił.

– Tamaru – powiedziała Aomame. – Możemy chwilę porozmawiać? Masz czas?

– Możemy – odparł Tamaru. Nie zmienił wyrazu twarzy. – Mam czas. Bo wytracanie czasu to część mojej pracy – powiedział, siadając na krześle ogrodowym przy wejściu. Aomame usiadła na sąsiednim. Mocno wysunięty okap chronił od słońca, więc znaleźli się w chłodnym cieniu. Pachniało świeżą trawą.

– Już lato – powiedział Tamaru.

– Cykady zaczęły grać – dodała Aomame.

– W tym roku zaczęły wcześniej niż zwykle. W tej okolicy już niedługo będą hałasować, aż uszy rozbolą. Kiedy zatrzymałem się na noc w mieście przy wodospadzie Niagara, słyszałem właśnie taki odgłos. Ciągnął się nieprzerwanie od rana do wieczora. Jakby śpiewał milion różnych cykad.

– Widziałeś Niagarę.

Tamaru skinął głową.

– To było najnudniejsze miasto na świecie. Spędziłem tam sam trzy dni, nie było nic do roboty prócz słuchania wodospadu. Hałas taki, że nawet książki nie dało się poczytać.

– A po co byłeś w okolicach Niagary sam przez trzy dni?

Tamaru nie odpowiedział, tylko lekko potrząsnął głową. Przez pewien czas siedzieli w milczeniu, wsłuchując się w ciche głosy cykad.

– Mam do ciebie prośbę – powiedziała Aomame.

Tamaru wydawał się zainteresowany. Rzadko o coś prosiła.

– To trochę nietypowa prośba. Mam nadzieję, że nie będziesz niezadowolony.

– Nie wiem, czy będę mógł ci pomóc, czy nie, ale chętnie wysłucham. Tak czy inaczej, dobre wychowanie nie pozwala na niezadowolenie, jeśli dama o coś prosi.

– Potrzebny mi pistolet – powiedziała Aomame prosto z mostu. – Taki, żeby się zmieścił w torebce. Z małym odrzutem, ale o stosunkowo dużej sile rażenia, skuteczny, niezawodny. Nie chcę jakiegoś przerobionego egzemplarza modelowego albo filipińskiej podróbki. Jeżeli go użyję, to tylko raz. Wystarczy mi też pewnie jeden nabój.

Zapadła cisza. Przez cały czas Tamaru nie odrywał wzroku od Aomame. Jego powieki nie drgnęły nawet o milimetr. Potem powiedział powoli, jakby podkreślając każde słowo:

– W tym kraju prawo zabrania zwykłym obywatelom posiadania broni. Wiesz o tym, prawda?

– Oczywiście.

– Na wszelki wypadek ci powiem, że jeszcze nigdy nie wszedłem w konflikt z prawem. Innymi słowy, nie jestem notowany przez policję. Może parę razy zrobiłem coś trochę nielegalnego. Trudno temu zaprzeczyć. Ale z punktu widzenia policji jestem obywatelem, któremu nie można nic zarzucić. Czystym, bez skazy i zmazy. Jestem gejem, ale to nie jest nielegalne. Płacę grzecznie podatki, głosuję. Chociaż nigdy nie wygrał mój kandydat. Płacę w terminie mandaty za nieprawidłowe parkowanie. W ciągu dziesięciu lat ani razu mnie nie złapali za przekroczenie szybkości. Należę do narodowego systemu ubezpieczeń społecznych. Abonament NHK automatycznie potrącają mi z konta, mam karty kredytowe American Express i Master Card. W tej chwili nie zamierzam się starać o kredyt mieszkaniowy, ale gdybym chciał, pewnie daliby mi na trzydzieści lat. I zawsze bardzo się cieszę, że jestem w takiej sytuacji. A ty prosisz mnie, mnie, którego można praktycznie nazwać filarem społeczeństwa, o załatwienie ci pistoletu. Zdajesz sobie z tego sprawę?

– Dlatego powiedziałam, żebyś się nie gniewał.

– Tak, rzeczywiście mówiłaś.

– Bardzo cię przepraszam, ale nie mam nikogo innego, kogo mogłabym o to poprosić.

Tamaru chrząknął głucho. Brzmiało to trochę jak stłumione westchnienie. – Załóżmy, że mógłbym ci to załatwić. Prawdopodobnie należy się spodziewać, że wtedy zadałbym ci następujące pytanie: do kogo masz zamiar strzelić?

Aomame przytknęła palec wskazujący do własnej skroni.

– Prawdopodobnie strzeliłabym tu.

Tamaru przez pewien czas wpatrywał się w ten palec obojętnie.

– W takim razie prawdopodobnie zapytałbym o przyczynę.

– Bo nie chcę, żeby mnie złapali. Nie boję się śmierci. Więzienie jest straszliwie nieprzyjemne, ale pewnie trzeba by się z tym pogodzić. Nie chciałabym jednak, żeby mnie złapali i żeby torturowały mnie jakieś nie wiadomo jakie typy. Bo nie chcę zacząć sypać i nie chcę nikogo zdradzić. Wiesz, o czym mówię?

– Sądzę, że tak.

– Nie mam zamiaru do nikogo strzelać ani napadać na bank. Dlatego niepotrzebny mi jakiś ogromny karabin półautomatyczny, który razi seriami po dwadzieścia pocisków. Wystarczy mi coś niewielkiego, o małym odrzucie.

– A myślałaś o truciźnie? To praktyczniejsze niż próba zdobycia pistoletu.

– Wyjęcie i zażycie trucizny zajmuje trochę czasu. Gdyby mi ktoś włożył rękę do ust, zanim rozgryzę kapsułkę, nie miałabym już żadnego pola manewru. Ale mając pistolet, można wszystko załatwić szybko, nawet gdy trzymasz przeciwnika na muszce.

Tamaru zastanawiał się nad tym przez chwilę. Uniósł nieco prawą brew. – Ja wolałbym w miarę możliwości cię nie utracić. Dosyć mi się podobasz. To znaczy, tak prywatnie.

Aomame leciutko się uśmiechnęła. – Jak na kobietę, o to ci chodzi, tak?

Nie zmieniając wyrazu twarzy, Tamaru odpowiedział: – Mnie się mało kto podoba, czy mowa o mężczyznach, kobietach, czy psach.

– Oczywiście.

– Ale jednocześnie w tej chwili moim najważniejszym zadaniem jest chronienie spokoju i zdrowia madame.

– To zupełnie oczywiste.

– I dlatego zobaczę, co mi się uda załatwić. Niczego nie gwarantuję. Ale być może uda mi się znaleźć znajomego, który będzie mógł spełnić twoje życzenie. To bardzo delikatna sprawa. To nie jest jak zamówienie koca elektrycznego z katalogu. Pewnie dopiero za tydzień dam ci odpowiedź.

– Nie szkodzi.

Tamaru zmrużył oczy i spojrzał na drzewa, spośród których dobiegał śpiew cykad. – Mam nadzieję, że wszystko dobrze pójdzie. Zrobię, co będę mógł, pod warunkiem że będzie to właściwe.

– Dzięki. Myślę, że to moja ostatnia praca. Możliwe, że już więcej nie będziemy się widywać.

Tamaru rozłożył ręce, zwracając ku górze wnętrza dłoni. Zupełnie jakby stał na środku pustyni i z utęsknieniem czekał, aż spadnie deszcz. Ale nic nie powiedział. Miał wielkie, krzepkie dłonie. Tu i tam były na nich blizny. Dłonie nie wyglądały jak części jego ciała, ale raczej jak elementy jakiejś ogromnej maszyny.

– Nie bardzo lubię się żegnać – powiedział. – Nie miałem nawet okazji pożegnać się z rodzicami.

– Zmarli?

– Nie wiem nawet, czy żyją, czy zmarli. Urodziłem się na Sachalinie rok przed zakończeniem wojny. Południowa część wyspy należała wtedy do Japonii, nazywana była Karafuto. Latem czterdziestego piątego roku była okupowana przez armię sowiecką i moi rodzice dostali się do niewoli. Ojciec podobno pracował w porcie. Większość japońskich jeńców należących do ludności cywilnej niedługo repatriowano, ale ponieważ moi rodzice, Koreańczycy, zostali tam wysłani jako robotnicy, nie pozwolono im wrócić do Japonii. Rząd japoński odmówił ich przyjęcia. Dlatego że po zakończeniu wojny Koreańczycy przestali być poddanymi Cesarstwa Japonii. Nie mieści się to w głowie. Co za kompletny brak życzliwości. Jeżeli ktoś chciał, mógł zostać wysłany do Korei Północnej, ale nie pozwalali wrócić do Południowej. Bo Sowieci nie uznawali wtedy istnienia Korei Południowej. Moi rodzice pochodzili z wioski rybackiej z okolic Pusanu, więc nie chcieli jechać na północ. Nie mieli tam żadnych krewnych ani przyjaciół. Ja byłem wtedy niemowlęciem. Rodzice powierzyli mnie japońskim repatriantom i dotarłem na Hokkaido. Wówczas zaopatrzenie w żywność było na Sachalinie tragiczne, armia sowiecka strasznie traktowała jeńców. Rodzice mieli prócz mnie kilkoro małych dzieci, wydawało im się, że jeszcze jedno trudno będzie tam odchować. Pewnie myśleli, że wyślą mnie samego na Hokkaido, a później jakoś znajdą. A może chcieli tylko dyskretnie się mnie pozbyć? Nie znam szczegółów. Tak czy inaczej, nigdy więcej się nie spotkaliśmy. Rodzice pewnie ciągle są na Sachalinie. O ile jeszcze nie pomarli.

– Nie pamiętasz rodziców?

– Nic nie pamiętam. Kiedy się rozstawaliśmy, miałem niewiele ponad rok. Przez pewien czas wychowywało mnie to japońskie małżeństwo, potem oddali mnie do sierocińca w górach niedaleko Hakodate. Pewnie nie mogli sobie pozwolić na to, żeby mnie dalej u siebie trzymać. Ten sierociniec prowadziła jakaś organizacja katolicka, ale miałem tam ciężkie życie. Po zakończeniu wojny było mnóstwo sierot, brakowało żywności, brakowało opału. Żeby przeżyć, musiał człowiek robić różne rzeczy – mówiąc to, Tamaru zerknął na wnętrze prawej dłoni. – Tam zostałem tylko dla formalności przez kogoś zaadoptowany, dostałem japońskie obywatelstwo oraz imię i nazwisko. Ken'ichi Tamaru. Wiem tylko, że moje prawdziwe nazwisko brzmiało Park. A Koreańczyków nazwiskiem Park jest więcej niż gwiazd na niebie.

Siedzieli obok siebie i wsłuchiwali się w śpiew cykad.

– Lepiej kupić nowego psa – powiedziała Aomame.

– Madame też tak mówi. Że potrzebny jest nowy pies do pilnowania schroniska. Tylko ja jakoś nie mogę się na to zdobyć.

– Wyobrażam sobie, jak się czujesz. Ale lepiej znajdź nowego. Nie mam się co wtrącać ze swoimi radami, tylko tak mi się wydaje.

– Dobra, znajdę – powiedział Tamaru. – Jednak potrzebny nam wytresowany pies obronny. Postaram się jak najszybciej skontaktować z jakimś hodowcą.

Aomame spojrzała na zegarek, potem wstała. Jeszcze zostało trochę czasu do zachodu słońca, lecz na niebie pojawiały się już delikatne oznaki nadchodzącego zmierzchu. W błękit powoli wtapiał się inny odcień niebieskości. Czuła ciągle lekki rausz po sherry. Ciekawe, czy starsza pani jeszcze śpi.

– Czechow powiedział – odezwał się Tamaru, powoli wstając – że jeżeli w opowieści pojawi się pistolet, to musi wystrzelić.

– O co mu chodziło?

Tamaru stanął na wprost Aomame. Był zaledwie o kilka centymetrów wyższy. – Chodziło o to, że nie należy wprowadzać do opowieści niepotrzebnych rekwizytów. Jeżeli pojawia się pistolet, to później ktoś powinien z niego strzelić. Lubił pisać powieści pozbawione niepotrzebnych ozdobników.

Aomame wygładziła rękawy sukienki, zarzuciła torbę na ramię.

– I to ci nie daje spokoju. Że jeżeli pojawi się pistolet, to koniecznie ktoś będzie musiał gdzieś z niego wystrzelić.

– Z punktu widzenia Czechowa tak jest.

– Dlatego, w miarę możliwości, wolałbyś mi nie dawać pistoletu.

– To niebezpiecznie i nielegalne. A poza tym Czechow to pisarz godzien zaufania.

– Ale to nie jest powieść. To prawdziwa historia dziejąca się w rzeczywistym świecie.

Tamaru zmrużył oczy i przyjrzał się nieruchomo Aomame, a potem powoli zapytał: – Czy można być tego pewnym?

Rozdział drugi – Tengo

Nie posiadam niczego prócz duszy

Nastawił płytę z *Sinfoniettą* Janáčka i wcisnął guzik powtarzania. Seiji Ozawa dyrygował Orkiestrą Symfoniczną z Chicago. Talerz gramofonu zaczął poruszać się z szybkością trzydziestu trzech obrotów na minutę, ramię uniosło się i przesunęło ku środkowi, igła zaczęła wodzić po rowkach płyty. Po wstępie instrumentów dętych z głośników dobiegł wspaniały dźwięk kotłów. Ulubiony fragment Tengo.

Słuchając muzyki, siedział przed word processorem i pisał. Miał zwyczaj słuchać *Sinfonietty* Janáčka wcześnie rano. Od czasu, kiedy grał ją w orkiestrze szkolnej, jako rezerwowy kotlista w zastępstwie kolegi, utwór nabrał dla niego specjalnego znaczenia. Zawsze podnosił go na duchu, jakby chronił. A przynajmniej Tengo tak to odczuwał.

Czasami słuchał *Sinfonietty* ze swoją kochanką. – Wcale niezłe – powiedziała kiedyś. Ale od muzyki klasycznej wolała stare płyty jazzowe. Im starsze, tym lepsze. Było to nietypowe hobby dla kobiety w jej wieku. Szczególnie lubiła płytę ze zbiorem utworów bluesowych W.C. Handy'ego w wykonaniu Louisa Armstronga. Barney Bigard grał na klarnecie, Trummy Young na puzonie. Dała Tengo tę płytę w prezencie. Ale nie po to, by on się nią cieszył, a raczej by sama mogła się u niego delektować tą muzyką.

Po seksie często słuchali tej płyty w łóżku. Nigdy nie nudziła się jego kochance, choćby nie wiem ile razy jej słuchała.

– Oczywiście trąbka i śpiew Louisa są bez zarzutu, wspaniałe, ale moim skromnym zdaniem powinieneś przede wszystkim wsłuchać się tu uważnie w klarnet Barneya Bigarda – powiedziała.

Na płycie było bardzo mało solówek Bigarda. I wszystkie krótkie – po kilkanaście taktów – bo główną rolę grał Louis Armstrong. Lecz kochanka uwielbiała wszystkie krótkie solówki Bigarda. Znała je na pamięć i zawsze towarzyszyła im cichym nuceniem.

– Są inni wybitni klarneciści jazzowi prócz Barneya Bigarda, lecz trudno byłoby znaleźć innego, który wkładałby w grę tyle ciepła i wrażliwości – powiedziała. – Jego gra, oczywiście kiedy był w świetnej formie, tworzyła pewien myślowy krajobraz – dodała.

Tengo nie znał żadnych innych klarnecistów jazzowych. Lecz słuchając wielokrotnie tej płyty, doceniał stopniowo, że partia klarnetu jest niezwykle piękna – nie natarczywa, ale ożywcza i pełna wyobraźni. Aby to zrozumieć, musiał starannie wytężać słuch. Potrzebny mu był też wybitny nauczyciel (czy nauczycielka). Gdyby tylko tak sobie po prostu słuchał, zapewne by to przegapił.

– Barney Bigard gra pięknie jak genialny zawodnik drugiej bazy – powiedziała kochanka pewnego razu. – Solówki też ma świetne, ale piękno jego gry najlepiej się uwidacznia, kiedy gra w cieniu kogoś innego. Robi strasznie trudne rzeczy, jak gdyby nigdy nic, i usuwa się w cień. Tylko uważny słuchacz dostrzeże jego prawdziwą wartość.

Gdy rozpoczynał się *Atlanta Blues*, szósty utwór na stronie B, zawsze kurczowo chwytała się Tengo i upajała krótką, lecz znakomitą solówką Bigarda, znajdującą się między śpiewem a solówką Armstronga. – Teraz, słuchaj uważnie. Najpierw jest długi krzyk, jakby małego dziecka. Strach czy może wybuch radości albo krzyk szczęścia. To się zmienia w długie przyjemne westchnienie, wije się jak piękny strumyk i szybko znika gdzieś, wsiąka w jakieś sekretne urocze miejsce. Teraz, słuchaj. Nikt nie umie zagrać solówki, która tak człowieka pobudza. Ani Jimmie Noone, ani Sydney Bechet, ani Pee Wee Russell, ani Benny Goodman. Wszyscy byli wybitnymi klarnecistami, ale nie potrafili zdobyć się na takie subtelne artystyczne rękodzieło.

– Skąd tyle wiesz o starym jazzie? – zapytał ją raz Tengo.

– Nie masz pojęcia o wielu rzeczach z mojej przeszłości. Przeszłości, której nikomu nie uda się odmienić – powiedziała i delikatnie pogłaskała jego jądra.

Po skończeniu porannej pracy Tengo poszedł spacerem na stację i kupił gazetę. Wszedł do kawiarni, zamówił grzanki z masłem oraz jajko i, czekając na jedzenie, popijał kawę i czytał gazetę. Tak jak przewidział Komatsu, na stronach poświęconych wydarzeniom kulturalnym był artykuł o Fukaeri. Niezbyt długi. Znajdował się na dole strony ponad reklamą samochodów Mitsubishi. Nagłówek głosił:

Zniknięcie głośnej literatki licealistki?

W godzinach popołudniowych dnia... ujawniono, że autorka bestsellerowej powieści *Powietrzna poczwarka*, „Fukaeri", znana także jako Eriko Fukada (17 l.), zniknęła bez śladu. Profesor Takayuki Ebisuno (63 l.), antropolog kulturowy będący opiekunem dziewczyny, zgłosił jej zniknięcie w komisariacie w Ōme. Podobno 27 czerwca Eriko nie wróciła do domu w Ōme ani do mieszkania w centrum Tokio i od tego czasu nie ma z nią kontaktu. Profesor Ebisuno powiedział dziennikarzowi w rozmowie telefonicznej, że kiedy widział Eriko po raz ostatni, była zdrowa i nie dostrzegł nic niezwykłego w jej zachowaniu, więc nie przychodzi mu do głowy żaden powód jej zniknięcia. Nigdy wcześniej nie zniknęła bez uprzedzenia i profesor bardzo się martwi, że coś mogło jej się stać. Yūji Komatsu, redaktor odpowiedzialny za wydanie *Powietrznej poczwarki* w wydawnictwie X, powiedział: „Książka jest od sześciu tygodni na szczycie listy bestsellerów i wzbudza wielkie zainteresowanie, ale panna Fukada nie chciała się pokazywać w środkach masowego przekazu. Nasze wydawnictwo nie wie jeszcze, czy za zniknięciem autorki kryje się chęć uniknięcia rozgłosu. Panna Fukada jest bardzo młodą i utalentowaną pisarką, po której wiele można się w przyszłości spodziewać, pragniemy więc, by jak najszybciej wróciła cała i zdrowa". Policja prowadzi śledztwo, biorąc pod uwagę kilka różnych możliwości.

Na obecnym etapie nie mogą w gazecie napisać nic więcej, pomyślał Tengo. Jeśli zrobią z tego wielką sensację, a Fukaeri wróci jak gdyby nigdy nic po dwóch dniach, dziennikarz wyjdzie na głupka, a i gazeta straci wiarygodność. To samo dotyczy policji. Jedni i drudzy najpierw wydają zwięzłe, neutralne oświadczenia, jakby wypuszczali balon pomiarowy, a potem zamierzają przez pewien czas obserwować sytuację i patrzeć, w którą stronę skłoni się opinia publiczna. Zrobi się z tego wielka afera, dopiero kiedy temat podejmą tygodniki i zacznie się o tym mówić w telewizyjnych programach informacyjnych. Ale do tego czasu zostało jeszcze kilka dni.

Nie było jednak wątpliwości, że prędzej czy później zrobi się gorąco. *Powietrzna poczwarka* została bestsellerem, a autorka, Fukaeri, była niezwykle urodziwą siedemnastoletnią dziewczyną. I zniknęła bez śladu. Musi się zrobić szum. Prawdopodobnie tylko cztery osoby na całym świecie wiedzą, że nie została porwana, ale gdzieś się ukrywa. Oczywiście wie ona sama. Wie też Tengo. I wiedzą profesor Ebisuno i jego córka Azami. Poza nimi nikt nie ma pojęcia, że ten szum wokół zniknięcia Fukaeri to trik mający przyciągnąć uwagę opinii publicznej.

Tengo nie potrafił ocenić, czy powinien się cieszyć, czy niepokoić tym, że wie. Pewnie powinien się cieszyć. Bo nie musi się o nią martwić. Jest w bezpiecznym miejscu. Lecz jednocześnie nie ma wątpliwości, że on sam tkwi po uszy w tych kombinacjach. Profesor Ebisuno podważył łomem wielką, pechową skałę, tak że dostało się pod nią światło słoneczne, a teraz czeka, żeby zobaczyć, co spod niej wypełźnie. Tengo niechętnie musi stać u jego boku, choć sam wcale nie chce wiedzieć, co się wyłoni. W miarę możliwości wolałby tego nie oglądać. Przecież wiadomo, że to będzie coś chorego, z czego wynikną same kłopoty. Ale zdawało mu się, że nie może odejść i musi zobaczyć, co się kryje pod skałą.

Dopił kawę, zjadł grzanki i jajko i wyszedł z kawiarni, zostawiając tam przeczytaną gazetę. Wrócił do domu, umył zęby, wziął prysznic i przygotował się do pójścia na kursy.

W czasie przerwy południowej przyszedł do niego jakiś nieznajomy. Tengo skończył przedpołudniowe zajęcia i siedział właśnie w pokoju nauczycielskim, przeglądając poranne wydania gazet, których jeszcze nie czytał. Sekretarka dyrektora powiedziała Tengo, że ktoś na niego czeka. Była o rok starsza od Tengo i bardzo kompetentna. Oficjalnie miała etat sekretarki, lecz praktycznie to ona zarządzała całą szkołą. Nie dało się jej nazwać pięknością, jej rysy wydawały się zbyt nieregularne, ale miała dobrą figurę i znakomicie się ubierała.

– Ten pan nazywa się Ushikawa – powiedziała.

Tengo nie pamiętał nikogo o takim nazwisku.

Z jakiegoś powodu lekko się skrzywiła. – Mówi, że to ważna sprawa i w miarę możności chciałby porozmawiać z tobą w cztery oczy.

– Ważna sprawa? – powtórzył zdziwiony Tengo. Nie zdarzało się, żeby ktoś przychodził do niego na kursy w ważnej sprawie.

– Pokój do przyjmowania interesantów jest wolny, więc tam go zaprowadziłam. Chociaż, prawdę mówiąc, taki mało ważny pracownik jak ty nie powinien z niego korzystać.

– Dziękuję – powiedział Tengo i przywołał na twarz uśmiech.

Jednak ona nie zwróciła na to uwagi, tylko zafurkotała połami nowego letniego żakietu od agnès b. i odeszła gdzieś szybkim krokiem.

Ushikawa był niewysokim mężczyzną wyglądającym na czterdzieści parę lat. Tułów miał gruby, pozbawiony wcięć, do tego podwójny podbródek. Tengo nie był do końca pewien, ile może mieć lat. Z powodu szczególnego, czy raczej niecodziennego, wyglądu trudno było skompletować w myślach elementy potrzebne zwykle do określenia czyjegoś wieku. Mógł być starszy, ale mógł też być młodszy. Gdyby ktoś powiedział Tengo, że facet ma trzydzieści dwa lata, przyjąłby to bez zastrzeżeń. Podobnie, gdyby mu powiedziano, że pięćdziesiąt sześć. Zęby miał nierówne, kręgosłup skrzywiony pod dziwnym kątem, czubek wielkiej głowy nienaturalnie płaski i łysy, o nieregularnym zarysie. To płaskie miejsce przypominało lądowisko helikopterów wojskowych zbudowane na strategicznie ważnym wzgórzu. Widział takie na filmie dokumentalnym o wojnie w Wietnamie. Kępki grubych, czarnych, kręconych włosów jakby przywarły do płaskiej i nieregularnej głowy, nadmiernie urosły i bez przeszkód opadały na uszy. Te włosy dziewięćdziesięciu ośmiu osobom na sto przywiodłyby na myśl włosy łonowe. Tengo nie potrafił ocenić, z czym skojarzyłyby się pozostałym dwóm osobom.

Zdawało się, że wszystko – poczynając od budowy ciała i rysów twarzy – było w nim niesymetryczne. Najpierw właśnie to rzucało się w oczy. Oczywiście każdy człowiek zawsze w większym lub mniejszym stopniu ma niesymetryczną prawą i lewą stronę, więc samo w sobie nie jest to wbrew prawom natury. Tengo także miał różnego kształtu powieki – prawa był inna niż lewa. Lewe jądro znajdowało się nieco niżej niż prawe. Nasze ciała nie są masowo produkowane w fabrykach według idealnego wzorca. Ale w przypadku tego człowieka różnica między prawą a lewą stroną wykraczała poza granice normalności. To widoczne dla każdego zachwianie równowagi mimowolnie stymulowało system nerwowy patrzącego i sprawiało, że czuł się nieswojo. Zupełnie jakby widział tego człowieka w krzywym zwierciadle, w którym wszystko odbijało się nadmiernie wyraźnie.

Szary garnitur mężczyzny pokrywały niezliczone drobne zmarszczki. Przypominał ląd po przejściu lodowca. Kołnierzyk białej koszuli był z jednej strony podwinięty, węzeł krawata wykręcony, zupełnie jakby odwracał się od nieprzyjemnej konieczności istnienia w tym miejscu. Garnitur, krawat, koszula – nic na niego nie pasowało. Wzór krawata przypominał poplątany makaron namalowany w stylu impresjonistycznym przez niezbyt zdolnego studenta malarstwa. Wszystko wydawało się przypadkowe i wyglądało na kupione w tanim sklepie. Ale kiedy człowiek dłużej się przyglądał, zaczynało mu się robić bardziej żal ubrania niż jego właściciela. Tengo prawie nie przejmował się tym, co na siebie wkładał, ale z jakiegoś powodu dziwnie zwracał uwagę na strój innych. Gdyby miał wybrać spośród ludzi spotkanych w ciągu ostatnich dziesięciu lat tych najgorzej ubranych i sporządzić ich listę, ten człowiek na pewno by się na niej znalazł. Nie tylko był źle ubrany. Robił wrażenie, jakby celowo bluźnił przeciwko samej idei stroju.

Kiedy Tengo wszedł do pokoju, w którym przyjmowano interesantów, tamten wstał, wyjął wizytówkę i z ukłonem podał ją Tengo. Widniało na niej imię i nazwisko po japońsku, a pod spodem alfabetem łacińskim: Toshiharu Ushikawa. A jeszcze niżej: Dyrektor Fundacji Wspierania Nowej Japońskiej Nauki i Sztuki. Fundacja mieściła się w Kōjimachi w dzielnicy Chiyoda, podano też telefon. Tengo oczywiście nie wiedział nic ani o Fundacji Wspierania Nowej Japońskiej Nauki i Sztuki, ani na czym polegała funkcja jej dyrektora. Ale wizytówka była elegancka, z wytłoczonym emblematem, nie wyglądała na coś wydrukowanego prowizorycznie. Tengo przyglądał jej się przez chwilę, a potem jeszcze raz spojrzał na mężczyznę. Ten człowiek zupełnie nie robi wrażenia dyrektora Fundacji Wspierania Nowej Japońskiej Nauki i Sztuki, pomyślał.

Usiedli naprzeciw siebie na fotelach po dwóch stronach niskiego stolika. Mężczyzna otarł chusteczką pot z czoła, kilka razy mocno je pocierając, i wsadził tę nieszczęsną chusteczkę z powrotem do kieszeni marynarki. Pani z recepcji podała im herbatę. Tengo podziękował jej. Ushikawa się nie odezwał.

– Najmocniej przepraszam, że przeszkadzam panu podczas przerwy i że przyszedłem, nie umówiwszy się wcześniej – przeprosił po odejściu recepcjonistki Ushikawa. Słowa były zasadniczo grzeczne, ale w jego tonie było coś dziwnie bezczelnego. Ten ton nie przypadł Tengo do gustu. – Ale zaraz, czy pan miał czas coś zjeść? Gdyby pan wolał, możemy gdzieś pójść i porozmawiać podczas posiłku.

– Nie jem w pracy lunchu – odparł Tengo. – Zjadam coś lekkiego po popołudniowych zajęciach. Proszę się tym nie martwić.

– Oczywiście. To w takim razie pozwolę sobie wyłuszczyć sprawę. Tutaj chyba będziemy mogli spokojnie, bez pośpiechu porozmawiać. – Rozejrzał się po wnętrzu, jakby je oceniał.

Pokój nie był szczególnie imponujący. Na ścianie wisiał duży obraz olejny przedstawiający jakieś góry. Uwagę zwracało jedynie to, że malarz musiał zużyć dużo farby. W wazonie ułożono kwiaty przypominające dalie. Drętwe rośliny przywodzące na myśl mało rozgarniętą kobietę w średnim wieku. Tengo nie miał pojęcia, po co szkole oferującej kursy przygotowawcze na studia potrzebny jest taki ponury pokój do przyjmowania interesantów.

– Zapomniałem się przedstawić. Nazywam się Ushikawa, jak pan widzi na wizytówce. Wszyscy przyjaciele mówią na mnie Ushi*. Nikt się do mnie nie zwraca pełnym nazwiskiem – Ushikawa. Jestem zwykle tylko Ushi – oznajmił Ushikawa i uśmiechnął się.

Przyjaciele? Czy ktoś miałby ochotę zaprzyjaźnić się z tym człowiekiem? Tengo szczerze wątpił. To pytanie zrodziło się z czystej ciekawości.

---

* Ushi (jap.) – krowa (wszystkie przypisy pochodzą od tłumaczki).

Prawdę mówiąc, pierwsze wrażenie, jakie zrobił na nim ten człowiek, było bliskie wstrętu. Przywodził na myśl *coś* obrzydliwego, co wypełzło z jakiejś ciemnej dziury w ziemi. Coś nieokreślonego, galaretowatego, co nie powinno wychodzić na światło dzienne. Może profesor Ebisuno przypadkiem wywabił spod skały właśnie jego. Tengo nieświadomie zmarszczył brwi i odłożył na stolik wizytówkę. Toshiharu Ushikawa – tak się ten człowiek nazywał.

– Na pewno jest pan zajęty, więc nie będę tracił czasu na długie wstępy. Przejdę od razu do sedna – powiedział Ushikawa.

Tengo lekko skinął głową.

Ushikawa wypił łyk herbaty, a potem zaczął mówić.

– Przypuszczalnie nie słyszał pan nigdy o Fundacji Wspierania Nowej Japońskiej Nauki i Sztuki. (Tengo przytaknął). To stosunkowo nowa fundacja, w centrum naszej działalności jest znajdowanie przedstawicieli młodego pokolenia działających indywidualnie w dziedzinie nauki lub sztuki – chodzi szczególnie o osoby jeszcze niezbyt znane – i wspieranie ich. Innymi słowy, celem naszym jest dbanie o młode pędy, które będą dźwigać ciężar nowych czasów we wszystkich dziedzinach współczesnej kultury japońskiej. Zatrudniamy osoby, które zbierają dla nas informacje i pomagają nam znaleźć odpowiednich kandydatów z różnych dziedzin. Każdego roku wybieramy pięciu ludzi sztuki albo nauki i oferujemy im granty. Przez rok mogą robić, co sobie życzą. Nie ma żadnych ukrytych wymagań. Tylko pod koniec roku oczekujemy sprawozdania – ale to czysta formalność. Wystarczy zwięźle napisać, jaką działalność prowadziło się przez rok i jakie wydała owoce. Zamieszczamy to w biuletynie, który publikujemy. Nie ma żadnych kłopotliwych formalności. Dopiero rozpoczęliśmy naszą działalność, więc ważne jest pozostawienie konkretnych śladów naszych osiągnięć. Innymi słowy, jesteśmy jeszcze na etapie zasiewania nasion. Konkretnie mówiąc, każda osoba otrzymuje grant w wysokości trzech milionów jenów rocznie.

– To bardzo hojnie – powiedział Tengo.

– Stworzenie albo odkrycie czegoś ważnego wymaga czasu i pieniędzy. Oczywiście nie jest też tak, że jeśli przeznaczy się na coś dużo czasu i pieniędzy, to zawsze powstanie coś wspaniałego. Ale temu, kto dostaje dużą kwotę, na pewno to nie przeszkadza. Niestety, ilość czasu, jaką każdy z nas ma do dyspozycji, jest ograniczona. Zegar cały czas go odmierza: t i k-t a k, t i k-t a k. Czas mija z każdą chwilą. Przepadają okazje. Ale za pieniądze czas można kupić. Jeżeli człowiek chce, może także sobie kupić wolność. Czas i wolność to dwie najważniejsze rzeczy, które da się kupić za pieniądze.

Na te słowa Tengo nieomal instynktownie spojrzał na zegarek. Rzeczywiście czas nieustannie płynął: t i k-t a k, t i k-t a k.

– Najmocniej przepraszam, że pana tu zatrzymuję – powiedział pośpiesznie Ushikawa. Zdaje się, że zrozumiał to spojrzenie na zegarek jako aluzję. – Przejdę szybko do sedna. Oczywiście w dzisiejszych czasach za zaledwie trzy miliony rocznie nie można sobie na wiele pozwolić. Ale młodemu człowiekowi taka suma powinna znacznie ułatwić codzienne życie. Nam właśnie o to chodzi, żeby dana osoba nie musiała się frasować codziennymi sprawami, ale mogła w pełni skupić na badaniach lub twórczości. Jeśli podczas rocznego podsumowania na posiedzeniu zarządu okaże się, że praca dała owoce, po roku jest możliwość przedłużenia grantu.

Tengo w milczeniu czekał na dalszy ciąg.

– Pozwoliłem sobie niedawno wysłuchać pana wykładu na kursie w tej szkole – oznajmił Ushikawa. – Słuchałem całą godzinę. Był naprawdę interesujący, daję słowo. W dziedzinie matematyki jestem kompletnym laikiem, a może należałoby powiedzieć, że zupełnie nie mam do niej zdolności, w szkole wprost nie cierpiałem tego przedmiotu. Na samo słowo „matematyka" skręcało mnie i uciekałem. A jednak pana wykład był bardzo przyjemny. Oczywiście nie mam pojęcia o rachunku różniczkowym, ale słuchając pana, pomyślałem, że skoro to takie ciekawe, to i ja chętnie bym się trochę pouczył matematyki. To naprawdę duża rzecz. Ma pan niezwykły talent. Można go nazwać talentem do zarażania ludzi entuzjazmem. Słyszałem, że jest pan na tych kursach bardzo popularnym nauczycielem – i wcale się nie dziwię.

Tengo nie wiedział, kiedy Ushikawa był na jego wykładzie. Zawsze dokładnie obserwował, kto jest w sali. Nie pamiętał wszystkich uczniów, ale gdyby pojawił się tam ktoś o tak niezwykłym wyglądzie jak Ushikawa, na pewno by go zauważył. Tak samo jak rzuciłaby się w oczy stonoga w cukiernicy. Ale postanowił specjalnie się nie dopytywać. Już i tak długa rozmowa stałaby się jeszcze dłuższa.

– Jak pan wie, jestem tylko nauczycielem na kursach – odezwał się Tengo, pragnąc oszczędzić choć trochę czasu. – Nie prowadzę badań w dziedzinie matematyki. Wyjaśniam tylko uczniom w przystępny i ciekawy sposób to, co należy do wiedzy ogólnej. Uczę ich skuteczniejszych sposobów rozwiązywania zadań na egzaminach wstępnych. Może coś takiego pasuje do mojego charakteru. Więc już bardzo dawno zrezygnowałem z ambicji zostania badaczem. Częściowo dlatego, że sytuacja ekonomiczna mi na to nie pozwalała, ale uważałem też, że nie mam talentu ani charakteru, które umożliwiłyby mi zrobienie kariery w świecie nauki. W tym sensie w ogóle się chyba panu nie przydam.

Ushikawa pośpiesznie uniósł dłoń, zwracając ją wnętrzem ku Tengo, jakby chcąc go powstrzymać. – Ależ mnie nie o to chodzi! Być może ja niepotrzebnie skomplikowałem sprawę. Proszę wybaczyć. Rzeczywiście pana wykłady z matematyki są ciekawe. Doprawdy wyjątkowe, oryginalne. Ale dzisiaj nie przyszedłem tu w związku z nimi. Nas interesuje pana działalność powieściopisarska.

Tengo zaskoczony tym nieoczekiwanym atakiem zaniemówił na kilka sekund.

– Moja działalność powieściopisarska?

– Właśnie tak.

– Nie bardzo rozumiem, o czym pan mówi. Rzeczywiście od paru lat piszę powieści. Ale jeszcze żadna nie została wydrukowana. Takiego człowieka nie można chyba nazwać powieściopisarzem. Dlaczego więc zwrócili państwo na mnie uwagę?

Widząc reakcję Tengo, Ushikawa uśmiechnął się bardzo z siebie zadowolony. Kiedy się uśmiechał, ukazywały się strasznie krzywe zęby. Jak drewniane pale falochronu w kilka dni po sztormie były powykrzywiane w różnych kierunkach, szukały sobie odpowiedniego miejsca i były w różnym stopniu zabrudzone. Zapewne już nie dałoby się ich ortodontycznie skorygować. Może ktoś powinien go nauczyć, jak należy myć zęby.

– Na tym właśnie polega unikalny charakter naszej fundacji – powiedział dumnie Ushikawa. – Ludzie, którzy zbierają dla nas informacje, dostrzegają rzeczy jeszcze niewidoczne dla innych. To jeden z naszych celów. Tak jak pan mówi, rzeczywiście nie wydał pan do tej pory żadnej powieści. Zdaję sobie z tego sprawę. Jednak co roku, pod pseudonimem, wysyła pan prace na konkurs debiutów magazynu literackiego. Niestety, jeszcze nie otrzymał pan nagrody, ale kilka razy doszedł pan do ostatniego etapu. No i oczywiście pewna liczba osób te teksty przeglądała. Kilka z nich zauważyło pana talent. Nasi pracownicy szacują, że w niedalekiej przyszłości niewątpliwie dostanie pan nagrodę za debiut i zostanie pisarzem. Taka spekulacja – choć to niezbyt ładne określenie – to, jak wcześniej powiedziałem, nasz cel, „dbanie o młode pędy, które będą dźwigać ciężar nowych czasów".

Tengo podniósł czarkę i wypił trochę lekko wystygłej herbaty.

– Czyli jako początkujący pisarz zostałem kandydatem do otrzymania tego grantu. O to chodzi?

– Właśnie tak. Mimo że oficjalnie jest pan jedynie kandydatem, praktycznie decyzja już zapadła. Jeżeli pan się zgodzi na przyjęcie grantu, w mojej gestii leży podjęcie ostatecznej decyzji. Podpisze pan i od razu trzy miliony zostaną przelane na pana konto. Może pan przerwać pracę w tej szkole na pół roku albo rok i oddać się pracy pisarskiej. Słyszałem, że obecnie pisze pan długą powieść. Świetnie się składa, prawda?

Tengo się skrzywił. – Skąd pan wie, że piszę długą powieść?

Ushikawa znów się uśmiechnął, pokazując zęby, ale gdy Tengo dobrze się przyjrzał, zauważył, że w jego oczach nie ma śladu uśmiechu. Krył się w nich jedynie chłód.

– Nasi pracownicy są zdolni i pełni zapału. Wybieramy kilku kandydatów i sprawdzamy ich pod wieloma kątami. Prawdopodobnie kilka osób w pana otoczeniu wie, że pracuje pan nad długą powieścią. Wszystko się prędzej czy później rozniesie.

O tym, że Tengo pisze powieść, wiedział Komatsu. Wiedziała też kochanka. Kto jeszcze mógł wiedzieć? Chyba nikt.

– Chciałbym zapytać o coś w związku z tą pana organizacją – powiedział Tengo.

– Proszę, proszę pytać, o co pan zechce.

– Skąd pochodzą fundusze na te granty?

– Zapewnia je pewna osoba prywatna. A raczej pewna organizacja, którą ta osoba stworzyła. Na poziomie praktycznym – tak między nami – fundacja jest też sposobem na uniknięcie podatków. Oczywiście poza tym ta osoba jest głęboko zainteresowana sztuką i nauką, a także pragnie wspierać młode pokolenie. Nie mogę panu nic więcej powiedzieć. Ta osoba oraz organizacja, którą kieruje, życzą sobie zachować anonimowość. Zarządzanie powierzono komitetowi. Moja skromna osoba także wchodzi w jego skład.

Tengo rozmyślał nad tym przez chwilę, choć nie bardzo było o czym rozmyślać. Uporządkował i ustawił sobie po kolei w głowie to, co mówił Ushikawa.

– Czy nie przeszkadzałoby panu, gdybym zapalił? – zapytał Ushikawa.

– Proszę – odparł Tengo i przesunął w jego stronę ciężką szklaną popielniczkę.

Ushikawa wyjął z kieszeni marynarki pudełko sevenstarów, włożył papierosa do ust i zapalił złotą zapalniczką. Była to cienka zapalniczka wyglądająca na bardzo kosztowną.

– I co pan na to, panie Kawana? – zapytał Ushikawa. – Przyjmie pan nasz grant? Prawdę mówiąc, po wysłuchaniu pana przyjemnego wykładu jestem bardzo ciekaw, czego dokona pan na polu literatury.

– Dziękuję panu za propozycję – powiedział Tengo. – Jestem zaszczycony. Jednak nie mogę przyjąć tego grantu.

Z dymiącym papierosem w dłoni Ushikawa przyglądał się Tengo, zmrużywszy oczy. – Dlaczegóż to?

– Po pierwsze, nie chcę przyjmować pieniędzy od kogoś, o kim nic nie wiem. Po drugie, w tej chwili nie potrzebuję specjalnie pieniędzy. Radzę sobie jak dotąd, pracuję trzy razy w tygodniu na kursach, a w pozostałe dni intensywnie piszę. Nie chcę wcale zmieniać tego trybu życia. Takie są dwa powody.

A po trzecie, panie Ushikawa, pomyślał, nie mam ochoty mieć z panem do czynienia. Po czwarte, w tym grancie jest coś podejrzanego. Za dobrze to wszystko brzmi. Coś się musi za tym kryć. Nie mogę się na co dzień pochwalić szczególną intuicją, ale nawet ja czuję, że coś tu śmierdzi. Oczywiście głośno tego nie powiedział.

– Aha – mruknął Ushikawa, zaciągnął się głęboko dymem i ze smakiem powoli go wypuścił. – Aha. W pewnym sensie pana rozumiem. To, co pan mówi, jest logiczne. Ale wie pan co, panie Kawana, przecież nie musi pan od razu się decydować. Niech pan wróci do domu i ze trzy dni spokojnie się zastanowi. A potem może pan podjąć decyzję. Nam się nie śpieszy. Proszę się powoli, dobrze zastanowić. Bo to jest niezła propozycja.

Tengo krótko i zdecydowanie pokręcił głową. – Dziękuję panu, ale wydaje mi się, że lepiej od razu zdecydować i oszczędzić sobie nawzajem czasu i zawracania głowy. To dla mnie zaszczyt, że zostałem kandydatem do otrzymania grantu. Przykro mi, że specjalnie się pan fatygował. Ale tym razem pozwolę sobie odmówić. To moja ostateczna decyzja, nie muszę się dłużej zastanawiać.

Ushikawa pokiwał głową i z żalem zgasił w popielniczce papierosa, którym zaledwie dwa razy się zaciągnął.

– W porządku. Dobrze rozumiem pana intencje. Szanuję pana decyzję. Przepraszam, że zabrałem panu czas. Szkoda, ale nie ma rady, poddaję się.

Lecz wcale nie wyglądało na to, że zamierza już iść. Podrapał się jedynie mocno w tył głowy i zmrużył oczy.

– Ale wie pan co, panie Kawana? Może pan nie zauważył, że świat ma wielkie oczekiwania wobec pana jako pisarza. Jest pan utalentowany. Prawdopodobnie nie ma bezpośredniego związku między literaturą a matematyką, ale w pana wykładzie było coś takiego, jakbym słuchał jakiejś opowieści. Zwykły człowiek tego nie potrafi. Ma pan w sobie coś szczególnego, coś, o czym powinien pan opowiedzieć. Jest to jasne nawet dla kogoś takiego jak ja. Dlatego lepiej się wysoko cenić. Nie chcę się wtrącać jak stara ciotka, ale lepiej nie dawać się niepotrzebnie wciągać w różne sprawy, raczej iść zdecydowanie i prosto własną drogą.

– Niepotrzebnie wciągać w różne sprawy? – powtórzył Tengo.

– Na przykład zdaje się, że ma pan jakieś związki z Eriko Fukadą, która napisała *Powietrzną poczwarkę*. To znaczy przynajmniej kilka razy się pan z nią widział. Nieprawdaż? A zgodnie z artykułem w dzisiejszej gazecie – akurat przed chwilą go przeczytałem – zdaje się, że Eriko Fukada zniknęła bez śladu. Środki masowego przekazu na pewno zaczną robić wokół tego szum. Bo to dla nich bardzo smaczny kąsek.

– Nawet jeśli widuję się z Eriko Fukadą, to co z tego?

Ushikawa znów podniósł rękę, powstrzymując Tengo. Miał małe dłonie o grubych palcach. – Ależ panie Kawana, proszę się nie denerwować. Nie miałem nic złego na myśli. Uważam jedynie, że marnowanie talentu i czasu tylko po to, by zarobić na codzienne utrzymanie, nie daje dobrych rezultatów. Może to arogancja z mojej strony, że tak mówię, ale nie chcę się przyglądać, jak taki wyjątkowy talent jak pański, talent, który po doszlifowaniu zalśniłby jak prawdziwy brylant, zostanie rozmieniony na drobne i zmarnowany. Jeżeli media dowiedzą się o związku między panem a panną Fukada, na pewno ktoś do pana przyjdzie. Przyczepi się i nie da panu spokoju. Będzie się o wszystko dopytywał. Bo to są bardzo nachalni ludzie.

Tengo w milczeniu przyglądał się Ushikawie. Ten zmrużył oczy i podrapał się energicznie w duży płatek ucha. Uszy miał małe, lecz ich płatki były nienormalnie wielkie. Przyglądanie się budowie jego ciała nigdy nie było dla Tengo nużące.

– Ja, panie Kawana, oczywiście nikomu nie powiem – powtórzył Ushikawa, udając, że zapina wargi na suwak. – Obiecuję panu. Może na to nie wyglądam, ale umiem dotrzymać tajemnicy. Zamykam się jak ostryga w skorupie. Może w poprzednim wcieleniu byłem ostrygą? Zachowam to tylko dla siebie. Jako znak osobistej sympatii dla pana.

Dopiero kiedy to powiedział, podniósł się z kanapy i wygładził kilkakrotnie zmarszczki na garniturze, ale one wcale od tego nie zniknęły. Tylko jeszcze bardziej przyciągały uwagę.

– Gdyby zmienił pan zdanie na temat grantu, proszę w każdej chwili zadzwonić na numer podany na wizytówce. Jeszcze jest dużo czasu. Jeśli nie w tym roku, zawsze może być w przyszłym. – Palcem wskazującym jednej ręki zatoczył krąg wokół palca drugiej, jakby naśladował ruch Ziemi wokół Słońca. – My się nie śpieszymy. Przynajmniej miałem okazję pana poznać i porozmawiać, no i udało mi się przekazać panu n a s z ą wiadomość.

Potem jeszcze raz się uśmiechnął, jakby specjalnie demonstrując swoje tragiczne zęby, odwrócił się i wyszedł z pokoju.

Do rozpoczęcia następnego wykładu Tengo przypominał sobie i odtwarzał w myślach słowo po słowie wypowiedzi Ushikawy. Wyglądało na to, że wie o udziale Tengo w powstaniu *Powietrznej poczwarki*. Coś w jego sposobie mówienia to sugerowało. **Marnowanie talentu i czasu tylko po to, by zarobić na codzienne utrzymanie, nie daje dobrych rezultatów**, sugerował niedwuznacznie.

Wiemy o wszystkim – to właśnie była wiadomość, którą przyszedł przekazać.

Miałem okazję pana poznać i porozmawiać, no i udało mi się przekazać panu n a s z ą wiadomość.

Czyżby wysłali do niego Ushikawę i zaoferowali mu trzymilionowy „grant" t y l k o po to, by mu przekazać, że wiedzą o wszystkim? To naprawdę nie miało sensu. Nie było potrzeby wymyślać takiego skomplikowanego scenariusza. Znali jego słaby punkt. Jeżeli chcieli go przestraszyć, wystarczyło od tego zacząć. A może chcieli go za pomocą tego „grantu" przekupić? Tak czy inaczej, to wszystko było za bardzo naciągane. Kim właściwie są „oni"? Czy Fundacja Wspierania Nowej Japońskiej Nauki i Sztuki ma związek z Sakigake? Czy w ogóle coś takiego istnieje?

Z wizytówką Ushikawy Tengo poszedł do sekretarki.

– Słuchaj, mam prośbę – powiedział.

– Cóż takiego? – zapytała, podnosząc głowę znad biurka.

– Czy mogłabyś zadzwonić pod ten numer i zapytać, czy to Fundacja Wspierania Nowej Japońskiej Nauki i Sztuki? I czy dyrektorem jest tam ktoś o nazwisku Ushikawa. Pewnie powiedzą, że teraz wyszedł, więc dowiedz się, kiedy wróci. A jak będą pytali, kto mówi, powiedz im byle co. Mógłbym sam zatelefonować, ale lepiej, żeby nie wiedzieli, że to ja dzwonię. Bo to mogłoby głupio wyglądać.

Wybrała numer. Ktoś się zgłosił i najwyraźniej właściwie zareagował. Nastąpiła krótka, treściwa rozmowa między parą profesjonalistów.

– Fundacja Wspierania Nowej Japońskiej Nauki i Sztuki naprawdę istnieje. Odebrała recepcjonistka. Pewnie miała ze dwadzieścia parę lat. Dosyć profesjonalnie się zachowywała. Człowiek nazwiskiem Ushikawa naprawdę tam pracuje. Ma wrócić do biura około trzeciej. Nie zapytała mnie, kim jestem. Co prawda, ja na jej miejscu bym zapytała.

– Nie wątpię. W każdym razie dziękuję ci.

– Nie ma za co – odpowiedziała, zwracając mu wizytówkę Ushikawy. – Czy Ushikawa to ten facet, który tu był?

– Owszem.

– Tylko na niego zerknęłam, ale od razu wydał mi się jakiś nieprzyjemny.

Tengo wsadził wizytówkę do portfela. – Sądzę, że gdybyś mu się długo przyglądała, to wrażenie zupełnie by się nie zmieniło.

– Zwykle staram się nie oceniać ludzi tylko po wyglądzie. Bo zdarzyło mi się pomylić i potem tego żałowałam. Ale na pierwszy rzut oka wydało mi się, że temu facetowi nie można ufać. I dalej tak myślę.

– Nie ty jedna tak myślisz.

– Nie ja jedna tak myślę – powtórzyła, jakby upewniała się co do trafności składni tego zdania.

– Ten żakiet jest świetny – powiedział Tengo. Nie mówił tego, żeby ją wprawić w dobry humor, tylko żakiet naprawdę wydał mu się świetny. Po strasznie wygniecionej marynarce Ushikawy doskonale skrojony lniany żakiet w to bezwietrzne popołudnie wydawał się jak piękna szata prosto z raju.

– Dziękuję – powiedziała.

– Ale to, że ktoś tam odebrał telefon, nie znaczy, że Fundacja Wspierania Nowej Japońskiej Nauki i Sztuki naprawdę istnieje.

– Masz rację. To może być skomplikowana mistyfikacja. Bo wystarczy tylko założyć telefon i wynająć kogoś do odbierania. Jak w filmie *Żądło*. Tylko po co mieliby się aż do tego posuwać? Nie powinnam tak mówić, ale nie wyglądasz na kogoś będącego w posiadaniu pieniędzy, które ktoś mógłby z ciebie wydusić.

– Nie posiadam niczego. Prócz duszy.

– Zupełnie jak w tej historii z Mefistofelesem.

– Może lepiej iść pod tamten adres i sprawdzić, czy tam naprawdę jest biuro.

– Powiedz mi, jak się dowiesz – rzekła, mrużąc oczy i sprawdzając lakier na paznokciach.

Fundacja Wspierania Nowej Japońskiej Nauki i Sztuki naprawdę istniała. Po wykładzie pojechał pociągiem do Yotsuya, a stamtąd do Kōjimachi. Pod adresem z wizytówki znajdował się trzypiętrowy budynek, przy wejściu była złota tabliczka z napisem Fundacja Wspierania Nowej Japońskiej Nauki i Sztuki. Biuro znajdowało się na drugim piętrze. Na tym samym piętrze były też Wydawnictwo Muzyczne Mikimoto oraz Kōda – Biuro Księgowości. Sądząc po wielkości budynku, musiały to być niewielkie firmy. Nie wyglądało też na to, że szczególnie dobrze prosperują. No ale oczywiście, patrząc z zewnątrz, nie dało się ocenić, co się naprawdę działo w środku. Tengo zamierzał pojechać windą na drugie piętro i zobaczyć, jak wygląda biuro fundacji, choćby obejrzeć z zewnątrz drzwi. Ale gdyby wpadł na korytarzu na Ushikawę, zrobiłaby się kłopotliwa sytuacja.

Wsiadł do pociągu, dojechał z przesiadką do domu i zadzwonił do firmy Komatsu. Komatsu, o dziwo, był w pracy i od razu podszedł.

– Teraz nie mogę – mówił szybciej niż zwykle i jego głos zdawał się wyższy. – Przepraszam, ale stąd nie mogę rozmawiać.

– To bardzo ważna sprawa – powiedział Tengo. – Dziś na kursy przyszedł dziwny facet. Wyglądało na to, że coś wie o moim związku z *Powietrzną poczwarką*.

Komatsu zamilkł po drugiej stronie na kilka sekund. – Myślę, że będę mógł do ciebie zadzwonić za dwadzieścia minut. Jesteś w domu?

Tengo powiedział, że tak. Komatsu się rozłączył. Czekając na telefon, Tengo naostrzył osełką dwa noże, zagotował wodę i zrobił herbatę. Dokładnie po dwudziestu minutach zadzwonił telefon. Komatsu rzadko był taki słowny.

Wydawał się dużo spokojniejszy niż poprzednio. Chyba przeniósł się w jakieś ciche miejsce, żeby stamtąd zadzwonić. Tengo opowiedział mu w skrócie, co mówił Ushikawa.

– Fundacja Wspierania Nowej Japońskiej Nauki i Sztuki? Nigdy nie słyszałem. To, że mają ci dać trzymilionowy grant, też nie ma sensu. Oczywiście, przyznaję, że masz przyszłość jako pisarz. Ale żaden twój utwór nie ukazał się jeszcze drukiem, więc to po prostu niemożliwe. Coś się musi za tym kryć.

– Właśnie tak sobie pomyślałem.

– Daj mi trochę czasu. Dowiem się czegoś o tej fundacji. Jak tylko będę coś wiedział, skontaktuję się z tobą. Ale w każdym razie ten facet, Ushikawa, wiedział o twoich powiązaniach z Fukaeri?

– Na to wygląda.

– To mamy drobny kłopot.

– Coś się ruszyło. Za pomocą łomu podważyliśmy skałę i mam wrażenie, że wypełzło spod niej coś strasznego.

Komatsu westchnął. – Ja też nie mam chwili spokoju. Tygodniki robią szum, przychodzą jacyś ludzie z telewizji. Dziś od rana w firmie jest policja – zbierają informacje. Wiedzą też o powiązaniu Fukaeri z Sakigake. I oczywiście o rodzicach, którzy zniknęli bez śladu. Pewnie będą się o tym rozpisywać.

– A co robi profesor Ebisuno?

– Od pewnego czasu nie mogę się z nim skontaktować. Nie da się do niego dodzwonić i on do mnie nie dzwoni. U niego pewnie też straszne zamieszanie. Albo może coś po cichu knuje.

– À propos, czy wspominał pan komuś, że piszę teraz długą powieść?

– Nie, nikomu o niczym takim nie mówiłem – odparł natychmiast Komatsu. – Po co miałbym to robić?

– Mniejsza o to. Tak tylko zapytałem.

Komatsu zamilkł na chwilę.

– Wiesz co, Tengo? Teraz może już za późno o tym mówić, ale niewykluczone, że w coś niechcący wdepnęliśmy.

– Bez względu na to, w co wdepnęliśmy, jedno jest pewne: zdaje się, że nie ma już powrotu.

– Skoro nie ma powrotu, to bez względu na wszystko możemy chyba tylko iść dalej naprzód. Nawet jeśli pojawiło się to coś *strasznego*, o czym wspominałeś.

– Lepiej zapiąć pasy – powiedział Tengo.

– Zgadza się – odparł Komatsu i odłożył słuchawkę.

Był to długi dzień. Tengo usiadł przy stole i pijąc zimną herbatę, myślał o Fukaeri. Co robi przez cały dzień sama w swojej kryjówce? Ale oczywiście nikt nie mógł wiedzieć, co robiła Fukaeri.

Na taśmie powiedziała, że wiedza i siła Little People może zrobić krzywdę profesorowi i jemu. **Trzeba uważać w lesie**. Tengo odruchowo rozejrzał się dookoła. Tak, w głębi lasu był *ich* świat.

Rozdział trzeci – Aomame

Urodzin się nie wybiera, ale można wybrać, jak się umrze

Tego wieczoru, pod koniec lipca, gdy wreszcie rozeszły się grube chmury pokrywające od dawna niebo, pojawiły się na nim wyraźnie zarysowane dwa księżyce. Aomame obserwowała ten widok z małego balkonu. Miała ochotę od razu do kogoś zadzwonić i powiedzieć: „Wyjrzyj przez okno i spójrz na niebo. No, ile księżyców widzisz? Ode mnie wyraźnie widać dwa. A od ciebie?”.

Do kogo jednak miałaby się zwrócić w takiej sprawie? Mogłaby zadzwonić do Ayumi, ale nie chciała pogłębiać tej znajomości. Ayumi była zawodową policjantką. A Aomame prawdopodobnie niedługo zabije jeszcze jednego mężczyznę, zmieni wygląd i nazwisko, przeprowadzi się do innej części kraju i zatrze po sobie ślady. Oczywiście nie będzie mogła więcej widywać się z Ayumi. Ani z nią kontaktować. Kiedy się z kimś bliżej zaprzyjaźnimy, trudno jest przeciąć takie więzy.

Weszła do mieszkania, zamknęła drzwi balkonowe i włączyła klimatyzację. Zaciągnęła zasłony, oddzielając się od księżyców. Te dwa księżyce unoszące się na niebie wywołały zamęt w jej sercu. Zdawało się też, że lekko zachwiały równowagę przyciągania ziemskiego i wywierały jakiś wpływ na jej organizm. Do miesiączki miała jeszcze trochę czasu, lecz czuła się dziwnie ociężała. Skórę miała suchą, puls nienaturalny. Postaram się nie myśleć więcej o księżycach, postanowiła. Nawet, jeśli m u s z ę o n i c h m y ś l e ć.

Chcąc się pozbyć uczucia ociężałości, położyła się na wykładzinie i zrobiła trening rozciągający. Po kolei poruszała nieużywane zwykle mięśnie, systematycznie i dogłębnie je rozciągając. Wydawały bezgłośne jęki, a pot lał się na podłogę. Sama stworzyła program tego treningu i codziennie czyniła go bardziej radykalnym i efektywnym. Wymyśliła go dla siebie. Nie nadawał się na zajęcia w klubie fitness. Przeciętny człowiek nie zniósłby takiego bólu. Nawet większość kolegów instruktorów jęczała przy jego wykonywaniu.

Podczas ćwiczeń słuchała płyty z *Sinfoniettą* Janáčka pod dyrekcją George'a Szella. Utwór dobiegł końca po dwudziestu pięciu minutach, lecz w ciągu tego czasu udało jej się skutecznie i boleśnie rozciągnąć wszystkie mięśnie. Ani za krótko, ani za długo. Akurat odpowiednio. Gdy muzyka ucichła, talerz gramofonu się zatrzymał, a ramię automatycznie wróciło do pozycji wyjściowej, ciało i umysł Aomame przypominały wyżętą ścierkę.

Znała już *Sinfoniettę* na pamięć, od początku do końca. Kiedy rozciągała ciało nieomal do granic wytrzymałości, ogarniał ją przedziwny spokój. Zadawała tortury i jednocześnie była torturowana. Zmuszała i jednocześnie była zmuszana. Taka spójność skierowana ku sobie była właśnie tym, czego pragnęła, co ją koiło. *Sinfonietta* Janáčka stała się dla niej ważnym tłem muzycznym.

Przed dziesiątą wieczorem zadzwonił telefon. Gdy podniosła słuchawkę, usłyszała głos Tamaru.

– Jakie masz plany na jutro? – zapytał.

– Pracuję do pół do siódmej.

– A mogłabyś potem tu wpaść?

– Mogłabym.

– Świetnie – powiedział Tamaru. Słychać było, jak wpisuje coś długopisem w kalendarz.

– À propos, znalazłeś nowego psa? – zapytała Aomame.

– Psa? A tak, znowu zdecydowałem się na owczarka niemieckiego. Jeszcze dobrze nie poznałem jego charakteru, ale zasadniczo wydaje się wytresowany i posłuszny. Jest tu od dziesięciu dni i mniej więcej się przyzwyczaił. Kobiety też się lepiej przy nim poczuły.

– To dobrze.

– Ten oczekuje tylko zwykłego jedzenia dla psów. Nie ma z nim kłopotu.

– Normalne owczarki niemieckie nie jedzą szpinaku.

– Tamten był rzeczywiście nienormalny. W zależności od pory roku szpinak potrafił nieźle kosztować. – W narzekaniu Tamaru słychać było ton tęsknoty. Po kilkusekundowej przerwie zmienił temat. – Dziś jest piękny księżyc.

Aomame lekko się skrzywiła. – Dlaczego ni stąd, ni zowąd mówisz o księżycu?

– Mnie się też czasem zdarza wspomnieć o księżycu.

– No tak, oczywiście – powiedziała Aomame. Ale nigdy bez przyczyny nie rozprawiasz przez telefon o pięknie przyrody, dodała w myślach.

Tamaru milczał przez chwilę, potem znów się odezwał: – To ty niedawno powiedziałaś coś przez telefon o księżycu. Pamiętasz? Od tego czasu jakoś kwestia księżyca nie daje mi spokoju. Poza tym przed chwilą spojrzałem na niebo. Jest czyste, bez jednej chmurki i świeci piękny księżyc.

A był tylko jeden?, chciała zapytać Aomame, ale rozmyśliła się. To zbyt niebezpieczne. Tamaru ostatnio opowiadał o sobie. O tym jak dorastał jako sierota, nie znając właściwie swoich rodziców, o kwestii swojego obywatelstwa. Pierwszy raz tak się rozgadał. Zwykle prawie nic o sobie nie mówił. Musiała mu przypaść do gustu. I przez to na swój sposób jej ufał. Lecz był profesjonalistą wyszkolonym, by dążyć do celu najkrótszą drogą. Lepiej nie mówić nic niepotrzebnego.

– Sądzę, że mogę wpaść koło siódmej, po pracy – powiedziała.

– Świetnie. Pewnie będziesz głodna. Jutro kucharz ma wolne, więc nie będzie porządnego posiłku, ale jeśli mogą być kanapki, to chętnie ci zrobię.

– Dziękuję.

– Potrzebuję twojego prawa jazdy, paszportu i legitymacji ubezpieczeniowej. Przynieś jutro. I chciałbym klucz do twojego mieszkania. Zdążysz dorobić?

– Myślę, że tak.

– I jeszcze jedno. Chciałbym z tobą prywatnie porozmawiać o tej wcześniejszej sprawie. Poświęć mi chwilkę, jak skończysz rozmowę z madame.

– O wcześniejszej sprawie?

Tamaru milczał przez chwilę. Cisza była ciężka jak worek piasku. – Chyba o coś mnie prosiłaś? Zapomniałaś?

– Oczywiście że nie zapomniałam – odrzekła pośpiesznie Aomame. Jej myśli zaprzątał jeszcze częściowo księżyc.

– To jutro o siódmej – powiedział Tamaru i się rozłączył.

Następnego wieczoru nie zmieniła się liczba księżyców. Kiedy po skończeniu pracy szybko wzięła prysznic i wyszła z klubu fitness, na jeszcze jasnym niebie unosiły się dwie blade tarcze. Przystanęła na kładce wiodącej nad ulicą Gaienhigashi, oparła się o poręcz i przez pewien czas im się przyglądała. Nikt prócz niej ich nie podziwiał. Przechodnie mijali patrzącą na niebo Aomame, rzucając jej zdziwione spojrzenia. Chyba nie interesowało ich ani niebo, ani księżyce, bo szli szybkim krokiem ku stacji metra. Aomame zaczęła odczuwać w całym ciele taką samą ociężałość jak poprzedniego dnia. Muszę przestać się tak w nie wpatrywać, pomyślała. To niedobrze na mnie wpływa. Lecz choć bardzo się starała, czuła na sobie ironiczne spojrzenie obu księżyców. Nawet kiedy nie patrzę, one patrzą na mnie. Wiedzą, co zamierzam zrobić.

Starsza pani i Aomame piły gorącą, mocną kawę z antycznych ozdobnych filiżanek. Starsza pani wlała odrobinę mleka przy brzegu filiżanki i piła, nie zamieszawszy go. Nie posłodziła kawy. Aomame jak zawsze nie dodała cukru ani mleka. Tamaru zgodnie z obietnicą przyniósł własnoręcznie zrobione kanapki. Pokroił je na kawałki wielkości kęsów. Aomame zjadła kilka. Były to skromne kanapki z ciemnego chleba z serem i ogórkiem, ale miały wykwintny smak. Nawet taką prostą kolację Tamaru przygotował elegancko i zgodnie z zasadami. Umiał się dobrze posługiwać nożem. Wszystkie składniki miały odpowiednią wielkość i grubość. Wiedział, jaka musi być kolejność koniecznych czynności. Już samo to miało zadziwiający wpływ na smak.

– Skończyła pani porządkowanie swoich rzeczy? – zapytała starsza pani.

– Niepotrzebne ubrania i książki pooddawałam. To, co będzie mi potrzebne w nowym życiu, włożyłam do jednej podręcznej torby. W mieszkaniu zostały tylko używane na co dzień urządzenia elektryczne, garnki, pościel i naczynia.

– Pozbędziemy się tego, co zostanie. Nie musi też pani w ogóle przejmować się formalnościami takimi, jak umowa wynajmu mieszkania i tak dalej. Niech pani weźmie ze sobą tylko to, co naprawdę niezbędne.

– Czy powinnam jakoś uprzedzić ludzi w pracy? Mogą nabrać podejrzeń, jeżeli pewnego dnia nagle zniknę.

Starsza pani cicho odstawiła filiżankę na stolik. – O to też nie musi się pani martwić.

Aomame przytaknęła w milczeniu. Zjadła kolejny kęs kanapki i napiła się kawy.

– Czy ma pani oszczędności w banku? – zapytała starsza pani.

– Mam sześćset tysięcy jenów na normalnym koncie. I dwa miliony na lokacie.

Starsza pani uważnie zastanowiła się nad tymi sumami. – Z tego zwykłego konta może pani podjąć pieniądze kilka razy do łącznej sumy czterystu tysięcy. Ale proszę nie ruszać lokaty. Niedobrze byłoby, gdyby pani ją nieoczekiwanie zlikwidowała przed upływem terminu. Być może będą badać pani prywatne życie. Nigdy za dużo ostrożności. Taką sumę mogę pani łatwo później zapewnić. Ma pani jakiś inny majątek?

– To, co otrzymałam od pani, jest nadal w skrytce bankowej.

– Gotówkę proszę wyjąć ze skrytki. Ale lepiej nie trzymać jej w mieszkaniu. Proszę się zastanowić nad jakimś odpowiednim miejscem na przechowanie jej.

– Dobrze.

– To na razie wszystko, o co chciałam panią prosić. Poza tym proszę się zachowywać zupełnie normalnie. Nie zmieniać stylu życia, nie robić nic, co zwróciłoby uwagę. I proszę w miarę możliwości nie rozmawiać o ważnych sprawach przez telefon.

Kiedy starsza pani skończyła mówić, zapadła głęboko w fotel, jakby zużyła cały zapas energii.

– Czy data została ustalona? – zapytała Aomame.

– Niestety, jeszcze nic nie wiemy. Czekamy na wiadomość z Sakigake. Wszystko jest zaaranżowane, ale ich plany krystalizują się z bardzo niewielkim wyprzedzeniem. To może być za tydzień. Albo za miesiąc. Nie znamy też miejsca. Na pewno się pani niepokoi, ale musi pani cierpliwie czekać i być cały czas w pogotowiu.

– Nie przeszkadza mi czekanie – powiedziała Aomame. – Ale czy mogłaby mi pani w ogólnym zarysie powiedzieć, jak to zostanie zaaranżowane?

– Zrobi mu pani masaż rozciągający mięśnie. Taki jak pani zwykle robi. Coś mu dolega. To nie zagraża jego życiu, ale sprawia dość silny ból. Próbował dotąd różnych terapii, chcąc pozbyć się tego „problemu". Chwytał się też metod wykraczających poza formalną medycynę – masażu shiatsu, akupunktury, innych masaży, dosłownie wszystkiego. Ale jak dotąd nie ma widocznych rezultatów. Ten zdrowotny „problem" to jego jedyny słaby punkt i to właśnie od tej strony możemy go zaatakować.

Okno za plecami starszej pani było zasłonięte, lecz Aomame czuła na sobie zimne spojrzenie księżyców. Ich konspiracyjne milczenie zdawało się przenikać aż do tego pokoju.

– W tej chwili mamy w sekcie swojego człowieka. Za jego pośrednictwem przekazałam informację, że jest pani wybitnym ekspertem w dziedzinie masażu rozciągającego. To nie było takie trudne. No, bo to prawda. Bardzo się panią zainteresowali. Na początku chcieli panią sprowadzić do siedziby sekty w Yamanashi. Ale z powodu pracy absolutnie nie może pani wyjechać. Taka jest oficjalna wersja. Lider i tak mniej więcej raz w miesiącu przyjeżdża do Tokio, żeby załatwiać różne sprawy. Zatrzymuje się w hotelu w centrum, tak żeby nie zwracać na siebie uwagi. Pani zrobi mu masaż rozciągający w pokoju hotelowym. Wystarczy, że zrobi pani to, c o z w y k l e.

Aomame postarała się wyobrazić to sobie. Pokój hotelowy. Na macie do jogi leży mężczyzna, a ona robi mu masaż rozciągający. Twarzy nie widać. Człowiek leżący na brzuchu jest bezbronny, kark ma odkryty. Ona wyciąga rękę i wyjmuje z torby swój niby-szpikulec do lodu, ten sam, co zawsze.

– Czy będziemy w tym pokoju tylko we dwoje? – zapytała.

Starsza pani kiwnęła głową. – Lider stara się ukryć ten zdrowotny „problem" przed członkami sekty. Dlatego nikogo przy tym nie będzie. Będziecie tylko we dwoje.

– Czy oni już znają moje nazwisko, miejsce pracy i tak dalej?

– Są bardzo ostrożni. Na pewno wcześniej starannie panią sprawdzili. Ale chyba nie doszukali się żadnych problemów. Wczoraj dostaliśmy wiadomość, że ma pani przyjść do hotelu, w którym się zatrzymają. Mają nas zawiadomić o miejscu i czasie, kiedy zostaną ustalone.

– A czy moje wizyty u pani nie wzbudzą podejrzeń, że coś nas łączy?

– Należę do klubu, w którym pani pracuje, i pani prowadzi ze mną treningi w domu. Nie ma powodu przypuszczać, że łączy nas coś więcej.

Aomame skinęła głową.

– Kiedy Lider opuszcza swój teren, zawsze zabiera ze sobą dwóch ochroniarzy. Obaj należą do sekty, mają stopnie mistrzowskie w karate. Nie wiem, czy są uzbrojeni, ale ponoć wyszkoleni są dobrze. Codziennie trenują. Jednak zdaniem Tamaru to tylko amatorzy.

– W przeciwieństwie do niego.

– Tak, w przeciwieństwie do niego. Tamaru służył w oddziałach specjalnych Sił Samoobrony. Został wyćwiczony, tak żeby każde zadanie wykonywać bez namysłu i natychmiast przechodzić do działania. Nie waha się bez względu na to, kim jest przeciwnik. Amatorzy się wahają. Szczególnie kiedy przeciwnikiem jest młoda kobieta.

Starsza pani odchyliła głowę, położyła ją na oparciu fotela i głęboko westchnęła. Potem znów się wyprostowała i spojrzała prosto na Aomame. – Kiedy pani będzie się zajmowała Liderem, ochroniarze będą czekali w pogotowiu w sąsiednim pokoju apartamentu hotelowego. Spędzi pani z nim godzinę. W tym momencie tak to zostało zaaranżowane. No, ale oczywiście nikt nie wie, co się naprawdę stanie. Wszystko jest wyjątkowo płynne. Lider stara się do ostatniej chwili nie zdradzać swoich planów.

– W jakim jest mniej więcej wieku?

– Słyszałam, że ma pięćdziesiąt parę lat i że to potężnie zbudowany mężczyzna. Niestety na razie nie wiem nic poza tym.

Tamaru czekał na nią przy wejściu. Dała mu dorobiony klucz do mieszkania, swoje prawo jazdy, legitymację ubezpieczeniową i paszport. Poszedł gdzieś w głąb domu, żeby zrobić kopie dokumentów. Upewnił się, że ma wszystkie, i oddał jej oryginały. Potem zaprowadził ją do swojego pokoju obok wejścia. Było to niewielkie kwadratowe pomieszczenie pozbawione ozdób. Śmiesznie małe okno wychodzące na ogród było otwarte. Ścienny klimatyzator cicho szumiał. Tamaru wskazał jej niewielkie drewniane krzesło, a sam usiadł przy biurku. Na ścianie wisiały rzędem cztery monitory. W zależności od potrzeb można było regulować kąt nachylenia kamer. Cztery odtwarzacze wideo zapisywały obraz z monitorów. Ekrany pokazywały ulicę za ogrodzeniem posesji. Pierwszą kamerę nastawiono na wejście do schroniska, w którym mieszkały kobiety. Aomame zauważyła też nowego psa. Odpoczywał, leżąc rozpłaszczony na ziemi. Był nieco mniejszy od poprzedniego.

– Na taśmie nie było widać, jak pies zginął – powiedział Tamaru, uprzedzając jej pytanie. – Nie był wtedy uwiązany. Sam nie mógł się uwolnić, więc pewnie zrobił to ktoś obcy.

– Ktoś, na kogo pies nie zaszczekał.

– Na to wychodzi.

– Dziwna sprawa.

Tamaru skinął głową, ale się nie odezwał. Aż do znudzenia analizował różne możliwe scenariusze wydarzeń. Nie było już sensu o tym opowiadać.

Sięgnął do szuflady szafki i wyjął czarną plastikową torbę. W środku był spłowiały niebieski ręcznik, a po jego odwinięciu wyłonił się lśniący czernią metalowy przedmiot. Był to niewielki automatyczny pistolet. Podał go Aomame bez słowa. Ona również w milczeniu go wzięła. Zważyła w dłoni. Był znacznie lżejszy, niż się spodziewała. Coś tak lekkiego mogło zabić człowieka.

– Właśnie popełniłaś dwa poważne błędy. Wiesz jakie? – zapytał Tamaru.

Aomame powtórzyła w myślach swoje czynności, ale nie wiedziała, gdzie popełniła błąd. Przyjęła tylko podany jej pistolet.

– Nie wiem – powiedziała.

– Przede wszystkim, biorąc pistolet nie upewniłaś się, czy jest nabity, a gdyby był, czy nie jest odbezpieczony. A po drugie, wzięłaś go i przez krótką chwilę skierowałaś lufę w moją stronę. Jedno i drugie jest niedopuszczalne. Poza tym, jeżeli nie masz zamiaru strzelać, lepiej nie kłaść palców pod osłonę języka spustowego.

– Dobrze, będę uważała.

– Poza nagłymi wypadkami, zwłaszcza podczas brania do ręki, podawania i noszenia pistoletu, w magazynku nie powinno być ani jednego naboju. W dodatku, widząc pistolet, zawsze powinnaś założyć, że jest naładowany. Do czasu aż się dowiesz, że nie jest. Pistolety są produkowane w celu zabijania i ranienia ludzi. Nigdy za wiele ostrożności. Niektórzy się śmieją, że jestem nadmiernie przezorny. Ale głupie wypadki naprawdę się zdarzają, a giną w nich i odnoszą rany zawsze ci, którzy się śmieli z innych, tych przezornych.

Tamaru wyjął z kieszeni plastikową torebkę. W środku było siedem nowych nabojów. Położył je na stole. – Jak widzisz, w tej chwili nie jest nabity. Magazynek jest założony, ale pusty. W komorze także nie ma naboju.

Aomame kiwnęła głową.

– To prywatny prezent ode mnie. Ale jeśli go nie wykorzystasz, chciałbym, żebyś mi go zwróciła.

– Oczywiście – powiedziała Aomame głucho. – Zdobycie go pewnie dużo kosztowało?

– Nie musisz się o to martwić. Martw się o inne rzeczy. O nich rozmawiajmy. Strzelałaś kiedyś z pistoletu?

Aomame potrząsnęła głową. – Nigdy.

– Prawdę mówiąc, rewolwer jest łatwiejszy w użyciu niż pistolet automatyczny. Szczególnie dla początkujących. Ma prostą budowę, łatwo się nim posługiwać, rzadko zdarza się wystrzelić przez pomyłkę. Ale rewolwer o porządnej skuteczności zajmuje dużo miejsca, jest niewygodny do noszenia. Dlatego chyba pistolet automatyczny będzie lepszy. Heckler und Koch, HK4. Niemieckiej produkcji, bez nabojów waży czterysta osiemdziesiąt gramów. Jest mały i lekki. I ma mały odrzut. Dziewięciomilimetrowe naboje mają dużą moc. Na dużą odległość nie jest zbyt celny, ale dla twoich potrzeb się nada. Firma Heckler und Koch powstała po wojnie, lecz ten model HK4 jest oparty na cieszącym się dobrą opinią mauzerze HSc używanym już przed wojną. Jest stale produkowany od tysiąc dziewięćset sześćdziesiątego ósmego roku, ciągle jest ważnym, standardowym produktem. Dlatego cieszy się zaufaniem. Ten nie jest nowy, ale podobno człowiek, który go używał, znał się na tym i dbał o niego. Pistolet jak samochód: od zupełnie nowego raczej lepszy jest sprawdzony używany, w dobrym stanie.

Wziął od niej pistolet i wytłumaczył Aomame, jak się nim posługiwać. Jak go zabezpieczać i odbezpieczać. Jak otworzyć zamek, wyjąć magazynek i jak znów go założyć.

– Kiedy wyjmujesz magazynek, musisz koniecznie zabezpieczyć pistolet. Zwalniasz, wyjmujesz magazynek, cofasz zamek i nabój wyskakuje z komory. Teraz nie ma naboju, więc nic nie wyskakuje. Potem zamek jest cofnięty, naciskasz zwalniacz. Wtedy zamek się zamknie. Kurek jest napięty. Jeśli jeszcze raz pociągniesz spust, kurek się zwolni. Wtedy możesz założyć nowy magazynek.

Tamaru szybko i wprawnie wykonał tę serię czynności. Potem powtórzył je, tym razem powoli, mówiąc, co robi na każdym etapie. Aomame przyglądała się zachłannie.

– Spróbuj.

Aomame ostrożnie wyjęła magazynek, odsunęła zamek, otworzyła komorę, zwolniła kurek i znów włożyła magazynek.

– Dobrze – powiedział Tamaru. Wziął od niej pistolet, wyjął magazynek, uważnie włożył do niego siedem nabojów i z trzaskiem załadował. Cofnął zamek i wprowadził nabój do komory. A potem przesunął dźwignię po lewej stronie, by zabezpieczyć broń.

– Spróbuj zrobić to samo, co przed chwilą. Ale tym razem jest w pełni załadowany. Jeden nabój jest w komorze. Zabezpieczyłem pistolet, ale i tak nie wolno kierować lufy w niczyim kierunku – powiedział Tamaru.

Aomame wzięła naładowany pistolet i zauważyła, że wzrósł jego ciężar. Nie był już tak lekki jak przedtem. Towarzyszyło mu niewątpliwe widmo śmierci. To precyzyjnie wykonane narzędzie do zabijania ludzi, pomyślała. Poczuła, że poci się pod pachami. Upewniwszy się, że pistolet jest zabezpieczony, odsunęła zwalniacz, wyjęła magazynek i położyła na stole. Potem odsunęła zamek, wyjęła z komory nabój. Spadł ze stuknięciem na podłogę. Odsunęła spust, zamknęła zamek, jeszcze raz pociągnęła spust i kurek wrócił na swoje miejsce. Potem drżącymi rękami podniosła z ziemi dziewięciomilimetrowy nabój. Zaschło jej w gardle, przy oddychaniu czuła pieczenie.

– Nieźle jak na pierwszy raz – powiedział Tamaru, wsuwając nabój do magazynka. – Ale jeszcze musisz dużo poćwiczyć. Ręce ci drżą. Powtarzaj to wyjmowanie i zakładanie magazynka codziennie wiele razy, naucz się tego porządnie, wyczuj, jak ten pistolet leży ci w dłoni. Opanuj te czynności, zacznij wykonywać je tak szybko i automatycznie, jak ci przed chwilą pokazałem. Żebyś to mogła bez problemu zrobić nawet w ciemności. Nie będziesz musiała zmieniać magazynka, ale to najbardziej podstawowa czynność przy posługiwaniu się bronią. Musisz się jej nauczyć.

– A nie muszę ćwiczyć strzelania?

– Nie będziesz do nikogo z tego strzelać. Tylko do siebie, prawda?

Aomame przytaknęła.

– Skoro tak, nie musisz ćwiczyć strzelania. Wystarczy, jak się nauczysz odbezpieczać i będziesz czuła spust. Poza tym gdzie miałabyś ćwiczyć strzelanie?

Aomame potrząsnęła głową. Żadne miejsce nie przyszło jej do głowy.

– À propos strzelania do siebie, w które miejsce zamierzasz strzelić? Pokaż mi, jak byś to zrobiła.

Tamaru założył załadowany magazynek i upewniwszy się, że broń jest zabezpieczona, podał ją Aomame. – Jest zabezpieczony – powiedział.

Aomame przytknęła lufę do skroni. Poczuła chłód stali. Tamaru patrząc na to, kilka razy powoli potrząsnął głową.

– Posłuchaj, lepiej zrezygnować z celowania w skroń. Strzelenie w mózg od strony skroni jest trudniejsze, niż myślisz. Zwykle w takich wypadkach ręka się trzęsie, a kiedy ręka się trzęsie, pod wpływem odrzutu łatwo spudłować. Często kula zahaczy tylko czaszkę, a nie da się umrzeć. Nie chcesz chyba się znaleźć w takiej sytuacji?

Aomame w milczeniu pokręciła głową.

– Kiedy Hideki Tōjō został po wojnie schwytany przez armię amerykańską, zamierzał sobie strzelić w serce, przyłożył lufę do piersi i pociągnął spust, ale spudłował. Kula trafiła w żołądek i nie umarł. To beznadziejne, że człowiek, który stał na czele zawodowej armii, nie potrafił się nawet porządnie zastrzelić. Od razu zabrali go do szpitala, pod pieczołowitą opieką amerykańskich lekarzy wojskowych wydobrzał, postawili go pod sąd i skazali na śmierć przez powieszenie. To straszna śmierć. Dla człowieka ważny jest moment śmierci. Urodzin się nie wybiera, ale można wybrać, jak się umrze.

Aomame przygryzła wargi.

– Najpewniejszy sposób to wsunąć lufę do ust i od dołu roztrzaskać mózg. W ten sposób.

Tamaru wziął od Aomame pistolet i pokazał jej, jak to zrobić. Wiedziała, że broń jest zabezpieczona, ale i tak ten widok ją zdenerwował. Zabrakło jej tchu, jakby coś utkwiło jej w gardle.

– Ale nawet i to nie jest stuprocentowo pewne. Znam jednego gościa, któremu nie udało się umrzeć i strasznie się męczył. Razem byliśmy w Siłach Samoobrony. Włożył do ust lufę karabinu, przymocował łyżkę do spustu i popchnął ją palcami stóp. Ale pewnie lufa się trochę przesunęła. Nie udało mu się umrzeć i żył potem jak roślina. Tak przeżył dziesięć lat. Niełatwo jest odebrać sobie życie. Nie tak jak na filmie. Na filmie wszyscy bez trudu popełniają samobójstwa. Nie czują bólu i raz-dwa umierają. Ale w rzeczywistości tak nie jest. Człowiek nie może umrzeć, dziesięć lat leży w łóżku i robi pod siebie.

Aomame w milczeniu przytaknęła.

Tamaru wyjął naboje z pistoletu i magazynka, potem wsunął je do plastikowej torebki. Podał jej pistolet i naboje. – Nie jest naładowany.

Przyjęła je i kiwnęła głową.

– Posłuchaj, znacznie mądrzej jest myśleć o tym, jak przeżyć. I bardziej realistycznie. Taka jest moja rada.

– Dobrze – odrzekła Aomame głucho. Zawinęła w apaszkę ten przypominający jakąś prostą maszynę pistolet HK4 firmy Heckler und Koch i schowała go do torby. Torebkę z nabojami wsunęła do przegródki. Ciężar torby zwiększył się o pięćset gramów, lecz jej kształt wcale się nie zmienił. Był to niewielki pistolet.

– Amatorzy nie powinni się zabierać do takich rzeczy – powiedział Tamaru. – Z doświadczenia wiem, że nic dobrego z tego nie wychodzi. Ale ty pewnie jakoś sobie poradzisz. W pewnym sensie jesteś do mnie podobna. Kiedy przyjdzie co do czego, potrafisz na pierwszym miejscu postawić zasady, a nie siebie.

– Bo pewnie tak naprawdę nie mam siebie.

Tamaru tego nie skomentował.

– Byłeś w Siłach Samoobrony, tak? – zapytała Aomame.

– Tak, w najgorszych oddziałach. Zmuszali nas do jedzenia myszy, węży i szarańczy. Da się to zjeść, ale smaczne nie jest.

– A co potem robiłeś?

– Różne rzeczy. Pracowałem w ochronie, głównie jako bodyguard. Czasami byłem raczej kimś w rodzaju goryla. Nie lubię gier zespołowych, więc zawsze jakoś wolę pracować sam. Przez pewien krótki czas, nie mając wyboru, działałem w półświatku. Niejedno tam widziałem. Takie rzeczy, których normalny człowiek nie zobaczy przez całe życie. Ale jakoś mi się udało i nie spotkało mnie nic strasznego. Zawsze uważałem, żeby się nie potknąć. Jestem z natury bardzo ostrożny i nie lubię gangsterów. Dlatego, tak jak ci wcześniej mówiłem, nie mam żadnych plam w życiorysie. A potem tu przyszedłem – powiedział Tamaru, wskazując podłogę. – Od tego czasu moje życie bardzo się unormowało. Nie chodzi o to, że zależy mi jedynie na ustabilizowanym życiu, ale w miarę możliwości nie chcę utracić tego, co tu mam. Niełatwo znaleźć miejsce pracy, które przypadnie człowiekowi do gustu.

– Oczywiście – powiedziała Aomame. – Słuchaj, naprawdę nie muszę ci zapłacić?

Tamaru potrząsnął głową. – Pieniędzy nie trzeba. Ten świat nie działa w oparciu o pieniądze, ale o wzajemne przysługi. Sam nie lubię mieć długów, więc staram się robić ludziom jak najwięcej przysług.

– Dziękuję.

– Gdyby przypadkiem doszło do tego, że policja zapyta cię o pochodzenie tej broni, wolałbym, żebyś nie wymieniała mojego nazwiska. Gdyby przyszli do mnie, całkowicie bym się tego wyparł, niczego bym nie powiedział, nawet gdyby mnie bili. Ale jeśli madame zostałaby w to wplątana, byłbym skompromitowany.

– Oczywiście, że nie podałabym twojego nazwiska.

Tamaru wyjął z kieszeni złożoną kartkę i dał Aomame. Były na niej imię i nazwisko jakiegoś mężczyzny.

– Czwartego lipca w kawiarni Renoir niedaleko stacji Sendagaya dostałaś od tego człowieka pistolet i siedem kul, zapłaciłaś mu gotówką pięćset tysięcy jenów. Potrzebna ci była broń, on się o tym dowiedział i skontaktował się z tobą. Jeżeli policja go zapyta, powinien się łatwo przyznać. I pójdzie na kilka lat do więzienia. Nie musisz podawać żadnych innych szczegółów. Jeżeli uda się ustalić pochodzenie broni, policjanci nie wyjdą na głupków. Ty być może też dostaniesz lekki wyrok za nielegalne posiadanie broni.

Aomame zapamiętała nazwisko z kartki i zwróciła ją Tamaru. Podarł kartkę na kawałeczki i wrzucił do kosza na śmieci.

– Tak jak przed chwilą mówiłem, jestem z natury bardzo ostrożny. Niezwykle rzadko na kimś polegam, ale nawet wtedy nikomu nie ufam. Nie zdaję się też nigdy na bieg wypadków. Ale najlepiej by było, żeby ten pistolet do mnie bezpiecznie wrócił. Wtedy nikt nie będzie miał kłopotów. Nikt nie umrze, nikt nie zostanie ranny, nikt nie pójdzie do więzienia.

Aomame skinęła głową. – To znaczy wbrew zasadom powieści Czechowa?

– Właśnie. Czechow był wybitnym pisarzem, ale oczywiście jego podejście nie jest jedynym możliwym. Nie wszystkie pistolety pojawiające się w opowieściach plują ogniem – powiedział Tamaru. A potem lekko się skrzywił, jakby coś sobie przypomniał. – A, zapomniałem o ważnej sprawie. Powinienem ci dać pager.

Wyjął z szuflady niewielkie urządzenie i położył na biurku. Pager miał niewielki metalowy zaczep pozwalający przypiąć go do paska lub ubrania. Tamaru podniósł słuchawkę telefonu, wybrał trzycyfrowy kod. Po trzech dzwonkach pager odebrał sygnał i zaczął emitować przerywane elektroniczne dźwięki. Tamaru maksymalnie zwiększył głośność, a potem przyciskiem wyłączył sygnał. Mrużąc oczy, upewnił się, że numer telefonu dzwoniącego pojawił się na maleńkim ekranie, a następnie podał pager Aomame.

– W miarę możliwości chciałbym, żebyś go nosiła przy sobie – powiedział. – A przynajmniej miej zawsze w zasięgu ręki. Jeśli zapiszczy, to znaczy, że masz ode mnie wiadomość. Ważną wiadomość. Nie będę dzwonił, żeby rozmawiać o pogodzie. Wtedy od razu zadzwoń na numer, który się wyświetli. Koniecznie z budki telefonicznej. Jeżeli będziesz miała jakiś bagaż, najlepiej włóż go do schowka na dworcu Shinjuku.

– Na dworcu Shinjuku – powtórzyła Aomame.

– Nie muszę ci mówić, że im mniej bagażu, tym lepiej.

– Oczywiście – powiedziała.

Po powrocie do domu zasunęła dokładnie zasłony, wyciągnęła Heckler und Koch HK4 i naboje. Usiadła przy stole i zaczęła ćwiczyć wkładanie i wyjmowanie magazynka. Za każdym razem robiła to szybciej. Czynności stały się rytmiczne, ręce przestały jej drżeć. Potem zawinęła pistolet w znoszony podkoszulek i schowała w pudełku po butach. Wepchnęła je w głąb szafy. Torebkę z nabojami wsunęła do wewnętrznej kieszeni wiszącego na wieszaku płaszcza przeciwdeszczowego. Ponieważ strasznie zaschło jej w gardle, wyjęła z lodówki herbatę z jęczmienia i wypiła trzy szklanki. Mięśnie barków zesztywniały jej od stresu, spod pach unosił się inny niż zwykle zapach potu. Na samą myśl, że ma w posiadaniu pistolet, zaczynała trochę inaczej postrzegać świat. Otoczenie nabrało jakiegoś dziwnego, nieznanego odcienia.

Rozebrała się i wzięła gorący prysznic, żeby zmyć zapach potu.

Nie wszystkie pistolety plują ogniem, pouczała samą siebie pod prysznicem. To tylko narzędzia. A poza tym ja nie żyję w świecie opowieści. Żyję w rzeczywistym świecie przepełnionym rozkładem, nielogicznością i rozczarowaniami.

Następne dwa tygodnie minęły bez żadnych specjalnych wydarzeń. Aomame jak zwykle chodziła do pracy w klubie fitness, prowadziła zajęcia ze sztuk walki i trening rozciągający mięśnie. Nie wolno jej było zmieniać trybu życia. Jak najsurowiej przestrzegała tego, co powiedziała starsza pani. Po powrocie do domu i samotnej kolacji zasuwała zasłony i przy kuchennym stole ćwiczyła obchodzenie się z pistoletem Heckler und Koch HK4. Jego ciężar, twardość, zapach, jego brutalność i milczenie stopniowo stapiały się z jej ciałem.

Zdarzało się, że ćwiczyła, zasłoniwszy sobie oczy apaszką. Nauczyła się błyskawicznie ładować na ślepo magazynek, odbezpieczać i odciągać zamek. W jej uszach rozbrzmiewały przyjemnie krótkie i rytmiczne odgłosy kolejnych czynności. W ciemności wkrótce przestała odróżniać dźwięki w rzeczywistości wydawane przez pistolet w jej dłoni od tych, które rejestrował jej słuch. Granica między nią, jako bytem, a czynnościami, które wykonywała, stopniowo się zacierała, aż niebawem całkiem zniknęła.

Raz dziennie stawała przez lustrem nad umywalką i wkładała do ust lufę naładowanego pistoletu. Czując na zębach twardość metalu, wyobrażała sobie, jak jej palec pociąga spust. Tylko dzięki tej jednej czynności jej życie dobiegnie końca. W następnej chwili już jej na tym świecie nie będzie. Stojąc przed lustrem, przykazywała sobie, że musi uważać na kilka rzeczy. Powstrzymać drżenie ręki. Złagodzić siłę odrzutu. Nie bać się. A przed wszystkim się nie wahać.

Gdybym chciała, mogłabym zrobić to nawet teraz, pomyślała Aomame. Wystarczyłoby tylko przesunąć palec o centymetr. Prosta sprawa. Może naprawdę to zrobić? Ale zmieniła zdanie, wyjęła lufę z ust, zabezpieczyła broń i położyła na umywalce. Między tubką pasty a szczoteczką do zębów. Nie, jeszcze za wcześnie. Muszę przedtem coś zrobić, pomyślała.

Zawsze nosiła przy sobie pager, tak jak jej kazał Tamaru. W nocy kładła go obok budzika. Żeby w razie czego móc od razu zareagować. Lecz pager milczał. Minął kolejny tydzień.

Pistolet w pudełku po butach, siedem nabojów w kieszeni płaszcza przeciwdeszczowego, uparcie milczący pager, specjalnie wykonane narzędzie w kształcie szpikulca do lodów z cienko zaostrzonym śmiercionośnym końcem, niezbędne rzeczy w podróżnej torbie. I nowa twarz oraz nowe życie, które na nią czekały. Pliki pieniędzy w schowku na dworcu Shinjuku. Aomame spędzała letnie dni w cieniu, który rzucały te przedmioty. Ludzie naprawdę zaczęli wakacje, w wielu sklepach spuszczono żaluzje, ulice opustoszały. Zmalała też liczba samochodów, miasto ucichło. Czasami miała wrażenie, że może stracić świadomość tego, gdzie jest.

Czy to jest prawdziwa rzeczywistość, pytała samą siebie. Ale jeśli nie była, to nie miała pojęcia, gdzie szukać innej. Dlatego nie miała wyboru – musiała uznać, że to jedyna rzeczywistość. I włożyć wszystkie siły w to, żeby jakoś sobie z nią poradzić.

Nie boję się śmierci, powtarzała. Boję się tego, że zostanę wyrzucona poza nawias rzeczywistości. Pozostawiona przez nią w tyle.

Przygotowania zostały zakończone. Psychicznie też się odpowiednio nastawiła. Mogła w każdej chwili na dany sygnał opuścić to mieszkanie. Lecz Tamaru się nie odzywał. Dni w kalendarzu zbliżały się do końca sierpnia. Niedługo skończy się lato, na dworze cykady wyciskały z siebie ostatnie poty. Każdy dzień wydawał się przerażająco długi, więc dlaczego tak błyskawicznie minął miesiąc?

Po powrocie z pracy w klubie fitness Aomame zdjęła przepocone ubranie, wrzuciła do kosza na brudną bieliznę, włożyła podkoszulek bez rękawów i szorty. Po południu rozpadało się gwałtownie. Niebo zrobiło się zupełnie czarne, o ziemię zaczęły uderzać krople wielkości drobnych kamyczków, przez pewien czas rozlegały się grzmoty. Deszcz ustał, zostały po nim zalane ulice. Wróciło słońce, zmusiło wodę do intensywnego parowania, więc miasto wypełniło się tajemniczymi mgłami. Deszcz znów sprowadził chmury, które pokryły niebo cienkim welonem. Księżyca nie było widać.

Musiała odpocząć przez zabraniem się do przygotowywania kolacji. Napiła się zimnej herbaty z jęczmienia i jedząc ugotowaną wcześniej fasolkę edamame, otworzyła przy kuchennym stole wieczorne wydanie gazety. Przeglądała artykuły, odwracając kolejne strony. Nie dostrzegła nic, co by ją zainteresowało. Zwykłe wieczorne wydanie. Ale kiedy otworzyła stronę z wiadomościami lokalnymi, wzrok jej od razu trafił na zdjęcie Ayumi.

Zatkało ją i skrzywiła się.

Najpierw pomyślała, że to niemożliwe. Musiała się pomylić – ta osoba na zdjęciu była tylko podobna do Ayumi. Dlaczego mieliby pisać w gazecie o Ayumi, i to jeszcze z takim dużym zdjęciem? Ale choć długo i dokładnie się przyglądała, osoba na fotografii niezmiennie wyglądała na dobrze jej znaną młodą policjantkę. Jej partnerkę w urządzaniu niewielkich baletów seksualnych. Na tym zdjęciu leciutko się uśmiechała. Był to raczej sztywny, sztuczny uśmieszek. Prawdziwa Ayumi uśmiechała się bardziej naturalnie, szeroko. Wyglądało to na fotografię zrobioną do jakiejś oficjalnej publikacji. W tej sztywności krył się jakby niepokój.

Aomame wolałaby nie czytać tego artykułu. Bo z wielkiego nagłówka obok zdjęcia zorientowała się mniej więcej, co się stało. Ale musiała przeczytać. To była rzeczywistość. Bez względu na to, co się stało, nie wolno unikać i omijać łukiem rzeczywistości. Wzięła głęboki oddech.

Ayumi Nakano (26 lat), niezamężna, zamieszkała w dzielnicy Shinjuku. Została zamordowana w pokoju hotelowym w Shibuya – uduszona paskiem od szlafroka. Była całkowicie naga. Ręce miała skute kajdankami i przymocowane do wezgłowia łóżka. Zakneblowano jej usta ubraniem, żeby nie mogła krzyczeć. Pracownik hotelu odkrył zwłoki podczas przedpołudniowego obchodu pokojów. Poprzedniej nocy koło dwudziestej trzeciej poszła do pokoju z mężczyzną, ale o świcie on wyszedł. Zapłacili z góry. Nie było to bynajmniej rzadkie wydarzenie w tym wielkim mieście. W wielkich miastach spotykają się różni ludzie i rodzą się różne namiętności. Czasami przeradzają się w brutalność. Gazety pełne są opisów takich zdarzeń. To jednak miało w sobie nietypowe elementy. Ofiara była policjantką w czynnej służbie, a używane do igraszek seksualnych kajdanki nie były tandetną zabawką sprzedawaną w sex-shopach, ale należały do oficjalnego wyposażenia policji. Naturalnie wypadek ten wzbudził zainteresowanie opinii publicznej.

Rozdział czwarty – Tengo

Może lepiej sobie tego nie życzyć

Co ona teraz robi? Gdzie może być? Czy dalej należy do Zboru Świadków?

Mam nadzieję, że nie, myślał Tengo. Oczywiście wiara jest kwestią wolnego wyboru każdego człowieka. Tengo nie mógł się w to wtrącać. Lecz, o ile pamiętał, w dzieciństwie członkostwo w Zborze Świadków chyba niezbyt ją cieszyło.

Na studiach Tengo pracował dorywczo w magazynie hurtowej sprzedaży alkoholu. Płaca była niezła, ale praca wyczerpująca, bo trzeba było nosić ciężkie pudła z butelkami. Po całym dniu nawet znany ze swojej krzepy Tengo czuł ból we wszystkich stawach. Oprócz niego było tam dwóch innych chłopaków, obaj pochodzili z rodzin Zboru Świadków. Dobrze wychowani i sympatyczni, w tym samym wieku co Tengo, poważnie traktowali pracę. Nie uchylali się od niej, nie narzekali. Kiedyś poszli we trzech na piwo. Tamci znali się od dzieciństwa. Kilka lat wcześniej z pewnych powodów obaj odrzucili wiarę. Odeszli razem z grupy wyznaniowej i wkroczyli do prawdziwego świata. Lecz Tengo miał wrażenie, że obaj nie bardzo umieją przywyknąć do nowej rzeczywistości. Ponieważ od urodzenia wychowywali się w ciasnej i zżytej wspólnocie, trudno im było zrozumieć i zaakceptować zasady rządzące światem poza sektą. Ciągle wątpili we własną umiejętność oceny sytuacji i byli jakby zdezorientowani. Cieszyli się z poczucia wolności z powodu odrzucenia wiary, jednocześnie nie mogli się pozbyć wątpliwości, czy na pewno podjęli słuszną decyzję.

Musiał im współczuć. Gdyby człowiek oddalił się od tamtego świata jeszcze jako dziecko, zanim ukształtuje się ego, miałby dużą szansę przystosować się do zwykłego społeczeństwa. Ale jeśli się tę szansę przegapiło, pozostawało tylko żyć we wspólnocie Zboru Świadków i zgodnie z ich systemem wartości. Albo trzeba było, ponosząc niemałe ofiary, samodzielnie zmienić własne przyzwyczajenia i świadomość. Rozmawiając z tymi dwoma, przypomniał sobie tamtą dziewczynkę. Miał nadzieję, że ona nie musiała przeżywać podobnych cierpień.

Kiedy dziewczynka w końcu puściła nagle jego dłoń i, nie obracając się, wyszła szybkim krokiem z klasy, Tengo stał jak skamieniały i przez pewien czas był bezradny. Bardzo silnie ścisnęła go za rękę. Czuł wyraźnie w lewej dłoni ucisk jej palców. Uczucie to utrzymywało się przez kilka dni. Z upływem czasu złagodniało bezpośrednie wrażenie dotyku, ale pieczęć, jaką wycisnęła w jego sercu, pozostała.

Niedługo po tym miał pierwszą ejakulację. Ze sztywnego penisa wydobyła się odrobina cieczy. Była bardziej lepka niż mocz. Poczuł też lekkie, niezbyt bolesne pulsowanie. Tengo nie wiedział wtedy, że to zapowiedź pojawienia się nasienia. Nigdy wcześniej nie widział czegoś takiego, więc ogarnął go niepokój. Może z nim dzieje się coś złego? Ale nie mógł się poradzić ojca ani zapytać kolegów z klasy. Kiedy obudził się w nocy, bo mu się coś śniło (nie pamiętał już, co to za sen), bieliznę miał lekko wilgotną. Wydawało mu się, że ściskając go za rękę, dziewczynka coś z niego wyciągnęła.

Później w ogóle nie miał z nią kontaktu. Aomame jak przedtem trzymała się w klasie z dala od wszystkich, do nikogo się nie odzywała, przed posiłkiem zawsze odmawiała tę dziwną modlitwę. Kiedy nawet mijali się gdzieś z Tengo, wyraźnie zachowywała się jak gdyby nigdy nic i niczego po sobie nie okazywała. Jakby go w ogóle nie zauważała.

Lecz Tengo, kiedy tylko miał okazję, dyskretnie i bardzo uważnie ją obserwował, tak żeby nikt tego nie spostrzegł. Zauważył, że ma całkiem regularne rysy. Jej twarz budziła sympatię. Aomame była bardzo szczupła, zawsze nosiła sprane ubrania w niewłaściwym rozmiarze. W kostiumie gimnastycznym było widać, że jeszcze nie ma piersi. Na jej twarzy nie malowały się uczucia, dziewczynka prawie się nie odzywała, a wzrok zawsze zdawał się utkwiony w jakimś dalekim punkcie. W źrenicach nie było iskierek życia. Tengo wydawało się to zadziwiające. Kiedy tamtego dnia spojrzał jej prosto w oczy, były wyjątkowo lśniące i przejrzyste.

Gdy ściskała go za rękę, zrozumiał, że w tej chudej dziewczynce kryje się niezwykła, ogromna siła. Moc tego uścisku była zadziwiająca, ale na tym nie koniec. Moc jej ducha była chyba jeszcze większa. Zwykle ukrywała tę energię gdzieś, gdzie nie mogli jej dostrzec inni. Kiedy nauczyciele wywoływali ją podczas lekcji, mówiła jedynie to, co było naprawdę konieczne (a czasami nawet i tego nie mówiła), na klasówkach dostawała wcale niezłe stopnie. Tengo przypuszczał, że gdyby chciała, mogłaby mieć jeszcze lepsze. Może specjalnie pisała byle co, nie chcąc zwracać na siebie uwagi. Może na tym polega mądrość dzieci postawionych w takiej sytuacji jak ona, które chcą przetrwać, odnosząc jak najmniej obrażeń. Chcą się stać jak najmniejsze. Jak najbardziej niewidoczne.

Gdyby tylko miała normalną sytuację rodzinną, gdyby można z nią było swobodnie porozmawiać! Może wtedy zostaliby dobrymi przyjaciółmi. Dziesięcioletniemu chłopcu i dziesięcioletniej dziewczynce nigdy nie jest łatwo się zaprzyjaźnić. Być może to nawet jedna z najtrudniejszych rzeczy na świecie. Ale czasami możliwe jest znalezienie okazji do przyjaznej pogawędki. Lecz taka okazja w końcu nie nadeszła. Dziewczynka była w trudnym położeniu – została w klasie odizolowana, nikt się z nią nie zadawał, więc uparcie zachowywała milczenie. Toteż Tengo zamiast mieć do czynienia z prawdziwą Aomame z krwi i kości, postanowił w duszy zadowolić się tą z wyobrażeń i wspomnień.

Dziesięcioletni Tengo nie miał konkretnych fantazji na temat seksu. Pragnął od niej tego, by – gdyby to było możliwe – jeszcze raz ścisnęła go za rękę. Chciał, żeby mocno ścisnęła go za rękę gdzieś, gdzie byliby sami, gdzie nie byłoby nikogo innego. A potem chciałby, żeby powiedziała mu coś o sobie, wszystko jedno co. Chciał, żeby cichym głosem wyjawiła mu tajemnicę na temat bycia nią samą, bycia dziesięcioletnią dziewczynką. Na pewno starałby się ją zrozumieć. I od tego pewnie coś by się zaczęło. Tengo nie miał jeszcze pojęcia, czym to *coś* miałoby być.

Przyszedł kwiecień, po nim maj. Tengo i dziewczynka zostali przydzieleni do różnych klas. Czasami mijali się na korytarzu albo spotykali na przystanku autobusowym, ale niezmiennie zdawało się, że dziewczynka w ogóle się nim nie interesuje. A przynajmniej on odnosił takie wrażenie. Żadnym gestem nie pokazywała, że go zauważa, nawet gdy stawał obok niej. Nigdy specjalnie nie odwracała od niego wzroku. Blask i przejrzysta głębia zniknęły z jej oczu i więcej się nie pojawiły. Co znaczyło to wydarzenie w klasie?, zastanawiał się Tengo. Czasami myślał, że musiało mu się to przyśnić. Nie zdarzyło się w rzeczywistości. Lecz jednocześnie nadal wyraźnie czuł w dłoni niezwykle silny ucisk jej palców. Na świecie było jego zdaniem za dużo zagadek.

W pewnym momencie zorientował się, że dziewczynka o nazwisku Aomame zniknęła ze szkoły. Podobno przeniosła się do innej, ale nie znał żadnych szczegółów. Nikt nie wiedział, dokąd się przeprowadziła. Prawdopodobnie z całej szkoły tylko jednemu Tengo serce drgnęło leciutko na wieść, że zniknęła.

Później przez długi czas żałował swojego postępowania. A ściślej mówiąc, żałował b r a k u p o s t ę p o w a n i a. Teraz przychodziło mu do głowy wiele rzeczy, które powinien był tej dziewczynce przekazać. Miał w sercu słowa, które chciał jej powiedzieć, które musiał jej powiedzieć. Kiedy później się nad tym zastanawiał, dochodził do wniosku, że wcale nie byłoby trudno się do niej zwrócić, zatrzymać ją i porozmawiać. Powinien był wtedy znaleźć dogodną chwilę i zdobyć się na odrobinę odwagi. Ale nie potrafił tego zrobić. I nigdy już nie będzie miał okazji.

Skończył podstawówkę i poszedł do państwowego gimnazjum, lecz nadal często wspominał Aomame. Coraz częściej miewał erekcje i czasami masturbował się, myśląc o niej. Zawsze posługiwał się lewą ręką. Tą lewą, w której pozostało jeszcze wrażenie jej uścisku. W jego wspomnieniach Aomame była chudą dziewczynką, której jeszcze nie rosły piersi. Lecz mimo to potrafił doprowadzić się do wytrysku, wyobrażając ją sobie w kostiumie gimnastycznym.

W liceum zaczął od czasu do czasu chodzić na randki z rówieśniczkami. Przez ubranie wyraźnie widać było ich świeżo uformowany biust. Na ten widok Tengo brakowało tchu. Lecz mimo to przed snem w ciemności poruszał lewą dłonią, przypominając sobie płaską pierś Aomame bez żadnej zapowiedzi biustu. I za każdym razem miał głębokie poczucie winy. Myślał, że musi w nim być coś niewłaściwego, wypaczonego.

Na studiach przestał tak często wspominać Aomame. Główną przyczyną było to, że zaczął się spotykać z rzeczywistymi, żywymi kobietami i naprawdę uprawiać seks. Sam był już fizycznie dojrzałym mężczyzną i wizja chudej dziesięcioletniej dziewczynki w kostiumie gimnastycznym nie znajdowała się już w bezpośrednim kręgu jego pożądania.

Lecz nigdy więcej nie doświadczył tak gwałtownego drżenia serca, jak wtedy, kiedy Aomame ścisnęła go w klasie za rękę. I od skończenia studiów do dziś żadnej z kobiet nie udało się wycisnąć w jego sercu tak wyraźnego piętna, jak udało się to tej dziewczynce. Za nic nie mógł w innych kobietach odnaleźć tego, czego naprawdę pragnął. Niektóre były piękne, inne bardzo dobre. Czasem bardzo im na nim zależało. Ale w końcu wszystkie przychodziły i odchodziły, jak ptaki o barwnych skrzydłach, które przysiadają na chwilę na gałęziach, by zaraz znów gdzieś odlecieć. Nie potrafiły dać mu tego, czego pragnął, a on nie potrafił im dać tego, czego one pragnęły.

I bardzo się zdziwił, gdy zauważył, że nawet teraz, kiedy dobiega trzydziestki, gdy siedzi bezczynnie, nie wiadomo jak i skąd, znów powraca wspomnienie tej dziesięcioletniej dziewczynki. Po lekcjach w klasie mocno ściskała go za rękę i patrzyła prosto na niego przejrzystymi oczami. Albo pojawiała się szczuplutka w kostiumie gimnastycznym. Albo szła za matką w niedzielę handlową ulicą Ichikawy. Usta miała zawsze zaciśnięte, oczy utkwione w jakimś nieokreślonym punkcie.

Moje serce za nic nie potrafi się od niej oderwać, myślał w takich chwilach. I znów żałował, że nie odezwał się do niej na korytarzu. Gdybym się do niej odezwał, może nasze życie potoczyłoby się inaczej.

Przypomniał sobie Aomame, gdy kupował w supermarkecie edamame -- zieloną fasolkę sojową. Wybierając ją, naturalnie pomyślał o Aomame. I z pękiem łodyg fasoli stał jak otępiały, zatopiony w snach na jawie. Nie wiedział, jak długo tam stoi. Wrócił do przytomności, bo usłyszał kobiecy głos mówiący: „Przepraszam". Swoją potężną postacią zagradzał dostęp do fasolki.

Tengo otrząsnął się z rozmyślań, przeprosił kobietę, włożył fasolkę do koszyka pełnego innych produktów i zaniósł do kasy. Miał tam między innymi krewetki, mleko, tofu, sałatę i krakersy. Wmieszany w grupę gospodyń domowych czekał w kolejce. Właśnie rozpoczynał się popołudniowy tłok, a do tego kasjerka była nowa i niewprawna, więc utworzyła się długa kolejka, lecz Tengo się tym nie przejmował.

Gdyby Aomame tu stała, czy od razu by ją poznał? Hm, nie wiadomo. Nie widzieli się już od dwudziestu lat. Możliwość, że wzajemnie by się rozpoznali, była raczej niewielka. A gdyby minęli się na ulicy i pomyślałby: „Czy to przypadkiem nie ona?", czy wtedy umiałby z miejsca się do niej odezwać? Obawiał się, że raczej nie. Poczułby swoją zwykłą nieśmiałość i pewnie minęliby się bez słowa. A potem bardzo by tego żałował. Dlaczego się do niej ani słowem nie odezwałem, wyrzucałby sobie.

Tobie brakuje woli i aktywności, mawiał często Komatsu. Być może miał rację. Kiedy Tengo się wahał, myślał: A niech tam. I w końcu rezygnował. Taki miał charakter.

Ale gdybyśmy się przypadkiem spotkali i gdyby jeszcze tak się szczęśliwie złożyło, że wzajemnie byśmy się rozpoznali, prawdopodobnie mógłbym jej wszystko szczerze i bez ogródek wyznać, myślał. Weszlibyśmy do pobliskiej kawiarni (oczywiście zakładając, że miałaby czas i przyjęła moje zaproszenie), usiedlibyśmy naprzeciwko siebie i czegoś byśmy się napili.

Miał Aomame wiele do opowiedzenia. Jeszcze ciągle dobrze pamiętam, jak ścisnęłaś mnie w podstawówce za rękę, powiedziałby. Potem chciałem się z tobą zaprzyjaźnić. Chciałem cię lepiej poznać. Ale nie potrafiłem. Z różnych powodów. Najważniejszy był taki, że się bałem. Przez cały czas tego żałowałem. Jeszcze ciągle żałuję. I często o tobie myślę. Oczywiście nie powiedziałby jej, że masturbował się, przywołując w myślach jej postać. To kwestia o nieco innym wymiarze niż szczerość.

Lecz może lepiej sobie tego nie życzyć. Może lepiej się nie spotykać. Gdybym ją naprawdę spotkał, mógłbym się rozczarować, myślał Tengo. Może teraz jest zwykłą, nudną urzędniczką o zmęczonej twarzy. Albo niezadowoloną wiecznie matką łajającą podniesionym głosem swoje dzieci. Może nie mielibyśmy żadnych wspólnych tematów? Oczywiście była taka możliwość. W takim przypadku Tengo na zawsze utraciłby coś cennego, co nosił dotąd w sercu. Lecz miał jakieś niewytłumaczalne przekonanie, że tak by się nie stało. W zdeterminowanych oczach tej dziesięciolatki i w jej wyrażającym silną wolę profilu była jakaś stanowczość, która tak łatwo by nie zniknęła.

Na tę myśl Tengo poczuł niepokój.

Być może to Aomame poczułaby rozczarowanie przy ponownym spotkaniu. W szkole podstawowej Tengo był ogólnie uważany za geniusza matematycznego, miał najlepsze stopnie prawie ze wszystkich przedmiotów, był dobrze zbudowany, uzdolniony sportowo. Nauczyciele zwracali na niego uwagę i pokładali w nim wielkie nadzieje. Być może wtedy w jej oczach był bohaterem. Jednak teraz, jako nauczyciel na kursach przygotowawczych, pracujący na zlecenie, nie miał nawet stałego zatrudnienia. Praca była niewątpliwie lekka i przyjemna, dochody zupełnie wystarczały na samotne życie, lecz nie dało się go nazwać filarem społeczeństwa. Prócz uczenia w szkole zajmował się pisaniem powieści, lecz na razie nic nie opublikował. Pisywał do magazynu kobiecego wyssane z palca horoskopy. Cieszyły się popularnością, ale szczerze mówiąc, były to zwykłe bzdury. Nie miał żadnego wartego wzmianki przyjaciela, nie miał też dziewczyny. Jego stosunki z ludźmi ograniczały się w praktyce do cotygodniowych schadzek ze starszą o dziesięć lat kochanką. Jedynym osiągnięciem, jakim mógł się poszczycić, była *Powietrzna poczwarka*, która dzięki jego roli ghost writera stała się bestsellerem, ale akurat o tym nie mógł pisnąć ani słowa.

Kiedy doszedł w rozmyślaniach do tego miejsca, przyszła jego kolej przy kasie.

Niosąc papierową torbę, wrócił do domu. Przebrał się w szorty, wyjął z lodówki puszkę piwa i, pijąc je na stojąco, nastawił w dużym garnku wodę. Gdy woda się gotowała, zerwał strączki fasolki sojowej z łodyg, położył na desce i natarł dokładnie solą. Potem wrzucił je do wrzątku.

Dlaczego ta chuda dziesięciolatka nie znika z moich myśli, zastanawiał się Tengo. Podeszła po lekcjach i ścisnęła mnie za rękę. Przez cały czas nie powiedziała ani słowa. To wszystko. Ale zdaje się, że zabrała wtedy ze sobą część mnie. Część mego serca, umysłu lub ciała. A zamiast niej zostawiła we mnie część swojego serca, umysłu lub ciała. W bardzo krótkiej chwili nastąpiła taka ważna wymiana.

Tengo drobno posiekał nożem duży kawałek imbiru. Potem pokroił odpowiednio łodygę selera i pieczarki. Posiekał też drobno kolendrę. Obrał krewetki i umył nad zlewem. Rozłożył papierowy ręcznik i umieścił je na nim jak żołnierzy, w równych szeregach. Kiedy fasolka się dogotowała, odlał ją na sitko i zostawił, by wystygła. Potem postawił na gazie dużą patelnię, wlał trochę oleju z białego sezamu i dokładnie rozprowadził. Powoli podsmażył na wolnym ogniu posiekany imbir.

Dobrze byłoby, gdybym mógł zaraz spotkać się z Aomame, pomyślał znów Tengo. Nawet gdyby miała być rozczarowana albo gdybym ja miał się trochę rozczarować. To by nie szkodziło. Tak czy inaczej, chciał się z nią spotkać. Chciał chociażby wiedzieć, jak żyła od tamtego czasu, gdzie teraz jest, co ją cieszy, co smuci. Może oboje bardzo się zmienili, może przepadła już szansa, że mogą być razem, ale nie zmieniało to faktu, że kiedyś, dawno temu, w czasach podstawówki w klasie po lekcjach zaszła między nimi ważna wymiana.

Tengo dodał do posiekanego imbiru pokrojony seler i pieczarki. Podkręcił gaz i potrząsając patelnią, starannie mieszał jej zawartość bambusową łyżką. Lekko posolił i popieprzył. Kiedy warzywa zaczęły dochodzić, dodał krewetki. Jeszcze raz posolił i popieprzył, wlał małą szklaneczkę sake. Pokropił sosem sojowym, na koniec dodał kolendrę.

Wszystko to wykonał nieświadomie. Zupełnie jakby włączył automatycznego pilota, wcale nie myślał o tym, co robi w danej chwili. Przygotowanie tej potrawy nie wymagało skomplikowanych czynności w określonym porządku. Dłonie precyzyjnie się poruszały, lecz głowę całkowicie pochłaniały myśli o Aomame.

Kiedy krewetki z jarzynami były gotowe, przełożył potrawę na duży talerz. Wyjął z lodówki nową puszkę piwa, usiadł przy kuchennym stole i jadł parujące jedzenie zatopiony w myślach.

Przez tych kilka miesięcy chyba dość znacznie się zmieniłem, pomyślał. Można chyba powiedzieć, że dojrzewam psychicznie. Wreszcie, gdy dobiegam trzydziestki… Duża rzecz, pokręcił głową kpiąco, z napoczętą puszką piwa w dłoni. Naprawdę duża rzecz.

Jak tak dalej pójdzie, ile czasu zajmie mi osiągnięcie normalnej dojrzałości?

Ale tak czy inaczej, zdaje się, że to *Powietrzna poczwarka* stała się punktem wyjścia, źródłem tych wewnętrznych zmian. Dzięki temu, że napisał po swojemu opowieść Fukaeri, wzmogło się w nim pragnienie, by nadać kształt książki opowieści, którą nosił w sobie. Narodziło się coś, co można by nazwać wolą. W tej nowej woli kryło się też pragnienie znalezienia Aomame. Ostatnio zaczął jakoś częściej o niej myśleć. Jego serce przy każdej okazji ciągnęło do tamtego popołudnia w klasie dwadzieścia lat temu. Czuł się jak człowiek stojący na plaży, którego zbija z nóg i unosi silna cofająca się fala.

W końcu Tengo wypił tylko pół puszki drugiego piwa i zjadł połowę krewetek z jarzynami. Resztę piwa wylał do zlewu, a jedzenie przełożył na mniejszy talerz, zakrył plastikową folią i wsadził do lodówki.

Po kolacji usiadł przy biurku, włączył word processor i otworzył plik z tekstem, który zaczął wcześniej pisać.

Niewątpliwie nie ma sensu na nowo pisać przeszłości, uświadomił sobie Tengo. Tak jak wytknęła mu jego kochanka. Miała rację. Choćby się z wielkim zapałem i dokładnością na nowo pisało przeszłość, zasadniczo nie zmienią się okoliczności, w jakich człowiek obecnie się znajduje. Czas ma w sobie wielką moc całkowitego niwelowania narzuconych mu na siłę zmian. Na pewno nałożyłby swoje własne poprawki na te wcześniej wprowadzone, aż sytuacja odzyskałaby swój pierwotny bieg. Być może zmieniło się kilka drobnych faktów, ale Tengo – bez względu na wszystko – zostanie tylko Tengo.

Teraz prawdopodobnie musi stanąć na skrzyżowaniu teraźniejszości, uczciwie spojrzeć w przeszłość i pisać przyszłość tak, jakby zmieniał przeszłość. Nie ma innej drogi.

Pokuta i skrucha
łamią pełne grzechu serce moje,
ażeby krople mych łez
Ciebie mogły namaścić,
wierny Jezu.

To słowa arii z *Pasji według św. Mateusza*, którą śpiewała mu ostatnio Fukaeri. Tengo nie mógł przestać o tym myśleć, więc następnego dnia wysłuchał płyty, którą miał w domu, i znalazł tłumaczenie słów. Aria z początku *Pasji*. Dotyczyła „Namaszczenia w Betanii". Kiedy Jezus odwiedza dom trędowatego, pewna kobieta polewa mu głowę drogocennym olejkiem. Towarzyszący Jezusowi uczniowie krytykują takie marnotrawstwo. Bo można było sprzedać olejek i rozdać pieniądze ubogim. Lecz Jezus uspokaja zagniewanych uczniów. Dobry uczynek spełniła względem mnie. Już naprzód namaściła moje ciało na pogrzeb. Kobieta wiedziała. Wiedziała, że Jezus musi niebawem umrzeć. Dlatego polała mu głowę drogocennym wonnym olejkiem, jakby lała na nią swe rzęsiste łzy. Jezus też wiedział. Wiedział, że niedługo przyjdzie mu wyruszyć w ostatnią drogę. Powiedział: „Gdziekolwiek po całym świecie głosić będą tę Ewangelię, będą również opowiadać na pamiątkę tej kobiety, o tym, co uczyniła.

Oczywiście nie mogli zmienić przyszłości.

Tengo ponownie zamknął oczy, wziął głęboki oddech i porządkował w głowie odpowiednie słowa. Zmieniał ich kolejność, czynił obrazy wyraźniejszymi, a rytm bardziej precyzyjnym.

Cicho poruszył w powietrzu dziesięcioma palcami jak Vladimir Horowitz mający przed sobą osiemdziesiąt osiem nowiutkich klawiszy. Potem podjął decyzję i zaczął pisać litery na ekranie word processora.

Opisywał świat, w którym na wschodniej części wieczornego nieba unosiły się dwa księżyce. I ludzi, którzy w nim żyli. I czas, który tam płynął.

„Gdziekolwiek po całym świecie głosić będą tę Ewangelię, będą również opowiadać na pamiątkę tej kobiety, o tym, co uczyniła".

Rozdział piąty – Aomame

O tym, jak myszka spotkała kota wegetarianina

Aomame przyjęła do wiadomości śmierć Ayumi, ale naprawdę uświadomiła ją sobie po pewnym czasie. Dopiero wtedy zaczęła płakać. Płakała cicho, zakrywszy oczy dłońmi – jej ramionami wstrząsało bezgłośne łkanie. Jakby nie chciała, żeby ktokolwiek na świecie zorientował się, że płacze.

Zasłony były szczelnie zasunięte, ale przecież ktoś mógł ją skądś obserwować. Cały wieczór Aomame siedziała przy kuchennym stole z rozłożoną gazetą i nieprzerwanie płakała. Czasami nie mogła się powstrzymać i głośno szlochała, lecz poza tym płakała bezgłośnie. Łzy spływały jej po rękach i spadały na gazetę.

W tym świecie Aomame nie była osobą skłonną do płaczu. Zamiast płakać, raczej się wściekała. Dlatego bardzo rzadko zdarzało się, że lała łzy z czyjegoś lub własnego powodu. Ale za to jak już zaczęła płakać, nie mogła powstrzymać fali łez. Ostatni raz tak strasznie płakała po śmierci Tamaki Ōtsuka. Ile to już lat? Nie mogła sobie przypomnieć. W każdym razie b a r d z o dawno. Wtedy też niepowstrzymanie płakała. Szlochała bez przerwy przez kilka dni. Nic nie jadła, nie wychodziła z domu. Czasami uzupełniała tylko wodę, którą utracił jej organizm z powodu łez, a potem kładła się na podłodze i zapadała w krótkie drzemki. Kiedy nie spała, płakała bez wytchnienia. To był ostatni raz.

Nie ma już na tym świecie Ayumi. Stała się martwym ciałem, które utraciło naturalne ciepło, a teraz pewnie poddawane jest sekcji. Następnie je zaszyją i pewnie odbędzie się prosty pogrzeb, po nim zabiorą ciało do krematorium i spalą. Zmieni się w dym, wzniesie ku niebu i wmiesza w chmury. Potem spadnie z deszczem na ziemię i odżywi gdzieś trawę. Jakąś bezimienną trawę, która nic nikomu o tym nie powie. A Aomame nigdy już nie zobaczy żywej Ayumi. Ta myśl wydawała jej się przeciwna naturalnemu biegowi rzeczy, przerażająco niesprawiedliwa, skrzywiona i błędna.

Od kiedy Tamaki Ōtsuka odeszła z tego świata, Ayumi była jedyną osobą, którą Aomame darzyła przyjaźnią – choć było to zaledwie kiełkujące uczucie. Lecz niestety przyjaźń ta miała granice. Ayumi była policjantką w czynnej służbie, a Aomame seryjną morderczynią. Co prawda uczciwą morderczynią przekonaną o swojej słuszności, ale morderstwo to zawsze morderstwo. Z punktu widzenia prawa była niewątpliwie przestępczynią. Należała do tych, którzy zostają aresztowani, a Ayumi do tych, którzy aresztują.

Dlatego choć dziewczyna pragnęła bardziej się do niej zbliżyć, Aomame musiała być twarda i starać się nie odwzajemniać jej uczuć. Gdyby ich stosunki stały się bliskie, takie, że zaczęłyby siebie na co dzień potrzebować, pojawiłyby się między nimi nieuniknione sprzeczności i rozbieżności, a dla Aomame mogłoby to mieć fatalne skutki. Była zasadniczo uczciwa i szczera. Nie można być z kimś w prawdziwie uczciwych stosunkach, jeżeli kłamie się na temat ważnych spraw, coś się ukrywa. Ta sytuacja powodowała zamęt w jej głowie, a ona nie chciała zamętu.

Ayumi chyba też w pewnym stopniu rozumiała, że Aomame ma jakąś prywatną tajemnicę, którą nie może się podzielić, i dlatego celowo utrzymuje między nimi pewien dystans. Ayumi miała wyjątkowo dobrą intuicję. Aomame wiedziała, że jej szczere i bezpośrednie zachowanie było w połowie grą, w głębi zaś kryła się bezbronna i łatwa do zranienia wrażliwość. Być może Ayumi smuciło to, że Aomame przyjmowała wobec niej taką obronną postawę? Może czuła się odrzucona, odepchnięta? Na tę myśl pierś Aomame ściskał ból, jakby ktoś przebijał ją igłą.

I dlatego Ayumi została zamordowana. Pewnie spotkała gdzieś w mieście jakiegoś faceta, razem się napili i poszli do hotelu. A potem „przy drzwiach zamkniętych" rozpoczęły się skomplikowane igraszki seksualne. Kajdanki, knebel, przepaska na oczy. Potrafiła to sobie wyobrazić. Mężczyzna dusił ją paskiem od szlafroka, widok jej bólu i cierpienia podniecił go i miał wytrysk. Ale tym razem za mocno ścisnął pasek. Miał zamiar przestać w ostatniej chwili, ale nie przestał.

Ayumi też pewnie obawiała się, że kiedyś może się to tak skończyć. Okresowo pragnęła gwałtownego seksu. Domagało się tego jej ciało, a prawdopodobnie także umysł. Ale nie chciała mieć stałego chłopaka. Stałe związki wydawały jej się duszące, niepokoiły ją. Dlatego uprawiała jednorazowy seks z przypadkowymi mężczyznami. Pod tym względem była dość podobna do Aomame. Lecz Ayumi miała tendencję, by zapędzać się dalej. Wolała raczej seks ryzykowny, pozbawiony zahamowań i prawdopodobnie podświadomie pragnęła bólu. Aomame była inna. Ostrożna, nie pozwalała nikomu zrobić sobie krzywdy. Jeśli się na to zanosiło, gwałtownie protestowała. Za to Ayumi miała tendencję do zaspokajania wszelkich zachcianek partnera, bez względu na ich charakter. Cieszyła się tym, co w zamian od niego dostanie. Niebezpieczna tendencja. Przecież to w końcu byli przypadkowi faceci. Dopiero jak przyszło co do czego, dowiadywała się, jakie mieli pragnienia, jakie ukryte skłonności. Ayumi oczywiście zdawała sobie sprawę z tego niebezpieczeństwa. Dlatego właśnie potrzebowała stabilnej partnerki jak Aomame. Kogoś, kto ją powstrzyma, kto będzie jej bardzo uważnie pilnował.

Aomame także potrzebowała Ayumi. Dziewczyna miała kilka talentów, których jej samej brakowało. Przede wszystkim otwarty pogodny charakter, który wzbudzał w ludziach zaufanie. Była sympatyczna, z natury ciekawska, żywa jak dziecko, wesoło się z nią rozmawiało. I miała duże piersi, które przyciągały uwagę. Aomame mogła tylko siedzieć obok niej, przywołując na twarz tajemniczy uśmieszek. Faceci chcieli się dowiedzieć, co się za nim kryje. W tym sensie stanowiły niezrównany duet. Idealną *sex machine*.

Bez względu na okoliczności powinnam być dla niej bardziej otwarta, myślała Aomame. Powinnam była odwzajemnić jej uczucia, mocno ją przytulić. Tego właśnie chciała. Bezwarunkowej akceptacji, tego, żeby ktoś ją przytulił. Żeby ktoś dał jej wewnętrzny spokój, choćby na krótki czas. Ale ja nie mogłam spełnić tego pragnienia. Miałam zbyt silny instynkt samozachowawczy, a do tego silne przekonanie, że nie chcę kalać pamięci Tamaki Ōtsuka.

Ayumi poszła więc sama w miasto i zginęła uduszona. Z dłońmi w zimnych kajdankach, przepaską na oczach i ustami zakneblowanymi pończochą czy bielizną. To, czego zawsze się obawiała, stało się rzeczywistością. Gdyby Aomame bardziej czule ją przygarnęła, Ayumi pewnie nie wypuściłaby się tej nocy sama. Zadzwoniłaby i zaproponowała, żeby wybrały się razem. I we dwie poszłyby do łóżka z mężczyznami w jakimś bezpieczniejszym miejscu, nawzajem się pilnując. Ale pewnie się krępowała. Przecież Aomame nigdy do niej nie dzwoniła i nie proponowała wspólnych wypraw.

Przed czwartą nad ranem Aomame nie mogła już dłużej być sama w pokoju, więc włożyła klapki i wyszła. W szortach i podkoszulku bez rękawów błądziła bez celu po jeszcze ciemnych ulicach. Nikt się do niej nie odezwał, nawet nie spojrzał. Kiedy tak chodziła, zachciało jej się pić, więc weszła do sklepu nocnego, kupiła duże opakowanie soku pomarańczowego i od razu na miejscu całe wysączyła. Potem wróciła do domu i znów przez pewien czas płakała. Kochałam Ayumi, pomyślała. Bardziej, niż to sobie uświadamiałam. Kiedy chciała dotykać mojego ciała, powinnam była jej na to pozwolić, niechby sobie dotykała do woli.

Następnego dnia w gazecie pojawił się kolejny artykuł: „Morderstwo policjantki w hotelu w Shibuya". Policja wszystkimi siłami starała się ustalić miejsce pobytu mężczyzny, który zniknął z hotelu. W artykule pisano, że koledzy Ayumi nie kryli zaskoczenia. Dziewczyna była pogodna, ogólnie lubiana, odpowiedzialna i aktywna, miała doskonałe wyniki w pracy policyjnej. Jej wujek, ojciec i starszy brat pracowali w policji, rodzina była zżyta. Wprost trudno było uwierzyć, jak mogło dojść do czegoś takiego.

Nikt nie wie, pomyślała Aomame. Ale ja wiem. Ayumi nosiła w sobie jakby wielki brak. To było miejsce przypominające pustynię na krańcach ziemi. Choćby lać tam nie wiadomo ile wody, cała i tak by wsiąkła. Nie zostałaby ani odrobina wilgoci. Żadne życie nie zapuściło tam korzeni. Nad tą pustynią nie latały nawet ptaki. Tylko Ayumi wiedziała, skąd się w niej samej wzięło takie dzikie pustkowie. A może i ona naprawdę nie była pewna? Ale niewątpliwie jednym z ważnych powodów było perwersyjne pożądanie, z jakim narzucali jej się na siłę mężczyźni z najbliższego otoczenia. Wokół tego fatalnego braku musiała stworzyć samą siebie. Gdyby odrywać po kawałku to ozdobne, zbudowane na pokaz ego, zostałaby tylko przepaść nicości. I gwałtowne pragnienie, które wywoływała. I choć Ayumi bardzo starała się o niej zapomnieć, nicość w regularnych odstępach czasu dawała jej się we znaki. W samotne deszczowe popołudnia albo nad ranem, gdy budziła się ze złego snu. I w takich chwilach ktoś musiał ją wziąć w ramiona, obojętne kto.

Aomame wyjęła z pudełka po butach pistolet Heckler und Koch HK4, wprawnym ruchem załadowała magazynek, zwolniła zabezpieczenie, odsunęła zamek, wprowadziła nabój do komory, odciągnęła kurek, obiema rękami mocno chwyciła kolbę i wycelowała w jakiś punkt na ścianie. Pistolet był nieruchomy. Już jej ręce nie drżały. Aomame wstrzymała oddech, skupiła się, a potem powoli wypuściła powietrze. Przestała celować w ścianę i zabezpieczyła broń. Sprawdziła w dłoni wagę pistoletu, wpatrzyła się w jego matowy blask. Pistolet stał się częścią jej ciała.

Muszę zapanować nad uczuciami, przykazała sobie. Nawet gdyby ojciec i brat Ayumi zostali ukarani, prawdopodobnie nie potrafiliby zrozumieć, za co spotyka ich kara. A poza tym Ayumi to i tak już nie wróci. Biedactwo. Prędzej czy później musiało do tego dojść. Ayumi zbliżała się nieśpiesznie, lecz nieuchronnie, do środka śmiertelnego wiru. Gdybym nawet zdecydowała się okazać jej więcej ciepła, pewnie pomogłoby to tylko do pewnego stopnia. Przestanę już płakać. Muszę się wziąć w garść. Na pierwszym miejscu postawić zasady, a nie siebie. To najważniejsze. Tak jak mówił Tamaru.

Pager odezwał się rano piątego dnia po śmierci Ayumi. Słuchając zwykłego wydania wiadomości radiowych, Aomame gotowała w kuchni wodę na kawę. Pager leżał na stole. Spojrzała na cyfry wyświetlone na malutkim ekranie. Nie znała tego numeru. Ale nie było wątpliwości, że to wiadomość od Tamaru. Poszła do pobliskiej budki, żeby zadzwonić. Tamaru odebrał po trzecim sygnale.

– Jesteś gotowa? – zapytał.

– Oczywiście – odparła Aomame.

– Wiadomość od madame. Dziś wieczór o siódmej w holu głównego budynku hotelu Okura. Przygotuj się jak do zwykłej pracy. Przepraszamy, że tak nagle, ale udało się to zorganizować dopiero w ostatniej chwili.

– Dziś wieczór o siódmej w holu głównego budynku hotelu Okura – powtórzyła mechanicznie Aomame.

– Powiedziałbym, że modlę się, żeby ci dopisało szczęście, ale moje modlitwy pewnie na nic się nie zdadzą.

– Bo ty się nigdy nie zdajesz na szczęśliwy traf.

– Choćbym chciał, nie bardzo wiem, jak działa – powiedział Tamaru. – Jeszcze nigdy mi się nie trafił.

– Nie musisz się o nic modlić. Ale zamiast tego mam do ciebie prośbę. Zostawiłam w domu doniczkę z fikusem. Chciałabym, żebyś o niego zadbał. Nie mogłam go wyrzucić.

– Dobrze, zaopiekuję się nim.

– Dzięki.

– Dużo łatwiej się opiekować fikusem niż kotem czy złotymi rybkami. Coś jeszcze?

– Nic więcej. Całą resztę wyrzuć.

– Jak skończysz p r a c ę, pojedź na dworzec Shinjuku i jeszcze raz zadzwoń na ten numer. Wtedy dam ci dalsze wskazówki.

– Kiedy skończę pracę, mam jeszcze raz zadzwonić na ten numer z Shinjuku – powtórzyła Aomame.

– Pewnie wiesz, że nie powinnaś zapisywać numeru. Wychodząc z domu, zniszcz pager i wyrzuć go gdzieś.

– Dobrze. Zrobię tak.

– Wszystko zostało dokładnie zaaranżowane. Nie musisz się o nic martwić. Co do reszty, zdaj się na nas.

– Nie martwię się.

Tamaru milczał chwilę. – Mogę ci powiedzieć, co naprawdę myślę?

– Proszę.

– Nie twierdzę, że to, co robicie, jest bezcelowe. To wasza sprawa, nie moja. Ale mówiąc delikatnie, jest to lekkomyślne. I w dodatku nie ma k o ń c a.

– Może masz rację – powiedziała Aomame. – Ale tego nie da się zmienić.

– Tak samo jak tego, że z nadejściem wiosny schodzą lawiny.

– Pewnie tak.

– Tylko że rozsądny, normalny człowiek nie zbliża się do miejsca, w którym może zejść lawina, w okresie zagrożenia lawinowego.

– Rozsądny, normalny człowiek w ogóle nie prowadziłby z tobą takiej rozmowy.

– Może masz rację – przyznał Tamaru. – À propos, w razie gdyby lawina cię przysypała, masz jakąś rodzinę, z którą trzeba się skontaktować?

– Nie mam rodziny.

– Nigdy nie miałaś czy m a s z, a l e n i e m a s z?

– Mam, ale nie mam – powiedziała Aomame.

– Dobrze. Lepiej nie mieć bagażu. I jest wprost idealnie, gdy fikus wystarcza za całą rodzinę.

– Widziałam u madame złote rybki i też nagle zachciało mi się rybek. Pomyślałam, że może fajnie mieć w domu coś takiego. Małe, nie odzywają się, mają chyba niewielkie wymagania. Więc następnego dnia poszłam kupić takie same do sklepu obok dworca, ale kiedy spojrzałam na prawdziwe rybki w akwarium, jakoś mi się ich odechciało. Więc kupiłam nędznego fikusa, którego nikt nie chciał. Zamiast rybek.

– Uważam, że to słuszny wybór.

– Może nigdy w życiu nie kupię złotych rybek.

– Może nie. Możesz sobie znów kupić fikusa.

Na chwilę zapadła cisza.

– Dziś wieczór o siódmej w holu głównego budynku hotelu Okura – upewniła się jeszcze raz Aomame.

– Masz tam usiąść i czekać. Oni cię znajdą.

– Oni mnie znajdą.

Tamaru lekko odkaszlnął. – A znasz historię o tym, jak myszka spotkała kota wegetarianina?

– Nie znam.

– Chcesz posłuchać?

– Bardzo.

– Pewna myszka spotkała na strychu dużego kocura. Zagonił ją w kąt, nie miała jak uciec. Drżąc, powiedziała: „Bardzo proszę, panie kocie, niech pan mnie nie zjada. Muszę wrócić do rodziny. Głodne dzieci czekają. Proszę mi darować życie". Na to kot: „Nie martw się. Nie zjem cię. Prawdę mówiąc – choć zwykle się do tego nie przyznaję – jestem wegetarianinem. W ogóle nie jem mięsa. Miałaś szczęście, że na mnie trafiłaś". Na to myszka: „Co za cudowny przypadek! Co ze mnie za szczęściara! Trafiłam na kota wegetarianina!". Lecz w następnej chwili kot przyskoczył do myszki, przytrzymał ją mocno pazurami i zatopił w jej gardle ostre zęby. Ginąc w wielkich cierpieniach, myszka ostatnim tchem zadała pytanie: „Czy pan mnie okłamał? Przecież powiedział pan, że jest wegetarianinem i w ogóle nie je mięsa". Oblizując się, kot powiedział: „Nie, to nie kłamstwo. Rzeczywiście nie jem mięsa. Dlatego zabiorę cię ze sobą i wymienię na sałatę".

Aomame zamyśliła się na chwilę. – I o co chodzi w tej historii?

– O nic nie chodzi. Rozmawialiśmy przed chwilą o szczęśliwym trafie, więc nagle ją sobie przypomniałem. To wszystko. Oczywiście jak chcesz, możesz doszukiwać się w niej jakiegoś znaczenia.

– Co za podnosząca na duchu opowiastka!

– Jeszcze jedno. Myślę, że na początku zrobią ci rewizję osobistą i przeszukają torbę. To ostrożni faceci. Lepiej o tym pamiętaj.

– Będę pamiętała.

– No to na razie – powiedział Tamaru. – Do zobaczenia gdzieś kiedyś.

– Do zobaczenia – powtórzyła odruchowo Aomame.

Rozłączył się. Aomame przyglądała się przez pewien czas słuchawce, potem odkładając ją na widełki, lekko się skrzywiła. Następnie starannie wbiła sobie w pamięć numer z ekranu pagera i skasowała go. Do zobaczenia, powtórzyła w myślach. Ale wiedziała, że prawdopodobnie nigdy więcej nie zobaczy Tamaru.

Przejrzała poranne wydanie od deski do deski, lecz nie znalazła żadnego artykułu o morderstwie Ayumi. Wyglądało na to, że jak dotąd nie ma postępów w śledztwie. Prawdopodobnie niebawem podejmą ten temat wszystkie tygodniki, gdyż było to niezwykłe wydarzenie. Młoda policjantka w czynnej służbie uprawiała igraszki miłosne zakuta w kajdanki w love hotelu w Shibuya. I została uduszona zupełnie naga. Aomame nie miała ochoty na czytanie artykułów, które goniły za sensacją. Po tym wypadku postanowiła nie włączać telewizora. Nie chciała wysłuchiwać szczegółów związanych ze śmiercią Ayumi wygłaszanych nienaturalnie wysokim głosem przez telewizyjnych prezenterów.

Oczywiście pragnęła, by schwytano sprawcę. Absolutnie musiał zostać ukarany. Ale co z tego, że go aresztują, oddadzą pod sąd i wyjaśnią okoliczności tej zbrodni? Nic nie wróci życia Ayumi. To jedno było pewne. Wyrok i tak pewnie będzie niski. Prawdopodobnie nie skażą go za morderstwo, ale za nieumyślne zabójstwo. Oczywiście nawet kara śmierci nie byłaby zadośćuczynieniem. Aomame zamknęła gazetę, oparła łokcie na stole i na chwilę zakryła twarz rękami. Potem pomyślała o Ayumi. Ale łzy już nie popłynęły. Czuła jedynie wściekłość.

Do siódmej zostało jeszcze dużo czasu. Aomame nie miała czym go wypełnić. Nie pracowała dziś w klubie fitness. Niewielka torba podróżna i torba na ramię zgodnie z zaleceniami Tamaru znajdowały się już w schowku na dworcu Shinjuku. W tej podróżnej znajdowały się pliki banknotów i ubrania na kilka dni. Raz na trzy dni chodziła na dworzec i dopłacała za schowek oraz upewniała się, że zawartość ciągle tam jest. Nie było potrzeby sprzątać mieszkania. Nawet gdyby chciała gotować, nie mogła, bo lodówka była prawie pusta. Prócz fikusa nie zostało jej prawie nic mającego w sobie zapach życia. Pozbyła się wszystkiego, co mogłoby dostarczyć jakichkolwiek informacji o niej. Opróżniła wszystkie szuflady. Jutro już mnie tu nie będzie. Nie zostanie po mnie żaden ślad, myślała.

Ubranie, która miała włożyć dziś po południu, leżało na łóżku starannie złożone. Obok stała niebieska torba treningowa. Znajdował się w niej pełen zestaw przedmiotów potrzebnych do masażu rozciągającego. Aomame jeszcze raz na wszelki wypadek to sprawdziła. Góra i dół dresu, mata do jogi, mały i duży ręcznik oraz niewielkie twarde etui z cienkim narzędziem przypominającym szpikulec do lodów. Niczego nie brakowało. Wyjęła szpikulec z etui, zsunęła korek, przytknęła palec do szpica i sprawdziła, że jest wystarczająco naostrzony. Potem, ponieważ nigdy za wiele ostrożności, ponownie lekko go naostrzyła maleńką osełką. Wyobraziła sobie, jak jego czubek znika bezgłośnie w tym specjalnym punkcie, wessany w kark mężczyzny. Jak zawsze wszystko powinno się skończyć w jednej chwili. Bez jęku, bez upływu krwi. Będzie tylko chwilowy skurcz. Aomame nadziała na ostrze korek i ostrożnie schowała narzędzie do etui.

Następnie wyjęła z pudełka po butach zawinięty w podkoszulek pistolet Heckler und Koch i wprawnymi ruchami załadowała do magazynka siedem nabojów. Z suchym trzaskiem wprowadziła nabój do komory. Odbezpieczyła i znowu zabezpieczyła pistolet. Zawinęła w białą chusteczkę i wsunęła do plastikowej kosmetyczki. Położyła na nim majtki, tak żeby nie było go widać.

Czy jeszcze zostało coś do zrobienia?

Nic jej nie przyszło do głowy. W kuchni zalała wrzątkiem kawę. Wypiła ją przy stole, zjadła też jednego rogalika.

To będzie prawdopodobnie moja ostatnia praca, pomyślała. Najważniejsza i najtrudniejsza. Jeśli wykonam to zadanie, nie będę musiała nikogo więcej zabijać.

Nie miała oporów przed utratą własnej tożsamości. Było to raczej coś, na co się cieszyła. Nie była przywiązana ani do własnego nazwiska, ani do własnej twarzy, nie było jej żal tracić niczego ze swojej przeszłości. Może właśnie pragnęła takiego życia od nowa?

O dziwo, jedyną rzeczą, której nie chciała utracić, była para tych nędznych piersi. Od dwunastego roku życia nieustannie czuła niezadowolenie z powodu ich kształtu i rozmiaru. Często myślała, że gdyby miała choć trochę większe piersi, jej życie mogłoby być łatwiejsze. Ale kiedy w rzeczywistości dano jej okazję zmienić ich rozmiar (był to wybór podyktowany koniecznością), zorientowała się, że wcale nie pragnie takiej zmiany. Mogą zostać, jakie są. Te jej wystarczą.

Dotknęła piersi przez podkoszulek. Takie same jak zwykle. Mają kształt ciasta na chleb, do którego dodano za mało drożdży, i przez to niedostatecznie wyrosło. Do tego lewa nieco różniła się rozmiarem od prawej. Aomame potrząsnęła głową. Ale to nie szkodzi. *Właśnie taka jestem*.

Co mi właściwie zostanie prócz tych piersi?

Oczywiście zostaną wspomnienia Tengo. Zostanie poczucie dotyku jego ręki. Zostanie gwałtowne drżenie serca. Zostanie pragnienie, by znaleźć się w jego ramionach. Nawet jeśli stanę się innym człowiekiem, nikt nie wydrze mi tych uczuć do Tengo. To była największa różnica między mną a Ayumi. W centrum mojego istnienia nie ma nicości. Nie ma dzikiej nienawodnionej ziemi. *W centrum mojego istnienia jest miłość*. Niezmiennie myślę o dziesięcioletnim chłopcu imieniem Tengo. Myślę o jego sile, jego mądrości, jego dobroci. *Tutaj* go nie ma. Ale ktoś, kto nie istnieje, nie ulegnie rozkładowi, nie złamie niezłożonej nigdy obietnicy.

Trzydziestoletni Tengo żyjący wewnątrz niej nie był prawdziwym Tengo. Był jedynie hipotezą. Prawdopodobnie w pełni tworem jej wyobraźni. Nadal zachował swoją siłę, mądrość i dobroć. Miał teraz umięśnione ramiona dorosłego mężczyzny, potężną pierś, duży penis. Kiedy Aomame go pragnęła, zawsze był przy niej. Mocno ją przytulał, głaskał po włosach, całował. Zawsze byli w ciemnym pokoju i Aomame nie mogła go zobaczyć. Widziała tylko oczy. W ciemności czuła ciepło jego spojrzenia. Zaglądała w te oczy i dostrzegała w ich głębi świat widziany przez niego.

Być może Aomame dlatego czasami doznawała nieopanowanej chęci przespania się z mężczyzną, że pragnęła utrzymać w możliwie jak największej czystości obraz Tengo, który w sobie nosiła. Być może bezwstydnie kopulując z obcymi mężczyznami, chciała wyzwolić swoje ciało od takich pragnień. A po takim wyzwoleniu nadchodził spokojny świat, w którym pragnęła beztrosko spędzać intymne chwile tylko we dwoje, z Tengo. Prawdopodobnie tego właśnie sobie życzyła.

Przez kilka godzin popołudnia rozmyślała o nim. Usiadła na aluminiowym krześle na niewielkim balkonie i podniosła wzrok na niebo. Wsłuchując się w szum samochodów i czasami dotykając liści nędznego fikusa, myślała o Tengo. Na popołudniowym niebie nie było jeszcze księżyca. Miał wzejść dopiero za kilka godzin. Gdzie będę jutro o tej porze, zastanawiała się Aomame. Nie mam pojęcia. Ale to drobnostka. W porównaniu z tym, że gdzieś w tym świecie istnieje Tengo.

Aomame po raz ostatni podlała fikusa, potem nastawiła płytę z *Sinfoniettą* Janáčka. Pozbyła się wszystkich swoich płyt, zostawiła tylko tę jedną. Zamknęła oczy i wsłuchała się w muzykę. Wyobraziła sobie wiatr wędrujący po łąkach Czech. Jak wspaniale byłoby bez końca iść z Tengo po takiej łące. Oczywiście trzymaliby się mocno za ręce. Wiatr wiałby, a miękka zielona trawa falowałaby bezgłośnie. Aomame wyraźnie czuła we własnej dłoni ciepło ręki Tengo. Ten obraz ciemniał powoli jak w happy endzie jakiegoś filmu.

Potem położyła się na łóżku i zwinięta w kłębek spała przez trzydzieści minut. Nic jej się nie śniło. Był to drzemka niewymagająca snów. Gdy się obudziła, zegar wskazywał pół do piątej. Usmażyła jajka na szynce, zużywając pozostałe w lodówce jaja, szynkę i masło. Wypiła sok pomarańczowy prosto z kartonu. Po popołudniowej drzemce cisza w mieszkaniu wydawała jej się dziwnie ciężka. Kiedy włączyła radio na stację FM, rozległ się koncert Vivaldiego na instrumenty dęte drewniane. Flet piccolo wygrywał rytmiczne trele przypominające ptasi śpiew. Aomame poczuła, że ta muzyka podkreśla nierzeczywistość otaczającej ją rzeczywistości.

Sprzątnęła naczynia, następnie wzięła prysznic, włożyła ubranie przygotowane kilka tygodni wcześniej na tę okazję. Prosty strój nieograniczający ruchów: jasnoniebieskie bawełniane spodnie i skromna biała bluzka z krótkimi rękawami. Włosy upięła do góry i umocowała grzebieniem. Nie włożyła żadnej biżuterii. Zamiast wrzucić zdjęte wcześniej ubranie do kosza na brudną bieliznę, wsadziła je do czarnego worka na śmieci. Potem Tamaru zrobi z tym porządek. Obcięła starannie paznokcie i nie śpiesząc się, umyła zęby. Wyczyściła też uszy. Przycięła nożyczkami brwi, posmarowała twarz cienką warstwą kremu, na szyję prysnęła odrobinę wody kolońskiej. Pod różnymi kątami przyjrzała się dokładnie w lustrze swojej twarzy i upewniła się, że wszystko jest w porządku. Potem wyszła z mieszkania z torbą treningową ze znakiem firmy Nike.

Przed zamknięciem drzwi jeszcze raz się obejrzała i kiedy pomyślała, że więcej tu nie wróci, mieszkanie wydało jej się nieprawdopodobnie żałosne. Jak cela więzienia, którą można zamknąć tylko od środka. Nie było tu ani jednego obrazu, ani jednego wazonika. Tylko na balkonie fikus kupiony na wyprzedaży zamiast złotych rybek. Nie bardzo mogła uwierzyć, że przeżyła w takim miejscu tyle lat, nie zastanawiając się nad tym i nie czując szczególnego niezadowolenia.

– Żegnaj – powiedziała cicho. Nie mówiła do mieszkania – żegnała się z samą sobą, która w nim dotąd żyła.

Rozdział szósty – Tengo

Mamy bardzo długie ręce

Potem przez pewien czas nic nowego się nie działo. Nikt się z Tengo nie kontaktował. Nie dostał żadnej wiadomości od Komatsu, profesora Ebisuno ani od Fukaeri. Może wszyscy o nim zapomnieli i polecieli na księżyc? Gdyby rzeczywiście tak było, nie miałbym nic przeciwko temu, pomyślał. Ale nic nigdy się tak pomyślnie nie układa. Nie polecieli na żaden księżyc. Mają po prostu dużo roboty, są ciągle zajęci, nie mają dość czasu ani dość życzliwości, żeby zadawać sobie trud i o czymś go zawiadamiać.

Zgodnie z zaleceniami Komatsu Tengo starał się codziennie czytać gazety, ale przynajmniej w tych, które czytał, nie było żadnych artykułów związanych z Fukaeri. Gazeta to środek masowego przekazu, który aktywnie podejmuje to, co się „stało", lecz stosunkowo biernie podchodzi do tego, co „trwa". Dlatego była to jakby wiadomość bez słów, że „w tej chwili nic ważnego się nie dzieje". Tengo nie miał telewizora, więc nie wiedział, jak podejmowały ten temat programy informacyjne.

Zajmowały się nim natomiast prawie wszystkie tygodniki. Tengo nie czytał oczywiście żadnego artykułu. Widział tylko sensacyjne nagłówki: „Prawda o zagadkowym zniknięciu pięknej nastoletniej pisarki, autorki bestsellera" albo „Gdzie zniknęła Fukaeri (17 lat), autorka *Powietrznej poczwarki*?", albo „Nieznane szczegóły z okresu dorastania pięknej młodej pisarki, która przepadła bez wieści". W niektórych tygodnikach zamieszczono nawet fotografie Fukaeri.

Wszystkie zrobione podczas konferencji prasowej. Oczywiście był ciekaw, co pisali w tych artykułach, ale nie miał ochoty wydawać pieniędzy na te wszystkie tygodniki. Gdyby napisali tam coś, czym Tengo powinien się przejąć, prawdopodobnie Komatsu zaraz by się z nim skontaktował. Brak kontaktu oznaczał, że w tej chwili nic nowego się w sprawie nie dzieje. Innymi słowy, jeszcze nie zorientowano się, że (być może) *Powietrzna poczwarka* miała ghost writera.

Sądząc z nagłówków, zainteresowanie środków masowego przekazu na razie skupiało się na takich okolicznościach jak ta, że ojciec Fukaeri był niegdyś słynnym działaczem radykalnej frakcji politycznej, że Fukaeri wychowała się odizolowana od świata w komunie w górach prefektury Yamanashi oraz że obecnie jej opiekunem jest profesor Ebisuno (postać znana dawniej w kręgach kulturalnych). *Powietrzna poczwarka* nadal utrzymywała się na liście bestsellerów, mimo zniknięcia pięknej i tajemniczej młodej pisarki. Tylko to zupełnie wystarczało do napisania artykułów mających przyciągnąć zainteresowanie czytelnika.

Lecz jeżeli nieobecność Fukaeri będzie się przeciągała, prawdopodobnie rozpocznie się poszukiwanie informacji na większą skalę – była to jedynie kwestia czasu. A jeśli do tego dojdzie, może się zrobić mały kłopot. Na przykład ktoś może iść do szkoły Fukaeri i wyciągnąć na światło dzienne kwestię dysleksji oraz to, że prawdopodobnie właśnie z tego powodu prawie się tam nie pokazywała. Mogą wygrzebać jej stopnie z japońskiego i wypracowania – zakładając, że jakieś napisała. Oczywiście wtedy pojawią się wątpliwości: „Czy nie jest trochę podejrzane, że dziewczyna z dysleksją napisała taki spoisty tekst?". A stąd już tylko krok do: „Może przypadkiem ktoś jej pomógł?". Nie trzeba do tego geniusza.

Z takimi wątpliwościami oczywiście najpierw zwrócą się do Komatsu. Był redaktorem prowadzącym *Powietrznej poczwarki*, kierował wszystkimi pracami związanymi z wydaniem książki. Ale on na pewno będzie udawał, że nic nie wie. Będzie twierdził bez mrugnięcia okiem, że przekazał tylko komisji konkursowej tekst przysłany przez dziewczynę i nic nie wie o procesie jego powstania. Każdy doświadczony redaktor w mniejszym lub większym stopniu przyswaja sobie tę umiejętność, ale Komatsu był naprawdę wyjątkowo dobry w mówieniu tego, czego nie myślał, z niezmienionym przy tym wyrazem twarzy. Potem od razu zadzwoniłby do Tengo i powiedział coś w rodzaju: „Słuchaj no, Tengo, niedługo grunt zacznie nam się palić pod nogami". Teatralnym głosem, zupełnie jakby kłopoty go cieszyły.

Może rzeczywiście kłopoty go cieszyły – Tengo czasami miał takie wrażenie. Niekiedy dostrzegał w Komatsu jakby chęć autodestrukcji. Może w głębi serca pragnął, żeby cały plan wyszedł na jaw, żeby wybuchł wspaniały, soczysty skandal, a wszyscy w niego wplątani wylecieli w powietrze. Komatsu miał w sobie coś takiego. Ale jednocześnie był chłodnym realistą. Chęci chęciami, ale gdzieś by je ukrył i w rzeczywistości nie dałby się tak łatwo doprowadzić do upadku.

A może obliczył sobie szansę wygranej tak, żeby bez względu na wszystko on jeden mógł przetrwać? Tengo nie wiedział, jak Komatsu zamierza się wykręcić z tej afery. Być może potrafi wszystko zręcznie wykorzystać – nawet jakiś podejrzany skandal lub własny upadek. Tego faceta trudno było rozgryźć. Na temat profesora Ebisuno Tengo nie mógł się wypowiadać. Ale tak czy inaczej, gdyby na horyzoncie zaczęły się zbierać chmury wątpliwości dotyczących procesu tworzenia *Powietrznej poczwarki*, Komatsu na pewno by się z nim skontaktował. Tengo był tego prawie pewny. Do tej pory Komatsu traktował go jak wygodne i skuteczne narzędzie, ale tak naprawdę sam Tengo był jego piętą achillesową. Gdyby chciał wyjawić wszystkie fakty, Komatsu niewątpliwie znalazłby się w nieciekawej sytuacji. Musiał brać Tengo pod uwagę. Dlatego wystarczy poczekać na telefon od Komatsu. Tak długo jak nie dzwoni, „grunt nie pali im się pod nogami".

Tengo bardziej interesowało, co robi profesor Ebisuno. Na pewno jakoś razem z policją stara się posunąć sprawę naprzód. Ciągle wmawia im możliwość, że Sakigake jest zaplątana w zniknięcie Fukaeri. Posługując się jej zniknięciem jak łomem, próbuje podważyć i otworzyć twardą skorupę Sakigake. Czy działania policji zmierzają w tym kierunku? Pewnie tak. Środki masowego przekazu robią już szum na temat związków Fukaeri z Sakigake. Gdyby policja tego nie ruszyła, a potem wyszłyby na jaw jakieś ważne fakty, zostałaby oskarżona o nieudolność. Tak czy inaczej, na pewno śledztwo jest tajne. A więc czytanie artykułów w tygodnikach i oglądanie wiadomości telewizyjnych nie dostarczy znaczących nowych wiadomości.

Pewnego dnia, gdy wrócił do domu z kursów, w skrzynce na listy tkwiła gruba koperta. Nadawcą był Komatsu, koperta miała nadruk wydawnictwa i było na niej aż sześć stempli świadczących, że to przesyłka ekspresowa. Wszedł do mieszkania i otworzył ją. W środku znalazł zbiór recenzji *Powietrznej poczwarki*. Był też list od Komatsu. Napisany został jak zwykle powykręcanymi literami, więc odczytanie go zabrało Tengo sporo czasu.

> Drogi Tengo,
>
> W tej chwili nic poważnego jeszcze się nie dzieje. Miejsce pobytu Fukaeri nadal nie jest znane. Tygodniki i telewizja podejmują głównie kwestie okoliczności jej dorastania. Na szczęście do nas nie dotarli. Książka coraz lepiej się sprzedaje.

Na tym etapie sam już nie wiem, czy należy się z tego cieszyć, czy nie. Ale firma jest bardzo zadowolona, dostałem od szefa dyplom uznania i kopertę z pieniędzmi. Pracuję tu od ponad dwudziestu lat, ale dopiero teraz, po raz pierwszy, szef mnie pochwalił. Ciekawe, jakie miny by zrobili, gdyby dowiedzieli się prawdy.

Załączam dotychczasowe recenzje *Powietrznej poczwarki* i artykuły na jej temat. Jak będziesz miał czas, poczytaj – przyda się na przyszłość. Powinieneś w nich znaleźć coś interesującego. Jeśli będziesz w nastroju do śmiechu, kilka fragmentów pewnie cię rozbawi.

Poprosiłem znajomego, żeby się czegoś dowiedział o Fundacji Wspierania Nowej Japońskiej Nauki i Sztuki, o której ostatnio rozmawialiśmy. Powstała kilka lat temu, została zarejestrowana i naprawdę prowadzi działalność. Mają biuro, wydają roczne raporty. Wybierają co rok kilku naukowców i twórców i oferują im granty. A przynajmniej Fundacja tak twierdzi. Nie wiadomo, skąd pochodzą pieniądze. Ale według tego znajomego, tak czy inaczej, to wszystko jest, szczerze mówiąc, p o d e j r z a n e. Jest możliwość, że to fikcyjna organizacja stworzona w celu uniknięcia podatków. Gdyby głębiej pogrzebać, pewnie dałoby się uzyskać jakieś informacje, ale czas mi na to nie pozwolił. W każdym razie, tak jak ci wcześniej mówiłem przez telefon, to bez sensu, żeby taka organizacja dała tobie, człowiekowi zupełnie nieznanemu, trzy miliony jenów. Coś się musi za tym kryć. Nie można wykluczyć możliwości, że jest w to zamieszana Sakigake. A jeśli tak, to znaczyłoby, że wyniuchali twój udział w *Powietrznej poczwarce*. Tak czy inaczej, rozsądek nakazuje nie mieć nic wspólnego z tą organizacją.

Tengo wsunął kartkę z powrotem do koperty. Dlaczego Komatsu zadał sobie trud napisania do niego listu? Może po prostu zrobił to przy okazji wysyłania recenzji? Ale to nie w jego stylu. Jeśli miał do niego sprawę, mógł po prostu jak zwykle zadzwonić. Przecież taki list może być później użyty jako dowód. Bardzo ostrożny Komatsu musiał zdawać sobie z tego sprawę. A może bardziej niż to, że zostanie dowód, martwiła go możliwość podsłuchu w telefonie?

Tengo spojrzał na aparat. Podsłuch? Nawet mu nie przyszło do głowy, że jego telefon może być na podsłuchu. Ale na dobrą sprawę od tygodnia nikt do niego nie dzwonił. Może fakt, że jego numer jest na podsłuchu, jest powszechnie znany? Nie dzwoniła do niego nawet kochanka, która zawsze lubiła rozmawiać przez telefon.

To nie wszystko. Nie przyszła do niego w zeszły piątek. Nigdy wcześniej się to nie zdarzyło. Jeżeli z jakiegoś powodu nie mogła przyjść, zawsze bez wyjątku wcześniej dzwoniła. Dziecko się przeziębiło i nie idzie do szkoły albo nagle dostała miesiączki – w większości były to tego typu powody. Ale w ten piątek w ogóle się nie odezwała. Po prostu nie przyszła. Tengo przygotował prosty lunch i czekał, ale się nie doczekał. Mogło się zdarzyć coś nieprzewidzianego, jednak powinna była go zawiadomić wcześniej albo po fakcie. A on nie mógł się z nią skontaktować.

Tengo zrezygnował z zastanawiania się nad telefonem i kochanką. Usiadł przy kuchennym stole i po kolei przeczytał przysłane przez Komatsu kopie recenzji. Zostały ułożone w kolejności chronologicznej, na marginesie na górze po lewej wpisano długopisem nazwę gazety czy czasopisma oraz datę publikacji. Pewnie Komatsu zlecił to dziewczynie pracującej na godziny. Sam nigdy w życiu nie zadałby sobie tyle trudu. Większość recenzji była pozytywna. Wielu krytyków doceniało głębię treści i odwagę pisarki, przyznawali, że tekst jest precyzyjnie napisany. „Trudno uwierzyć, że napisała ten utwór siedemnastoletnia dziewczyna" – stwierdziło kilku.

Uzasadniona wątpliwość, pomyślał Tengo.

W jednym z artykułów określono powieść jako „Françoise Sagan zaprawioną nutą magicznego realizmu". Autor ciągle się zastrzegał i używał trybu warunkowego, chwilami pisał dość niejasno, ale z całości wynikało, że raczej chwali utwór.

Wielu krytyków było skonsternowanych kwestią znaczenia powietrznej poczwarki i Little People. Albo nie mogli się zdecydować, co sądzą. „Historia jest bardzo ciekawie napisana, wciąga czytelnika i aż do końca trzyma w napięciu, lecz kiedy przychodzi do określenia, czym są powietrzna poczwarka i Little People, toniemy do końca w basenie pełnym tajemniczych znaków zapytania. Być może o to właśnie chodziło autorce, ale na pewno wielu czytelników uzna taką postawę za niedbalstwo. Można to wybaczyć w pierwszym utworze, ale jeżeli autorka zamierza dalej prowadzić działalność powieściopisarską, będzie musiała w niedalekiej przyszłości uczciwie zastanowić się nad swoją skłonnością do unikania wyjaśnień i ograniczania się jedynie do sugestii" – kończył swoją recenzję jeden z krytyków.

Tengo kręcił głową, czytając. Jeżeli pisarce udało się napisać ciekawą historię, która „wciąga czytelnika i aż do końca trzyma w napięciu", to chyba nikt nie mógł oskarżyć jej o niedbalstwo.

Ale tak do końca nie był tego pewien. Możliwe, że się mylił, a krytyk miał rację. Tengo dosłownie zatonął w procesie poprawiania *Powietrznej poczwarki*, na dobrą sprawę nie był już w stanie obiektywnie jej ocenić. Teraz postrzegał powietrzną poczwarkę oraz Little People jako część samego siebie, choć szczerze mówiąc, sam nie wiedział, co znaczą. Lecz dla niego nie miało to większego znaczenia. Potrafił bez problemu zaakceptować ich istnienie. Dlatego właśnie udało mu się całym sercem i umysłem zatonąć w poprawianiu utworu. Gdyby nie zaakceptował tej opowieści jako oczywistej i zrozumiałej, nie przyłożyłby ręki do takiego oszustwa, nawet gdyby mu grożono lub proponowano wielkie pieniądze.

No ale to był jedynie jego osobisty punkt widzenia. Nie mógł go narzucić innym. Musiał współczuć tym dobrym ludziom, którzy po przeczytaniu *Powietrznej poczwarki* „tonęli do końca w basenie pełnym tajemniczych znaków zapytania". Ujrzał przed sobą wizję ludzi z zafrasowanymi twarzami trzymających się barwnych kół ratunkowych i unoszących się w wielkim basenie pełnym znaków zapytania. Na niebie widniało w pełni nierealistyczne słońce. Jako jedna z osób, które doprowadziły do takiej sytuacji, Tengo musiał czuć się trochę za to odpowiedzialny.

Ale kto potrafi zbawić wszystkich na całym świecie, zastanawiał się Tengo. Gdyby zebrać razem wszystkich bogów, nie udałoby się zlikwidować broni jądrowej, wykorzenić terroryzmu. Nie dałoby się pozbyć suszy w Afryce ani przywrócić do życia Johna Lennona, a poza tym bogowie pewnie podzieliliby się na grupy, zaczęliby się gwałtownie kłócić. I na świecie powstałby jeszcze większy zamęt. Gdy pomyśleć o bezsilności, jaką by to wywołało, to zmuszenie ludzi do tego, by przez pewien czas unosili się w basenie pełnym tajemniczych znaków zapytania, wydawało się grzechem stosunkowo lekkim.

Tengo przejrzał połowę recenzji przysłanych przez Komatsu, a resztę włożył do koperty bez czytania. Po lekturze połowy wyobraził sobie mniej więcej, co jest napisane w pozostałych. *Powietrzna poczwarka*, jako opowieść, oczarowała wiele osób. Oczarowała Tengo, Komatsu, a także profesora Ebisuno. I oczarowała zadziwiająco dużą liczbę czytelników. Czego więcej trzeba?

Telefon zadzwonił we wtorek po dziewiątej wieczorem. Tengo czytał właśnie książkę, słuchając muzyki. Uwielbiał czytać przed snem książkę, która mu się podobała. Kiedy lektura go zmęczyła, mógł iść spać.

Dawno nie słyszał dzwonka telefonu, lecz ten miał w sobie jakiś feralny ton. Kiedy dzwonił Komatsu, brzmiał inaczej. Tengo wahał się przez chwilę, czy powinien odebrać. Odczekał pięć dzwonków. Potem zatrzymał płytę i podniósł słuchawkę. Mogła dzwonić jego kochanka.

– Czy to mieszkanie pana Kawany? – zapytał jakiś mężczyzna. Głos człowieka w średnim wieku, głęboki i opanowany. Tengo nigdy wcześniej go nie słyszał.

– Tak – odpowiedział ostrożnie.

– Przepraszam, że tak późno dzwonię. Nazywam się Yasuda – oznajmił mężczyzna. Bardzo neutralny ton. Ani szczególnie przyjazny, ani wrogi. Ani urzędowy, ani bezpośredni.

Yasuda? Nie pamiętał takiego nazwiska.

– Dzwonię, ponieważ chciałbym panu coś przekazać – ciągnął mężczyzna, potem zrobił krótką przerwę, jakby włożył zakładkę między strony książki. – Myślę, że żona nie będzie mogła już pana odwiedzać. Tylko to chciałem panu powiedzieć.

Wtedy Tengo nagle się zorientował. Yasuda to nazwisko jego kochanki. Nazywała się Kyōko Yasuda. Nie bardzo miała okazję wymieniać w jego obecności nazwisko, dlatego przypomnienie sobie, skąd je zna, zajęło mu trochę czasu. Więc mężczyzna, który do niego dzwonił, był jej mężem. Tengo miał uczucie, że coś utkwiło mu w gardle.

– Rozumie pan? – zapytał mężczyzna. W jego głosie nie było żadnych uczuć. A przynajmniej Tengo nie mógł ich dosłyszeć. Tylko w intonacji dało się poznać lekkie naleciałości dialektu.

Pewnie z Hiroszimy albo z Kyūshū, gdzieś z tamtych stron. Tengo nie potrafił odróżnić.

– Nie będzie mogła przychodzić – powtórzył Tengo.

– Tak, więcej już n i e b ę d z i e m o g ł a pana odwiedzać.

Tengo zebrał się na odwagę i zapytał: – Czy coś jej się stało?

Zapadła cisza. Pytanie Tengo unosiło się bez odpowiedzi i bez celu w przestrzeni. Potem tamten się odezwał:

– Dlatego sądzę, że więcej pan już nie zobaczy mojej żony. Chciałem pana tylko o tym zawiadomić.

On wie, że sypiałem z jego żoną. O tym, że ten związek trwał rok, raz w tygodniu. Było to dla Tengo oczywiste. Mimo to w głosie mężczyzny, o dziwo, nie było gniewu ani pretensji. Zamiast osobistych uczuć dosłyszał w nim coś obiektywnego. Coś, co przypominało porzucony, zdziczały ogród albo koryto rzeki po wielkiej powodzi, tego typu widok.

– Nie bardzo rozumiem...

– W takim razie lepiej tak to zostawić – powiedział mężczyzna, przerywając Tengo. W jego głosie dało się dosłyszeć zmęczenie. – Jedno jest jasne. Żona została utracona, w żaden sposób nie może już do pana przyjść. O to mi chodzi.

– Została utracona – powtórzył nieprzytomnie Tengo.

– Proszę pana, ja nie miałem ochoty do pana dzwonić. Ale gdybym zostawił to tak bez słowa, miałbym nieczyste sumienie. Myśli pan, że sprawia mi przyjemność rozmowa z panem?

Kiedy zamilkł, ze słuchawki przestały dobiegać jakiekolwiek dźwięki. Wyglądało na to, że dzwoni z jakiegoś nieprawdopodobnie cichego miejsca. Albo jego uczucia działały jak próżnia i wsysały wszystkie fale dźwiękowe.

Muszę go o coś zapytać, pomyślał Tengo. Jeżeli tego nie zrobię, wszystko skończy się na niezrozumiałych aluzjach. Nie mogę dopuścić do przerwania rozmowy. Ale ten mężczyzna od początku nie miał zamiaru dokładnie wyjaśniać Tengo sytuacji. Jakie pytanie można zadać komuś, kto nie zamierza wyjaśnić prawdziwych okoliczności? Jakie słowa mogą się odbić echem w próżni? Podczas gdy Tengo ze wszystkich sił poszukiwał odpowiedniego wyrażenia, rozmowa została nieoczekiwanie przerwana. Mężczyzna bez słowa odłożył słuchawkę i zniknął. Prawdopodobnie na zawsze.

Tengo jeszcze przez chwilę przyciskał ucho do niemej słuchawki. Jeżeli telefon był na podsłuchu, być może udałoby mu się dosłyszeć jakiś tego dowód. Wstrzymał oddech i wytężał słuch, lecz nie było żadnych podejrzanych dźwięków. Słyszał tylko bicie własnego serca. Kiedy tak go słuchał, zaczęło mu się wydawać, że jest nędznym złodziejem, który zakradał się nocą do czyjegoś domu. Chował się w ciemnym kącie, wstrzymywał oddech i czekał, aż wszyscy mieszkańcy pogrążą się we śnie.

Chcąc uspokoić wzburzone nerwy, nalał wody do czajnika i zaparzył zielonej herbaty. Z czarką w dłoni usiadł przy stole i po kolei odtworzył w myślach rozmowę telefoniczną.

„Żona została utracona, w żaden sposób nie może już do pana przyjść", powiedział ten człowiek. W ż a d e n s p o s ó b – szczególnie to wyrażenie nie dawało Tengo spokoju. Było w nim coś jakby ciemnego, wilgotnego i lepkiego.

Ten Yasuda chyba miał zamiar mu przekazać, że gdyby nawet żona chciała znów przyjść do Tengo, wprowadzenie tego w czyn będzie, realnie rzecz biorąc, niemożliwe. Dlaczego, w jakim sensie jest to niemożliwe? Co to właściwie znaczy, że została utracona? W myślach nasuwały mu się obrazy Kyōko Yasudy, która odniosła poważne rany w jakimś wypadku, zapadła na nieuleczalną chorobę, miała twarz zmasakrowaną w wyniku przemocy. Siedziała na wózku inwalidzkim, straciła część ciała, była cała pokryta bandażami tak, że nie mogła się ruszać. Albo tkwiła w piwnicy uwiązana na grubym łańcuchu jak pies. Lecz każda z tych możliwości zdawała się zbyt wydumana.

Kyōko Yasuda (teraz potrafił o niej myśleć tylko pełnym imieniem i nazwiskiem) prawie nigdy nie mówiła o swoim mężu. Tengo nie wiedział, gdzie mąż pracował, ile miał lat, jak wyglądał, jaki miał charakter, gdzie się poznali, kiedy wzięli ślub. Nie wiedział też, czy jest gruby, czy chudy, wysoki czy niski, przystojny czy nieciekawy, czy mają dobre układy w małżeństwie, czy nie. Wiedział tylko, że nie miała chyba kłopotów finansowych (zdawało się, że raczej żyje dość wygodnie) i że nie była raczej usatysfakcjonowana częstotliwością (ani jakością) stosunków seksualnych z mężem. Ale to wszystko ograniczało się do przypuszczeń. Popołudniami, dla zabicia czasu, prowadzili z Tengo w łóżku różne rozmowy, lecz nigdy nie było mowy o jej mężu. Tengo też szczególnie nie pragnął się o nim niczego dowiadywać. Wolał w miarę możliwości nie wiedzieć, jakiemu mężczyźnie podkrada żonę. Uważał, że tak będzie w pewien sposób taktowniej. Ale teraz, kiedy doszło do takiej sytuacji, żałował, że ani razu nie zapytał o męża (gdyby tylko zapytał, prawdopodobnie całkiem szczerze by odpowiedziała). Czy był bardzo zazdrosny, czy był zaborczy, czy miał brutalne skłonności.

Spróbuję się postawić na jego miejscu. Gdyby sytuacja była odwrotna, jak bym się czuł? To znaczy miałbym żonę, dwoje małych dzieci, prowadziłbym zwykłe spokojne życie rodzinne. Jednakże odkryłbym, że od ponad roku moja żona raz w tygodniu, sypia z innym mężczyzną. O dziesięć lat młodszym od niej. Co bym myślał, gdybym się znalazł w takiej sytuacji? Jakie uczucia zawładnęłyby moim sercem? Gwałtowny gniew, głębokie rozczarowanie, niejasny smutek, zimna drwina, utrata poczucia rzeczywistości czy też mieszanka uczuć niedających się odróżnić?

Choć długo nad tym rozmyślał, nie potrafił odgadnąć, jakie byłyby jego uczucia. Gdy Tengo snuł te hipotezy, w myślach pojawiała mu się postać matki w białej halce podającej pierś do ssania obcemu mężczyźnie. Jej piersi były obfite, sutki duże i twarde. Na twarzy malował się ekstatyczny, zmysłowy uśmiech. Usta miała rozchylone, oczy zamknięte. Lekko drżące wargi kojarzyły się z wilgotną waginą. Obok spał Tengo. Zupełnie jakby los zatoczył pełne koło, pomyślał. Ten tajemniczy młody mężczyzna to pewnie Tengo, a kobieta, którą trzyma w ramionach, to Kyōko Yasuda. Zupełnie ten sam schemat, zmieniły się tylko osoby. Czy to by znaczyło, że moje życie polega jedynie na materializowaniu się uśpionych we mnie obrazów i odtwarzaniu ich? I w jakim stopniu jestem odpowiedzialny za to, że ona *została utracona*.

Nie mógł zasnąć. W uszach miał ciągle głos mężczyzny nazwiskiem Yasuda. Jego aluzje miały ciężar, słowa dziwną realność. Tengo rozmyślał o Kyōko Yasudzie. Przypominał sobie ze szczegółami jej twarz i ciało. Ostatni raz spotkał się z nią w piątek dwa tygodnie temu. Jak zawsze uprawiali seks, poświęcając na to dużo czasu. Lecz po telefonie od jej męża te wydarzenia zdawały się pochodzić z dalekiej przeszłości. Zupełnie jak jakieś historyczne sceny.

Na półce leżało kilka płyt, które przyniosła z domu specjalnie po to, by słuchać ich w łóżku z Tengo. Płyty jazzowe z bardzo dawnych czasów. Louis Armstrong, Billie Holiday (tutaj też Barney Bigard grał jako sideman). Duke Ellington z lat czterdziestych. Wszystkich często słuchano i dbano o nie. Okładki z upływem czasu nieco spłowiały, ale płyty były jak nowe. Kiedy brał je do ręki i oglądał, stopniowo nabierała w nim kształtu realna pewność, że więcej jej już nie zobaczy.

Oczywiście, w dosłownym znaczeniu tego słowa, Tengo nie kochał Kyōko Yasudy. Nigdy nie pomyślał, że chciałby z nią spędzić życie, nie było mu trudno się z nią żegnać. Nigdy nie czuł przy niej gwałtownego drżenia serca. Lecz przywykł do jej istnienia, zaczął do niej czuć naturalną sympatię. Uważał przyjmowanie jej raz w tygodniu w swoim mieszkaniu i dotyk ich nagich ciał za stały element swojego rozkładu zajęć i oczekiwał tego z przyjemnością. Dla Tengo był to raczej rzadki przypadek. Kobiety nie bywały mu tak bliskie. Na ogół w ich obecności – bez względu na to, czy miał z nimi kontakty seksualne, czy nie – czuł się nieswojo. Żeby opanować to uczucie, musiał ogrodzić w sobie pewien teren. Innymi słowy, musiał zamknąć parę pomieszczeń w swoim sercu i umyśle. Z Kyōko Yasudą nie trzeba było wykonywać takich skomplikowanych czynności. Zdawała się rozumieć, czego Tengo chce, a czego nie chce. Dlatego uważał się za szczęściarza, że ją spotkał.

Ale tak czy inaczej, coś się stało i została utracona. Z jakiegoś powodu w ż a d e n s p o s ó b już tu nie przyjdzie. I zdaniem jej męża lepiej, żeby Tengo nie wiedział, jakie były tego przyczyny i jakie mogą być skutki.

Kiedy nie mogąc spać, siedział na podłodze i słuchał cicho grającej płyty Duke'a Ellingtona, znów zadzwonił telefon. Zegar ścienny wskazywał dwanaście po dziesiątej. Nie przychodził mu do głowy nikt prócz Komatsu, kto mógłby dzwonić o tej porze. Ale ten dzwonek też nie brzmiał jak dzwonek Komatsu. On dzwonił bardziej niecierpliwie, pośpiesznie. A może ten facet, Yasuda, przypomniał sobie o czymś, co chciał mu jeszcze przekazać. Nie miał ochoty odbierać. Z doświadczenia wiedział, że telefony o tej porze nie oznaczają nic przyjemnego. Ale biorąc pod uwagę własną sytuację, wiedział, że nie ma wyboru i musi podnieść słuchawkę.

– Pan Kawana, prawda? – powiedział męski głos. To nie Komatsu. Ani nie Yasuda. Był to niewątpliwie Ushikawa. Mówił, jakby miał usta pełne wody albo jakiejś nie wiadomo jakiej cieczy. Tengo mimowolnie przypomniał sobie jego dziwną twarz i płaską, nieregularną głowę.

– Najmocniej przepraszam, że panu przeszkadzam o tak późnej porze. Mówi Ushikawa. Niedawno przyszedłem bez uprzedzenia i zabrałem panu trochę czasu. Dzisiaj też zamierzałem wcześniej zadzwonić, ale wynikła pewna pilna sprawa i nie zorientowałem się, że jest tak późno. Tak, wiem, że pan wcześnie chodzi spać i wcześnie wstaje. To wspaniała sprawa. Z bycia nocnym markiem nic dobrego nie wynika. Najlepiej iść do łóżeczka, jak tylko zrobi się ciemno, a rano zbudzić się razem ze słonkiem. Ale nagle pomyślałem, może pan to nazwać intuicją, że dziś jeszcze pan nie śpi. I dlatego pozwoliłem sobie zadzwonić, choć wiedziałem, że to nietaktowne. Jak pan uważa, sprawiłem panu kłopot?

Tengo nie podobało się to, co mówi Ushikawa. Nie podobało mu się też, że zna jego domowy numer. Poza tym to nie żadna intuicja. Wiedział, że Tengo nie może spać, i dlatego dzwonił. Może wiedział, że u Tengo pali się światło. Może ktoś obserwuje jego mieszkanie? Wyobraził sobie, jak jakiś zdolny, pełen zapału pracownik sprawdza przez precyzyjną lornetkę, co się dzieje w jego mieszkaniu.

– Rzeczywiście dziś jeszcze nie spałem – powiedział. – Intuicja pana nie omyliła. Może wypiłem za dużo mocnej herbaty.

– Ach tak? To niedobrze. Czasami, kiedy człowiek nie może spać, zaczyna myśleć o głupich rzeczach. Jak pan uważa, możemy przez chwilę porozmawiać?

– Jeżeli to nie będzie rozmowa o czymś, co jeszcze bardziej wybije mnie ze snu.

Ushikawa zarżał głośnym śmiechem. Po drugiej stronie słuchawki, gdzieś na tym świecie, jego nieregularna głowa nieregularnie się zatrzęsła.

– Ha, ha, ha, ależ pan jest dowcipny, panie Kawana. Nie jest to może temat tak przyjemny jak kołysanka, ale sam w sobie nie jest tak poważny, żeby wybić ze snu. Proszę się nie martwić. To tylko kwestia tak czy nie. Chodzi o ten grant. Trzy miliony rocznie. To przecież niezła rzecz. Jak pan uważa, zastanowił się pan? Musimy już niedługo dostać ostateczną odpowiedź.

– W sprawie grantu już poprzednio wyraźnie panu odmówiłem. Dziękuję bardzo za ofertę. Ale mnie w tej chwili niczego szczególnie nie brakuje. Nie mam trudności finansowych, chciałbym w miarę możliwości dalej żyć tak jak teraz.

– Nie chce pan nikomu nic zawdzięczać.

– Mówiąc wprost, o to chodzi.

– To naprawdę godna podziwu postawa – powiedział Ushikawa i jakby odchrząknął. – Chce pan sam sobie radzić, w miarę możliwości nie chce pan mieć do czynienia z żadną organizacją. Dobrze pana rozumiem. Ale wie pan co, panie Kawana, ja to mówię z troski o pana, świat jest taki, jaki jest. Nie wiadomo, co i kiedy się może stać. Dlatego dobrze jest mieć jakieś zabezpieczenie. Coś, na czym można się oprzeć, osłonę od wiatru, lepiej mieć coś takiego. Może nie powinienem tak mówić, ale pan teraz nie bardzo ma się na czym oprzeć, panie Kawana. Nikt z pana otoczenia nie stanie za panem murem. Jakby przyszło co do czego, jakby zrobiło się gorąco, wszyscy ludzie wokół pana zostawiliby pana samemu sobie i pouciekali. Czy tak nie jest? Mówi się, że przezorny zawsze ubezpieczony. Przecież trzeba się ubezpieczyć na wypadek, gdyby przyszły trudne czasy? Tu nie chodzi tylko o pieniądze. Pieniądze to w końcu tylko z n a k.

– Nie bardzo rozumiem, o czym pan mówi – powiedział Tengo. Po trochu wracało instynktowne uczucie niechęci, którego doznał w stosunku do Ushikawy przy pierwszym spotkaniu.

– No tak, jest pan jeszcze młody i zdrowy, więc nie rozumie pan takich rzeczy. Na przykład chodzi o coś takiego. Kiedy osiąga się pewien wiek, życie staje się jedynie procesem ciągłego tracenia różnych rzeczy. Ważne rzeczy wyślizgują się panu jedna po drugiej z rąk i wypadają, jak zęby wyłamywane z grzebienia. Zamiast tego dostają się panu jedynie bezwartościowe imitacje. Topnieją możliwości fizyczne, nadzieje, marzenia i ideały, pewność i sens. Kochane osoby jedna po drugiej odchodzą od pana i znikają. Żegnają się i odchodzą albo pewnego dnia bez uprzedzenia po prostu rozpływają się w powietrzu. A kiedy raz je pan straci, już nie uda się panu ich odzyskać. Nie uda się też ich nikim ani niczym zastąpić. To bardzo trudne do zniesienia. Czasami tak bolesne, jakby ktoś nas ciął nożem. Panie Kawana, lada dzień skończy pan trzydzieści lat. Będzie pan teraz po trochu wkraczał w okres tego zmierzchu życia. To on właśnie nadchodzi wraz z wiekiem. Pan też stopniowo zaczyna rozumieć, czym jest to dotkliwe uczucie s t r a t y czegoś. Mam rację, prawda?

Czy to możliwe, że ten facet robi aluzję do kwestii Kyōko Yasudy? Może wie, że odbywali tu cotygodniowe schadzki i że ona z jakiegoś powodu odeszła od Tengo.

– Zdaje się, że pan bardzo dużo wie o moim życiu prywatnym – powiedział.

– Nie, nie, nic podobnego. Mówiłem tylko ogólnie o życiu jako takim. Naprawdę. Niewiele wiem o pana życiu prywatnym.

Tengo milczał.

– Niech pan bez oporów przyjmie ten grant, panie Kawana – powiedział Ushikawa jakby z westchnieniem. – Mówiąc wprost, jest pan teraz w troszkę niebezpiecznym położeniu. Jak przyjdzie co do czego, staniemy za panem murem. Rzucimy panu koło ratunkowe. Bo jak tak dalej pójdzie, może się pan znaleźć w sytuacji bez wyjścia.

– W sytuacji bez wyjścia?

– Właśnie.

– Co pan konkretnie ma na myśli?

Ushikawa milczał przez chwilę. Potem zaczął mówić: – Wie pan co, panie Kawana. Są rzeczy, o których lepiej nie wiedzieć. Niektóre rodzaje wiedzy nie dają człowiekowi zmrużyć oka. Zielona herbata to nic w porównaniu z tym. Może to panu na zawsze odebrać spokojny sen. Ja chcę innymi słowy powiedzieć coś takiego: niech pan się zastanowi. Sam nie bardzo znając sytuację, przekręcił pan pewien szczególny kurek i uwolnił pan pewną szczególną rzecz. To ma wpływ na ludzi wokół pana. Wpływ, który trudno nazwać pożądanym.

– Czy to ma związek z Little People?

Powiedział to w połowie na chybił trafił, lecz Ushikawa zamilkł. Było to ciężkie milczenie, jak czarny kamień na dnie głębokiej wody.

– Panie Ushikawa, ja chcę dokładnie wiedzieć, o co chodzi. Niech pan przestanie bawić się w zagadki i porozmawiajmy konkretniej. Co jej się właściwie stało?

– Jej? Nie bardzo wiem, o czym pan mówi.

Tengo westchnął. To zbyt delikatna rozmowa jak na telefon.

– Najmocniej przepraszam, panie Kawana, ale ja jestem jedynie chłopcem na posyłki. Posłańcem klienta. Na tę chwilę powierzono mi zadanie, by jak najbardziej okrężnie mówić o zasadniczych sprawach – powiedział ostrożnie Ushikawa. – Przykro mi, że najwyraźniej pana zirytowałem, ale ja mogę o tym mówić jedynie niejasno. I szczerze mówiąc, moja własna wiedza jest dość ograniczona. Ale, tak czy inaczej, nie wiem, kim jest owa o n a. Czy mógłby mi pan konkretniej powiedzieć?

– Więc kim właściwie są Little People?

– Wie pan co, panie Kawana, o tych j a k i c h ś Little People ja zupełnie nic nie wiem. Oczywiście poza tym, że pojawili się w powieści *Powietrzna poczwarka*. Ale wie pan co, sądząc z tego, co się dzieje, wygląda na to, że pan coś uwolnił. Sam pan o tym nie wiedział. To może w zależności od sytuacji okazać się strasznie niebezpieczne. Moi klienci dobrze wiedzą, jak duże i jakiego rodzaju jest to niebezpieczeństwo. I posiadają do pewnego stopnia *know how* pozwalający sobie z tym niebezpieczeństwem radzić. Właśnie dlatego wyciągamy do pana pomocną dłoń. I mówiąc wprost, mamy bardzo długie ręce. Długie i silne.

– A kim są właściwie ci klienci, o których pan mówi? Mają jakiś związek z Sakigake?

– Niestety nie wolno mi ujawniać nazwisk – powiedział z żalem Ushikawa. – Ale bez względu na to, kim są moi klienci, mają dość duże wpływy. Wpływy, których nie można lekceważyć. Możemy stanąć za panem murem. Wie pan co, panie Kawana, to jest ostatnia oferta. Do pana należy wybór, czy pan ją przyjmie, czy nie. Ale jak raz pan się zdecyduje, nie będzie już odwrotu. Dlatego niech pan się naprawdę dobrze zastanowi. I, wie pan co, niestety, jeżeli nie stanie pan po ich stronie, to w zależności od sytuacji ich długie ręce, choćby niechętnie, mogą spowodować nieciekawe dla pana konsekwencje.

– A jakie nieciekawe konsekwencje mogą spowodować dla mnie wasze długie ręce?

Przez pewien czas Ushikawa nie odpowiadał na to pytanie. Z drugiej strony słuchawki dobiegł szczególny dźwięk, jakby wciągnął kącikiem ust ściekającą ślinę.

– Ja tego konkretnie nie wiem – powiedział. – Aż tyle mi nie powiedziano. Dlatego mówię tylko tak ogólnie.

– A co ja mianowicie uwolniłem?

– Tego też nie wiem. Nie chcę się powtarzać, ale jestem jedynie przedstawicielem wydelegowanym do negocjacji. Nie orientuję się dokładnie w sytuacji. Podano mi tylko ograniczone informacje. Główne źródło informacji, kiedy wreszcie dociera do mnie, przeradza się w cienką kapiącą po kropelce strużkę. Klienci upoważnili mnie tylko do działań w ograniczonym zakresie i przekazuję panu jedynie to, co mi polecono przekazać. Być może zapyta pan, dlaczego klienci nie kontaktują się z panem bezpośrednio, przecież to byłby prostszy i szybszy sposób. Dlaczego wysyłają jako pośrednika jakiegoś nie wiadomo jakiego typa. Hm, ciekawe dlaczego. Ja też tego nie wiem.

Ushikawa odchrząknął i czekał na pytanie Tengo. Ale pytanie nie padło. Dlatego mówił dalej:

– Więc pytał pan, co pan uwolnił, prawda?

Tengo powiedział, że tak.

– Ja myślę, panie Kawana, że to chyba nie jest to coś, o czym ktoś z zewnątrz może po prostu powiedzieć: „to taka a taka rzecz". Musi pan sam wyruszyć w drogę i pomęczyć się, żeby to odkryć. Ale może też być tak, że kiedy w końcu pan zrozumie, co to jest, będzie już za późno. Z tego, co widziałem, ma pan specjalne zdolności. Wybitne, piękne zdolności. Zdolności, których zwykli ludzie nie mają. To pewne. Dlatego to, czego pan dokonał, ma moc nie do pogardzenia. I moi klienci wysoko oceniają te pańskie zdolności. Stąd też oferta grantu. Ale wie pan co, niestety, same zdolności to za mało. A w zależności od punktu widzenia, można uznać, że niewystarczające zdolności są bardziej niebezpieczne niż całkowity ich brak. Odnoszę niejasne wrażenie, że tak właśnie jest w tej sprawie.

– Pańscy klienci mają na ten temat wystarczającą wiedzę. O to chodzi?

– Nie, tego też nie mogę powiedzieć. Nikt nie potrafi definitywnie stwierdzić, czy jest wystarczająca, czy nie. Hm, proszę sobie wyobrazić nowego typu chorobę zakaźną. Oni mają *know how*, czyli szczepionkę. W tej chwili wiadomo, że szczepionka jest do pewnego stopnia skuteczna. Lecz wirusy choroby żyją, z każdą chwilą się wzmacniają, ewoluują. To twarde, inteligentne stworzenia. Starają się jakoś przezwyciężyć siłę przeciwciał. Nie wiadomo, jak długo ta szczepionka będzie skuteczna. Nie wiadomo, czy wystarczy jej dla wszystkich. Pewnie dlatego właśnie klienci przeczuwają coraz większe niebezpieczeństwo.

– Do czego ja jestem tym ludziom potrzebny?

– Pozwolę sobie jeszcze raz posłużyć się analogią do choroby zakaźnej. Przepraszam, że tak to ujmuję, ale być może spełniają państwo rolę głównych nosicieli.

– „Spełniają państwo"? Chodzi o Eriko Fukadę i mnie?

Ushikawa nie odpowiedział.

– Pozwolę sobie użyć klasycznego wyrażenia: być może otworzyli państwo puszkę Pandory. Z niej wyszły na świat różne rzeczy. Jeśli podsumować wrażenia, jakie odniosłem, zdaje się, że tak właśnie myślą moi klienci. Wy dwoje, choć może to przypadek, stanowicie znacznie silniejszy duet, niż pan sądzi. Udało wam się wzajemnie uzupełnić w sobie to, czego brakowało drugiej osobie.

– Ale to nie jest przestępstwo pod względem prawnym.

– Zgadza się. Po względem prawnym, w sensie codziennym to oczywiście nie jest przestępstwo. Ale jeżeli miałbym sobie pozwolić zacytować wielką klasyczną powieść George'a Orwella – a może raczej źródło wielkich cytatów – jest to doprawdy bliskie „myślozbrodni". Tak się dziwnie składa, że mamy rok 1984. To musi być zrządzenie losu. Ale wie pan co, panie Kawana, ja dziś wieczorem chyba za bardzo się rozgadałem. I w większości dzieliłem się tylko moimi głupimi prywatnymi domysłami. To tylko prywatne domysły. Mówiąc to, nie opieram się na żadnych realnych podstawach. Ponieważ pan pytał, mówiłem tylko ogólnie o tym, jakie odniosłem wrażenia.

Ushikawa zamilkł, Tengo się zamyślił. Tylko prywatne domysły? W jakim stopniu można temu człowiekowi wierzyć?

– Niedługo musimy kończyć – powiedział Ushikawa. – Ponieważ to ważna sprawa, dam panu jeszcze trochę czasu. Ale niezbyt wiele. Bo czas mija nieubłaganie. Tik-tak, tik-tak, bez ustanku. Proszę to jeszcze raz dogłębnie przemyśleć. Prawdopodobnie niebawem znów się z panem skontaktuję. Dobranoc. Cieszę się, że udało nam się porozmawiać. Mam nadzieję, że będzie pan dobrze spał, panie Kawana.

Powiedział to wszystko i rozłączył się, nie czekając na reakcję. Tengo przez chwilę patrzył w milczeniu na niemą słuchawkę w swojej dłoni. Jak rolnik podczas suszy zbierający i oglądający wyschnięte na wiór warzywa. Ostatnio wiele osób jednostronnie się z nim rozłącza.

Tak jak się spodziewał, spokojny sen nie nadszedł. Blade światło poranka zabarwiło zasłonę, zaprawione w bojach miejskie ptaki obudziły się i zaczęły całodzienną pracę, a Tengo ciągle siedział na podłodze oparty o ścianę, rozmyślając o swojej kochance, o silnych długich rękach, które się skądś wyciągały. Ale te myśli do niczego go nie doprowadziły. Krążyły jedynie bez celu wciąż po tych samych miejscach.

Tengo rozejrzał się dookoła i westchnął. Zorientował się, że jest zupełnie sam. Nie ma wokół nikogo, na kim mógłby się oprzeć. Może rzeczywiście Ushikawa miał rację.

Rozdział siódmy – Aomame

Teraz wkroczy pani na

Hol głównego budynku hotelu Okura był przestronny, wysoki, nieco mroczny, przywodził na myśl olbrzymią, elegancką jaskinię. Głosy ludzi siedzących na kanapach, pogrążonych w rozmowie, brzmiały pusto i głucho, jak westchnienia stworzeń, którym usunięto wnętrzności. Wykładzina była gruba i miękka, przywodziła na myśl starożytny mech z wysp dalekiej Północy. Wchłaniała dźwięk kroków w zgromadzony w niej czas. Ludzie przechodzący przez hol wyglądali jak grupa dusz powtarzających bez końca powierzone im role, przywiązana od dawien dawna do tego miejsca jakimś zaklęciem. Mężczyźni odziani w garnitury jak w zbroje, młode szczupłe dziewczęta w szykownych czarnych sukniach idące na jakąś uroczystość w wielkiej sali. Ich dyskretna, lecz kosztowna biżuteria pożądała wątłego światła, by w nim zalśnić, tak jak legendarne żywiące się krwią ptaki pożądają krwi. Starsze małżeństwo cudzoziemców, oboje potężnie zbudowani; wyglądali jak stary król z królową, odpoczywający na stojącym gdzieś w kącie tronie, bo przeminął już okres ich świetności.

Jasnoniebieskie bawełniane spodnie Aomame, jej skromna biała bluzka, białe adidasy i niebieska treningowa torba Nike zupełnie nie pasowały do tego nierzeczywistego, pełnego legend i ukrytych sugestii miejsca. Pewnie wyglądam na opiekunkę do dziecka zamówioną przez któregoś z gości, rozmyślała Aomame, siedząc w dużym fotelu. Ale nie ma rady. Nie przyszłam tu z wizytą towarzyską. Czuła niejasno, że gdy tak siedzi, jest cały czas przez kogoś o b s e r w o - w a n a. Lecz choć się rozglądała, nie mogła dostrzec owego obserwatora. Nieważne, pomyślała. Niech się gapi, ile chce.

Kiedy zegarek wskazał szóstą pięćdziesiąt, wstała i poszła do łazienki, zabierając torbę. Umyła mydłem ręce, jeszcze raz sprawdziła, że nic nie szwankuje w jej wyglądzie. Potem, patrząc w wielkie nieskazitelne lustro, wzięła kilka głębokich oddechów. W przestronnej łazience – chyba nawet większej od dużego pokoju jej mieszkania, nie było prócz niej żywej duszy.

– To moja ostatnia praca – powiedziała cicho do lustra. Wykonam ją jak należy i zniknę, pomyślała. Zniknę nagle, jak duch. Teraz jestem tutaj. Jutro już mnie tu nie będzie. Za kilka dni będę miała inne nazwisko i inną twarz.

Wróciła do holu i ponownie usiadła w fotelu. Torbę postawiła obok. Znajdował się w niej niewielki siedmiostrzałowy pistolet automatyczny. I cienkie ostrze do wbicia w kark mężczyzny. Muszę się uspokoić, pomyślała. To moja ostatnia ważna praca. Muszę być zwykłą, opanowaną, twardą Aomame.

Jednak zauważyła, że nie jest w normalnym stanie. Dziwnie brakowało jej tchu, martwiło ją, że tak wali jej serce. Lekko spociła się pod pachami. Skóra ją paliła. To nie było zwykłe napięcie. Mam j a k i e ś przeczucie. To przeczucie mnie ostrzega. Puka uparcie do drzwi mojej świadomości. J e s z c z e n i e j e s t z a p ó ź n o, o d e j d ź s t ą d, z a p o m n i j o t y m w s z y s t k i m, domaga się.

Gdyby to było możliwe, Aomame chciałaby posłuchać tego ostrzeżenia. Chciałaby wszystko rzucić i zniknąć z tego hotelowego holu. To miejsce miało w sobie coś pechowego. W powietrzu unosił się niejasny cień śmierci. Cichej, niespiesznej, lecz nieuniknionej śmierci. Ale Aomame nie mogła uciec z podkulonym ogonem. To kłóciłoby się z jej podejściem do życia.

Było to długie dziesięć minut. Czas prawie się nie posuwał. Siedząc w fotelu, uspokajała oddech. Duchy w holu nieprzerwanie wydobywały z siebie puste dźwięki. Ludzie błądzili bezszelestnie po grubej wykładzinie, jak dusze po omacku szukające sobie miejsca. Czasami słyszała, że kelnerka niesie tacę z filiżankami kawy – był to jedyny realny dźwięk. Lecz nawet on zawierał w sobie jakąś podejrzaną dwuznaczność. To nie jest dobra tendencja. Jeżeli teraz już jestem taka spięta, w najważniejszej chwili nie dam sobie rady. Aomame zamknęła oczy i prawie odruchowo zmówiła modlitwę. Od kiedy pamiętała, zawsze zmuszano ją do modlitwy, trzy razy dziennie przed posiłkami. Choć minęło już tyle czasu, nadal pamiętała każde słowo.

> Panie w niebiosach, święć się imię Twoje, przyjdź królestwo Twoje. Odpuść nam nasze liczne winy. Pobłogosław naszym maluczkim poczynaniom. Amen.

Aomame musiała niechętnie przyznać, że ta modlitwa, dawniej będąca taką udręką, teraz jej pomogła. Słowa złagodziły jej nerwy, powstrzymały strach, uspokoiły oddech. Przycisnęła palcami powieki, wielokrotnie powtarzając modlitwę w myślach.

– Pani Aomame, prawda? – odezwał się obok młody męski głos.

Na te słowa otworzyła oczy, powoli podniosła głowę. Stało przed nią dwóch młodych mężczyzn. Obaj ubrani w takie same ciemne garnitury. Po materiale i kroju było widać, że tanie. Prawdopodobnie kupione gdzieś na wyprzedaży. Tu i tam były niedopasowane. Lecz o dziwo nie miały ani jednej zmarszczki. Może po każdym użyciu je prasują? Obaj byli bez krawatów. Jeden miał białą koszulę zapiętą pod samą szyję, drugi nosił pod marynarką coś w rodzaju szarego podkoszulka z okrągłym wycięciem. Do tego włożyli nijakie czarne skórzane buty.

Ten w białej koszuli miał chyba z metr osiemdziesiąt pięć wzrostu, włosy związał w kucyk. Jego brwi były długie i wygięte pod pięknym kątem jak linie jakiegoś wykresu, rysy chłodne i regularne. Mógłby nawet być aktorem. Drugi miał około metra sześćdziesięciu pięciu, był ostrzyżony na rekruta. Nos jak kartofel, niewielka bródka, która wyglądała jak przez pomyłkę przyczepiony cień. Obok prawego oka widniała niewielka blizna, jakby od noża. Obaj byli szczupli, z pociągłymi, opalonymi twarzami. Nie mieli na sobie ani grama tłuszczu. Po szerokości ich ramion można było się domyślać, że pod garniturami kryją się wyrobione mięśnie. Mogli mieć po dwadzieścia parę lat, mogli też dobiegać trzydziestki. Ich oczy, jak oczy polujących drapieżników, były uważne i przenikliwe, nie wykonywały niepotrzebnych ruchów.

Aomame odruchowo podniosła się z fotela. Potem spojrzała na zegarek. Wskazywał dokładnie siódmą. Byli skrupulatnie punktualni.

– Tak – odpowiedziała.

Ich twarze nie miały żadnego wyrazu. Szybko omietli wzrokiem Aomame, spojrzeli na leżącą obok torbę.

– To cały pani bagaż? – zapytał ten ostrzyżony na rekruta.

– Tak, to wszystko – odparła.

– Świetnie. Chodźmy. Jest pani gotowa? – zapytał Rekrut. Kucyk przyglądał jej się tylko w milczeniu.

– Oczywiście – odpowiedziała Aomame. Pewnie ten niższy jest o kilka lat starszy i to on dowodzi, domyślała się.

Rekrut ruszył przodem, wolnym krokiem przemierzył hol i skierował się do windy. Aomame szła jego śladem, niosąc torbę. Kucyk szedł dwa metry za nią. Czyli jakby wzięli ją w dwa ognie. Nawykli do tego, pomyślała. Bardzo prosto się trzymają, idą silnym, pewnym krokiem. Starsza pani mówiła, że uprawiają karate. Zapewne niemożliwe byłoby pokonanie ich obydwu naraz w walce wręcz. Aomame też od dawna uprawiała sztuki walki, więc potrafiła to poznać. Jednak nie biła od nich taka obezwładniająca siła jak od Tamaru. Nie byli to przeciwnicy, z którymi n i e m o g ł a s i ę r ó w n a ć. Gdyby doszło do bezpośredniego starcia, najpierw musiałaby obezwładnić niewielkiego Rekruta. To on był dowódcą. Gdyby miała do czynienia tylko z Kucykiem, może jakoś by sobie poradziła i uciekła.

Wsiedli we trójkę do windy. Kucyk nacisnął guzik siódmego piętra. Rekrut stanął obok Aomame, a Kucyk ustawił się w przeciwległym kącie windy. Wszystko odbyło się bez słowa. Bardzo systematycznie. Jakby miała do czynienia z zawodnikiem drugiej bazy i shortstopem, których celem życiowym jest rozgrywanie double play.

Gdy rozmyślała o takich rzeczach, nagle zorientowała się, że rytm jej oddechu i bicie serca powróciły do normy. Nie ma się czym martwić. Jestem taka jak zawsze. Opanowana i twarda Aomame. Wszystko się uda. Nie mam już złych przeczuć.

Drzwi windy otworzyły się bezszelestnie. Kucyk przytrzymał guzik blokujący je. Najpierw wysiadł Rekrut, za nim Aomame, na końcu Kucyk. Rekrut ruszył przodem, Aomame jego śladem, a Kucyk jak przedtem obstawiał tyły. Na szerokim korytarzu nie spotkali żywego ducha. Wszędzie panowała cisza, było bardzo czysto. Jak przystało na hotel pierwszej klasy, o wszystko tu zadbano. Na pewno nie zdarzało się, żeby na korytarzu zalegały brudne naczynia po potrawach zamówionych do pokojów. W popielniczkach przed windami nie było ani jednego niedopałka, kwiaty w wazonach pachniały tak świeżo, jakby dopiero je ścięto. We trójkę skręcili kilka razy, aż zatrzymali się przed jakimiś drzwiami. Kucyk dwukrotnie zapukał. Następnie, nie czekając na odpowiedź, otworzył drzwi kartą. Wszedł do środka, rozejrzał się i upewniwszy się, że wszystko jest w porządku, skinął lekko głową w kierunku Rekruta, który sucho powiedział:

– Proszę, niech pani wejdzie.

Aomame weszła, Rekrut za nią. Zamknął drzwi. Następnie założył łańcuch. Pokój wydawał się przestronny. Różnił się od zwykłego pokoju hotelowego. Był tu wygodny zestaw wypoczynkowy oraz biurko. Do tego duży telewizor i lodówka pokaźnych rozmiarów. Musiał to być salon specjalnego apartamentu. Z okna widać było nocną panoramę Tokio. Pokój prawdopodobnie słono kosztował. Rekrut sprawdził czas na zegarku i wskazał Aomame kanapę. Posłusznie usiadła. Postawiła obok niebieską torbę.

– Czy będzie się pani przebierała? – zapytał Rekrut.

– Jeśli można. Łatwiej mi pracować w dresie.

Rekrut skinął głową. – Przedtem pozwolimy sobie przeprowadzić dokładną kontrolę. Najmocniej przepraszam, ale to należy do naszych obowiązków.

– Proszę bardzo. Proszę robić, co panowie sobie życzą – powiedziała Aomame. W jej głosie nie było wcale napięcia. Dało się wręcz dosłyszeć w nim rozbawienie wywołane ich nadmierną ostrożnością.

Kucyk podszedł do Aomame, szybko ją obszukał, upewniając się, że nie przyniosła nic podejrzanego. Miała na sobie tylko cienkie bawełniane spodnie i bluzkę. Nie trzeba było nawet sprawdzać – nic by się pod nimi nie ukryło. Mężczyźni wykonywali jedynie ustalone czynności, tak jak zawsze. Ręce Kucyka były pełne napięcia i sztywne. Poruszały się niezdarnie. Pewnie nigdy do tej pory nie obszukiwał kobiety. Rekrut oparty o biurko przyglądał się poczynaniom kolegi.

Po zakończeniu rewizji osobistej Aomame sama otworzyła torbę. Był w niej cienki, letni, zapinany sweter, dres, mały i duży ręcznik.

Był tam także prosty zestaw kosmetyków i książka w kieszonkowym wydaniu. Prócz tego mała torebka obszyta koralikami, portfel, portmonetka oraz klucze. Aomame kolejno wyjęła te przedmioty i podała Kucykowi. Na koniec wyciągnęła czarną plastikową kosmetyczkę i otworzyła suwak. Była tam bielizna na zmianę, tampony i podpaski higieniczne.

– Pocę się, więc muszę mieć na zmianę – powiedziała. Wyciągnęła zestaw białej bielizny z koronkami, rozłożyła, chcąc pokazać Kucykowi. Ten lekko się zarumienił i kilka razy skinął głową. Jakby mówił, tak, tak, wiem, nie trzeba. Może on jest niemową, zastanowiła się Aomame.

Powoli włożyła do kosmetyczki bieliznę oraz podpaski, zamknęła suwak. Jak gdyby nigdy nic wsunęła ją do torby. To amatorzy, pomyślała. Nie można być ochroniarzem, jeśli człowiek czerwieni się na widok głupiej ładnej damskiej bielizny i podpasek. Gdyby Tamaru był na ich miejscu, zrewidowałby mnie całkowicie od stóp do głów, choćbym była Królewną Śnieżką. Choćbym przyniosła cały kufer staników, halek i majtek, i tak wywróciłby je wszystkie na drugą stronę i dogrzebał się do dna kosmetyczki. Dla niego takie rzeczy to tylko kawałki materiału – może dlatego, że był zdeklarowanym gejem. Gdyby nawet nie posunął się w szukaniu tak daleko, przynajmniej zważyłby tę kosmetyczkę w dłoni. A wtedy na pewno odkryłby zawinięty w chusteczkę pistolet Heckler und Koch (ciężar około pięciuset gramów) oraz specjalny niby-szpikulec do lodu w sztywnym etui.

Ci dwaj to amatorzy. Być może są nieźli w karate. Zapewne przysięgli Liderowi absolutną wierność. Ale i tak amatorzy pozostaną amatorami. Sprawdziła się przepowiednia starszej pani. Aomame założyła, że prawdopodobnie nie zajrzą do kosmetyczki wypchanej kobiecymi rzeczami, i jej przewidywania okazały się trafne. Oczywiście było ryzyko, ale nie zastanawiała się nad tym, co się stanie, jeśli się omyli. Mogła się tylko modlić. Lecz wiedziała, że modlitwy są s k u t e c z n e.

Aomame weszła do obszernej łazienki i przebrała się w dres. Złożyła bluzkę oraz spodnie i schowała do torby. Sprawdziła, że włosy są mocno upięte. Prysnęła w usta sprayem odświeżającym oddech. Wyjęła z kosmetyczki pistolet i, lejąc wodę do umywalki, by zagłuszyć odgłosy, odciągnęła zamek i wprowadziła nabój do komory. Teraz wystarczyło go tylko odbezpieczyć. Etui z niby-szpikulcem do lodu też położyła na samym wierzchu torby, by mieć do niego łatwy dostęp. Po tych przygotowaniach spojrzała w lustro i rozluźniła napiętą twarz. W porządku, udało jej się spokojnie dotrzeć aż tutaj.

Kiedy wyszła z łazienki, Rekrut stał wyprostowany tyłem do niej i mówił coś półgłosem do telefonu. Na widok Aomame przerwał rozmowę i cicho odłożył słuchawkę. Potem przyjrzał się dokładnie jej postaci odzianej w dres firmy Adidas.

– Jest pani gotowa? – zapytał.

– W każdej chwili.

– Przedtem muszę panią o coś prosić – powiedział.

Aomame leciutko się uśmiechnęła na znak, że słucha.

– Chcielibyśmy prosić, aby nie mówiła pani nikomu o wydarzeniach dzisiejszego wieczoru – powiedział.

Zrobił przerwę, czekając, aż ta wiadomość dotrze i zagnieździ się w świadomości Aomame. Jakby czekał, aż rozpryśnięta woda wsiąknie w suchą ziemię i zniknie. Aomame przez ten czas w milczeniu na niego patrzyła. Rekrut mówił dalej:

– Być może nietaktownie jest tak to ujmować, ale zamierzamy panią sowicie wynagrodzić. Być może będziemy jeszcze wiele razy panią fatygować. Dlatego chcielibyśmy, aby zapomniała pani o wszystkim, co tu się dziś wydarzy. O tym, co pani zobaczy i co pani usłyszy, o wszystkim.

– Zajmuję się pracą wymagającą kontaktu z ludzkim ciałem – powiedziała Aomame dość chłodnym tonem. – Dlatego sądzę, że dobrze rozumiem, na czym polega obowiązek zachowania tajemnicy klienta. Żadne informacje dotyczące ciała prywatnej osoby nie wyjdą poza ten pokój. O to nie muszą się panowie martwić.

– To świetnie. To właśnie chcieliśmy usłyszeć – powiedział Rekrut. – Chciałbym tylko dodać jedno: proszę to traktować poważniej niż zwykły obowiązek zachowania tajemnicy klienta. Teraz wkroczy pani na tak zwany uświęcony teren.

– Uświęcony teren?

– Może to dla pani brzmi przesadnie, ale bynajmniej nie jest przesadą. To, co pani zobaczy i czego pani dotknie, będzie czymś ś w i ę t y m. Nie ma innego odpowiedniego słowa.

Aomame nie odezwała się, skinęła jedynie głową. Lepiej nie mówić nic niepotrzebnego.

Rekrut ciągnął dalej: – Z góry przepraszam za niestosowność naszego zachowania, ale pozwoliliśmy sobie zebrać informacje o pani. Może poczuje się pani urażona, jednak było to konieczne. Sytuacja wymaga od nas ostrożności.

Gdy Rekrut mówił, Aomame spojrzała na Kucyka. Siedział na krześle przy drzwiach. Miał wyprostowane plecy, ręce złożone równo na kolanach i podniesioną głowę. Nawet nie drgnął, jakby pozował do jakiegoś okolicznościowego zdjęcia. Pracowicie nie spuszczał wzroku z Aomame.

Rekrut zerknął na chwilę pod nogi, jakby sprawdzał stan zniszczenia czarnych skórzanych butów, potem znów podniósł głowę i spojrzał na Aomame.

– Przechodząc od razu do sedna, chcę pani powiedzieć, że nie znaleźliśmy nic budzącego niepokój. Dlatego też dzisiaj poprosiliśmy panią o przyjście. Uchodzi pani za wybitną instruktorkę, cieszy się pani w swoim otoczeniu niezwykle dobrą opinią.

– Dziękuję bardzo – powiedziała Aomame.

– Dowiedzieliśmy się, że niegdyś należała pani do Zboru Świadków. Prawda?

– Owszem. Rodzice byli jego członkami, więc ja też oczywiście od urodzenia należałam. Nie był to mój własny wybór, a poza tym bardzo dawno się z tego wycofałam.

Ciekawe, czy dogrzebali się tego, że czasami urządzałyśmy z Ayumi w Roppongi skandaliczne polowania na facetów? Nie, to nie ma znaczenia. Nawet jeśli się dogrzebali, nie znaleźli w tym chyba nic złego. Dlatego tu jestem.

– O tym też wiemy, ale przez pewien czas żyła pani w otoczeniu wiary. I to w dzieciństwie, kiedy człowiek jest najbardziej wrażliwy. Dlatego prawdopodobnie rozumie pani, co to znaczy, że coś j e s t ś w i ę t e. Bo świętość leży u podstaw każdej wiary, bez względu na samą wiarę. Są na tym świecie tereny, na które nie wolno nam wkraczać, na które wręcz nie powinniśmy wkraczać. Uznanie ich istnienia, akceptacja i darzenie absolutnym szacunkiem to pierwszy krok każdej wiary. Rozumie pani, o czym mówię?

– Sądzę, że tak. To, czy to akceptuję, czy nie, to oddzielna kwestia.

– Oczywiście – powiedział Rekrut. – Oczywiście nie musi pani tego akceptować. To nasza wiara, nie pani. Lecz dziś, niezależnie od tego, czy pani wierzy, czy nie, prawdopodobnie ujrzy pani coś szczególnego. N i e z w y k ł e i s t n i e n i e.

Aomame milczała. N i e z w y k ł e i s t n i e n i e.

Rekrut zmrużył oczy i przez pewien czas ważył znaczenie jej milczenia. W końcu powoli powiedział: – Bez względu na to, co pani ujrzy, nie wolno pani nikomu o tym mówić. Gdyby to się wydostało na zewnątrz, świętość zostałaby bezpowrotnie splugawiona. Jak piękny czysty staw zanieczyszczony jakąś obcą substancją. My tak czujemy, nie obchodzi nas, co o tym sądzi opinia publiczna, jakie są prawa doczesnego świata. Pragniemy, by pani to zrozumiała. Jeżeli tylko pani to zrozumie i dotrzyma obietnicy, tak jak wcześniej mówiłem, sowicie panią wynagrodzimy.

– Dobrze – powiedziała Aomame.

– Jesteśmy niewielką grupą wyznaniową. Ale mamy dzielne serca i długie ręce – powiedział Rekrut.

Macie długie ręce, pomyślała Aomame. Prawdopodobnie wkrótce dowiem się, jak długie.

Rekrut oparty o biurko wpatrywał się bardzo uważnie w Aomame, jakby patrzył na wiszący na ścianie obraz i sprawdzał, czy nie jest przekrzywiony. Kucyk trwał w tej samej pozycji co wcześniej. Jego wzrok nadal spoczywał na Aomame. Badał ją miarowo i nieustannie.

Następnie Rekrut spojrzał na zegarek.

– W takim razie chodźmy – powiedział.

Odkaszlnął raz sucho. Ostrożnym krokiem pielgrzyma idącego po powierzchni jeziora powoli przemierzył pokój i zapukał dwukrotnie do drzwi prowadzących do drugiego pomieszczenia. Nie czekając na odpowiedź, otworzył. Ukłonił się lekko i wszedł do środka. Aomame poszła za nim, niosąc torbę. Idąc pewnie po wykładzinie, upewniła się, że ma spokojny oddech. Jej palce spoczywały nieruchomo na spuście wyimaginowanego pistoletu. Nie ma się czym martwić. Wszystko jest jak zawsze. Lecz mimo to Aomame się obawiała. Do kręgosłupa przylgnęły jej jakby kawałki lodu. Lodu, który zbyt łatwo nie miał się rozpuścić. Jestem chłodna, bardzo spokojna i n a p r a w d ę s i ę b o j ę.

Rekrut powiedział, że są tereny, na które nie wolno nam wkraczać, na które wręcz nie powinniśmy wkraczać. Aomame rozumiała, o co mu chodzi. Bo sama kiedyś żyła w świecie, w którego centrum znajdował się taki teren, a może nawet teraz n a p r a w d ę dalej w nim żyje? Tylko sama tego nie zauważyła.

Powtórzyła bezgłośnie słowa modlitwy. Następnie wzięła głęboki oddech, podjęła decyzję i wkroczyła do sąsiedniego pokoju.

Rozdział ósmy – Tengo

Niebawem nadejdzie pora, kiedy pojawią się koty

Tengo spędził ponad tydzień pogrążony w dziwnej ciszy. W nocy zadzwonił osobnik nazwiskiem Yasuda i przekazał mu, że jego żona została utracona i więcej go nie odwiedzi. Godzinę później zatelefonował Ushikawa i powiedział, że Tengo wraz z Fukaeri we dwoje spełnili rolę głównych nosicieli wirusa „myślozbrodni". Obaj przekazali Tengo wiadomości o głębokim znaczeniu (uznał, że musiały takie mieć); tak niegdyś rzymscy senatorzy odziani w togi i stojący na podwyższeniu pośrodku forum odczytywali zainteresowanym obywatelom jakąś proklamację. Po powiedzeniu tego, co mieli do powiedzenia, Yasuda i Ushikawa rozłączyli się, nie pytając Tengo o zdanie.

Od czasu tych dwóch telefonów nikt inny się z Tengo nie kontaktował. Telefon milczał, nie przychodziły listy. Nikt nie dzwonił do drzwi, nie przyleciał gruchający mądre rzeczy gołąb pocztowy. Ani Komatsu, ani profesor Ebisuno, ani Fukaeri, ani Kyōko Yasuda – nikt nie miał już Tengo nic do przekazania.

Tengo ze swej strony też przestał się tymi osobami interesować. A właściwie nie tylko nimi – przestał się interesować czymkolwiek. W ogóle go nie obchodziło, jak się sprzedaje *Powietrzna poczwarka*, gdzie jest i co robi jej autorka, Fukaeri, co się stało z planem uknutym przez utalentowanego redaktora Komatsu, czy rozwija się zimno wykalkulowany spisek profesora Ebisuno, w jakim stopniu środki masowego przekazu dogrzebały się prawdy, jakie działania podejmuje zagadkowa grupa wyznaniowa Sakigake. Jeśli łódka, którą razem płyną, zbliża się do szczytu wodospadu i ma lada chwila runąć w przepaść, nie ma rady – polecą na łeb na szyję. Choćby Tengo walczył z całych sił, nie zawróci biegu rzeki.

Oczywiście kwestia Kyōko Yasudy nie dawała mu spokoju. Nie znał szczegółów tego, co się stało, ale gdyby mógł jakoś jej pomóc, nie szczędziłby wysiłków. Lecz bez względu na to, jakie stały przed nią problemy, Tengo był od nich zbyt daleko. Realistycznie rzecz biorąc, nic nie mógł zrobić.

Całkowicie zrezygnował też z czytania gazet. Świat kręcił się nadal, a tylko jego spowiła mgła apatii. Nie chciał widzieć egzemplarzy *Powietrznej poczwarki* piętrzących się na ladach, więc przestał bywać w księgarniach. Chodził tylko na kursy przygotowawcze i wracał prosto do domu. Zaczęły się letnie wakacje, ale na kursach odbywała się letnia seria wykładów, więc w tym okresie miał więcej pracy niż zwykle. Raczej go to cieszyło. Przynajmniej gdy stał na katedrze, nie musiał myśleć o niczym prócz zadań matematycznych.

Przestał również pisać powieść. Siadał przy biurku i włączał word processor. Ekran się rozjaśniał, ale Tengo nie miał ochoty pisać na nim liter. Gdy starał się nad czymś zastanowić, w myślach pojawiały mu się urywki rozmów z mężem Kyōko Yasudy oraz Ushikawą.

Żona została utracona, w żaden sposób nie może już do pana przyjść.

Tak powiedział mąż Kyōko Yasudy.

Pozwolę sobie użyć klasycznego wyrażenia: być może otworzyli państwo puszkę Pandory. Wy dwoje, choć może to przypadek, stanowicie znacznie silniejszy duet, niż pan sądzi. Udało wam się wzajemnie uzupełnić swoje braki.

Tak powiedział Ushikawa.

Obaj mówili wyjątkowo niejasno. Zaciemniali sprawę i unikali dojścia do jej sedna. Lecz obaj chcieli powiedzieć to samo. Tengo, sam o tym nie wiedząc, wyzwolił jakąś siłę, która wywiera rzeczywisty wpływ na otaczający świat (prawdopodobnie wpływ niezbyt pożądany). Wydawało się, że właśnie to próbowali mu przekazać.

Tengo wyłączył word processor, usiadł na podłodze i przez pewien czas wpatrywał się w telefon. Potrzebował więcej wskazówek. Chciał mieć więcej części układanki. Lecz nikt mu ich nie dawał. Życzliwość była jedną z rzeczy, których w tej chwili (a może zawsze?) brakowało na świecie.

Zastanawiał się nad tym, żeby do kogoś zadzwonić. Do Komatsu albo do profesora Ebisuno, albo do Ushikawy. Ale właściwie nie miał ochoty do nich dzwonić. Miał już dosyć niezrozumiałych, dwuznacznych informacji, których mu dostarczali. Będzie prosił o wskazówki do rozwiązania jednej zagadki, a dostanie tylko drugą. Nie mógł w nieskończoność ciągnąć tej gry. Razem z Fukaeri stanowimy silny duet. Skoro tamci tak mówią, to niech tak będzie. Jesteśmy zupełnie jak Sonny i Cher. Niezrównany duet. *The beat goes on*. Muzyka gra dalej.

Mijał dzień za dniem. W końcu Tengo miał dosyć siedzenia w domu i czekania, aż coś się wydarzy. Wsunął do kieszeni portfel i książkę, włożył czapkę baseballową, okulary przeciwsłoneczne i wyszedł. Zdecydowanym krokiem podążył na stację, pokazał kontrolerowi bilet miesięczny i wsiadł w jadący w stronę centrum pociąg linii Chūō. Nie miał żadnego określonego celu. Wsiadł po prostu do pierwszego lepszego pociągu. W wagonie było pusto. Tego dnia nie miał żadnych planów. Mógł jechać, gdzie chce, i robić, co chce. Albo nie robić nic. Była dziesiąta rano, bezwietrzny letni poranek, słońce grzało mocno.

Po drodze na stację rozglądał się uważnie, chcąc sprawdzić, czy nie śledzi go jeden z „pracowników", o których mówił Ushikawa. Idąc, zatrzymał się niespodziewanie i szybko obejrzał za siebie, ale nie dostrzegł żadnych podejrzanych osobników. Na dworcu ruszył w stronę jednego peronu, a potem specjalnie, jakby udając, że nagle zmienił zdanie, odwrócił się i ruszył po schodach w przeciwnym kierunku. Nie dostrzegł jednak nikogo, kto robiłby to samo co on. To klasyczna mania prześladowcza. Nikt za nim nie idzie. Nie jest aż tak ważnym człowiekiem, a oni nie mają aż tak wiele czasu. Przecież sam nawet nie wie, dokąd i po co się wybiera. Jedynym człowiekiem, którego ciekawią dalsze działania Tengo, jest pewnie on sam.

Pociąg minął Shinjuku, Yotsuya, Ochanomizu, aż dotarł do ostatniej stacji – Dworca Tokijskiego. Wszyscy wysiedli. Tengo też. Usiadł na ławce i zastanawiał się, co robić dalej. Dokąd ma jechać? Jestem na Dworcu Tokijskim, pomyślał. Nie mam na dziś żadnych planów. Zapowiada się upalny dzień. Mogę stąd pojechać, dokąd mi przyjdzie ochota. Nad morze? Podniósł głowę i spojrzał na listę odchodzących niebawem pociągów.

Wtedy uświadomił sobie, c o z a m i e r z a z r o b i ć.

Potrząsnął kilkakrotnie głową, lecz nie udało mu się odpędzić tej myśli. Prawdopodobnie w chwili, gdy wsiadł w Kōenji w pociąg linii Chūō, jadący w stronę centrum, podjął już decyzję, choć nie zdawał sobie z tego sprawy. Westchnął, wstał z ławki, zszedł po schodach z jednego peronu i skierował się na inny, z którego odjeżdżały pociągi linii Sōbu. Zapytał kolejarza, który pociąg najszybciej dojedzie do Chikury. Mężczyzna sprawdził, kartkując rozkład jazdy. O pół do dwunastej był ekspres do Tateyamy, tam mógł się przesiąść w osobowy i dotrzeć do Chikury po drugiej. Tengo kupił więc bilet powrotny do Chikury i miejscówkę na ekspres. Potem poszedł do restauracji dworcowej i zamówił ryż z sosem curry. Po posiłku, dla zabicia czasu, wypił słabą kawę.

Trudno mu było jechać w odwiedziny do ojca. Nie przepadał za nim, ojciec też nie darzył go chyba ciepłymi uczuciami. Nie wiadomo nawet, czy chciał się z nim zobaczyć. Od czasu, kiedy w szkole podstawowej Tengo odmówił chodzenia z ojcem po domach, by inkasować abonament NHK, ich stosunki znacznie się ochłodziły. I od pewnego momentu Tengo prawie przestał go widywać. Odzywali się do siebie tylko wtedy, gdy było to konieczne. Cztery lata temu ojciec odszedł z NHK, a wkrótce dostał się do domu opieki w Chikura przeznaczonym dla pacjentów cierpiących na demencję. Do tej pory Tengo był tam jedynie dwa razy. Wkrótce po przyjęciu ojca wynikł jakiś problem z formalnościami i Tengo musiał się stawić jako jedyny żyjący krewny. Za drugim razem również miał jakiś powód – także urzędowy. Więcej tam nie był.

Dom opieki stał na rozległym terenie oddzielonym od morza jedynie drogą. Była to dawniej letnia willa członka jakiegoś zaibatsu. Została wykupiona na ośrodek przez firmę ubezpieczeń na życie, a po kilku latach znowu zmieniła się w dom opieki przeznaczony głównie dla pacjentów z demencją. Dlatego stały tu obok siebie staroświecka drewniana willa i nowe dwupiętrowe budynki z żelazobetonu, które w ogóle do siebie nie pasowały. Ale powietrze było czyste, panowała cisza, jeśli nie liczyć szumu fal. W dni, kiedy nie wiało zbyt silnie, można było spacerować po plaży. W ogrodzie rósł rząd wspaniałych sosen chroniących budynki od wiatru. Sam dom opieki był dobrze wyposażony.

Dzięki ubezpieczeniu, odprawie emerytalnej, oszczędnościom i emeryturze ojciec Tengo mógł tam chyba spędzić resztę życia, nie odczuwając żadnego niedostatku. Na szczęście był etatowym pracownikiem NHK. Choć nie miał zostawić po sobie majątku, przynajmniej wystarczało mu na własne potrzeby. Tengo był z tego bardzo zadowolony. Bez względu na to, czy ten człowiek był jego prawdziwym biologicznym ojcem, czy nie, Tengo nie chciał mu nic zawdzięczać. Nie zamierzał też niczego specjalnie mu ofiarowywać. Przyszli z różnych kierunków i w różnych zmierzali. Przypadkiem spędzili razem kilka lat. To wszystko. Tengo było przykro, że ojca spotkał w końcu taki los, ale nie mógł przecież nic na to poradzić.

Teraz pewnie nadszedł czas, by jeszcze raz go odwiedzić. Tengo tak to odczuwał. Nie miał ochoty na te odwiedziny i gdyby mógł, po prostu by zawrócił, ale miał już bilet powrotny i miejscówkę. Tak widocznie miało być.

Podniósł się, zapłacił rachunek, poszedł na peron i czekał na ekspres do Tateyamy. Ponownie uważnie rozejrzał się wokół siebie, lecz nie zauważył nikogo, kto wyglądałby na pracownika Ushikawy. Dostrzegł tylko rodziny o radosnych twarzach wybierające się na dwa dni nad morze. Zdjął okulary przeciwsłoneczne, wsunął je do kieszeni, poprawił czapkę. Mam to w nosie, pomyślał. Jak chcą mnie obserwować, niech sobie obserwują, ile dusza zapragnie. Wybieram się do nadmorskiego miasteczka w prefekturze Chiba na spotkanie z ojcem cierpiącym na demencję. Może pamięta, że miał syna, a może nie. Kiedy się ostatnio z nim widziałem, pamięć mu szwankowała. Teraz pewnie jest jeszcze gorzej. Demencja postępuje, a nie ustępuje. Tak mówią. Jak koło zębate, które kręci się tylko naprzód. To była jedna z niewielu rzeczy, jakie Tengo wiedział na temat demencji.

Kiedy pociąg ruszył z Dworca Tokijskiego, Tengo wyciągnął z kieszeni książkę i zaczął czytać. Był to zbiór opowiadań na temat podróży. Zamieszczono w nim między innymi opowiadanie o młodym człowieku, który przybył do miasta rządzonego przez koty. Tytuł brzmiał: *Miasto kotów*. Była to fantastyczna historia napisana przez niemieckiego pisarza, o którym Tengo nigdy wcześniej nie słyszał. Na końcu podano, że powstała w okresie międzywojennym.

Młody bohater tego opowiadania wyruszył w podróż z jedną walizką, gdzie oczy poniosą. Nie miał specjalnie żadnego celu. Wsiadał w pociąg i jechał, a wysiadał, kiedy jakieś miejsce go zainteresowało. Znajdował nocleg, zwiedzał kolejną miejscowość i zostawał tam tak długo, jak chciał. Kiedy mu się znudziło, znów wsiadał do pociągu i jechał dalej. Zawsze w ten sposób spędzał urlop.

Raz zobaczył z okien pociągu piękną wijącą się rzekę. Wzdłuż niej ciągnęły się pełne gracji zielone wzgórza, u ich stóp leżało schludne miasteczko, którego widok napawał spokojem. Prowadził do niego stary kamienny most. Ten krajobraz przemówił do młodzieńca. Będą tu pewnie mieli smaczne potrawy z rzecznych pstrągów. Kiedy pociąg dojechał do stacji, chwycił walizkę i wysiadł. Nie było innych wysiadających. Pociąg od razu odjechał.

Na stacji nie zauważył zawiadowcy. Pewnie rzadko jeżdżą tędy pociągi, pomyślał młodzieniec. Ruszył kamiennym mostem do miasteczka. Panowała tam cisza. Miasteczko świeciło pustkami. Wszystkie sklepy miały opuszczone żaluzje, w urzędach nie było żywej duszy. Nie znalazł też nikogo w recepcji jedynego hotelu.

Naciskał dzwonek, lecz nikt się nie pojawił. Miasteczko wyglądało na całkowicie wyludnione. A może wszyscy udali się gdzieś na poobiednią drzemkę? Niemożliwe, dopiero dziesiąta rano. Za wcześnie na drzemkę. A może z jakiejś przyczyny ludzie porzucili to miasteczko, dokądś odeszli? Tak czy inaczej, następny pociąg był dopiero rano, młodzieniec musiał tu spędzić noc. Wytracał czas, włócząc się bez celu ulicami.

Okazało się, że w rzeczywistości było to miasto kotów. Gdy nadszedł zmierzch, kamiennym mostem nadeszło ich mnóstwo. Różnych ras i maści. Wyglądały jak normalne koty, choć były od nich znacznie większe. Młodzieniec zląkł się na ich widok, w pośpiechu wspiął się na dzwonnicę stojącą w środku miasta i tam się ukrył. Koty z widoczną wprawą otwierały żaluzje sklepów, siadały za biurkami w urzędach, zabierały się do swoich zajęć. Po pewnym czasie mostem nadeszło ich jeszcze więcej. Wchodziły do sklepów, robiły zakupy, załatwiały formalności w urzędach, a potem jadły kolację w hotelowej restauracji. Piły piwo w barach, śpiewały pogodne kocie piosenki. Jeden grał na akordeonie, a inne rzuciły się w tan. Ponieważ koty dobrze widzą w ciemności, prawie nie potrzebowały światła, ale tego wieczoru księżyc był w pełni, oświetlał więc dokładnie całe miasteczko i młodzieniec widział wszystko ze szczytu dzwonnicy. Gdy zaczął się zbliżać świt, koty pozamykały sklepy, zakończyły pracę i załatwianie swoich spraw i grupami odeszły po moście tam, skąd przyszły.

Rozwidniło się, koty zniknęły, miasteczko znów stało się bezludne. Młodzieniec zszedł z dzwonnicy, wrócił do hotelu i położył się spać. Kiedy zgłodniał, zjadł chleb i potrawy, które znalazł w kuchni restauracji. Gdy zaczęło się ściemniać, znów wszedł na dzwonnicę, ukrył się i do rana obserwował poczynania kotów. Pierwszy pociąg przyjeżdżał przed południem, następny przed nadejściem wieczoru. Gdyby wsiadł w poranny, mógł jechać dalej, a popołudniowym wrócić, skąd przyjechał. Nikt nie wysiadał na tej stacji, nikt też nie wsiadał. Mimo to pociąg jak należy stawał, a po minucie odjeżdżał. Dlatego gdyby młodzieniec chciał, mógł do niego wsiąść i opuścić to nieprzyjemne miasto kotów. Jednak tego nie zrobił. Był młody, ciekawski i pełen wigoru, do tego miał ambicję i czuł w sobie żądzę przygód. Chciał dłużej poobserwować to zadziwiające miejsce. Chciał się też w miarę możliwości dowiedzieć, od kiedy i w jaki sposób miasto stało się miastem kotów, jak funkcjonowało, co koty tam robiły. Pewnie nikt przed nim nie widział nigdy wcześniej czegoś równie zadziwiającego.

Trzeciego wieczoru na placu pod dzwonnicą zrobiło się małe zamieszanie. Jeden kot powiedział: „Chyba cuchnie tu człowiekiem?". „Rzeczywiście od paru dni jakoś dziwnie pachnie" – dodał inny, kręcąc nosem. „Szczerze mówiąc, ja też to czuję" – dorzucił trzeci. „Dziwna sprawa. Nie powinno tu być ludzi" – powiedział jeszcze inny. „Słusznie. Ludzie nie mogą się dostać do miasta kotów. Ale nie da się ukryć, że coś cuchnie" – zgodził się kolejny.

Koty zebrały się w kilka grup i jak straż obywatelska zaczęły przeszukiwać każdy kąt miasteczka. Kiedy im na tym zależy, koty mają świetny węch. Ustalenie, że źródło zapachu znajduje się na dzwonnicy, nie zajęło im wiele czasu. Młodzieniec słyszał, jak ich miękkie łapki stąpają po schodach wiodących na górę. No to koniec, pomyślał. Koty wydawały się bardzo podniecone i rozgniewane zapachem człowieka. Były duże, miały ostre pazury i białe, spiczaste zęby. Ludziom wstęp do tego miasta był wzbroniony. Nie wiadomo, co mi zrobią, jak mnie znajdą, ale raczej nie pozwolą mi spokojnie odejść, bo poznałem ich tajemnicę, myślał.

Trzy koty weszły na dzwonnicę i węszyły. „Dziwna sprawa" – powiedział jeden, stroszący długie wąsy. „Cuchnie, ale człowieka nie ma. Poszukajmy gdzie indziej – dodał drugi. – Jak to możliwe?".

Zniknęły, kręcąc z niedowierzaniem łebkami. Odgłos ich kroków cichł na schodach, aż rozpłynął się w ciemnościach nocy. Młodzieniec odetchnął z ulgą. On też nie wiedział, jak to jest możliwe. Przecież stali dosłownie o krok od siebie w bardzo ciasnej przestrzeni. Nie mogły go przegapić. Jednak z jakiegoś powodu go nie widziały. Uniósł rękę przed sobą. Widział ją normalnie. Nie stała się niewidzialna. Tajemnicza sprawa. Tak czy inaczej, rano pójdę na stację, wsiądę w poranny pociąg i wyjadę stąd. Pozostanie tu byłoby zbyt niebezpieczne. Może nie zawsze będę miał takie szczęście jak przed chwilą.

Ale następnego dnia poranny pociąg nie zatrzymał się na stacji. Przejechał mu przed nosem, nie zwalniając. To samo było z popołudniowym. Dostrzegł nawet maszynistę. W oknach widział twarze pasażerów. Lecz pociąg wcale nie zamierzał stanąć. Zdawało się, że inni pasażerowie nie widzą go czekającego na peronie. Może nawet nie widzieli stacji. Kiedy popołudniowy pociąg zniknął na horyzoncie, wokoło zrobiło się ciszej niż przedtem. Zapadał zmierzch. Niedługo przybędą koty. Zrozumiał, że został utracony. To nie miasto kotów, dotarło w końcu do niego. To miejsce, w którym miał być utracony. Miejsce nie z tego świata przygotowane specjalnie dla niego. I pociąg nigdy już nie zatrzyma się na tej stacji, by go zabrać do poprzedniego świata.

Tengo przeczytał to opowiadanie dwa razy. Zaciekawiło go wyrażenie: „miejsce, w którym miał zostać utracony". Następnie zamknął książkę i zaczął bezmyślnie wpatrywać się w przesuwający się za oknem nijaki krajobraz nadmorskiej strefy przemysłowej. Dymy z rafinerii, ogromne zbiorniki gazu, olbrzymie przysadziste kominy wyglądające jak działa o dużym zasięgu. Rząd wielkich ciężarówek i cystern jadących szosą. Sceny bardzo niepodobne do tych z *Miasta kotów*. Takie widoki miały w sobie jednak coś swoiście fantazyjnego. Były to miejsca przypominające inny, podziemny świat podtrzymujący życie miasta.

Po chwili Tengo zamknął oczy i wyobraził sobie Kyōko Yasudę zamkniętą w miejscu, w którym u t r a c i ł a samą siebie. Nie zatrzymują się tam pociągi. Nie ma telefonów, nie ma skrzynek pocztowych. W dzień jest tam jedynie absolutna samotność, a w nocy ciemności towarzyszą uparte poszukiwania kotów. Powtarza się to w nieskończoność. Nie zorientował się, kiedy zasnął. Spał krótko, ale za to głęboko. Obudził się zlany potem. Był środek lata, pociąg jechał wzdłuż wybrzeża południowej części półwyspu Bōsō.

W Tateyamie z ekspresu przesiadł się do osobowego i pojechał do Chikury. Już na stacji poczuł zapach morza, za którym się stęsknił, wszyscy ludzie na ulicach byli opaleni. Sprzed dworca pojechał taksówką do domu opieki. W recepcji podał swoje imię i nazwisko oraz nazwisko ojca.

– Czy zawiadamiał nas pan o dzisiejszej wizycie? – zapytała surowo siedząca przy biurku pielęgniarka w średnim wieku. Była drobna, miała okulary w metalowych oprawkach, w jej krótkich włosach lśniło kilka siwych nitek. Na krótkim serdecznym palcu nosiła pierścionek jakby kupiony do kompletu z okularami. Na identyfikatorze widniało nazwisko „Tamura".

– Nie. Dziś rano nagle wpadłem na pomysł przyjazdu i wsiadłem do pociągu – odpowiedział szczerze Tengo.

Pielęgniarka spojrzała na niego z lekkim zniecierpliwieniem. Potem powiedziała: – Kiedy zamierza pan odwiedzić pacjenta, powinien pan nas wcześniej zawiadomić. My mamy swoje plany, może to też nie odpowiadać pacjentowi.

– Najmocniej przepraszam. Nie wiedziałem.

– Kiedy był pan tu ostatnio?

– Dwa lata temu.

– Dwa lata temu – powtórzyła pielęgniarka, sprawdzając rejestr odwiedzających z długopisem w dłoni. – To znaczy, że od dwóch lat nie był pan u nas ani razu?

– Nie byłem.

– Zgodnie z naszym rejestrem jest pan jedynym członkiem rodziny pana Kawany.

– Zgadza się.

Pielęgniarka odłożyła rejestr na biurko, zerknęła na Tengo, lecz nic nie powiedziała. Jej spojrzenie nie było krytyczne. Tylko się w czymś upewniała. Wyglądało na to, że Tengo wcale nie jest wyjątkiem.

– Pana ojciec odbywa w tej chwili grupową rehabilitację. Potrwa to jeszcze trzydzieści minut. Potem może się pan z nim zobaczyć.

– W jakim stanie jest ojciec?

– Pod względem fizycznym jest zdrowy. Nic mu specjalnie nie dolega. A p o z a t y m jest raz lepiej, raz gorzej – powiedziała i lekko przycisnęła palec wskazujący do skroni. – Sam pan zobaczy, w jakim sensie jest raz lepiej, raz gorzej.

Tengo podziękował i postanowił poczekać w holu obok wejścia. Usiadł na kanapie, z której unosił się zapach poprzedniej epoki, wyjął z kieszeni książkę i czytał dalej. Czasami wiatr przynosił zapach morza, gałęzie sosen szumiały przyjemnym chłodem. Uczepiły się ich liczne cykady, które darły się na cały głos. Był właśnie sam środek lata, ale cykady wiedziały chyba, że ta pora roku długo nie potrwa. Jakby nie chcąc stracić ani chwili swego krótkiego życia, wypełniały okolicę jazgotem.

Niebawem przyszła siostra Tamura i powiedziała Tengo, że rehabilitacja dobiegła końca, więc może teraz zobaczyć się z ojcem.

– Zaprowadzę pana do jego pokoju – dodała.

Tengo wstał i przechodząc obok dużego lustra na ścianie, zauważył, że ubrał się dość niechlujnie. Na podkoszulek z koncertu Jeffa Becka w Japonii włożył dżinsową koszulę, której brakowało kilku guzików, do tego bawełniane spodnie poplamione na kolanie sosem pomidorowym w czasie jedzenia pizzy, od dawna nieczyszczone trampki w kolorze khaki i czapkę baseballówkę. Wcale nie wyglądał na trzydziestolatka, który po dwóch latach przyjechał w odwiedziny do ojca. Nie przywiózł nawet choremu żadnego upominku. W kieszeni miał tylko książkę. Nic dziwnego, że pielęgniarka przyglądała mu się z dezaprobatą.

Przecięli ogród i gdy szli do budynku, w którym znajdował się pokój ojca, pielęgniarka udzieliła mu krótkich wyjaśnień. Na terenie domu opieki były trzy budynki. O tym, gdzie umieszczano chorego, decydował stan zaawansowania choroby. Ojciec Tengo znajdował się w budynku dla chorych w stanie „średnio zaawansowanym". Ludzie zwykle najpierw trafiali do budynku dla chorych w stanie „lekkim", następnie przenoszono ich do budynku dla chorych w stanie „średnio zaawansowanym", a na koniec dla „ciężko" chorych. Jak w przypadku drzwi otwierających się tylko w jedną stronę, nie odbywał się ruch w przeciwnym kierunku. Z budynku dla chorych w stanie „ciężkim" nie było już dokąd pójść. Prócz cmentarza. Tego pielęgniarka oczywiście nie powiedziała, ale nie było wątpliwości, że o to właśnie jej chodziło.

Ojciec Tengo mieszkał w pokoju dwuosobowym, ale drugi pacjent był nieobecny, gdyż poszedł na jakieś zajęcia. W domu opieki organizowano różne zajęcia rehabilitacyjne: z ceramiki, ogrodnictwa, była też gimnastyka. Choć nazywano je rehabilitacyjnymi, nie chodziło tutaj o wyzdrowienie. Ich celem było raczej niejakie spowolnienie postępu choroby. A może chodziło po prostu o wypełnienie czymś czasu. Ojciec siedział na krześle i wyglądał przez okno. Ręce położył na kolanach. Na stoliku obok stała doniczka. Roślina miała kilka wątłych żółtych kwiatków. Podłogę pokryto miękką wykładziną, by pacjenci nie zrobili sobie krzywdy, jeśli się przewrócą. Stały tu dwa proste drewniane łóżka, dwa stoliki do pisania, komody na ubrania i drobiazgi. Przy każdym z biurek stała niewielka półka na książki. Zasłony w oknach pożółkły od wielu lat ciągłego nasłonecznienia.

Tengo nie od razu zorientował się, że siedzący przy oknie starzec to jego ojciec. Zmalał. A ściślej mówiąc: s k u r c z y ł s i ę. Włosy miał krótkie i zbielałe, jak oszroniony trawnik. Policzki mu się zapadły, przez to oczodoły zdawały się znacznie głębsze niż dawniej. Na czole miał wyżłobione trzy głębokie bruzdy. Zdawało się, że jego twarz stała się bardziej niesymetryczna niż kiedyś, ale wrażenie to było pewnie wywołane krótszymi włosami. Z tego powodu ta nieregularność rzucała się w oczy. Brwi bardzo mu urosły. Z uszu też sterczały siwe włosy. Duże spiczaste uczy wyglądały teraz na większe, zupełnie jak skrzydła nietoperza. Tylko nos miał taki sam kształt jak kiedyś. W odróżnieniu od uszu był okrągły i kartoflowaty, o barwie sinoczerwonej. Kąciki ust obwisły, wyglądały jakby w każdej chwili mogła z nich pociec ślina. W półotwartych ustach widać było nierówne zęby. Postać ojca siedzącego przy oknie przypomniała Tengo późny autoportret Van Gogha.

Gdy Tengo wszedł do pokoju, mężczyzna zerknął tylko na niego, a później znów spojrzał na widok za oknem. Z daleka raczej nie przypominał człowieka, ale jakieś stworzenie w rodzaju myszy czy wiewiórki. Niezbyt czyste, ale na swój sposób uparte stworzenie. Lecz b e z w ą t p i e n i a był to jego ojciec. A może należałoby powiedzieć pusta skorupa, wrak ojca. Przez te dwa lata choroba go wyniszczyła. Była jak poborca podatkowy bezlitośnie wynoszący sprzęty z domu ubogiej rodziny. Ojciec, którego Tengo pamiętał, był twardy i zawsze energicznie rzucał się w wir pracy. Jako człowiek pozbawiony wyobraźni nie miewał żadnych refleksji, za to posiadał własną etykę i nieskomplikowaną, lecz silną wolę. Był wytrwały. Tengo nigdy nie słyszał od niego wykrętów ani narzekań. Ale teraz miał przed oczami jedynie pustą skorupę. Tylko pusty dom, któremu odebrano caluteńkie ciepło.

– Panie Kawana – odezwała się do ojca pielęgniarka. Mówiła wyraźnie, głos miała donośny. Na pewno została przeszkolona, by tak właśnie zwracać się do pacjentów. – Panie Kawana, proszę się ocknąć. Syn do pana przyjechał.

Ojciec ponownie się do nich odwrócił. Para jego pozbawionych wyrazu oczu przypomniała Tengo pozostałe pod okapem puste jaskółcze gniazda.

– Dzień dobry – powiedział Tengo.

Ojciec milczał i tylko patrzył prosto na niego. Jakby czytał jakieś niezrozumiałe obwieszczenie w obcym języku.

– O pół do siódmej zaczyna się kolacja – powiedziała pielęgniarka do Tengo. – Do tego czasu może pan robić, co pan sobie życzy.

Po jej odejściu Tengo, po krótkim wahaniu, podszedł do ojca i usiadł na krześle naprzeciw niego. Powlekający je materiał spłowiał. Musiało być od dawna w użyciu, gdyż drewno było pokiereszowane. Ojciec wodził za nim wzrokiem, gdy siadał.

– Jak zdrowie? – zapytał Tengo.

– Dziękuję, dobrze – odparł ojciec uprzejmym tonem.

Tengo nie wiedział, co ma dalej mówić. Bawiąc się trzecim od góry guzikiem dżinsowej koszuli, spojrzał na osłaniające od wiatru drzewa za oknem, potem znów na ojca.

– Przyjechał pan z Tokio? – zapytał ojciec. Wyglądało na to, że nie pamięta Tengo.

– Przyjechałem z Tokio.

– Jechał pan ekspresem?

– Owszem. Przyjechałem do Tateyamy ekspresem, potem przesiadłem się w osobowy i dotarłem do Chikury.

– Przyjechał pan nad morze?

– Jestem Tengo. Tengo Kawana. Syn taty.

– Gdzie pan mieszka w Tokio?

– W Kōenji, w dzielnicy Suginami.

Trzy bruzdy na czole ojca znacznie się pogłębiły. – Wielu ludzi nie chce płacić abonamentu NHK i kłamią.

– Tato! – zawołał Tengo. Dawno nie wymawiał tego słowa. – Jestem Tengo. Syn taty.

– Ja nie mam syna – odparł szybko ojciec.

– Tata nie ma syna – powtórzył mechanicznie Tengo.

Ojciec skinął potakująco głową.

– To kim ja właściwie jestem? – zapytał Tengo.

– Nikim nie jesteś – odparł ojciec. Potem dwa razy krótko potrząsnął głową.

Tengo zaparło dech, na chwilę zaniemówił. Ojciec także umilkł. Obaj pogrążyli się w poplątanych myślach. Tylko cykady niefrasobliwie wydzierały się dalej za oknem.

Tengo czuł, że ten człowiek prawdopodobnie mówi teraz prawdę. Może jego wspomnienia zostały zniszczone, świadomość zamglona, ale pewnie mówił prawdę. Tengo instynktownie to czuł.

– Co to właściwie ma znaczyć? – zapytał.

– Nikim nie jesteś – powtórzył ojciec głosem wyzutym z uczuć. – Nikim nie byłeś, nikim nie jesteś, w przyszłości też pewnie nikim nie będziesz.

T o m i w y s t a r c z y, pomyślał Tengo.

Miał ochotę wstać z krzesła, iść na dworzec i wrócić prosto do Tokio. Usłyszał już to, co miał usłyszeć. Lecz nie potrafił się podnieść. Jak ten młodzieniec, który przybył do miasta kotów. Był ciekaw. Chciał wiedzieć, co się za tym kryje. Chciał usłyszeć jaśniejszą odpowiedź. Oczywiście było w tym pewne niebezpieczeństwo. Ale jeśli przegapi tę okazję, prawdopodobnie nigdy już nie uda mu się zgłębić tajemnicy własnej przeszłości. Całkowicie zatonie w chaosie.

W myślach układał, a potem przestawiał słowa. W końcu zdecydował się i zadał pytanie, które tyle razy chciał zadać od czasu, gdy był dzieckiem, lecz nigdy wcześniej się na to nie zdobył:

– Czyli chodzi o to, że tata nie jest moim ojcem w sensie biologicznym? O to, że nie łączą nas więzy krwi?

Ojciec patrzył na niego bez słowa. Po wyrazie jego twarzy nie dało się poznać, czy zrozumiał sens pytania.

– Bezpłatne przywłaszczanie sobie fal elektromagnetycznych jest niezgodne z prawem – powiedział, patrząc Tengo prosto w oczy. – Niczym się nie różni od przywłaszczania cudzych pieniędzy i własności. Nie uważa pan?

– Prawdopodobnie tak jest – zgodził się Tengo na wszelki wypadek.

Ojciec pokiwał głową, jakby usatysfakcjonowany.

– Fale elektromagnetyczne nie spadają za darmo z nieba jak deszcz albo śnieg – powiedział ojciec.

Tengo w milczeniu patrzył na jego ręce. Leżały na kolanach równo obok siebie. Prawa na prawym, a lewa na lewym. Nawet nie drgnęły. Były to drobne ciemne dłonie. Wyglądały tak, jakby opalenizna przeniknęła do głębi ciała. Ręce, które przez wiele lat pracowały na dworze.

– Matka nie umarła z powodu choroby, kiedy byłem mały, prawda? – zapytał Tengo, powoli oddzielając od siebie słowa.

Ojciec nie odpowiedział. Jego wyraz twarzy się nie zmienił, ręce nie drgnęły. Oczy patrzyły na Tengo, jakby obserwowały coś niezwykłego.

– Matka od ciebie odeszła. Porzuciła ciebie, zostawiła mnie. Odeszła prawdopodobnie z innym mężczyzną. Tak było?

Ojciec skinął głową. – Przywłaszczanie sobie fal elektromagnetycznych jest niewłaściwe. Nie można tego robić, a potem się wykręcać.

Ten człowiek dobrze zrozumiał sens mojego pytania. Tylko nie chce wprost o tym mówić. Tengo to czuł.

– Tato! – zawołał. – Może tata nie jest moim prawdziwym tatą, ale będę się tak do taty zwracał. Bo nie wiem, jak mogę inaczej. Szczerze mówiąc, do tej pory taty nie kochałem. Raczej w wielu wypadkach nienawidziłem. Tata o tym wie, prawda? Ale jeżeli założyć, że tata nie jest moim prawdziwym ojcem i że nie łączą nas więzy krwi, to znika powód do nienawiści. Nie wiem, czy potrafię poczuć do taty sympatię, czy nie. Ale myślę, że przynajmniej będę mógł tatę lepiej zrozumieć niż do tej pory. Bo ja cały czas chciałem p r a w d y. Chciałem się dowiedzieć, kim jestem, skąd się wziąłem. Tylko to chciałem wiedzieć. Ale n i k t mi tego nie mówił. Jeżeli tata powie mi dziś tu prawdę, nie będę już taty nienawidził ani czuł do taty niechęci. Należy się z tego cieszyć. Że nie będę musiał więcej taty nienawidzić ani czuć do taty niechęci.

Ojciec się nie odzywał. Nadal wpatrywał się w Tengo pozbawionymi wyrazu oczami. Ale zdawało się, że w głębi tych pustych jaskółczych gniazd zalśnił jakiś mikroskopijny błysk.

– N i k i m nie jestem – powiedział Tengo. – Ma tata rację. Jak ktoś unoszący się na morzu, bo go tam samego nocą wrzucono. Wyciągam rękę, lecz nikogo nie dosięgam, krzyczę, lecz nikt nie odpowiada. Nic mnie z niczym nie łączy. Z rodziny – choć może trudno to nazwać rodziną – mam tylko tatę. Ale tata strzeże tajemnicy i ani słowem się nie zdradza. W tym nadmorskim miasteczku pamięć taty niewątpliwie dzień po dniu zanika, choć jest raz lepiej, raz gorzej. Prawda dotycząca mnie tak samo zanika. Bez pomocy prawdy jestem nikim i w przyszłości też nie będę mógł się kimś stać. Właśnie tak jak tata powiedział.

– Wiedza jest cennym majątkiem społeczeństwa – powiedział ojciec drewnianym głosem. Jego ton stał się nieco cichszy niż przedtem. Jakby ktoś stojący za nim pokręcił gałką głośności. – Ten majątek musi być w wielkiej masie gromadzony i bardzo ostrożnie wykorzystywany. Powinien wydać owoce i zostać przekazany następnym pokoleniom. Dlatego właśnie NHK potrzebuje od wszystkich państwa abonamentu...

Jakby wypowiadał mantrę. Żył dotąd, recytując tego typu teksty. Tengo musiał złamać to uparte zaklęcie. Musiał wyciągnąć z głębi klatki żywego człowieka.

Przerwał ojcu: – Jaka była moja matka? Dokąd poszła? I co się z nią stało?

Ojciec nagle umilkł. Nie recytował więcej zaklęć.

Tengo mówił dalej: – Zmęczyło mnie już życie z poczuciem niechęci, pretensji, nienawiści do kogoś. Zmęczyło mnie też życie bez miłości. Nie mam żadnych przyjaciół. A n i j e d n e g o. A przede wszystkim nie mogę nawet pokochać samego siebie. Dlaczego nie mogę pokochać samego siebie? Dlatego że nie mogę pokochać nikogo innego. Kochając kogoś i będąc kochanym, ludzie dowiadują się, jak kochać samych siebie. Rozumie tata, co mówię? Ktoś, kto nikogo nie kocha, nie potrafi jak należy pokochać siebie. Nie mówię wcale, że to wina taty. Na dobrą sprawę tata też padł ofiarą tego samego losu. Tata pewnie także nie bardzo wie, jak pokochać siebie samego. Prawda?

Ojciec pogrążył się w milczeniu. Mocno zacisnął usta. Po wyrazie twarzy nie dało się poznać, ile zrozumiał ze słów Tengo. Tengo również siedział na krześle bez słowa. Przez otwarte okno powiał wiatr. Odwrócił spłowiałe zasłony, potrząsnął płatkami drobnych kwiatów w doniczce, a potem odleciał przez otwarte drzwi na korytarz. Zapach morza stał się silniejszy. W głosy cykad wmieszał się miękki dźwięk pocierających o siebie sosnowych igieł.

Tengo cicho mówił dalej:

– Często mam wizję. Ta sama wizja powtarza się od dawna cały czas. Prawdopodobnie to zapamiętana rzeczywista scena. Ja mam półtora roku, obok jest matka. Obejmuje młodego mężczyznę. I ten mężczyzna to n i e tata. Nie wiem, kim jest, ale jestem pewien, że to n i e tata. Nie wiem, dlaczego ta scena wypaliła mi się w pamięci i nie da się jej wymazać.

Ojciec nic nie mówi. Jednak jego oczy najwyraźniej widzą coś innego. Coś, czego tu nie ma. Obaj zachowują milczenie. Tengo słucha błyskawicznie wzmagającego się wiatru. Nie wie jednak, co słyszy ojciec.

– Czy mógłby mi pan coś poczytać? – pyta ojciec uprzejmie po długim milczeniu. – Mam chore oczy, więc sam nie daję rady. Nie mogę długo wodzić oczami po literach. Książki są na tamtej półce. Może pan wybrać, którą pan sobie życzy.

Zrezygnowany Tengo podniósł się z krzesła i przebiegł wzrokiem grzbiety książek. Większość stanowiły powieści historyczne. Były wszystkie tomy *Przełęczy bodhisattwy**. Lecz Tengo nie miał jakoś ochoty czytać ojcu na głos starej, pełnej anachronizmów powieści.

---

* Powieść Kaizana Nakazato. Jedna z najdłuższych japońskich powieści historycznych, która w formie książkowej ma 41 tomów. Ukazywała się w odcinkach w trzech codziennych gazetach w latach 1913–1941. Tytuł japoński brzmi *Daibosatsutōge*.

– Jeśli można, wolałbym przeczytać historię o mieście kotów. Jak tata uważa? – zapytał. – Wziąłem tę książkę do czytania w pociągu.

– Historię o mieście kotów – powiedział ojciec. Potem przez pewien czas badał w myślach te słowa. – Jeżeli nie sprawi to panu kłopotu, proszę mi przeczytać.

Tengo spojrzał na zegarek. – Nie sprawi mi żadnego kłopotu. Mam jeszcze czas do odjazdu pociągu. To trochę dziwna historia, więc nie wiem, czy się tacie spodoba, czy nie.

Wyciągnął książkę z kieszeni i zaczął głośno czytać *Miasto kotów*. Ojciec siedział w niezmienionej pozycji na krześle przy oknie i słuchał. Tengo czytał powoli, wyraźnie i zrozumiale. W trakcie przerwał dwa lub trzy razy i trochę odpoczął. Patrzył wtedy na ojca, lecz na jego twarzy nie malowała się żadna reakcja. Nie wiadomo nawet było, czy słuchanie opowiadania sprawia mu przyjemność, czy nie. Gdy Tengo skończył, ojciec siedział nieporuszony z zamkniętymi oczami. Wyglądał, jakby zasnął. Ale jednak nie spał. Wszedł tylko głęboko w świat opowiadania. Wyjście z niego zajęło mu trochę czasu. Tengo cierpliwie czekał. Popołudniowe światło nieco przygasło, powoli wmieszała się w nie zapowiedź zmierzchu. Wiatr od morza dalej potrząsał gałęziami sosen.

– Czy w tym mieście kotów są telewizory? – zapytał ojciec, rozpoczynając od kwestii interesujących go jakby z racji zawodu.

– To opowiadanie napisano w Niemczech w latach trzydziestych, a wtedy jeszcze nie było telewizorów. Chociaż były radia.

– Ja byłem w Mandżurii, ale tam nie mieli nawet radia. Nie było też rozgłośni. Prasa z trudem docierała, więc czytałem gazety sprzed dwóch tygodni. Nie mieliśmy co jeść, nie było też kobiet. Czasami przychodziły wilki. Tam był jakby kraniec świata.

Zamilkł na chwilę i nad czymś rozmyślał. Pewnie przypominał sobie trudy życia młodego osadnika i emigranta w Mandżurii. Te wspomnienia szybko się zamgliły, pochłonęła je pustka. Tengo mógł wyczytać te zmiany z twarzy ojca.

– Czy to miasto zbudowały koty? Czy też dawniej zbudowali je ludzie, a koty tam zamieszkały? – mówił ojciec jakby do siebie, zwrócony ku oknu. Zdawało się, że to pytanie skierowane jest do Tengo.

– Nie wiem – odpowiedział. – Ale zdaje mi się, że chyba zbudowali je kiedyś ludzie. Może z jakiegoś powodu zniknęli, a zamieszkały tam koty. Na przykład wszyscy zmarli na jakąś zakaźną chorobę albo stało się coś podobnego.

Ojciec kiwnął głową. – Jak się pojawia pusta przestrzeń, coś przychodzi ją zapełnić. Wszyscy tak robią.

– Wszyscy tak robią?

– Tak jest – oznajmił ojciec.

– A jaką pustą przestrzeń ojciec zapełnia?

Ojciec się skrzywił. Długie brwi opuściły się i prawie zakryły oczy. Potem powiedział z odrobiną szyderstwa: – Ty tego nie wiesz?

– Nie wiem.

Ojciec rozdął nozdrza. Jedna brew lekko się uniosła. Zawsze, kiedy był niezadowolony, jego twarz przybierała taki wyraz. – Jeżeli nie rozumiesz bez tłumaczenia, to znaczy, że nie zrozumiesz, choćbym ci nie wiem ile tłumaczył.

Ze zmrużonymi oczami Tengo starał się coś wyczytać z twarzy ojca. Nigdy przedtem nie mówił w taki dziwny, pełen aluzji sposób. Zawsze posługiwał się tylko konkretnymi, praktycznymi wyrażeniami. Dla tego człowieka niepodważalna definicja rozmowy brzmiała: mówić krótko, co trzeba i kiedy trzeba. Ale z twarzy ojca nic się nie dało wyczytać.

– Dobrze. W każdym razie tata wypełnia *jakąś* pustą przestrzeń – powiedział. – To kto wypełni przestrzeń, którą *tata zostawił*?

– Ty – odparł ojciec zwięźle. Wskazującym palcem wskazał zdecydowanie prosto na Tengo. – To przecież wiadomo. Ja zapełniłem przestrzeń zrobioną przez kogoś. Za to ty wypełnisz przestrzeń, którą ja zrobiłem. To tak idzie w kółko.

– Tak jak koty wypełniły bezludne miasto.

– Tak, zostanie utracona jak miasto – powiedział. Wpatrywał się bezmyślnie we własny wyciągnięty palec, jakby patrzył na coś przedziwnego, coś, co do niczego nie pasuje.

– Zostanie utracona jak miasto – powtórzył Tengo słowa ojca.

– Matki, która cię urodziła, już nigdzie nie ma.

– Nigdzie nie ma. Zostanie utracona jak miasto. To znaczy, że umarła?

Ojciec nie odpowiedział.

Tengo westchnął. – To kto jest moim ojcem?

– Tylko pusta przestrzeń. Twoja matka obcowała z pustą przestrzenią i ciebie urodziła. Ja tę przestrzeń zapełniłem.

Kiedy skończył mówić, zamknął oczy i zacisnął usta.

– Obcowała z pustą przestrzenią?

– Tak.

– I tata mnie wychował. O to chodzi, tak?

Ojciec odchrząknął poważnie i powiedział: – No przecież ci mówię. – Jakby tłumaczył tępemu dziecku prostą zasadę. – Jeżeli nie rozumiesz bez tłumaczenia, to znaczy, że nie zrozumiesz, choćbym ci nie wiem ile tłumaczył.

– To znaczy, że ja wziąłem się z pustej przestrzeni? – zapytał Tengo.

Nie było odpowiedzi.

Tengo splótł dłonie na kolanach i jeszcze raz spojrzał ojcu prosto w oczy. Ten człowiek wcale nie jest pustą skorupą. Nie jest jedynie opuszczonym domem. Jest żywym mężczyzną starającym się niepewnie przetrwać na tym nadmorskim terenie ze swą zawziętą, ograniczoną duszą i ponurymi wspomnieniami. Nie może uniknąć wspólnej egzystencji z ciągle poszerzającą się w nim pustą przestrzenią. W tej chwili pusta przestrzeń zmaga się jeszcze nieustannie ze wspomnieniami. Ale niebawem całkowicie je pochłonie, bez względu na to, czy on tego chce, czy nie. To tylko kwestia czasu. Czy pusta przestrzeń, ku której zmierza, to ta sama przestrzeń, z której ja wyszedłem?

Zdawało mu się, że w szum wieczornego wiatru targającego czubkami sosen wmieszał się daleki huk morza. Ale to mogło być jedynie złudzenie.

Rozdział dziewiąty – Aomame

Cena, którą trzeba zapłacić za łaskę

Gdy Aomame weszła do środka, Rekrut szybko zamknął za nią drzwi. W pokoju panowała ciemność. Zgaszono wszystkie światła, okno zasłaniały grube kotary. Przez szparę przedostawała się wąska strużka światła, która tylko jeszcze bardziej podkreślała mrok pomieszczenia.

Minęło trochę czasu, zanim wzrok Aomame przyzwyczaił się do ciemności, jak po wejściu do sali kinowej podczas seansu albo do planetarium. Najpierw zauważyła zielone cyfry wyświetlone na budziku. Informowały, że jest 7:20. Po pewnym czasie dostrzegła przy ścianie po drugiej stronie pokoju duże łóżko. Obok stał niski stolik, a na nim budzik. Pokój był niewielki w porównaniu z sąsiednim, lecz i tak większy od przeciętnego pokoju hotelowego.

Na łóżku majaczyło coś przypominającego niewielkie wzniesienie. Dopiero po dłuższej chwili zorientowała się, że ten nieokreślony kształt to leżący tam człowiek. Był całkowicie nieruchomy. Nie zauważyła żadnych oznak życia. Nie słyszała też jego oddechu, a jedynie cichy szum powietrza z otworu wentylacyjnego pod sufitem. Ale ten ktoś musiał być żywy. Rekrut zachowywał się, jakby miał do czynienia z żyjącą osobą.

Kształt postaci wskazywał, że jest dość potężna. Chyba mężczyzna. Aomame nie była pewna, ale wydawało jej się, że twarz ma zwróconą w ich stronę. Leżał na brzuchu, nie w pościeli, ale na gładko zasłanej kapie. Przypominał wielkie zwierzę, które skryło się w jamie, by leczyć rany i nie tracić więcej sił życiowych.

– Już czas – powiedział Rekrut do tego cienia. W jego głosie brzmiało napięcie, którego wcześniej w nim nie słyszała.

Nie było wiadomo, czy leżący na łóżku usłyszał te słowa, bo ciemne wzniesienie ani drgnęło. Rekrut stał przy drzwiach i czekał wyprostowany. Pokój pogrążył się w ciszy, słychać było, że ktoś przełyka ślinę. Po chwili Aomame zorientowała się, że to ona sama. Ściskając w prawej dłoni torbę, czekała wraz z Rekrutem, aż coś się zdarzy. Cyfry na budziku zmieniły się na 7:21, potem na 7:22, 7:23.

Niebawem kształt na łóżku lekko drgnął i zaczął się poruszać. Co było początkowo zaledwie drgnieniem, zmieniło się teraz w wyraźny ruch. Wyglądało na to, że człowiek ten musiał głęboko spać. A może był pogrążony w czymś przypominającym sen. Mięśnie się przebudziły, po chwili podniosła się górna połowa ciała, nieśpiesznie świadomość na nowo przybierała kształt. Cień na łóżku wyprostował się i usiadł po turecku. To niewątpliwie mężczyzna, pomyślała Aomame.

– Już czas – powtórzył Rekrut.

Usłyszeli, jak mężczyzna robi głęboki wydech. Potężny wydech, jakby powoli wynurzył się z głębokiej studni. Potem znowu głęboko zaczerpnął powietrza. Oddech miał urywany i niespokojny, brzmiał zupełnie jak wichura szalejąca między drzewami w lesie. Dwa różne rodzaje dźwięków powtarzały się na zmianę. Między nimi następowały długie interwały ciszy. Ta rytmiczna i wieloznaczna cykliczność wprawiła Aomame w zdenerwowanie. Zdawało jej się, że wkroczyła na jakiś teren, którego wcześniej nie znała. Na przykład na dno rowu oceanicznego albo na powierzchnię jakiejś niewielkiej nieznanej planety. Jakoś się tam dostała, lecz nie mogła się wydostać.

Oczy już prawie przywykły jej do mroku. Widziała jednak tylko do pewnego miejsca, dalej ani rusz. W tej chwili dostrzegała ciemną sylwetkę mężczyzny. Nie wiedziała, w którą stronę obrócił twarz i na co patrzy. Zorientowała się, że musi być olbrzymi i że jego ramiona unoszą się i opadają cicho, lecz gwałtownie w rytm oddechu – nic poza tym. Jego oddech nie był zwyczajnym oddechem. Był to oddech, w który angażowało się absolutnie całe ciało, czynność mająca specjalny cel i funkcję. Wyobrażała sobie, jak łopatki i przepona mocno się poruszają, rozciągają i kurczą. Zwykły człowiek nie potrafi tak gwałtownie oddychać. Był to specjalny sposób oddychania, którego opanowanie wymagało dyscypliny i długiego treningu.

Rekrut stał obok niej, wciąż wyprężony jak struna. Wyprostował plecy, podniósł głowę. Jego oddech – w przeciwieństwie do mężczyzny na łóżku – był płytki i szybki. Starał się być niewidzialny i czekał, aż skończy się to gwałtowne głębokie oddychanie. Była to pewnie czynność wykonywana codziennie w celu uregulowania funkcji organizmu. Aomame, podobnie jak Rekrut, mogła tylko czekać, aż dobiegnie końca. Prawdopodobnie to proces konieczny do przebudzenia.

Wkrótce dyszenie stopniowo ustało, jakby zatrzymała się jakaś wielka maszyna. Przerwy między oddechami po trochu się wydłużały, aż na końcu rozległ się długi wydech. Ten człowiek chyba wyciskał z siebie całe powietrze. Pokój znów wypełniła głucha cisza.

– Już czas – powiedział Rekrut po raz trzeci.

Mężczyzna powoli poruszył głową. Zdawało się, że zwrócił ją ku Rekrutowi.

– Możesz odejść – powiedział. Miał głęboki, czysty baryton. Zdecydowany, bez nuty wahania. Zdawało się, że mężczyzna całkowicie się przebudził.

Rekrut złożył w ciemności lekki ukłon i wyszedł z pokoju tak samo, jak wszedł, bez żadnych zbędnych ruchów. Drzwi się zamknęły i Aomame została sama z mężczyzną.

– Przepraszam, że jest tak ciemno – powiedział. Prawdopodobnie do Aomame.

– Mnie to nie przeszkadza – odparła.

– Muszę przebywać w ciemności – powiedział łagodnie. – Ale nie potrzebuje się pani martwić. Nie zrobię pani krzywdy.

Aomame w milczeniu skinęła głową, a potem przypomniała sobie, że znajduje się w mroku, i powiedziała: – Rozumiem. – Miała wrażenie, że jej głos jest trochę twardszy i wyższy niż zwykle.

Potem mężczyzna przyglądał jej się przez chwilę. Czuła, że intensywnie ją obserwuje. Było to celowe, precyzyjne spojrzenie. Należałoby chyba powiedzieć, że nie tyle „patrzył", ile raczej „badał wzrokiem". Zdawało się, że potrafi dostrzec każdy skrawek jej ciała. Miała wrażenie, że w jednej chwili zostało z niej zdarte ubranie i stoi zupełnie naga. To spojrzenie wodziło nie tylko po jej skórze, docierało także do mięśni, wnętrzności, macicy. Oczy tego człowieka potrafią b a d a ć w ciemności, pomyślała. W i d z i więcej, niż da się dostrzec wzrokiem.

– W mroku lepiej widać – powiedział, jakby czytał w jej myślach. – Lecz jeśli pozostaje się w nim zbyt długo, trudny staje się powrót na ziemię, do świata pełnego światła. Dlatego nie można być w mroku zbyt długo.

Następnie znów przez pewien czas obserwował Aomame. W jego spojrzeniu nie było ani śladu seksualnego pożądania. B a d a ł j ą tylko, jak jakiś obiekt. Tak jak pasażerowie wpatrują się z pokładu statku w kształt mijanych wysp. Jednak to nie był zwyczajny pasażer. Starał się przejrzeć wyspę n a w y l o t. Będąc długo obiektem tego przenikliwego, bezlitosnego wzroku, Aomame uświadomiła sobie, jak wybrakowane, jak niepewne jest jej własne ciało. Zwykle tak tego nie odczuwała. Z wyjątkiem kształtu piersi była raczej z niego dumna. Codziennie je trenowała, utrzymywała w świetnym stanie. Mięśnie były elastyczne i prężne, nie miała ani grama tłuszczu. Lecz pod wzrokiem tego mężczyzny własne ciało zaczynało się jej wydawać nędznym i zużytym workiem mięsa.

Jakby odczytując te myśli, mężczyzna przestał się jej przyglądać. Poczuła, że jego wzrok błyskawicznie traci moc. Jakby ktoś stojący w cieniu zakręcił kurek doprowadzający wodę do węża, którym ktoś inny polewał rozgrzany chodnik.

– Przepraszam, że panią fatyguję, ale czy mogłaby pani trochę odsunąć zasłonę w oknie? – zapytał cicho mężczyzna. – Trudno będzie pani pracować w zupełnej ciemności.

Aomame postawiła torbę na podłodze, podeszła do okna, ciągnąc za sznur, odsunęła ciężką grubą zasłonę oraz znajdującą się za nią białą firankę. Pokój zalały światła nocnego Tokio. Oświetlona Tokyo Tower, latarnie wzdłuż autostrady, reflektory jadących samochodów, jasne okna wieżowców, różnokolorowe neony na dachach budynków – wszystko to połączyło się, tworząc charakterystyczny nocny blask wielkiego miasta, i oświetliło wnętrze pokoju. Nie było to silne światło, wydawało się nieomal wątłe, z trudem dało się w nim dostrzec ustawienie mebli w pokoju. Lecz dla Aomame było to światło utęsknione. Docierało ze świata, do którego należała. Wyraźnie poczuła, jak desperacko go potrzebuje.

Lecz nawet to wątłe światło stanowiło chyba zbyt silny bodziec dla oczu mężczyzny. Siedząc po turecku na łóżku, zakrył wielkimi dłońmi oczy, jakby chciał go uniknąć.

– Wszystko w porządku? – zapytała Aomame.

– Proszę się nie martwić – powiedział mężczyzna.

– Może trochę zasunę zasłony?

– Proszę zostawić tak jak teraz. Mam problemy z siatkówką. Przywyknięcie do światła zajmuje mi dużo czasu. Za chwilę wszystko się wyrówna. Czy mogłaby pani usiąść i poczekać?

M a m p r o b l e m y z s i a t k ó w k ą, powtórzyła Aomame w myślach. Ludziom mającym problemy z siatkówką zwykle grozi utrata wzroku. Ale to nie miało związku z Aomame. Nie miała się zajmować jego wzrokiem.

Podczas gdy mężczyzna, zakrywając rękami twarz, przyzwyczajał wzrok do światła wpadającego przez okno, Aomame usiadła na kanapie i patrzyła na niego. Tym razem przyszła jej kolej, by go dokładnie obserwować.

Był wielki. Nie gruby, tylko wielki. Wysoki i szeroki w barach. Wyglądał też na silnego. Słyszała od starszej pani, że jest potężnie zbudowany, ale nie spodziewała się, że aż tak. Choć oczywiście nie ma powodu, żeby kapłan sekty religijnej nie mógł być olbrzymem. Aomame wyobraziła sobie dziesięciolatki gwałcone przez tego wielkiego chłopa i mimowolnie się skrzywiła. Wyobraziła sobie, jak ten mężczyzna rozbiera się do naga i przygniata małą dziewczynkę swoim ciężarem, a ona nie może się bronić. Byłoby to trudne nawet dla dorosłej kobiety.

Mężczyzna miał na sobie jakby cienkie spodnie od dresu z nogawkami zakończonymi gumką i koszulę z długimi rękawami. Koszula była gładka, lśniła delikatnie jak jedwab. Luźna, zapinana z przodu, dwa górne guziki zostały rozpięte. Koszula i spodnie wyglądały na białe albo bardzo jasnokremowe. Nie była to może piżama, ale luźny strój domowy, który pozwalał się zrelaksować. Albo nadawałby się może do odpoczynku pod drzewem w jakimś południowym kraju. Bose stopy mężczyzny wydawały się duże. Szerokie jak kamienny mur bary przywodziły na myśl doświadczonego zawodnika sztuk walki.

– Dziękuję, że pani przyszła – powiedział, odczekawszy, aż Aomame skończy pierwszy etap obserwacji.

– To moja praca. Gdy jest taka potrzeba, chodzę do różnych osób – powiedziała Aomame pozbawionym emocji tonem. Ale mówiąc to, poczuła się zupełnie jak prostytutka wezwana przez klienta. Pewnie dlatego, że przed chwilą w ciemności obnażył ją przenikliwym wzrokiem.

– Jak wiele pani o mnie wie? – zapytał mężczyzna, nadal zakrywając twarz rękami.

– Chodzi panu o to, co wiem na pana temat?

– Tak.

– Prawie nic nie wiem – powiedziała Aomame, starannie dobierając słowa. – Nie znam nawet pana nazwiska. Słyszałam tylko, że kieruje pan grupą wyznaniową w prefekturze Nagano czy Yamanashi. Podobno ma pan jakiś problem zdrowotny i może uda mi się jakoś panu w związku z tym pomóc.

Mężczyzna kilka razy krótko potrząsnął głową i opuścił ręce. Siedział teraz twarzą w twarz z Aomame.

Miał długie włosy. Proste i bujne, zwisały prawie do ramion. Było w nich wiele srebrnych nitek. Prawdopodobnie dobiegał pięćdziesiątki albo był tuż po pięćdziesiątce. Miał pokaźny nos zajmujący znaczną część twarzy. Regularny, idealnie prosty nos. Kojarzył się ze zdjęciami Alp pojawiającymi się w kalendarzach. Na dole był szeroki i pełen majestatu. Kiedy patrzyło się na jego twarz, najpierw rzucał się w oczy ów nos. W kontraście do niego oczy wydawały się głęboko osadzone. Trudno było dostrzec, na co patrzą ukryte w nich źrenice. Podobnie jak ciało twarz miał szeroką i masywną. Wydawała się starannie ogolona, pozbawiona pieprzyków i blizn. Rysy miał regularne. Biły od niego inteligencja i spokój. Lecz w tej twarzy było coś szczególnego, niecodziennego, co nie pozwalało mu zaufać. Była to twarz z rodzaju tych, które przy pierwszym spotkaniu wywołują w ludziach wahanie. Chyba za duży nos? Przez niego cała twarz traciła właściwą równowagę, co budziło niepokój patrzącego. A może była to wina pary oczu cicho cofniętych w głąb i lśniących jak pradawny lodowiec? Albo wąskich warg robiących jakieś okrutne wrażenie, z których w każdej chwili mogły paść niedające się przewidzieć słowa.

– A poza tym? – zapytał mężczyzna.

– Poza tym nic innego nie słyszałam. Powiedziano mi tylko, że mam przyjść tutaj przygotowana do wykonania masażu rozciągającego. Bo ja się specjalizuję w mięśniach i stawach. Nie ma potrzeby, żebym wiedziała dużo o sytuacji czy charakterze klienta.

Tak jak prostytutka, pomyślała Aomame.

– Rozumiem, o co pani chodzi – powiedział mężczyzna głębokim głosem. – Lecz w moim przypadku potrzebne są chyba pewne wyjaśnienia.

– Słucham.

– Ludzie nazywają mnie Liderem. Prawie nigdy nie pokazuję się publicznie. Choć są w tej samej grupie wyznaniowej, mieszkają na tym samym terenie, większość wiernych nie wie nawet, jak wyglądam.

Aomame skinęła głową.

– Ale pani pokazuję twarz. No bo przecież nie może pani prowadzić terapii w kompletnej ciemności albo z przepaską na oczach. Jest to też kwestia dobrych manier.

– To nie jest terapia – podkreśliła chłodno Aomame. – To jedynie masaż rozciągający. Nie mam oficjalnych kwalifikacji do prowadzenia terapii. Ja jedynie rozciągam silnie mięśnie, które na co dzień są prawie nieużywane albo którymi większości ludzi trudno się posłużyć. Zapobiegam w ten sposób spadkowi wydolności organizmu.

Mężczyzna jakby się lekko uśmiechnął. Ale to mogło być złudzenie, być może drgnęły mu tylko mięśnie twarzy.

– Zdaję sobie z tego sprawę. Posłużyłem się słowem „terapia" jako skrótem myślowym. Proszę tego tak poważnie nie traktować. Chciałem tylko powiedzieć, że widzi pani teraz coś, czego większość ludzi nie może zobaczyć. Chciałbym, żeby zdawała pani sobie z tego sprawę.

– Tam ostrzeżono mnie, że nie wolno mi o tym mówić nikomu z zewnątrz – powiedziała Aomame, wskazując drzwi do sąsiedniego pokoju. – Nie musi się pan martwić. Bez względu na to, czego się tutaj dowiem, nic nie wydostanie się na zewnątrz. W swojej pracy dotykam ciał wielu ludzi. Pana sytuacja jest być może szczególna, ale dla mnie jest pan jedynie jedną z wielu osób mających problemy z mięśniami. Mnie interesują tylko mięśnie.

– Słyszałem, że w dzieciństwie należała pani do Zboru Świadków.

– Nie z własnego wyboru. Zostałam po prostu w ten sposób wychowana. To duża różnica.

– Rzeczywiście, to duża różnica. Ludzie najczęściej nie potrafią jednak oderwać się od obrazów, które zaszczepiono im w dzieciństwie.

– Ani od dobrych, ani od złych – powiedziała Aomame.

– Doktryna Zboru Świadków zasadniczo różni się od doktryny grupy wyznaniowej, do której ja należę. Moim zdaniem religie oparte na eschatologii to w większości lipa. Ja uważam, że koniec jest w każdym przypadku jedynie sprawą osobistą. Mimo to Zbór

Świadków ma zadziwiająco odporną religię. Jego historia nie jest długa, ale został już poddany wielu próbom. I ustawicznie zwiększa się liczba wiernych. Wiele można się z tego nauczyć.

– To dzięki ograniczeniu i nietolerancji. Czemuś, co jest ciasne i małe, łatwiej się uzbroić przeciw siłom zewnętrznym.

– Prawdopodobnie ma pani rację – powiedział mężczyzna. Przerwał na chwilę. – Tak czy inaczej, nie spotkaliśmy się po to, żeby dyskutować o religii.

Aomame milczała.

– Musi pani wiedzieć, że w moim organizmie jest wiele s z c z e g ó l n y c h r z e c z y – powiedział mężczyzna.

Aomame słuchała go w milczeniu, nie podnosząc się z krzesła.

– Jak przed chwilą mówiłem, nie mogę znieść silnego światła. Taki stan trwa od kilku lat. Przedtem nie miałem problemów, to się zaczęło w pewnym momencie. Głównie dlatego przestałem się pokazywać publicznie. Prawie całe dnie spędzam w ciemnych pokojach.

– Wzrok to coś, na co nic nie mogę poradzić – powiedziała Aomame. – Jak przed chwilą powiedziałam, specjalizuję się w mięśniach.

– Zdaję sobie z tego sprawę. Oczywiście radziłem się specjalistów. Byłem u wielu słynnych okulistów. Poddałem się też licznym badaniom. Ale w tej chwili nic się na to nie da poradzić. Mam jakieś uszkodzenie siatkówki. Przyczyna jest nieznana. Stan się powoli pogarsza. Jak tak dalej pójdzie, pewnie niebawem stracę wzrok. Oczywiście, jak pani powiedziała, ta kwestia nie ma związku z mięśniami. W każdym razie po kolei wymienię problemy, z jakimi zmaga się mój organizm. Potem się pani zastanowi, na co pani może coś poradzić, a na co nie.

Aomame skinęła głową.

– Często sztywnieją mi mięśnie – powiedział mężczyzna. – Nie mogę się w ogóle ruszyć. Dosłownie kamienieję. Ten stan utrzymuje się przez kilka godzin. W takich przypadkach mogę tylko leżeć. Nie czuję bólu. Po prostu mięśnie całego ciała przestają funkcjonować. Nie mogę nawet ruszyć palcem. Wielkim wysiłkiem woli udaje mi się tylko poruszyć gałkami ocznymi. Zdarza mi się to raz albo dwa razy w miesiącu.

– Czy występują jakieś symptomy poprzedzające taki atak?

– Najpierw mam skurcze. Różne mięśnie zaczynają mi drgać. Trwa to dziesięć albo dwadzieścia minut. A potem, jakby ktoś gdzieś wyłączył jakiś przycisk, całkowicie zamierają. Dlatego podczas tych dziesięciu czy dwudziestu minut ostrzegających o nadchodzącym ataku idę gdzieś, gdzie mogę się położyć, i tam się kładę. Jak statek kryjący się w zatoczce przed burzą, chowam się i czekam, aż minie paraliż. Choć jestem sparaliżowany, świadomość mam w pełni jasną. A nawet jaśniejszą niż zazwyczaj.

– Nie czuje pan bólu?

– Tracę wszelkie czucie. Nie czuję nic, nawet gdy mnie ktoś kłuje igłą.

– Radził się pan w tej sprawie lekarza?

– Byłem we wszystkich renomowanych szpitalach. Badało mnie wielu lekarzy. W końcu dowiedziałem się tylko, że cierpię na dziwną, nieznaną chorobę i przy obecnym stanie wiedzy medycznej nie mogą mi nijak pomóc. Próbowałem wszystkiego – medycyny chińskiej, osteopatii, kręgarstwa, akupunktury i moksybucji, masaży, leczniczych wód – ale nic nie dało odczuwalnych efektów.

Aomame lekko się skrzywiła. – Ja się zajmuję pobudzaniem funkcji organizmu w bardzo zwyczajnym zakresie. Nie sądzę, żebym mogła sobie poradzić z takim poważnym problemem.

– Z tego też zdaję sobie sprawę. Ja tylko próbuję wszystkich możliwości. Nawet jeśli pani metoda nie da efektów, nie będzie to pani winą. Wystarczy, że zrobi mi pani to, co zwykle pani robi. Chciałbym zobaczyć, jak na to zareaguje mój organizm.

Aomame wyobraziła sobie tego wielkiego mężczyznę leżącego gdzieś w ciemności jak zwierzę pogrążone w śnie zimowym.

– Kiedy ostatni raz miał pan taki paraliż?

– Dziesięć dni temu. Poza tym jest jeszcze coś, o czym powinna pani wiedzieć, choć trochę trudno mi o tym mówić.

– Proszę mówić o wszystkim bez skrępowania.

– Kiedy mięśnie wpadają w ten stan uśpienia, cały czas mam erekcję.

Aomame mocniej się skrzywiła. – To znaczy, że przez tych kilka godzin pana penis jest cały czas sztywny?

– Tak.

– Ale nic pan nie czuje?

– Nic nie czuję. Nie odczuwam też pożądania. Po prostu jest sztywny. Twardy jak kamień. Tak samo jak mięśnie.

Aomame lekko potrząsnęła głową. Postarała się przywrócić twarzy normalny wyraz. – Nie sądzę, żebym mogła coś na to poradzić. To kwestia dość odległa od mojej specjalności.

– Mnie trudno o tym mówić, pani pewnie nie chce o tym słuchać, ale czy mogę jeszcze coś dodać?

– Proszę bardzo. Niech pan mówi. Zachowam to w tajemnicy.

– W takich okresach obcuję z kobietami.

– Z k o b i e t a m i? Nie z jedną?

– Mam w swoim otoczeniu kilka kobiet. Kiedy wpadam w ten stan, kobiety wchodzą na mnie jedna po drugiej i każda ma ze mną stosunek. Ja niczego nie czuję. Nie doznaję orgazmu. Mimo to mam wytrysk. Kilka wytrysków.

Aomame milczała.

Mężczyzna mówił dalej: – Są trzy kobiety. Wszystkie kilkunastoletnie. Zapewne zastanawia się pani, dlaczego mam wokół siebie takie młode kobiety i dlaczego muszą odbywać ze mną stosunki.

– To znaczy, że... to jest jakaś część rytuału religijnego?

Mężczyzna, ciągle siedzący po turecku na łóżku, wziął głęboki oddech. – Uważa się, że ten mój stan paraliżu to łaska boża, rodzaj stanu uświęcenia. Dlatego kiedy mnie ogarnia, one przychodzą i obcują ze mną, żeby począć dziecko. Urodzić mego następcę.

Aomame bez słowa patrzyła na twarz mężczyzny. On też chwilę milczał.

– Innymi słowy, ich celem jest zajście w ciążę? Poczęcie pańskiego dziecka, gdy jest pan w tym stanie?

– Tak jest.

– I pan pozostając w tym stanie paraliżu przez kilka godzin, ma trzy razy wytrysk z trzema kobietami?

– Tak jest.

Aomame uświadomiła sobie, że znalazła się w straszliwie pogmatwanej sytuacji. Miała zamiar zlikwidować tego człowieka. W y s ł a ć g o n a t a m t e n ś w i a t. A mimo to on zwierzał jej się z dziwnych tajemnic dotyczących swojego organizmu.

– Nie bardzo rozumiem. Czy w tym tkwi jakiś konkretny problem? Raz albo dwa razy w miesiącu ogarnia pana całkowity paraliż. Wtedy przychodzą do pana trzy dziewczyny i odbywają z panem stosunek. Racjonalnie rzecz biorąc, jest to rzeczywiście n i e z w y k ł e. Ale...

– To nie są moje dziewczyny – wtrącił się mężczyzna. – One pełnią przy mnie rolę kapłanek. Obcowanie ze mną jest jedną z ich powinności.

– Powinności?

– Taka jest ich ustalona rola. Czynienie wysiłków, by począć następcę, jest ich powinnością.

– A kto to tak ustalił? – zapytała Aomame.

– To długa historia. Problem polega na tym, że w wyniku tego mój organizm niewątpliwie jest coraz bardziej zrujnowany.

– I udało im się zajść w ciążę?

– Jeszcze żadna nie zaszła w ciążę. Prawdopodobnie jest to niemożliwe. Bo nie mają jeszcze miesiączki. Mimo to te kobiety jeszcze bardziej pragną cudu za sprawą łaski.

– Żadna jeszcze nie zaszła w ciążę. Nie mają miesiączki – powiedziała Aomame. – I pana organizm jest coraz bardziej zrujnowany.

– Okres paraliżu stopniowo staje się coraz dłuższy. Częstotliwość ataków też wzrasta. Zaczęło się to siedem lat temu, ale na początku zdarzało się raz na dwa, trzy miesiące. Teraz przychodzi raz albo dwa w miesiącu. Gdy paraliż mija, za każdym razem cierpię z powodu gwałtownego bólu i wyczerpania. Muszę przez prawie tydzień znosić ten ból i wyczerpanie. Ból, jakby całe ciało ktoś nakłuwał grubą igłą, gwałtowny ból głowy, kompletny brak sił. Nie mogę spać. Żadne lekarstwo nie potrafi uśmierzyć tego bólu. – Mężczyzna westchnął, potem mówił dalej: – W drugim tygodniu po ataku jest znacznie lepiej niż w pierwszym, ale ból nie mija. Co dzień nadchodzi kilka razy gwałtownymi falami. Nie mogę oddychać. Wnętrzności nie pracują właściwie. W stawach mi zgrzyta, jak w maszynie, w której zabrakło smaru. Moje ciało jest pożerane, krew wysysana. Wyraźnie to czuję. Lecz zjada mnie nie rak ani pasożyty. Zrobiłem wszelkiego rodzaju badania, ale lekarze absolutnie nic nie znaleźli. Powiedzieli, że jestem okazem zdrowia. Medycyna nie potrafi tego wytłumaczyć. Co oznacza, że jest to cena, którą trzeba zapłacić za „łaskę".

Ten człowiek rzeczywiście stoi nad przepaścią, pomyślała Aomame, choć prawie nie widać oznak wyniszczenia. Ma krzepką budowę ciała, wyćwiczył się w znoszeniu gwałtownego bólu. Mimo to Aomame czuła, że jego organizm obraca się w ruinę. Jest chory. Nie wiadomo, co to za choroba. Nawet jeśli ja nie podniosę na niego ręki, jego organizm powoli zniszczeje, zadając mu gwałtowny ból, a wkrótce czeka go nieunikniona śmierć.

– Nie można powstrzymać tego procesu – powiedział mężczyzna, jakby czytał w jej myślach. – Będę zjedzony od środka, moje ciało zostanie wydrążone i czeka mnie śmierć w gwałtownych bólach. Oni po prostu mnie porzucą, jak pojazd, który stał się bezużyteczny.

– O n i? – zapytała Aomame. – O kogo chodzi?

– O tego, kto mnie od środka zjada. Ale mniejsza o to. Teraz pragnę choć trochę zmniejszyć ten realny ból, który mi tak dokucza. Potrzebne mi to, nawet jeśli nie okaże się skuteczne na dłuższą metę. Ból jest trudny do zniesienia. Niekiedy sięga straszliwie głęboko. Zupełnie jakby dochodził do jądra ziemi. Nikt prócz mnie nie może zrozumieć, co to za cierpienie. Odebrał mi wiele rzeczy, ale w zamian dał mi wiele innych. Szczególny, głęboko sięgający ból daje szczególną, głęboko sięgającą łaskę. Ale oczywiście nie staje się przez to lżejszy. Nie uda się też uniknąć katastrofy.

Potem przez pewien czas panowała głęboka cisza.

Aomame jakoś udało się odezwać: – Już wcześniej to mówiłam, ale wydaje mi się, że moje techniczne umiejętności niewiele pomogą w tym, z czym pan się zmaga. Szczególnie jeśli doświadcza pan tego jako c e n y z a ł a s k ę.

Lider wyprostował się i spojrzał na Aomame małymi przypominającymi lodowce oczami ukrytymi w głębi oczodołów. Potem rozchylił swoje wąskie, długie wargi. – Nie, może pani coś dla mnie zrobić. Coś, co t y l k o pani może zrobić.

– Mam nadzieję, że ma pan rację.

– Ja to wiem. Wiem różne rzeczy. Jeżeli pani jest gotowa, możemy zaczynać. Proszę robić to, co pani zawsze robi.

– Spróbuję – powiedziała Aomame. Jej głos był napięty i brzmiał głucho. T o, c o z a w s z e r o b i ę, pomyślała.

Rozdział dziesiąty – Tengo

Propozycja została odrzucona

Tengo pożegnał się z ojcem przed szóstą. Do przyjazdu taksówki siedzieli naprzeciwko siebie przy oknie, nie odzywając się ani słowem. Tengo zatopił się we własnych leniwych myślach, a ojciec naburmuszony wpatrywał się nieruchomo w widok za oknem. Słońce było już nisko, jasny błękit nieba nieśpiesznie zmieniał się w głębszy odcień.

Miał więcej pytań. Lecz pewnie nie otrzymałby odpowiedzi. Można to było poznać po mocno zaciśniętych wargach ojca, który postanowił chyba, że więcej się nie odezwie. Dlatego Tengo o nic więcej nie pytał. Jeżeli nie rozumie bez tłumaczenia, to znaczy, że nie zrozumie, choćby mu ojciec nie wiem ile tłumaczył. Tak jak powiedział.

Tengo odezwał się, gdy zbliżył się czas powrotu: – Dzisiaj dowiedziałem się od taty różnych rzeczy. Wyrażał się tata w sposób trudny do zrozumienia i nie mówił nic wprost, ale pewnie jak na tatę były to szczere zwierzenia.

Spojrzał na ojca. Wyraz jego twarzy w ogóle się nie zmienił.

Tengo mówił dalej: – Jest jeszcze kilka rzeczy, o które chciałbym zapytać, ale wiem, że sprawi to tacie ból. Dlatego pozostaje mi tylko zgadywać na podstawie tego, co tata powiedział. Prawdopodobnie tata nie jest moim prawdziwym ojcem. Tak przypuszczam. Nie wiem jeszcze, co się dokładnie stało, ale zasadniczo muszę tak założyć. Powie mi tata, jeżeli się mylę?

Ojciec nie odpowiedział.

Tengo mówił dalej: – Gdy zakładam, że te przypuszczenia są słuszne, robi mi się lżej na duszy. Ale nie dlatego, że taty nienawidzę. Jak wcześniej mówiłem, nie muszę już taty nienawidzić. Bo wychodzi na to, że tata wychował mnie jak syna, choć nie łączyły nas więzy krwi. Powinienem tacie za to podziękować. Niestety nasze stosunki niezbyt dobrze się układały, ale to oddzielna kwestia.

Ojciec nadal się nie odzywał, wciąż wpatrywał się w widok za oknem. Jak żołnierz stojący na straży, który nie chce przegapić momentu, gdy na dalekim wzgórzu pojawi się sygnał dymny. Tengo na wszelki wypadek skierował wzrok w ten sam punkt, ale nie zauważył ani sygnału dymnego, ani nic w tym rodzaju. Była tam tylko kępa sosen zabarwiona zapowiedzią nadchodzącego zmierzchu.

– Bardzo mi przykro, ale prawie nic nie mogę dla taty zrobić. Mogę tylko się modlić, żeby ten proces powstawania pustej przestrzeni, jaki w tacie zachodzi, był jak najmniej bolesny. Dlatego że tato już dość się nacierpiał. Pewnie na swój sposób głęboko kochał tata moją matkę. Tak mi się wydaje. Ale ona dokądś odeszła. Nie wiem, czy ten mężczyzna, z którym odeszła, był moim biologicznym ojcem, czy może był nim ktoś inny. I tata chyba nie zamierza mi tego powiedzieć. Tak czy inaczej, odeszła od taty. Zostawiając małego mnie. Być może wychowywał mnie tata, licząc na to, że dzięki temu ona kiedyś do taty powróci. Ale w końcu nie wróciła. Ani do taty, ani do mnie. Na pewno było z tym tacie ciężko. Jakby tata mieszkał w pustym mieście. Tak czy inaczej, tata mnie w tym mieście wychował. Aby zapełnić pustą przestrzeń.

Wyraz twarzy ojca się nie zmieniał. Tengo nie wiedział, czy go rozumie, a nawet czy w ogóle go słyszy.

– Być może moje przypuszczenia są niesłuszne. I może lepiej, żeby były niesłuszne. Dla nas obu. Ale kiedy tak o tym myślę, wiele rzeczy zaczyna mieć sens. W każdym razie znika kilka wątpliwości.

Niebo przecięło z krakaniem stado kruków. Tengo spojrzał na zegarek. Musiał już iść. Wstał z krzesła, podszedł do ojca i położył mu rękę na ramieniu.

– Do widzenia, tato. Niedługo znów przyjadę.

Kiedy z ręką na klamce jeszcze raz się odwrócił, zdziwił się, widząc, że z oczu ojca płyną pojedyncze łzy. W świetle jarzeniówek błyszczały matowym srebrem. Prawdopodobnie popłynęły, bo ojciec zmobilizował się i zebrał w sobie resztki pozostałych w nim uczuć. Łzy powoli spłynęły mu po policzkach i skapnęły na kolana. Tengo otworzył drzwi i wyszedł. Pojechał taksówką na dworzec i wsiadł do pociągu.

Pociąg ekspresowy z Tateyamy do Tokio był bardziej zatłoczony i gwarny niż ten, którym przyjechał. Większość pasażerów stanowiły rodziny wracające z plaży. Patrząc na nich, Tengo przypomniał sobie dzieciństwo. Nigdy w życiu nie był na takiej rodzinnej wycieczce, ani na krótkiej, ani na długiej. Podczas wolnych dni w święto zmarłych w sierpniu i na Nowy Rok ojciec nic nie robił, leżał tylko w domu i spał. Wyglądał wtedy jak jakieś wyłączone z prądu, przybrudzone urządzenie.

Tengo usiadł na swoim miejscu i właśnie zamierzał zabrać się do czytania dalszego ciągu książki, gdy uświadomił sobie, że zostawił ją w pokoju ojca. Westchnął, ale po chwili pomyślał, że może to i lepiej. Na pewno nie potrafiłby się teraz porządnie skupić na czytaniu. A poza tym *Miasto kotów* to historia, którą lepiej było zostawić w pokoju ojca, zamiast mieć pod ręką.

Za oknem przewijały się te same widoki, co przedtem, tylko w odwrotnej kolejności. Ponure i samotne wybrzeże z górami dochodzącymi prawie do morza ustąpiło miejsca strefie przemysłowej. Wiele zakładów pracowało nawet nocą. W ciemnościach wznosił się las kominów, które pluły czerwonym ogniem i wyglądały zupełnie jak węże wystawiające długie języki. Wielkie ciężarówki czujnie oświetlały drogę mocnymi reflektorami. Znajdujące się po jej drugiej stronie morze było ciemne jak błoto.

Dotarł do domu przed dziesiątą. W skrzynce na listy nie było nic. Gdy otworzył drzwi, mieszkanie wydało mu się jeszcze bardziej opustoszałe niż zazwyczaj. Znajdowała się w nim jedynie pusta przestrzeń, którą zostawił tam rano. Rzucona na podłogę koszula, wyłączony word processor, krzesło obrotowe z siedzeniem wklęsłym od jego ciężaru, na biurku paprochy z gumki do wycierania. Wypił dwie szklanki wody, rozebrał się i poszedł prosto do łóżka. Od razu zapadł w głęboki sen, co mu się ostatnio nie zdarzało.

Gdy następnego ranka obudził się po ósmej, zauważył, że stał się innym człowiekiem. Obudził się w dobrej formie, mięśnie rąk i nóg zdawały się prężne, czekały na zdrowe bodźce. Nie zostało nic ze zmęczenia. Czuł się tak, jak wtedy, gdy w dzieciństwie na początku semestru otwierał nowy podręcznik. Nie rozumiał jeszcze treści, ale była to zapowiedź nowej wiedzy. Poszedł do łazienki i ogolił się. Wytarł twarz ręcznikiem, posmarował balsamem po goleniu i znów spojrzał w lustro. Zauważył, że stał się innym człowiekiem.

Wczorajsze wydarzenia wydawały się od początku do końca snem. Nie miał wrażenia, że zaszły w rzeczywistości. Były jasne i wyraźne, lecz na ich obrysie po trochu zaczynał dostrzegać coś nierealnego. Wsiadł do pociągu, pojechał do „miasta kotów" i wrócił. Na szczęście, w odróżnieniu od bohatera opowiadania, udało mu się wsiąść do powrotnego pociągu. I to, czego doświadczył w tym mieście, wywołało w nim jako człowieku wielkie zmiany.

Oczywiście wcale nie zmieniło się jego rzeczywiste położenie. Niechętnie szedł po niebezpiecznym, pełnym problemów i zagadek terenie. Sytuacja rozwijała się w nieoczekiwany sposób. Nie dało się przewidzieć, co go spotka. Lecz teraz czuł, że mimo wszystko jakoś uda mu się przezwyciężyć te niebezpieczeństwa i trudności.

W ten sposób wreszcie dotarłem na start, pomyślał. Nic decydującego się nie wyjaśniło. Ale ze słów ojca, z jego zachowania wyłoniło się niejasno coś na kształt prawdy o pochodzeniu Tengo. Ten „obraz", który go tyle lat prześladował i mieszał mu w głowie, nie był tylko nic nieznaczącym przywidzeniem. Nie wiadomo, w jakim stopniu odzwierciedlał prawdę. Ale stanowił prawdopodobnie jedyną informację, jaką zostawiła mu matka, i bez względu na to, czy ta informacja była dobra, czy zła, stała się podstawą jego życia. Dzięki temu, że to stało się jasne, Tengo poczuł, że zrzucił z barków jakiś ciężar. Dopiero kiedy się go pozbył, uświadomił sobie, jak bardzo go do tej pory dręczył.

Następne dwa tygodnie były zadziwiająco ciche i spokojne. Jak długa cisza na morzu. W czasie wakacji letnich Tengo uczył cztery razy w tygodniu na kursach przygotowawczych, a przez resztę czasu zajmował się pisaniem powieści. Nikt się z nim nie kontaktował. Tengo nie miał pojęcia, jakie są postępy w sprawie wyjaśnienia zniknięcia Fukaeri ani czy *Powietrzna poczwarka* nadal się sprzedaje. Zresztą specjalnie mu na tej wiedzy nie zależało. Niech świat toczy się sobie własnym trybem. Jak będzie miał do Tengo jakąś sprawę, na pewno się do niego zwróci.

Sierpień dobiegł końca, nadszedł wrzesień. Gdyby tylko już zawsze mógł być taki spokój, powiedział sobie w myślach Tengo, robiąc rano kawę. Wolał nie mówić na głos, żeby go nie dosłyszało jakieś sprytne licho. Dlatego bez słów modlił się o dalsze trwanie spokoju. Ale jak zwykle rzeczy nie ułożyły się tak, jak sobie tego życzył. Świat prawdopodobnie dobrze wiedział, czego Tengo sobie n i e ż y c z y.

Tego ranka po dziesiątej odezwał się telefon. Po siedmiu dzwonkach Tengo poddał się i odebrał.

– mogę teraz przyjść do pana – powiedział ktoś przyciszonym głosem. O ile Tengo wiedział, na świecie była tylko jedna osoba, która potrafiła zadawać pytania bez znaków zapytania. W tle słychać było jakieś płynące z głośników ogłoszenia i odgłosy rur wydechowych.

– Gdzie teraz jesteś? – zapytał Tengo.

– przy wejściu do sklepu marushō

Ten supermarket jest niecałe dwieście metrów od jego mieszkania. Fukaeri musi dzwonić z automatu.

Tengo instynktownie rozejrzał się dookoła. – Chyba lepiej, żebyś do mnie nie przychodziła. Ktoś może obserwować to mieszkanie. A poza tym w oczach opinii publicznej jesteś osobą zaginioną.

– ktoś może obserwować to mieszkanie – powtórzyła Fukaeri.

– Uhm. Ostatnio dzieją się wokół mnie dziwne rzeczy. Myślę, że to na pewno ma związek z *Powietrzną poczwarką*.

– ci co się rozgniewali

– Pewnie tak. Rozgniewali się na ciebie, a przy okazji do pewnego stopnia rozgniewali się i na mnie. Bo ja poprawiłem *Powietrzną poczwarkę*.

– mnie to nie przeszkadza – powiedziała Fukaeri.

– T o b i e t o n i e p r z e s z k a d z a – teraz Tengo powtórzył po niej. Ten nawyk musiał być zaraźliwy. – Co ci nie przeszkadza?

– jeśli ktoś obserwuje mieszkanie

Przez chwilę nie wiedział, co powiedzieć. – Ale mnie może przeszkadzać – odezwał się w końcu.

– lepiej bądźmy razem – powiedziała Fukaeri. – połączymy siły

– Jak Sonny i Cher. Niezrównany duet.

– niezrównane co

– Nieważne. Mówiłem do siebie.

– idę do pana

Tengo zaczął coś mówić, ale połączenie zostało przerwane. Wszyscy się z nim rozłączali, kiedy tylko przyszła im na to ochota. Zupełnie jakby wymachując maczetą, podcinali wiszący most.

Fukaeri przyszła po dziesięciu minutach. W obu rękach niosła torby z supermarketu. Miała na sobie koszulę w niebieskie paski z długimi rękawami i wąskie dżinsy. Męska koszula była byle jak wysuszona i nieuprasowana. Na ramieniu Fukaeri niosła płócienną torbę. Twarz próbowała ukryć za dużymi okularami przeciwsłonecznymi, ale nie maskowały jej, a wręcz przeciwnie, przyciągały uwagę.

– pomyślałam że lepiej mieć więcej jedzenia – powiedziała. Przełożyła produkty z reklamówek do lodówki. Kupiła w większości gotowe potrawy, które wystarczyło podgrzać w kuchence mikrofalowej. Do tego krakersy i ser. Jabłka i pomidory. I konserwy.

– gdzie kuchenka mikrofalowa – zapytała, rozglądając się po ciasnej kuchni.

– Nie ma – odparł Tengo.

Fukaeri zmarszczyła brwi i rozmyślała przez chwilę, ale nie podzieliła się z nim swoimi refleksjami. Zdawało się, że nie potrafi sobie wyobrazić świata bez kuchenki mikrofalowej.

– zatrzymam się tu – oznajmiła, zupełnie jakby obiektywnie powiadamiała go o jakimś fakcie.

– Na jak długo? – zapytał Tengo.

Fukaeri potrząsnęła głową. Znaczyło to, że nie wie.

– A co się stało z twoją kryjówką?

– nie chcę być sama kiedy coś się stanie

– Myślisz, że coś się stanie?

Fukaeri nie odpowiedziała.

– Jak ci już mówiłem, tu nie jest bezpiecznie. Pewni ludzie mają mnie na oku. Jeszcze nie bardzo wiem kto.

– nigdzie nie jest bezpiecznie – powiedziała Fukaeri. Potem znacząco zmrużyła oczy i lekko chwyciła palcami płatek ucha. Tengo nie miał pojęcia, co te gesty mają oznaczać. Pewnie nic nie znaczyły.

– To znaczy, że wszystko jedno, gdzie jesteś?

– nigdzie nie jest bezpiecznie – powtórzyła.

– Może masz rację – powiedział Tengo zrezygnowany. – Jak się przekroczy pewien poziom, nie ma już wielkiej różnicy między stopniami niebezpieczeństwa. No ale, tak czy inaczej, muszę niedługo wyjść do pracy.

– do pracy na kursach

– Uhm.

– ja tu zostanę

– Tu ty zostaniesz – powtórzył Tengo. – Tak będzie lepiej. Nie wychodź, nikomu nie otwieraj. Jeśli zadzwoni telefon, nie odbieraj.

Fukaeri w milczeniu skinęła głową.

– A właśnie, co robi profesor Ebisuno?

– wczoraj w sakigake była rewizja

– To znaczy, że w związku z twoim zaginięciem policja przeprowadziła rewizję na terenie Sakigake? – zapytał Tengo zdziwiony.

– nie czyta pan gazet

– Nie czytam gazet – powtórzył znów Tengo. – Ostatnio nie miałem jakoś ochoty czytać gazet. Dlatego nie wiem dokładnie, co się dzieje. Ale skoro do tego doszło, to oznacza duży kłopot dla sekty.

Fukaeri skinęła głową.

Tengo westchnął głęboko. – I pewnie są jeszcze bardziej wściekli niż przedtem. Jak szerszenie, w których gniazdo ktoś wsadził kij.

Fukaeri zmrużyła oczy i przez chwilę milczała. Może wyobrażała sobie rój oszalałych z wściekłości szerszeni opuszczających swoje gniazdo.

– pewnie tak – powiedziała cicho.

– I profesor Ebisuno dowiedział się czegoś o rodzicach?

Fukaeri potrząsnęła głową. Na ten temat jeszcze nic nie było wiadomo.

– W każdym razie ludzie z sekty są wściekli. Kiedy policja się dowie, że twoje zniknięcie było sfingowane, też się na pewno na ciebie wściekną. I przy okazji na mnie. Że choć znałem sytuację, pomogłem ci się ukryć.

– właśnie dlatego musimy połączyć siły – powiedziała Fukaeri.

– Czy ty przypadkiem powiedziałaś „właśnie dlatego"?

Fukaeri przytaknęła. – użyłam złego wyrażenia – zapytała.

Tengo potrząsnął głową. – Nie, nie o to chodzi. Wyczułem w tych słowach jakiś nowy ton.

– jeśli to dla pana kłopot pójdę gdzie indziej

– Możesz zostać – powiedział Tengo zrezygnowany. – Przecież nie masz się gdzie podziać, prawda?

Fukaeri krótko i precyzyjnie skinęła głową.

Tengo wyjął z lodówki zimną herbatę z jęczmienia i napił się.

– Nie chciałbym mieć do czynienia z wściekłymi szerszeniami, ale tobą jakoś się zajmę.

Przez chwilę przyglądała mu się uważnie. Potem powiedziała:

– wygląda pan inaczej niż przedtem

– W jakim sensie?

Fukaeri wydęła na chwilę usta pod dziwnym kątem. Nie potrafiła wytłumaczyć.

– Nie musisz tłumaczyć – powiedział Tengo. Jeżeli nie rozumie bez tłumaczenia, to znaczy, że nie zrozumie, choćby mu nie wiem ile tłumaczyła.

Wychodząc z mieszkania, powiedział: – Kiedy będę do ciebie dzwonił, odczekam trzy dzwonki i rozłączę się. Potem jeszcze raz zadzwonię. Wtedy odbierzesz. Rozumiesz?

– rozumiem – powiedziała. Następnie wyrecytowała: – poczeka pan trzy dzwonki i się rozłączy potem jeszcze raz pan zadzwoni wtedy odbiorę – brzmiało to, jakby odczytywała napis na jakiejś starożytnej steli, od razu go tłumacząc.

– To ważne, więc nie zapomnij – dodał Tengo.

Fukaeri dwukrotnie kiwnęła głową.

Po zakończeniu dwóch wykładów Tengo wrócił do pokoju nauczycielskiego i właśnie zaczął się zbierać do wyjścia, gdy recepcjonistka zawiadomiła go, że chce się z nim zobaczyć niejaki pan Ushikawa. Powiedziała to przepraszająco, jak posłaniec o dobrym sercu, który musi przekazać niepomyślne wiadomości. Tengo podziękował jej z pogodnym uśmiechem. Nie można mieć pretensji do posłańca.

Ushikawa czekał na niego, popijając café au lait w kafeterii obok głównego holu. Café au lait było napojem zupełnie niepasującym do Ushikawy. Poza tym, gdy wmieszał się w grupę młodych, energicznych uczniów, jego nietypowy wygląd jeszcze bardziej rzucał się w oczy. Zdawało się, że w miejscu, w którym siedział, było inne niż gdzie indziej przyciąganie ziemskie, inne stężenie powietrza, inaczej załamywało się światło. Widziany z daleka naprawdę sprawiał wrażenie złej wiadomości. Była przerwa, więc w kafeterii panował tłok, lecz nikt się do niego nie dosiadł, choć zajął miejsce przy sześcioosobowym stoliku. Jak antylopy unikające likaonów, uczniowie instynktownie trzymali się z dala od Ushikawy.

Tengo kupił przy ladzie kawę, przyniósł ją i usiadł naprzeciwko Ushikawy. Ten najwyraźniej właśnie zjadł drożdżówkę z kremem budyniowym. Na stole leżała zgnieciona w kulkę bibułka, a w kącikach ust miał okruchy. Drożdżówka z kremem budyniowym też nie pasowała do Ushikawy.

– Dawno się nie widzieliśmy, panie Kawana – powiedział Ushikawa na widok Tengo, lekko unosząc się z krzesła. – Przepraszam najmocniej, że jak zwykle zjawiłem się bez uprzedzenia.

Tengo pominął powitania i powiedział: – Zapewne przyszedł pan po moją odpowiedź? Odpowiedź na tę propozycję, którą mi pan złożył.

– No tak, o to mi chodzi. Krótko mówiąc.

– Proszę pana, czy mógłbym prosić, żeby dziś mówił pan trochę bardziej konkretnie i wprost? Czego ode mnie oczekujecie? W zamian za ten „grant", który mi chcecie dać?

Ushikawa ostrożnie rozejrzał się dookoła. Nikt obok nich nie siedział, w kafeterii panował gwar, więc nie było obawy, że ktoś podsłucha rozmowę.

– Dobrze. Zrobię panu wielką przysługę i będę mówił szczerze – powiedział Ushikawa, nachylając się nad stołem i ściszając nieco głos. – Pieniądze to jedynie pretekst. To nie jest taka duża suma. Najcenniejsza rzecz, jaką mogą panu zapewnić moi klienci, to bezpieczeństwo. Krótko mówiąc, chodzi o to, żeby nie stała się panu krzywda. To mogę zagwarantować.

– A w zamian za to?

– A w zamian za to chcą, żeby pan milczał i zapomniał. Włączył się pan w tę sprawę, lecz zrobił pan to, nie znając prawdziwego celu i okoliczności. Był pan zwykłym żołnierzem wykonującym rozkazy. Dlatego nie mamy w związku z tym do pana pretensji. Wystarczy, że pan zapomni o wszystkim, co się zdarzyło. Będziemy kwita. Nie ogłosimy publicznie, że to pan był ghost writerem *Powietrznej poczwarki*. Nie ma pan z tą książką nic wspólnego. I w przyszłości też nie będzie pan miał nic wspólnego. Chcielibyśmy, żeby tak zostało. Dla pana też tak będzie chyba korzystniej.

– Mnie nie stanie się krzywda. Ale czy to znaczy – zaczął Tengo – że innym osobom związanym z tą sprawą się stanie?

– No to będzie pewnie *case by case* – odparł Ushikawa niechętnie. – Nie ja o tym decyduję, więc konkretnie nie mogę nic powiedzieć, ale myślę, że pewnie w mniejszym lub większym stopniu konieczne będą jakieś środki zaradcze.

– A do tego macie przecież długie i silne ręce.

– Właśnie. Jak wcześniej wspominałem, b a r d z o d ł u g i e i s i l n e r ę c e. No to jaka jest pana odpowiedź?

– Sprowadza się do tego, że nie mogę od was przyjąć pieniędzy.

Ushikawa bez słowa zdjął okulary, przetarł starannie szkła wyjętą z kieszeni chustką do nosa i znów nałożył. Jakby chciał powiedzieć, że być może jest jakiś związek między tym, co usłyszał, a tym, na ile dobrze widzi.

– To znaczy, że moja propozycja została odrzucona?

– Tak.

Ushikawa patrzył na Tengo zza okularów, jakby przyglądał się chmurze o niezwykłym kształcie. – Ale dlaczego? Moim skromnym zdaniem to jest wcale niezły interes.

– Wsiedliśmy do jednej łódki na dobre i na złe. Nie mogę sam uciec – powiedział Tengo.

– To zadziwiające – odparł Ushikawa jakby rzeczywiście zadziwiony. – Nie bardzo mogę to zrozumieć. Może nie powinienem tak mówić, ale ci inni wcale się panem nie przejmują. Naprawdę. Dali panu symboliczną kwotę, po prostu pana wykorzystali. Konsekwencje tej sprawy nieźle pan dotknęły. Zrozumiałe byłoby, gdyby się pan wściekł: „Co do cholery? Głupka ze mnie robicie?". Ja bym był wściekły na pana miejscu. A pan zamiast tego ich chroni. Mówi pan, że nie może pan sam uciec, czy coś w tym rodzaju. Coś tam o jakiejś łódce. Nie pojmuję. Dlaczego?

– Jednym z powodów jest kobieta, Kyōko Yasuda.

Ushikawa podniósł kubek z wystygłą café au lait i krzywiąc się, wypił trochę. Potem powtórzył: – Kyōko Yasuda?

– Wiecie coś o Kyōko Yasudzie – powiedział Tengo.

Ushikawa siedział przez chwilę z otwartymi ustami, jakby nie miał pojęcia, o czym jest mowa. – Nie, szczerze mówiąc, nic nie wiem o kobiecie, która się tak nazywa. Przysięgam, że to prawda. A kto to właściwie jest?

– Moja znajoma.

– Czy przypadkiem jest z panem w bliższym związku?

Tengo nie odpowiedział. – Chciałbym wiedzieć, czy coś jej zrobiliście.

– Coś jej zrobiliśmy? Żartuje pan. Niczego nie robiliśmy. Nie kłamię. Przecież, jak przed chwilą powiedziałem, nic nie wiem o tej osobie. Komuś, kogo się nie zna, nie można nic zrobić.

– Ale pan mówił, że zatrudniliście zdolnych pracowników i wszystkiego się o mnie dowiedzieliście. Wyśledziliście, że poprawiłem książkę napisaną przez Eriko Fukadę. Wiecie dużo o moim życiu prywatnym. Dlatego wydaje mi się oczywiste, że ci pracownicy muszą wiedzieć o moim związku z Kyōko Yasudą.

– Tak, rzeczywiście zatrudniamy zdolnego pracownika. Skrupulatnie zdobył wiele informacji na pana temat. Więc być może doszukał się też tego związku między panem a panią Yasudą. Tak jak pan mówi. Ale nawet jeśli miał tę informację, ona nigdy do mnie nie dotarła.

– Byłem związany z tą kobietą, z Kyōko Yasudą – powiedział Tengo. – Spotykałem się z nią raz w tygodniu. Po cichu, dyskretnie. Bo miała męża i dzieci. Ale pewnego dnia nagle bez słowa zniknęła.

Ushikawa chusteczką, którą przecierał wcześniej okulary, lekko wytarł pot z czubka nosa. – I pan uważa, panie Kawana, że my mieliśmy coś wspólnego ze zniknięciem tej mężatki? O to panu chodzi?

– Mogliście donieść jej mężowi, że się ze mną spotyka.

Ushikawa jakby zaskoczony wydął wargi. – A właściwie po co mielibyśmy to robić?

Tengo zacisnął leżące na kolanach dłonie. – Bo nie daje mi spokoju to, co pan ostatnio powiedział przez telefon.

– A co ja takiego mogłem powiedzieć?

– Że kiedy osiąga się pewien wiek, życie staje się jedynie procesem ciągłego tracenia różnych rzeczy. Ważne rzeczy wyślizgują się jedna po drugiej z rąk i wypadają jak zęby wyłamywane z grzebienia. Ludzie, których kochamy, znikają jedni po drugich. Coś w tym rodzaju. Pamięta pan chyba?

– Owszem, pamiętam. Rzeczywiście tamtego dnia mówiłem coś takiego. Ale wie pan co, panie Kawana? To było tylko takie ogólne stwierdzenie. Wypowiedziałem tylko mój prywatny, niezbyt mądry pogląd na temat bólu i bezlitosnej natury starzenia się. Nie chodziło mi konkretnie o panią Yasudę ani żadną inną kobietę.

– Ale dla mnie zabrzmiało to jak ostrzeżenie.

Ushikawa kilka razy potrząsnął mocno głową. – To absurd. To nie było żadne ostrzeżenie. Jedynie mój prywatny pogląd. Przysięgam, że naprawdę nic nie wiem o pani Yasudzie. Ta pani zniknęła?

Tengo ciągnął dalej: – Mówił pan też coś takiego, że jeżeli was nie posłucham, mogą ucierpieć ludzie wokół mnie.

– Owszem, rzeczywiście powiedziałem coś takiego.

– To też nie było ostrzeżenie?

Ushikawa włożył chusteczkę do kieszeni marynarki i westchnął. – Rzeczywiście może brzmi to jak ostrzeżenie, ale to też tylko ogólne stwierdzenie. Wie pan co, panie Kawana, ja nic nie wiem o tej pani Yasudzie. Nigdy nawet o niej nie słyszałem. Przysięgam na wszystkie świętości.

Tengo jeszcze raz przyjrzał się twarzy Ushikawy. Może ten człowiek rzeczywiście nic nie wie o Kyōko Yasudzie. Zaskoczenie malujące się na jego twarzy wydawało się prawdziwe. Ale nawet jeśli on nic nie wie, to nie znaczy, że o n i też nie wiedzą. Tylko jemu mogli nic nie powiedzieć.

– Panie Kawana, nic moja sprawa, ale wdawanie się w związki z zamężnymi kobietami to niebezpieczna zabawa. Jest pan młody, zdrowy, nieżonaty. Nie musi pan podejmować takiego ryzyka. Może pan mieć ile pan chce młodych dziewczyn, niezamężnych – oznajmił Ushikawa i zręcznie oblizał okruszyny ciastka, które pozostały mu w kącikach ust.

Tengo patrzył na niego w milczeniu.

Ushikawa powiedział: – Oczywiście stosunki męsko-damskie nie poddają się logice. W monogamii też jest wiele sprzeczności. Ale niech pan przyjmie radę od starszego wujka: skoro ta pani od pana odeszła, lepiej się z tym pogodzić. Chodzi mi o to, wie pan, że są na świecie rzeczy, których lepiej nie wiedzieć. Na przykład tak jak w sprawie pana matki. Poznanie prawdy zraniłoby pana. A poza tym, kiedy pozna się prawdę, trzeba wziąć za nią odpowiedzialność.

Tengo skrzywił się i wstrzymał na chwilę oddech. – Wie pan coś o mojej matce?

Ushikawa lekko oblizał wargi. – Owszem, do pewnego stopnia wiem. Nasz pracownik doszukał się pewnych szczegółów. Dlatego gdyby pan chciał, mógłbym panu przekazać informacje o matce. Rozumiem, że wychował się pan, nie wiedząc nic o szanownej rodzicielce. Choć niektórych z tych informacji nie da się uznać za przyjemne.

– Proszę pana... – zaczął Tengo. Potem odsunął krzesło i wstał. – Niech pan już sobie idzie. Nie chcę dłużej z panem rozmawiać. I proszę mi się więcej nie pokazywać na oczy. Bez względu na to, jaka krzywda ma mnie spotkać, będzie to lepsze od zadawania się z panem. Nie potrzebuję żadnego grantu, nie potrzebuję też gwarancji bezpieczeństwa. Pragnę tylko jednego – więcej pana nie widzieć.

Ushikawa nie okazał niczego po sobie. Może wiele razy mówiono mu gorsze rzeczy. W głębi jego oczu zalśnił jakby blady uśmiech.

– Świetnie – powiedział. – W każdym razie cieszę się, że otrzymałem odpowiedź. Odpowiedź brzmi: „Nie". P r o p o z y c j a z o s t a ł a o d r z u c o n a. To jasne i zrozumiałe. Przekażę to szefom. Ja jestem tylko nieliczącym się posłańcem. Poza tym to, że powiedział pan „nie", nie znaczy wcale, że od razu spotka pana jakaś krzywda. Powiedziałem, że m o ż e s p o t k a ć. Może się też skończyć na niczym. Mam nadzieję, że tak będzie. Nie, nie kłamię, naprawdę z całego serca tego panu życzę. A to dlatego, że ja pana lubię, panie Kawana. Pan pewnie wcale nie chce, żebym pana lubił, no ale nie ma rady. Bo jestem nie wiadomo kim, kto przychodzi w nie wiadomo jakiej sprawie. Przecież wyglądam też tak, że szkoda gadać. Nigdy ludzie za mną nie przepadali. Ale ja naprawdę czuję do pana sympatię, choć może nie sprawia to panu przyjemności. Życzę panu wielu sukcesów i żadnych problemów.

Kiedy mówił, wpatrywał się we własne palce. Obrzmiałe, krótkie palce. Kilka razy obrócił dłonie. Potem wstał.

– To już się pożegnam. No tak, pewnie więcej już się u pana nie pokażę. Tak, postaram się postąpić zgodnie z pana życzeniem. Życzę panu pomyślności. Do widzenia.

Podniósł z sąsiedniego krzesła podniszczoną skórzaną teczkę i zniknął w tłumie klientów kafeterii. Kiedy szedł, uczniowie instynktownie odsuwali się na bok, robiąc mu przejście. Jak małe wiejskie dzieci unikające groźnego handlarza niewolników.

Tengo zadzwonił do domu z automatu znajdującego się w holu szkoły. Zamierzał się rozłączyć po trzech dzwonkach, ale Fukaeri odebrała po drugim.

– Umówiliśmy się, że rozłączę się po trzech dzwonkach i znowu zadzwonię – powiedział Tengo bezsilnie.

– zapomniałam – odparła Fukaeri, jak gdyby nic się nie stało.

– Mówiłem ci, że masz pamiętać.

– to zadzwoni pan jeszcze raz – zapytała.

– Nie, nie będę dzwonił jeszcze raz. Bo już odebrałaś. Co się działo pod moją nieobecność?

– telefon nie dzwonił i nikt nie przyszedł

– To dobrze. Skończyłem pracę, więc jadę do domu.

– przed chwilą przyleciał duży kruk i krakał za oknem – powiedziała Fukaeri.

– Zawsze przylatuje późnym popołudniem. Nie ma się czym przejmować. To jakby wizyta kurtuazyjna. Myślę, że do siódmej wrócę.

– lepiej się pospieszyć

– Dlaczego? – zapytał Tengo.

– bo little people robią hałas

– Little People robią hałas – powtórzył Tengo. – To znaczy, że robią hałas w moim mieszkaniu?

– nie – odparła. – gdzieś indziej

– Gdzieś indziej?

– bardzo daleko

– Ale ty to słyszysz?

– ja to słyszę

– Co to może znaczyć? – zapytał Tengo.

– będzie coś niezwykłego

– Coś niezwykłego – powiedział Tengo. Zorientowanie się, że musi jej chodzić o jakieś nienormalne zjawisko, zajęło mu trochę czasu. – A czym ma być to coś niezwykłego?

– tego nie wiem

– Czy to Little People wywołają coś niezwykłego?

Fukaeri potrząsnęła głową. Jakoś wyczuł przez telefon, że potrząsa głową. To znaczyło: „nie wiem".

– lepiej wrócić zanim się zaczną grzmoty

– Grzmoty?

– jak pociągi staną będziemy oddzieleni od siebie

Tengo odwrócił się i wyjrzał przez okno. Był spokojny letni wieczór bez jednej chmurki. – Nie wygląda na to, żeby zapowiadały się grzmoty.

– po wyglądzie nie da się poznać

– Będę się śpieszył – powiedział Tengo.

– lepiej się pośpieszyć – dodała Fukaeri. I rozłączyła się.

Po wyjściu ze szkoły Tengo jeszcze raz spojrzał na pogodne niebo, a potem szybkim krokiem skierował się na dworzec Yoyogi. Przez cały czas w głowie rozlegały mu się w kółko słowa Ushikawy, jak taśma nastawiona na automatyczne powtarzanie.

Są na świecie rzeczy, których lepiej nie wiedzieć. Na przykład tak jak w sprawie pana matki. Poznanie prawdy zraniłoby pana. A poza tym, kiedy pozna się prawdę, trzeba wziąć za nią odpowiedzialność.

I gdzieś Little People robią hałas. Mają jakiś związek z czymś niezwykłym, co ma nadejść. W tej chwili niebo jest pogodne, ale po wyglądzie nie da się poznać. Może będą grzmoty, zacznie padać deszcz, staną pociągi. Musi szybko wrócić do domu. W głosie Fukaeri była niezwykła siła przekonywania.

– musimy połączyć siły – powiedziała wcześniej.

Skądś wyciągają się ku niemu długie ręce. Musimy połączyć siły. Przecież jesteśmy niezwyciężonym duo.

The beat goes on. Muzyka gra dalej.

Rozdział jedenasty – Aomame

Równowaga sama w sobie jest dobrem

Aomame wyjęła z torby niebieską matę do jogi z cienkiej gąbki i rozłożyła na wykładzinie. Poprosiła mężczyznę, by rozebrał się do pasa. On podniósł się z łóżka i zdjął koszulę. Jego ciało wydawało się teraz jeszcze większe. Miał potężną pierś bez wałków tłuszczu i z wyraźnie odznaczonymi mięśniami. Na pierwszy rzut oka wyglądał na zupełnie zdrowego.

Na prośbę Aomame położył się na macie na brzuchu. Aomame najpierw ujęła jego nadgarstek i sprawdziła puls. Był silny.

– Czy na co dzień uprawia pan jakiś sport?

– Nie, niczego szczególnie nie uprawiam. Tylko oddycham.

– Tylko pan oddycha?

– Chodzi mi o trochę inne oddychanie niż normalnie – powiedział.

– O takie oddychanie jak przedtem w ciemności, prawda? Oddychanie z użyciem wszystkich mięśni, głębokie i wielokrotnie powtarzane.

Leżący na brzuchu mężczyzna lekko skinął głową. Coś się tu Aomame nie zgadzało. Rzeczywiście takie gwałtowne oddechy wymagały dość dużej siły, ale i tak dzięki samemu oddychaniu nie da się utrzymać ciała w takiej świetnej formie.

– Podczas zabiegu poczuje pan nieco bólu – powiedziała Aomame głosem pozbawionym modulacji. – Bo bez bólu nie ma efektów. Ale mogę regulować jego intensywność. Dlatego kiedy poczuje pan ból, proszę nie cierpieć w milczeniu, tylko mi powiedzieć.

Po krótkiej chwili mężczyzna odezwał się: – Jeżeli jest jakiś ból, którego jeszcze nie doznałem, jestem go ciekaw. – W jego słowach słychać było lekką ironię.

– Ból nie jest dla nikogo przyjemny.

– Ale jeżeli boli, efekty są lepsze. Mam rację, prawda? Jeżeli to ma być ból dający efekty, mogę go znieść.

W mroku na twarzy Aomame ukazał się wyraz powątpiewania. Potem powiedziała: – Dobrze. Zobaczymy, jak się sytuacja rozwinie.

Jak zwykle zaczęła od rozciągania łopatek. Kiedy dotknęła ciała mężczyzny, od razu zwróciła uwagę na elastyczność jego mięśni. Zdrowe mięśnie świetnej jakości. Zupełnie inne niż wyczerpane, zesztywniałe mięśnie mieszkańców miast, z którymi zwykle miała do czynienia w klubie fitness. Ale jednocześnie wyraźnie poczuła, że w jego mięśniach został zablokowany naturalny nurt. Jak nurt rzeki okresowo zatamowany przez przewrócone drzewa czy odpadki.

Posługując się łokciem jako dźwignią, ścisnęła i uniosła bark mężczyzny. Na początku powoli, później z dużą siłą. Wiedziała, że mężczyzna czuje ból. I to dość dotkliwy. Każdy w tej sytuacji przynajmniej by jęknął. Lecz on ani pisnął. Nawet oddech mu się nie przyśpieszył. Nie skrzywił się też. Wytrzymały jest, pomyślała. Postanowiła sprawdzić, jak wytrzymały. Kiedy nie krępując się, nacisnęła jeszcze silniej, staw wkrótce wydał głuchy dźwięk, szczęknięcie. Jakby przestawiła się zwrotnica. Mężczyzna przestał na chwilę oddychać, ale zaraz jego oddech znów się stał się regularny.

– Łopatka była strasznie przykurczona – wyjaśniła Aomame. – Ale teraz już się to rozeszło. Przepływ się poprawi.

Wsunęła pod łopatkę palec aż do połowy. Mięśnie były z natury elastyczne, więc jeśli przykurcz został rozluźniony, mięsień od razu wracał do normalnego stanu.

– Zdaje mi się, że bardzo mi się tam rozluźniło – powiedział mężczyzna cicho.

– Ale musiało porządnie zaboleć.

– Dało się wytrzymać.

– Ja też jestem raczej wytrzymała, ale gdyby ktoś mi to zrobił, myślę, że przynajmniej bym jęknęła.

– Ból jest w wielu przypadkach łagodzony albo równoważony przez inne bóle. Odczucia są zawsze relatywne.

Aomame położyła rękę na lewej łopatce, wyczuła palcami mięśnie i poznała, że są mniej więcej w takim stanie jak w prawej.

Zobaczmy, w jakim stopniu to będzie relatywne. – Teraz zrobię to samo po lewej stronie. Myślę, że zaboli jak po prawej.

– Zdaję się na panią. Mną się proszę nie przejmować.

– Czyli nie muszę się hamować?

– Nie ma potrzeby.

Wykonując te same czynności, usprawniła mięśnie i stawy wokół lewej łopatki. Tak jak jej powiedział, nie hamowała się. Kiedy raz postanowiła się nie hamować, szła do celu bez wahania i najkrótszą drogą. Lecz reakcja mężczyzny była jeszcze bardziej opanowana niż przy prawej stronie. Z jego gardła dobiegł tylko jakiś stłumiony dźwięk, lecz znosił ból, jakby był czymś oczywistym. No dobrze, zobaczymy, jak wiele możesz znieść, pomyślała Aomame.

Rozluźniła po kolei mięśnie całego jego ciała. W głowie miała listę kolejnych punktów. Wystarczyło mechanicznie przechodzić od jednego do drugiego. Jak zdolny i nieznający strachu strażnik robiący w środku nocy obchód budynku z latarką w dłoni.

Większość mięśni była w mniejszym lub większym stopniu z a s t a ł a. Przypominały teren po gwałtownej klęsce żywiołowej. Wiele dróg wodnych zatamowanych, wały zniszczone. Normalny człowiek w jego sytuacji nie mógłby się podnieść. Nie dałby rady panować nad oddechem. Podtrzymywały go krzepkie ciało i silna wola. Bez względu na to, jakich odrażających czynów dokonał, Aomame czuła do niego profesjonalny szacunek za to, że w milczeniu znosi aż tak gwałtowny ból.

Ściskała po kolei mięśnie, na siłę je poruszała, wyginała i wyciągała do granic możliwości. Za każdym razem stawy trzeszczały. Wiedziała, że zabieg ten jest bliski torturom. Do tej pory robiła masaże rozciągające wielu sportowcom. Twardym ludziom, którzy dobrze wiedzieli, co to ból mięśni. Lecz nawet najwytrzymalsi jęczeli, gdy dostawali się w jej ręce. Albo wydawali dźwięki podobne do jęków. Niektórzy nawet popuszczali mocz. Ale ten mężczyzna nawet nie pisnął. Duża rzecz. Potrafiła ocenić, że czuje ból, bo na jego karku wystąpił pot. Sama też zaczęła się lekko pocić.

Rozluźnienie mięśni z tyłu zajęło jej prawie trzydzieści minut. Kiedy skończyła, zrobiła przerwę i wytarła ręcznikiem spocone czoło.

Dziwna rzecz, pomyślała. Przyszłam tu, żeby go zamordować. W torbie mam specjalne narzędzie przypominające cieniutki szpikulec do lodu. Jeśli przytknę ostrze do określonego punktu na jego karku i popchnę rękojeść, wszystko się zakończy. On w jednej chwili straci życie, sam nie wiedząc, co się z nim dzieje, i przeniesie się na tamten świat. W rezultacie jego ciało zostanie wyzwolone od wszelkiego bólu. A mimo to wkładam wszystkie siły w to, by choć trochę złagodzić ból, który odczuwa w rzeczywistym świecie.

Pewnie dlatego, że *taką pracę mi zlecono*. Kiedy mam pracę do wykonania, wkładam w nią wszystkie siły. Już taka jestem. Jeżeli zlecono mi przywrócenie normalnej sprawności mięśniom danej osoby, wkładam w to wszystkie siły. Jeżeli trzeba pewną osobę zamordować i jeżeli jest ku temu słuszny powód, wkładam to wszystkie siły.

Ale oczywiście nie można tych dwóch rzeczy robić jednocześnie. Te dwie czynności mają przeciwne cele i wymagają wzajemnie wykluczających się metod. Dlatego w danej chwili można robić tylko *jedną z nich*. Obecnie staram się choć trochę przywrócić mięśnie tego człowieka do normalnego stanu. Koncentruję się na tym, mobilizuję wszystkie siły. A nad resztą się zastanowię, jak skończę z tym.

Jednocześnie Aomame nie mogła opanować ciekawości. Chroniczna *niezwykła* choroba, na którą cierpiał, gwałtownie zahamowane działanie dobrych jakościowo, zdrowych mięśni, silna wola i pełen wigoru organizm znoszący *straszliwy* ból, który on nazywa „ceną za łaskę" – te rzeczy pobudzały jej zainteresowanie. Chciała zobaczyć, co może dla niego zrobić i jak jego organizm na to zareaguje. Była to ciekawość zawodowa, ale także prywatna. Poza tym gdybym teraz go zamordowała, musiałabym od razu stąd odejść, myślała. A jeśli praca skończy się zbyt szybko, ci dwaj w sąsiednim pokoju mogą nabrać podejrzeń. Bo wcześniej im powiedziano, że na masaż rozciągający mięśnie całego ciała potrzeba co najmniej godziny.

– Rozciągnęłam połowę. Teraz zabiorę się za drugą. Czy może się pan położyć na plecach? – zapytała.

Mężczyzna odwrócił się powoli na plecy, jak jakieś morskie zwierzę wyrzucone na brzeg.

– Ból niewątpliwie zelżał – powiedział po wzięciu głębokiego oddechu. – Dotąd żadne leczenie nie było aż tak skuteczne.

– Pana mięśnie od czegoś *ucierpiały* – powiedziała. – Nie wiem z jakiej przyczyny, ale ucierpiały dość poważnie. Staram się w miarę możliwości przywrócić im normalne funkcje. To trudne, a w dodatku bolesne. Ale do pewnego stopnia możliwe. Ma pan dobry gatunek mięśni, jest pan wytrzymały na ból. To jednak jedynie leczenie objawowe. Nie stanowi ostatecznego rozwiązania. Tak długo, jak nie ustali się przyczyny, może wiele razy dojść do tego samego.

– Wiem. Nic nie zostanie rozwiązane. Pewnie jeszcze wiele razy dojdzie do tego samego i stan będzie się pogarszał. Ale nawet jeśli to tylko leczenie objawowe, będę bardzo wdzięczny, jeżeli uda się na pewien czas choć trochę zmniejszyć ból. Prawdopodobnie nie wie pani, jak bardzo wdzięczny. Zastanawiałem się nawet nad użyciem morfiny. Ale chciałbym w miarę możliwości uniknąć lekarstw. Bo długotrwałe przyjmowanie lekarstw niszczy funkcje mózgu.

– Przechodzę do reszty mięśni – powiedziała Aomame. – Czy mogę tak samo jak przedtem się nie hamować?

– Oczywiście że tak.

Aomame opróżniła głowę z myśli i gorliwie zabrała się do pracy. W jej zawodowej pamięci wyryty był cały system mięśniowy człowieka. Jaką rolę spełnia każdy mięsień i z którą kością jest połączony. Jakie ma cechy charakterystyczne, w jaki sposób działa. Badała po kolei mięśnie i stawy, poruszała nimi tam i z powrotem, skutecznie je ściskała. Jak oddani swojej pracy inkwizytorzy wypróbowujący kolejne bolesne punkty ciała torturowanego.

Po trzydziestu minutach oboje byli spoceni i gwałtownie oddychali. Jak kochankowie, którzy osiągnęli cudownie intensywny orgazm. Mężczyzna milczał przez pewien czas, Aomame też nie miała nic do powiedzenia.

– Nie chcę przesadzać – odezwał się w końcu mężczyzna – ale mam wrażenie, że wymieniono mi wszystkie części.

– Dziś wieczór może pan odczuć skutki masażu. W nocy mięśnie mogą się gwałtownie kurczyć, może nawet krzyknie pan z bólu. Ale nie ma się czym martwić. Jutro rano wszystko wróci do normy.

Mężczyzna usiadł po turecku na macie do jogi i odetchnął głęboko kilka razy, jakby sprawdzał, jak się czuje. Potem powiedział: – Rzeczywiście ma pani szczególny talent.

Aomame odpowiedziała, ocierając ręcznikiem pot z twarzy:

– To, co ja robię, to rzecz całkowicie pragmatyczna. W czasie studiów uczyłam się o budowie i funkcji mięśni i tę wiedzę w sposób praktyczny poszerzyłam. Dopracowywałam szczegóły swojej techniki, stworzyłam własny system masażu. Robię tylko to, co jest widoczne i logiczne. Tę prawdę można zasadniczo zobaczyć na własne oczy i udowodnić. Oczywiście towarzyszy temu odpowiedni ból.

Mężczyzna otworzył oczy i z zainteresowaniem spojrzał na Aomame. – Tak pani myśli.

– O czym pan mówi? – zapytała Aomame.

– Że prawdę można zawsze zobaczyć na własne oczy i udowodnić.

Aomame lekko wydęła wargi. – Nie mówię, że tak jest z każdą prawdą. Chodzi mi o to, że *tak jest w dziedzinie, którą się zajmuję zawodowo*. Oczywiście gdyby tak było we wszystkich dziedzinach, wiele rzeczy stałoby się bardziej zrozumiałych.

– Niekoniecznie.

– Dlaczego?

– Bo większość ludzi nie chce prawdy, którą da się udowodnić. Tak jak pani powiedziała, w wielu przypadkach prawdzie towarzyszy silny ból. A prawie nikt nie szuka prawdy, której towarzyszy ból. Ludzie potrzebują pięknych i przyjemnych historii, które pozwolą im choć trochę poczuć, że ich istnienie ma głębszy sens. Dlatego właśnie powstają religie.

Mężczyzna pokręcił kilka razy głową, a potem mówił dalej:

– Jeżeli teoria A pokaże jakiemuś jemu czy jej, że ich istnienie ma głęboki sens, będzie dla nich prawdą. A teoria B pokazująca im, że są bezsilni i ich istnienie jest bez znaczenia, będzie fałszem. Są od siebie wyraźnie oddzielone. Gdyby ktoś upierał się, że prawdziwa jest teoria B, ludzie by go nienawidzili, pogardliwie ignorowali, a w niektórych przypadkach atakowali. Czy coś jest logiczne, czy da się udowodnić – takie rzeczy nie mają dla nich znaczenia. Wielu ludzi z wielkim trudem utrzymuje się na granicy normalności, zaprzeczając, odrzucając wizję tego, że są bezsilni i ich istnienie jest bez znaczenia.

– Ale ludzki organizm, wszelka cielesność z niewielkimi indywidualnymi różnicami jest bezsilna i bez znaczenia. Prawda?

– Ma pani rację – powiedział mężczyzna. – Wszelka cielesność w mniejszym lub większym stopniu jest bezsilna i bez znaczenia. Bez względu na wszystko niebawem się rozpada i znika. To niezaprzeczalna prawda. A ludzki duch?

– Staram się w miarę możliwości nie myśleć o duchu.

– Dlaczego?

– Bo nie ma specjalnej potrzeby.

– Dlaczego nie ma specjalnej potrzeby myśleć o duchu? Przecież rozmyślanie nad własnym duchem to jedno z nieodzownych ludzkich poczynań, bez względu na to, jaka jest jego skuteczność.

– Ja mam miłość – powiedziała zwięźle Aomame.

O rany, co ja właściwie robię, pomyślała. Rozmawiam o miłości z facetem, którego zamierzam zamordować.

Jak delikatne zmarszczki wywołane wiatrem na gładkiej powierzchni wody na twarzy mężczyzny wykwitł jakby lekki uśmiech. Było w nim coś naturalnego i raczej sympatycznego.

– Jeśli ma się miłość, niczego więcej nie trzeba? – zapytał.

– Tak jest.

– Ta miłość, o której pani mówi, ma jakiś określony obiekt?

– Owszem. Darzę nią konkretnego mężczyznę.

– Ciało bezsilne i bez znaczenia oraz miłość absolutna i bez skazy... – powiedział cicho. Przerwał na chwilę. – Wygląda na to, że religia nie jest pani potrzebna.

– Może i nie jest mi potrzebna.

– Bo ten pani stan sam w sobie można nazwać religijnym.

– Pan powiedział przedtem, że religia oferuje hipotezę piękniejszą od prawdy. A jak jest w przypadku grupy wyznaniowej, na której czele pan stoi?

– Prawdę mówiąc, nie uważam tego, co robię, za działalność religijną – powiedział mężczyzna. – Ja tylko słucham głosu, który do mnie przemawia, i przekazuję to innym. Bo tylko ja jeden słyszę ten głos. To, że go słyszę, jest niezaprzeczalną prawdą. Ale nie mogę dowieść, że wiadomości, które przekazuję, są p r a w d z i w e. Potrafię jedynie zmaterializować kilka niewielkich łask, które im towarzyszą.

Aomame lekko przygryzła wargi i odłożyła ręcznik. Chciała prosić o podanie przykładu takich łask. Ale zmieniła zdanie. Rozmowa za bardzo by się przedłużyła. Miała ważną pracę, którą musiała dokończyć.

– Czy mógłby pan jeszcze raz położyć się na brzuchu? Na koniec rozluźnię mięśnie karku – powiedziała.

Mężczyzna ponownie ułożył swoje długie ciało na macie, gruba szyja znalazła się przed Aomame.

– Tak czy inaczej, ma pani *magic touch*.

– *Magic touch?*

– Palce wydzielające niezwykłą siłę. Wyjątkowe wyczucie pozwalające odnaleźć szczególne punkty na ciele. To specjalna umiejętność i bardzo ograniczona liczba osób ją posiada. Nie można się tego nauczyć. Ja też mam coś takiego w rękach, choć nieco innego rodzaju. Ale tak jak w przypadku każdej łaski, człowiek musi kiedyś zapłacić za otrzymane dary.

– Nigdy w ten sposób o tym nie myślałam – powiedziała Aomame. – Ja tylko studiowałam, sama wiele ćwiczyłam i wypracowałam sobie technikę. Nikt mi tego nie podarował.

– Nie mam zamiaru się z panią spierać. Ale lepiej o tym pamiętać. Bóg daje i Bóg odbiera. Choć pani nie wie, że została obdarowana, Bóg dobrze to pamięta. Oni o niczym nie zapominają. Lepiej szanować talenty, którymi nas obdarzono.

Aomame spojrzała na swoich dziesięć palców. Potem położyła je na szyi mężczyzny. Skupiła świadomość w końcach palców. B ó g d a j e i B ó g o d b i e r a.

– Już niedługo będzie po wszystkim. Na tym dzisiaj zakończymy – powiedziała do pleców mężczyzny suchym głosem.

Zdawało jej się, że w oddali zagrzmiało. Podniosła głowę i spojrzała przez okno. Nic nie widać. Tylko ciemne niebo. Ale po chwili znowu usłyszała taki sam dźwięk. Zabrzmiał głucho w cichym pokoju.

– Zaraz zacznie padać – powiedział mężczyzna głosem pozbawionym uczuć.

Aomame położyła rękę na jego grubym karku i poszukała tego specjalnego punktu. Potrzebna była do tego szczególna koncentracja. Zamknęła oczy, wstrzymała oddech i wsłuchała się w strumień płynącej krwi. Starała się wyczytać dokładne informacje ze sprężystości skóry i temperatury ciała. Jest tylko jeden taki punkt, do tego bardzo niewielki. U niektórych łatwo go odnaleźć, u innych trudno. Ten mężczyzna zwany Liderem najwyraźniej należał do tych drugich. Można by to porównać do szukania po omacku monety w zupełnie ciemnym pokoju i starania się, by nie wydać przy tym żadnego dźwięku. Wkrótce jednak udało jej się ten punkt odnaleźć. Przyłożyła do niego palec, chcąc dobrze zapamiętać, gdzie się dokładnie znajduje i jak odczuwa go pod palcami. Jakby robiła znaczek na mapie. Miała taką szczególną zdolność.

– Proszę się nie ruszać – powiedziała do leżącego na brzuchu mężczyzny. Sięgnęła do torby i wyjęła z niej sztywne etui ze swoim niby-szpikulcem do lodu. – Zostało jeszcze jedno miejsce na szyi, w którym nurt jest zablokowany – powiedziała spokojnie. – To miejsce, w którym nie wystarczy tylko siła palców. Jeżeli uda się usunąć tę blokadę, ból powinien znacznie zelżeć. Chciałabym posłużyć się igłą do akupunktury. To wymaga precyzji, ale wiele razy już to robiłam, więc się nie pomylę. Zgadza się pan?

Mężczyzna westchnął głęboko. – Oddaję się całkowicie w pani ręce. Zgadzam się na wszystko, co zlikwiduje ten męczący ból.

Wyjęła z etui swoje narzędzie, zsunęła korek ze szpikulca. Był jak zawsze śmiercionośnie zaostrzony. Trzymając narzędzie w lewej dłoni, prawą poszukała przed chwilą znalezionego punktu. Nie ma wątpliwości. To tutaj. Przytknęła ostrze igły do tego miejsca i wzięła głęboki oddech. Teraz pozostało tylko opuścić prawą dłoń i pchnąć rękojeść, zatapiając ostrze głęboko w ciele. I będzie po wszystkim.

Ale *coś* ją powstrzymało. Z jakiegoś powodu nie mogła opuścić uniesionej w powietrzu prawej ręki. I tak będzie po wszystkim, pomyślała. Jednym uderzeniem mogę wysłać go na tamtą stronę. Potem jak gdyby nigdy nic wyjdę z tego pokoju, zmienię twarz, nazwisko, zdobędę inną tożsamość. Potrafię to. Nie czuję strachu ani wyrzutów sumienia. Ten człowiek bez wątpienia wielokrotnie dokonywał straszliwych czynów zasługujących na karę śmierci. Ale z jakiegoś powodu nie mogła tego zrobić. Jej rękę hamowała jakaś nieokreślona, a jednak natrętna wątpliwość.

Wszystko za dobrze idzie, ostrzegał ją instynkt.

Nie było ku temu logicznej przyczyny. Po prostu tak czuła. Coś jest nie tak, coś jest nienaturalne. Zderzały się w niej i zmagały siły składające się z różnych elementów. W mroku gwałtownie skrzywiła twarz.

– Co się stało? – zagadnął mężczyzna. – Ja czekam. Na to zakończenie.

Kiedy to usłyszała, Aomame w końcu zorientowała się, dlaczego się waha. *Ten człowiek wiedział*, co zamierza mu zrobić.

– Nie ma potrzeby się wahać – powiedział łagodnie. – Tak będzie dobrze. To, czego pani chce, to dokładnie to samo, czego i ja chcę.

Nadal rozlegały się grzmoty. Lecz nie widziała błyskawic. Dobiegało tylko dalekie dudnienie, jakby huk armat. Pole walki było jeszcze odległe. Mężczyzna mówił dalej:

– To właśnie będzie idealne l e c z e n i e. Starannie rozciągnęła mi pani mięśnie. Czuję szczery szacunek dla pani umiejętności. Ale tak jak sama pani powiedziała, to jedynie, leczenie objawowe. Ten mój ból to coś, co można usunąć, jedynie odcinając życie od korzeni. Można tylko iść do piwnicy i przekręcić główny wyłącznik. I pani zamierza to dla mnie zrobić.

Aomame nie zmieniła pozycji: lewą ręką przytykała ostrze igły do karku mężczyzny, prawą trzymała uniesioną w powietrzu. Nie mogła iść naprzód ani się cofnąć.

– Gdybym chciał pani przeszkodzić, mógłbym to zrobić na wiele sposobów. To prosta sprawa – powiedział mężczyzna. – Proszę spróbować opuścić prawą rękę.

Tak jak jej kazał, Aomame chciała opuścić rękę, lecz ta ani drgnęła. Zamarła w powietrzu jak ręka posągu.

– Nie pragnąłem takiej siły, ale ją posiadam. Już może się pani poruszać. Teraz znów moje życie jest w pani rękach.

Aomame zauważyła, że teraz może dowolnie poruszać ręką. Zacisnęła palce, potem rozluźniła. Wydawały się zupełnie normalne. To chyba coś w rodzaju hipnozy. O wielkiej sile.

– Obdarzyli mnie taką szczególną siłą. Ale w zamian domagali się różnych rzeczy. Ich życzenia stały się moim życzeniami. Były to wyjątkowo bezwzględne żądania, nie mogłem się im sprzeciwić.

– O n i? – zapytała Aomame. – Chodzi o Little People?

– Pani o t y m wie. Dobrze. To uprości rozmowę.

– Wiem tylko, że tak się nazywają. Nie wiem, kim są.

– Prawdopodobnie nikt dokładnie nie wie, kim są Little People. Ludzie mogą się tylko dowiedzieć, że istnieją. Czytała pani *Złotą gałąź* Frazera?

– Nie.

– Bardzo interesująca książka. Można się z niej wiele nauczyć. W pewnym okresie historii, w czasach bardzo starożytnych, w kilku rejonach świata z zasady zabijano króla, gdy jego kadencja dobiegła końca. Kadencja trwała od dziesięciu do dwunastu lat. Kiedy się kończyła, ktoś przychodził i brutalnie go mordował. Uważano to za konieczne dla wspólnoty, król też chętnie się na to godził. Musiał zostać zabity w sposób okrutny i krwawy. Taka śmierć była wielkim zaszczytem także dla niego. Dlaczego musieli go zabić? Dlatego że w tamtych czasach król w zastępstwie ludu „słuchał głosu". Takie osoby chętnie stawały się korytarzami łączącymi i c h z n a m i. Brutalne zabicie „słyszącego głos" po upływie pewnego czasu stało się czymś, czego wspólnota nie mogła uniknąć. Po to żeby utrzymać równowagę między świadomością ludzi żyjących na ziemi a siłą wydzielaną przez Little People. W starożytnym świecie rządzenie oznaczało to samo, co słyszenie głosu. Ale oczywiście ten system został w końcu porzucony, przestano zabijać królów, urząd królewski stał się na całym świecie dziedziczny. I w ten sposób ludzie przestali słuchać głosu.

Aomame przysłuchiwała się, nieświadomie zaciskając i rozluźniając palce uniesionej prawej dłoni.

Mężczyzna mówił dalej: – Nadawano i m do tej pory różne nazwy, ale w większości wypadków nijak ich nie nazywano. O n i p o p r o s t u b y l i. Little People to tylko nazwa wybrana przeze mnie dla ułatwienia. Moja córka, która była wtedy mała, nazwała ich „malutkimi ludźmi" . To ona ich sprowadziła. Ja zmieniłem tę nazwę na „Little People". Bo było to łatwiej powiedzieć.

– I został pan królem.

Mężczyzna mocno zaczerpnął przez nos powietrza i przez pewien czas zatrzymał je w płucach. Następnie powoli wypuścił.

– Nie królem. Zostałem „słuchającym głosu".

– I teraz pragnie pan być brutalnie zabity.

– Nie, nie musi być brutalnie. Mamy rok tysiąc dziewięćset osiemdziesiąty czwarty i znajdujemy się w środku wielkiego miasta. Nie trzeba nic tak krwawego. Może mi pani po prostu szybko odebrać życie.

Aomame potrząsnęła głową i rozluźniła mięśnie. Ostrze nadal dotykało karku mężczyzny, ale jakoś nie mogła wzbudzić w sobie chęci do zabicia go.

– Zgwałcił pan do tej pory wiele małych dziewczynek. Dziesięcioletnich albo nawet młodszych.

– Tak jest – odpowiedział. – Nie da się zaprzeczyć, że tak to wygląda ze zwyczajnego punktu widzenia. W oczach prawa jestem przestępcą. Obcowałem cieleśnie z niedojrzałymi kobietami. Nawet jeśli sam tego nie chciałem.

Aomame głęboko oddychała. Nie wiedziała, jak uspokoić to gwałtowne emocjonalne wzburzenie, które w niej wzbierało. Twarz miała wykrzywioną, lewa i prawa ręka domagały się każda czego innego.

– Chciałbym, żeby pani odebrała mi życie – powiedział mężczyzna. – W każdym sensie lepiej, żebym nie żył dalej na tym świecie. Jestem człowiekiem, którego należy zlikwidować, by utrzymać na świecie równowagę.

– A co się stanie, jeśli pana zabiję?

– Little People utracą słyszącego głos. Nie mam jeszcze następcy.

– Dlaczego mam uwierzyć w coś takiego? – powiedziała, jakby wypluwała te słowa. – Może po prostu jest pan zboczeńcem, który usprawiedliwia tylko swoje brudne uczynki, wymyślając jakieś wygodne argumenty. Nie ma żadnych Little People, nie ma żadnego Boga ani żadnej łaski. Może jest pan zwykłym tanim oszustem nazywającym się prorokiem czy kapłanem kultu, jakich na świecie pełno.

– Tam jest zegar – powiedział mężczyzna, nie podnosząc głowy. – Na komodzie po prawej.

Aomame spojrzała we wskazanym kierunku. Stała tam zaokrąglona z przodu wysoka komoda, a na niej marmurowy zegar. Wyglądał na ciężki.

– Proszę na niego patrzeć. Nie odrywać wzroku.

Tak jak jej kazał, Aomame obróciła głowę i skoncentrowała wzrok na zegarze.

Poczuła, jak pod jej palcami sztywnieją wszystkie mięśnie w ciele mężczyzny. Kryła się w nich niewiarygodnie gwałtowna siła. I jakby w odpowiedzi na tę siłę zegar niebawem oderwał się od powierzchni komody i zawisł w przestrzeni. Uniósł się o pięć centymetrów, drżał lekko, jakby z wahaniem, aż w końcu ustabilizował się i wisiał tak przez dziesięć sekund. Potem mięśnie straciły siłę, a zegar opadł na komodę z głuchym stuknięciem. Zupełnie jakby nagle przypomniał sobie o istnieniu na ziemi grawitacji.

Wyczerpany mężczyzna zrobił długi wydech.

– Nawet do takiej drobnej rzeczy trzeba dużo siły – powiedział, gdy już wypuścił powietrze zgromadzone w całym ciele. – Tyle że życie się od tego skraca. Ale czy zrozumiała pani przynajmniej, że nie jestem t a n i m o s z u s t e m?

Aomame nie odpowiedziała. Mężczyzna oddychał głęboko, odzyskując siły. Zegar, jakby nic się nie stało, dalej w milczeniu odmierzał na komodzie czas. Tylko stał teraz nieco na ukos. Aomame wpatrywała się nieruchomo, jak wskazówka sekundowa robi jeden pełny obrót.

– Ma pan szczególne zdolności – powiedziała sucho.

– Jak pani widzi.

– Zdaje się, że to w *Braciach Karamazow* jest rozmowa między szatanem a Jezusem – ciągnęła Aomame. – Do Jezusa poszczącego od wielu dni na pustyni przychodzi szatan i domaga się, żeby uczynił cud i zmienił kamień w chleb. Ale Jezus go ignoruje. Bo cud to kuszenie szatana.

– Wiem. Ja też czytałem *Braci Karamazow*. Tak, oczywiście ma pani rację. Takie ekstrawaganckie demonstracje niczego nie rozwiążą. Ale muszę panią przekonać, a czas jest ograniczony. Zrobiłem to, nie mając innego wyjścia.

Aomame milczała.

– Na tym świecie nie ma absolutnego dobra, nie ma też absolutnego zła. Dobro i zło nie są niewzruszone i ustalone, a zawsze zamieniają się miejscami i rolami. Dane dobro może się w jednej chwili przekształcić w zło. I na odwrót. Dostojewski też opisał w *Braciach Karamazow* właśnie taki świat. Ważne jest utrzymanie równowagi między ciągle zmieniającymi się złem i dobrem. Jeżeli człowiek skłoni się za bardzo ku jednemu z nich, trudne staje się zachowanie rzeczywistej moralności. Tak, r ó w n o w a g a s a m a w s o b i e j e s t d o b r e m. Właśnie w tym sensie mówię, że muszę umrzeć, żeby przywrócić równowagę.

– Nie czuję potrzeby zabicia pana – powiedziała Aomame zdecydowanie. – Może pan już wie, że przyszłam tu z tym zamiarem. Nie mogę pozwolić, żeby żyli tacy ludzie jak pan. Miałam zamiar za wszelką cenę usunąć pana z tego świata. Ale teraz już nie mam takiego z a m i a r u. Pan strasznie cierpi, ja to cierpienie widzę. Powinien pan dalej być torturowany tym cierpieniem, aż się pan rozsypie i umrze. Nie mam ochoty własną ręką podarować panu lekkiej śmierci.

Leżący na brzuchu mężczyzna lekko skinął głową.

– Jeżeli mnie zabijesz, moi ludzie wszędzie cię znajdą. To fanatycy, są silni i wytrwali. Jeśli mnie zabraknie, sekta straci pewnie siłę dośrodkową. Ale system to coś takiego, że jak mu się raz nada kształt, zaczyna żyć własnym życiem.

Aomame słuchała, co mówi mężczyzna.

– Zawiniłem wobec twojej przyjaciółki.

– Mojej przyjaciółki?

– Tej z kajdankami. Jak ona się nazywała?

Aomame ogarnął nieoczekiwany spokój. Nie było już zmagań. Zawisło nad nią ciężkie milczenie.

– Ayumi Nakano – powiedziała.

– Doszło do nieszczęścia.

– Pan t o zrobił? – zapytała Aomame zimno. – Pan zabił Ayumi?

– Nie, nie. Nie ja ją zabiłem.

– Ale pan o tym wie. Że Ayumi została zabita.

– Nasz pracownik się tego dowiedział – powiedział mężczyzna. – Nie wiem, kto ją zabił. Wiem tylko, że twoja przyjaciółka policjantka została przez kogoś uduszona w jakimś hotelu.

Prawa dłoń Aomame znowu mocno się zacisnęła.

– Ale powiedział pan: „Zawiniłem wobec twojej przyjaciółki".

– Chodzi mi o to, że temu nie zapobiegłem. Nieważne, kto ją zabił. Zawsze najpierw atakowany jest najczulszy punkt. Wilki zawsze wybierają ze stada najsłabszą owieczkę i na nią się rzucają.

– To znaczy, że Ayumi była moim najczulszym punktem?

Mężczyzna nie odpowiadał.

Aomame zamknęła oczy.

– Ale po co było ją zabijać? To była bardzo dobra dziewczyna. Nikomu nie zrobiła krzywdy. Po co było ją zabijać? Bo ja miałam z tą sprawą związek? Skoro tak, to wystarczało przecież mnie zniszczyć.

– Oni nie mogą ciebie zniszczyć.

– Dlaczego? – zapytała Aomame. – Dlaczego nie mogą mnie zniszczyć?

– Bo już jesteś szczególnym istnieniem.

– Szczególnym istnieniem? W jakim sensie szczególnym?

– Niebawem pewnie to odkryjesz.

– Niebawem?

– Kiedy przyjdzie czas.

Aomame znów skrzywiła twarz. – Nie rozumiem, co pan mówi.

– Kiedyś zrozumiesz.

Aomame potrząsnęła głową. – Tak czy inaczej, w tej chwili nie mogą mnie zaatakować. Dlatego wzięli na cel najczulszy punkt jak najbliższy mnie. Żeby mnie ostrzec. Żebym panu nie odebrała życia.

Mężczyzna milczał. Było to milczenie będące potwierdzeniem.

– To straszne – powiedziała Aomame. Pokręciła głową. – Przecież w rzeczywistości nic się nie zmieniło przez to, że zabili tę dziewczynę.

– Nie, oni nie są mordercami. Nie niszczą nikogo własnymi rękami. Twoją przyjaciółkę zabiło prawdopodobnie coś, co nosiła w sobie. Prędzej czy później doszłoby do takiej tragedii. Jej życie było wypełnione ryzykiem. Oni tylko dostarczyli bodźca. Jakby zmienili ustawienie timera.

Ustawienie timera? – powtórzyła w myślach Aomame.

– Ta dziewczyna nie była kuchenką elektryczną – zawołała. – To był żywy człowiek. Czy żyła ryzykownie, czy nie, dla mnie i tak była drogą przyjaciółką. Wyście to wyjątkowo łatwo zniszczyli. Bez sensu, bez litości.

– Ten gniew jest uzasadniony – powiedział mężczyzna. – Skieruj go na mnie.

Aomame potrząsnęła głową. – Ayumi nie wróci dzięki temu, że odbiorę panu życie.

– Ale tym sposobem uda ci się wziąć odwet na Little People. Można to nazwać zemstą. Oni jeszcze nie pragną mojej śmierci. Jeżeli tu umrę, powstanie pusta przestrzeń. W każdym razie tymczasowa pusta przestrzeń do pojawienia się następcy. To będzie dla nich ciężki cios. A jednocześnie tobie przyniesie zysk.

– Ktoś powiedział, że nie ma nic równie kosztownego i jałowego jak zemsta.

– Winston Churchill. Ale o ile dobrze pamiętam, powiedział to, tłumacząc się z deficytu budżetowego Imperium Brytyjskiego. Nie miało to znaczenia moralnego.

– Nic mnie nie obchodzi moralność. Nawet jeśli ja nie przyłożę do tego ręki, pana zje od środka nie wiadomo co i umrze pan po długich cierpieniach. Nie ma powodu, żebym panu współczuła. Jeśli świat straci moralność i rozleci się w kawałki, to nie z mojej winy.

Mężczyzna wziął jeszcze jeden głęboki oddech. – Rozumiem. Dobrze wiem, o co ci chodzi. W takim razie zróbmy tak: dobijmy targu. Jeżeli mnie zabijesz, sprawię, że Tengo Kawana ujdzie z życiem. Zostało mi jeszcze tyle mocy.

– Tengo – powiedziała Aomame. Opuściły ją wszystkie siły. – O *tym* też pan wie?

– Wiem o tobie wszystko. Przecież ci mówiłem. To znaczy *prawie* wszystko.

– Ale aż tyle nie mógł pan wyczytać. Jego imię było cały czas bezpiecznie ukryte w moim sercu.

– Posłuchaj – mężczyzna lekko westchnął. – Nie ma na tym świecie nic, co byłoby dobrze ukryte w sercu. Poza tym akurat tak się *składa*, że Tengo Kawana jest dla nas teraz osobą o niemałym znaczeniu.

Aomame zaniemówiła.

– Ale ściśle mówiąc, to nie jest zbieg okoliczności. Wasze losy nie przypadkiem się tutaj skrzyżowały. Weszliście do tego świata, bo tak miało być. No a skoro weszliście, czy wam się to podoba, czy nie, każde z was musi tu spełnić swoją rolę.

– Weszliśmy do tego świata?

– Uhm, do tego roku 1Q84.

– Roku 1Q84? – powtórzyła Aomame. Ponownie mocno skrzywiła twarz. *Przecież to ja wymyśliłam tę nazwę.*

– Masz rację. To ty wymyśliłaś tę nazwę – powiedział mężczyzna, jakby czytał w jej myślach. – Ja tylko pozwoliłem sobie jej użyć.

Rok 1Q84, powtórzyła bezgłośnie.

– Nie ma na tym świecie nic, co byłoby bezpiecznie ukryte w sercu – powtórzył spokojnie Lider.

Rozdział dwunasty – Tengo

Nie da się ich policzyć na palcach

Tengo udało się wrócić do domu, zanim zaczęło padać. Z dworca szedł szybkim krokiem. Na wieczornym niebie nie było jeszcze ani jednej chmurki. Nic nie zapowiadało deszczu ani grzmotów. Rozejrzał się, lecz nie zauważył nikogo z parasolem. Był to tak przyjemny wieczór pod koniec lata, że człowiek miał nieomal ochotę iść na mecz baseballowy i oglądać go, popijając piwo. Od pewnego czasu postanowił, że nie będzie kwestionował niczego, co mówi Fukaeri. Lepiej jej wierzyć, niż nie wierzyć, myślał. Nie kierował się logiką, a raczej doświadczeniem.

Zajrzał do skrzynki i znalazł tam oficjalnie wyglądającą kopertę bez nazwiska nadawcy. Od razu ją otworzył i sprawdził zawartość.

Było to zawiadomienie, że na jego konto wpłynęła suma 1 627 534 jenów. Przelewu dokonało „Biuro ERI". To na pewno ta fikcyjna firma stworzona przez Komatsu. A może pieniądze przelał profesor Ebisuno? Komatsu mówił Tengo, że „przekaże mu jako wynagrodzenie część honorariów autorskich za *Powietrzną poczwarkę*". To jest pewnie ta „część". Zapewne oficjalnie jest to „wynagrodzeniem za współpracę" albo „honorarium za zebranie informacji", albo coś w tym stylu. Tengo jeszcze raz sprawdził sumę, włożył zawiadomienie do koperty i wsadził do kieszeni.

Milion sześćset tysięcy jenów to była dla Tengo dość poważna suma (w rzeczywistości nigdy w życiu nie dostał naraz takiej forsy), ale otrzymanie jej ani go specjalnie nie ucieszyło, ani nie zdziwiło. W tej chwili pieniądze nie były dla niego ważną kwestią. Miał na razie stałe dochody, które wystarczały mu na stosunkowo swobodne życie. Nie martwił się też o przyszłość – przynajmniej w tej chwili. A jednak coraz to ktoś chciał mu dać dużą sumę pieniędzy. Jaki świat jest dziwny!

Poprawienie *Powietrznej poczwarki* postawiło go jednak w t a k b a r d z o kłopotliwej sytuacji, że wynagrodzenie w wysokości miliona sześciuset tysięcy wydawało mu się niewystarczające. Ale gdyby ktoś wprost zapytał: „Jaka suma byłaby pana zdaniem odpowiednia?", miałby trudności z odpowiedzią. Przede wszystkim nie wiedział, czy kłopoty da się rzetelnie wycenić. Na świecie było wiele kłopotów, których ceny nie można określić, albo takich, za które nie miał kto zapłacić. Wyglądało na to, że *Powietrzna poczwarka* dalej się sprzedaje, więc na konto mogą wpłynąć dodatkowe kwoty, ale im więcej pieniędzy zostanie przelanych na jego konto, tym więcej problemów się narodzi. Jeżeli otrzyma większe wynagrodzenie, stopień jego udziału w *Powietrznej poczwarce* wzrośnie i stanie się faktem jeszcze bardziej dokonanym.

Rozważał możliwość odesłania Komatsu tego miliona sześciuset dwudziestu siedmiu tysięcy z ogonkiem jutro z samego rana. W ten sposób uda mu się w pewnym sensie uniknąć odpowiedzialności. I pewnie zrobi mu się lżej na sercu. A w każdym razie stanie się jasne, że odmówił przyjęcia wynagrodzenia. Ale to nie pozwoli mu się pozbyć poczucia odpowiedzialności moralnej. Nie usprawiedliwi też tego, co zrobił. Będzie jedynie stanowiło „okoliczność łagodzącą". Albo wręcz przeciwnie – sprawi, że jego czyn stanie się jeszcze bardziej podejrzany. Że zwrócił pieniądze, bo czuł się winny.

Od myślenia o takich rzeczach rozbolała go głowa. Dlatego postanowił się już nie martwić milionem i sześciuset tysiącami. Może potem się nad tym zastanowić. Pieniądze nie są żywymi stworzeniami i nigdzie nie uciekną, jeśli je na razie zostawi w spokoju. Chyba nie.

Obecnie problemem jest dla mnie to, jak naprawić własne życie, myślał Tengo, wchodząc po schodach na drugie piętro. Pojechał odwiedzić ojca na południowy kraniec półwyspu Bōsō i dzięki temu prawie zdobył pewność, że ten człowiek nie jest jego prawdziwym ojcem. W ten sposób udało mu się stanąć u progu nowego życia. Może to była dobra okazja. Nieźle byłoby teraz zerwać różne kłopotliwe związki i zacząć wszystko od nowa. Nowa praca, nowe miejsce, nowe stosunki międzyludzkie. Nie miał jeszcze pewności, ale przeczucie, że być może uda mu się prowadzić bardziej rozsądne życie.

Ale przedtem musi uporządkować tę sprawę. Nie może porzucić Fukaeri, Komatsu i profesora Ebisuno i nagle gdzieś zniknąć. Oczywiście, nie jest im nic winien. Nie czuje się też wobec nich moralnie odpowiedzialny. Tak jak powiedział Ushikawa, w związku z tą sprawą ciągle sprawiali mu nowe kłopoty. Lecz choć został w to wszystko wciągnięty częściowo na siłę, choć nie znał zakulisowego planu, ciągle jeszcze się nie wycofał. Nie może więc teraz powiedzieć, że reszta go nie obchodzi i mają sobie sami dalej radzić. Jeżeli ma stąd wyjechać, musi wszystko uładzić wokół siebie i jakoś uregulować. Jeśli tego nie zrobi, jego życie, które miało być zupełnie nowe, może się stać od początku skażone.

Słowo „skażony" przywiodło mu na myśl Ushikawę. Ach, ten Ushikawa, pomyślał Tengo z westchnieniem. Ma informacje o matce Tengo. Powiedział, że może mu je przekazać.

Dlatego gdyby pan chciał wiedzieć, mógłbym panu przekazać informacje o matce. Choć niektórych z tych informacji nie da się uznać za przyjemne.

Tengo nawet mu nie odpowiedział. Jakoś nie miał ochoty dowiadywać się niczego na temat własnej matki z ust Ushikawy. Bo każda informacja wychodząca z ust Ushikawy, bez względu na jej rodzaj, stawała się od razu brudna. Tengo nie chciał od n i k o g o dowiadywać się takich rzeczy. Jeżeli miał otrzymać wiadomości o matce, nie mogły być częściowe, pragnął, by stały się całościowym „objawieniem". Musiał to być ogromny, wyraźny, jakby kosmiczny krajobraz, który mógłby w jednej chwili objąć w całości wzrokiem.

Nie wiedział oczywiście, czy takie dramatyczne objawienie będzie mu kiedyś dane. Może nigdy. Lecz potrzebne mu było coś, co przysłoniłoby wyraźny obraz owego „snu na jawie", który go przez tyle lat męczył, irracjonalnie nim wstrząsał i wywoływał cierpienia, coś, co by mu się przeciwstawiło. Dopiero wtedy będzie mógł się całkowicie od niego wyzwolić. Fragmenty wiadomości, które ktoś chciał mu sprzedać, na nic mu się nie zdadzą.

To właśnie zaprzątało jego myśli, gdy dotarł na drugie piętro.

Doszedł do drzwi mieszkania, wyjął z kieszeni klucz, włożył do zamka i przekręcił. Zapukał trzy razy, a po krótkiej przerwie jeszcze dwa razy. Potem cicho otworzył.

Fukaeri siedziała przy stole i piła z wysokiej szklanki sok pomidorowy. Miała na sobie to samo ubranie, w którym przyszła. Męska koszula w paski i wąskie dżinsy. Ale wyglądała zupełnie inaczej niż rano. A to dlatego – choć minęło trochę czasu, zanim Tengo się zorientował – że upięła włosy do góry. Dzięki temu odsłoniła uszy i szyję. Drobne różowe uszy wyglądały jakby były zupełnie nowe, dopiero co oczyszczone z drobnych wiórków miękką szczoteczką. Jakby nie zostały przeznaczone do słuchania dźwięków, ale wyrzeźbione jedynie z czysto estetycznych pobudek. A przynajmniej tak wyglądały w oczach Tengo. Znajdująca się poniżej szczupła, kształtna szyja lśniła czarująco jak jakieś warzywo wyhodowane w pełnym słońcu. Była to nieskalana szyja, do której pasowały poranna rosa i biedronki. Pierwszy raz widział Fukaeri z upiętymi włosami. Był to cudownie intymny i piękny widok.

Tengo zamknął za sobą drzwi, ale przez chwilę stał przy wejściu. Te odsłonięte uszy i szyja wstrząsnęły nim i oszołomiły tak samo jak widok nagich ciał innych kobiet. Zupełnie jak odkrywca, który odnalazł tajemniczy zdrój będący źródłem Nilu, Tengo na chwilę zaniemówił i zmrużonymi oczami wpatrywał się w Fukaeri. Rękę miał ciągle na klamce.

– przed chwilą wzięłam prysznic – powiedziała Fukaeri poważnie do znieruchomiałego Tengo, jakby przypomniała sobie o jakimś ważnym wydarzeniu. – pożyczyłam sobie szampon i odżywkę

Tengo skinął głową. Potem wziął oddech, zdjął wreszcie rękę z klamki i zamknął zasuwę. Szampon i odżywkę? Zrobił krok i odszedł od drzwi.

– Telefon potem nie dzwonił? – zapytał.

– ani razu – odpowiedziała Fukaeri. I lekko potrząsnęła głową.

Tengo podszedł do okna, odsunął trochę firankę i wyjrzał. Widok z drugiego piętra szczególnie się nie zmienił. Nie było podejrzanych typów, nigdzie nie stały żadne podejrzane samochody. Rozciągał się tam zwykły nijaki pejzaż pełen nijakich domów. Pokiereszowane drzewa pokrywał szary kurz, metalowa bariera wzdłuż chodnika była w wielu miejscach poobijana, na skraju ulicy porzucono kilka zardzewiałych rowerów. Do ogrodzenia policja przymocowała tablicę z hasłem „Jazda po alkoholu to prosta droga do zrujnowania sobie życia" (czy policja ma specjalny wydział zajmujący się wymyślaniem takich haseł?). Złośliwie wyglądający staruszek prowadził na spacer głupio wyglądającego kundla. Wyglądająca na głupią kobieta prowadziła brzydki mały samochód. Brzydkie słupy elektryczne wszędzie złośliwie wystawiały w przestrzeń przewody. Widok za oknem sugerował, że świat powstaje wskutek nieograniczonej akumulacji małych światów, które lokują się gdzieś pomiędzy „beznadziejnością" a „brakiem radości" i przybierają jeden lub drugi kształt.

Ale z drugiej strony na świecie istniały bezsprzecznie piękne widoki, jak szyja i uszy Fukaeri. Niełatwo było ocenić, które są bardziej realne, w które należy wierzyć. Tengo jakby warknął coś, gdzieś w głębi gardła, niczym wielki ogłupiały pies, potem zasunął firankę i wrócił do swojego niewielkiego świata.

– Czy profesor Ebisuno wie, że tu jesteś? – zapytał.

Fukaeri potrząsnęła głową. Profesor nie wie.

– Nie masz zamiaru mu powiedzieć?

– ktoś może słuchać w telefonie i list może nie dojść

– Czyli nikt prócz mnie nie wie, że tu jesteś?

Fukaeri przytaknęła.

– Przyniosłaś sobie ubranie na zmianę i inne rzeczy?

– tylko trochę – powiedziała. Spojrzała na swoją płócienną torbę na ramię. Rzeczywiście, niewiele mogło się tam zmieścić.

– ale mnie to nie przeszkadza – dodała dziewczyna.

– Skoro tobie nie przeszkadza, to mnie też oczywiście nie przeszkadza – powiedział Tengo.

Poszedł do kuchni, zagotował wodę i nasypał herbaty do czajniczka.

– przychodzi tu jakaś kobieta z którą jest pan blisko – zapytała Fukaeri.

– Już więcej nie przyjdzie – odparł krótko Tengo.

Fukaeri w milczeniu wpatrywała się w niego.

– Jak na razie – dodał.

– to moja wina – zapytała Fukaeri.

Tengo potrząsnął głową. – Nie wiem, czyja to wina. Ale myślę, że nie twoja. Pewnie moja. I pewnie trochę jej.

– ale w każdym razie więcej tu nie przyjdzie

– Zgadza się. Więcej już nie będzie przychodziła. Dlatego możesz tu zostać, ile chcesz.

Fukaeri zastanawiała się nad tym przez chwilę.

– była mężatką – zapytała.

– Uhm, była mężatką i miała dwoje dzieci.

– to nie były pana dzieci

– Oczywiście, że to nie były moje dzieci. Miała je już, kiedy ją poznałem.

– kochał ją pan

– Chyba tak – powiedział Tengo. *Pod pewnymi warunkami i w ograniczonym zakresie*, dodał w myślach.

– ona też pana kochała

– Chyba tak. Do pewnego stopnia.

– mieliście stosunki

Minęło kilka chwil, zanim uświadomił sobie, że chodzi jej o „stosunki płciowe". Było to dla niej bardzo nietypowe wyrażenie.

– Oczywiście. Przecież nie przychodziła tu co tydzień grać w monopol.

– w monopol – zapytała Fukaeri.

– Nieważne.

– ale więcej już tu nie przyjdzie

– Przynajmniej tak mi powiedziano. Że już pewnie tu nie przyjdzie.

– ona panu powiedziała – zapytała Fukaeri.

– Nie, nie dowiedziałem się bezpośrednio od niej. Powiedział mi jej mąż. Że z o s t a ł a u t r a c o n a i więcej nie będzie mogła do mnie przyjść.

– została utracona

– Ja też nie wiem, co to konkretnie znaczy. Pytałem, ale mi nie powiedział. Miałem dużo pytań, odpowiedzi dostałem niewiele. Nierówna wymiana... Napijesz się herbaty?

Fukaeri skinęła głową.

Tengo nalał wrzątku do czajniczka. Przykrył i odczekał odpowiedni czas.

– nie ma rady – powiedziała Fukaeri.

– Na to, że dostałem niewiele odpowiedzi? Czy na to, że została utracona?

Fukaeri nie odpowiedziała.

Tengo poddał się i nalał herbaty do dwóch filiżanek. – Cukier?

– niepełną łyżeczkę

– Cytryna albo mleko?

Fukaeri potrząsnęła głową. Tengo wsypał do filiżanki łyżeczkę cukru, powoli zamieszał i postawił przed dziewczyną. Sam usiadł naprzeciwko z filiżanką niesłodzonej herbaty bez mleka i cytryny.

– lubił pan mieć stosunki

– Chodzi ci o to, czy lubiłem mieć stosunki z tą kobietą? – Tengo zmienił to w zrozumiałe pytanie.

Fukaeri skinęła głową.

– Myślę, że tak. Był to stosunek z osobą przeciwnej płci, do której czuje się sympatię. Myślę, że większość ludzi to lubi.

Poza tym, pomyślał, ona była w tym świetna. Tak jak w każdej wsi jest jeden chłop świetny w nawadnianiu pól, ona była świetna w seksie. Lubiła to robić na różne sposoby.

– smutno panu że już nie przyjdzie

– Chyba tak – powiedział Tengo. Napił się herbaty.

– bo nie może pan mieć stosunków

– To też oczywiście gra pewną rolę.

Fukaeri znów przez pewien czas wpatrywała się w niego. Wyglądała, jakby zastanawiała się nad czymś w związku ze stosunkami płciowymi. Ale oczywiście nikt nie wiedział, o czym naprawdę myśli.

– Głodna jesteś? – zapytał Tengo.

Fukaeri skinęła głową. – od rana prawie nic nie jadłam

– Zróbmy kolację – powiedział Tengo. On sam od rana też prawie nic nie jadł, czuł głód. A poza tym nie przychodziło mu do głowy nic innego, czym mógłby się w tej chwili zająć.

Wypłukał ryż, nastawił do gotowania w garnku elektrycznym, a kiedy ryż dochodził, zrobił zupę sojową z wodorostami *wakame* i porami, upiekł ostroboka, wyjął z lodówki tofu i przyprawił imbirem. Utarł rzodkiew do ryby. Podgrzał w garnku resztkę warzyw w sosie. Postawił na stole marynowaną rzepę i śliwki w zalewie solnej.

Ciasna kuchnia zdawała się jeszcze mniejsza, kiedy poruszał się po niej potężny Tengo. Lecz on sam nie odczuwał niewygody.

Od dawna przywykł do radzenia sobie w takich warunkach, jakie miał.

– Przepraszam, ale nie umiem przygotować nic bardziej wymyślnego – powiedział.

Fukaeri dokładnie obserwowała zręczne działania Tengo w kuchni, potem z zainteresowaniem obejrzała ustawione na stole potrawy.

– jest pan wprawiony w gotowaniu – powiedziała.

– Bo od dawna mieszkam sam. Sam szybko przygotowuję jedzenie i sam szybko je zjadam. Taki już mam nawyk.

– zawsze sam pan je

– No tak. Bardzo rzadko zdarza mi się jeść z kimś posiłek. Z tamtą kobietą raz w tygodniu jadłem tu lunch. Ale na dobrą sprawę od bardzo dawna nie jadłem z nikim kolacji.

– ma pan tremę

– Nie, nie mam specjalnie tremy. To przecież tylko kolacja. Ale wydaje mi się to trochę niezwykłe.

– ja zawsze jadłam z wieloma osobami bo jak byłam mała mieszkałam razem ze wszystkimi – powiedziała Fukaeri. – po przeniesieniu się do profesora też jadłam z różnymi ludźmi bo u profesora zawsze byli goście

Pierwszy raz powiedziała naraz tyle zdań.

– Ale kiedy się ukrywałaś, zawsze sama jadłaś?

Fukaeri skinęła głową.

– A gdzie była ta kryjówka?

– daleko – powiedziała. – profesor ją znalazł

– I co sama jadłaś?

– potrawy błyskawiczne albo tylko do podgrzania – powiedziała Fukaeri. – od dawna nie jadłam takiego jedzenia jak to

Fukaeri powoli oddzielała pałeczkami mięso ostroboka od ości. Podnosiła kawałki do ust i powoli żuła. Jakby jadła coś bardzo niezwykłego. Potem wypiła łyk zupy, sprawdziła smak, wystawiła w myślach jakąś ocenę, a następnie odłożyła pałeczki i zamyśliła się.

Przed dziewiątą Tengo wydało się, że słyszy w oddali cichy grzmot. Odchylił nieco firankę i zobaczył, że po całkiem pociemniałym niebie płyną jedna po drugiej chmury o złowieszczych kształtach.

– Miałaś rację. Niebo wygląda bardzo niespokojnie – powiedział Tengo, zasłaniając firankę.

– little people robią hałas – oznajmiła Fukaeri poważnie.

– Kiedy Little People robią hałas, występują nienormalne zjawiska pogodowe?

– to zależy bo pogoda to tylko kwestia podejścia

– Kwestia podejścia?

Fukaeri potrząsnęła głową. – ja nie bardzo to rozumiem

Tengo też nie bardzo rozumiał. Pogoda wydawała mu się tylko niezależnym, obiektywnym stanem. Ale gdyby nawet dalej drążył tę kwestię, pewnie do niczego by nie doszedł. Dlatego postanowił zadać inne pytanie.

– Czy Little People są czymś rozgniewani?

– coś ma się zdarzyć – powiedziała dziewczyna.

– Co takiego?

Fukaeri potrząsnęła głową. – niedługo pan się dowie

Umyli naczynia w zlewie, wytarli i odstawili na półki, potem usiedli po dwóch stronach stołu i wypili herbatę. Tengo miał ochotę na piwo, ale doszedł do wniosku, że dziś lepiej powstrzymać się od picia alkoholu. W powietrzu unosiła się jakaś niebezpieczna atmosfera. Lepiej zachować przytomność umysłu na wypadek, gdyby coś się miało zdarzyć.

– może lepiej się wcześnie położyć – powiedziała Fukaeri.

Przyłożyła ręce do policzków jak krzycząca na moście kobieta na obrazie Muncha. Ale nie krzyczała. Była tylko śpiąca.

– Dobrze. Ty możesz spać w łóżku. A ja, tak jak przedtem, prześpię się na kanapie – powiedział Tengo. – Nie musisz się przejmować. Ja wszędzie usnę.

To była prawda. Tengo potrafił usnąć w każdym miejscu. Był to rodzaj talentu.

Fukaeri skinęła tylko głową. Nie wyrażając żadnego poglądu, patrzyła na Tengo. Potem dotknęła nowiutkiego ucha. Jakby się upewniała, że nadal je ma.

– może mi pan pożyczyć piżamę nie przyniosłam swojej

Tengo wyciągnął z komody w sypialni zapasową piżamę i podał Fukaeri. Tę samą, w której spała, gdy poprzednio się tu zatrzymała. Gładką, z niebieskiej bawełny. Od tego czasu leżała tu uprana i złożona. Tengo powąchał ją na wszelki wypadek, ale nie miała żadnego zapachu. Fukaeri wzięła piżamę, przebrała się w łazience i wróciła do stołu. Włosy miała rozpuszczone. Tak jak przedtem podwinęła rękawy i nogawki.

– Jeszcze nie ma dziewiątej – powiedział Tengo, patrząc na zegar ścienny. – Zawsze się tak wcześnie kładziesz?

Fukaeri potrząsnęła głową. – dziś wyjątkowo

– Bo Little People robią na zewnątrz hałas?

– nie bardzo wiem teraz po prostu chcę spać

– Rzeczywiście masz senne oczy – przyznał Tengo.

– jak się położę poczyta mi pan coś albo opowie

– Dobrze. Nie mam nic innego do roboty.

Była to duszna noc, ale Fukaeri podciągnęła kołdrę pod samą brodę, jakby ściśle oddzielała swój świat od świata zewnętrznego. W łóżku z jakiejś przyczyny wyglądała jak małe dziecko. Jakby miała najwyżej dwanaście lat. Dochodzące zza okna grzmoty stały się znacznie głośniejsze. Zdawało się, że pioruny uderzają niedaleko stąd. Przy każdym uderzeniu drżały szyby w oknach. Ale, o dziwo, nie było śladu błyskawic. Tylko pod ciemnym niebem rozlegały się grzmoty. Nie zanosiło się też na deszcz. Rzeczywiście coś tu się nie zgadzało.

– patrzą na nas – powiedziała Fukaeri.

– Chodzi ci o Little People?

Fukaeri nie odpowiedziała.

– Wiedzą, że tu jesteśmy? – zapytał Tengo.

– oczywiście że wiedzą

– Co chcą nam zrobić?

– nic nam nie mogą zrobić

– To dobrze – powiedział Tengo.

– na razie

– Na razie nie mogą nas dosięgnąć? – powtórzył Tengo bezsilnie. – Ale nie wiadomo na jak długo?

– tego nikt nie wie – oznajmiła zdecydowanie Fukaeri.

– Ale chociaż nam nie mogą nic zrobić, mogą coś zrobić ludziom wokół nas? – zapytał Tengo.

– może tak być

– Mogą im zrobić coś strasznego?

Fukaeri przez pewien czas mrużyła oczy, jak żeglarz starający się dosłyszeć śpiew topielców. Potem powiedziała: – to zależy

– Być może Little People posłużyli się tą siłą w stosunku do mojej dziewczyny. Żeby mnie ostrzec.

Fukaeri spokojnie wyciągnęła rękę spod kołdry i podrapała się w nowiutkie ucho. Potem znów schowała rękę.

– to co little people mogą zrobić jest ograniczone

Tengo przygryzł wargi. – Na przykład co mogą zrobić?

Fukaeri zamierzała wyrazić jakiś pogląd na ten temat, ale zmieniła zdanie. Ten niewypowiedziany pogląd cicho zatonął z powrotem tam, skąd przyszedł. W jakimś nieznanym, głębokim i ciemnym miejscu.

– Powiedziałaś, że Little People mają mądrość i siłę.

Fukaeri skinęła głową.

– Ale coś ich ogranicza.

Fukaeri skinęła głową.

– A to dlatego, że mieszkają w lesie, a jeśli oddalą się od lasu, nie potrafią tej mocy właściwie wykorzystać. Na tym świecie istnieje coś w rodzaju systemu wartości, który pozwala się im przeciwstawić. O coś takiego ci chodzi?

Fukaeri nie odpowiedziała. Prawdopodobnie pytanie było za długie.

– Czy ty spotkałaś Little People? – zapytał Tengo.

Fukaeri przyglądała mu się z nieokreśloną miną. Jakby nie bardzo mogła zrozumieć sens pytania.

– Czy naprawdę ich widziałaś? – zapytał Tengo ponownie.

– widziałam – odparła.

– A ilu widziałaś?

– nie wiem bo nie da się ich policzyć na palcach

– Ale więcej niż jednego?

– czasem ich przybywało czasem ubywało ale nigdy nie był jeden

– Tak jak opisałaś w *Powietrznej poczwarce*?

Fukaeri skinęła głową.

Tengo zdecydował się zadać pytanie, z którym nosił się już od dawna.

– Słuchaj, ile z tego, co jest w *Powietrznej poczwarce*, zdarzyło się naprawdę?

– a co to znaczy naprawdę – zapytała Fukaeri bez znaku zapytania.

Tengo oczywiście nie miał na to odpowiedzi.

Znowu rozległ się potężny grzmot. Szyby lekko zadrżały. Ale nadal nie było błyskawic. Nie było też słychać deszczu. Tengo przypomniał sobie dawno widziany film o łodzi podwodnej. Torpedy wybuchały jedna po drugiej i gwałtownie wstrząsały kadłubem. Lecz ludzie byli zamknięci w zupełnie ciemnym stalowym pudle i niczego ze środka nie widzieli. Docierały do nich tylko wstrząsy i ciągły huk.

– poczyta mi pan albo coś opowie

– Dobrze. Ale nie przychodzi mi do głowy nic odpowiedniego do czytania na głos. Jest taka jedna książka. Nie mam tu jej, ale jak chcesz, opowiem ci o *Mieście kotów*.

– o mieście kotów

– To historia o mieście, którym rządzą koty.

– chcę posłuchać

– Może cię trochę przestraszyć przed snem.

– nie szkodzi ja usnę po każdym opowiadaniu

Tengo postawił krzesło przy łóżku, usiadł, splótł dłonie na kolanach i przy huku grzmotów w tle zaczął opowiadać o *Mieście kotów*. Przeczytał utwór dwa razy w pociągu i raz na głos ojcu w szpitalu, więc mniej więcej pamiętał treść. Nie była to zbyt skomplikowana i subtelna historia, nie została też napisana eleganckim i pięknym stylem. Dlatego Tengo nie miał oporów przed wprowadzaniem niewielkich zmian. Opowiedział więc Fukaeri historię, opuszczając rozwlekłe fragmenty i dodając odpowiednie epizody.

Oryginalne opowiadanie było niezbyt długie, ale streszczenie całości zajęło nieoczekiwanie dużo czasu. A to dlatego, że Fukaeri zadawała pytania, gdy miała jakieś wątpliwości. Za każdym razem Tengo przerywał opowiadanie i wyczerpująco odpowiadał na wszystkie pytania. Dodawał szczegółowe wyjaśnienia na temat miasta, poczynań kotów i charakteru bohatera. Jeżeli było to coś, czego nie napisano w opowiadaniu – a prawie zawsze tak się zdarzało – sam wymyślał, co trzeba. Tak samo jak przy poprawianiu *Powietrznej poczwarki*. Fukaeri była całkowicie pochłonięta słuchaniem historii. Jej oczy przestały być senne. Czasami je przymykała i wyobrażała sobie miasto kotów. Potem otwierała i ponaglała Tengo, by mówił dalej.

Kiedy skończył mówić, Fukaeri otworzyła szeroko oczy i przez pewien czas wpatrywała się w niego. Jak kot wpatrujący się w coś w ciemności rozszerzonymi źrenicami.

– pojechał pan do miasta kotów – powiedziała, jakby z wyrzutem.

– Ja?

– pan pojechał do p a n a własnego miasta kotów i wrócił pan pociągiem

– Tak ci się wydaje?

Fukaeri kiwnęła lekko głową nad podciągniętą pod brodę letnią kołdrą.

– Rzeczywiście może masz rację – powiedział Tengo. – Pojechałem do miasta kotów i wróciłem pociągiem.

– oczyścił się pan – zapytała.

– Oczyścił? – powtórzył Tengo. Chodzi jej o jakieś rytualne ablucje? – Nie, chyba jeszcze nie.

– musi pan to zrobić

– Jak na przykład miałbym się oczyścić?

Na to pytanie Fukaeri nie odpowiedziała.

– jeśli po pobycie w mieście kotów nic pan nie zrobi to się źle skończy

Rozległ się huk gwałtownego grzmotu jakby rozłupującego niebo na pół. Dźwięki stopniowo przybierały na sile. Fukaeri skuliła się w łóżku.

– niech pan tu przyjdzie i przytuli mnie – powiedziała. – musimy razem pojechać do miasta kotów

– Dlaczego?

– bo little people mogą znaleźć wejście
– Dlatego, że się nie oczyściłem?
– bo my we dwoje jesteśmy jednym – powiedziała dziewczyna.

Rozdział trzynasty – Aomame

Bez twojej miłości

– Rok 1Q84 – powiedziała Aomame. – Żyję w roku o nazwie „rok 1Q84", a nie w prawdziwym roku 1984. O to panu chodzi?

– Określenie, co jest prawdziwym światem, to wyjątkowo trudny problem – powiedział mężczyzna zwany Liderem, ciągle leżąc na brzuchu. – Staje się kwestią z dziedziny metafizyki. Ale tu jest prawdziwy świat. Co do tego nie ma wątpliwości. Ból, którego doznajemy w tym świecie, jest prawdziwym bólem. Śmierć, która tu po nas przychodzi, jest prawdziwą śmiercią. Przelewana jest prawdziwa krew. Ten świat nie jest imitacją. Nie jest to też świat wirtualny. Ani metafizyczny. Zapewniam cię. Ale to nie jest znany ci rok 1984.

– Coś w rodzaju równoległego świata?

Ramiona mężczyzny zadrżały lekko od śmiechu. – Wygląda na to, że naczytałaś się za dużo fantastyki naukowej. Nie, mylisz się. To nie jest żaden równoległy świat. To nie jest tak, że gdzieś tam jest rok 1984, a to jest jego odgałęzienie, rok 1Q84, i rozwijają się równolegle. Roku 1984 już nigdzie nie ma. I dla ciebie, i dla mnie teraz istnieje już tylko jeden czas w roku 1Q84.

– Wsiąkliśmy w ten inny czas.

– Tak jest. Wsiąkliśmy. Albo ten inny czas wsiąkł w nas. I jak rozumiem, drzwi otwierają się tylko w jedną stronę. Nie ma powrotu.

– To się stało, kiedy zeszłam po schodach awaryjnych ze stołecznej autostrady – powiedziała Aomame.

– Z autostrady stołecznej?

– W okolicy Sangenjaya.

– To może się zdarzyć wszędzie – powiedział mężczyzna. – W twoim przypadku padło na Sangenjaya. Ale nie chodzi tu o konkretne miejsce. Problemem jest przede wszystkim czas. Można powiedzieć, że przestawiła się zwrotnica i świat znalazł się w roku 1Q84.

Aomame wyobraziła sobie, jak kilku Little People porusza mechanizm przestawiający zwrotnicę. W środku nocy, w świetle bladego księżyca.

– I w świecie roku 1Q84 na niebie unoszą się dwa księżyce, prawda? – zapytała.

– Zgadza się. Są dwa księżyce. To z n a k, że zwrotnica została przestawiona. Dzięki temu można odróżnić jeden świat od drugiego. Ale to nie znaczy, że wszyscy ludzie, którzy tu są, widzą dwa księżyce. Nie, większość raczej nie zauważa takich rzeczy. Innymi słowy, liczba ludzi wiedzących, że mamy rok 1Q84, jest ograniczona.

– Ludzie w tym świecie nie zauważyli, że zmienił się charakter czasu?

– Uhm. Dla większości jest to zupełnie zwykły świat, t a k i j a k z a w s z e. Właśnie w tym sensie mówię, że „to jest prawdziwy świat".

– Zwrotnica została przestawiona. Gdyby jej nikt nie ruszył, nie spotkalibyśmy się tutaj. O to panu chodzi?

– Tego nikt nie wie. To kwestia prawdopodobieństwa. Ale pewnie masz rację.

– Czy to, co pan mówi, to fakty, czy tylko hipotezy?

– Dobre pytanie. Ale oddzielenie ich od siebie jest prawie niemożliwe. Zaraz, było o tym w starej piosence. *Without your love, it's a honkey-tonk parade* – zanucił mężczyzna. – Bez twojej miłości to tylko marne przedstawienie. Znasz tę piosenkę?

– *It's Only a Paper Moon.*

– Właśnie, rok 1984 i 1Q84 są zasadniczo takie same. Jeżeli nie wierzysz w świat i jeżeli nie ma w nim miłości, wszystko jest tylko imitacją. W żadnym z tych światów, w żadnego rodzaju świecie w większości przypadków nie jest widoczna linia oddzielająca hipotezy od faktów. Można ją tylko zobaczyć oczami duszy.

– A kto przestawił zwrotnicę?

– Kto przestawił zwrotnicę? To też trudne pytanie. Logika przyczynowo-skutkowa nie bardzo tutaj działa.

– Tak czy inaczej, za sprawą c z y j e j ś woli zostałam przeniesiona do świata roku 1Q84 – powiedziała Aomame. – Nie z własnej woli.

– Zgadza się. Wsiadłaś do pociągu, ktoś przestawił zwrotnicę i zostałaś tu przywieziona.

– Czy Little People mają z tym coś wspólnego?

– W tym świecie są Little People. A przynajmniej tutaj są tak nazywani. Ale nie zawsze mają kształt i nazwę.

Aomame przygryzła wargi i zastanowiła się nad tym. Potem powiedziała: – Wydaje mi się, że w tym, co pan mówi, są sprzeczności. Załóżmy, że Little People przestawili zwrotnicę i sprowadzili mnie tutaj. Ale jeżeli oni nie życzą sobie, żebym panu zrobiła to, co zamierzam zrobić, to po co mnie tu specjalnie sprowadzili? Przecież pozbycie się mnie byłoby dla nich bardziej korzystne?

– Niełatwo to wytłumaczyć – powiedział mężczyzna głosem pozbawionym modulacji. – Ale ty jesteś całkiem bystra. Może uda ci się mniej więcej zrozumieć, co chcę powiedzieć. Jak wcześniej wspomniałem, dla naszego świata najważniejsze jest zachowanie równowagi między dobrem a złem. Little People, czy c z y j a ś w o l a, rzeczywiście posiadają wielką moc. Ale im więcej się nią posługują, tym mocniejsza staje się automatycznie siła stawiająca im opór. I tak świat zachowuje delikatną równowagę. Ta zasada działa w każdym świecie. Stosuje się więc tak samo do świata roku 1Q84, w którym się teraz znajdujemy. Gdy Little People zaczną wykorzystywać tę wielką siłę, automatycznie narodzi się siła skierowana przeciwko nim. I pewnie ten moment oporu spowodował, że zostałaś wciągnięta do roku 1Q84.

Mężczyzna odetchnął głęboko. Jego zwaliste ciało wyglądało na niebieskiej macie do jogi jak cielsko wyrzuconego na brzeg wieloryba.

– Posłużę się dalej analogią kolejową. Oni potrafią przestawić zwrotnicę. W rezultacie pociąg wjeżdża na tory prowadzące tutaj. Na tory wiodące do roku 1Q84. Ale nie potrafią odróżnić pasażerów i wybrać tych, którzy mają jechać tym pociągiem. To znaczy, że mogą nim także jechać ludzie z ich punktu widzenia niepożądani.

– Nieproszeni goście.

– Właśnie.

Rozległ się grzmot. Znacznie głośniejszy niż przedtem. Ale nie było błyskawic. Tylko grzmiało. Dziwna sprawa, pomyślała Aomame. Tak blisko, a nie widać błyskawic. Deszcz też nie pada.

– Rozumiesz jak dotąd?

– Słucham.

Aomame odsunęła już ostrze igły od jego karku. Ostrożnie skierowała je w przestrzeń. Musiała się teraz skupić na tym, co mówił.

– Tam, gdzie jest światło, musi być cień, a tam, gdzie jest cień, musi być światło. Nie ma cienia bez światła i nie ma światła bez cienia. Carl Gustav Jung tak mówi w jednej ze swoich książek: „Cień jest tak zły, jak człowiek jest pozytywny. Im bardziej staramy się być dobrzy, cudowni i idealni, tym bardziej definitywnie Cień pragnie być ciemny, zły i destrukcyjny. Kiedy człowiek stara się wykroczyć poza własne możliwości i stać się idealnym, Cień zstępuje od piekła i staje się diabłem. A to dlatego, że z punktu widzenia natury i prawdy stawanie się kimś lepszym od siebie samego jest równie grzeszne, jak stanie się kimś gorszym od siebie"*.

Nie wiem, czy Little People są dobrzy, czy źli. To coś w pewnym sensie wykraczającego poza nasze pojmowanie i definicje. Od bardzo dawna z nimi żyjemy. Od czasów kiedy jeszcze naprawdę nie istniały zło i dobro. Świadomość ludzka jeszcze się nie rozbudziła. Ale ważne jest to, że bez względu na to, czy są dobrzy, czy źli, czy są światłem, czy cieniem, kiedy próbują użyć swej mocy, pojawia się działanie ją kompensujące. W naszym przypadku prawie jednocześnie z tym, jak ja stałem się przedstawicielem Little People, moja córka stała się przedstawicielką sił w nich wymierzonych. W ten sposób zachowana jest równowaga.

– Pana córka?

– Tak. To moja córka ich tu przywiodła. Miała wtedy dziesięć lat. Teraz ma siedemnaście. Pewnego dnia wyłonili się z ciemności i za pośrednictwem córki przyszli tutaj. I mnie wybrali na swojego przedstawiciela. Córka była perceiverem, czyli kimś, kto postrzega, a ja stałem się receiverem, czyli kimś, kto przyjmuje. Okazuje się, że akurat mieliśmy takie predyspozycje. Tak czy inaczej, oni znaleźli nas. A nie my ich.

– I potem zgwałcił pan własną córkę?

– O b c o w a ł e m z nią. To słowo jest znacznie bliższe prawdy. A poza tym obcowałem z córką tylko w formie pojęcia. Obcowanie to wieloznaczne słowo. Ale sedno tkwi w tym, że staliśmy się jednym. Perceiver z receiverem.

---

* C.J. Jung, *The Vision Seminars*, Spring, Zurich, 1976. Cytat za: Lyall Watson, *The Natural History of Evil*, przeł. A. Zielińska-Elliott, HarperCollins, New York 1995, s. 248.

Aomame potrząsnęła głową. – Nie mogę zrozumieć, co pan mówi. Odbył pan stosunek płciowy z własną córką czy nie?

– Ta odpowiedź zawsze będzie brzmiała: i tak, i nie.

– Czy tak samo było w przypadku Tsubasy?

– Tak samo. Zasadniczo tak samo.

– Lecz macica Tsubasy została n a p r a w d ę zniszczona.

Mężczyzna potrząsnął głową. – Ty widziałaś jej postać pojęciową, a nie rzeczywistą.

Aomame nie nadążała – rozmowa rozwijała się zbyt szybko. Milczała chwilę, uspokoiła oddech. Potem powiedziała:

– To znaczy, że pojęcie przybrało postać człowieka i wzięło nogi za pas?

– Ujmując to prostymi słowami.

– Tsubasa, którą widziałam, nie była w swojej prawdziwej postaci?

– Dlatego została odzyskana.

– Odzyskana – powtórzyła Aomame.

– Odzyskana i poddana kuracji. Jest odpowiednio leczona.

– Nie wierzę panu – powiedziała Aomame zdecydowanie.

– Nie mogę mieć o to do ciebie pretensji – powiedział mężczyzna głosem pozbawionym uczuć.

Aomame na chwilę zaniemówiła. Potem zadała inne pytanie.

– Gwałcąc swoją córkę pojęciowo i wieloznacznie, został pan przedstawicielem Little People. A jednocześnie ona, aby dokonać tej kompensacji sił, odeszła od pana i stała się jakby wrogim istnieniem. Czy tak właśnie pan twierdzi?

– Zgadza się. Z tego powodu porzuciła swoją *daughter* – powiedział mężczyzna. – Ale pewnie nie bardzo pani rozumie, o czym mówię.

– *Daughter*?

– Jakby żyjący cień. Ma z tym wszystkim związek jeszcze jedna osoba. Mój stary przyjaciel. Człowiek, któremu mogę zaufać.

Jemu powierzyłem córkę. Poza tym nie tak dawno zaplątał się w to też znany ci Tengo Kawana. Połączył go z moją córką przypadek i działają razem.

Zdawało się, że czas nagle się zatrzymał. Aomame nie mogła wykrztusić słowa. Zesztywniała i czekała nieruchomo, aż czas znowu ruszy.

Mężczyzna mówił dalej: – Mieli kwalifikacje, które się wzajemnie uzupełniały. Eriko posiada to, czego brak Tengo, a Tengo ma to, czego nie starcza Eriko. Uzupełniając się i łącząc siły, dokonali pewnej rzeczy. Jej rezultat zaczął wywierać na wszystko wielki wpływ. W sensie stworzenia momentu działającego przeciw Little People.

– Działają razem?

– Nie są zakochani ani nie mają stosunków cielesnych. Dlatego nie musisz się martwić. O ile miałaś taki zamiar. Eriko w nikim się nie zakocha. Ona… wzniosła się ponad takie rzeczy.

– A jaki był rezultat ich wspólnego dokonania? Konkretnie mówiąc?

– Żeby to wyjaśnić, muszę się posłużyć jeszcze jedną analogią. Jeżeli uznamy działanie Little People za rodzaj wirusa, tych dwoje stworzyło odpowiednie przeciwciała i rozmnożyło je. Oczywiście to jest analogia z punktu widzenia jednej strony. Patrząc z punktu widzenia Little People, ci dwoje są nosicielami wirusa. Tak jakby postawić naprzeciw siebie dwa lustra.

– To jest to działanie kompensujące, o którym pan mówił, tak?

– Właśnie tak. Twój ukochany i moja córka połączonymi siłami tego dokonali. To znaczy, że ty i Tengo w tym świecie 1Q84 prawie dosłownie depczecie sobie po piętach.

– Ale sam pan powiedział, że to nie jest p r z y p a d e k. Że przywiodła mnie do tego świata czyjaś wola. Czy tak nie było?

– Zgadza się. Przyszłaś tu, mając swój cel, wiedziona czyjąś wolą. Do tego świata roku 1Q84. To, że zostaliście w nim połączeni, mniejsza o to, w jaki sposób, na pewno nie jest dziełem przypadku.

– A co to była za wola i jaki cel?

– Nie do mnie należy wyjaśnianie ci tego – powiedział mężczyzna. – Przykro mi.

– Dlaczego nie może mi pan wytłumaczyć?

– Nie chodzi o to, że nie mogę wytłumaczyć. Ale są znaczenia, które zostają utracone, gdy tylko ujmie się je w słowa.

– To zadam inne pytanie. Dlaczego to musiałam być ja?

– Zdaje się, że jeszcze sama nie wiesz dlaczego.

Aomame kilka razy mocno potrząsnęła głową. – Nie wiem dlaczego. *Nie mam pojęcia*.

– To wyjątkowo prosta sprawa. Bo ty i Tengo mocno ciągnęliście do siebie nawzajem.

Aomame przez dłuższy czas milczała. Czuła na twarzy kropelki potu. Miała wrażenie, że pokrywa ją całą niewidzialną, cienką warstewką.

– Ciągnęliśmy do siebie – powtórzyła.

– Do siebie nawzajem, bardzo mocno.

Czuła jak wzbiera w niej bez powodu uczucie podobne do gniewu. Czuła nawet lekką zapowiedź mdłości. – Nie mogę w to uwierzyć. On mnie *na pewno* nie pamięta.

– Tengo pamięta o twoim istnieniu w tym świecie i pragnie cię. I nigdy dotąd nikogo prócz ciebie nie kochał.

Aomame zaniemówiła na chwilę. Ciągle w niewielkich odstępach czasu waliły gwałtowne pioruny. Chyba w końcu się rozpadało. Duże krople deszczu mocno uderzały o szybę hotelowego pokoju. Lecz dźwięki te prawie nie docierały do uszu Aomame.

Mężczyzna powiedział: – Możesz sobie wierzyć albo nie wierzyć. Ale lepiej uwierzyć. Bo to niezaprzeczalny fakt.

– Twierdzi pan, że jeszcze mnie pamięta, chociaż nie widzieliśmy się od dwudziestu lat? Chociaż nigdy nawet naprawdę nie rozmawialiśmy?

– W szkole podstawowej ścisnęłaś go mocno za rękę w pustej klasie. Kiedy mieliście po dziesięć lat. Żeby to zrobić, musiałaś się zdobyć na niesłychaną odwagę.

Aomame gwałtownie się skrzywiła. – Skąd *pan* to wie?

Mężczyzna nie odpowiedział na to pytanie. – Tengo wcale o tym nie zapomniał. I cały czas o tobie myślał. Teraz też o tobie myśli. Lepiej mi uwierz. Ja wiem różne rzeczy. Na przykład to, że kiedy się masturbujesz, myślisz o Tengo. Wyobrażasz go sobie. Prawda?

Aomame kompletnie zaniemówiła. Oddychała płytko z na wpół otwartymi ustami.

Mężczyzna mówił dalej: – Nie ma się czego wstydzić. To zupełnie naturalna ludzka czynność. On robi to samo. W takich chwilach myśli o tobie. Nawet teraz.

– *Skąd* pan... takie rzeczy...?

– Dlaczego wiem o takich rzeczach? Jak się wytęży słuch, można się dużo dowiedzieć. Słuchanie głosów to moja praca.

Miała ochotę się głośno roześmiać, a jednocześnie rozpłakać. Lecz nie mogła zrobić ani jednego, ani drugiego. Znieruchomiała pośrodku, nie przenosząc środka ciężkości ani w lewo, ani w prawo. Tylko zaniemówiła.

– Nie ma się czego bać – powiedział mężczyzna.

– *Bać*?

– Ty się boisz. Tak samo jak niegdyś Watykan bał się przyjąć teorię heliocentryczną. Nie chodziło o to, że wierzyli w słuszność teorii geocentrycznej. Tylko bali się nowej sytuacji, którą mogło wywołać zaakceptowanie teorii heliocentrycznej. Bali się, że z tego powodu będą musieli przeorganizować własną świadomość. Ściśle mówiąc, Kościół katolicki do dziś oficjalnie nie przyjął teorii heliocentrycznej. Z tobą jest tak samo. Boisz się tego, że trzeba będzie zrzucić zbroję, pod którą od dawna się kryjesz.

Aomame siedziała z twarzą ukrytą w dłoniach, wstrząsało nią łkanie. Nie chciała się tak zachowywać, ale przez pewien czas nie mogła się opanować. Wolałaby to zbyć śmiechem.

– Można powiedzieć, że zostaliście tu przywiezieni tym samym pociągiem – powiedział cicho mężczyzna. – Tengo do spółki z moją córką zaczęli działać przeciwko Little People, a ty z innej przyczyny zamierzasz mnie zlikwidować. Innymi słowy, oboje zajmujecie się bardzo niebezpiecznymi rzeczami w bardzo niebezpiecznych miejscach.

– C z y j a ś wola domagała się tego od nas?

– Prawdopodobnie.

– A właściwie po co? – zapytała Aomame i zorientowała się, że było to bezsensowne pytanie. Nie miała nadziei na odpowiedź.

– Powinniście znaleźć jakieś lepsze rozwiązanie i, trzymając się za ręce, odejść z tego świata – oznajmił mężczyzna, nie odpowiedziawszy na jej pytanie. – Ale to nie będzie takie proste.

– To nie będzie takie proste – Aomame nieświadomie powtórzyła jego słowa.

– Niestety, bardzo łagodnie rzecz ujmując, nie będzie to takie proste. A mówiąc szczerze, to w zasadzie niemożliwe. Bo macie do czynienia z potężną siłą, bez względu na to, jak ją nazwiemy.

– No i… – powiedziała Aomame bezdźwięcznie. Potem odkaszlnęła. Zamęt w głowie się uspokoił. Jeszcze nie czas płakać, pomyślała. – No i teraz przedstawi mi pan swój plan. W zamian za to, że ofiaruję panu bezbolesną śmierć, może mi pan coś dać. Jakby możliwość innego wyboru.

– Jesteś bardzo pojętna – powiedział mężczyzna, ciągle leżąc na brzuchu. – Masz rację. Mój plan, choć może wydawać się nieprzyjemny, daje ci możliwość wyboru w sprawie dotyczącej ciebie i Tengo. Ale przynajmniej masz jakiś wybór.

– Little People boją się mnie stracić. A to dlatego, że jeszcze mnie potrzebują – powiedział mężczyzna. – Jestem dla nich niezwykle pożyteczny jako ich przedstawiciel. Znalezienie kogoś, kto mnie zastąpi, nie będzie łatwe. Poza tym w tej chwili mój następca nie jest jeszcze gotów. Żeby zostać ich przedstawicielem, trzeba spełnić wiele trudnych warunków. Ja byłem rzadko spotykanym przypadkiem człowieka, który je wszystkie spełnił. Boją się mnie stracić. Jeżeli mnie stracą, na pewien czas powstanie pusta przestrzeń. Dlatego próbują ci przeszkodzić w odebraniu mi życia. Chcą, żebym jeszcze trochę pożył. Te grzmoty na zewnątrz to znak ich gniewu. Ale bezpośrednio nie mogą ci nic zrobić. Tylko ostrzegają, że są wściekli. Z tej samej przyczyny prawdopodobnie chytrze doprowadzili do śmierci twojej przyjaciółki. I jeśli tak dalej pójdzie, pewnie zrobią jakąś krzywdę Tengo.

– Zrobią krzywdę?

– Tengo napisał powieść o Little People i ich działaniach. Eriko dostarczyła opowiadanie, a on zmienił je w skutecznie działający tekst. To była ich wspólna praca. Ta historia spełniła rolę przeciwciała opierającego się momentowi siły działań Little People. Ukazała się w formie książkowej, została bestsellerem. Przez to – choć tylko na pewien czas – zniszczone zostały różne ich możliwości i ograniczone niektóre działania. Pewnie widziałaś ten tytuł – *Powietrzna poczwarka.*

Aomame skinęła głową. – Zauważyłam w gazecie artykuł na temat tej powieści. I widziałam reklamy. Ale samej książki nie czytałam.

– *Powietrzną poczwarkę* na dobrą sprawę napisał Tengo. A teraz pisze własną nową powieść. O d k r y ł tam – to znaczy w świecie z dwoma księżycami – swoją własną historię. Eriko, wybitnie uzdolniona jako perceiver, stworzyła w nim tę historię jako przeciwciało. Tengo miał wybitne uzdolnienia do tego, by zostać receiverem. Być może to właśnie te jego zdolności cię tu przywiodły, a inaczej mówiąc, wsadziły cię do tego wagonu.

Aomame skrzywiła się gwałtownie w półmroku. Musi jakoś nadążyć za tokiem tej rozmowy. – To znaczy, że zostałam przeniesiona do tego innego świata roku 1Q84 dzięki zdolnościom Tengo i jego umiejętności opowiadania historii albo, jeśli posłużyć się pana wyrażeniem, dzięki jego sile jako receivera?

– Przynajmniej ja tak przypuszczam.

Aomame spojrzała na swoje dłonie. Palce miała mokre od łez.

– Jak tak dalej pójdzie, jest duże prawdopodobieństwo, że Tengo zostanie zlikwidowany. W tej chwili jest dla Little People najbardziej niebezpiecznym człowiekiem. A tu jest niewątpliwie prawdziwy świat. Przelewana jest prawdziwa krew, zadawana jest prawdziwa śmierć. Śmierć jest oczywiście wieczna.

Aomame przygryzła wargi.

– Chcę żebyś tak na to spojrzała – powiedział mężczyzna. – Załóżmy, że mnie teraz zabijesz i usuniesz z tego świata. Zniknie powód, by Little People mieli zrobić krzywdę Tengo. Jeżeli zniknę ja, jako kanał doprowadzający, korytarz, Tengo z moją córką będą sobie mogli go blokować, ile będą chcieli, ale przestanie to zagrażać

Little People. Zostawią go i pójdą gdzie indziej szukać innego, inaczej zbudowanego kanału. To stanie się ich priorytetowym zadaniem. Rozumiesz?

– Jako wywód logiczny – tak.

– Ale z drugiej strony, jeżeli ja zostanę zabity, stworzona przeze mnie organizacja nie zostawi cię w spokoju. Znalezienie cię może im zająć trochę czasu. Na pewno zmienisz nazwisko, adres, a pewnie nawet twarz. Ale mimo to pewnego dnia cię dogonią i surowo ukarzą. Taki właśnie stworzyliśmy r a z e m system: rygorystyczny, brutalny i nieodwracalny.

Aomame uporządkowała w myślach to, co powiedział. Mężczyzna czekał, aż jego argumenty do niej dotrą.

Potem mówił dalej: – Ale załóżmy coś przeciwnego: nie zabijesz mnie. Po prostu odejdziesz. Ja przeżyję. W takim wypadku Little People, chcąc bronić mnie, swojego pełnomocnika, włożą wszystkie siły w to, by usunąć Tengo. Talizmany, którymi się zabezpieczył, nie są jeszcze takie mocne. Znajdą słaby punkt i będą się starali jakimś sposobem go zniszczyć. Bo nie mogą pozwolić na dalsze rozprzestrzenianie przeciwciał. Jednocześnie ty przestaniesz być zagrożeniem i nie będzie trzeba cię karać. To jest inny możliwy wybór.

– W takim razie zginie Tengo, ja przeżyję. W tym świecie roku 1Q84 – podsumowała Aomame.

– Prawdopodobnie tak.

– Dla mnie nie ma sensu życie na świecie, w którym nie ma Tengo. Bo na zawsze przepadnie szansa, że się spotkamy.

– Z twojego punktu widzenia może to tak wyglądać.

Mocno przygryzając wargi, Aomame wyobraziła sobie tę sytuację.

– Ale to wszystko, to jedynie p a n a s ł o w a – zauważyła. – Czy jest jakaś podstawa, jakiś powód, żebym miała panu wierzyć?

Mężczyzna potrząsnął głową. – Masz rację. Nie ma żadnej podstawy ani powodu. Ale przedtem widziałaś dowód moich specjalnych uzdolnień. Ten zegar nie wisiał na nitce. I jest bardzo ciężki. Możesz sama sprawdzić. Musisz albo przyjąć to, co mówię, albo odrzucić. Poza tym nie zostało nam już wiele czasu.

Aomame spojrzała na zegar na komodzie. Było trochę przed dziewiątą. Stał nieco k r z y w o. Zwrócony pod dziwnym kątem. Pewnie dlatego, że został podniesiony w powietrze i opuszczony.

– W tym świecie roku 1Q84 nie uda się uratować was obojga. Są dwie możliwości. Jedna taka, że ty prawdopodobnie umrzesz, a Tengo przeżyje. Druga taka, że on prawdopodobnie umrze, a ty przeżyjesz. Jedno albo drugie. To nie jest przyjemny wybór, tak jak cię na początku ostrzegałem.

– Ale nie ma innych możliwości.

Mężczyzna potrząsnął głową. – W tym momencie możesz tylko wybrać jedną z tych dwóch.

Aomame powoli wypuściła zgromadzone w płucach powietrze.

– Żal mi ciebie – powiedział mężczyzna. – Gdybyś została sobie w roku 1984, nie stanęłabyś przed koniecznością takiego wyboru. Ale jednocześnie, gdybyś została w roku 1984, nie dowiedziałabyś się, że Tengo przez te wszystkie lata o tobie myślał. Dzięki przeniesieniu w rok 1Q84 dowiedziałaś się przynajmniej o tym fakcie. O tym, że wasze serca są w pewnym sensie ze sobą związane.

Aomame zamknęła oczy. Żeby tylko się nie rozpłakać, pomyślała. Jeszcze nie czas na płacz.

– Czy Tengo naprawdę mnie pragnie? Czy może pan to powiedzieć całkowicie szczerze? – zapytała Aomame.

– Tengo nigdy dotąd nie pokochał całym sercem żadnej kobiety prócz ciebie. To jest niezaprzeczalny fakt.

– Ale mimo to mnie nie szukał.

– Ty przecież też go nie szukałaś. Prawda?

Aomame zamknęła oczy i przez chwilę spojrzała wstecz na te wszystkie lata. Jakby weszła na wysokie wzgórze i patrzyła z urwiska na morską cieśninę rozpościerającą się w dole. Poczuła nawet zapach morza. Usłyszała też głęboki szum wiatru.

– Powinniśmy byli wcześniej zebrać się na odwagę i nawzajem siebie poszukać. Wtedy moglibyśmy się połączyć w normalnym świecie.

– Teoretycznie tak – powiedział mężczyzna. – Ale w świecie roku 1984 nawet by ci to n i e p r z y s z ł o d o g ł o w y. Bo przyczyna i skutek są ze sobą splątane. Choćby mnożyć światy, nie da się tej plątaniny zredukować.

Z oczu Aomame popłynęły łzy. Płakała po tym, co dotąd utraciła. Po tym, co miała utracić. Nie wiedziała, jak długo płacze, lecz niebawem nie mogła już lać więcej łez. Zabrakło ich, jakby uczucia dotarły do niewidzialnej ściany.

– Dobrze – powiedziała. – Nie ma żadnych pewnych podstaw. Nic nie zostało dowiedzione. Nie bardzo rozumiem niektóre szczegóły. Ale mimo to muszę chyba przyjąć pana plan. Tak jak pan sobie życzy, usunę pana z tego świata. Ofiaruję panu bezbolesną, momentalną śmierć. Żeby Tengo przeżył.

– To znaczy dobijemy targu.

– Tak. Dobijemy targu.

– Pewnie umrzesz – powiedział mężczyzna. – Dogonią cię i ukarzą. Kara może być okrutna. Bo to fanatycy.

– Nie szkodzi.

– Bo masz miłość.

Aomame przytaknęła.

– Bez miłości wszystko byłoby tylko marnym przedstawieniem – powiedział mężczyzna. – Jak w tej piosence.

– Czy jeżeli pana zabiję, Tengo naprawdę przeżyje?

Mężczyzna przez chwilę milczał. Potem powiedział: – Tengo przeżyje. Możesz mi wierzyć. Mogę ci to niewątpliwie przyrzec w zamian za moje życie.

– I za moje – dodała Aomame.

– Są rzeczy, które są możliwe tylko za ofiarę życia – powiedział mężczyzna.

Aomame zacisnęła mocno dłonie. – Ale prawdę mówiąc, ja chciałam żyć i połączyć się z Tengo.

Pokój pogrążył się na kilka chwil w ciszy. Na ten czas ustały też pioruny. Wszystko ucichło.

– Gdyby to było możliwe, chciałbym ci to ofiarować – powiedział cicho mężczyzna. – Ja osobiście. Ale niestety nie ma takiej możliwości. Nie było jej w roku 1984, nie ma też w roku 1Q84. W każdym z nich w innym sensie.

– W roku 1984 nasze drogi w ogóle by się nie przecięły. O to chodzi?

– Tak jest. Nie mając ze sobą żadnego kontaktu, myślelibyście o sobie nawzajem i prawdopodobnie zestarzelibyście się w samotności.

– Ale w roku 1Q84 ja przynajmniej będę wiedziała, że umarłam dla niego.

Mężczyzna milczał, wziął tylko głęboki oddech.

– Chciałabym się dowiedzieć jednej rzeczy – powiedziała Aomame.

– Jeżeli tylko będę wiedział, powiem ci – odrzekł mężczyzna, ciągle leżąc na brzuchu.

– Czy Tengo jakoś się dowie, że dla niego umarłam? Czy też nigdy się nie dowie?

Mężczyzna długo zastanawiał się nad tym pytaniem. – To prawdopodobnie zależy od ciebie.

– Zależy ode mnie – powtórzyła Aomame. Skrzywiła się lekko. – W jakim sensie?

Mężczyzna spokojnie pokręcił głową. – Musisz przejść ciężką próbę. Kiedy ją przejdziesz, powinnaś wszystko zobaczyć we właściwej postaci. Więcej nie mogę ci powiedzieć. Nikt dokładnie nie wie, czym jest śmierć, dopóki naprawdę nie umrze.

Aomame starannie otarła ręcznikiem pot z twarzy, podniosła z podłogi swoje narzędzie i jeszcze raz sprawdziła, czy czubek delikatnego ostrza się nie złamał. Potem palcem prawej ręki odszukała ów wcześniej znaleziony punkt na karku mężczyzny. Przedtem dobrze go zapamiętała, więc udało jej się od razu go znaleźć. Lekko przyciskając, sprawdziła, jak go odczuwa pod palcem, upewniła się jeszcze raz, że instynkt jej nie myli. Potem wzięła kilka głębokich oddechów, wyrównała rytm serca, uspokoiła nerwy. Musiała oczyścić głowę z myśli. Odpędziła na pewien czas myśli o Tengo. Uczucia nienawiści, gniewu, wahania i litości ukryła i zapieczętowała gdzie indziej. Nie mogła sobie pozwolić na omyłkę. Musiała skupić świadomość na śmierci j a k o t a k i e j. Zogniskować promienie światła w jednym miejscu.

– Uporajmy się z tą pracą – powiedziała łagodnie. – Muszę pana usunąć z tego świata.

– Dzięki temu uda mi się oddalić od wszelkiego bólu, który został mi dany.

– Od wszelkiego bólu, od Little People, od świata, który zmienił wygląd, od różnych hipotez... i od miłości.

– I o d m i ł o ś c i, to prawda – powiedział mężczyzna jakby do siebie. – Ja też kogoś kochałem. No to uporajmy się ze swoimi zadaniami. Aomame, jesteś niesamowicie uzdolniona. Ja umiem to poznać.

– Pan też – powiedziała Aomame. Jej głos miał już przedziwną przezroczystość, która przynosi śmierć. – Pan też jest niesamowicie uzdolniony i wybitny. Na pewno był jakiś świat, w którym nie musiałabym pana zabijać.

– Tego świata już nie ma – oznajmił mężczyzna. To były jego ostatnie słowa.

Aomame przyłożyła koniec ostrza do owego trudnego do znalezienia punktu na jego karku. Skupiła się i odpowiednio poprawiła kąt nachylenia ostrza. Uniosła w powietrzu prawą pięść. Wstrzymała oddech i bez ruchu czekała na sygnał. Nie będę się już nad niczym zastanawiać, pomyślała. Każde z nas wykonuje swoją pracę – to wszystko. Nie ma potrzeby niczego rozważać. Nikt nie musi mi nic tłumaczyć. Wystarczy tylko czekać na sygnał. Jej pięść była twarda jak skała i bezlitosna.

Walące za oknem pioruny bez błyskawic gwałtownie się wzmogły. Deszcz bębnił o szyby. W tym czasie oni byli w prastarej jaskini. W ciemnej, wilgotnej jaskini o wysokim sklepieniu. Wejście otaczały kręgiem dzikie zwierzęta i posępne duchy. Otaczające ją światło i cienie na króciutką chwilę zlały się w jedno. Bezimienny wiatr powiał nad daleką cieśniną. To był sygnał. Aomame w odpowiedzi szybkim i precyzyjnym ruchem opuściła dłoń.

Wszystko skończyło się bezszelestnie. Dzikie zwierzęta i duchy odetchnęły głęboko, przerwały swój krąg i powróciły w głąb lasu, który utracił serce.

Rozdział czternasty – Tengo

Przekazany pakunek

– niech pan tu przyjdzie i przytuli mnie musimy we dwoje jeszcze raz pojechać do miasta kotów – powiedziała Fukaeri.

– Mam cię przytulić? – zapytał Tengo.

– nie chce mnie pan przytulić – zapytała Fukaeri bez znaku zapytania.

– Nie, nie o to chodzi, tylko… nie bardzo zrozumiałem, co masz na myśli.

– będziemy się oczyszczać – powiedziała głosem pozbawionym modulacji. – niech pan tu przyjdzie i mnie przytuli niech pan też się przebierze w piżamę i zgasi światło

Tengo posłusznie zgasił górne światło w sypialni. Rozebrał się i włożył piżamę. Przebierając się, zastanawiał się, kiedy ostatnio ją prał. Nie mógł sobie przypomnieć, więc pewnie dość dawno. Ale na szczęście nie śmierdziała potem. Tengo z natury mało się pocił. I jego pot miał raczej mało intensywny zapach. Ale mimo to powinienem częściej prać piżamę, wyrzucał sobie. Bo przecież nie wiadomo, co się może zdarzyć w tym niepewnym życiu. Częste pranie piżamy to jeden ze sposobów na radzenie sobie z tą niepewnością.

Położył się w łóżku i pełen obaw przytulił Fukaeri. Oparła głowę na jego prawym ramieniu. Znieruchomiała jak jakieś stworzenie zapadające w sen zimowy. Jej ciało ciepłe i miękkie zdawało się bezbronne. Nie była spocona.

Grzmoty gwałtownie przybrały na sile. Teraz już zaczęło padać. Deszcz, jakby oszalały z gniewu, uderzał z boku w szyby. Powietrze było lekkie, zdawało się, że świat stopniowo zmierza ku ponuremu końcowi. Może tak samo było w czasie potopu za czasów Noego? Jeżeli tak gwałtownie waliły pioruny, to załadowanie na niewielką arkę pary nosorożców, lwów czy pytonów musiało być bardzo przygnębiającym zadaniem. Każda para miała zupełnie inny tryb życia, środki porozumienia były ograniczone, a poza tym na pewno strasznie śmierdziało.

Słowo „para" przypomniało mu Sonny'ego i Cher. Ale być może umieszczenie Sonny'ego i Cher w arce Noego jako przedstawicieli pary gatunku ludzkiego nie byłoby najwłaściwszym wyborem. Może nie całkiem nieodpowiednim, ale zapewne znalazłyby się inne pary bardziej nadające się na próbkę gatunku.

Obejmowanie w łóżku Fukaeri ubranej w jego piżamę wywoływało w Tengo jakieś dziwne uczucie. Miał wrażenie, że obejmuje samego siebie. Jakby przytulał kogoś, z kim dzielił krew i ciało, jakby mieli ten sam zapach potu i połączoną świadomość.

Tengo wyobraził sobie, że to oni dwoje zostali wybrani w miejsce Sonny'ego i Cher jako *para* ludzi do arki Noego. Ale ich też nie można było nazwać odpowiednią próbką rodzaju ludzkiego. Ta myśl wywołała w nim niepokój. Chcąc przestawić myśli na inne tory, wyobraził sobie, jak Sonny i Cher zaprzyjaźniają się w arce z parą pytonów. Były to bezsensowne wyobrażenia, ale pozwoliły mu troszkę złagodzić napięcie.

Fukaeri leżała bez słowa w jego objęciach. Nie poruszała się ani nie odzywała. Tengo także milczał. Obejmując ją w łóżku, prawie nie czuł pożądania. Zasadniczo było ono dla niego w prostej linii przedłużeniem porozumienia. Dlatego szukanie pożądania gdzieś, gdzie nie było możliwości porozumienia, wydawało mu się niewłaściwe. Poza tym ogólnie rozumiał, że Fukaeri nie szuka u niego pożądania. Oczekuje od niego *czegoś innego*. On jednak nie bardzo wiedział czego.

Lecz bez względu na cel, obejmowanie pięknej siedemnastolatki było całkiem przyjemne. Czasami jej ucho dotykało jego policzka. Ciepły oddech owiewał mu szyję. Jej piersi były duże i jędrne, zaskakujące przy tak szczupłym ciele. Czuł ich bliskość gdzieś powyżej żołądka. Od jej ciała unosiła się śliczna woń. Szczególna woń życia, którą potrafią wydzielać jedynie ciała nie w pełni uformowane. Jak woń kwiatów w środku lata pokrytych poranną rosą. Często czuł taki zapach w dzieciństwie, idąc latem na poranną gimnastykę.

Mam nadzieję, że nie dostanę erekcji, myślał. Jeżeli dostanę, leżymy w takiej pozycji, że ona od razu się zorientuje. A jeśli do tego dojdzie, zrobi się trochę niezręczna sytuacja. Jak, jakimi słowami i w jakim kontekście wytłumaczyć siedemnastoletniej dziewczynie, że można czasami mieć erekcję, nawet nie odczuwając bezpośrednio pożądania. Ale na szczęście na razie nie miał. I nic jej nie zapowiadało. Zrezygnuje z myślenia o woniach. Muszę myśleć o czymś jak najbardziej niezwiązanym z seksem, pomyślał Tengo.

Przez pewien czas zastanawiał się nad przyjaźnią Sonny'ego i Cher z parą pytonów. Czy mieliby jakieś wspólne tematy? Jeśli tak, to jakie? Czy śpiewaliby piosenki? Kiedy wkrótce zabrakło mu wyobraźni do myślenia o arce pośród burzy, zaczął w pamięci mnożyć przez siebie trzycyfrowe liczby. Często to robił, uprawiając seks z kochanką. Dzięki temu udawało mu się opóźnić moment wytrysku (była niezwykle zasadnicza w kwestii momentu wytrysku). Tengo nie wiedział, czy pomoże mu to również w uniknięciu erekcji. Ale lepsze to niż nic. Coś musiał robić.

– mnie nie przeszkadza jeśli pan się zrobi twardy

– Nie przeszkadza ci?

– to nie jest nic złego

– To nie jest nic złego – powtórzył Tengo. Czuję się zupełnie jak uczeń podstawówki na lekcji wychowania seksualnego, pomyślał. Erekcji wcale nie należy się wstydzić, to nie jest nic złego. Ale oczywiście musi być na to odpowiedni czas i miejsce.

– Czy to znaczy, że to oczyszczanie już się zaczęło? – zapytał Tengo, chcąc zmienić temat.

Fukaeri nie odpowiedziała. Jej drobne piękne uszy nadal starały się coś dosłyszeć w huku grzmotów. Tengo potrafił to poznać. Dlatego postanowił się więcej nie odzywać. Przestał mnożyć trzycyfrowe liczby. Skoro mówi, że jej nie przeszkadza, jak się zrobię twardy, to mogę się zrobić, pomyślał. Ale i tak jego penis nie okazywał symptomów nadchodzącej erekcji. Na razie cicho zatonął w błocie spokoju i odpoczynku.

– Podoba mi się twój fiut – powiedziała kochanka. – Kształt, kolor i rozmiar.

– Mnie się specjalnie nie podoba – odparł Tengo.

– Dlaczego? – zapytała, delikatnie kładąc sobie na dłoni zwiotczały penis, jakby był uśpionym zwierzątkiem, i ważąc go.

– Nie wiem. Pewnie dlatego, że sam go nie wybrałem.

– Dziwak z ciebie – powiedziała. – I masz dziwny sposób myślenia.

To było bardzo dawno temu. Przed potopem. Chyba.

Cichy, ciepły oddech Fukaeri owiewał szyję Tengo, utrzymując stały rytm. W wątłym świetle zielonych cyfr elektronicznego zegara i blasku błyskawic, które nareszcie zaczęły się ukazywać, Tengo mógł dostrzec jej uszy. Wyglądały jak miękkie, tajemnicze jaskinie. Gdyby była moją dziewczyną, pewnie nigdy nie znudziłoby mi się całowanie tych uszu, myślał. Gdy podczas seksu wchodziłby w nią, przytykałby do nich wargi, lekko by je gryzł, lizałby, dmuchał na nie, wąchał. N i e c h c i a ł t e r a z tego robić. To tylko warunkowa fantazja oparta na czystej hipotezie, c o p e w n i e b y r o b i ł, g d y b y b y ł a j e g o d z i e w c z y n ą. Pod względem etycznym nie musiał się niczego wstydzić – prawdopodobnie nie.

Ale bez względu na to, czy było to problematyczne z etycznego punktu widzenia, nie powinien był o tym myśleć. Jego penis obudził się chyba ze spokojnego snu w błocie, jakby ktoś postukał go palcem w plecy. Ziewnął, za chwilę podniósł głowę i zaczął stopniowo twardnieć. Niedługo, jak jacht, który schwycił silny pomyślny wiatr z północnego zachodu, dostał niczym nieograniczonej, pełnej erekcji. W rezultacie twardy penis naciskał teraz na biodro Fukaeri, czy Tengo się to podobało, czy nie. Głęboko westchnął w duchu. Od czasu zniknięcia kochanki przez ponad miesiąc nie uprawiał seksu. To pewnie dlatego. Powinien był dalej mnożyć trzycyfrowe liczby.

– niech się pan nie przejmuje – powiedziała Fukaeri. – to naturalna rzecz że robi się twardy

– Dziękuję. Ale może Little People skądś nas obserwują.

– tylko obserwują ale nic nie mogą zrobić

– To dobrze – powiedział Tengo niespokojnie. – Tylko kiedy myślę, że ktoś mnie obserwuje, jakoś nie mogę się uspokoić.

Ponownie walnął piorun, jakby rozrywał starą firankę i łamał niebo na połowy, szyby w oknach gwałtownie zadrżały. Chyba chcieli naprawdę je rozwalić. Być może szyby niedługo pękną. Były to dość porządne przesuwne okna w aluminiowych ramach, ale jeżeli to wściekłe potrząsanie potrwa dłużej, mogą nie wytrzymać. Duże twarde krople deszczu uderzały w okna jak śrut wystrzelony do sarny.

– Burza wcale się nie przesuwa – powiedział Tengo. – Zwykle tak długo nie trwa.

Fukaeri podniosła głowę i spojrzała na niego. – przez pewien czas tu zostanie

– Przez pewien czas to znaczy jak długo?

Fukaeri nie odpowiedziała. Tengo niepewnie obejmował ją ze swoim pytaniem bez odpowiedzi i bezcelową erekcją.

– jeszcze raz pojedziemy do miasta kotów – powiedziała Fukaeri – dlatego musimy spać

– Ale czy uda nam się zasnąć? Strasznie walą pioruny i dopiero minęła dziewiąta – odparł bez przekonania.

Stworzył w myślach układ równań długi i skomplikowany, ale Tengo znał już rozwiązanie. Zadanie polegało na tym, jak je znaleźć najkrótszą i najprostszą drogą. Szybko dokonywał obliczeń. Była to po prostu intensywna eksploatacja mózgu. Ale mimo to nie przeszła mu erekcja. A raczej wydawało mu się, że jeszcze się wzmogła.

– uda się zasnąć – powiedziała Fukaeri.

Miała rację. Mimo szalejącej ulewy, grzmotów wstrząsających budynkiem z wielką siłą, mimo niepokoju w sercu i silnej erekcji, Tengo sam nie wiedział, kiedy zapadł w sen. A wydawało się to niemożliwe...

We wszystkim panuje chaos, pomyślał przed zaśnięciem. Muszę jakoś znaleźć najkrótszą drogę do rozwiązania. Czas jest ograniczony. Poza tym na otrzymanym arkuszu do wpisania odpowiedzi jest za mało miejsca. Tik-tak, tik-tak, zegar sumiennie odmierzał czas.

Zorientował się nagle, że jest nagi. Fukaeri też była naga. Zupełnie naga. Nie miała na sobie nawet skrawka ubrania. Jej piersi były idealnymi półkulami. Nie można było im nic zarzucić. Sutki niezbyt duże, jeszcze miękkie, spokojnie poszukiwały swego ostatecznego kształtu. Tylko piersi były duże i już dojrzałe. Z jakiejś przyczyny wyglądały tak, jakby nie podlegały grawitacji. Sutki ładnie skierowane ku górze jak łaknące słońca świeże pędy pnącej rośliny. Następnie Tengo zauważył, że Fukaeri nie ma włosów łonowych. Tam gdzie zwykle powinny się znajdować, widniała tylko odsłonięta gładka i biała skóra. Ta białość jeszcze podkreślała jej bezbronność. Miała rozsunięte uda, więc widać było między nimi waginę. Podobnie jak uszy wyglądała na świeżo zrobioną. Może naprawdę została świeżo zrobiona? Nowiutkie uszy i nowiutka wagina bardzo do siebie pasują, pomyślał Tengo. Skierowane ku górze uszy wyglądały, jakby uważnie starały się coś wychwycić. Na przykład daleki ledwo słyszalny dźwięk jakiegoś dzwonka.

Tengo leżał na plecach z twarzą zwróconą ku sufitowi. Fukaeri jakby na niego wsiadła. Nadal miał erekcję. Pioruny także ciągle waliły. Jak długo będą uderzały? Jeżeli to potrwa, niebo może lada chwila zostać poszarpane na kawałki. I chyba nikt już nie będzie umiał go naprawić.

Zasnąłem, przypomniał sobie Tengo. Zasnąłem z erekcją. I dalej mam silną erekcję. Czy miałem ją ciągle podczas snu? Czy też może przeszła i znów wróciła, jak drugi skład gabinetu jakiegoś premiera? Jak długo mogłem spać? Nie, to nieważne, pomyślał. W każdym razie (bez względu na to, czy z przerwą w trakcie, czy nie) teraz też mam erekcję. Nic nie wskazywało na to, że przejdzie. Ani Sonny i Cher, ani mnożenie trzycyfrowych liczb, ani skomplikowane równania nie pomogą się jej pozbyć.

– nie szkodzi – powiedziała Fukaeri. Z rozchylonymi udami przyciskała tę nowiutką waginę do dołu jego brzucha. Nie wyglądało na to, że się wstydzi. – nie ma nic złego w tym że robi się twardy – dodała.

– Nie mogę się ruszyć – powiedział Tengo. To była prawda. Starał się podnieść, lecz nie mógł nawet ruszyć palcem. Nie stracił czucia. Czuł ciężar ciała Fukaeri. Odczuwał też, że ma silną erekcję. Lecz jego ciało, jakby jakoś unieruchomione, było ciężkie i sztywne.

– nie potrzebuje się pan ruszać – powiedziała Fukaeri.

– Potrzebuję się ruszać. To moje ciało – odparł Tengo.

Fukaeri nic na to nie odpowiedziała.

Tengo nie był nawet pewien, czy jego słowa wzbudziły konieczne wibracje powietrza. Nie czuł, czy naprawdę mięśnie wokół ust poruszyły się zgodnie z jego wolą i uformowały w słowa. Lecz to, co chciał powiedzieć, jakoś zostało przekazane Fukaeri. Jednak w ich porozumieniu kryło się coś niepewnego, jakby prowadzili rozmowę międzymiastową, a połączenie było nie najlepszej jakości. Przynajmniej Fukaeri mogła nie słyszeć tego, czego nie potrzebowała słyszeć. Tengo nie mógł.

– nie musi się pan martwić – powiedziała. Potem powoli przesunęła biodra do tyłu. Znaczenie tego ruchu było jasne. W jej oczach pojawił się blask, którego wcześniej w nich nie widział.

Nie sądził, że jego dojrzały penis zmieści się w tej nowiutkiej, małej waginie. Był za duży i za twardy. Powinno ją to bardzo boleć. Ale nagle zorientował się, że jest już całkowicie wewnątrz Fukaeri. Nie poczuł prawie żadnego oporu. Gdy Fukaeri przyjmowała go w siebie, jej twarz nawet nie drgnęła. Tylko oddech stał się trochę nierówny, a rytm poruszających się w dół i górę piersi na kilka sekund lekko się zmienił. Poza tym wszystko było naturalne, oczywiste i zwyczajne.

Przyjęła go głęboko w siebie, a on w niej nadal nie mógł drgnąć. Fukaeri zamknęła oczy i zamarła wyprostowana jak piorunochron. Usta miała na wpół otwarte, widział, że jej wargi poruszają się leciutko jak drobniutkie fale. Zdawało się, że szuka w przestrzeni jakichś słów, chcąc nadać im kształt. Lecz poza tym była nieruchoma. Wyglądało, że czeka w tej pozycji, aż coś się zdarzy.

Tengo ogarnęło głębokie poczucie bezsilności. Coś miało się zdarzyć, lecz on nie wiedział co i nie mógł nad tym zapanować siłą własnej woli. Jego ciało straciło czucie. Nie mógł nim poruszyć. Lecz jego penis odczuwał. A właściwie nie tyle odczuwał, ile raczej odbierał fale pojęć. W każdym razie dzięki temu wiedział, że jest wewnątrz Fukaeri. Że jego erekcja jest pełna. Czy nie muszę założyć prezerwatywy, zaniepokoił się Tengo. Przecież byłby kłopot, gdyby zaszła w ciążę. Jego kochanka była niezwykle zasadnicza w kwestii zapobiegania ciąży. Tengo też został do tego surowo przyuczony.

Starał się ze wszystkich sił myśleć o czymś innym, ale w rzeczywistości nie mógł o niczym myśleć. Znalazł się pośród chaosu. Zdawało się, że w tym chaosie czas stanął. Ale czas nie może stanąć. To fizycznie niemożliwe. Prawdopodobnie stał się tylko nierównomierny. Gdy rozważało się długie sekwencje, posuwał się naprzód z ustaloną prędkością. Co do tego nie było wątpliwości. Lecz gdyby wziąć pod uwagę jedynie określony wycinek czasu, istniała możliwość, że stanie się nierównomierny. W takim częściowym spowolnieniu kolejność rzeczy czy prawdopodobieństwo nieomal traciły znaczenie.

– tengo – powiedziała Fukaeri. Pierwszy raz tak go nazwała. – tengo – powtórzyła. Jakby ćwiczyła wymowę słowa w obcym języku.

Dlaczego nagle zwraca się do mnie po imieniu, pomyślał zdziwiony. Następnie Fukaeri powoli pochyliła się, zbliżyła twarz do jego twarzy, przycisnęła usta do jego ust. Jej na pół rozchylone wargi całkiem się otworzyły, miękki język wsunął się do ust Tengo. Pięknie pachniał. Uparcie szukał słów, które nie stawały się słowami, tajemniczego kodu w nich wyrytego. Język Tengo nieświadomie odpowiedział na te ruchy. Oba były jak dwa młode węże świeżo przebudzone ze snu zimowego, które splątały się i pożądały wzajemnie na wiosennej łące, kierując się wonią.

Potem Fukaeri wyciągnęła prawą rękę i ścisnęła lewą dłoń Tengo. Mocno, ciasno, jakby ją spowijała. Drobne paznokcie wbiły się we wnętrze jego dłoni. Następnie zakończyła gwałtowny pocałunek i podniosła się.

– zamknij oczy

Tengo posłusznie zamknął oczy. Ujrzał głęboką, pogrążoną w półmroku przestrzeń. Bardzo głęboką. Wyglądała, jakby ciągnęła się do samego środka ziemi. Znajdowało się tam sugestywne światło przypominające wczesny wieczór. Łagodny wytęskniony zmierzch nadchodzący po bardzo długim dniu. Zobaczył, że w tym świetle unoszą się jakieś liczne drobinki. Może to kurz. Albo pyłek kwiatowy. Albo jeszcze coś innego. Niebawem ta głębia zaczęła się stopniowo kurczyć. Wokoło pojaśniało, wszystko stawało się szybko coraz bardziej widoczne.

Zorientował się, że ma dziesięć lat i stoi w klasie, w szkole podstawowej. Działo się to w prawdziwym czasie i w prawdziwym miejscu. W prawdziwym świetle stał prawdziwy dziesięcioletni on. Naprawdę wciągnął w płuca tamto powietrze i poczuł zapach politury oraz kredy na gąbce do wycierania tablicy. W klasie byli tylko on i ta dziewczynka. Nie zauważył innych dzieci. Stojąca obok niego dziewczynka błyskawicznie i śmiało wykorzystała tę okazję. Może od dawna na nią czekała. W każdym razie wyciągnęła rękę i ścisnęła jego lewą dłoń. Jej źrenice wpatrzyły się prosto w oczy Tengo.

Poczuł suchość w ustach. Zniknęła z nich wszelka wilgoć. Wszystko zdarzyło się tak nagle, że nie miał pojęcia, co zrobić ani co powiedzieć. Stał więc tylko, a ona ściskała go za rękę. Wkrótce poczuł głęboko w lędźwiach lekkie, lecz intensywne pulsowanie. Nigdy przedtem nie doznał takiego uczucia. To pulsowanie przypominało słyszany w oddali odgłos morza. Jednocześnie docierały do niego rzeczywiste dźwięki. Krzyki dzieci dobiegające zza otwartego okna, dźwięk kopanej piłki, stuk kija uderzającego w piłkę do softballu, wysoki głos narzekającej na coś dziewczynki z młodszej klasy, flety proste niepewnie grające razem *Ostatnią różę lata*. Lekcje już się skończyły.

Chciał równie mocno odwzajemnić jej uścisk. Lecz jego dłoń nie znalazła dość siły. Dziewczynka zbyt mocno ściskała. A jednocześnie Tengo był jak skamieniały. Dlaczego nie mógł nawet poruszyć palcem? Zupełnie jakby ogarnął go paraliż.

Zdaje się, że czas stanął, pomyślał Tengo. Oddychał cicho i wsłuchiwał się we własny oddech. Wciąż słyszał szum morza. Nagle zorientował się, że ucichły wszystkie rzeczywiste dźwięki. Pulsowanie w lędźwiach zmieniło się w coś innego o bardziej ograniczonym kształcie. Było w tym szczególne odrętwienie. To odrętwienie zmieniło się w drobny pył, zmieszało z gorącą czerwoną krwią, dzięki sile pracowitego serca zostało rozprowadzone naczyniami krwionośnymi po całym ciele. W piersi utworzyła mu się jakby mała gęsta chmura. Zmieniała rytm oddechu, wzmagała bicie serca.

Na pewno kiedyś, w przyszłości, zrozumiem znaczenie i cel tego wydarzenia, pomyślał Tengo. Dlatego muszę jak najdokładniej, jak najwyraźniej zachować je w pamięci. Teraz był tylko dobrym z matematyki dziesięciolatkiem. Miał przed oczami nowe drzwi, lecz nie wiedział, co go za nimi czeka. Był bezsilny, nieświadomy, emocjonalnie zdezorientowany i porządnie przestraszony. Sam zdawał sobie z tego sprawę. Ta dziewczynka też nie spodziewała się, że teraz ją zrozumie. Pragnęła tylko dokładnie przekazać Tengo, co czuje. Zapakowała to do małego twardego pudełka, owinęła czystym papierem, ciasno związała cienkim sznurkiem. Przekazała Tengo taki pakunek.

Nie ma potrzeby go teraz otwierać, mówiła mu bez słów. Otworzysz, kiedy przyjdzie czas. Teraz wystarczy tylko, że go przyjmiesz.

Ona już wie różne rzeczy, pomyślał Tengo. On jeszcze ich nie wiedział. W tej nowej dziedzinie to ona przejęła inicjatywę. Obowiązywały tu nowe zasady. Powstały nowe cele i pojawiła nowa dynamika. Tengo nic nie wiedział. *Ona wiedziała.*

Wkrótce dziewczynka cofnęła rękę ściskającą dłoń Tengo. Bez słowa, nie odwracając się, odeszła szybkim krokiem. Tengo został sam w przestronnej klasie. Zza otwartego okna dobiegały głosy dzieci.

W następnej chwili zorientował się, że ma wytrysk. Gwałtowny wytrysk trwał kilka chwil. Z dużą siłą wydzielił sporo nasienia. Gdzie ja właściwie mam ten wytrysk, zastanawiał się zdezorientowany. Byłoby to niewłaściwe w klasie po lekcjach w czasach podstawówki. Przecież gdyby ktoś go zobaczył, miałby kłopoty. Ale nie był już w klasie. Zorientował się, że jest wewnątrz Fukaeri, że ma wytrysk w kierunku jej macicy. Nie chciał tego robić, lecz nie mógł się powstrzymać. Wszystko odbywało się w jakimś miejscu, którego nie mógł dosięgnąć.

– nie ma się czym martwić – powiedziała Fukaeri nieco później swym zwykłym monotonnym głosem. – J a nie zajdę w ciążę. Bo nie mam miesiączki.

Tengo otworzył oczy i spojrzał na nią. Siedząc na nim, spoglądała w jego stronę. Przed oczami miał jej piersi o idealnym kształcie. Te piersi poruszały się unoszone spokojnym, regularnym oddechem.

Czy to była wycieczka do miasta kotów, chciał zapytać. Co to właściwie za miejsce. Starał się wypowiedzieć te słowa, lecz mięśnie wokół ust ani drgnęły.

– to było potrzebne – powiedziała Fukaeri, jakby czytała w jego myślach. Zwięzła odpowiedź, ale nie odpowiadała na żadne pytanie. Jak zwykle.

Tengo znów zamknął oczy. Poszedł t a m, miał wytrysk i wrócił t u t a j. Był to prawdziwy wytrysk, wydzielił prawdziwą spermę. Skoro Fukaeri mówi, że to było potrzebne, to pewnie tak jest.

Ciało miał nadal zdrętwiałe i pozbawione czucia. Ociężałość po wytrysku spowijała go jak cienka błona.

Fukaeri długo nie zmieniała pozycji i jak owad spijający nektar skutecznie wycisnęła z niego całe nasienie. Dosłownie do ostatniej kropelki. Potem spokojnie wyjęła jego penis, bez słowa wstała i poszła do łazienki. Tengo zorientował się, że pioruny ucichły. Gwałtowny deszcz nie wiadomo kiedy ustał. Burzowe chmury tak uparcie wiszące nad jego domem zniknęły bez śladu. Wokół panowała niemal nierealna c i s z a. Słyszał niewyraźnie, że Fukaeri bierze w łazience prysznic. Wpatrując się w sufit, Tengo czekał, aż odzyska normalne czucie. Mimo wytrysku erekcja nie minęła, ale jednak straciła chyba intensywność.

Częścią umysłu był jeszcze w tej klasie, w szkole podstawowej. W lewej dłoni czuł wyraźnie ucisk palców dziewczynki. Nie mógł podnieść i obejrzeć ręki, ale powinny być na niej czerwone ślady paznokci. W rytmie serca brzmiały jeszcze ślady podniecenia. Gęsta chmura zniknęła z piersi, lecz zaraz powyżej serca czuł tępy, ale przyjemny ból.

A o m a m e, pomyślał Tengo.

Muszę się spotkać z Aomame, pomyślał Tengo. Muszę ją odnaleźć. Dlaczego dopiero teraz wpadłem na coś tak oczywistego? Przekazała mi ten cenny pakunek. Dlaczego go gdzieś odłożyłem i nigdy nie otworzyłem? Chciał pokręcić głową, ale jeszcze mu się to nie udało. Ciało wciąż miał odrętwiałe.

Niebawem Fukaeri wyszła z łazienki. Owinięta szlafrokiem przysiadła na krawędzi łóżka.

– little people już przestali robić hałas – powiedziała. Zupełnie jak zdolny zwiadowca składający meldunek na froncie.

Wyciągnęła w powietrzu palec i zakreśliła szybko niewielkie kółko. Było to piękne, idealne kółko, jakie rysowali na ścianach kościołów włoscy malarze Renesansu. Nie miało początku ani końca. Przez pewien czas unosiło się w powietrzu. – już się skończyło

Powiedziawszy to, zdjęła szlafrok i stała przez pewien czas naga. Naturalnie i spokojnie suszyła wilgotne jeszcze ciało w nieruchomym powietrzu. Był to bardzo piękny widok. Gładkie piersi i nieowłosione łono.

Potem schyliła się i podniosła z podłogi piżamę. Wsunęła ją na gołe ciało, nie wkładając pod spód bielizny. Zapięła guziki, ściągnęła i związała sznurek spodni. Tengo przyglądał się temu bezmyślnie w półmroku. Jakby patrzył na proces metamorfozy owada. Piżama była na nią za duża, lecz Fukaeri jakoś naturalnie w niej wyglądała. Potem wślizgnęła się do łóżka, ułożyła się na wąskiej przestrzeni i położyła głowę na ramieniu Tengo. Czuł na nagiej skórze kształt jej drobnego ucha, a na szyi jej ciepły oddech. Jednocześnie odrętwienie ciała zaczęło po trochu ustępować, jak morze, gdy nadejdzie czas odpływu.

Powietrze zdawało się jeszcze wilgotne, lecz nie była to lepka nieprzyjemna wilgoć. Za oknem zaczęły śpiewać cykady. Erekcja już całkowicie ustąpiła i penis Tengo znów zatonął w błocie spokoju i odpoczynku. Zdawało się, że wszystko, co się stało, przeszło odpowiednie etapy i wreszcie zakończył się pełen cykl. W powietrzu wykreślone zostało idealne koło. Zwierzęta wyszły z arki i rozbiegły się po wytęsknionym lądzie. Wszystkie p a r y wróciły tam, gdzie powinny być.

– lepiej zasnąć – powiedziała. – bardzo głęboko

Bardzo głęboko zasnąć, pomyślał Tengo. Sen, potem przebudzenie. Jaki świat tu zastanę po nadejściu jutra?

– tego nikt nie wie – powiedziała Fukaeri, czytając w jego myślach.

Rozdział piętnasty – Aomame

Wreszcie nadchodzi czas duchów

Aomame wyciągnęła z szafy dodatkowy koc i przykryła wielkie ciało mężczyzny. Potem jeszcze raz przycisnęła palec do jego szyi i upewniła się, że puls całkowicie się zatrzymał. Człowiek zwany Liderem przeniósł się już na tamten świat. Nie wiadomo, co to za świat. Ale na pewno nie świat roku 1Q84. W tym świecie zmienił się już w „zmarłego". Nie wydał nawet najmniejszego dźwięku, jedynie raz lekko zadrżał, jakby poczuł powiew zimnego powietrza, i przekroczył już dział wód między życiem a śmiercią. Nie popłynęła ani kropla krwi. Teraz został uwolniony od wszelkiego bólu, martwy leżał cicho na brzuchu na niebieskiej macie do jogi. Jak zawsze wykonała pracę szybko i precyzyjnie.

Wcisnęła korek na czubek ostrza i włożyła narzędzie do etui, które schowała do torby. Wyciągnęła z kosmetyczki pistolet i zatknęła z tyłu za pasek spodni od dresu. Był odbezpieczony, w komorze znajdował się nabój. Uspokoił ją twardy dotyk metalu w okolicy kręgosłupa. Podeszła do okna, zasunęła zasłony, ponownie pogrążając pokój w ciemności.

Następnie podniosła torbę i skierowała się do drzwi. Z ręką na klamce obejrzała się za siebie i jeszcze raz spojrzała na leżącego w ciemności potężnego mężczyznę. Wyglądał na głęboko uśpionego. Tak samo, jak kiedy go pierwszy raz zobaczyła. Na całym świecie tylko jedna jedyna Aomame wiedziała, że on nie żyje. Nie, pewnie wiedzą jeszcze Little People. Dlatego właśnie przestali ciskać gromy. Bo zrozumieli, że nie ma sensu więcej wysyłać ostrzeżeń. Wybrany przez nich przedstawiciel już nie żył.

Aomame otworzyła drzwi i odwracając oczy od światła, weszła do jasnego pokoju. Cicho, by nie robić hałasu, zamknęła drzwi. Rekrut siedział na kanapie i pił kawę. Na stole stała duża taca z dzbankiem kawy oraz stertą kanapek zamówionych do pokoju. Ubyła już połowa. Obok stały dwie czyste filiżanki. Kucyk tak samo jak wcześniej wyprostowany niczym struna siedział na krześle w stylu rokoko. Wyglądało na to, że od dłuższego czasu trwają w milczeniu w tych samych pozycjach. Zdawało się, że w pokoju wszystko jest w zawieszeniu.

Kiedy weszła, Rekrut odstawił filiżankę na talerzyk i cicho wstał.

– Skończyłam – powiedziała Aomame. – Teraz śpi. Zajęło to dość dużo czasu. Wydaje mi się, że jego mięśnie były bardzo przeciążone. Proszę mu pozwolić się wyspać.

– Śpi.

– Smacznie.

Rekrut spojrzał Aomame prosto w oczy. Zajrzał w nie głęboko. Potem, jakby przeprowadzał inspekcję i sprawdzał, czy nic się w niej nie zmieniło, powoli zmierzył ją wzrokiem od stóp do głów. Znów spojrzał na jej twarz.

– Czy ludzie zwykle tak reagują?

– Kiedy zostaje usunięte tak silne napięcie mięśni, wiele osób głęboko zasypia. To nic niezwykłego.

Rekrut podszedł do drzwi prowadzących do sypialni, cicho przekręcił klamkę, uchylił je i zajrzał. Aomame położyła prawą rękę na biodrze, żeby w razie czego móc od razu wyciągnąć pistolet. Przez jakieś dziesięć sekund mężczyzna sprawdzał, co się dzieje, potem cofnął się i zamknął drzwi.

– Jak długo będzie spał? – zapytał. – Nie możemy mu pozwolić tak spać na podłodze.

– Powinien się obudzić za jakieś dwie godziny. Do tego czasu proszę go w miarę możliwości zostawić w spokoju.

Rekrut spojrzał na zegarek. Potem lekko skinął głową.

– Dobrze. Zostawimy go tak przez pewien czas. Chce pani wziąć prysznic?

– Nie, nie muszę brać prysznica. Ale chciałabym się przebrać.

– Oczywiście. Proszę skorzystać z łazienki.

Gdyby to było możliwe, Aomame wolałaby się nie przebierać i jak najszybciej zniknąć z tego pokoju. Ale lepiej nie wzbudzać podejrzeń. Po przyjściu się przebrała, więc musi się przebrać przed wyjściem. Poszła do łazienki i zdjęła dres. Ściągnęła przepoconą bieliznę, wytarła pot ręcznikiem, przebrała się w czystą. Potem włożyła bawełniane spodnie i białą bluzkę, w których przyszła. Pistolet zatknęła za pasek spodni, tak by był niewidoczny. Poruszyła ciałem na różne sposoby, upewniając się, że broń nie krępuje jej ruchów. Umyła mydłem twarz, przyczesała włosy. Potem stanęła przed dużym lustrem nad umywalką i zdecydowanie się skrzywiła pod różnymi kątami. Chciała rozluźnić zesztywniałe od napięcia rysy. Po pewnym czasie wróciła do swojego zwykłego wyrazu twarzy. Gdy się długo krzywiła, miała trudności z przypomnieniem sobie, jaki wyraz twarzy ma zwykle. Ale metodą prób i błędów udało jej się mniej więcej przywrócić rysom normalny wygląd. Intensywnie wpatrując się w lustro, starannie zbadała swoje odbicie. Wszystko w porządku, pomyślała. Moja zwykła twarz. Mogę się nawet uśmiechnąć. Ręce też nie drżą. Oczy patrzą pewnie i prosto przed siebie. Zwyczajna, chłodna Aomame.

Lecz kiedy przed chwilą wyszła z sypialni, Rekrut dokładnie jej się przyglądał. Może zauważył ślady łez. Dużo płakała, więc mógł coś dostrzec. Na tę myśl ogarnął ją niepokój. Może Rekrut się zdziwił, bo właściwie dlaczego miałaby zalewać się łzami podczas robienia masażu rozciągającego. Może nabrał podejrzeń, że zaszło tam coś dziwnego. Może otworzyć drzwi do sypialni, sprawdzić, jak Lider się czuje, i odkryć, że nie oddycha...

Kładąc rękę na biodrze, upewniła się, że pistolet mocno tkwi za paskiem. Muszę się uspokoić, pomyślała. Nie wolno się bać. Strach widać na twarzy, może to wzbudzić ich podejrzenia.

Przygotowana na najgorsze, wzięła do lewej ręki torbę i ostrożnie wyszła z łazienki. Prawą trzymała tak, by móc w każdej chwili sięgnąć po pistolet. Lecz nic się nie zmieniło. Rekrut stał na środku pokoju z założonymi rękami i rozmyślał nad czymś, przymykając oczy. Kucyk nadal siedział na krześle przy wejściu i chłodno obserwował pokój. Jego oczy były spokojne, jakby należały do strzelca obsługującego karabin maszynowy w bombowcu. Przyzwyczajonego do samotnego obserwowania błękitnego nieba. Oczy zabarwione kolorem nieba.

– Pewnie się pani zmęczyła – powiedział Rekrut. – Może napije się pani kawy? Są też kanapki.

– Dziękuję, ale nie. Zaraz po pracy nie jestem głodna. Dopiero mniej więcej po godzinie zaczyna mi po trochu wracać apetyt.

Rekrut kiwnął głową. Wyciągnął z wewnętrznej kieszeni marynarki grubą kopertę i jakby ważąc ją w dłoni, podał Aomame.

– Proszę, tu jest nieco więcej niż pani zwykłe honorarium, którego wysokość nam podano. Tak jak wcześniej mówiłem, chcielibyśmy prosić panią o całkowitą dyskrecję w tej sprawie.

– To znaczy, że to jest zapłata za milczenie? – zapytała Aomame żartobliwym tonem.

– Za dodatkowy kłopot – odparł mężczyzna bez cienia uśmiechu.

– Bez względu na sumę, zachowam ścisłą dyskrecję. To jeden z aspektów mojej pracy. Nie będzie żadnych przecieków na zewnątrz – powiedziała Aomame. Przyjęła kopertę i wrzuciła do torby. – Potrzebne panu pokwitowanie?

Rekrut potrząsnął głową. – Nie. Ta sprawa pozostanie między nami. Nie ma potrzeby zgłaszać tej sumy jako dochodu.

Aomame w milczeniu skinęła głową.

– Wymagało to pewnie znacznej siły? – zapytał Rekrut, jakby chciał coś z niej wyciągnąć.

– Większej niż zwykle – odrzekła.

– Bo to nie jest zwykły człowiek.

– Na to wygląda.

– To istota, która nie ma sobie równych. I od dawna cierpi na gwałtowny fizyczny ból. Jakby przyjmuje na siebie nasze cierpienia i bóle. Pragniemy mu w tym choć trochę ulżyć.

– Nie znam zasadniczej przyczyny jego dolegliwości, więc nie mogę powiedzieć nic pewnego – zaczęła Aomame, starannie dobierając słowa – ale sądzę, że ból t r o c h ę zelżał.

Rekrut kiwnął głową. – Z tego co widzę, panią też to wyczerpało.

– Pewnie ma pan rację – odpowiedziała Aomame.

Podczas ich rozmowy Kucyk siedział przy drzwiach i w milczeniu obserwował pokój. Był nieruchomy, poruszały się jedynie oczy. W ogóle nie zmienił wyrazu twarzy. Nie wiadomo, czy w ogóle słyszał ich rozmowę. Samotny, milczący, wyjątkowo uważny. Szukał pomiędzy chmurami cienia wrogiego myśliwca, który na początku wygląda tylko jak ziarenko maku.

Po krótkim wahaniu Aomame zapytała Rekruta: – Może to nie moja sprawa, ale czy picie kawy i jedzenie kanapek z szynką nie jest sprzeczne z zasadami sekty?

Rekrut odwrócił się i spojrzał na stojącą na stole tacę z dzbankiem kawy i talerzem kanapek. Na jego wargach pojawił się lekki uśmiech.

– W naszej sekcie nie ma aż tak surowych zasad. Papierosy i alkohol są zasadniczo zabronione. Są też pewne zakazy związane z życiem płciowym. Lecz w kwestii jedzenia jest stosunkowo duża dowolność. Zwykle jemy skromne potrawy, ale ani kawa, ani kanapki z szynką nie są objęte szczególnym zakazem.

Aomame kiwnęła tylko głową, nie wyrażając swojej opinii.

– Jest to duża zbiorowość, więc potrzebna jest oczywiście pewna dyscyplina. Ale jeśli ktoś za bardzo skupia się na sztywnych formach, może stracić z oczu prawdziwy cel. Zakazy i doktryny powstają, bo tak jest wygodniej. Ważne są nie ramy, ale to, co się w nich znajduje.

– I Lider wam to daje.

– Tak. Potrafi usłyszeć głos, który nie dociera do naszych uszu. To niezwykły człowiek. – Rekrut jeszcze raz spojrzał Aomame w oczy. – Dziękujemy pani bardzo za dzisiejszą pracę. Akurat deszcz przestał padać.

– To była straszna burza.

– Rzeczywiście – zgodził się Rekrut, lecz zdawało się, że ani burza, ani deszcz specjalnie go nie interesują. Aomame ukłoniła się i z torbą w ręce skierowała się do drzwi.

– Proszę poczekać – powiedział za jej plecami Rekrut. Jego ton był ostry.

Aomame zatrzymała się na środku pokoju i odwróciła się. Serce waliło jej głucho. Jak gdyby nigdy nic trzymała rękę na biodrze.

– Mata do jogi – powiedział Rekrut. – Zapomniała pani zabrać matę do jogi. Zostawiła ją pani na podłodze w sypialni.

Aomame uśmiechnęła się. – W tej chwili Lider śpi na niej smacznie, nie można jej spod niego wyciągać. Ofiaruję ją panom. To nie jest droga rzecz i już od dawna jej używam. Jeśli okaże się niepotrzebna, proszę ją wyrzucić.

Rekrut zastanawiał się chwilę, potem skinął głową.

– Jeszcze raz pani dziękujemy – powiedział.

Aomame podeszła do drzwi, Kucyk wstał i otworzył jej. Lekko się ukłonił. Do końca nie powiedział ani słowa, pomyślała. Odwzajemniła ukłon. Chciała się szybko wyślizgnąć z pokoju.

Ale w tej chwili przeszyła ją jak silny prąd brutalna myśl. Kucyk wyciągnie rękę i pochwyci jej prawą dłoń. Zrobi to błyskawicznie i wyjątkowo precyzyjnie. Tak szybko, jakby chciał złapać w powietrzu muchę. Przez krótką chwilę miała takie prawie namacalne przeczucie. Zesztywniały jej wszystkie mięśnie. Dostała gęsiej skórki, serce na chwilę stanęło. Zaparło jej dech, poczuła zimny dreszcz na plecach. Świadomość zalało oślepiająco białe światło. Jeżeli złapie mnie za prawą rękę, nie dam rady sięgnąć po pistolet. Wtedy nie będę miała szansy. On wyczuwa, że ja *coś* zrobiłam, że w tamtym pokoju *coś* się zdarzyło. Nie wie co, ale coś strasznie niewłaściwego. Instynkt podpowiada mu, że „musi schwytać tę kobietę". Nakazuje mu pchnąć ją na ziemię, przycisnąć swoim ciężarem i najpierw wykręcić ramię ze stawu. Ale to był tylko instynkt. Nie miał dowodu. Gdyby okazało się, że się po prostu pomylił, znalazłby się w wyjątkowo kłopotliwej sytuacji. Gwałtownie się wahał, lecz w końcu zrezygnował. Ocenianie i wydawanie poleceń należało do Rekruta, on nie miał do tego prawa. Z wielkim wysiłkiem opanował chęć ataku na jej prawą rękę, opuścił bezsilnie ramiona. Aomame udało się wyraźnie wyczuć, jakie etapy przebyła jego świadomość w ciągu tej jednej czy dwóch sekund.

Wyszła na korytarz. Nie odwracając się, szła obojętnie w stronę windy. Kucyk wyjrzał z pokoju i odprowadzał ją wzrokiem. Czuła na plecach jego ostre jak nóż spojrzenie. Strasznie korciło ją, żeby się odwrócić, ale wytrzymała. Kiedy korytarz zakręcił, w końcu opuściło ją to okropne napięcie. Ale jeszcze nie mogła być spokojna. Nie wiadomo, co się dalej stanie. Wcisnęła guzik windy i czekając, aż przyjedzie (do jej przyjazdu minęła nieomal wieczność), trzymała rękę na zatkniętym z tyłu za pasek pistolecie. Żeby móc go w każdej chwili wyciągnąć, gdyby Kucyk zmienił zdanie i pobiegł jej śladem. Musiałaby go bez wahania zastrzelić, zanimby jej dosięgnął tymi nieustępliwymi rękami. Albo bez wahania zastrzelić samą siebie. Nie umiała zdecydować, co powinna wybrać. Może do końca nie umiałaby zdecydować.

Lecz nikt jej nie gonił. Hotelowy korytarz pogrążony był w ciszy. Z cichym szumem otworzyły się drzwi windy, Aomame wsiadła. Wcisnęła guzik piętra recepcji i czekała, aż drzwi się zamkną. Potem przygryzając wargi, wpatrywała się we wskaźnik mijanych pięter. Wysiadła z windy, przeszła przestronny hol i wsiadła do jednej z taksówek czekających przed wejściem na gości hotelowych. Deszcz już całkiem przestał padać, z samochodu kapała woda, jakby przyjechał tu całkowicie zanurzony.

– Poproszę do zachodniego wejścia dworca Shinjuku – powiedziała. Kiedy taksówka ruszyła i zaczęła oddalać się od hotelu, wypuściła wreszcie tak długo wstrzymywane w płucach powietrze. Potem zamknęła oczy i opróżniła głowę z myśli. Przez pewien czas nie chciała się nad niczym zastanawiać.

Poczuła silne mdłości. Miała wrażenie, że cała zawartość żołądka podeszła jej do gardła, lecz jakoś udało się jej powstrzymać chęć wymiotów. Przyciskiem otworzyła do połowy okno i wciągnęła w płuca wilgotne wieczorne powietrze. Oparta o siedzenie zrobiła kilka głębokich wdechów. W ustach miała nieprzyjemny smak. Jakby coś wewnątrz niej zaczęło gnić.

Poszukała w kieszeni spodni i znalazła dwa kawałki gumy do żucia, o których nagle sobie przypomniała. Lekko drżącymi rękami odwinęła papierki, włożyła gumę do ust i zaczęła powoli żuć. Miętowa. Stęskniła się za tym zapachem. Jakoś ukoił jej nerwy. Kiedy poruszała szczęką, nieprzyjemny smak w ustach zaczął słabnąć. Nic we mnie nie gnije. Tylko strach tak dziwnie na mnie działa.

W każdym razie już po wszystkim, pomyślała. Nie muszę już więcej nikogo zabijać. Poza tym postąpiłam słusznie, powiedziała sobie. Ten człowiek zasłużył na śmierć swymi postępkami. Spotkała go za nie kara. Poza tym akurat – przypadkiem tak się stało – sam głęboko pragnął, bym go zabiła. Ofiarowałam mu lekką śmierć zgodnie z jego życzeniem. Nie zrobiłam nic niesłusznego. Tylko niezgodnego z prawem.

Lecz bez względu na to, ile sobie to wmawiała, w głębi serca nie mogła się z tym pogodzić. Przed chwilą własnymi rękami zabiła *niezwykłego* człowieka. Jeszcze wyraźnie czuła, jak ostra igła zanurza się bezgłośnie w jego karku. Wyczuła tam jakąś *niezwykłą* reakcję. To budziło w jej sercu poważny niepokój. Spojrzała na wnętrze swoich dłoni. Coś było nie tak. Zdawały się zupełnie inne niż zazwyczaj. Lecz nie potrafiła dostrzec, co i jak się w nich zmieniło.

Jeżeli wierzyć temu mężczyźnie, zamordowała proroka. Kogoś, do kogo przemawiał głos Boga. Lecz właściciel tego głosu nie był bogiem. Prawdopodobnie byli to Little People. Prorok był jednocześnie królem, a królom przeznaczone jest, że zostaną zabici. Czyli ona była skrytobójczynią wysłaną przez przeznaczenie. Brutalnie eliminując tego króla czy proroka, zachowała w świecie równowagę między złem a dobrem. W rezultacie musi umrzeć. Ale dobiła z nim targu. Zabije go i faktycznie zrezygnuje z własnego życia, a dzięki temu Tengo przeżyje. Takie były warunki umowy. J e ż e l i w i e r z y ć t e m u m ę ż c z y ź n i e. Musiała wierzyć w to, co jej powiedział. Nie był fanatykiem, ludzie nie kłamią przed śmiercią. Ale przede wszystkim jego słowa miały siłę przekonywania i wagę wielkiej żelaznej kotwicy. Może i dopuścił się odrażających czynów, ale rzeczywiście miał w sobie majestat wielkiego okrętu. Musiała to przyznać.

Tak, żeby kierowca nie zauważył, wyjęła zza paska pistolet Heckler und Koch, zabezpieczyła i wsadziła do kosmetyczki. Zrzuciła z siebie pięciusetgramowy twardy i śmiercionośny ciężar.

– Straszne były te pioruny przedtem, prawda? – powiedział kierowca.

– Pioruny? – powtórzyła Aomame. Wydawało jej się, że to działo się bardzo dawno temu, mimo że minęło zaledwie trzydzieści minut. Rzeczywiście waliły pioruny. – Tak, straszne były.

– W prognozie pogody nic takiego nie przewidywali. Miała cały dzień być ładna pogoda.

Aomame intensywnie myślała. Musi coś powiedzieć. Ale żadne właściwe słowa nie przychodziły jej do głowy. Reakcje miała bardzo spowolnione.

– Prognozy często się nie sprawdzają – powiedziała.

Kierowca zerknął na nią w lusterku. Może mówiła jakoś nienaturalnie.

– Podobno woda zalała ulice, dostała się do stacji metra Akasaka Mitsuke i zalała peron. To dlatego, że spadł wielki deszcz na niewielkiej przestrzeni. Linie Ginza i Marunouchi są czasowo zamknięte. Przed chwilą mówili w wiadomościach radiowych.

Z powodu ulewy zatrzymano metro. Czy to będzie miało jakiś wpływ na moje działania? Muszę szybko coś wymyślić. Pojadę na dworzec Shinjuku, wyjmę ze schowka torbę podróżną i torbę na ramię. Potem zadzwonię do Tamaru i dowiem się, jakie są dalsze polecenia. Ale jeżeli okaże się, że miałam w Shinjuku wsiąść w linię Marunouchi, sytuacja nieco się skomplikuje. Mam tylko dwie godziny na ucieczkę. Po dwóch godzinach zaczną się dziwić, że Lider się nie budzi, prawdopodobnie pójdą do sąsiedniego pokoju, żeby zobaczyć, co się dzieje, i odkryją, że wydał ostatnie tchnienie. Od razu ruszą do działania.

– Czy linia Marunouchi ciągle jest zamknięta? – zapytała Aomame kierowcę.

– Hm... nie wiem. Może włączyć wiadomości radiowe?

– Bardzo proszę.

Według Lidera to Little People wywołali tę burzę z piorunami. Skoncentrowali gwałtowny deszcz na niewielkiej przestrzeni w okolicy Akasaka Mitsuke i dlatego stanęło metro. Aomame potrząsnęła głową. Może to zostało ukartowane. Bo nic nie idzie zgodnie z planem.

Kierowca nastawił radio na stację NHK. Nadawali program muzyczny. Wydanie specjalne na temat japońskiego piosenkarza folkowego modnego w późnych latach sześćdziesiątych. Aomame pamiętała jak przez mgłę, że słyszała go w dzieciństwie w radiu, lecz bynajmniej nie tęskniła za jego śpiewem. Wypełniły ją raczej nieprzyjemne wspomnienia. Te utwory przypominały jej tylko rzeczy, o których nie chciała pamiętać. Przez pewien czas cierpliwie słuchała programu, ale choć czekała, nie podano żadnych wiadomości na temat metra.

– Przepraszam, ale czy mógłby pan jednak wyłączyć radio? – poprosiła. – Pojadę do Shinjuku i sama się zorientuję w sytuacji.

Dworzec Shinjuku był rzeczywiście strasznie zatłoczony. Ponieważ zamknięto linię Marunouchi, z której można się było przesiąść w pociągi Kolei Państwowych, powstał chaos w przepływie pasażerów, ludzie kręcili się we wszystkich kierunkach. Minęła już godzina wieczornego szczytu, ale i tak trudno było przedrzeć się przez tłum.

W końcu dotarła do schowków, wyciągnęła torbę na ramię i czarną torbę podróżną ze sztucznej skóry. Miała w niej pieniądze wyjęte z bankowej skrytki. Wyciągnęła kilka rzeczy z torby treningowej, włożyła część do torby na ramię, a resztę do podróżnej. Kopertę z gotówką otrzymaną od Rekruta, pistolet w plastikowej kosmetyczce. Etui ze specjalnym narzędziem przypominającym szpikulec do lodu. Niepotrzebną już torbę firmy Nike wsunęła do pobliskiego schowka, wrzuciła stujenówkę i zamknęła. Nie miała zamiaru jej odbierać. W torbie nie było nic, co pozwoliłoby ustalić tożsamość właściciela.

Z torbą podróżną chodziła po dworcu, szukając automatu telefonicznego. Wszystkie były zajęte. Ludzie chcieli zadzwonić do domu, że spóźnią się z powodu zatrzymania pociągów, więc czekali w długich kolejkach przed automatami. Aomame skrzywiła się lekko. Wygląda na to, że Little People nie pozwolą mi tak łatwo uciec. Zgodnie z tym, co mówił Lider, nie są w stanie bezpośrednio podnieść na mnie ręki. Lecz mogą mi z boku przeszkadzać w działaniu.

Zrezygnowała z czekania w kolejce, oddaliła się od dworca i nieopodal zauważyła kawiarnię. Weszła i zamówiła kawę z lodem. Różowy automat telefoniczny był w użyciu, ale jednak nie stała przy nim kolejka. Ustawiła się za kobietą w średnim wieku i czekała, aż tamta skończy długą rozmowę. Kobieta zerkała na nią z niezadowoleniem, lecz po dalszych pięciu minutach poddała się i rozłączyła.

Aomame wrzuciła do automatu wszystkie drobne pieniądze, jakie miała, i wykręciła zapamiętany numer. Po trzecim dzwonku odezwała się automatyczna sekretarka z fabrycznie nagraną wiadomością: „Nie mogę podejść do telefonu. Proszę zostawić wiadomość po sygnale".

Rozległ się sygnał. Aomame powiedziała: – Tamaru? Jeśli tam jesteś, to odbierz.

Ktoś podniósł słuchawkę. – Jestem – powiedział Tamaru.

– To dobrze.

Tamaru wyczuł chyba w jej głosie inny niż zwykle, naglący ton. – Wszystko w porządku? – zapytał.

– Na razie tak.

– Praca dobrze poszła?

– Głęboko śpi. Tak głęboko, że głębiej nie można.

– Rozumiem – powiedział Tamaru. W jego głos wkradł się ton prawdziwej ulgi. Rzadko się to zdarzało nieokazującemu uczuć Tamaru. – Przekażę madame. Na pewno się uspokoi.

– Prawdę mówiąc, nie było to proste.

– Wiem. Ale wykonałaś pracę.

– Jakoś wykonałam. Ten telefon jest bezpieczny?

– Korzystam ze specjalnej linii. Nie martw się.

– Wyciągnęłam torbę podróżną ze schowka w Shinjuku. Co dalej?

– Ile masz czasu?

– Półtorej godziny – powiedziała Aomame. Krótko wyjaśniła sytuację. Że za półtorej godziny dwaj ochroniarze sprawdzą, co się dzieje w sąsiednim pokoju, i odkryją, że Lider nie oddycha.

– Półtorej godziny wystarczy – odrzekł Tamaru.

– Czy jak go odkryją, od razu zawiadomią policję?

– Tego nie wiem. Wczoraj odbyła się rewizja w głównej siedzibie sekty. W tej chwili tylko zbierają informacje, poza tym to jeszcze nie była rewizja z prawdziwego zdarzenia, ale jeśli się okaże, że przywódca sekty zmarł nienaturalną śmiercią, mogą mieć duże kłopoty.

– To znaczy, że mogą tego nie podać do wiadomości publicznej, tylko sami to jakoś załatwią?

– Dla nich to żadna wielka sprawa. Tego, co zrobili, dowiemy się z jutrzejszych gazet. Czy zawiadomili policję o śmierci Lidera, czy nie. Nie lubię hazardu. Ale gdybym musiał na coś postawić, obstawiłbym, że nie zawiadomią.

– Czy nie pomyślą, że to się stało z naturalnych przyczyn?

– Na oko nie da się stwierdzić. Jeśli nie zrobią dokładnej oficjalnej sekcji zwłok, nie dowiedzą się, czy to naturalna śmierć, czy morderstwo. Ale tak czy inaczej, najpierw będą chcieli usłyszeć, co ty masz do powiedzenia. Bo jesteś ostatnią osobą, która go widziała żywego. A kiedy się dowiedzą, że wyprowadziłaś się z mieszkania i gdzieś ukryłaś, dojdą do wniosku, że to raczej nie była naturalna śmierć.

– I zaczną mnie szukać. Włożą w to wszystkie siły.

– Niewątpliwie tak – powiedział Tamaru.

– Czy naprawdę uda mi się zniknąć?

– Wszystko jest zaplanowane. Dokładnie zaplanowane. Jeżeli będziesz uważnie i cierpliwie działała zgodnie z planem, nikt cię nie znajdzie. Najgorzej jest się bać.

– Staram się – powiedziała Aomame.

– Musisz się dalej starać. Działać szybko, uczynić czas swoim sprzymierzeńcem. Jesteś uważna i wytrwała. Postępuj tak, jak zwykle.

– W okolicy Akasaka była ogromna ulewa i metro stoi.

– Wiem. Ale nie martw się. Nie zamierzasz jechać metrem. Złapiesz taksówkę i pojedziesz do kryjówki na terenie miasta.

– Na terenie miasta? Nie miałam jechać gdzieś daleko?

– Oczywiście, że pojedziesz daleko – mówił powoli Tamaru, jakby jej tłumaczył. – Ale przedtem trzeba zrobić pewne przygotowania. Musisz zmienić nazwisko i twarz. Poza tym ta praca była trudna. Na pewno jesteś zdenerwowana. Jeśli człowiek w takim stanie działa w pośpiechu, nic dobrego z tego nie wychodzi. Na pewien czas schowasz się w tej kryjówce. Wszystko będzie dobrze, będziemy ci pomagać.

– A gdzie to jest?

– W Kōenji.

Kōenji, pomyślała Aomame. Lekko postukała paznokciem o zęby. Zupełnie nie znała okolic Kōenji.

Tamaru podał jej adres i nazwę budynku. Aomame jak zwykle niczego nie zapisała, tylko wbiła sobie wszystko w pamięć.

– Południowe wyjście z dworca Kōenji, niedaleko obwodnicy numer 7, mieszkanie numer 303. Klatkę otwiera się kodem 2831. – Tamaru odczekał chwilę, aż Aomame powtórzyła w myślach 303 i 2831. – Klucz jest przyklejony taśmą do spodu wycieraczki. W mieszkaniu jest wszystko, co ci na razie może być potrzebne, więc przez pewien czas nie musisz wychodzić. Ja się będę z tobą kontaktował. Zadzwonię, odczekam trzy dzwonki, rozłączę się i znów zadzwonię po dwudziestu sekundach. Wolałbym, żebyś ty się w miarę możliwości ze mną nie kontaktowała.

– Dobrze.

– A ci faceci byli twardzi? – zapytał Tamaru.

– Ci dwaj, którzy są jego obstawą, wyglądali na niezłych. Raz się nawet trochę przestraszyłam. Ale to nie profesjonaliści. Zupełnie inny poziom niż ty.

– Niewielu jest takich ludzi jak ja.

– Gdyby było zbyt wielu, mielibyśmy kłopot.

– Może i tak – powiedział Tamaru.

Aomame skierowała się z bagażami na postój taksówek przy dworcu. Tam też była długa kolejka. Chyba metro jeszcze nie ruszyło. No ale musiała się w niej ustawić i cierpliwie stać. Nie miała wyboru.

Czekając na taksówkę, wmieszana w tłum zirytowanych ludzi wracających z pracy, powtarzała w myślach adres kryjówki, numer mieszkania, numer kodu otwierającego klatkę i numer telefonu Tamaru. Jak ascetyczny mnich siedzący na skale na szczycie góry i recytujący ważną mantrę. Aomame zawsze ufała swojej pamięci. Bez trudu potrafiła zapamiętać kilka takich informacji. Ale w tej chwili te liczby były dla niej jak siatka zabezpieczająca pod trapezem akrobaty. Gdyby zapomniała lub pomyliła choć jedną z nich, mogłaby stracić życie. Musiała je sobie dobrze wbić w pamięć.

Kiedy w końcu wsiadła do taksówki, minęło już około godziny od czasu, gdy wyszła z pokoju, w którym zostawiła ciało Lidera. Jak dotąd wszystko trwało dwa razy dłużej, niż planowała. Prawdopodobnie w ten sposób Little People zyskiwali na czasie. Wywołali ulewę w okolicy Akasaka, zatrzymali metro, utrudnili ludziom powrót do domu, spowodowali chaos na dworcu Shinjuku, sprawili, że brakowało taksówek, i tak opóźnili jej działania. W ten sposób powoli napinają jej nerwy do ostateczności. Chcą, żebym straciła panowanie nad sobą. Nie, może to jest po prostu zbieg okoliczności. Tylko przypadkiem tak się złożyło. Może boję się cienia Little People, którzy w ogóle nie istnieją, myślała.

Aomame podała kierowcy adres, oparła się o siedzenie i przymknęła oczy. Ci dwaj w ciemnych garniturach pewnie teraz sprawdzają na zegarkach czas i czekają, aż kapłan się obudzi. Wyobraziła ich sobie. Rekrut rozmyśla o różnych rzeczach, popijając kawę. Myślenie to jego rola. Myśli i ocenia. Może niepokoi się, że Lider zbyt spokojnie śpi. Zawsze spał głęboko i cicho, nie wydając żadnych dźwięków. Nie chrapał, nawet głośno nie oddychał. Lecz mimo to dawało się jakby wyczuć jego obecność. Ta kobieta powiedziała, że będzie głęboko uśpiony przez dwie godziny. Że trzeba go przez ten czas zostawić w spokoju, żeby mięśnie mogły dojść do siebie. Minęła dopiero godzina. Ale coś Rekrutowi nie daje spokoju. Może lepiej sprawdzić, jak się sprawy mają. Waha się, nie wiedząc, co zrobić.

Jednak naprawdę niebezpieczny jest Kucyk. Aomame jeszcze wyraźnie pamiętała wrażenie brutalności, którą dostrzegła w nim przez sekundę, gdy wychodziła z pokoju. Jest milczący, ale ma doskonałe wyczucie. Może jest też świetny w sztukach walki. Znacznie lepszy, niż oczekiwała. Jej umiejętności w tej dziedzinie pewnie nie mogłyby się równać z jego. Pewnie nawet nie dałby jej czasu, żeby sięgnąć po pistolet. Ale na szczęście nie był profesjonalistą. Zanim zadziała instynktownie, odwołuje się do rozsądku. Przywykł do wykonywania czyichś poleceń. W odróżnieniu od Tamaru. Tamaru najpierw rzuca się na przeciwnika, obezwładnia go, a potem się zastanawia. Najpierw działa. Wierzy w instynkt, logiczne oceny odkłada na potem. Wie, że jedna chwila wahania może prowadzić do zguby.

Kiedy sobie przypomniała ten moment, lekko spociła się pod pachami. W milczeniu potrząsnęła głową. Miałam szczęście. Przynajmniej uniknęłam schwytania na miejscu przestępstwa. Teraz muszę bardzo uważać. Tak jak mówi Tamaru. Najważniejsze, żeby być uważną i wytrwałą. Moment nieuwagi może sprowadzić niebezpieczeństwo.

Kierowca taksówki był uprzejmym mężczyzną w średnim wieku. Zatrzymał samochód, wyłączył licznik, potem wyciągnął mapę, znalazł na niej właściwy budynek i dowiózł Aomame na miejsce. Podziękowała i wysiadła. Był to nowy elegancki pięciopiętrowy apartamentowiec. W samym sercu osiedla mieszkaniowego. Przy wejściu nikogo nie było. Aomame wcisnęła 2831, a drzwi się automatycznie otworzyły. Wjechała na drugie piętro czystą, choć ciasną windą. Gdy wysiadła, najpierw sprawdziła, gdzie są schodki awaryjne. Potem znalazła pod wycieraczką przyklejony taśmą klucz, otworzyła mieszkanie i weszła. Gdy otwierało się drzwi wejściowe, automatycznie zapalało się światło w przedpokoju. Wewnątrz unosił się charakterystyczny zapach nowego mieszkania. Wszystkie meble i urządzenia elektryczne były zupełnie nowe, nie nosiły żadnych śladów używania. Na pewno zostały niedawno wyjęte z pudeł i odwinięte z folii. Wyglądały, jakby zostały kupione przez projektanta jako zestaw do wyposażenia pokazowego mieszkania. Były proste, funkcjonalne i całkowicie bezosobowe.

Po lewej stronie znajdował się salon połączony z jadalnią. W korytarzu były drzwi do toalety i łazienki, a dalej do dwóch pokojów. W jednej z sypialni stało duże podwójne łóżko. Zostało nawet posłane. Rolety zaciągnięto. Kiedy otworzyła okno prowadzące na ulicę, usłyszała szum pojazdów z drogi numer 7, jak daleki szum morza. Po zamknięciu nie było prawie nic słychać. Okna salonu wychodziły na mały balkon, z którego widziała niewielki plac zabaw po drugiej stronie ulicy. Były tam huśtawki, zjeżdżalnia, piaskownica i publiczna toaleta. Wysoka rtęciowa latarnia zalewała wszystko nienaturalnie jasnym światłem. Wielka brzostownica rozpościerała wokół gałęzie. Mieszkanie znajdowało się na drugim piętrze, lecz w okolicy nie było wysokich budynków, więc Aomame nie musiała się martwić, że ktoś jej będzie zaglądał w okna.

Przypomniała sobie niedawno opuszczone mieszkanie w Jiyūgaoka. Było w starym niezbyt czystym budynku, czasem pojawiały się tam karaluchy, ściany też miało cienkie. Trudno było się przywiązać do takiego mieszkania. Ale teraz za nim zatęskniła. Znalazłszy się w tym nowym, nieskazitelnym, miała wrażenie, że stała się anonimową osobą pozbawioną wspomnień i indywidualności.

Otworzyła lodówkę. Na drzwiach chłodziły się cztery puszki heinekena. Wzięła jedną i wypiła łyk. Włączyła dwudziestojednocalowy telewizor, usiadła i obejrzała dziennik. Nadawali reportaż na temat burzy i ulewy. Zalanie stacji metra Akasaka Mitsuke, które spowodowało zamknięcie linii Marunouchi i Ginza, było jedną z głównych wiadomości. Wezbrana woda spływała po schodach dworca jak wodospad. Ubrani w peleryny przeciwdeszczowe pracownicy metra układali przy wejściu worki z piaskiem, choć teraz na nic się to już nie zdało. Metro nadal stało i nie wiadomo było, kiedy ruszy. Reporter podchodził z mikrofonem do niemogących wrócić do domu ludzi i pytał, co sądzą o sytuacji. – W porannej prognozie mówili, że cały dzień będzie ładna pogoda – skarżyli się niektórzy.

Obejrzała do końca wiadomości, ale oczywiście jeszcze nie podano, że zmarł przywódca sekty Sakigake. Ci dwaj pewnie czekają w pokoju obok, aż miną dwie godziny. Wtedy dowiedzą się prawdy. Wyjęła z torby podróżnej kosmetyczkę, a z niej pistolet Heckler und Koch, który położyła na stole. Leżący na nowym stole niemiecki pistolet automatyczny zdawał się strasznie kanciasty i niekomunikatywny. I bardzo czarny. Ale dzięki temu w tym kompletnie bezosobowym pokoju pojawił się jeden przyciągający uwagę punkt.

– *Pejzaż z automatycznym pistoletem* – wyszeptała Aomame. Zupełnie jak tytuł obrazu. Tak czy inaczej, muszę go teraz zawsze mieć przy sobie. Żeby w każdej chwili móc po niego sięgnąć. Bez względu na to, czy będę strzelać do kogoś, czy do siebie samej.

W dużej lodówce przygotowano tyle jedzenia, że mogła się zamknąć w domu nawet na dwa tygodnie. Warzywa i owoce. Kilka gotowych potraw nadających się od razu do jedzenia. W zamrażalniku było porcjowane mięso, ryby oraz chleb. A nawet lody. Na półkach różne błyskawiczne potrawy tylko do podgrzania, puszki i zestaw przypraw. Były też makarony i ryż. A także dużo wody mineralnej. Znalazła również po dwie butelki białego i czerwonego wina. Nie wiedziała, kto to wszystko przygotował, ale zrobił to skrupulatnie. Nie przychodziło jej do głowy nic, czego mogłoby tu brakować.

Poczuła się trochę głodna, więc wyjęła camembert, pokroiła i zaczęła jeść z krakersami. Po zjedzeniu połowy umyła łodygę selera i schrupała z majonezem.

Potem otwierała kolejno szuflady komody w sypialni. W górnej znajdowały się piżama i cienki szlafrok. Nowe, jeszcze w foliowych opakowaniach. Naprawdę dobrze to ktoś przygotował. W następnej były podkoszulki i pary skarpetek – po trzy, rajstopy i bielizna. Wszystko było białe, proste, jakby dopasowane do mebli, i jeszcze niewyjęte z folii. Pewnie takie same zestawy dostają kobiety w schronisku. Jakość była dobra, ale to wszystko robiło wrażenie artykułów „z przydziału".

W łazience znalazła szampon, odżywkę, krem pielęgnacyjny i wodę kolońską. Znalazła wszystko, czego potrzebowała. Zwykle się nie malowała, więc używała tylko niewielkiej liczby kosmetyków. Była też szczoteczka do zębów i tubka pasty. Skrupulatnie przygotowano jej również szczotkę do włosów, owinięte watą pałeczki do czyszczenia uszu, maszynkę do golenia, małe nożyczki i podpaski higieniczne. Poza tym znalazła zapas papieru toaletowego i jednorazowych chusteczek do nosa. Na półce leżały ładnie złożone ręczniki kąpielowe i do twarzy. Wszystko było starannie poukładane.

Otworzyła szafę. Może znajdzie tam sukienki i buty w swoim rozmiarze? Nie miałaby nic przeciwko temu, gdyby były od Armaniego albo Ferragamo. Ale ku jej zaskoczeniu szafa okazała się pusta. No jednak aż tyle nie mogła wymagać. Dobrze wiedzą, gdzie kończy się skrupulatność, a zaczyna przesada. Tak samo jak w bibliotece Jaya Gatsby'ego. Zebrał tam prawdziwe książki, ale nie posunął się aż do przecięcia stron. Poza tym podczas pobytu tutaj nie będzie potrzebowała wyjściowych ubrań. Nie przygotowali nic zbędnego. Było za to mnóstwo wieszaków.

Aomame wyjęła z torby podróżnej przyniesione ubrania i upewniwszy się kolejno, że się nie pogniotły, powiesiła je na wieszakach. Wiedziała, że wygodniej byłoby je zostawić w torbie, gdyby pojawiła się konieczność nagłej ucieczki. Ale Aomame ze wszystkich rzeczy na świecie najbardziej nienawidziła pogniecionych ubrań.

Nigdy nie zostanę zimną profesjonalną przestępczynią, pomyślała. No bo przecież w takiej sytuacji przejmuję się pogniecionymi ciuchami. Nagle przypomniała sobie jedną z rozmów z Ayumi.

– Wkłada się szmal pod materac, a jak grunt się zaczyna palić pod nogami, łapie się forsę i ucieka przez okno?

– Tak, tak, coś takiego – powiedziała Ayumi i strzeliła palcami. – Jak w *Wielkiej ucieczce*. Tym filmie ze Stevem McQueenem. Pliki banknotów i rewolwery. Lubię takie rzeczy.

To wcale nie jest takie przyjemne życie, powiedziała Aomame do ściany.

Potem poszła do łazienki, rozebrała się i wzięła prysznic. Gorącą wodą zmyła z ciała nieprzyjemny pot. Wyszła z łazienki, usiadła przy blacie w kuchni i wycierając ręcznikiem włosy, wypiła kolejny łyk piwa.

Dzisiaj kilka spraw zdecydowanie ruszyło z miejsca, pomyślała Aomame. Zębate koło ze szczękiem przesunęło się o jeden ząbek. A koło, które raz się przesunie, już się nie cofnie. Taka panuje na świecie zasada.

Aomame wzięła do ręki pistolet, odwróciła do góry nogami i wsunęła wylot lufy do ust. Stal dotykająca zębów zdawała się strasznie zimna i twarda. Lekko pachniała smarem. Tak miałabym sobie przestrzelić mózg. Odciągnąć kurek i pociągnąć spust. W ten sposób wszystko szybko by się skończyło. Nie byłoby trzeba nad niczym rozmyślać. Ani uciekać.

Aomame nie bała się szczególnie śmierci. Ja umrę, Tengo przeżyje, myślała. Będzie dalej żył w świecie roku 1Q84 z dwoma księżycami. Ale mnie w nim *nie będzie*. Nie jest nam dane się w tym świecie spotkać. Choćby mnożyć światy, nie spotkamy się. Przynajmniej tak powiedział Lider.

Znów rozejrzała się powoli po pokoju. Zupełnie jak pokazowe mieszkanie, pomyślała. Czyste, w jednym stylu, jest w nim wszystko, co potrzebne. Lecz bezosobowe i obce, to jedynie *imitacja*. Gdyby przyszło mi umrzeć w takim miejscu, byłaby to niezbyt przyjemna śmierć. Ale czy śmierć może być przyjemna tylko dlatego, że zmieni się dekoracje? A poza tym na dobrą sprawę cały świat, w którym żyjemy, przypomina ogromne pokazowe mieszkanie. Wchodzimy tam, siadamy, pijemy herbatę, patrzymy na widok za oknem, a kiedy przyjdzie czas, kłaniamy się i wychodzimy. Meble, które tam stoją, to tylko przypadkowo zgromadzone imitacje. A księżyc za oknem może być przecież z papier mâché.

Ale ja kocham Tengo, myślała Aomame. Powiedziała to nawet do siebie cicho. *Kocham Tengo*. To nie jest żadne marne przedstawienie. To rzeczywisty świat – gdyby go z wierzchu naciąć, popłynęłaby krew. Ból jest w pełni bólem, a strach w pełni strachem. Księżyc na niebie nie jest z papier mâché. To prawdziwy księżyc. Prawdziwa *para* księżyców. Dla Tengo chętnie zgodziłam się umrzeć. Nie pozwolę nikomu powiedzieć, że to imitacja.

Spojrzała na okrągły, prosto zaprojektowany zegar firmy Braun wiszący na ścianie. Pasuje do pistoletu Heckler und Koch. Na ścianie nie wisi nic prócz tego zegara. Wskazuje, że jest po dziesiątej. Niedługo ci dwaj znajdą zwłoki Lidera.

W sypialni eleganckiego apartamentu w hotelu Okura wyzionął ducha pewien mężczyzna. Wielki, n i e z w y k ł y mężczyzna. Przeniósł się na tamten świat. Nikt i nic już nie wróci mu życia.

I wreszcie nadchodzi czas duchów.

Rozdział szesnasty – Tengo

Statek widmo

Jaki świat tu zastanę po nadejściu jutra?

– tego nikt nie wie – powiedziała Fukaeri.

Lecz świat, w którym Tengo się obudził, nie wydawał się wcale inny w porównaniu z tym, w którym zasnął. Zegar przy łóżku wskazywał, że jest po szóstej. Za oknem zrobiło się już zupełnie widno. Powietrze było bardzo przezroczyste, klin światła wbijał się w pokój spomiędzy zasłon. Lato zdawało się wreszcie dobiegać końca. Głosy ptaków brzmiały ostro i świeżo. Wczorajsza burza wydawała się snem. Albo czymś, co zdarzyło się w nieznanym miejscu, w dalekiej przeszłości.

Jego pierwszą myślą po obudzeniu było to, czy przypadkiem Fukaeri nie zniknęła gdzieś w ciągu nocy. Lecz dziewczyna leżała obok niego jak małe zwierzątko pogrążone w głębokim śnie zimowym. Jej uśpiona twarz była piękna, delikatne czarne włosy opadły na białe policzki, tworząc skomplikowane wzory. Ukryte pod włosami uszy były niewidoczne. Tengo słyszał jej cichy oddech. Wpatrywał się przez pewien czas w sufit, wsłuchując się w ten dźwięk przypominający odgłos małego mieszka.

Pamiętał jeszcze dokładnie wczorajszy wytrysk. Na myśl, że naprawdę go miał w ciele tej dziewczyny, poczuł straszny zamęt w głowie. Wydzielił d u ż o nasienia. Rano wydawało mu się, że to nie mogło się naprawdę zdarzyć, podobnie jak ta gwałtowna ulewa. Wszystko przypominało doświadczenie zupełnie jak ze snu. Będąc nastolatkiem, często miewał sny erotyczne. Realistyczne sny o seksie, z których budził się z powodu wytrysku. Wszystkie wydarzenia rozgrywały się we śnie, tylko wytrysk był prawdziwy. Teraz miał podobne uczucie.

Ale to nie był sen erotyczny. Niewątpliwie miał wytrysk w ciele Fukaeri. Ona wprowadziła w siebie jego penis i skutecznie wycisnęła z niego spermę. On się tylko temu poddawał. Całe ciało miał zdrętwiałe, nie mógł nawet ruszyć palcem. Poza tym sam był przekonany, że to się działo w klasie w szkole podstawowej. Fukaeri powiedziała, że nie miesiączkuje, więc nie ma obawy, że zajdzie w ciążę. Nie mógł do końca pojąć, że coś takiego naprawdę się stało. Ale tak było. Było to rzeczywiste wydarzenie w rzeczywistym świecie. Chyba.

Wstał z łóżka, ubrał się, zagotował w kuchni wodę i zrobił kawę. Parząc kawę, starał się uporządkować myśli. Jakby porządkował zawartość szuflady. Lecz porządkowanie nie bardzo mu wychodziło. Pozamieniał tylko kilka rzeczy miejscami. Położył spinacze na miejscu gumki, temperówkę na miejscu spinaczy, a gumkę na miejscu temperówki. Jeden chaos zamienił się w inny.

Napił się świeżej kawy, poszedł do łazienki i ogolił się, słuchając programu z muzyką barokową nadawanego na stacji FM. Partita Telemanna na różne instrumenty. Te same czynności co zwykle. Robi w kuchni kawę, pije ją, goli się, słuchając w radiu „Barokowej muzyki dla ciebie". Z dnia na dzień zmieniają się jedynie nazwy utworów. Wczoraj była zdaje się muzyka Rameau na instrumenty klawiszowe. Prowadzący program wyjaśniał:

> W pierwszej połowie osiemnastego wieku Telemann był kompozytorem wysoko cenionym w całej Europie, lecz na początku dziewiętnastego wieku zaczęto pogardzać jego utworami; zarzucano mu, że jako kompozytor był zbyt płodny. Ale to nie była wina Telemanna. Wraz z przeobrażeniami społeczeństwa europejskiego znacznie zmieniły się powody, dla których komponowano muzykę, i dlatego też odwróciły się kryteria ocen.

Czy to jest nowy świat, zastanawiał się Tengo.

Ponownie rozejrzał się dookoła, jednak nie dostrzegł żadnych zasadniczych zmian. Nie widział też na razie nikogo, kto by nim pogardzał. Tak czy inaczej, trzeba się ogolić. Czy świat się zmienił, czy nie, nikt za niego tego nie zrobi. Musi sam się ogolić.

Po wyjściu z łazienki zrobił grzanki, zjadł je z masłem i wypił jeszcze jedną kawę. Poszedł do sypialni zobaczyć, co u Fukaeri, ale musiała dalej głęboko spać, bo nawet nie drgnęła. Leżała w tej samej pozycji co przedtem. Włosy tworzyły na policzkach takie same wzory. I oddychała równie spokojnie.

Na razie nie miał żadnych planów. Nie było zajęć na kursach przygotowawczych. Nikt nie miał go odwiedzić i on się do nikogo nie wybierał. Mógł dziś robić, co chciał. Usiadł przy kuchennym stole i zaczął pisać dalszy ciąg powieści. Zapełniał kartki pisanymi wiecznym piórem słowami. Jak zwykle natychmiast skupił na tej pracy świadomość. Przestawiła się na oddzielny kanał, inne rzeczy szybko zniknęły z jego pola widzenia.

Fukaeri obudziła się przed dziewiątą. Zdjęła piżamę i włożyła jego podkoszulek. Ten z japońskiego tournée Jeffa Becka, który Tengo miał na sobie, gdy pojechał do Chikura odwiedzić ojca. Wyraźnie rysowały się pod nim piersi. Choć tego nie chciał, przypomniały mu, jak się czuł podczas wczorajszego wytrysku. Podobnie daty przywodzą na myśl historyczne wydarzenia.

Z radia dobiegał utwór organowy Marcela Dupré. Tengo przestał pisać i zrobił Fukaeri śniadanie. Wypiła herbatę Earl Grey i zjadła grzanki z dżemem truskawkowym. Smarowała je starannie i bez pośpiechu, jak Rembrandt malujący fałdy ubrania.

– Ile egzemplarzy twojej książki się sprzedało? – zapytał Tengo.

– chodzi o powietrzną poczwarkę

– Uhm.

– nie wiem – odparła Fukaeri. Potem lekko zmarszczyła brwi. – bardzo wiele

Liczby nie mają dla niej większego znaczenia, pomyślał Tengo. Wyrażenie „bardzo wiele" skojarzyło mu się z wielką łąką aż po horyzont porośniętą koniczyną. Koniczyna symbolizowała pojęcie „wielości", bo nikt nie mógł jej zliczyć.

– Dużo ludzi czyta *Powietrzną poczwarkę* – powiedział Tengo.

Fukaeri bez słowa sprawdzała, czy dżem jest dobrze rozsmarowany.

– Muszę się spotkać z panem Komatsu. Jak najszybciej – powiedział Tengo, patrząc ponad stołem na Fukaeri. Jak zwykle na jej twarzy nie malował się żaden wyraz. – Ty oczywiście też go poznałaś, prawda?

– podczas konferencji prasowej

– Rozmawialiście?

Fukaeri tylko nieznacznie przytaknęła. To znaczy, że prawie nie rozmawiali.

Tengo potrafił sobie dokładnie wyobrazić tę sytuację. Komatsu jak zwykle gada jak nakręcony ze straszliwą prędkością, wyrażając swoje opinie albo ich brak na dany temat, a ona się przez ten czas prawie nie odzywa. Nawet porządnie go nie słucha. Komatsu nie przejmuje się takimi rzeczami. Gdyby ktoś kazał Tengo wskazać konkretną próbkę „ludzi zupełnie do siebie niepasujących", wskazałby Komatsu i Fukaeri.

– Bardzo dawno się z nim nie widziałem. Nie kontaktuje się ze mną. Pewnie ostatnio też był bardzo zajęty. Musiał mieć dużo na głowie przez to, że *Powietrzna poczwarka* została bestsellerem. Ale nadszedł czas, żeby się spotkać i poważnie omówić różne kwestie. Ty też akurat tu jesteś. To dobra okazja. Może razem się z nim spotkamy?

– we troje

– Uhm. Tak będzie prościej rozmawiać.

Fukaeri zastanowiła się nad tym przez chwilę. A może coś sobie wyobraziła? Potem powiedziała: – mnie to nie przeszkadza jeśli będzie możliwe

J e ś l i b ę d z i e m o ż l i w e, powtórzył Tengo w duchu. Zabrzmiało to trochę jak przepowiednia.

– Uważasz, że to może być niemożliwe? – zapytał niepewnie.

Fukaeri nie odpowiedziała.

– Jeżeli to będzie możliwe, spotkasz się z nim. To ci nie przeszkadza, tak?

– co zrobimy jak się spotkamy

– Co zrobimy, jak się spotkamy? – Tengo powtórzył jej pytanie. – Najpierw zwrócę mu pieniądze. Ostatnio na moje konto wpłynęła pewna suma jako wynagrodzenie za poprawienie *Powietrznej poczwarki*. Ale ja nie chcę tych pieniędzy. Wcale nie żałuję, że poprawiłem *Powietrzną poczwarkę*. Ta praca była dla mnie bodźcem i naprowadziła mnie na dobrą drogę. Może sam nie powinienem tego mówić, ale uważam, że dobrze mi to wyszło. Książka jest wysoko oceniana i świetnie się sprzedaje. Myślę, że nie popełniłem błędu, przyjmując to zlecenie. Ale nie spodziewałem się, że z tego się zrobi taka wielka afera. Oczywiście przyjąłem je, więc niewątpliwie muszę teraz ponieść tego konsekwencje. Ale w każdym razie nie zamierzam przyjmować wynagrodzenia.

Fukaeri jakby lekko wzruszyła ramionami.

– Może i masz rację. Sytuacja wcale się nie zmieni dlatego, że nie przyjmę pieniędzy. Jednak chcę, żeby moje stanowisko było jasne.

– dla kogo

– Głównie dla mnie samego – powiedział Tengo, ściszając nieco głos.

Fukaeri ujęła pokrywkę słoika z dżemem i wpatrywała się w nią jak w coś niezwykłego.

– Ale może już być za późno – dodał.

Fukaeri nic na ten temat nie powiedziała.

Kiedy o pierwszej zadzwonił do firmy Komatsu (który nigdy nie pojawiał się w pracy przed południem), odebrała jakaś kobieta i powiedziała, że Komatsu od kilku dni nie przychodzi. Nic więcej nie wiedziała. A może wiedziała, ale nie zamierzała mówić o tym Tengo. Poprosił więc do telefonu pewnego redaktora, którego znał, bo pisywał pod pseudonimem krótkie felietony do tygodnika, który tamten redagował. Był o dwa albo trzy lata starszy od Tengo, skończył ten sam uniwersytet i lubił młodszego kolegę.

– Pan Komatsu nie przychodzi już od tygodnia – powiedział. – Trzeciego dnia zadzwonił, że jest niedysponowany, więc przez pewien czas nie będzie go w pracy. Od tego czasu się nie pojawił. W dziale redakcyjnym mają urwanie głowy. Bo w końcu pan Komatsu jako redaktor prowadzący *Powietrznej poczwarki* sam załatwiał wszystkie sprawy związane z tą książką. On jest w zasadzie odpowiedzialny za magazyn literacki, ale zignorował te organizacyjne podziały, odsunął wszystkich od tej książki i nikomu nie pozwalał jej tknąć. Dlatego teraz, kiedy jest na zwolnieniu, nikt nie potrafi sobie z tym poradzić. No oczywiście, jeżeli coś mu dolega, to nie ma rady.

– A co się stało?

– Nie wiem. Sam powiedział tylko, że coś mu jest – zawiadomił i od razu się rozłączył. Od tego czasu w ogóle się nie odzywa. Nie odbiera, kiedy dzwonimy do niego do domu z jakąś sprawą... Ciągle zgłasza się automatyczna sekretarka. To nam strasznie komplikuje życie.

– Czy on nie ma rodziny?

– Mieszka sam. Miał żonę i ma dziecko, ale dawno temu się rozwiódł. Sam nic nie mówi, więc nie znam szczegółów, ale takie krążą plotki.

– Ale tak czy inaczej, to dziwne, że nie ma go od tygodnia, a tylko raz dzwonił.

– No ale jak sam wiesz, do niego nie stosują się zasady zdrowego rozsądku.

Tengo zastanawiał się nad tym ze słuchawką w dłoni. – Rzeczywiście nigdy nie wiadomo, z czym wyskoczy. Nie zna norm przyjętych w społeczeństwie, jest trochę samolubny. Ale o ile go znam, nie jest nieodpowiedzialny w kwestiach zawodowych. To nie do pomyślenia, żeby rzucił niedokończoną pracę i nawet nie kontaktował się z redakcją, kiedy *Powietrzna poczwarka* tak się sprzedaje, nawet gdyby bardzo źle się czuł. Aż do tego by się nie posunął.

– Masz rację – zgodził się redaktor. – Może lepiej wpaść do niego do domu i sprawdzić, co się dzieje. W związku ze zniknięciem Fukaeri było zamieszanie w Sakigake, nadal nie wiadomo, gdzie się dziewczyna podziała. Niewykluczone, że jemu też coś się stało. Bo chyba nie symuluje choroby, żeby zrobić sobie urlop i ukryć się gdzieś z Fukaeri.

Tengo milczał.

– I to nie wszystko. W związku z tą książką dużo rzeczy nie daje mi spokoju. Dobrze, że się sprzedaje, ale coś mi się w tym wszystkim nie podoba. Nie tylko mnie. Wiele osób w firmie ma podobne wrażenie... A właśnie, miałeś do pana Komatsu jakąś sprawę?

– Nie, nie miałem żadnej szczególnej sprawy. Tylko dawno z nim nie rozmawiałem, więc chciałem się dowiedzieć, co u niego słychać.

– Był ostatnio strasznie zajęty. Może ten stres mu zaszkodził. W każdym razie *Powietrzna poczwarka* to nasz pierwszy bestseller od powstania firmy. Już się cieszę na tegoroczną premię. Czytałeś tę książkę?

– Oczywiście. Czytałem, kiedy została nadesłana na konkurs.

– A, no tak. Ty przecież robisz dla nas selekcję nadsyłanych tekstów.

– To dobrze napisana, ciekawa powieść.

– A, rzeczywiście, treść jest dobra. Warto przeczytać.

Tengo dosłyszał w tym jakiś złowieszczy ton. – Ale coś ci się nie podoba?

– To coś w rodzaju redaktorskiego nosa. Jest bardzo dobrze napisana. Co do tego nie ma wątpliwości. Ale jest odrobinę *za dobrze napisana*. Jak na debiutującą siedemnastolatkę. Poza tym w tej chwili nieznane jest miejsce pobytu autorki. Z redaktorem też nie można się skontaktować. A sama książka płynie dalej przy sprzyjającym wietrze na pełnych żaglach jak legendarny statek widmo bez jednego pasażera.

Tengo wydał jakiś niejednoznaczny pomruk.

Tamten mówił dalej: – Jest w tym coś niesamowitego, tajemniczego i lekko podejrzanego. Mówiąc między nami, w firmie słychać szemrania, że pan Komatsu mógł mieć znaczny udział w nadaniu kształtu tej powieści. Większy, niż można by się spodziewać. Ja myślę, że to niemożliwe, ale gdyby tak było, mielibyśmy tu tykającą bombę.

– A może mieliście szczęście, może to seria szczęśliwych zbiegów okoliczności?

– Jeśli tak, to na pewno niedługo się skończy – powiedział redaktor.

Tengo podziękował mu i zakończył rozmowę.

Odłożywszy słuchawkę, zwrócił się do Fukaeri: – Pan Komatsu prawie od tygodnia nie przychodzi do pracy. Nie można się z nim skontaktować.

Fukaeri nic nie powiedziała.

– Różni ludzie z mojego otoczenia znikają jeden po drugim – dodał Tengo.

Nagle przypomniał sobie, że ludzie tracą codziennie czterdzieści milionów komórek naskórka, które zamierają, złuszczają się i znikają w powietrzu jak niewidzialny drobny pył. Być może dla tego świata jesteśmy jak komórki naskórka. Jeśli tak, nie byłoby nic niezwykłego w tym, że pewnego dnia ktoś nagle znika.

– Może przypadkiem teraz przyjdzie moja kolej – powiedział.

Fukaeri leciutko potrząsnęła głową.

– pan nie zostanie utracony.

– Dlaczego nie zostanę utracony?

– bo się pan oczyścił

Tengo rozważał to przez kilka sekund. Ale oczywiście nie doszedł do żadnych wniosków. Od początku wiedział, że zastanawianie się nic nie da. Jednak musiał przynajmniej spróbować.

– Tak czy inaczej, nie uda nam się od razu spotkać z panem Komatsu. Nie będę też mógł zwrócić pieniędzy.

– pieniądze to nie problem – powiedziała Fukaeri.

– To co w takim razie jest problemem? – zapytał Tengo.

Oczywiście nie dostał odpowiedzi.

Zgodnie z postanowieniem podjętym wczorajszej nocy Tengo miał zamiar poszukać Aomame. Jeśli poświęci na to cały dzień, powinien znaleźć jakiś ślad. Lecz kiedy rzeczywiście wreszcie spróbował, odkrył, że to trudniejsza sprawa, niż myślał. Zostawił Fukaeri w mieszkaniu (parokrotnie jej przykazał, że „Nie wolno nikomu otwierać") i poszedł do Urzędu Telekomunikacji. Mieli tam książki telefoniczne z całej Japonii, które udostępniali klientom. Przejrzał spisy telefonów z dwudziestu trzech dzielnic Tokio, szukając nazwiska Aomame. Nawet jeśli nie znajdzie jej samej, powinna gdzieś mieć jakichś krewnych. Mógłby ich zapytać o jej miejsce pobytu.

Lecz w żadnej książce nie znalazł nikogo o nazwisku Aomame. Powiększył teren poszukiwań do okolic Tokio. I tam nikogo nie znalazł. Potem zaczął szukać na całej równinie Kantō. W prefekturach Chiba, Kanagawa, Saitama… W końcu zabrakło mu energii i czasu. Od wpatrywania się w małe literki w książkach telefonicznych rozbolały go oczy. Przychodziło mu do głowy kilka możliwości:

1) Mieszkała w okolicach Utashinai na Hokkaido, czyli na końcu świata.
2) Wyszła za mąż i zmieniła nazwisko na Itō.
3) Zmarła dwa lata temu na grypę złośliwą.

Było też wiele innych możliwości. Nie ma sensu polegać na samych książkach telefonicznych. Nie może przecież sprawdzić wszystkich bez wyjątku z terenu całej Japonii. Dotarcie do Hokkaido zajęłoby mu pewnie czas do przyszłego miesiąca. Musi znaleźć inny sposób.

Kupił kartę telefoniczną, wszedł do budki w Urzędzie Telekomunikacji i zadzwonił do swojej dawnej szkoły podstawowej w Ichikawa. Poprosił o sprawdzenie adresu Aomame, mówiąc, że chce się z nią skontaktować w sprawie spotkania klasowego. Życzliwa i chyba mało zajęta sekretarka sprawdziła na liście absolwentów. Ponieważ Aomame zmieniła w piątej klasie szkołę, nie skończyła tej. Dlatego też nie było jej na liście absolwentów, nie znano jej obecnego adresu. Ale można sprawdzić, dokąd się wtedy przeprowadziła. Czy chciałby ten adres?

Tengo powiedział, że chciałby.

Zapisał adres i telefon. Tokio, w dzielnicy Adachi, u pana Kōji Tasaki. Wyglądało na to, że opuściła wtedy dom rodziców. Na pewno były ku temu jakieś powody. Myśląc, że pewnie nic z tego nie wyjdzie, Tengo wykręcił numer. Tak jak się spodziewał, telefon został już odłączony. W końcu minęło dwadzieścia lat. Zadzwonił do informacji, podał adres i nazwisko Kōji Tasaki, ale powiedziano mu, że nie ma żadnego numeru zarejestrowanego pod tym nazwiskiem.

Następnie poszukał telefonu do Zboru Świadków. Lecz choć sprawdzał na różne sposoby, nigdzie nie znalazł żadnego numeru kontaktowego. Nie było nic ani pod „Zbór Świadków", ani pod „Przed Potopem", ani pod żadną podobną nazwą. Nie zauważył też Zboru wśród „Grup wyznaniowych" w spisie numerów instytucji. W końcu po długiej i ciężkiej walce doszedł do wniosku, że najwyraźniej Zbór nie chce, żeby się z nim kontaktować.

To na dobrą sprawę było bardzo dziwne. Kiedy im przyjdzie ochota, chodzą po domach innych ludzi. Nie przejmują się tym, czy ktoś akurat włożył do piekarnika suflet, czy coś lutuje, bierze prysznic, tresuje domową mysz, czy rozmyśla nad funkcjami kwadratowymi. Po prostu naciskają dzwonek albo pukają do drzwi i z uśmiechem proponują: „Może poczytamy razem Pismo Święte?". Oni mogą sobie przychodzić, ale człowiek nie może iść się z nimi spotkać (o ile nie zostanie wyznawcą). Nie można im nawet zadać prostego pytania. To jednak dość niedogodne.

Ale nawet zakładając, że udałoby mu się znaleźć numer i dodzwonić, sądząc po tym, jak starannie się kryją, raczej nie należało się spodziewać, że w odpowiedzi na jego prośbę ujawnią prywatne informacje dotyczące konkretnego wyznawcy. Pewnie uważają, że muszą zapewnić sobie ścisłą ochronę. Z powodu skrajnie dziwacznych dogmatów i natrętnego charakteru wiary wielu ludzi ich nie lubi i odnosi się do nich z niechęcią. Zamieszani byli w kilka wypadków, które odbiły się echem w społeczeństwie, i przez to spotkały ich przykrości, które graniczyły z prześladowaniami. Dlatego też pewnie przywykli do bronienia swojej wspólnoty przed nieprzyjaźnie nastawionym światem zewnętrznym.

W każdym razie poszukiwanie Aomame tą drogą nic nie dało. Na razie nie przychodził mu do głowy żaden inny sposób. Aomame to dość rzadkie nazwisko. Gdy raz się je usłyszy, zostaje w pamięci. Lecz starając się pójść śladem osoby o tym nazwisku, nieomal od razu trafił na solidny mur.

Może szybciej byłoby popytać bezpośrednio członków Zboru Świadków? W zarządzie zboru pewnie nabraliby podejrzeń i nic by mu nie powiedzieli, ale wydawało mu się, że gdyby popytał prywatnie wśród wiernych, mogliby mu życzliwie pomóc. Nie znał jednak ani jednego członka Zboru Świadków. A poza tym uświadomił sobie, że od dziesięciu lat ani razu go nie odwiedzili. Dlaczego nie przychodzą, kiedy człowiek chce, żeby przyszli, a przychodzą wyłącznie wtedy, kiedy się tego nie chce?

Mógłby też dać krótkie ogłoszenie w gazecie. „Pani Aomame proszona jest o pilny kontakt. Kawana". Co za głupi tekst! Sądził, że nawet gdyby zobaczyła takie ogłoszenie, pewnie nie zadałaby sobie trudu, żeby się z nim kontaktować. Skończyłoby się na tym, że postanowiłaby się go wystrzegać. Nazwisko Kawana było niezbyt często spotykane, lecz nie sądził, że ona go jeszcze pamięta. Kawana? Kto to taki? – pomyśli. W każdym razie nie skontaktowałaby się z nim. No bo kto odpowiada na takie ogłoszenia w gazecie?

Pozostaje szukanie jej przez jakąś dużą agencję detektywistyczną. Są przyzwyczajeni do tego typu zleceń. Mają różne sposoby i koneksje. Jest tyle wskazówek, że być może od razu by ją znaleźli. I pewnie nie policzyliby sobie dużo. Ale może lepiej uciec się do tego środka dopiero w ostateczności. Najpierw sam jej poszuka. Miał wrażenie, że lepiej jeszcze trochę ruszyć głową i zobaczyć, czy mu się uda.

Wrócił do domu, gdy już się ściemniało. Fukaeri siedziała na podłodze i słuchała płyt. Starych płyt jazzowych zostawionych przez jego kochankę. Na podłodze leżały rozrzucone okładki albumów Duke'a Ellingtona, Benny'ego Goodmana, Billie Holiday. W tej chwili na talerzu gramofonu obracała się piosenka *Chantez Les Bas* Louisa Armstronga. Ta piosenka zostawała w pamięci. Słuchając jej,

Tengo przypomniał sobie swoją kochankę. Często nastawiali tę płytę w przerwie między seksem. Pod koniec utworu Trummy Young grający na puzonie tak się rozgrzał, że zapomniał skończyć w ustalonym wcześniej momencie i zagrał osiem taktów po ostatnim refrenie. – Słuchaj, to w tym miejscu – objaśniła mu kochanka. Kiedy pierwsza strona się skończyła, to oczywiście Tengo musiał wstać, pójść nago do sąsiedniego pokoju i odwrócić płytę. Zatęsknił za tymi chwilami. Oczywiście nie sądził, że ten związek będzie trwał wiecznie, lecz nie spodziewał się, że skończy się tak nieoczekiwanie.

Na widok Fukaeri słuchającej z zapałem płyt pozostałych po Kyōko Yasudzie Tengo doznał dziwnego wrażenia. Fukaeri skupiona, ze zmarszczonymi brwiami, wyglądała, jakby wsłuchiwała się w coś oprócz muzyki na tej pochodzącej z innej epoki płycie. A może wytężając wzrok, chciała dostrzec w jej dźwięku jakiś cień?

– Podobają ci się te płyty?

– słuchałam wiele razy – powiedziała Fukaeri. – nie szkodzi

– Oczywiście, że nie szkodzi. Ale samej ci się nie nudziło?

Fukaeri lekko potrząsnęła głową. – muszę się nad czymś zastanowić

Chciał ją zapytać o to, co zaszło między nimi w samym środku burzy. D l a c z e g o z r o b i ł a ś c o ś t a k i e g o? Nie mógł uwierzyć, że Fukaeri czuje w stosunku do niego pożądanie. Był pewien, że jej postępowanie nie było tym podyktowane, więc musiało nią kierować coś innego. A skoro tak, to po co właściwie to robiła?

Lecz nie sądził, że otrzymałby wyczerpującą odpowiedź na tak zadane pytanie. Poza tym sam nie miał ochoty zaczynać prosto z mostu rozmowy na taki drażliwy temat w ten spokojny, przyjemny wczesny wieczór. Tamto odbyło się w sekrecie, o mrocznej porze, w mrocznym miejscu, pośród gwałtownych grzmotów. Gdyby poruszać ten temat w ciągu dnia, znaczenie i kontekst mogłyby ulec zmianie.

– Nie masz miesiączki? – zadał pytanie, podchodząc do tematu pod innym kątem. Zacznijmy od pytań, na które można odpowiedzieć „tak" lub „nie".

– nie – odparła zwięźle Fukaeri.

– Nigdy w życiu nie miałaś?

– nigdy

– Ja może nie powinienem się wtrącać, ale masz już siedemnaście lat i to chyba nienormalne, że nigdy nie miałaś miesiączki.

Fukaeri lekko wzruszyła ramionami.

– Radziłaś się w tej sprawie lekarza?

Fukaeri potrząsnęła głową. – i tak na nic się to nie zda

– Dlaczego na nic się nie zda?

Fukaeri nie odpowiedziała. Zdawało się, że nie słyszała jego pytania. Być może miała w uszach specjalny czujnik, wykrywający odpowiednie i nieodpowiednie pytania. Działał jak wieczko skrzelowe u człowieka-ryby i w zależności od potrzeb zamykał się lub otwierał.

– Czy Little People z tym też mają coś wspólnego? – zapytał Tengo.

Znów nie było odpowiedzi.

Tengo westchnął. Nie przychodziło mu do głowy żadne pytanie, które zbliżyłoby go do wyjaśnienia wydarzeń wczorajszej nocy. Wąska, niepewna ścieżka tutaj się urywała, dalej był głęboki las. Sprawdzał grunt pod nogami, rozglądał się i podnosił wzrok na niebo. To właśnie był problem w rozmowach z Fukaeri. Wszystkie ścieżki zawsze się gdzieś urywały. Gilacy mogliby może iść dalej nawet bez ścieżki. Ale Tengo tego nie potrafił.

– Szukam teraz pewnej osoby – zaczął. – Kobiety.

Nie było sensu opowiadać o tym Fukaeri. Był tego świadom. Lecz koniecznie chciał z kimś porozmawiać. Chciał na głos powiedzieć, co myśli na temat Aomame, wszystko jedno komu. Zdawało mu się, że inaczej Aomame jeszcze bardziej się od niego oddali.

– Nie widzieliśmy się od dwudziestu lat. Ostatni raz, kiedy miałem dziesięć lat. Ona jest w tym samym wieku. Byliśmy w tej samej klasie w podstawówce. Szukałem na różne sposoby, ale nie trafiłem na żaden ślad.

Płyta dobiegła końca. Fukaeri zdjęła ją z talerza gramofonu i, mrużąc oczy, kilka razy wciągnęła w nozdrza zapach winylu. Potem ostrożnie, by nie zostawić śladów palców, wsunęła płytę w papierową koszulkę, a potem w okładkę. Lekko i czule, jakby przenosiła śpiącego kociaka do jego legowiska.

– chce się pan z nią zobaczyć – zapytała bez znaku zapytania.

– Jest dla mnie bardzo ważna.

– szuka jej pan od dwudziestu lat – zapytała Fukaeri.

– Nie, nie – powiedział Tengo i splótł dłonie na stole. – Prawdę mówiąc, zacząłem szukać dzisiaj.

Na twarzy Fukaeri pojawił się wyraz zaskoczenia.

– dzisiaj – powiedziała.

– Skoro jest dla mnie taka ważna, to dlaczego dopiero dziś zacząłem? – zapytał za nią. – Dobre pytanie.

Uporządkował myśli w głowie. – Przypuszczam, że szedłem długą okrężną drogą. Ta kobieta nazwiskiem Aomame... jakby to powiedzieć... od dawna była niezmiennie w centrum mojej świadomości. Pełniła dla mnie rolę pewnego rodzaju c i ę ż a r k a. Ale właśnie dlatego, że jest za bardzo w centrum, nie udało mi się wcześniej zrozumieć, co dla mnie znaczy.

Fukaeri nieruchomo wpatrywała się w Tengo. Nie potrafił poznać po jej twarzy, czy rozumie choć trochę z tego, co mówił. Ale to nie miało znaczenia. Tengo mówił w połowie do siebie.

– W końcu jednak zrozumiałem. Nie jest ideą, nie jest symbolem, nie jest nawet przenośnią. Jest prawdziwym istnieniem z krwi i kości, z żywą duszą. To ciepło i życie są tym, czego nie mogę stracić z oczu. Zrozumienie czegoś tak oczywistego zajęło mi aż dwadzieścia lat. Należę raczej do osób wolno myślących, ale i tak odrobinę zbyt długo to trwało. Może już być za późno. Jednak chciałbym jakoś ją znaleźć. Nawet jeśli ma być za późno.

Klęcząca na podłodze Fukaeri wyprostowała się jak struna. Pod podkoszulkiem z Jeffem Beckiem znów wyraźnie zarysował się kształt jej piersi.

– aomame – powiedziała Fukaeri.

– Tak, pisze się *ao* – zielony i *mame* – fasolka. To rzadko spotykane nazwisko.

– chce się pan z nią spotkać – zapytała Fukaeri bez znaku zapytania.

– Jasne, że chcę.

Fukaeri zastanawiała się nad czymś przez chwilę, przygryzając dolną wargę. Potem podniosła głowę i z namysłem powiedziała:

– może ona jest bardzo niedaleko

Rozdział siedemnasty – Aomame

Wydobyć myszkę

W wiadomościach telewizyjnych o siódmej mówiono wiele o metrze i zalanym dworcu Akasaka Mitsuke, lecz nie wspomniano o śmierci przywódcy sekty Sakigake w apartamencie hotelu Okura. Po zakończeniu programu informacyjnego NHK Aomame przełączała telewizor na inne kanały i obejrzała kilka innych wydań dziennika, lecz żaden program nie wysyłał w świat doniesień o bezbolesnej śmierci tego ogromnego mężczyzny.

Te typy ukryły ciało, pomyślała, krzywiąc się. Tamaru przewidywał, że mogą tak postąpić. Ale ona nie mogła uwierzyć, że n a p r a w d ę zrobili coś takiego. Jakimś sposobem wynieśli ciało Lidera z apartamentu hotelu Okura, załadowali do samochodu i gdzieś wywieźli. Zwłoki takiego wielkiego faceta musiały być bardzo ciężkie. A w hotelu jest wielu gości i pracowników. Wszędzie są obiektywy monitorujących kamer. Jak im się udało wynieść zwłoki na podziemny parking tak, by nikt nie zauważył?

Zapewne musieli nocą zawieźć ciało do siedziby sekty w górach w prefekturze Yamanashi. Tam pewnie naradzą się z innymi członkami sekty, jak się go pozbyć. Wygląda na to, że nie zamierzają zawiadomić policji o śmierci Lidera. Skoro na początku to ukryli, będą musieli ukrywać już zawsze.

Prawdopodobnie ta gwałtowna ulewa i chaos, jaki wywołała, ułatwiły im działanie. W każdym razie woleli nie podawać tego wydarzenia do wiadomości publicznej. Dobrze się złożyło, że Lider prawie nikomu się nie pokazywał. Jego życie i działania były owiane mrokiem tajemnicy. Dlatego nawet jego nagłe zniknięcie nie zostanie przez dłuższy czas zauważone. To, że umarł – czy został zamordowany – będzie trzymane w sekrecie przez garstkę ludzi.

Aomame nie wiedziała, oczywiście, jak członkowie sekty mają zamiar wypełnić pustą przestrzeń, którą stworzyła śmierć Lidera. Ale na pewno będą robili wszystko, co w ich mocy, żeby organizacja przetrwała. Tak jak on sam mówił – nawet bez przywódcy system będzie dalej istniał i działał. Ciekawe, kto zostanie jego następcą? Ale to Aomame nie dotyczyło. Jej zadaniem było zlikwidowanie Lidera, a nie zniszczenie sekty religijnej.

Pomyślała o dwóch ochroniarzach w ciemnych garniturach. Rekrut i Kucyk. Czy po powrocie do sekty zostaną pociągnięci do odpowiedzialności za to, że dopuścili do zabójstwa Lidera? Aomame wyobraziła sobie, jak ci dwaj otrzymują misję znalezienia i schwytania jej albo wręcz zlikwidowania. – Musicie za wszelką cenę schwytać tę kobietę. Bez niej nie macie tu po co wracać – rozkaże im ktoś. To niewykluczone. Widzieli ją z bliska. Są nieźli w swoim fachu, pałają żądzą zemsty. Nadają się na tropicieli. Poza tym władze sekty muszą ustalić, kto za tym stoi.

Zjadła na śniadanie jabłko – prawie nie miała apetytu. Jeszcze czuła w dłoni ucisk rękojeści ostrza wbijanego w kark mężczyzny. Gdy trzymając w prawej ręce nożyk, obierała jabłko, poczuła w sobie leciutkie drżenie. Nigdy przedtem takiego nie doznała. Dotąd wystarczyło, żeby przespała po zabiciu kogoś jedną noc, a wspomnienia prawie się zacierały. Oczywiście odbieranie komuś życia nigdy nie należało do przyjemności. Przedtem to byli ludzie, których życie nie miało żadnej wartości. Wstręt przewyższał litość. Jednak tym razem było inaczej. Biorąc pod uwagę same fakty, należało być może uznać postępowanie Lidera za nieludzkie. Ale jednocześnie pod różnymi względami był n i e z w y k ł y m człowiekiem. Ta niezwykłość, przynajmniej częściowo, przekraczała pojęcia dobra i zła. Odebranie mu życia też było niezwykłe. Doznawała po nim dziwnego uczucia. N i e z w y k ł e g o uczucia.

Pozostawił po sobie „obietnicę". Po krótkim namyśle doszła do takiego wniosku. Ciężar tej obietnicy odcisnął się w jej dłoni jako z n a k. Rozumiała to. Być może znak ten nigdy nie zniknie.

Rano po dziewiątej odezwał się telefon. Dzwonił Tamaru. Dzwonek odezwał się trzykrotnie, umilkł i znów się odezwał dwadzieścia sekund później.

– Jednak nie wezwali policji – powiedział Tamaru. – Nie mówią o tym w wiadomościach telewizyjnych. W gazetach też nie piszą.

– Ale na pewno umarł.

– Oczywiście, wiem. Lider niewątpliwie umarł. Ale coś się dzieje. Już się wynieśli z hotelu. W nocy wezwali kilka osób z miejskiego biura sekty. Prawdopodobnie po to, by pozbyć się ciała tak, żeby nikt tego nie zauważył. Są wprawieni w przeprowadzaniu takich operacji. O pierwszej z parkingu hotelowego odjechał mercedes benz klasy S z przyciemnionymi szybami i van Toyota Hiace z szybami zamalowanymi na czarno. Oba miały tablice rejestracyjne z Yamanashi. Prawdopodobnie przed świtem dotarli do siedziby Sakigake. Przedwczoraj mieli tam policyjną rewizję, ale to nie była rewizja z prawdziwego zdarzenia. Policjanci po zakończeniu przeszukiwania od razu się wycofali. Na terenie sekty mają porządny piec do spalania odpadów. Jeśli wrzucą tam zwłoki, nie zostanie nawet jedna kostka. Wszystko pięknie pójdzie z dymem.

– Strach bierze.

– Tak, to odrażająca banda. Mimo śmierci Lidera organizacja będzie przez dłuższy czas działała bez zmian. Jak wąż, który dalej się rusza, choć mu obcięto głowę. Nawet bez głowy dobrze wie, w którą stronę ma pełznąć. Nie wiadomo, co będzie potem. Może po pewnym czasie zdechnie, a może odrośnie mu nowa głowa.

– To nie był zwykły człowiek.

Tamaru nie wyraził swojej opinii na ten temat.

– Było zupełnie inaczej niż do tej pory – powiedziała Aomame.

Tamaru rozważał jej słowa. – Wyobrażam sobie, że było inaczej. Ale lepiej pomyślmy o tym, co d a l e j. Stańmy się choć trochę praktyczni. Inaczej nie ujdziemy z życiem.

Aomame chciała coś powiedzieć, lecz nie mogła wydobyć z siebie słowa. W jej ciele jeszcze pozostało drżenie.

– Madame chce z tobą rozmawiać – powiedział Tamaru. – Możesz teraz?

– Oczywiście.

Starsza pani podeszła do telefonu. W jej głosie słychać było ulgę.

– Jestem pani wdzięczna. Nie da się wyrazić słowami, jak bardzo wdzięczna. Tym razem także perfekcyjnie wykonała pani swoją pracę.

– Dziękuję bardzo. Ale myślę, że drugi raz nie byłabym w stanie tego zrobić.

– Wiem. Za dużo od pani wymagaliśmy. Bardzo się cieszę, że wróciła pani bezpiecznie. Nie zamierzam już nigdy więcej prosić panią o coś takiego. Na tym koniec. Przygotowaliśmy bezpieczne miejsce. Nie musi się pani martwić. Proszę czekać na razie w tej kryjówce. W tym czasie poczynimy niezbędne przygotowania, żeby mogła pani rozpocząć nowe życie.

Aomame podziękowała jej.

– Czy teraz czegoś pani brakuje? Jeśli tak, proszę powiedzieć. Zaraz każę Tamaru się tym zająć.

– Nie, z tego co widziałam, zgromadzono tu wszystko, co może mi być potrzebne.

Starsza pani lekko odkaszlnęła. – Wie pani, proszę pamiętać o jednej rzeczy: postąpiliśmy całkowicie słusznie. Ukaraliśmy go za grzechy, które popełnił, i zyskaliśmy pewność, że nie powtórzy ich w przyszłości. Że nie będzie więcej ofiar. Nie ma się absolutnie czym przejmować.

– On też tak mówił.

– On?

– Lider Sakigake. Ten, którego wczoraj z l i k w i d o w a ł a m.

Starsza pani milczała przez pięć sekund. Potem zapytała: – To on wiedział?

– Tak, wiedział, że przyszłam go zlikwidować. Przyjął mnie w pełni tego świadomy. Raczej życzył sobie śmierci. Jego ciało odniosło już ciężkie obrażenia i czekała go powolna, lecz nieuniknona śmierć. Ja tylko ją przyśpieszyłam, dałam odpoczynek zmęczonemu gwałtownym bólem organizmowi.

Starsza pani zdawała się szczerze zdziwiona tą relacją. Zaniemówiła na pewien czas. Rzadko jej się to zdarzało.

– Ten mężczyzna… – zaczęła. Szukała właściwych słów. – Sam życzył sobie otrzymać karę za swoje czyny?

– Pragnął, by jego wypełnione bólem życie jak najszybciej dobiegło końca.

– I pozwolił pani się zabić, będąc na to przygotowanym?

– Właśnie tak.

Aomame nie mówiła nic na temat umowy, której warunki ustalili z Liderem. Musiała umrzeć, żeby Tengo mógł przeżyć – była to sekretna umowa między nimi. Nie mogła jej nikomu zdradzić.

– To, co robił, całkowicie odbiegało od normy, nie dało się uniknąć zabicia go. Ale to nie był zwykły człowiek. Miał w sobie coś s z c z e g ó l n e g o – powiedziała Aomame.

– Coś szczególnego?

– Nie bardzo umiem to wyjaśnić. Był to szczególny talent czy predyspozycje, ale też przekleństwo. I to go zjadało od wewnątrz.

– Czy to znaczy, że to c o ś szczególnego popchnęło go do nienormalnych działań?

– Prawdopodobnie tak.

– Tak czy inaczej, pani to zakończyła.

– Zgadza się – powiedziała Aomame zdławionym głosem.

Trzymając w lewej dłoni słuchawkę, podniosła prawą, w której czuła jeszcze dotyk śmierci, i przyjrzała się wnętrzu swojej dłoni.

Sama nie rozumiała, co znaczy „w i e l o z n a c z n i e o b c o w a ć". Oczywiście nie umiałaby też wytłumaczyć tego starszej pani.

– Jak zawsze z pozoru wygląda to na naturalną śmierć, ale oni pewnie nie uznają jej za naturalną. Z kolejności wypadków wywnioskują, że miałam jakiś udział w śmierci Lidera. A jak pani wie, na razie nie zawiadomili policji.

– Bez względu na to, jakie podejmą działania, my będziemy pani bronić ze wszystkich sił – powiedziała starsza pani. – Oni mają swoją organizację. Ale my też mamy silne koneksje i nie brakuje nam kapitału. Poza tym pani jest uważną i mądrą kobietą. Nie pozwolimy, żeby coś pani zrobili.

– Tsubasa nadal nie została odnaleziona? – zapytała Aomame.

– Ciągle nie wiemy, co się z nią stało. Moim zdaniem jest pewnie na terenie sekty. Poza tym nie miałaby się gdzie podziać. Na razie nie znaleźliśmy sposobu, by ją odzyskać. Ale prawdopodobnie z powodu śmierci Lidera w sekcie panuje zamieszanie. Może, wykorzystując to, uda się jakoś ją uratować. Bo musimy ją za wszelką cenę otoczyć opieką.

Lider powiedział, że Tsubasa, która przebywała w schronisku, nie była tam w swojej prawdziwej postaci. Że była jedynie kształtem pojęciowym i została o d z y s k a n a. Ale Aomame nie mogła tego teraz przekazać starszej pani. Przecież sama naprawdę nie wiedziała, co to ma znaczyć. Lecz pamiętała unoszący się w przestrzeni marmurowy zegar. To się naprawdę zdarzyło, widziała na własne oczy.

– Jak długo będę się tu ukrywała? – zapytała.

– Od czterech dni do tygodnia. Potem dostanie pani nowe nazwisko, zmieni pani otoczenie, przeniesie się daleko stąd. Kiedy się pani tam zadomowi, ze względu na bezpieczeństwo dość długo nie będziemy się kontaktować. Przez pewien czas nie będę mogła się z panią widzieć. Biorąc pod uwagę mój wiek, może to oznaczać, że nigdy więcej pani nie zobaczę. Może lepiej byłoby, gdybym pani nie wciągnęła w taką kłopotliwą sytuację. Wiele, wiele razy tak myślałam. Wtedy może bym pani nie utraciła. Ale…

Starsza pani przez pewien czas nie mogła wydobyć słów. Aomame w milczeniu czekała, aż znów zacznie mówić.

– Ale nie żałuję. To wszystko prawdopodobnie było czymś w rodzaju wyroku losu. Musiałam panią w to zaplątać. Nie miałam wyboru. Działała jakaś wielka siła, która mną pokierowała. Choć bardzo mi przykro wobec pani, że doszło do takiej sytuacji.

– Ale za to coś nas ze sobą łączyło. Coś ważnego, czego nie można było dzielić z nikim innym. Coś, czego nie dałoby się uzyskać nigdzie indziej.

– Ma pani rację – powiedziała starsza pani.

– Dzielenie tego z panią było mi potrzebne.

– Dziękuję. Trochę mi lżej na sercu, że pani to mówi.

Aomame też było ciężko, że nie może się zobaczyć ze starszą panią. Więź z nią była jedną z niewielu, jakie Aomame posiadała. Więź, która ledwo łączyła ją ze światem zewnętrznym.

– Proszę dbać o siebie – powiedziała Aomame.

– Niech pani raczej dba o siebie. Proszę być szczęśliwą, jak najszczęśliwszą.

– O ile to będzie możliwe – odparła Aomame. Szczęście było jedną z rzeczy najbardziej od niej oddalonych.

Tamaru przejął słuchawkę.

– Na razie jeszcze z t e g o, no wiesz… nie skorzystałaś, prawda? – zapytał.

– Jeszcze nie.

– Lepiej w miarę możliwości nie korzystać.

– Postaram się nie zawieść twoich oczekiwań – powiedziała Aomame.

Po krótkiej chwili Tamaru odezwał się:

– Ostatnio ci mówiłem, że wychowałem się w sierocińcu położonym daleko w górach, na Hokkaido, prawda?

– Oddzielono cię od rodziców, opuściłeś Sachalin i tam cię umieszczono.

– W tym zakładzie był jeden chłopak, dwa lata młodszy ode mnie. Dziecko Murzyna, pewnie jakiegoś żołnierza z bazy niedaleko Misawa. Nie wiem, kim była jego matka, ale pewnie jakąś prostytutką albo kelnerką z baru, kimś tego typu. Porzuciła dziecko wkrótce po urodzeniu, więc zabrali je do sierocińca. Był większy ode mnie, ale dość mało rozgarnięty. Oczywiście dzieciaki mu dokuczały. Nie ma się czemu dziwić.

– Może i nie.

– Ja też nie byłem Japończykiem, więc jakoś tak się stało, że wziąłem na siebie rolę jego obrońcy. Byliśmy w podobnej sytuacji. Koreańczyk uratowany z Sachalinu i dziecko czarnucha i dziwki. Najniższa kasta. Jednak dzięki temu się uodporniłem. Stałem się twardy. Ale on nie miał szansy stać się twardy. Gdybym go zostawił własnemu losowi, niewątpliwie by umarł. W tamtych okolicznościach, żeby przetrwać, trzeba było umieć błyskawicznie ruszać głową albo genialnie się bić.

Aomame przysłuchiwała się w milczeniu.

– On niczego nie potrafił. Nic nie umiał porządnie zrobić. Nawet nie umiał dobrze zapiąć guzików ani się podetrzeć. Ale potrafił rewelacyjnie rzeźbić. Jeśli tylko miał kilka dłut i kawałek drewna, umiał w jednej chwili wyczarować wspaniałą rzeźbę. Bez żadnego szkicu, bez niczego, w głowie pojawiał mu się jakiś obraz i on go od razu odtwarzał dokładnie i w trzech wymiarach.

Bardzo szczegółowo, realistycznie. To był rodzaj talentu. Duża sprawa.

– Sawant – powiedziała Aomame.

– Uhm, tak. Potem też się tego dowiedziałem. Tak zwany zespół sawanta. Są to ludzie obdarzeni niezwykłymi talentami. Ale wtedy nikt o czymś takim nie wiedział. Myślano, że jest opóźniony w rozwoju. Tępy, ale ma zręczne ręce i dobrze rzeźbi. Z jakiegoś powodu rzeźbił tylko myszki. Wspaniale mu wychodziły. Z każdej strony wyglądały jak żywe. Ale nie robił nic poza myszkami. Wszyscy chcieli, żeby wyrzeźbił jakieś inne zwierzątko. Konia albo niedźwiedzia. Nawet specjalnie zabrali go w tym celu do zoo. Ale on nie okazał ani trochę zainteresowania innymi stworzeniami. Więc wszyscy się poddali i pozwolili mu rzeźbić myszki. Niech sobie robi, co chce. Tworzył myszki o różnych kształtach, w różnych rozmiarach i różnych pozach. To przedziwna historia, dlatego że w sierocińcu nie było myszy. Za zimno i nigdy nie mieli nic do jedzenia. Sierociniec był za biedny nawet dla nich. Nikt nie mógł zrozumieć, dlaczego on tak się uczepił tych myszy... W końcu ludzie zaczęli mówić o tych jego myszach, napisali coś w lokalnej gazecie, pojawiło się nawet parę osób, które chciały te myszy kupić. Więc kierownik sierocińca – to był katolicki ksiądz – wstawił jego rzeźby do jakiegoś sklepu z wyrobami ludowymi i tam je sprzedawano turystom. Pewnie trochę na tym zarobił, ale oczywiście ten chłopak nie dostał ani grosza. Nie wiem, co się z tymi pieniędzmi stało. Pewnie ktoś z kierownictwa na coś je wydał. Ten chłopak siedział sobie tylko w warsztacie z dłutami i kawałkami drewna, rzeźbiąc bez końca myszki. No, oszczędziło mu to konieczności ciężkiej pracy w polu, mógł sobie siedzieć sam i rzeźbić myszki, więc w tym sensie miał szczęście.

– I co się z nim stało?

– Hm, nie wiem, co się z nim stało. Mając czternaście lat, uciekłem z sierocińca i od tego czasu sam sobie radziłem. Od razu wsiadłem na statek, dostałem się na główną wyspę i od tej pory moja noga nie postała na Hokkaido. Kiedy go ostatni raz widziałem, siedział pochylony nad stołem w warsztacie i jak zawsze pracowicie rzeźbił myszkę. W takich chwilach nic do niego nie docierało. Dlatego nawet się z nim nie pożegnałem. Jeżeli jakoś przeżył, to pewnie i teraz rzeźbi gdzieś myszki. Bo nic innego nie potrafił.

Aomame w milczeniu czekała na dalszy ciąg opowieści.

– Nawet teraz często o nim myślę. Życie w sierocińcu było straszne. Posiłki marne, zawsze burczało nam w brzuchach, w zimie robiło się okropnie zimno. Praca ponad siły, starsi chłopcy potwornie znęcali się nad młodszymi. Ale zdawało się, że on nie uważał tego życia za szczególnie ciężkie. Miał dłuta i rzeźbiąc samotnie myszki, robił wrażenie szczęśliwego. Szalał tylko wtedy, kiedy ktoś mu zabrał dłuta, poza tym był naprawdę grzeczny. Nikomu nie sprawiał kłopotu. Tylko po cichu robił myszki. Brał do ręki kawał drewna, długo mu się przyglądał i dostrzegał, jaka myszka i w jakiej pozie się w nim kryje. Zanim ją dostrzegł, mijało dość dużo czasu. Ale gdy raz już zobaczył myszkę, pozostało tylko dłutem wydobyć ją z drewna. Często tak mówił. Że musi „wydobyć myszkę". I ta w y d o b y t a myszka wyglądała tak, jakby za chwilę miała ożyć. Czyli on cały czas uwalniał z kawałków drewna uwięzione w nich wyimaginowane myszki.

– I ty broniłeś tego chłopca.

– Specjalnie mi na tym nie zależało, ale w końcu dostałem taką rolę. To była moja funkcja. Jak człowiek dostał funkcję, należało jej się trzymać za wszelką cenę. Takie tam panowały zasady. Dlatego ich przestrzegałem. Na przykład jeśli ktoś mu dla kawału zabierał dłuta, to go prałem. Prałem bez względu na to, czy był ode mnie starszy, czy większy, czy było ich kilku. Oczywiście zdarzało się, że sam dostawałem wycisk. Wiele razy tak było. Ale nie chodziło o to, kto wygrał. Bez względu na to, czy dawałem, czy dostawałem wycisk, zawsze odzyskiwałem jego dłuta. To się liczyło. Rozumiesz?

– Myślę, że rozumiem – powiedziała Aomame. – Ale w końcu go porzuciłeś.

– Musiałem zacząć żyć na własny rachunek, nie mogłem też w nieskończoność go pilnować. Nie mogłem sobie na to pozwolić. To oczywiste.

Aomame jeszcze raz otworzyła prawą dłoń i przyjrzała się jej.

– Wiele razy widziałam cię z małą drewnianą myszką w dłoni. To on ją zrobił, tak?

– A tak. Dał mi jedną malutką. Przyniósł, kiedy uciekałem z zakładu. Ciągle ją mam.

– Słuchaj, Tamaru. Dlaczego opowiedziałeś mi teraz tę historię? Nie należysz do ludzi, którzy bez powodu opowiadają o sobie.

– Chciałem między innymi powiedzieć, że do dziś często sobie o nim myślę – powiedział Tamaru. – Nie chodzi o to, że znów chciałbym się z nim zobaczyć. Specjalnie nie chcę. Po tylu latach pewnie nie mielibyśmy sobie nic do powiedzenia. Tylko ciągle wyraźnie stoi mi przed oczami jedna z ważniejszych dla mnie scen, kiedy on całkowicie tym pochłonięty wydobywa z kawałka drewna myszkę. Czegoś mnie uczy. Albo próbuje czegoś nauczyć. Takie rzeczy są człowiekowi potrzebne do życia. Pełne znaczenia sceny niedające się dobrze wyrazić słowami. Istnieje pogląd, że żyjemy po to, by to c o ś dobrze wytłumaczyć. Ja tak uważam.

– Chodzi o to, że to się staje jakby podstawą naszego życia?

– Może i tak.

– Ja też mam taką scenę.

– To ją w sobie pielęgnuj.

– Pielęgnuję.

– Poza tym chciałem powiedzieć, że będę cię bronił ze wszystkich sił. Jeśli będzie trzeba kogoś sprać, to go spiorę, nieważne, kto to będzie. Bez względu na to, jak się sytuacja rozwinie, na pewno cię nie opuszczę.

– Dziękuję.

Przez kilka sekund trwało spokojne milczenie.

– Przez pewien czas nie wychodź z mieszkania. Pomyśl sobie, że zaraz za progiem zaczyna się dżungla. Dobra?

– Dobrze – powiedziała Aomame.

Tamaru się rozłączył. Odłożywszy słuchawkę, Aomame uświadomiła sobie, jak mocno i zdecydowanie ją ściskała.

Tamaru pewnie chciał mi przekazać, że stałam się teraz niezbędnym członkiem ich rodziny i że te więzy raz stworzone nigdy nie zostaną zerwane, pomyślała Aomame. Można powiedzieć, że łączą nas pseudowięzy krwi. Aomame była mu wdzięczna za tę wiadomość. Wiedział pewnie, że ten okres jest dla niej trudny. Uważając ją za członka rodziny, Tamaru przekazuje jej po trochu swoje tajemnice.

Lecz Aomame ogarnęło trudne do zniesienia przekonanie, że taki bliski związek powstał jedynie za pośrednictwem przemocy. Zostaliśmy tak głęboko połączeni, bo znalazłam się w specyficznej sytuacji: zignorowałam prawo, zabiłam kilka osób, teraz jestem ścigana i mogę sama zostać zabita. Lecz czy bez katalizatora w postaci morderstwa w ogóle możliwe byłoby stworzenie takiego związku? Czy gdybym nie była osobą wyjętą spod prawa, udałoby mi się stworzyć takie więzy zaufania? Prawdopodobnie byłoby to trudne.

Pijąc herbatę, obejrzała wiadomości. Nie mówiono już o zalaniu dworca Akasaka Mitsuke. Po nocy woda się cofnęła, metro zaczęło znów normalnie kursować i sprawa należała już do przeszłości. Świat nie wiedział wciąż jeszcze o śmierci przywódcy Sakigake. Wiedziała o niej jedynie garstka ludzi. Aomame wyobraziła sobie, jak zwłoki tego wielkiego faceta płoną w piecu do spalania odpadów. Nie zostanie nawet kostka, powiedział Tamaru. Bez związku z łaską czy cierpieniem wszystko zmienia się w dym i wtapia się w niebo na początku jesieni. Widziała w wyobraźni ten dym i to niebo.

Podali wiadomość, że zaginęła siedemnastoletnia autorka bestsellera *Powietrzna poczwarka*. Już od dwóch miesięcy nieznane było miejsce pobytu „Fukaeri", czyli Eriko Fukady. Od czasu zgłoszenia jej zaginięcia przez opiekuna policja uważnie prowadzi śledztwo, ale do tej pory sprawa się nie wyjaśniła. Tak mówił prezenter. Pokazywali stosy egzemplarzy *Powietrznej poczwarki* w witrynach księgarń. Na ścianie wisiał plakat ze zdjęciem pięknej pisarki. Młoda pracowniczka księgarni mówiła do mikrofonu: – Książka nadal bardzo dynamicznie się sprzedaje. Ja też ją kupiłam i przeczytałam. To ciekawa powieść, która jest wytworem niezwykle bogatej wyobraźni. Mam nadzieję, że szybko odnajdą pannę Fukaeri.

W tym reportażu nie wspomniano o związku między Eriko Fukadą i grupą wyznaniową Sakigake. Środki masowego przekazu bywają ostrożne, gdy w grę wchodzą sekty religijne.

W każdym razie Eriko Fukada zaginęła bez wieści. Miała dziesięć lat, gdy została zgwałcona przez mężczyznę będącego jej ojcem. Według niego w i e l o z n a c z n i e obcowali ze sobą. Tym sposobem wprowadziła do jego wnętrza Little People. Jak on to ujął? Że byli perceiverem i receiverem. Eriko Fukada była „postrzegającym", a on „przyjmującym". I ten człowiek zaczął słyszeć szczególny głos. Stał się przedstawicielem Little People i kimś w rodzaju wielkiego kapłana sekty religijnej Sakigake. Potem ona odeszła z sekty. Zaczęła dźwigać ciężar działań „anty-Little People". Do spółki z Tengo napisali powieść *Powietrzna poczwarka*, która została bestsellerem. A teraz z jakiejś przyczyny dziewczyna zaginęła. Poszukuje jej policja.

Z drugiej strony ja wczorajszej nocy zabiłam specjalnie spreparowanym narzędziem ojca Eriko Fukady, będącego Liderem sekty Sakigake. Członkowie sekty wynieśli z hotelu jego zwłoki i w tajemnicy je „uprzątnęli". Aomame nie potrafiła sobie wyobrazić, jak Eriko Fukada zareaguje na wiadomość o śmierci ojca. Choć sam pragnął umrzeć i było to bezbolesne zabójstwo poniekąd podyktowane litością, własnymi rękami odebrałam komuś życie. Człowiek jest z natury samotny, lecz nieodizolowany. Jego życie gdzieś łączy się z innymi istnieniami. I prawdopodobnie będę musiała w jakiejś formie ponieść za to odpowiedzialność.

Tengo też był głęboko wplątany w tę serię wydarzeń. Łączy nas para Fukadów – ojciec i córka. Perceiver i receiver. Gdzie może teraz być Tengo? Co może robić? Czy miał coś wspólnego ze zniknięciem Eriko Fukady? Czy nadal wspólnie działają? Oczywiście telewizja nie mówi nic o losach Tengo. Zdaje się, że w tej chwili nikt jeszcze nie wie, że to on jest na dobrą sprawę autorem *Powietrznej poczwarki*. Ale ja wiem.

Wygląda na to, że odległość między nami po trochu się zmniejsza. Z powodu jakichś okoliczności zostaliśmy przeniesieni do tego świata i zbliżamy się ku sobie, jakby wciągani przez wielki wir. Prawdopodobnie jest to wir śmiercionośny. Ale z tego, co mówił Lider, mogliśmy się spotkać jedynie w miejscu, w którym grozi nam śmierć. Tak samo jak tylko przemoc potrafi tworzyć pewnego rodzaju czyste związki między ludźmi.

Wzięła głęboki oddech. Wyciągnęła rękę po leżący na stole pistolet i poczuła jego masywność. Wyobraziła sobie, że ma lufę wsuniętą do ust, jej palce naciskają spust.

Nagle na balkonie pojawił się wielki kruk. Przysiadł na balustradzie i kilka razy donośnie i krótko zakrakał. Przez pewien czas obserwowali się nawzajem przez szybę.

Poruszając lśniącymi ślepkami, kruk patrzył, co Aomame robi w pokoju. Zdawało się, że domyśla się znaczenia trzymanego przez nią pistoletu. Kruk to mądre stworzenie. Rozumie, że ten kawał stali jest ważny. Nie wiadomo dlaczego, ale rozumie.

Potem kruk rozłożył skrzydła i odleciał, tak samo nagle jak się pojawił. Tak jakby zobaczył to, co miał zobaczyć. Po jego zniknięciu Aomame wstała, wyłączyła telewizor i westchnęła. I modliła się, żeby kruk nie był szpiegiem Little People.

Aomame położyła się na wykładzinie i zrobiła jak zwykle ćwiczenia rozciągające mięśnie. Przez godzinę rozciągała je nieomal nadmiernie. Czas mijał, a ona odczuwała odpowiedni ból. Wzywała po kolei każdy mięsień, by dokładnie i surowo go przesłuchać. Wbiła sobie szczegółowo w głowę nazwy, funkcje i naturę poszczególnych mięśni, więc żadnego nie przegapiła. Bardzo się spociła, układ oddechowy i serce pracowały pełną parą, świadomość przestawiła się na inny kanał. Aomame wsłuchiwała się w bieg krwi, odbierała bezgłośne wiadomości wysyłane przez narządy wewnętrzne. Mięśnie twarzy, przyswajające te wiadomości, co chwila zmieniały jej wyraz.

Potem wzięła prysznic, zmywając z siebie pot. Zważyła się i upewniła, że jej waga się nie zmieniła. Stojąc przed lustrem, sprawdziła też, że nie zmienił się rozmiar jej piersi i wygląd włosów łonowych, a potem mocno się skrzywiła. To był jej zwykły poranny rytuał.

Po wyjściu z łazienki ubrała się w dres, bo było jej w nim wygodnie. Następnie dla zabicia czasu obejrzała jeszcze raz wszystkie rzeczy znajdujące się w mieszkaniu. Rozpoczęła od kuchni. Sprawdzała, jakie przygotowano dla niej produkty spożywcze, jakie zgromadzono naczynia i przyrządy kuchenne. Zapisywała je wszystkie w pamięci. Zaplanowała mniej więcej, w jakiej kolejności będzie przygotowywała potrawy. Z orientacyjnych obliczeń wynikało, że może na tych zapasach przeżyć co najmniej dziesięć dni, nie ruszając się na krok z mieszkania. Gdyby świadomie oszczędzała, starczyłoby pewnie na dwa tygodnie. Aż tyle jedzenia tu zgromadzono.

Potem dokładnie sprawdziła zapasy innych rzeczy. Papier toaletowy, chusteczki jednorazowe, proszek do prania, torby na śmieci. Niczego nie brakowało. Wszystko bardzo uważnie skompletowano. Pewnie w tych przygotowaniach brała udział jakaś kobieta. Widać w nich było staranność doświadczonej gospodyni domowej. Dokładnie obliczono, ile czego będzie potrzebowała przez krótki okres zdrowa, niezamężna, trzydziestoletnia kobieta. Mężczyzna by tego nie potrafił. Ale może umiałby to zrobić uważny i obdarzony darem obserwacji gej?

W bieliźniarce w sypialni skompletowano dodatkowe prześcieradło, koc, kołdrę i poduszkę. Wszystko pachniało nowością. I oczywiście wszystko było białe i gładkie. Skutecznie wyeliminowano wszelkie ozdoby. Nie wzięto pod uwagę gustu i indywidualnych upodobań.

W salonie stał telewizor, magnetowid i niewielki zestaw stereofoniczny: magnetofon i gramofon. Przy ścianie naprzeciw okna zobaczyła drewniany kredens. Kiedy pochyliła się i otworzyła drzwiczki, zauważyła w środku około dwudziestu książek. Ktoś – nie wiadomo kto – zatroszczył się o to, żeby w okresie ukrywania się tutaj Aomame się nie nudziła. Ktoś okazał się bardzo skrupulatny. Wszystkie książki były nowe, w sztywnej oprawie i chyba nigdy nawet nieotwierane. Przejrzawszy je, zauważyła, że to w większości głośne ostatnio nowo wydane tytuły. Pewnie wybrano je ze stojaka z bestsellerami w księgarni, ale mimo to dało się dostrzec, że kupujący kierował się pewnymi kryteriami. Nie własnymi upodobaniami, ale właśnie kryteriami. Beletrystyka i literatura faktu mniej więcej po połowie. Wśród książek znalazła się między innymi *Powietrzna poczwarka.*

Aomame lekko pokiwała głową, wzięła powieść i usiadła na kanapie. Padało na nią miękkie słoneczne światło. Książka nie była gruba. Lekka, duży druk. Przyjrzała się okładce, wydrukowanemu na niej nazwisku i imieniu autorki, Fukaeri, zważyła powieść w dłoni, przeczytała tekst reklamowy z tyłu. Powąchała ją. Miała ten specyficzny zapach świeżo wydanej książki. Zawarty był w niej Tengo, choć nie wydrukowano jego nazwiska. Zdania tekstu były zdaniami, które wyszły spod jego pióra. Gdy się trochę uspokoiła, otworzyła powieść.

Pod ręką miała filiżankę herbaty i pistolet Heckler und Koch.

Rozdział osiemnasty – Tengo

Samotny milczący satelita

– może ta osoba jest bardzo niedaleko – powiedziała Fukaeri po poważnym zastanowieniu, któremu oddawała się, przygryzając dolną wargę.

Tengo rozplótł i znów splótł palce, potem spojrzał Fukaeri prosto w oczy. – Niedaleko stąd? To znaczy w Kōenji?

– można dojść piechotą

Tengo chciał zapytać, skąd ona wie takie rzeczy, ale pewnie i tak nie dostałby odpowiedzi. Tyle potrafił już przewidzieć. Konieczne były praktyczne pytania, na które dało się odpowiedzieć „tak" lub „nie".

– To znaczy, że może mi się uda spotkać z Aomame, jeżeli poszukam jej w tej okolicy? – zapytał.

Fukaeri potrząsnęła głową. – tylko chodząc nie uda się spotkać

– Czyli jest gdzieś, gdzie można dojść piechotą, ale jeśli tylko będę chodził po okolicy, to nie uda mi się z nią spotkać? O to chodzi?

– bo się ukrywa

– Ukrywa się?

– jak zraniony kot

W myślach Tengo pojawił się obraz zwiniętej w kłębek Aomame ukrywającej się pod czyjąś śmierdzącą pleśnią werandą.

– Dlaczego i przed kim się ukrywa? – zapytał.

Oczywiście nie było odpowiedzi.

– Ale skoro się u k r y w a, to znaczy, że jest w jakiejś krytycznej sytuacji?

– w krytycznej sytuacji – powtórzyła Fukaeri. Potem zrobiła minę dziecka, przed którym postawiono gorzkie lekarstwo. Nie podobało jej się brzmienie tych słów.

– Na przykład ktoś ją ściga – powiedział Tengo.

Fukaeri lekko przechyliła głowę na bok. To znaczy, że nie wie.

– ale ona nie zostanie długo w tej okolicy

– Tylko przez ograniczony czas.

– przez ograniczony czas

– Ukrywa się gdzieś po cichu jak zraniony kot, więc nie spaceruje po tym osiedlu?

– nie robi tego – powiedziała zdecydowanie piękna dziewczyna.

– To znaczy, że muszę poszukać jakiegoś szczególnego miejsca?

Fukaeri skinęła głową.

– W jakim sensie to miejsce jest szczególne? – zapytał.

Odpowiedź oczywiście nie padła.

– niech pan sobie przypomni kilka rzeczy związanych z tą osobą – powiedziała Fukaeri po chwili. – może coś się przyda

– Coś się przyda – powtórzył Tengo. – Chodzi ci o to, że jeżeli przypomnę sobie coś z nią związanego, mogę znaleźć jakąś wskazówkę co do tego, gdzie się ukrywa?

Nie odpowiedziała, lecz wzruszyła lekko ramionami. Prawdopodobnie kryło się w tym potwierdzenie.

– Dziękuję.

Fukaeri skinęła lekko głową jak zadowolony z siebie kot.

Tengo przygotowywał w kuchni kolację. Fukaeri w skupieniu wybierała z półki płyty. Miał ich niewiele, ale i tak wybór zajmował jej dużo czasu. Po długim namyśle zdecydowała się i nastawiła stary album Rolling Stonesów. Pożyczył go kiedyś od kogoś w szkole średniej i nigdy nie oddał. Dawno tego nie słuchał.

Przy dźwiękach *Mother's Little Helper* i *Lady Jane* Tengo przygotował pilaw z niełuskanego ryżu z szynką i grzybami oraz zupę sojową z tofu i wodorostami *wakame*. Ugotował kalafior i polał wcześniej zrobionym sosem z curry. Zrobił też sałatkę z zielonej fasolki z cebulą. Gotowanie go nie męczyło. Miał zwyczaj rozmyślać podczas przyrządzania potraw. O codziennych sprawach, o problemach matematycznych, o powieściach albo o kwestiach metafizycznych. Było mu łatwiej rozważać po kolei różne sprawy, kiedy stał w kuchni i miał czymś zajęte ręce, niż kiedy nic nie robił. Lecz choć długo myślał, nie miał pojęcia, o jakie „specjalne miejsce" może Fukaeri chodzić. Próby nadania kolejności rzeczom, które z natury nie miały kolejności, były z góry skazane na niepowodzenie i przynosiły mierne rezultaty.

Zjedli kolację, siedząc naprzeciw siebie. Prawie nie rozmawiali. Jak znudzone sobą małżeństwo w milczeniu podnosili kęsy do ust i każde z nich rozmyślało o czymś innym. A może o niczym nie rozmyślali? W każdym razie w przypadku Fukaeri trudno było dostrzec tę różnicę. Po kolacji Tengo napił się kawy, a Fukaeri wyjęła z lodówki budyń i zabrała się do jedzenia. Bez względu na to, co jadła, nie zmieniał się jej wyraz twarzy. Wyglądała, jakby myślała jedynie o przeżuwaniu.

Tengo usiadł przy biurku i zgodnie z zaleceniem Fukaeri starał się przypomnieć sobie coś związanego z Aomame.

N i e c h p a n s o b i e p r z y p o m n i k i l k a r z e c z y z w i ą - z a n y c h z t ą o s o b ą. M o ż e c o ś s i ę p r z y d a.

Lecz nie mógł się skupić na tej czynności. Teraz nastawiony był inny album Rolling Stonesów. *Little Red Rooster* – nagranie z okresu, kiedy Mick Jagger był zafascynowany chicagowskim bluesem. Niezły. Ale ta muzyka nie została pomyślana dla ludzi, którzy chcą coś głęboko przemyśliwać albo pracowicie grzebać w zakamarkach pamięci. Rolling Stonesi nie byli aż tak życzliwi dla fanów. Muszę gdzieś znaleźć jakieś spokojne miejsce, pomyślał.

– Wyjdę się trochę przejść – powiedział.

Wpatrując się w trzymaną w ręku okładkę albumu Rolling Stonesów, Fukaeri kiwnęła głową, jakby jej to było obojętne.

– Nikomu nie otwieraj – dodał Tengo.

Ubrany w granatowy podkoszulek, bawełniane spodnie w kolorze khaki, które dawno straciły kanty, i adidasy, szedł przez pewien czas w stronę stacji, lecz po drodze wstąpił do baru o nazwie Mugiatama*. Zamówił piwo beczkowe. Podawano tu alkohol i lekkie posiłki. Lokal był niewielki – gdyby weszło do niego dwadzieścia osób, zrobiłoby się tłoczno. Już wcześniej kilka razy tu wpadał. Przed północą zbierała się młodzież i robiło się gwarno, ale między siódmą a ósmą przychodziło stosunkowo niewielu klientów, było cicho i sympatycznie. Mógł siedzieć samotnie w kącie i czytać. Krzesła też były wygodne. Tengo nie wiedział, skąd się wzięła nazwa baru i co oznaczała. Mógł zapytać właściciela, ale nie bardzo lubił gawędzić z obcymi. Poza tym specjalnie mu nie przeszkadzało, że nie zna pochodzenia nazwy baru. Był to po prostu bardzo przyjemny lokal o nazwie Mugiatama.

Na szczęście nie grała żadna muzyka. Tengo wybrał stolik przy oknie. Popijając piwo Carlsberg i chrupiąc mieszane orzeszki z miseczki, przypominał sobie Aomame. Przypomnienie jej sobie oznaczało jeszcze jeden powrót do okresu, kiedy miał dziesięć lat. I ponowne doświadczenie tego, co stało się dla niego pewnym punktem zwrotnym. Kiedy miał dziesięć lat, Aomame ścisnęła go za rękę. Po tym wydarzeniu odmówił chodzenia w niedziele z ojcem na inkasowanie abonamentu NHK. Wkrótce zaczął miewać silne erekcje i wytryski. Był to przełomowy okres w jego życiu. Oczywiście ten przełom nastąpiłby, nawet gdyby Aomame nie ścisnęła go za rękę. Prędzej czy później. Lecz ona dodała mu odwagi, przyśpieszyła tę zmianę. Jakby go lekko popchnęła.

Rozłożył palce lewej dłoni i długo się jej przyglądał. Dziesięcioletnia dziewczynka ścisnęła tę rękę i wywołała w nim jakąś

* Mugiatama (jap.) – zbożowa głowa.

wielką zmianę. Nie da się logicznie wytłumaczyć, jak coś takiego jest możliwe. Ale oboje się wtedy wyjątkowo naturalnie zrozumieli i zaakceptowali. Nieomal cudownie, od początku do końca. Takie rzeczy rzadko się w życiu zdarzają. A raczej niektórym w ogóle się nie zdarzają. W tamtej chwili Tengo nie całkiem rozumiał, jak decydujące było to wydarzenie. Nie tylko w tamtej chwili. Do niedawna nie rozumiał jego prawdziwego znaczenia. Cały czas nosił tylko w sercu niejasny obraz tej dziewczynki.

Skończyła już trzydzieści lat, na pewno wygląda teraz zupełnie inaczej. Jest wyższa, urosły jej piersi, ma też najprawdopodobniej inną fryzurę. Jeżeli odeszła ze Zboru Świadków, może zaczęła się trochę malować. Może nosi teraz kosztowne modne ciuchy. Tengo nie bardzo potrafił sobie wyobrazić Aomame idącą energicznie ulicą w kostiumie od Calvina Kleina i butach na obcasach. A przecież to było zupełnie prawdopodobne. Ludzie dojrzewają, a dojrzewanie oznacza zmiany. Możliwe nawet, że jest teraz w tym barze, a ja mogłem jej nie zauważyć.

Ze szklanką piwa w dłoni rozejrzał się dookoła. Jest niedaleko stąd. Można tam dojść piechotą. Tak powiedziała Fukaeri. I Tengo przyjął jej słowa, nie kwestionując ich prawdziwości. Skoro tak mówi, to prawdopodobnie tak jest. Lecz poza nim była tu tylko młoda para wyglądająca na studentów. Siedzieli przy barze i nachyleni ku sobie zatopili się w poufnej rozmowie. Patrząc na tych dwoje, Tengo po raz pierwszy od dłuższego czasu poczuł się głęboko samotny. Jestem na tym świecie sam jak palec. Nic mnie z nikim nie wiąże, pomyślał.

Przymknął oczy, skupił się i jeszcze raz przywołał w myślach tamtą scenę w klasie. Wczoraj w nocy, gdy podczas gwałtownej ulewy obcował z Fukaeri, zamknął oczy i odwiedził to samo miejsce. Realnie i bardzo konkretnie. Dzięki temu jego wspomnienia odnowiły się i stały się wyraźniejsze niż zwykle. Zupełnie jakby nocny deszcz zmył z nich kurz.

Niepokój, oczekiwanie i strach rozpierzchły się po całej pustej klasie, jak tchórzliwe zwierzątka poukrywały się w różnych miejscach. Tablica z nie do końca startymi wzorami, złamana krótka kreda, spłowiałe tanie firanki, kwiaty w wazonie na biurku nauczycielki (nie mógł sobie przypomnieć jakie), obrazki namalowane przez uczniów przypięte pinezkami do ściany, mapa świata za biurkiem, zapach pasty do podłogi, poruszane wiatrem firanki, wesołe okrzyki dobiegające zza okna – Tengo udało się bardzo szczegółowo ożywić w myślach tę scenę. Widział zawarte w niej symbole, ukryte znaczenie i zagadki.

W ciągu kilkudziesięciu sekund, kiedy dziewczynka ściskała go za rękę, Tengo zobaczył bardzo wiele rzeczy i te obrazy wypaliły się na jego siatkówce, jakby widziane obiektywem kamery. Była to jedna z najważniejszych scen, wspomnień, które pozwoliły mu przetrwać pełne cierpienia lata dorastania. Zawierał się w niej silny uścisk palców dziewczynki. Jej prawa dłoń zawsze i niezmiennie dodawała Tengo odwagi, gdy w pocie czoła stawał się dorosłym człowiekiem. N i e m a r t w s i ę, m a s z m n i e, mówiła mu jej ręka.

Nie jesteś samotny.

Fukaeri powiedziała, że Aomame się ukrywa. Jak zraniony kot.

Na dobrą sprawę, bardzo dziwnie się złożyło. Fukaeri przecież także się tu ukrywa. Nie wychodzi ani na krok z jego mieszkania. W tym zakątku Tokio ukrywają się dwie kobiety. Od czegoś uciekają. Obie są mocno związane z Tengo. Czyżby miały wspólny powód? Czy też to przypadkowy zbieg okoliczności?

Oczywiście nie było odpowiedzi. Pytanie zostało zadane na próżno. Za dużo pytań, za mało odpowiedzi. Zawsze tak samo.

Kiedy dopił piwo, podszedł do niego młody właściciel baru i zapytał, czy chciałby jeszcze coś zamówić. Tengo przez chwilę się wahał, w końcu poprosił o bourbona z lodem i drugą porcję orzeszków. Z bourbonów mamy tylko four roses. Może być? Tengo powiedział, że może. Wszystko jedno jaki. Potem znów pomyślał o Aomame. Z kuchni w głębi doleciał aromatyczny zapach pieczonej pizzy.

Przed kim Aomame może się ukrywać? A może ucieka przed wymiarem sprawiedliwości, zastanawiał się Tengo. Jakoś nie mógł sobie wyobrazić, że popełniła przestępstwo. Jakie mianowicie miałaby popełnić? Nie, nie kryje się przed policją. Ktoś, kto ją goni – bez względu na to, kto to jest – nie ma związku z siłami chroniącymi bezpieczeństwo i porządek publiczny.

A może przypadkiem to te same osoby, które szukają Fukaeri, pomyślał nagle. Little People? Ale dlaczego i po co Little People mieliby tropić Aomame?

Gdyby jednak założyć, że to naprawdę o n i ścigają Aomame, być może ja jestem osią tego wszystkiego, pomyślał. Tengo oczywiście nie pojmował, dlaczego miałby być osią takich wydarzeń. Ale jeżeli założyć, że istnieje jakiś czynnik, który łączy Fukaeri z Aomame, to wyłącznie on sam mógł nim być. Może, choć sam o tym nie wie, wykorzystał jakąś siłę i przyciągnął do siebie Aomame?

J a k ą ś s i ł ę? Przyjrzał się swoim dłoniom.

Nie wiem. Skąd miałbym mieć taką siłę?

Przyniesiono four roses z lodem. I świeżą miseczkę orzeszków. Tengo wypił łyk bourbona, wziął do ręki kilka orzeszków i potrząsnął nimi jak kostkami do gry.

Tak czy inaczej, Aomame jest gdzieś w tej okolicy. Gdzieś, gdzie można dojść piechotą. Tak mówi Fukaeri. I ja w to wierzę. Gdyby mnie zapytano dlaczego, nie wiedziałbym, co powiedzieć, ale w każdym razie wierzę jej. Ale właściwie w jaki sposób mam znaleźć ukrywającą się g d z i e ś Aomame? Nie jest łatwo znaleźć nawet kogoś wiodącego normalne życie. A jeśli ktoś się ukrywa celowo, sprawa staje się oczywiście jeszcze bardziej kłopotliwa. Czy mam chodzić po ulicach i wołać ją przez megafon? Przecież nie wyszłaby do mnie na ulicę jak gdyby nigdy nic. W ten sposób zwróciłbym tylko na nią uwagę i naraził na jeszcze większe niebezpieczeństwo.

Pewnie jest jeszcze coś, co powinienem sobie przypomnieć, pomyślał.

Niech pan sobie przypomni kilka rzeczy związanych z tą osobą, może coś się przyda, powiedziała Fukaeri. Jeszcze zanim to powiedziała, miał uczucie, że jest parę ważnych rzeczy dotyczących Aomame, których nie może odnaleźć w pamięci. Czasami męczyło go to jak kamyk, który dostał się do buta. Niewyraźnie, lecz dotkliwie.

Oczyścił świadomość, jakby wycierał tablicę, i jeszcze raz zagłębił się we wspomnieniach. Na temat Aomame, na temat siebie, na temat przedmiotów, które ich otaczały. Czuł się jak rybak ciągnący sieć po miękkim mulistym dnie. Pracowicie przypominał sobie kolejno różne rzeczy. Ale jednak minęło już dwadzieścia lat. Choćby nawet człowiek wyraźnie pamiętał jakąś scenę, jest w stanie przypomnieć sobie tylko ograniczoną liczbę elementów.

Ale musiał znaleźć c o ś, co tam było, c o ś, czego nie zauważył. Musiał to zrobić teraz, i to jak najszybciej. Jeżeli tego nie zrobi, być może nie uda mu się odnaleźć ukrywającej się tu gdzieś Aomame. Coś ją ściga. Jeśli wierzyć Fukaeri, czas jest ograniczony.

Postanowił pomyśleć o tym, co było wtedy widać. Na co wtedy patrzyła Aomame? I na co patrzył on sam? Postara się przypomnieć sobie, na co padał ich wzrok przez ten cały czas.

Ścisnąwszy go za rękę, najpierw spojrzała mu prosto w oczy. Ani na chwilę nie odwróciła wzroku. Tengo najpierw w ogóle nie mógł zrozumieć, co Aomame robi, więc spojrzał na nią, jakby szukał wyjaśnienia. To musi być jakieś nieporozumienie. Albo pomyłka. Tak pomyślał. Ale to nie było nieporozumienie ani pomyłka. Oczy tej dziewczynki były zadziwiająco przejrzyste. Nigdy przedtem nie widział takich przejrzystych oczu. Były czyste, bezdenne, jak głębokie źródełka. Kiedy długo się w nie wpatrywał, czuł, że mogą go wciągnąć. Dlatego odwrócił oczy, chcąc uniknąć jej wzroku. Musiał odwrócić.

Najpierw wpatrzył się w drewnianą podłogę, potem lekko przekręcił głowę i wyjrzał przez okno. Przez ten czas ona nawet nie drgnęła. Jej wzrok nadal utkwiony był w jego oczach patrzących przez okno. Czuł pieczenie tego wzroku na skórze. Jej palce ciągle z tą samą siłą ściskały jego lewą rękę. W tym uścisku nie było ani krztyny drżenia, ani wahania. Nie bała się. Nie miała się czego bać. I chciała za pośrednictwem palców przekazać Tengo to uczucie.

Klasa została wcześniej sprzątnięta, więc otwarto szeroko okno, żeby się przewietrzyła. Biała firanka trzepotała na lekkim wietrzyku. Za nią rozpościerało się niebo. Był już grudzień, ale jeszcze nie zrobiło się bardzo zimno. Wysoko na niebie unosiły się chmury. Proste białe chmury niosące w sobie ślady jesieni. Wyglądały jak stworzone przed chwilą jednym pociągnięciem pędzla. I coś jeszcze tam było. Coś unosiło się pod chmurami. Słońce? Nie, to nie było słońce.

Tengo wstrzymał oddech, przycisnął palcami skronie i postarał się wejrzeć jeszcze głębiej w swoją pamięć. Szedł za tą cienką niteczką wspomnień, która mogła w każdej chwili pęknąć.

Tak, był tam księżyc.

Jeszcze nie nadchodził zmierzch, lecz na niebie unosił się księżyc. Mniej więcej trzy czwarte do pełni. Jest biały dzień, a już widać taki wyraźny i duży księżyc, zachwycił się Tengo. Pamiętał to. Ta nieczuła, szara, skalna bryła wisiała bezczynnie nisko na niebie jakby zawieszona na niewidzialnej nitce. Otaczała ją jakaś atmosfera sztuczności. Na pierwszy rzut oka księżyc zdawał się teatralną dekoracją do jakiejś sztuki. Ale oczywiście był prawdziwy. To zrozumiałe. Nikt nie zadaje sobie trudu, żeby na prawdziwym niebie wieszać sztuczny księżyc.

Nagle zorientował się, że Aomame nie patrzy już na niego. Jej wzrok zwrócony był w tym samym kierunku co jego oczy. Tak samo jako on wpatrywała się w księżyc widoczny w biały dzień. Z bardzo poważną miną i nadal ściskając Tengo za rękę. Jeszcze raz spojrzał w jej oczy. Nie były już tak czyste jak przed chwilą, utraciły tę specjalną przejrzystość, która ukazała się tylko przez moment. Za to teraz dostrzegł w nich coś twardo skrystalizowanego. Było to lśniące i piękne, ale jednocześnie przywodziło na myśl surowość szronu. Tengo nie mógł uchwycić znaczenia wyrazu jej oczu.

Po chwili zdawało się, że dziewczynka podjęła decyzję. Nagle puściła jego rękę, odwróciła się do niego plecami i bez słowa szybkim krokiem wyszła z klasy. Ani razu się nie odwróciła, zostawiając go w głębokiej pustej przestrzeni.

Tengo otworzył oczy, przestał się skupiać, zrobił głęboki wydech, a potem wypił łyk bourbona. Czuł, jak alkohol przepływa mu przez gardło i przełyk. Jeszcze raz nabrał powietrza i wypuścił. Nie widział już Aomame. Odwróciła się i wyszła gdzieś z klasy. Zniknęła z jego życia.

Od tego czasu minęło dwadzieścia lat.

K s i ę ż y c, pomyślał Tengo.

Patrzyłem wtedy na księżyc. Aomame też na niego patrzyła. O pół do czwartej po południu skalna bryła w kolorze popiołu na jasnym jeszcze niebie. Samotny milczący satelita. Oboje, stojąc obok siebie, wpatrywali się w niego. Ale co to miało właściwie znaczyć? Czy to on doprowadzi mnie do Aomame?

Być może wtedy Aomame sekretnie powierzyła księżycowi, co miała w sercu, pomyślał nagle Tengo. Może nawiązali jakieś ciche porozumienie? W jej zwróconym ku niebu spojrzeniu było coś przerażająco poważnego i szczerego, co pobudzało wyobraźnię.

Oczywiście nie wiedział, co Aomame dała wtedy księżycowi. Lecz potrafił sobie mniej więcej wyobrazić, co on jej ofiarował – prawdopodobnie samotność i spokój w czystej postaci. To było najlepsze, co mógł dać ludziom.

Tengo zapłacił i wyszedł z Mugiatama. Spojrzał na niebo. Niczego na nim nie dostrzegł. Niebo było pogodne i księżyc powinien być widoczny, lecz nie dało się go zobaczyć z ulicy otoczonej budynkami. Z rękami w kieszeniach chodził po ulicach, szukając księżyca. Chciał iść na jakąś otwartą przestrzeń, ale w Kōenji takich miejsc było niewiele. W dodatku na tym wyjątkowo płaskim terenie trudno znaleźć ulicę idącą lekko pod górę czy choćby niewielkie wzniesienie. Pewnie powinien wejść na dach jakiegoś budynku, z którego miałby widok na cztery strony świata, ale nie wiedział, w którym mógł być swobodny dostęp do dachu.

Błądząc tak bez konkretnego celu, przypomniał sobie, że w pobliżu jest plac zabaw. Czasami mijał go podczas spacerów. Nie był duży, ale chyba miał zjeżdżalnię. Jeżeli na nią wejdzie, może uda mu się trochę rozejrzeć po niebie. Choć jest niezbyt wysoka, może widok będzie lepszy niż z poziomu ulicy. Ruszył w tamtą stronę. Spojrzał na zegarek. Dochodziła ósma.

Na placu zabaw nie dostrzegł żywej duszy. Na środku stała wysoka rtęciowa latarnia, oświetlając nawet najdalsze zakątki placyku. Rosła też duża brzostownica. Jeszcze pokryta gęstym listowiem. Kilka krzaków, ujęcie wody pitnej, ławeczki, huśtawki i zjeżdżalnia. Była też publiczna toaleta, ale człowiek z urzędu dzielnicy co dzień o zmierzchu zamykał ją na klucz. Może po to, by nie dopuścić tam bezdomnych. W ciągu dnia przychodziły tu młode matki z małymi dziećmi. Dzieci się bawiły, a kobiety z ożywieniem gawędziły między sobą. Tengo wiele razy widział takie sceny. Lecz po zmierzchu nikt tu nie bywał.

Wszedł na zjeżdżalnię i rozejrzał się po nocnym niebie. Po północnej stronie parku stał nowy pięciopiętrowy dom. Dawniej go tu nie było. Musieli go dopiero co postawić. Ten budynek zasłaniał jak mur widok na północną stronę nieba. Za to wszystkie pozostałe budynki były niższe. Tengo obrócił się dookoła i znalazł księżyc na południowym zachodzie. Unosił się nad piętrowym starym domem jednorodzinnym. Mniej więcej trzy czwarte do pełni. Ten sam kształt co wtedy. Zbieg okoliczności? Pewnie tak.

Na początku jesieni unoszący się na niebie księżyc był jasny i wyraźny, miał w sobie charakterystyczną dla tej pory roku ciepłą refleksyjność. Robił zupełnie inne wrażenie niż tamten zimowy o pół do czwartej. Jego łagodne naturalne światło koiło serce. Tak samo jak koją je szmer strumyka czy cichy szelest liści.

Stojąc na górze zjeżdżalni, Tengo długo patrzył na księżyc. Od strony drogi numer 7 dochodził dźwięk przypominający szum morza, w którym dosłyszeć można było odgłosy różnej wielkości opon. Ten dźwięk nagle przypomniał mu ojca w nadmorskim domu opieki w prefekturze Chiba.

Pospolite światła miasta jak zawsze przysłaniały gwiazdy. Niebo było pogodne, więc tu i tam ledwo dało się dostrzec kilka szczególnie jaśniejszych. Lecz mimo to księżyc był bardzo wyraźny. Unosił się lojalnie na niebie, w ogóle nie narzekając na oświetlenie, hałas czy zanieczyszczone powietrze. Kiedy Tengo wytężył wzrok, dostrzegł dziwne cienie tworzone przez ogromne kratery i morza. Księżyc był sprzymierzeńcem ludzkości jeszcze przed wynalezieniem ognia, narzędzi i języka. Jak dana przez Boga lampa czasami jasno oświetlał pogrążony w ciemności świat, łagodząc strach. Jego fazy dały ludziom pojęcie czasu. Uczucie wdzięczności za tę bezinteresowną hojność księżyca pozostało wyraźnie zapisane w genach i odczuwane jest nawet w dzisiejszych czasach, które wyeliminowały ciemność z większości miejsc.

Właściwie od dawna tak uważnie nie przyglądałem się księżycowi, pomyślał Tengo. Kiedy ostatni raz podniosłem na niego wzrok? Zabiegany dzień w dzień mieszkaniec miasta mimo woli zaczyna żyć, patrząc tylko pod nogi. Zapomina nawet spojrzeć na nocne niebo.

Potem Tengo zauważył, że w punkcie nieco oddalonym od tego, który obserwował, na niebie unosi się jeszcze jeden księżyc. Na początku myślał, że wzrok go myli. Albo że to jakaś iluzja wywołana promieniami światła. Lecz choć upewniał się wiele razy, ciągle widział ten wyraźnie zarysowany drugi księżyc. Na pewien czas zaniemówił i z lekko otwartymi ustami tylko gapił się w tamtą stronę. Nie potrafił w swojej świadomości określić, na co patrzy. Kontury i rzeczywista postać nie nakładały się na siebie jak należy. Zupełnie jak kiedy nie zlewają się w jedno pojęcia i słowa.

Jeszcze jeden księżyc?

Zamknął oczy i mocno potarł dłońmi policzki. Co mi się mogło stać, zastanawiał się. Aż tyle nie wypiłem. Spokojnie zaczerpnął powietrza i wypuścił je. Utwierdził się w przekonaniu, że ma jasną świadomość. Jeszcze raz upewnił się w ciemności zamkniętych powiek kim jest, gdzie jest i co robi. Wrzesień 1984, Tengo Kawana, Kōenji w dzielnicy Suginami, plac zabaw, patrzy na księżyc na nocnym niebie. Nie było wątpliwości.

Potem spokojnie otworzył oczy i jeszcze raz spojrzał w niebo. Opanowany i uważny. Lecz nadal były tam dwa księżyce.

To nie złudzenie. Są dwa. Przez dłuższy czas stał z prawą dłonią mocno zaciśniętą w pięść.

Księżyc był niezmiennie milczący. Ale już nie samotny.

Rozdział dziewiętnasty – Aomame

Kiedy daughter się obudziła

Powietrzna poczwarka miała formę powieści fantastycznej, ale całkiem dobrze się ją czytało. Napisano ją w sposób naśladujący opowiadanie dziesięciolatki. Bez trudnych słów, logiki za wszelką cenę, przegadanych wyjaśnień ani wymyślnych wyrażeń. Cała historia od początku do końca opowiedziana została przez dziesięcioletnią dziewczynkę. Miała łatwo zrozumiały, zwięzły styl, w wielu wypadkach przyjemny dla ucha, ale prawie niczego nie wyjaśniała. Dziewczynka opowiadała tylko po kolei to, co widziała na własne oczy. Nigdy się nie zatrzymywała i nie zastanawiała: „Co się właściwie przed chwilą stało? Jakie to ma znaczenie?". Powolnym, miarowym krokiem posuwała się dalej. Czytelnik patrzył na świat jej oczami, szedł razem z nią. Działo się to bardzo naturalnie. I nagle zauważał, że wraz z nią znalazł się w innym świecie. W świecie n i e t u t e j s z y m, w którym Little People robili powietrzną poczwarkę.

Po przeczytaniu dziesięciu stron właśnie ten styl zrobił na Aomame największe wrażenie. Jeżeli stworzył go Tengo, niewątpliwie miał talent pisarski. Tengo w jej wspomnieniach był przede wszystkim uzdolnionym matematycznie uczniem. Nazywali go genialnym dzieckiem. Bez problemu rozwiązywał trudne zadania, którym nawet dorośli nie umieli podołać. Z innych przedmiotów także miał świetne stopnie, choć może nie tak dobre jak z matematyki. Wszystko, za co się zabierał, wychodziło mu znacznie lepiej niż innym dzieciom. Był też wyrośnięty i dobrze sobie radził we wszystkich sportach. Lecz Aomame nie pamiętała, żeby wyróżniał się w pisaniu. Prawdopodobnie wówczas ten talent pozostawał w cieniu matematyki i nie rzucał się w oczy.

A może Tengo zapisał tylko to, co mówiła ta dziewczyna? Może jego własny oryginalny styl nie znalazł odbicia w tym tekście? Aomame miała wrażenie, że jednak tak nie mogło być. Zdania na pierwszy rzut oka wydawały się proste i naiwne, lecz w rzeczywistości były skrupulatnie przemyślane i uporządkowane. Nigdzie nie napisano za dużo, a jednocześnie znalazło się tam wszystko, co konieczne. Choć oszczędnie stosowano przydawki i określenia, opisy były precyzyjne i bogate. Ale przede wszystkim tekst miał wspaniałą melodykę. Nawet nie czytając na głos, czytelnik mógł dosłyszeć jego głębokie brzmienie. To nie był tekst, który mogła, ot tak sobie, napisać dziesięciolatka.

Upewniwszy się co do tego, Aomame zaczęła dalej uważnie czytać.

> Bohaterka, dziesięcioletnia dziewczynka, żyła wraz z rodzicami w górach, w niewielkiej komunie, nazwanej przez nią „zbiorowością". Nie miała rodzeństwa. Została tu

przywieziona niedługo po urodzeniu, więc prawie nic nie wiedziała o świecie zewnętrznym. Wszyscy troje mieli swoje zajęcia, toteż rzadko nadarzała się okazja, by spotkać się w rodzinnym gronie i spokojnie porozmawiać, ale byli zżyci. W ciągu dnia dziewczynka chodziła do pobliskiej szkoły, a rodzice zajmowali się głównie pracą na roli. Kiedy miała czas, podobnie jak inne dzieci pomagała na polu.

Ludziom żyjącym w „zbiorowości" nie podobał się świat na zewnątrz. Ich własny unosił się na morzu „kapitalizmu" jak piękna samotna wyspa, forteca, jak mawiali przy każdej okazji. Dziewczynka nie wiedziała, czym jest „kapitalizm" (czasami używali też słowa „materializm"). Lecz sądząc z pogardliwego tonu, z jakim dorośli wypowiadali te wyrazy, wydawało się, że to jakiś wypaczony stan przeciwny naturze i pozbawiony wszelkiej s ł u s z n o ś c i. Dziewczynkę nauczono, że nie wolno mieć do czynienia ze światem zewnętrznym, bo trzeba zachować czystość ciała i sposobu myślenia. Inaczej serce i umysł mogą ulec zanieczyszczeniu.

„Zbiorowość" składała się z pięćdziesięciorga stosunkowo młodych ludzi, którzy z grubsza podzielili się na dwie grupy. Pierwsza dążyła do „rewolucji". Jej rodzice należeli raczej do drugiej. Ojciec był najstarszy i od powstania „zbiorowości" pełnił w niej centralną rolę.

Dziesięcioletnia dziewczynka oczywiście nie potrafiła logicznie wyjaśnić struktury i określić wzajemnych pozycji tych dwóch grup. Nie bardzo rozumiała też różnicę między „rewolucją" a „peace'em". Odnosiła tylko wrażenie, że „rewolucja" to sposób myślenia o zaostrzonym kształcie, a „peace"

– o bardziej zaokrąglonym. Każdy sposób myślenia miał kształt i odcień. Mogło go ubywać i przybywać tak jak księżyca. Tylko tyle z tego rozumiała.

Dziewczynka nie bardzo wiedziała też, jak powstała ich „zbiorowość". Powiedziano jej tylko, że niecałe dziesięć lat temu, wkrótce po jej urodzeniu, w społeczeństwie miały miejsce wielkie ruchy, niektórzy ludzie porzucili wtedy życie w mieście i przenieśli się do odizolowanej wsi w górach. Gdyby znalazła się w mieście, wiele rzeczy zobaczyłaby tam pierwszy raz w życiu. Nigdy nie jechała pociągiem ani nawet windą. Nie widziała budynku wyższego niż dwupiętrowy. Bardzo wielu rzeczy nie wiedziała. Rozumiała tylko to, co mogła zobaczyć i czego mogła dotknąć.

Oszczędny styl i niedorosły punkt widzenia dziewczynki składały się na naturalnie ożywający przed oczami opis powstania i działania niewielkiej wspólnoty zwanej „zbiorowością". Był to także obraz charakteru i sposobu myślenia żyjących w niej ludzi.

Choć członkowie wspólnoty różnili się opiniami, łączyło ich silne poczucie solidarności, wspólna myśl, że lepiej żyć z dala od „kapitalizmu". Rozumieli także, że mimo większych czy mniejszych różnic w kształcie czy odcieniu sposobu myślenia uda im się przetrwać tylko wtedy, jeśli będą działać wspólnie.

Ledwo wiązali koniec z końcem. Pracowali bez odpoczynku, uprawiali warzywa, wymieniali się produktami z mieszkańcami pobliskich wsi, a nadwyżki sprzedawali, w miarę możliwości unikali korzystania z masowo produkowanych artykułów i żyli otoczeni przyrodą. Niezbędne urządzenia elektryczne znajdowali na wysypiskach i sami naprawiali, a ubierali się prawie wyłącznie w stare, używane rzeczy, które ktoś im przysłał.

Niektórzy odchodzili ze „zbiorowości", nie mogąc się przystosować do takiego surowego, lecz czystego życia, ale wciąż dołączali nowi, którzy od kogoś dowiedzieli się o istnieniu wspólnoty. Więcej było przyłączających się niż odchodzących. Dlatego stopniowo liczba członków „zbiorowości" rosła. Było to pożądane zjawisko. W porzuconej wiosce, którą zajęli, stało jeszcze wiele domów nadających się do zamieszkania po niewielkich remontach i wiele pól, które warto było uprawiać. Radośnie witano więc każdą nową parę rąk do pracy.

Było tam ośmioro czy dziesięcioro dzieci. Większość urodziła się w „zbiorowości", dziewczynka była najstarsza. Dzieci uczęszczały do miejscowej szkoły. Wszystkie razem rano wychodziły i razem wracały. Do szkoły musiały chodzić, bo tego wymagało prawo. Poza tym założyciele „zbiorowości" uważali, że utrzymanie przyjaznych stosunków z miejscową ludnością jest niezbędne dla przetrwania wspólnoty. Ale jednocześnie dzieci z zewnątrz obawiały się i unikały dzieci ze „zbiorowości" i wciąż im dokuczały, więc te ostatnie starały się zawsze trzymać razem. Chroniły się wzajemnie, a tworząc zwartą grupę, broniły przed fizycznym niebezpieczeństwem i przed zanieczyszczeniem serca i umysłu.

W „zbiorowości" powstała również niezależna szkoła. Dorośli na zmianę uczyli dzieci. Wielu z nich było bardzo wykształconych, niektórzy mieli uprawnienia nauczycielskie, więc nie było to dla nich trudne. Stworzyli swoje własne podręczniki, uczyli czytania i pisania oraz arytmetyki. Prócz tego podstaw chemii, fizyki, fizjologii i biologii. Uczono też o procesie rozwoju świata. Na świecie istniały dwa nienawidzące się nawzajem systemy: „kapitalizm" i „komunizm". Niestety, oba miały poważne problemy i świat zasadniczo zmierzał w złym kierunku. „Komunizm" był początkowo wybitnym systemem filozoficznym o wzniosłych ideałach, lecz został po drodze wypaczony przez „egoistycznych" polityków. Dziewczynce pokazano zdjęcie jednego z tych „egoistycznych polityków". Miał wielki nos i czarne bujne włosy, skojarzył jej się z królem diabłów.

W „zbiorowości" nie było telewizorów, radia też były niedozwolone, poza szczególnymi przypadkami. Ograniczono również dostęp do gazet i czasopism. Wiadomości, które uznano za potrzebne, przekazywano członkom ustnie podczas kolacji w „sali zbiorowej". Ludzie reagowali na nie wesołymi okrzykami lub pomrukami pełnymi dezaprobaty. Tych pomruków było znacznie więcej niż okrzyków radości. Dla dziewczynki stanowiło to jedyne doświadczenia medialne. Nigdy w życiu nie widziała filmu. Nie czytała komiksu. Dozwolone było jedynie słuchanie muzyki klasycznej. W „sali zbiorowej" znajdował się zestaw stereofoniczny i wiele płyt, które ktoś musiał kiedyś ze sobą przywieźć. W wolnym czasie można tam było posłuchać utworów symfonicznych Brahmsa, pianistycznych Schumanna, muzyki na instrumenty klawiszowe czy religijnej Bacha. Było to dla dziewczynki cenną i prawie jedyną rozrywką.

Kiedyś dziewczynka została surowo ukarana. Polecono jej, żeby przez tydzień zajmowała się rano i wieczorem kilkoma kozami, ale miała mnóstwo innych zajęć i tyle lekcji do odrobienia, że raz jeden o tym zapomniała. Nazajutrz okazało się, że najstarsza ślepa koza zdechła. Za karę dziewczynka miała być na dziesięć dni odizolowana.

We wspólnocie uważano tę kozę za szczególnie ważną. Ale była już bardzo stara, a choroba – nie wiadomo jaka – poważnie wyniszczyła wychudłe zwierzę. Nikt nie wierzył, że wyzdrowieje, bez względu na to, czy ktoś się nią będzie zajmował, czy nie. Koza i tak niebawem by zdechła. Ale to nie zmniejszało skali winy dziewczynki. Problemem nie była śmierć kozy, ale to, że dziewczynka zaniedbała powierzone jej obowiązki. Czekała ją izolacja, czyli jedna z najcięższych kar w „zbiorowości".

Dziewczynka została zamknięta z małej starej ziemiance wraz ze ślepą kozą. Tę ziemiankę nazywano „pomieszczeniem do autorefleksji". Ludziom, którzy złamali zasady „zbiorowości", dawano szansę zastanowienia się tam nad własnymi przewinieniami. Przez okres kary nikt nie miał prawa odzywać się do dziewczynki. Musiała przetrwać dziesięć dni w całkowitym milczeniu. Przynoszono jej minimalną ilość wody i pożywienia, ale w ziemiance było ciemno, zimno i wilgotno. I śmierdziało zdechłą kozą. Drzwi zamknięto od zewnątrz, w kącie stał kubeł na odchody. Wysoko pod sufitem było małe okienko, przez które wpadało światło słońca i księżyca. W bezchmurne wieczory widać było też kilka gwiazd. Innego światła dziewczynka nie miała. Spędzała noce, drżąc na twardym materacu na drewnianej podłodze owinięta dwoma starymi kocami. Był już kwiecień, ale noce w górach są chłodne. Gdy nadchodził wieczór, oczy kozy lśniły, odbijając światło gwiazd. Przerażały dziewczynkę i nie mogła spać.

Trzeciej nocy koza nagle otworzyła szeroko pysk. A właściwie został on siłą otwarty od wewnątrz. Ze środka, jeden po drugim, wyszła grupa ludzików. Łącznie było ich sześciu. Wychodząc z pyska kozy, mieli tylko około dziesięciu centymetrów wzrostu, lecz gdy stanęli na ziemi, zaczęli błyskawicznie rosnąć, zupełnie jak grzyby po deszczu, ale osiągnęli nie więcej niż sześćdziesiąt centymetrów. Powiedzieli, że są Little People.

Jak w bajce o Królewnie Śnieżce i siedmiu krasnoludkach, pomyślała dziewczynka. Kiedy była mała, ojciec czytał jej tę bajkę. Ale w takim razie jednego brakowało.

– Jeżeli wolisz siedmiu, możemy zrobić siedmiu – powiedział jeden z Little People basem. Wyglądało na to, że potrafi czytać w jej myślach. Kiedy znów ich policzyła, było już siedmiu. Lecz dziewczynki szczególnie to nie zdziwiło. Bo kiedy Little People wyszli z pyska kozy, zmieniły się zasady rządzące światem. Nic więc nie mogło jej już zdziwić.

– dlaczego wyszliście z pyska zdechłej kozy – zapytała.

Zauważyła, że jej głos dziwnie brzmi. I sposób mówienia jest inny niż zwykle. Pewnie dlatego, że od trzech dni się nie odzywała.

– Bo tam było wyjście z korytarza – powiedział jeden z Little People zachrypniętym głosem. – My też zorientowaliśmy się dopiero tutaj, że wyszliśmy ze zdechłej kozy.

Na to odezwał się inny o piskliwym głosie: – Nam to w ogóle nie przeszkadza. Czy to koza, czy wieloryb, czy strączek groszku. Jeżeli tylko stanie się korytarzem.

– Ty zrobiłaś korytarz. Dlatego go wypróbowaliśmy. Chcieliśmy zobaczyć, dokąd prowadzi – powiedział ten mówiący basem.

– ja zrobiłam korytarz – powtórzyła za nim dziewczynka. Jednak jej głos dalej brzmiał jakoś obco.

– Zrobiłaś nam przysługę – powiedział jeden z Little People, który mówił cicho.

Kilku się z nim zgodziło.

– Może pobawimy się w robienie powietrznej poczwarki? – zaproponował inny mówiący tenorem.

– Bo specjalnie przyszliśmy aż tutaj – dodał jeszcze inny barytonem.

– w robienie powietrznej poczwarki – zapytała dziewczynka.

– Wyciąga się z powietrza nitki i robi się z nich d o m e k. Potem się go coraz bardziej powiększa – powiedział Bas.

– domek dla kogo – zapytała dziewczynka.

– Niedługo się dowiesz – odparł Baryton.

– Zobaczysz, co będzie w środku – dodał Bas.

– Tak, tak – przyklasnął mu jeszcze inny.

– ja też mogę pomóc – zapytała dziewczynka.

– Oczywiście że tak – odparł Zachrypnięty.

– Zrobiłaś nam przysługę, więc utkajmy razem poczwarkę – powiedział Tenor.

Wyciąganie nitek z powietrza nie było takie trudne, gdy się człowiek przyzwyczaił. Dziewczynka miała zręczne ręce, więc od razu nauczyła się szybko wykonywać tę operację. Kiedy się przyjrzała, zauważyła, że w powietrzu unosi się wiele różnych nitek. Jeśli człowiek się postarał, mógł je zobaczyć.

– Tak, bardzo dobrze, rób tak dalej – powiedział Cichy.

– Bardzo mądra z ciebie dziewczynka. Szybko się uczysz – dodał Piskliwy.

Wszyscy byli tak samo ubrani i mieli takie same twarze, ale ich głosy wyraźnie się od siebie różniły. Nosili zupełnie zwyczajne ubrania, jakich wszędzie pełno. To dziwnie brzmi, ale inaczej nie dało się ich opisać. Gdy człowiek odwrócił wzrok, całkowicie zapominał, co mają na sobie. To samo dotyczyło ich twarzy. Nie były ani ładne, ani brzydkie. Zupełnie zwyczajne twarze, jakich wszędzie pełno. Więc gdy człowiek odwrócił wzrok, całkowicie zapominał, jak wyglądały. To samo z włosami. Nie były ani długie, ani krótkie. Zwyczajne włosy. Do tego nie mieli zapachu.

Kiedy o świcie zapiały koguty i niebo na wschodzie zaczęło jaśnieć, siedmiu Little People przerwało pracę i przeciągnęło się. Ukryli białą powietrzną poczwarkę w kącie pomieszczenia. Pewnie dlatego, żeby nie zauważyła jej osoba przynosząca jedzenie. Poczwarka osiągnęła już wielkość małego króliczka.

– Już ranek – powiedział Cichy.

– Noc się skończyła – dodał Bas.

Skoro zebrało się ich aż tylu o różnych głosach, mogliby stworzyć chór, pomyślała dziewczynka.

– Nie mamy piosenek – powiedział Tenor.

– Tak, tak – dodał pełniący rolę klakiera.

Little People zmniejszyli się znów do dziesięciu centymetrów i odeszli, tak jak przyszli: utworzyli szereg i zniknęli kolejno w pysku zdechłej kozy.

– Dziś wieczorem znów przyjdziemy – powiedział Cichy dziewczynce, będąc już we wnętrzu pyska, ale przed jego zamknięciem. – Nie wolno ci nikomu o nas mówić.

– Jak komuś o nas powiesz, stanie się coś bardzo niedobrego – dodał na wszelki wypadek Zachrypnięty.

– Tak, tak – przyklasnął Klakier.

– nikomu nie powiem – obiecała dziewczynka.

I tak nikt by jej nie uwierzył. Często ganiono ją, gdy opowiadała o tym, co przychodziło jej do głowy. Ludzie mówili, że nie odróżnia rzeczywistości od fantazji. Zdawało się, że kształt i odcień jej sposobu myślenia znacznie się różniły od sposobu myślenia innych ludzi. Dziewczynka nie bardzo rozumiała, dlaczego jej postępowanie uważane jest za złe. W każdym razie lepiej było nikomu nie mówić o Little People.

Gdy Little People zniknęli, a pysk kozy został zamknięty, dziewczynka długo szukała miejsca, gdzie schowali poczwarkę, lecz za nic nie mogła jej odnaleźć. Świetnie ją ukryli. Szukała i szukała, ale nie znalazła, chociaż w ziemiance było tak mało miejsca. Gdzie mogli ją ukryć?

Potem dziewczynka owinęła się kocem i usnęła. Już dawno nie spała tak spokojnie. Nie dręczyły jej żadne sny. Obudziła się uradowana.

Następnego dnia koza wciąż nie żyła. Jej zwłoki zesztywniały, mętne oczy przypominały szklane kulki. Lecz gdy przyszedł zmierzch i w ziemiance zapanowała ciemność, zalśniły znów w świetle gwiazd. Jakby na ten sygnał nagle otworzył się kozi pysk i ze środka wyszli Little People. Teraz od razu było ich siedmiu.

– Róbmy dalej to, co wczoraj zaczęliśmy – powiedział Zachrypnięty.

Pozostałych sześciu przytaknęło, każdy po swojemu.

Siedmiu Little People i dziewczynka usiedli w kręgu wokół powietrznej poczwarki. Pracowali, wyciągając z powietrza białe nici i tworząc z nich poczwarkę. Prawie się nie odzywali, pracowali zatopieni w milczeniu. Kiedy dziewczynka skupiała się, a jej dłonie pracowicie się poruszały, nocny chłód nie był tak dokuczliwy. Czas mijał niezauważenie. Nie nudziła się ani nie była śpiąca. Poczwarka rosła powoli, lecz zauważalnie.

– jaką dużą robimy – zapytała dziewczynka, gdy zbliżał się świt. Chciała wiedzieć, czy praca dobiegnie końca w ciągu tych dziesięciu dni, kiedy miała być zamknięta w ziemiance.

– Jak największą – odpowiedział Piskliwy.

– Jak się dojdzie do pewnego miejsca, sama pęknie – powiedział wesoło Tenor.

– I w środku coś będzie – dodał Baryton dźwięcznym głosem.

– co będzie – zapytała dziewczynka.

– Co tam będzie? – powtórzył Cichy.

– To niespodzianka – odparł Bas.

– Tak, tak – przyklasnął Klakier.

– Tak, tak – powiedziało chórem pozostałych sześciu.

Z kart powieści biła tajemnicza, charakterystyczna melancholia. Zauważywszy to, Aomame leciutko się skrzywiła. Ta historia była jak fantastyczna bajka, lecz pod jej powierzchnią płynął niewidzialny, silny i ciemny nurt. Aomame potrafiła dosłyszeć jego echo w pozbawionych ozdobników, zwięzłych zdaniach. Było w nich przygnębienie będące zwiastunem nadejścia pewnego rodzaju choroby. Śmiertelnej choroby cicho toczącej od środka ludzką duszę. Tę chorobę przynosiło siedmiu przypominających chór Little People. Niewątpliwie kryje się w tym coś niezdrowego, pomyślała Aomame. Lecz z jakiegoś powodu, jakby za sprawą przeznaczenia, wyczuwała w ich głosach coś bliskiego sobie.

Podniosła głowę znad książki i przypomniała sobie, co Lider mówił przed śmiercią o Little People.

– Od bardzo dawna z n i m i żyjemy. Od czasów kiedy jeszcze naprawdę nie istniało zło i dobro, a świadomość ludzka się nie rozbudziła.

Zabrała się do czytania dalszego ciągu powieści.

Little People pracowali razem z dziewczynką i po kilku dniach powietrzna poczwarka osiągnęła rozmiary dużego psa.

– jutro kończy się kara i wyjdę stąd – zwróciła się dziewczynka do Little People, gdy nadchodził świt.

Siedmiu Little People przysłuchiwało jej się w milczeniu.

– dlatego nie będę już mogła razem z wami robić powietrznej poczwarki

– To wielka szkoda – powiedział Tenor, jakby naprawdę żałował.

– Bo bardzo nam pomogłaś – dodał Baryton.

– Ale poczwarka jest mniej więcej gotowa – oznajmił Piskliwy. – Jeszcze trochę dodamy i wystarczy.

Little People stanęli obok siebie i przyglądali się poczwarce, jakby ją mierzyli.

– Jeszcze troszkę – powiedział Zachrypnięty, jakby dawał ton do monotonnej piosenki żeglarskiej.

– Tak, tak – dodał Klakier.

– Tak, tak – zawołało chórem pozostałych sześciu Little People.

Dziesięciodniowa kara izolacji dobiegła końca i dziewczynka powróciła do „zbiorowości". Znów rozpoczęło się grupowe życie ograniczone wieloma zasadami, więc rzadko bywała sama. Oczywiście nie mogła też robić powietrznej poczwarki z Little People. Co wieczór przed snem wyobrażała sobie siedmiu Little People siedzących w kręgu przy tej pracy. Nie mogła myśleć o niczym innym. Czuła wręcz, że powietrzna poczwarka naprawdę w całości znalazła się w jej głowie.

Dziewczynka strasznie chciała się dowiedzieć, co się kryje wewnątrz, co się ukaże, gdy poczwarka pęknie. Było jej bardzo żal, że nie zobaczy tego na własne oczy. Tyle pomagałam przy robieniu poczwarki, że mam chyba prawo być przy jej pęknięciu, pomyślała. Poważnie się zastanawiała, czy nie popełnić jakiegoś innego wykroczenia, by znowu ją ukarano izolacją i mogła wrócić do ziemianki. Lecz choćby nawet zadała sobie trud i doprowadziła do tego, Little People mogli się więcej tam nie pojawić. Zdechłą kozę zabrano i gdzieś pogrzebano. Jej oczy już nie lśniły w świetle gwiazd.

Dalej dziewczynka opowiada o życiu we wspólnocie. O szczegółowym rozkładzie zajęć, o dyscyplinie, o przydzielanej pracy. Jako najstarsza uczy młodsze dzieci i opiekuje się nimi. Skromne posiłki. Historie, które rodzice czytają jej przed snem. Muzyka klasyczna słuchana w nielicznych wolnych chwilach. Nieskażone życie.

Little People odwiedzają ją w snach. Mogą sobie wchodzić w jej sny, kiedy tylko mają ochotę. Lada chwila pęknie powietrzna poczwarka, może chcesz zobaczyć, zapraszają ją. Przyjdź po zmierzchu ze świecą do ziemianki, tak żeby nikt cię nie widział.

Dziewczynka nie może powstrzymać ciekawości. Wyślizguje się z łóżka i z przygotowaną wcześniej świecą idzie do ziemianki, starając się tłumić dźwięk swoich kroków. Nikogo tam nie ma. Tylko powietrzna poczwarka leży cicho na ziemi. Jest nieco większa niż ostatnim razem. Ma jakieś sto trzydzieści albo sto czterdzieści centymetrów długości. Od jej powierzchni bije blade światło. Kontur jest pięknie zaokrąglony, mniej więcej pośrodku powstało kształtne przewężenie. Nie zauważyła go, kiedy poczwarka była mniejsza. Wygląda na to, że Little People jeszcze sporo się nad nią napracowali. I zaczęła już pękać. Na powierzchni pojawiła się równa podłużna rysa. Dziewczynka pochyla się i zagląda przez szparę do środka.

Odkrywa, że wewnątrz poczwarki znajduje się ona sama. Patrzy na siebie leżącą nago w środku. Ta druga ona spoczywa na plecach z zamkniętymi oczami. Wydaje się nieświadoma. I nie oddycha. Zupełnie jak lalka.

– Tam leży twoja *daughter* – powiedział Zachrypnięty. Odchrząknął.

Dziewczynka odwróciła się i zobaczyła, że nie wiadomo kiedy pojawiło się za nią jak zawsze siedmiu Little People stojących w półokręgu.

– doter – powtórzyła automatycznie.

– A ty będziesz nazywana *mother* – powiedział Bas.

– madzer i doter – powtórzyła dziewczynka.

– Daughter zastępuje mother – dodał Piskliwy.

– podzielę się na dwoje – zapytała dziewczynka.

– Nie – odpowiedział Tenor. – Wcale nie podzielisz się na dwoje. Będziesz od początku do końca taką samą sobą. Nie martw się. Daughter jest tylko cieniem serca i umysłu mother. Cieniem, który przybrał kształt.

– kiedy o n a się obudzi

– Już za chwilę. Jak przyjdzie czas – powiedział Baryton.

– co ona zrobi jako cień mojego serca i umysłu – zapytała dziewczynka.

– Będzie pełnić rolę perceivera – powiedział Cichy konfidencjonalnym szeptem.

– persiwera?

– Kogoś, kto postrzega – powiedział Zachrypnięty.

– Przekazuje to, co spostrzeże, receiverowi – dodał Piskliwy.

– Innymi słowy daughter staje się naszym korytarzem – wyjaśnił Tenor.

– zamiast kozy – zapytała dziewczynka.

– Zdechła koza była jedynie prowizorycznym korytarzem – powiedział Bas. – Żeby połączyć miejsce, w którym żyjemy, z tym tutaj, potrzebna jest żywa daughter. Jako perceiver.

– a co będzie robić madzer – zapytała dziewczynka.

– Mother będzie w pobliżu daughter – odparł Piskliwy.

– kiedy doter się obudzi – zapytała dziewczynka.

– Za jakieś dwa albo trzy dni – odpowiedział Tenor.

– Dwa albo trzy – dodał Cichy.

– Opiekuj się nią dobrze – powiedział Baryton. – Bo to twoja daughter.

– Bez opieki mother daughter jest niekompletna. Długo nie pożyje – dodał Piskliwy.

– Kiedy mother straci daughter, straci cień swego serca i umysłu – powiedział Tenor.

– co się wtedy dzieje z taką madzer – zapytała dziewczynka.

Little People spojrzeli po sobie, ale nikt nie odpowiedział na jej pytanie.

– Kiedy daughter się obudzi, na niebie pojawią się dwa księżyce – wyjaśnił Zachrypnięty.

– Dwa księżyce odzwierciedlają cień serca i umysłu – uzupełnił Baryton.

– pojawią się dwa księżyce – powtórzyła automatycznie dziewczynka.

– To będzie znak. Bardzo uważnie przyglądaj się niebu – powiedział konfidencjonalnym szeptem Cichy. – Uważnie patrz na niebo – podkreślił jeszcze raz. – Licz księżyce.

– Tak, tak – dodał Klakier.

– Tak, tak – powtórzyło pozostałych sześciu Little People.

Dziewczynka ucieka.

Nie wiedziała, czego chcą Little People. Lecz było w tym coś złego, niesłusznego. Coś bardzo wypaczonego, co sprzeciwiało się naturze. Dziewczynka to rozumiała. A jej własna postać znajdująca się w powietrznej poczwarce napawała ją strachem. Nie mogła przecież żyć razem z żywą, prawdziwą drugą sobą. Musiała stąd uciec. I to jak najszybciej. Zanim daughter się obudzi. Zanim na niebie pojawią się dwa księżyce.

Członkom „zbiorowości" nie wolno było mieć własnych pieniędzy. Lecz ojciec w tajemnicy dał jej dziesięć tysięcy jenów i trochę drobnych. – Schowaj dobrze, żeby nikt nie znalazł – powiedział jej. Potem dał jej kartkę z nazwiskiem, adresem i numerem telefonu. – Kiedy będziesz musiała stąd uciec, kup za te pieniądze bilet, wsiądź do pociągu i pojedź pod ten adres.

Być może ojciec brał pod uwagę możliwość, że pewnego dnia w „zbiorowości" może się zdarzyć coś niedobrego.

Dziewczynka nie waha się. I działa błyskawicznie. Nie ma nawet czasu pożegnać się z rodzicami. Z zakopanego w ziemi słoika wyjmuje banknot dziesięciotysięczny, drobne i kartkę. W czasie lekcji mówi, że źle się czuje i chce iść do pielęgniarki. Wychodzi ze szkoły. Wsiada do autobusu i jedzie na stację. W okienku podaje banknot i kupuje bilet do Takao. Dostaje resztę. Pierwszy raz w życiu kupuje bilet, dostaje resztę i jedzie pociągiem. Lecz ojciec dokładnie jej wytłumaczył, jak się to robi, więc dobrze wie, jak ma postępować.

Zgodnie ze wskazówkami na kartce wysiada z pociągu w Takao i dzwoni z automatu na podany numer. Człowiek, do którego dzwoni, to dawny przyjaciel ojca, malarz tradycyjnych obrazów w stylu japońskim. Jest starszy od ojca o dziesięć lat, mieszka sam z córką w górach niedaleko Takao. Niedawno zmarła mu żona, jego córka imieniem Kurumi jest o rok młodsza od dziewczynki. Od razu po jej telefonie malarz przyjeżdża na stację i serdecznie wita dziewczynkę, która uciekła ze „zbiorowości".

W dzień po tym, jak zostaje przyjęta do rodziny malarza, dziewczynka wygląda przez okno, patrzy na niebo i odkrywa, że przybył na nim dodatkowy księżyc. Obok zwykłego księżyca drugi, mniejszy, unosi się jak wyschnięte ziarno fasoli. Doter się obudziła, myśli dziewczynka. Dwa księżyce odzwierciedlają cień serca i umysłu. Serce w niej drży. Świat uległ zmianie. I coś miało się zdarzyć.

Nie było wiadomości od rodziców. Może w „zbiorowości" nie zauważono, że uciekła? Dlatego że została po niej doter, druga ona. Wyglądała identycznie, tak że większość ludzi nie dostrzegłaby różnicy. Ale jej rodzice oczywiście powinni wiedzieć, że doter nie jest prawdziwą dziewczynką, a tylko drugą nią. Że prawdziwa ona uciekła ze wspólnoty, zostawiając tamtą w zamian. Przecież było tylko jedno miejsce, do którego mogła pojechać. A mimo to rodzice ani razu się z nią nie skontaktowali. Może w ten sposób przesyłali jej bez słów wiadomość, że ma nie wracać?

Dziewczynka czasem chodzi, czasem nie chodzi do szkoły. Bo nowy świat za bardzo różni się od świata „zbiorowości", w którym się wychowała. Zasady są inne, cele są inne, słowa są inne. Dlatego nie udaje jej się tam z nikim zaprzyjaźnić. Nie może przywyknąć do szkolnego życia.

W gimnazjum zaprzyjaźnia się jednak z pewnym chłopcem. Ma na imię Tōru. Jest chudy i drobny. Na twarzy ma kilka głębokich zmarszczek, jak małpka. W dzieciństwie podobno chorował na jakąś ciężką chorobę, więc nie może brać udziału w wymagających dużego wysiłku sportach. Kręgosłup też ma skrzywiony. W czasie przerwy siedzi zawsze sam z dala od innych i czyta książkę. On też nie ma przyjaciół. Jest za mały i zbyt brzydki. W czasie przerwy południowej dziewczynka siada obok niego i zagaduje. Pyta go, co to za książka. On czyta jej fragment. Dziewczynce podoba się jego głos. Jest cichy i zachrypnięty, ale ona wyraźnie go słyszy. Historie opowiadane tym głosem oczarowują dziewczynkę. Tōru pięknie czyta prozę, zupełnie jakby była poezją. Dziewczynka zaczyna spędzać z nim każdą przerwę południową. Uważnie wytęża słuch, wsłuchując się w jego opowieści.

Lecz niebawem traci Tōru. Little People siłą go jej odbierają.

Pewnego wieczoru w pokoju Tōru pojawia się powietrzna poczwarka. W czasie gdy chłopiec śpi, Little People dzień za dniem ją powiększają. Co noc pokazują tę scenę dziewczynce za pośrednictwem snów. Lecz ona nie może zatrzymać tego procesu. Wkrótce poczwarka osiąga wystarczającą wielkość i pęka wzdłuż. Tak samo jak w przypadku dziewczynki. Lecz wewnątrz tej poczwarki znajdują się trzy wielkie czarne węże. Są ze sobą ciasno splątane i nikt – nawet one same – nie może ich rozplątać. Wyglądają jak oślizgła trójgłowa nieustanna g m a t w a n i n a. Węże są strasznie zirytowane tym, że nie mogą się uwolnić. I wiją się, chcąc się koniecznie wyplątać, lecz im bardziej się wiją, tym gorzej się zaplątują. Little People pokazują dziewczynce to nieszczęsne stworzenie. Tōru, nieświadomy niczego, śpi spokojnie obok. Widzi to jedynie dziewczynka.

Po kilku dniach chłopiec nagle zapada na jakąś chorobę i zostaje wysłany gdzieś daleko do sanatorium. Oficjalnie nie mówi się, co to za choroba. Zapewne Tōru nie wróci więcej do szkoły. Został utracony.

Dziewczynka uświadamia sobie, że jest to wiadomość od Little People. Wygląda na to, że nie mogą bezpośrednio dosięgnąć jej samej, będącej madzer. Zamiast tego potrafią krzywdzić i niszczyć ludzi w jej otoczeniu. Nie każdego jednak udaje im się dosięgnąć. Dowodzi tego fakt, że nie mogą nic zrobić jej opiekunowi, malarzowi ani jego córce, Kurumi. Wybrali na swoją ofiarę najsłabsze ogniwo. Wyciągnęli z dna świadomości chłopca te trzy czarne węże i obudzili je ze snu. Niszcząc chłopca, ostrzegli dziewczynkę, starają się ją sprowadzić z powrotem w pobliże doter. D o s z ł o d o t e g o z t w o j e j w i n y, mówią jej.

Dziewczynka znów jest samotna. Przestaje chodzić do szkoły. Nawiązanie z kimś przyjaźni może być dla tej osoby niebezpieczne. Dziewczynka dowiaduje się, że to właśnie oznacza życie w świecie dwóch księżyców.

Wkrótce podejmuje decyzję i zaczyna sama robić powietrzną poczwarkę. Potrafi to. Little People powiedzieli, że przyszli korytarzem. Skoro tak, to powinno być możliwe pójście w przeciwnym kierunku i dotarcie do nich. Jeśli tam dotrze, powinno jej się udać wyjaśnić różne tajemnice: dlaczego tu jest, co znaczą madzer i doter. A może uda jej się uratować utraconego Tōru? Dziewczynka zaczyna robić korytarz. Wystarczy wyciągać z powietrza nitki i tkać poczwarkę. To zajmuje dużo czasu. Ale w końcu da się zrobić.

Chwilami przestaje rozumieć. Ma w głowie zamęt. Czy ja naprawdę jestem madzer? Czy nie zostałam przypadkiem zamieniona na doter? Im dłużej o tym myśli, tym mniejszą ma pewność. Jak mam sprawdzić, czy jestem prawdziwą sobą?

Opowieść kończyła się symbolicznie w momencie, gdy dziewczynka otwierała drzwi prowadzące do korytarza. Nie napisano, co stało się za tymi drzwiami. Może to się jeszcze nie stało?

Daughter, pomyślała Aomame. Lider użył tego słowa przed śmiercią. Mówił, że jego córka, chcąc wywołać działanie wymierzone w Little People, uciekła, zostawiając po sobie własną daughter. To się pewnie naprawdę zdarzyło. I nie ona jedna widzi dwa księżyce.

Ale mniejsza o to. Aomame miała wrażenie, że rozumie, dlaczego ludzie dobrze przyjęli tę książkę i tak wielu ją czyta. Pewnie w jakimś stopniu zadziałało to, że autorka jest piękną siedemnastolatką. Tylko z tego nie rodzi się jednak bestseller. Czar tej powieści krył się niewątpliwie w żywych, precyzyjnych opisach. Czytelnicy mogli wyraźnie dostrzec świat otaczający narratorkę widziany jej oczami. Była to opowieść o nierealnym przeżyciu dziewczynki znajdującej się w szczególnej sytuacji, lecz ta historia miała w sobie coś wywołującego naturalną empatię. Prawdopodobnie przemawiała do podświadomości. Dlatego wciągała czytelnika, który po rozpoczęciu lektury nie mógł się od niej oderwać.

Prawdopodobnie to literackie piękno było w dużym stopniu zasługą Tengo, ale nie mogła przecież bez końca tego podziwiać. Musi przeczytać uważnie książkę, skupiając się na scenach, w których pojawiają się Little People. Dla Aomame była to wyjątkowo r e a l i s t y c z n a opowieść, mogło od niej zależeć ludzkie życie. Stanowiła jakby podręcznik. Aomame musiała z niego wydobyć konieczną wiedzę i *know how*, jak najdokładniej, najkonkretniej odcyfrować znaczenie świata, do którego została wciągnięta.

Powietrzna poczwarka nie była wytworem nieokiełznanej fantazji, jak zdawała się uważać opinia publiczna. Choć zmieniono w niej różne nazwiska i nazwy, większość opisanych wydarzeń była nieprzekłamaną rzeczywistością, która stała się udziałem tej dziewczynki. Aomame była o tym przekonana. Fukaeri jak najdokładniej spisała wydarzenia, w których brała udział. Aby wyjawić całemu światu tę skrywaną tajemnicę. Żeby wielu ludzi dowiedziało się o istnieniu i poczynaniach Little People.

Daughter pozostawiona przez dziewczynkę prawdopodobnie stała się korytarzem, którym Little People dotarli do jej ojca, i to zmieniło go w receivera, tego, który przyjmuje. Następnie doprowadzili zbędną już Akebono do krwawego samounicestwienia, a Sakigake przekształcili w sektę religijną inteligentną, radykalną i ekskluzywną. To było pewnie najprzyjemniejsze i najodpowiedniejsze środowisko dla Little People.

Czy daughter Fukaeri udało się bez problemu przetrwać bez swojej mother? Little People mówili, że każdej daughter trudno jest przeżyć bez mother. A poza tym jak się musiała czuć mother po utracie cienia swego serca i umysłu?

Czy po ucieczce dziewczynki Little People stworzyli w Sakigake tą samą metodą kilka innych daughter? Ich celem było zapewne poszerzenie i ustabilizowanie korytarza, którym mogli przychodzić i odchodzić. Tak jak poszerza się szosę, dodając kolejne pasy. W ten sposób kilka daughter zostało perceiverami, na rzecz Little People, i zaczęło pełnić rolę kapłanek. Tsubasa też była jedną z nich. Jeżeli założyć, że Lider miał stosunki seksualne nie z mother, ale z daughter – drugimi nimi, można zrozumieć, o co mu chodziło, gdy mówił o „wieloznacznym obcowaniu". To wyjaśniałoby też, dlaczego oczy Tsubasy nie miały wyrazu ani głębi i dlaczego prawie się nie odzywała. Aomame nie wiedziała, jak daughter Tsubasy udało się wydostać z sekty. Ale tak czy inaczej, została wsadzona do powietrznej poczwarki i o d z y s k a n a, p r z y w r ó c o n a pod opiekę mother. Krwawa śmierć psa była ostrzeżeniem ze strony Little People. Tak jak w przypadku Tōru.

Od daughter oczekuje się, że poczną potomka Lidera, lecz nie będąc prawdziwymi postaciami, nie mają miesiączki. Lecz mimo to, jak mówił Lider, żarliwie pragnęły zajść w ciążę. Dlaczego?

Aomame pokręciła głową. Jeszcze wielu rzeczy nie wiedziała.

Chciała to wszystko jak najszybciej przekazać starszej pani. Że być może ten mężczyzna gwałcił tylko cienie dziewczynek. Być może nie było potrzeby go zabijać.

Ale wiedziała, że oczywiście starsza pani pewnie tak łatwo nie uwierzy w te wyjaśnienia. Nie tylko starsza pani, ale nikt normalny nie uwierzyłby od razu w istnienie tych wszystkich Little People, mother, daughter i powietrznych poczwarek. Dla normalnego człowieka te rzeczy były tylko wymysłami występującymi w powieści. Tak samo jak nie można uwierzyć w istnienie Królowej Kier czy Królika z zegarkiem z *Alicji w Krainie Czarów*.

Jednak Aomame n a p r a w d ę widziała dwa księżyce unoszące się na niebie. Rzeczywiście żyła w ich blasku. Czuła na skórze ich nieregularne przyciąganie. I własnymi rękami w ciemnym pokoju hotelowym zabiła człowieka zwanego Liderem. We wnętrzu jej dłoni ciągle pozostało wyraźne złowieszcze odczucie, które miała tuż po wbiciu mu w kark ostro zaostrzonego szpikulca. Nawet teraz przechodził ją od tego gwałtowny dreszcz. Trochę wcześniej widziała, jak Lider uniósł na pięć centymetrów w górę ciężki stojący zegar. To nie było złudzenie ani sztuczka. Był to niepodważalny fakt, który musiała przyjąć do wiadomości.

Little People na dobrą sprawę rządzili wspólnotą Sakigake. Aomame nie wiedziała, co pragną osiągnąć za pośrednictwem tych rządów. Mogło to być coś przekraczającego idee dobra i zła. Lecz bohaterka *Powietrznej poczwarki* instynktownie czuje, że to coś „niewłaściwego", i na swój sposób próbuje kontratakować. Porzuca własną daughter, ucieka ze wspólnoty i – jak powiedziałby Lider – stara się stworzyć „moment przeciwdziałający Little People", by zachować równowagę świata. Idzie korytarzem, którym przyszli, i wchodzi do miejsca, z którego przybyli. Opowieść staje się jej wehikułem. Tengo zostaje jej partnerem i pomaga jej stworzyć tę opowieść. Sam Tengo prawdopodobnie nie rozumiał wtedy znaczenia tego, co robi. Może ciągle jeszcze nie rozumie.

Tak czy inaczej, *Powietrzna poczwarka* jest ważnym kluczem.

W s z y s t k o z a c z y n a s i ę o d t e j o p o w i e ś c i.

Ale gdzie jest w niej miejsce dla mnie?

Wtedy kiedy słuchałam *Sinfonietty* Janáčka, a potem zeszłam po schodach awaryjnych z zakorkowanej autostrady, zostałam wciągnięta w świat, w którym na niebie unoszą się dwa księżyce, duży i mały, do tego pełnego zagadek roku 1Q84. Co to może oznaczać?

Zamknęła oczy i zastanawiała się.

Prawdopodobnie zostałam wciągnięta do korytarza „momentu przeciwdziałającego Little People" stworzonego przez Fukaeri i Tengo. Korytarz przywiódł mnie na t ę stronę. Chyba tak właśnie musiało być. Bo czy można inaczej to zrozumieć? I przyszło mi grać w tej opowieści wcale niemałą rolę. Może nawet da się mnie nazwać jedną z głównych bohaterek.

Aomame rozejrzała się dookoła. To znaczy, że znajduję się wewnątrz opowieści stworzonej przez Tengo, pomyślała. W pewnym sensie jestem w jego ciele. Innymi słowy, jestem w jego świątyni, pomyślała.

Dawno temu widziała w telewizji stary film science fiction. Nie pamiętała tytułu. Opowiadał o tym, jak naukowcy zmniejszają swoje ciała tak bardzo, że są widoczne tylko przez mikroskop, wsiadają do pojazdu przypominającego łódź podwodną (równie zminimalizowaną), wpływają do naczyń krwionośnych pacjenta, docierają nimi do mózgu i wykonują niezwykle skomplikowaną operację niemożliwą w normalnych warunkach. Może sytuacja jest podobna? Jestem w układzie krwionośnym Tengo i krążę po jego organizmie. Walcząc gwałtownie z nacierającymi białymi krwinkami, których zadaniem jest zapobieżenie inwazji obcego ciała (czyli mnie), zmierzam do celu, jakim jest ognisko choroby. I prawdopodobnie zabijając Lidera w pokoju hotelu Okura, udało mi się je zlikwidować.

Ta myśl sprawiła, że poprawił się jej nastrój. Wykonałam powierzoną misję. Była niewątpliwie trudna. Bardzo się bałam. Lecz pośród grzmotów pozostałam opanowana i bezbłędnie wykonałam zadanie. Prawdopodobnie na oczach Tengo. Pomyślała o tym z dumą.

I jeśli dalej posłużyć się analogią do układu krwionośnego, jako zbędna substancja, która już wykonała swoje zadanie, niebawem zostanę przejęta przez żyły i wydalona na zewnątrz. Takimi prawami rządzi się organizm. Nie mogę uniknąć tego losu. Ale to nie szkodzi, pomyślała Aomame. Jestem teraz wewnątrz Tengo. Spowita ciepłem jego ciała, kieruję się biciem jego serca. Kieruję się jego logiką i jego zasadami. I prawdopodobnie jego stylem pisarskim. To przecież wspaniałe! Jestem w nim zawarta.

Siedząc na ziemi, zamyka oczy. Przytyka nos do stronic książki i wciąga w nozdrza ich zapach. Zapach papieru, zapach farby drukarskiej. Spokojnie poddaje się nurtowi książki. Wytęża słuch na bicie serca Tengo.

To jest królestwo, myśli.

Jestem gotowa umrzeć. W każdej chwili.

Rozdział dwudziesty – Tengo

Mors i Szalony Kapelusznik

Nie ma wątpliwości. Są dwa księżyce.

Jeden z nich to ten zwykły, znany od dawna, drugi mniejszy i zielony. Miał mniej regularny kształt niż normalny księżyc i słabszy blask. Wyglądał jak biedne i brzydkie dziecko dalekiego krewnego, które musimy ze sobą gdzieś zabrać, chociaż nikt się nie ucieszy na jego widok. Nijak nie dało się zaprzeczyć jego istnieniu. Nie był wytworem wyobraźni ani złudzeniem optycznym, ale unoszącym się na niebie ciałem niebieskim, mającym rzeczywistą masę i własny kontur. Nie był to samolot, sterowiec ani sztuczny satelita. Ani imitacja z papier mâché, którą ktoś zrobił dla żartu. Na niebie unosiła się niezaprzeczalnie skalna bryła. Jak dobrze przemyślany znak interpunkcyjny albo pieprzyk zesłany przez los drugi księżyc, milczący i nieruchomy, zajął pozycję w pewnym punkcie nocnego nieba.

Tengo wpatrywał się w niego długo, jakby rzucał mu wyzwanie. Nie odrywał wzroku. Prawie nie mrugał powiekami. Lecz księżyc nawet nie drgnął. Usadowił się na firmamencie ze swym milczącym i upartym kamiennym sercem.

Tengo rozluźnił palce zaciśniętej w pięść prawej dłoni i nieomal nieświadomie potrząsnął lekko głową. To przecież dokładnie tak jak w *Powietrznej poczwarce*, pomyślał. Świat, w którym na niebie unoszą się obok siebie dwa księżyce. Gdy rodzi się daughter, pojawiają się dwa księżyce.

– To będzie znak. Bardzo uważnie przyglądaj się niebu – powiedzieli dziewczynce Little People.

Tengo to napisał. Idąc za radą Komatsu, jak najbardziej dokładnie i konkretnie opisał nowy księżyc. W ten fragment włożył najwięcej wysiłku. Kształt nowego księżyca był prawie dokładnie taki, jak Tengo to sobie wymyślił.

– Tengo, pomyśl o tym w ten sposób. Czytelnik wiele razy widział niebo z jednym księżycem. Prawda? Ale raczej nigdy nie widział na nim dwóch księżyców jednocześnie. Kiedy wprowadza się do powieści coś, czego większość czytelników n i g d y nie widziała na oczy, potrzebny jest jak najbardziej szczegółowy precyzyjny opis.

Słuszny pogląd.

Z wzrokiem utkwionym w niebo Tengo jeszcze raz lekko potrząsnął głową. Ten nowy dodatkowy księżyc miał naprawdę taką samą wielkość i kształt, jak w opisie Tengo. Na jego widok nasuwały się nawet takie same metafory.

To niemożliwe, pomyślał. Która rzeczywistość naśladuje metafory? – To niemożliwe – powiedział na głos. Z trudem wydobywał z siebie słowa. W gardle mu zaschło jak po długim biegu. To naprawdę niemożliwe. T o ś w i a t f i k c j i l i t e r a c k i e j. Nieistniejący w rzeczywistości. Świat fantastycznej opowieści, którą Fukaeri snuła co wieczór Azami. Tengo nadał tej opowieści literacki kształt.

– Czy to znaczy – zadał sobie pytanie – że znalazłem się w świecie powieści? Czyżbym z jakiejś przyczyny oddalił się od rzeczywistego świata i wszedł do świata *Powietrznej poczwarki*? Jak Alicja, która wpadła do nory Królika. Czy też może rzeczywisty świat został zmieniony, by dokładnie pasował do świata *Powietrznej poczwarki*? Czy dawny świat, ten dobrze znany, ten z jednym księżycem, już nigdzie nie istnieje? I czy miała z tym jakiś związek moc Little People?

Rozejrzał się dookoła w poszukiwaniu odpowiedzi. Lecz zobaczył tylko zupełnie zwyczajne miejskie osiedle. Nie zauważył nic niezwykłego ani odbiegającego od normy. Nigdzie nie było Królowej Kier, Morsa ani Szalonego Kapelusznika. Wokół puste huśtawki i piaskownica, rtęciowa latarnia rozsiewająca nienaturalne światło, rozpościerająca gałęzie brzostownica, zamknięta na noc publiczna toaleta, pięciopiętrowy nowy blok (światło paliło się tylko w czterech oknach), tablica informacyjna urzędu dzielnicy, automat sprzedający napoje z czerwonym znakiem coca-coli, nieprawidłowo zaparkowany zielony volkswagen golf, słupy i linie telegraficzne, widoczne w oddali neony w podstawowych kolorach – tylko tego typu rzeczy. Te same hałasy co zawsze. Te same światła.

Tengo mieszkał w Kōenji od siedmiu lat. Nie dlatego, że to miejsce szczególnie przypadło mu do gustu. Przypadkiem znalazł tanie mieszkanie położone niedaleko dworca. Miał dobry dojazd do pracy, a przeprowadzki są kłopotliwe, więc już tu został. I przywykł do tutejszych widoków. Gdyby coś się zmieniło, od razu by zauważył.

Właściwie od kiedy mogła się zwiększyć liczba księżyców? Tengo nie potrafił ocenić. Może już od kilku lat są dwa, tylko on tego nie zauważył? Może jest wiele innych rzeczy, które przegapił? Nie czyta dokładnie gazet, nie ogląda telewizji. Jest mnóstwo spraw, o których wiedzą wszyscy prócz niego. A może dopiero niedawno coś się stało i pojawił się drugi księżyc? Mógłby kogoś zapytać. Przepraszam, że zadaję takie trochę dziwne pytanie, ale czy przypadkiem nie wie pan albo pani, od kiedy są na niebie dwa księżyce? Lecz w pobliżu nikogo nie było. Nie było dosłownie żywej duszy.

Nie, ktoś jednak był. Zaraz niedaleko ktoś wbijał młotkiem gwóźdź w ścianę. Puk, puk, puk, puk – rozlegało się nieprzerwanie. Dość twarda ściana i mocny młotek. Kto wbija gwoździe o takiej godzinie? Tengo rozejrzał się zaskoczony, ale nigdzie nie dostrzegł żadnej ściany. Ani nikogo wbijającego gwoździe.

Dopiero po chwili zorientował się, że to bicie jego własnego serca. Dostało zastrzyk adrenaliny i, wydając irytujące dla ucha dźwięki, pośpiesznie rozprowadzało po ciele zwiększoną ilość krwi.

Widok dwóch księżyców sprawił, że miał lekkie zawroty głowy. Równowaga nerwów została zachwiana. Czekał, aż zawroty miną. Siedział z zamkniętymi oczami na zjeżdżalni oparty o poręcz. Czuł, że wokół leciutko zmienia się siła przyciągania. Gdzieś był przypływ, a gdzieś odpływ. Ludzie o twarzach pozbawionych wyrazu błądzili na granicy *insane* i *lunatic*.

Wśród tych zawrotów głowy Tengo nagle uświadomił sobie, że już od dłuższego czasu nie nawiedza go wizja matki. Dawno nie widział obrazu matki w białej halce podającej pierś młodemu mężczyźnie, podczas gdy on jako malutkie dziecko śpi obok. Niemal kompletnie zapomniał, że ta wizja męczyła go przez długie lata. Kiedy miał ją ostatni raz? Nie bardzo pamiętał, ale chyba mniej więcej wtedy, kiedy zaczął pisać nową powieść. Chyba w tamtym okresie duch matki przestał błądzić w jego pobliżu, choć Tengo nie wiedział, dlaczego tak się stało.

Za to teraz siedzi na zjeżdżalni na placu zabaw w Kōenji i wpatruje się w unoszącą się na niebie parę księżyców. Niezrozumiały nowy świat jak nadpływająca cicho ciemna woda zaczyna go bezszelestnie otaczać. Pewnie nowy kłopot zajął miejsce starego. Stara, dobrze znana zagadka została zastąpiona nową, aktualną. Tak mu się zdawało. Ale nie była to myśl pełna ironii. Nie czuł też w sobie chęci, by przeciw temu protestować. Bez względu na to, jak powstał ten otaczający go teraz nowy świat, prawdopodobnie musi go w milczeniu zaakceptować. Wydawało się, że nie pozostaje mu nic innego. W tym poprzednim świecie też nie miał możliwości wyboru. To się nie zmieniło. Przede wszystkim do kogo mianowicie miałbym się zwrócić z jakimś zażaleniem, zadał sam sobie pytanie.

Serce niezmiennie waliło mu głucho i twardo. Zawroty głowy po trochu ustępowały. Słyszał bicie własnego serca. Siedział z głową opartą o poręcz i patrzył na dwa księżyce unoszące się nad Kōenji. Był to strasznie dziwny widok. Nowy świat z nowym, dodatkowym księżycem. Wszystko wydawało się niepewne i całkowicie wieloznaczne. Ale co do jednej kwestii nie ma wątpliwości, pomyślał Tengo. Bez względu na to, co mnie dalej spotka, chyba nigdy nie uznam widoku dwóch księżyców za coś oczywistego i dobrze znanego. Prawdopodobnie nigdy w życiu.

Jaką sekretną obietnicę złożyła wtedy księżycowi Aomame, zastanawiał się Tengo. Przypomniał sobie jej poważne oczy wpatrujące się w księżyc w biały dzień. Co ona mu wtedy ofiarowała?

I co się teraz stanie ze mną?

O tym właśnie rozmyślał dziesięcioletni Tengo, gdy po lekcjach Aomame ścisnęła go za rękę w pustej klasie. Przestraszony chłopiec stojący przed wielkimi drzwiami. Teraz ogarnęły go takie same myśli. Ten sam niepokój, ten sam strach, to samo drżenie. Większe, nowe drzwi. I znów unosi się nad nim księżyc. Tylko tym razem jest o jeden więcej.

Gdzie może być Aomame?

Jeszcze raz rozejrzał się dookoła z wysokości zjeżdżalni, lecz nigdzie nie było jej widać. Rozsunął przed sobą palce lewej dłoni i próbował znaleźć w nich jakąś ukrytą wskazówkę. Ale jak zwykle dostrzegł tam tylko kilka głęboko wyżłobionych linii. W pozbawionym głębi świetle rtęciowej latarni wyglądały jak wyschnięte kanały na powierzchni Marsa. Jednak te kanały niczego mu nie powiedziały. Duża dłoń sugerowała tylko, że aby tu dotrzeć, przeszedł daleką drogę od czasu, gdy miał dziesięć lat. Aż do tej zjeżdżalni na małym placu zabaw w Kōenji. Gdzie na niebie unoszą się obok siebie dwa księżyce.

Gdzie może być Aomame, ponownie zadał sobie pytanie. Gdzie może się ukrywać?

– może ta osoba jest bardzo niedaleko – powiedziała Fukaeri. – można dojść piechotą

Czy będąca bardzo niedaleko Aomame też widzi te dwa księżyce?

Na pewno widzi, pomyślał Tengo. Oczywiście nie miał dowodów. Ale czuł niezwykle silną pewność. To, co on teraz widzi, niewątpliwie widzi także ona. Zacisnął mocno lewą rękę i kilka razy postukał w zjeżdżalnię. Aż zabolała go pięść.

Dlatego właśnie musimy się spotkać, pomyślał. W jakimś miejscu, do którego da się dojść piechotą. Aomame, prawdopodobnie uciekając przed pogonią, ukrywa się tam jak zraniony kot. A czasu na poszukiwanie zostało niewiele. W dodatku Tengo nie miał pojęcia, gdzie jej szukać.

– Tak, tak – powiedział Klakier.

– Tak, tak – powtórzyło chórem pozostałych sześciu.

Rozdział dwudziesty pierwszy – Aomame

Co ja mam zrobić

Tego wieczoru Aomame, ubrana w szary dres i kapcie, wyszła na balkon popatrzeć na księżyc. W ręku trzymała filiżankę kakao. Po raz pierwszy od bardzo dawna nabrała ochoty na kakao. Znalazła na półce puszkę van houtena i na jej widok nagle zapragnęła się napić. Na bezchmurnym niebie po stronie południowo-zachodniej unosiły się dwa wyraźnie zarysowane księżyce. Mały i duży. Zamiast westchnąć, cicho jęknęła. Z powietrznej poczwarki urodziła się daughter i pojawiły się dwa księżyce. Rok 1984 zmienił się w rok 1Q84. Dawny świat zniknął i już nie można było do niego wrócić.

Usiadła na krześle ogrodowym na balkonie, wypiła łyk gorącego kakao i, wpatrując się przymrużonymi oczami w księżyce, starała się przypomnieć sobie ten dawny świat. Lecz w tej chwili udało jej się tylko przywołać w pamięci zostawionego w starym mieszkaniu fikusa. Gdzie on może teraz być? Czy Tamaru naprawdę się nim zaopiekuje, tak jak obiecał przez telefon? W porządku. Nie muszę się martwić, powiedziała sobie. Tamaru dotrzymuje obietnic. Gdyby zaszła taka potrzeba, mógłby mnie bez wahania zabić. Ale nawet w takim przypadku do końca opiekowałby się moim fikusem.

Dlaczego ten fikus tak mi nie daje spokoju?

Przed wyprowadzeniem się z mieszkania nigdy naprawdę o nim nie myślała. Był dość nijaki. Kolor miał nieładny, liście matowe, wcale nie wyglądał zdrowo. Na wyprzedaży kosztował tysiąc osiemset jenów, ale kiedy zaniosła go do kasy, kasjerka obniżyła cenę do półtora tysiąca, choć Aomame o to nie prosiła. Może gdyby się potargowała, kupiłaby jeszcze taniej. Pewnie od dawna nie mogli go sprzedać. Idąc do domu, cały czas żałowała, że impulsywnie kupiła coś takiego. Fikus był niezbyt ładny, do tego niewygodnie było go nieść, ale przynajmniej był żywy.

Pierwszy raz trzymała w rękach coś żywego. Nigdy nie kupiła, nie dostała ani nie znalazła żadnego zwierzątka ani rośliny doniczkowej. Było to jej pierwsze doświadczenie współegzystowania z czymś, co żyło własnym życiem.

Zobaczywszy w salonie starszej pani złote rybki, które ta kupiła na jarmarku dla Tsubasy, Aomame też zapragnęła takie mieć. Bardzo intensywnie zapragnęła. Tak bardzo, że nie mogła oderwać od nich oczu. Dlaczego nagle przyszło jej to do głowy? Może pozazdrościła Tsubasie? Aomame nigdy się nie zdarzyło, żeby ktoś jej coś kupił na jarmarku. Nikt nigdy nawet nie zabrał jej na jarmark. Rodzice, żarliwi wyznawcy religii Zboru Świadków, w pełni oddani szerzeniu nauk Biblii, pogardzali wszelkimi doczesnymi rozrywkami i unikali ich.

Dlatego Aomame postanowiła iść do sklepu z przecenionymi towarami niedaleko dworca Jiyūgaoka i kupić sobie rybki. Skoro nikt jej nie dał rybek ani słoja, pozostawało tylko kupić je sobie samej. Przecież to nikomu nie przeszkadza, myślała. Mam już trzydzieści lat, mieszkam sama w wynajętym przez siebie mieszkaniu. W skrytce bankowej mam ciasno upakowane pliki banknotów, leżące jeden na drugim jak cegły. Mogę sobie kupić rybki, przecież to nikomu nie zrobi różnicy.

Ale kiedy zobaczyła w stoisku zoologicznym złote rybki pływające w akwarium i machające swoimi jakby koronkowymi płetwami, nie mogła ich już kupić. Chociaż wyglądały na małe bezmyślne stworzenia pozbawione ego i zdolności do refleksji, każda z nich była jednak kompletną żywą istotą. Wydawało jej się, że postąpiłaby niewłaściwie, gdyby za pieniądze nabyła i przywłaszczyła sobie coś żywego. Rybki przypominały jej ją samą w dzieciństwie. Bezsilne istoty zamknięte w niewielkiej szklanej przestrzeni i niemogące się z niej wydostać. Zdawało się jednak, że rybki tym się nie przejmują. Pewnie wcale nie chciały się stamtąd wydostawać. Lecz Aomame nie dawało to spokoju.

Kiedy widziała je w salonie starszej pani, w ogóle nie myślała o takich rzeczach. Rybki z wielką gracją i zadowoleniem pływały w słoju. Letnie światło drżało w wodzie. Zdawało się, że ich kupno było wspaniałym pomysłem. Że uczyniłyby jej własne życie bogatszym. Lecz na widok rybek w stoisku zoologicznym, w sklepie z przecenionymi towarami przed dworcem, zrobiło jej się duszno. Przez pewien czas przyglądała się małym stworzonkom w akwarium, potem mocno zacisnęła usta. Nic z tego. Nie jestem w stanie hodować rybek.

Wtedy jej wzrok padł na stojącego w kącie fikusa. Został wepchnięty w najciemniejszy kąt i kulił się tam jak porzucone, samotne dziecko. A przynajmniej tak się wydawało Aomame. Liście miały brzydki kolor, nie lśniły, kształt rośliny też był niesymetryczny. Ale Aomame bez namysłu ją kupiła. Nie dlatego, że jej się podobała. Ale dlatego, że po prostu musiała ją kupić. Przyniosła fikusa do domu, czasami podlewała, ale poza tym w ogóle nawet na niego nie patrzyła.

Teraz jednak myśl o tym, że więcej go nie zobaczy, że został sam w pustym mieszkaniu, jakoś nie dawała jej spokoju. Skrzywiła się mocno, co zwykle robiła, gdy miała w głowie zamęt i chciało jej się bardzo głośno krzyczeć. Maksymalnie rozciągnęła mięśnie twarzy. Wyglądała teraz jak inna osoba. Skrzywiła się do tego stopnia, że już więcej się nie dało, powykrzywiała się w różne strony, aż w końcu przywróciła twarzy normalny wygląd.

Dlaczego ten fikus nie daje jej spokoju?

Tak czy inaczej, Tamaru niewątpliwie dobrze się nim zaopiekował. Na pewno zajmuje się nim znacznie staranniej i bardziej odpowiedzialnie niż ja. Przywykł do opieki nad żywymi istotami i do kochania ich. W odróżnieniu ode mnie. Traktuje psa jak przedłużenie samego siebie. Jeśli ma czas, chodzi po ogrodzie i dokładnie bada wszystkie rośliny. W sierocińcu ze wszystkich sił bronił mało rozgarniętego młodszego kolegi. Ja bym tego nie potrafiła, myślała Aomame. Nie mogę sobie pozwolić na przejęcie odpowiedzialności za inną żywą istotę. Wszystkie siły wkładam w znoszenie ciężaru własnego życia i własnej samotności.

Słowo samotność przypomniało Aomame Ayumi.

Ayumi zmarła w love hotelu, gdzie jakiś mężczyzna nałożył jej kajdanki, brutalnie zgwałcił, a potem udusił paskiem od szlafroka. O ile Aomame wiedziała, jeszcze nie został ujęty. Ayumi miała rodzinę i kolegów z pracy. Ale była samotna. Tak samotna, że przyszło jej umrzeć w taki straszny sposób. A ja nie mogłam zaspokoić jej potrzeb. Czegoś ode mnie potrzebowała. Niewątpliwie. Lecz ja musiałam strzec swojej tajemnicy i swojej samotności. Były to tajemnica i samotność z rodzaju tych, których nie mogłam dzielić z Ayumi. Dlaczego musiała akurat u mnie szukać zrozumienia i przyjaźni? Przecież jest na świecie tylu innych ludzi.

Gdy zamknęła oczy, ujrzała w myślach doniczkę z fikusem zostawioną w pustym mieszkaniu.

Dlaczego ten fikus nie daje mi spokoju?

Potem trochę sobie popłakała. Co mi się stało, zastanawiała się Aomame, za dużo ostatnio płaczę. Nie chciała płakać. Dlaczego miałaby szlochać, myśląc o tym głupim fikusie? Lecz nie mogła pohamować płynących łez. Jej ramionami wstrząsało łkanie. Nic mi już nie zostało. Nie został mi nawet nędzny fikus. Wszystko, co miało jakąkolwiek wartość, zniknęło jedno po drugim. Wszystko ode mnie odchodzi. Prócz ciepła wspomnień o Tengo.

Muszę przestać płakać, przykazała sobie. Jestem wewnątrz Tengo. Jak ci naukowcy z *Podróży fantastycznej* – tak, taki był tytuł tego filmu. Dzięki temu, że przypomniała sobie tytuł, trochę poprawił jej się humor. Przestanie płakać. Łzy niczego nie rozwiązują. Musi znowu był chłodną i twardą Aomame.

Kto tego chce?

J a tego chcę.

Rozejrzała się dookoła. Na niebie wciąż były dwa księżyce.

– To będzie znak. Bardzo uważnie przyglądaj się niebu – mówił jeden z Little People. Ten o cichym głosiku.

– Tak, tak – przyklasnął Klakier.

Wtedy Aomame nagle zauważa, że nie ona jedna wpatruje się w księżyc. Na placu zabaw po drugiej stronie ulicy jest młody mężczyzna. Siedzi na podeście zjeżdżalni i patrzy w tę samą stronę co ona. On, tak samo jak ja, widzi dwa księżyce. Aomame czuje to instynktownie. Nie ma wątpliwości. On patrzy na to samo, co ja. On je też widzi. Na tym świecie są dwa księżyce. Ale nie wszyscy żyjący tu ludzie je dostrzegają, powiedział Lider.

Nie ma jednak wątpliwości, że oba dostrzega ten młody, potężnie zbudowany mężczyzna. Aomame dałaby sobie rękę uciąć, że tak jest. Ona to po prostu wie. Mężczyzna siedzi tam i patrzy na duży żółty księżyc i na mały nieregularny, zielonkawy, jakby porośnięty mchem. Wygląda, jakby zastanawiał się nad znaczeniem tego, że na niebie są obok siebie dwa księżyce. Czyżby on też niechętnie przydryfował do tego nowego świata roku 1Q84? I waha się, nie mogąc uchwycić jego znaczenia. Na pewno tak. Dlatego usiadł dziś wieczorem na tej zjeżdżalni, by wpatrując się samotnie w księżyc, dokładnie przemyśleć wszystkie możliwości i hipotezy, jakie mu przyszły do głowy.

Nie, może tak nie jest. To może być ktoś z Sakigake, ktoś ścigający mnie, kto dotarł aż tutaj.

W tej chwili serce zaczęło jej szybciej bić, w uszach dzwoniło. Prawa ręka nieświadomie poszukała pistoletu zatkniętego za pasek. Zdecydowanie zacisnęła dłoń na rękojeści.

Lecz wokół mężczyzny nie unosiła się atmosfera napięcia. Siedział sam na zjeżdżalni, z głową opartą o poręcz zatopiony w rozmyślaniach wpatrywał się w dwa unoszące się na niebie księżyce. Aomame była na balkonie drugiego piętra, on poniżej. Siedząc na krześle ogrodowym, obserwowała go przez szparę pomiędzy plastikową osłoną balkonu a metalową poręczą. Gdyby nawet podniósł głowę, nie mógłby jej zobaczyć. Poza tym był całkowicie pochłonięty patrzeniem w niebo i nawet przez myśl mu nie przeszło, że ona lub ktoś inny może go obserwować.

Uspokoiła się, wypuściła z płuc powietrze. Rozluźniła palce, zdjęła dłoń z pistoletu i dalej, w tej samej pozycji, przyglądała się mężczyźnie. Z miejsca, w którym siedziała, widziała go jedynie z profilu. Latarnia rtęciowa oświetlała go jasno od góry. Wysoki. Szeroki w barach. Krótko ostrzyżone włosy wyglądały na sztywne. Podkoszulek z długimi rękawami podwiniętymi do łokci. Mężczyzna nie jest może przystojny, ale ma sympatyczną twarz człowieka o silnym charakterze. Głowę też ma dość kształtną. Na pewno będzie czarujący, nawet kiedy się postarzeje i włosy mu się przerzedzą.

Wtedy Aomame nagle sobie uświadamia.

To Tengo.

Niemożliwe, myśli. Kilka razy mocno i krótko kręci głową. To musi być zwykła pomyłka. Niemożliwe, żeby akurat tak dobrze się złożyło. Aomame nie może normalnie oddychać. We wszystkich systemach jej organizmu panuje zamęt. Świadomość i działanie mają trudności w komunikacji. Muszę mu się jeszcze raz przyjrzeć, myśli. Ale z jakiejś przyczyny coś się popsuło z ostrością jej wzroku. Nagle lewe oko widzi zupełnie inaczej niż prawe. Aomame mimowolnie mocno się krzywi.

Co ja mam zrobić?

Wstaje z leżaka, bez powodu rozgląda się dookoła. Potem przypomina sobie, że w kredensie w salonie była mała lornetka firmy Nikon, idzie po nią. Pośpiesznie wraca na balkon i kieruje szkła na górę zjeżdżalni. Młody mężczyzna jeszcze tam jest. W tej samej pozycji co przedtem. Zwrócony ku niej profilem patrzy na niebo. Drżącymi palcami Aomame nastawia ostrość, patrzy z bliska na jego profil. Wstrzymując oddech, skupia się. Nie ma wątpliwości. T o T e n g o. Poznaje go, mimo upływu dwudziestu lat. To musi być Tengo.

Najbardziej zdziwiło ją to, że jego wygląd, od czasu kiedy miał dziesięć lat, prawie się nie zmienił. Jakby dziesięciolatek przerodził się po prostu w trzydziestolatka. To nie znaczy, że wyglądał dziecinnie. Oczywiście był teraz o wiele większy, kark miał potężny, rysy twarzy także doroślejsze. Jej wyraz nabrał głębi. Leżące na kolanach dłonie były duże i silne. Zupełnie inne niż dłoń, którą ścisnęła w klasie dwadzieścia lat temu. Lecz mimo to wrażenie, jakie wywierało na niej jego ciało, było identyczne jak dwadzieścia lat temu. To potężne ciało dawało jej poczucie naturalnego ciepła i głębokiego spokoju. Pomyślała, że chciałaby przyłożyć policzek do jego piersi. B a r d z o i n t e n s y w n i e p o m y ś l a ł a. Ucieszyło ją to. Poza tym siedział na zjeżdżalni na placu zabaw i wpatrywał się żarliwie w to samo, co ona. W dwa księżyce. Tak, widzimy to samo.

Co ja mam zrobić?

Nie wiedziała, co zrobić. Położyła lornetkę na kolanach i zdecydowanie zacisnęła dłonie. Tak mocno, że paznokcie wpijały się jej w ciało i zostawiały ślady. Zaciśnięte pięści lekko drżały.

Co ja mam zrobić?

Słuchała własnego gwałtownego oddechu. Zdawało się, że jej ciało pękło od środka na dwoje. Jedna połowa była gotowa chętnie zaakceptować to, że ma przed oczami Tengo. Druga odmawiała przyjęcia tego do wiadomości i starała się zepchnąć ten fakt w jakieś niewidoczne miejsce. Nic takiego się nie dzieje, wmawiała sobie Aomame. Te działające w przeciwnych kierunkach siły starły się gwałtownie wewnątrz niej. Każda z nich gwałtownie popychała ją ku swemu celowi. Zdawało się, że wszystkie jej mięśnie zostaną porwane na strzępy, stawy połamane na kawałki, a kości roztarte na proch.

Aomame chciała pobiec na plac zabaw, wejść na zjeżdżalnię i porozmawiać z Tengo. Ale co miałaby mu powiedzieć? Nie bardzo wiedziała nawet, jak poruszyć mięśniami wokół ust. Mimo to pewnie jakoś wydusiłaby z siebie słowa. Nazywam się Aomame, dwadzieścia lat temu w szkole podstawowej w Ichikawa ścisnęłam cię za rękę. Pamiętasz mnie?

Czy to powinna powiedzieć?

Istnieje chyba jakiś trochę lepszy sposób wyrażenia tej treści.

Druga ona nakazywała tej pierwszej: kryj się dalej na balkonie. Niczego nie możesz już zrobić, prawda? Przecież wczoraj dobiłaś targu z Liderem. Uratujesz Tengo, rozstając się z własnym życiem. Pozwolisz Tengo przeżyć na tym świecie. Taką zawarli umowę. Zgodziłaś się wysłać Lidera na tamten świat i złożyć w ofierze własne życie. Po co masz się teraz spotykać z Tengo i rozmawiać o dawnych czasach? A poza tym, co zrobisz, jeżeli on cię nie pamięta albo pamięta tylko jako dziewczynkę, która odmawiała jakieś dziwne modlitwy? Jeżeli okaże się, że tak jest, jak się będziesz czuła, umierając?

Na tę myśl jej ciało zesztywniało i zaczęło lekko drżeć. Nie potrafiła się opanować. Przypominało to dreszcze przy ciężkim przeziębieniu. Zdawało się, że przemarza do szpiku kości. Objęła się ramionami i przez chwilę trzęsła z tego zimna. Ale nawet wtedy nie oderwała wzroku od siedzącego na zjeżdżalni i patrzącego w niebo mężczyzny. Wydawało się, że gdy tylko oderwie od niego wzrok, Tengo może gdzieś zniknąć.

Chciała się znaleźć w jego ramionach. Chciała, żeby ją pieścił swoimi dużymi dłońmi. Chciała czuć jego ciepło na całym ciele. Chciała, żeby głaskał ją od stóp do głów. I żeby ją ogrzał. Żeby odegnał to przenikające ją na wskroś zimno. A potem żeby w nią wszedł i zdecydowanie wszystko w środku zamieszał. Jakby mieszał łyżeczką kakao. Powoli i do dna. Gdyby tak zrobił, mogłaby od razu na miejscu umrzeć. Naprawdę.

Nie, chyba naprawdę tak by nie było. Gdyby doszło do waszego spotkania, być może nie chciałabym już umrzeć. Może pomyślałabym, że chcę na zawsze być z nim. Decyzja o śmierci wyparowałaby jak rosa w porannym słońcu. Albo pomyślałabym, że jego chcę zabić. Najpierw zastrzeliłabym Tengo z pistoletu Heckler und Koch, a potem palnęłabym w łeb sobie. W ogóle nie da się przewidzieć, co się może zdarzyć, do czego sama mogę się posunąć.

Co ja mam zrobić?

Nie potrafiła ocenić, co powinna zrobić. Jej oddech stał się gwałtowniejszy. Różne myśli zamieniały się miejscami, mijały się. Nie mogła ich uporządkować. Co jest słuszne, a co nie? Wiedziała tylko jedno. Pragnęła, żeby zaraz tutaj objęły ją jego silne ramiona.

Potem co będzie, to będzie. Niech sobie o tym decyduje Bóg albo szatan.

Aomame podejmuje decyzję. Idzie do łazienki, wyciera ręcznikiem łzy. Szybko poprawia przed lustrem włosy. Ma nieokreśloną, głupią twarz. Oczy przekrwione. I ubrana jest strasznie. Znoszony dres, zatknięty za pasek dziewięciomilimetrowy pistolet tworzący na plecach dziwną wypukłość. Nie może się w takim stanie pokazać komuś, z kim pragnie się zobaczyć od dwudziestu lat. Dlaczego nie ubrała się trochę porządniej? Ale teraz już nic na to nie poradzi. Nie ma czasu się przebierać. Wkłada na bose stopy adidasy i zbiega po schodkach pożarowych z drugiego piętra, nie zamykając za sobą drzwi. Przecina ulicę, wbiega na pusty plac zabaw i podchodzi do zjeżdżalni. Ale Tengo już tam nie ma. Oświetlona sztucznym światłem latarni rtęciowej zjeżdżalnia jest ciemniejsza, zimniejsza, bardziej pusta niż druga strona księżyca.

Czy to było złudzenie?

Nie, to nie złudzenie, myśli Aomame, dysząc ciężko. Tengo był tu jeszcze przed chwilą. Nie ma wątpliwości. Wchodzi na zjeżdżalnię, staje na górze i rozgląda się. Nigdzie nikogo nie widać. Ale jeszcze pewnie daleko nie zaszedł. Przecież był tu zaledwie parę minut temu. Cztery, pięć minut, nie więcej. Gdyby pobiegła, powinna go dogonić.

Jednak zmienia zdanie. Powstrzymuje się nadludzkim wysiłkiem. Nie, nie mogę tego zrobić. Nie wiem nawet, w którą stronę poszedł. Nie chcę się wygłupiać i biegać w nocy po Kōenji w poszukiwaniu Tengo. Nie tak powinnam postąpić. Podczas gdy wahałam się w nieskończoność, siedząc na balkonie, Tengo sobie poszedł. Na dobrą sprawę na to właśnie zasłużyłam. Wahałam się i wahałam, na pewien czas straciłam zdolność trzeźwej oceny sytuacji, a wtedy Tengo odszedł. To właśnie mnie spotkało.

W rezultacie dobrze się stało, przekonuje samą siebie Aomame. To było prawdopodobnie najsłuszniejsze rozwiązanie. Przynajmniej go widziałam. Ujrzałam go po drugiej stronie ulicy, drżałam na myśl, że mnie obejmie. Choć przez kilka krótkich minut zasmakowałam całą sobą tej gwałtownej radości oczekiwania. Zamyka oczy, ściska poręcz zjeżdżalni, przygryza wargi.

Siada w tej samej pozycji co Tengo i spogląda na niebo na południowym zachodzie. Są na nim dwa księżyce – mały i duży. Potem patrzy na swój balkon na drugim piętrze. W mieszkaniu pali się światło. Przed chwilą patrzyła z balkonu na siedzącego tu Tengo. Zdaje jej się, że na balkonie unoszą się jeszcze jej głębokie wahania.

Rok 1Q84 – to nazwa nadana temu światu. Weszłam do niego jakieś pół roku temu, a teraz chcę odejść. Nie zamierzałam wchodzić, lecz mam zamiar odejść. Po moim odejściu Tengo nadal tu zostanie. Oczywiście nie wiem, jaki ten świat będzie dla niego. Nie będę miała jak się tego dowiedzieć. Ale to nie szkodzi. Zamierzam dla niego umrzeć. Nie mogłam żyć dla samej siebie. Wcześniej odebrano mi tę możliwość. Ale mogę zamiast tego dla niego umrzeć. To wystarczy. Mogę umrzeć z uśmiechem na ustach.

Nie kłamię.

Aomame starała się wyczuć pozostały na zjeżdżalni choćby słaby ślad obecności Tengo. Lecz nie było tam już ani odrobiny ciepła. Nocny wiatr niosący w sobie zapowiedź jesieni hulał między liśćmi brzostownicy i zacierał wszelkie ślady. Mimo to Aomame bardzo długo siedziała i wpatrywała się w dwa księżyce. Czuła na sobie ich pozbawione uczuć dziwne światło. Hałas miasta, w którym zlewały się w jedno różne dźwięki, zmieniał się w basso continuo i spowijał ją. Przypomniała sobie małego pająka, który utkał pajęczynę na schodach awaryjnych przy stołecznej autostradzie. Czy jeszcze żyje i nadal tka?

Uśmiechnęła się.

Jestem gotowa, pomyślała.

Ale przedtem muszę odwiedzić jedno miejsce.

Rozdział dwudziesty drugi – Tengo

Tak długo jak na niebie unoszą się dwa księżyce

Tengo zszedł ze zjeżdżalni, oddalił się od placu zabaw i błądził bez celu po okolicy. Przemierzał kolejne ulice. Prawie nie zwracał uwagi, dokąd idzie.

Spacerując, starał się nadać choć trochę jaśniejszy kształt swoim niepowiązanym ze sobą myślom. Lecz choć czynił wysiłki, nie potrafił się zdobyć na systematyczne rozważania. To dlatego, że na zjeżdżalni myślał o zbyt wielu różnych rzeczach naraz. O tym, że przybył jeden księżyc, o więzach krwi, o początku nowego życia, o realnych snach na jawie, którym towarzyszyły zawroty głowy, o Fukaeri i *Powietrznej poczwarce*, i o Aomame, która gdzieś niedaleko się ukrywała. Umysł miał przeciążony, skupiał się, napinając nerwy do ostateczności. Gdyby mógł, najchętniej poszedłby prosto do łóżka i głęboko usnął. Nad resztą mógł się zastanowić jutro rano po obudzeniu. W tej chwili dalsze myślenie i tak do niczego nie prowadziło.

Kiedy wrócił do domu, Fukaeri siedziała przy biurku i gorliwie ostrzyła ołówki małym scyzorykiem. Tengo zawsze trzymał w kubku dziesięć ołówków, ale teraz ich liczba wzrosła do dwudziestu. Był pełen podziwu, że tak ładnie je zaostrzyła. Nigdy przedtem nie widział równie pięknie zatemperowanych ołówków. Czubki grafitów były ostre jak igły.

– był telefon – powiedziała, sprawdzając palcem stan grafitu. – z chikura

– Miałaś nie odbierać.

– to był ważny telefon

Musiała poznać po dzwonku, że to ważny telefon.

– W jakiej sprawie dzwonili? – zapytał Tengo.

– nie powiedzieli w jakiej sprawie

– Ale to był telefon z domu opieki w Chikura, tak?

– chcą żeby pan zadzwonił

– Chcą, żebym ja do nich zadzwonił, tak?

– może być późno byle dzisiaj

Tengo westchnął. – Nie wiem, jaki tam jest numer.

– ja wiem

Pamiętała numer. Tengo zapisał go na bloczku do notatek. Potem spojrzał na zegarek. Pół do dziewiątej.

– O której dzwonili? – zapytał.

– niedawno

Tengo poszedł do kuchni i wypił szklankę wody. Oparł dłonie o zlew, zamknął oczy i upewniwszy się, że głowa mu w miarę normalnie pracuje, podszedł do telefonu i wykręcił numer. Może ojciec umarł? W każdym razie na pewno była to kwestia życia i śmierci. Nie dzwoniliby specjalnie wieczorem, gdyby to nie była ważna sprawa.

Odebrała kobieta. Tengo przedstawił się, wyjaśnił, że podobno ktoś z domu opieki zostawił mu wiadomość, że ma zadzwonić, więc dzwoni.

– Pan jest synem pana Kawany, prawda? – zapytała kobieta.

– Tak – odparł Tengo.

– Poznaliśmy się, kiedy był pan tu ostatnim razem – powiedziała.

Przed oczami stanęła mu twarz pielęgniarki w średnim wieku w okularach w metalowych oprawkach. Nie mógł sobie przypomnieć jej nazwiska.

Wygłosił zwięzłą formułkę powitalną. – Podobno niedawno państwo do mnie dzwonili?

– Tak, owszem. Połączę pana z lekarzem prowadzącym, proszę bezpośrednio z nim porozmawiać.

Ze słuchawką przyciśniętą do ucha czekał, aż kobieta przełączy rozmowę. Długo nikt nie odbierał. W nieskończoność grała monotonna melodyjka *Home on the Range*. Tengo zamknął oczy i przypomniał sobie nadmorski dom opieki na półwyspie Bōsō. Sosnowy zagajnik tak rozrośnięty, że gałęzie drzew zachodziły na siebie, i wiejący między nimi wiatr. Fale Pacyfiku nieustannie uderzające o brzeg. Pusty hol, żadnych odwiedzających. Odgłos kółek łóżka przesuwanego po korytarzu. Spłowiałe firanki. Pięknie wyprasowane fartuchy pielęgniarek. Niesmaczna słaba kawa w stołówce.

Niebawem zgłosił się lekarz.

– Bardzo przepraszam, że kazałem panu tak długo czekać. Przed chwilą zostałem pilnie wezwany do innego chorego.

– Nic nie szkodzi – powiedział Tengo. Starał się przywołać w myślach twarz lekarza. Ale chyba właściwie nigdy go nie widział. Głowa jeszcze nie całkiem mu pracowała. – Czy ojcu coś się stało?

Po krótkim milczeniu lekarz powiedział: – Nie chodzi o to, że akurat dziś coś się pacjentowi stało, tylko że od pewnego czasu ciągle jest w nie najlepszym stanie. Przykro mi, że muszę to panu powiedzieć: pana ojciec jest w stanie śpiączki.

– W stanie śpiączki? – powtórzył Tengo.

– Bez przerwy głęboko śpi.

– To znaczy, że jest nieprzytomny, tak?

– Owszem.

Tengo zastanowił się. Musiał zebrać myśli. – Czy ojciec na coś zachorował i od tego zapadł w śpiączkę?

– Ściśle mówiąc, nie – powiedział lekarz jakby zakłopotany.

Tengo czekał.

– Trudno to wyjaśnić przez telefon. Nie chodzi o to, że coś konkretnego mu dolega. Że na przykład ma raka albo zapalenie płuc. Nie cierpi na żadną chorobę o określonej nazwie. Z medycznego punktu widzenia nie możemy stwierdzić objawów żadnej choroby. Choć nie wiemy, co jest przyczyną, na naszych oczach w organizmie ubywa naturalnych sił podtrzymujących życie. Ale ponieważ nie znamy przyczyny, nie wiemy, jak leczyć. Podajemy kroplówkę, dostarczamy substancji odżywczych, lecz to jedynie reagowanie na symptomy, a nie zasadnicze rozwiązanie.

– Czy mogę wprost o coś zapytać? – zapytał Tengo.

– Oczywiście – odparł lekarz.

– Czy to znaczy, że ojciec już długo nie pożyje?

– Jeśli ten stan się utrzyma, prawdopodobnie nie.

– Czy to jest coś w rodzaju starczego osłabienia?

Lekarz wydał niejednoznaczny pomruk. – Pana ojciec jest dopiero po sześćdziesiątce. To nie jest jeszcze czas na starcze osłabienie. Poza tym pacjent jest zasadniczo zdrowy. Nie znajdujemy objawów żadnej choroby prócz demencji. W czasie okresowych pomiarów wydolności organizmu osiąga bardzo dobre wyniki. Nie dostrzegliśmy żadnego problemu.

Lekarz zamilkł na chwilę, potem mówił dalej: – Ale… hm, obserwuję go od kilku dni i rzeczywiście, tak jak pan mówi, dostrzegam być może coś podobnego do starczego osłabienia.

Spadła ogólna wydolność organizmu, osłabła jakby wola życia. Tak się dzieje zazwyczaj, gdy ludzie zaczynają się zbliżać do dziewięćdziesiątki. Znam wiele takich przypadków. Pacjenci osiągają ten wiek, zaczyna ich męczyć dalsze życie i rezygnują z wszelkiego wysiłku, by się przy życiu utrzymać. Ale w tej chwili nie bardzo rozumiem, dlaczego to miałoby się przydarzyć zaledwie sześćdziesięcioparoletniemu panu Kawanie.

Tengo przygryzł wargi i chwilę się zastanowił. – Kiedy zapadł w śpiączkę? – zapytał.

– Trzy dni temu – odparł lekarz.

– Od trzech dni w ogóle się nie budzi?

– Ani razu.

– I oznaki życia są coraz słabsze?

– To się nie odbywa gwałtownie. Przed chwilą mówiłem, że siły życiowe stopniowo, lecz widocznie słabną. Tak jak pociąg stopniowo traci szybkość przed zatrzymaniem się na stacji.

– Ile czasu jeszcze mu zostało?

– Nie da się tego dokładnie określić. Ale jeżeli ten stan się utrzyma, w najgorszym wypadku może to być tylko tydzień – powiedział lekarz.

Tengo przełożył słuchawkę do drugiej ręki i znów przygryzł wargi. – Jutro przyjadę – oznajmił. – I tak niedługo się wybierałem, nawet gdyby państwo nie zadzwonili. Ale dziękuję za wiadomość. Jestem panu bardzo wdzięczny.

Lekarz chyba poczuł ulgę, słysząc te słowa. – Proszę przyjechać. Sądzę, że lepiej jak najszybciej spotkać się z ojcem. Być może nie uda się panu z nim porozmawiać, ale ojciec na pewno się ucieszy z pana wizyty.

– Ale jest nieprzytomny, tak?

– Jest nieprzytomny.

– Czy coś go boli?

– W tej chwili nic go nie boli. Prawdopodobnie nie. To szczęście w nieszczęściu. Tylko głęboko śpi.

– Dziękuję panu bardzo – powiedział Tengo.

– Proszę pana, pana ojciec był, jak by to powiedzieć, człowiekiem całkowicie niesprawiającym kłopotu. Nikomu nie wadził.

– Zawsze taki był – powiedział Tengo. Jeszcze raz podziękował lekarzowi i się rozłączył.

Podgrzał kawę i wypił ją, siedząc przy stole naprzeciw Fukaeri.

– jutro pan wyjeżdża – zapytała go.

Tengo skinął głową. – Rano muszę wsiąść do pociągu i jeszcze raz pojechać do miasta kotów.

– jedzie pan do miasta kotów – powiedziała, nie zmieniając wyrazu twarzy.

– Ty tu zaczekasz – zapytał. Mieszkając z Fukaeri, sam zaczął zadawać pytania bez znaków zapytania.

– ja tu zaczekam

– Sam pojadę do miasta kotów. – Wypił łyk kawy. Potem nagle pomyślał o niej. – Napijesz się czegoś?

– jeśli jest białe wino

Tengo otworzył lodówkę, żeby sprawdzić, czy ma jakieś schłodzone białe wino. W głębi znalazł butelkę chardonnay kupioną niedawno na wyprzedaży. Na etykiecie był rysunek dzika. Odkorkował, nalał wina do kieliszka i postawił przed Fukaeri. Po krótkim wahaniu nalał też sobie. Rzeczywiście miał raczej ochotę na wino niż kawę. Było trochę za zimne i trochę słodkie, ale alkohol nieco go uspokoił.

– jutro jedzie pan do miasta kotów – powtórzyła Fukaeri.

– Pojadę wcześnie, rannym pociągiem.

Kiedy pili razem białe wino, Tengo przypomniał sobie, że miał wytrysk w ciele tej pięknej siedemnastolatki, która siedzi teraz naprzeciw niego. Choć stało się to zaledwie wczorajszej nocy, miał wrażenie, jakby było to wydarzenie z dalekiej przeszłości. Nieomal historyczne. Lecz nadal wyraźnie pozostało w nim uczucie, jakie miał w czasie wytrysku.

– Przybyło księżyców – powiedział Tengo, jakby wyznawał jakiś sekret, powoli obracając w palcach kieliszek. – Patrzyłem wcześniej na niebo i były dwa księżyce. Duży żółty i mały zielony. Może już przedtem tak było, tylko ja nic nie zauważyłem. Dopiero przed chwilą w końcu się zorientowałem.

Fukaeri nie podzieliła się swoimi przemyśleniami na temat zmiany liczby księżyców. Nie robiła też wrażenia zdziwionej tą wiadomością. Jej wyraz twarzy wcale się nie zmienił. Nie wzruszyła nawet ramionami, jak miała w zwyczaju. Zdawało się, że nie była to dla niej szczególnie nowa wiadomość.

– Nie ma chyba potrzeby nadmieniać, że dwa księżyce na niebie to zjawisko identyczne z tym opisanym w *Powietrznej poczwarce* – powiedział Tengo. – I mniejszy księżyc wyglądał dokładnie tak, jak go opisałem. I kolor, i rozmiar się zgadzały.

Fukaeri milczała. Nie odpowiadała na pytania niewymagające odpowiedzi.

– Jak do tego doszło? Jak mogło do tego dojść?

Nie było odpowiedzi.

Tengo bez namysłu zapytał wprost: – Czy to znaczy, że znaleźliśmy się w świecie opisanym w *Powietrznej poczwarce*?

Fukaeri przez chwilę uważnie badała kształt paznokci obu swoich dłoni. Potem powiedziała: – bo razem napisaliśmy książkę

Tengo odstawił kieliszek na stół. – Razem napisaliśmy i wydaliśmy *Powietrzną poczwarkę*. To nasze wspólne dzieło. Książka stała się bestsellerem, wiadomości o Little People, mother, daughter i tak dalej rozeszły się po świecie. Dlatego w rezultacie oboje znaleźliśmy się w tym przeobrażonym nowym świecie. O to chodzi? – zapytał Fukaeri.

– pan pełni rolę resiwera

– Pełnię rolę receivera – powtórzył Tengo. – Rzeczywiście pisałem w *Powietrznej poczwarce* o receiverze. Ale nie bardzo rozumiałem, o co chodzi. Jaką konkretną rolę pełni receiver?

Fukaeri lekko potrząsnęła głową. To znaczyło, że nie umie wyjaśnić.

Jeżeli nie rozumiesz bez tłumaczenia, to znaczy, że nie zrozumiesz, choćbym ci nie wiem ile tłumaczył, usłyszał głos ojca.

– lepiej być razem – oznajmiła Fukaeri. – aż pan znajdzie tę osobę

Tengo przez chwilę wpatrywał się w milczeniu w Fukaeri. Chciał wyczytać coś z wyrazu jej twarzy. Ale żaden wyraz się na niej nie malował. Jak zawsze. Potem nieświadomie odwrócił głowę i wyjrzał przez okno. Nie było widać księżyca. Tylko słupy elektryczne i poplątane przewody.

Odezwał się: – Czy do grania roli receivera potrzebne są jakieś specjalne kwalifikacje?

Fukaeri lekko poruszyła brodą w górę i w dół. To znaczy, że są potrzebne.

– Ale *Powietrzna poczwarka* to przecież przede wszystkim twoja opowieść. To ty ją stworzyłaś od zera. Wyłoniła się z wnętrza ciebie. Ja tylko zostałem poproszony o to, żeby uporządkować tekst. Byłem jedynie pomocą techniczną.

– bo razem napisaliśmy książkę – powtórzyła swoje wcześniejsze słowa.

Tengo nieświadomie przyłożył palce do skroni. – I od tego czasu ja, sam o tym nie wiedząc, pełnię rolę receivera?

– jeszcze wcześniej – powiedziała Fukaeri. Wskazującym palcem prawej dłoni wskazała na siebie, a potem na Tengo. – ja jestem persiwerem, pan resiwerem.

– Perceiverem i receiverem. – Tengo poprawił jej wymowę. – To znaczy, że ty postrzegasz, a ja to odbieram. O to chodzi?

Fukaeri szybko skinęła głową.

Tengo lekko się skrzywił. – To znaczy, że powierzyłaś mi poprawianie *Powietrznej poczwarki*, wiedząc, że jestem receiverem albo mam kwalifikacje na receivera. Temu, co postrzegasz, nadałaś za moim pośrednictwem kształt książki. O to chodziło?

Nie było odpowiedzi.

Tengo przywrócił twarzy zwykły wyraz. Patrząc Fukaeri w oczy, powiedział: – Pewne konkretne szczegóły są jeszcze niejasne, ale prawdopodobnie od pewnego czasu znajduję się w świecie, w którym prawdopodobnie są dwa księżyce. Tylko do tej pory tego nie zauważałem. Ani razu nie patrzyłem nocą na niebo, nie zorientowałem się, że przybyło księżyców. Na pewno tak jest, prawda?

Fukaeri nadal zachowywała milczenie. To milczenie unosiło się potajemnie w powietrzu jak drobny pył rozproszony przed chwilą przez stado ciem, które wyłoniło się z jakiejś szczególnej przestrzeni. Tengo wpatrywał się przez chwilę w kształty tworzone w powietrzu przez ten pył. Poczuł się zupełnie jak przedwczorajsze wieczorne wydanie gazety. Wiadomości zmieniają się każdego dnia. Tylko on nic o tym nie wie.

– Przyczyny i skutki chyba kompletnie się ze sobą pomieszały – powiedział, biorąc się w garść. – Nie wiem, co było najpierw, a co potem. Ale, tak czy inaczej, znaleźliśmy się w tym nowym świecie.

Fukaeri podniosła głowę i zajrzała Tengo w oczy. Może to było jedynie złudzenie, ale miał wrażenie, że w jej źrenicach zalśniło lekko łagodne światełko.

– Tak czy inaczej, tamtego poprzedniego świata już nie ma – powiedział Tengo.

Fukaeri lekko wzruszyła ramionami. – będziemy żyć tutaj

– W świecie z dwoma księżycami?

Nie odpowiedziała. Ta piękna siedemnastolatka mocno zacisnęła wargi i wpatrywała się w oczy Tengo. Tak samo jak zaglądała w nie Aomame w pustej klasie po lekcjach, kiedy miał dziesięć lat. Było w jej spojrzeniu silne, głębokie skupienie świadomości. Kiedy tak się w niego wpatrywała, doznał wrażenia, że zmienia się w kamień. Że zmienia się w kamień i zostanie zamieniony w nowy księżyc. Mały księżyc o nieregularnym kształcie. Po pewnym czasie jej spojrzenie straciło wreszcie intensywność. Podniosła prawą rękę i lekko przytknęła palce do skroni. Zupełnie jakby chciała odczytać tajemniczą myśl, którą kryła sama w sobie.

– szukał pan pewnej osoby – zapytała.

– Uhm.

– ale nie znalazł pan

– Nie znalazłem – powiedział Tengo.

Nie znalazł Aomame. Ale zamiast tego odkrył, że są dwa księżyce. Bo zgodnie z sugestią Fukaeri grzebał we wspomnieniach i w rezultacie postanowił popatrzyć na księżyc.

Spojrzenie dziewczyny straciło jeszcze trochę intensywności. Podniosła kieliszek. Przez chwilę trzymała wino w ustach, a potem przełknęła je jak coś cennego, jakby była owadem spijającym rosę.

– Mówisz, że ona się gdzieś ukrywa. Skoro tak, to niełatwo będzie ją znaleźć.

– nie musi się pan martwić – powiedziała dziewczyna.

– Nie muszę się martwić – powtórzył po niej Tengo.

Fukaeri zdecydowanie skinęła głową.

– To znaczy, że uda mi się ją znaleźć?

– ona pana znajdzie – powiedziała cicho dziewczyna. Jej głos przypominał wiatr hulający po porośniętej miękką trawą łące.

– W Kōenji?

Fukaeri przechyliła głowę na bok. Znaczyło to, że nie wie.

– gdzieś – powiedziała.

– Gdzieś w tym świecie.

Fukaeri lekko skinęła głową. – jeśli na niebie będą dwa księżyce.

– Chyba pozostaje mi tylko ci uwierzyć – stwierdził Tengo zrezygnowany po krótkim namyśle.

– ja postrzegam pan odbiera – powiedziała Fukaeri po głębokim namyśle.

– Ty postrzegasz, ja odbieram – powtórzył Tengo, zmieniając osoby.

Fukaeri skinęła głową.

Czy dlatego obcowaliśmy ze sobą, chciał zapytać Tengo. Wczoraj podczas tej gwałtownej burzy. Co to właściwie znaczyło? Ale nie zapytał. To prawdopodobnie było niewłaściwe pytanie. I tak nie dostałby odpowiedzi. Był tego pewien.

Jeżeli nie rozumiesz bez tłumaczenia, to znaczy, że nie zrozumiesz, choćbym ci nie wiem ile tłumaczył, usłyszał głos ojca.

– Ty postrzegasz, ja odbieram – powtórzył Tengo. – Tak samo jak przy poprawianiu *Powietrznej poczwarki*.

Fukaeri pokręciła głową. Potem odgarnęła włosy i odsłoniła jedno drobne, piękne ucho. Jakby wyciągała antenę nadajnika.

– nie tak samo – powiedziała. – pan się zmienił

– Ja się zmieniłem – powtórzył Tengo.

Fukaeri skinęła głową.

– Jak się zmieniłem?

Fukaeri długo zaglądała do trzymanego kieliszka. Jakby widziała w nim coś ważnego.

– zrozumie pan jak pan pojedzie do miasta kotów – powiedziała ta piękna dziewczyna.

Z odsłoniętym uchem wypiła łyk białego wina.

Rozdział dwudziesty trzeci – Aomame

Put a Tiger in Your Tank – Do baku wpuść tygrysa

Aomame obudziła się po szóstej. Był piękny, pogodny poranek. Zaparzyła kawę w ekspresie, zrobiła grzanki. Ugotowała też jajko. Obejrzała wiadomości w telewizji i upewniła się, że nadal nie podają żadnych informacji na temat śmierci przywódcy Sakigake. Nie zawiadamiając policji, nie mówiąc nic wiernym, po cichu pozbyli się zwłok. Ona nie miała nic przeciwko temu. Nie był to dla niej duży problem. Nie ma znaczenia, co zrobili ze zmarłym. To w końcu był zmarły. I tak nie żył.

O ósmej wzięła prysznic, starannie uczesała się przed lustrem, musnęła usta szminką – prawie nic nie było widać. Włożyła rajstopy. Wyjęła z szafy jedwabną białą bluzkę i modny kostium od Junko Shimady. Wijąc się i wykręcając na wszystkie strony, jakoś wpasowała się w stanik z fiszbinami i poduszeczkami, myśląc o tym, że chciałaby mieć trochę większe piersi. Do tej pory myślała o tym samym, stojąc przed lustrem, jakieś siedemdziesiąt dwa tysiące razy. Ale to nie szkodzi. Mogę sobie myśleć, o czym chcę, tyle razy, ile chcę. I co z tego, że teraz myślę o tym po raz siedemdziesiąt dwa tysiące pierwszy? Przynajmniej póki żyję, będę sobie myślała, o czym chcę, jak chcę i kiedy chcę. Nikomu nie pozwolę się w to wtrącać. Potem włożyła buty na obcasie od Charlesa Jourdana.

Stanęła przed dużym lustrem w przedpokoju i upewniła się, że jej strój jest bez zarzutu. Podniosła lekko jedno ramię i zastanawiała się, czy wygląda jak Faye Dunaway w *Sprawie Thomasa Crowna*. W tym filmie jest opanowaną jak zimne ostrze noża kobietą detektywem pracującą dla firmy ubezpieczeniowej. Jest chłodna, seksowna, bardzo dobrze jej w kostiumach. Oczywiście Aomame nie wyglądała jak Faye Dunaway, ale w czymś ją przypominała. A przynajmniej nie były całkowicie różne. Obie robiły to szczególne wrażenie, jakie potrafią wywierać tylko najwyższej klasy profesjonaliści. Do tego Aomame miała w torebce twardy i zimny pistolet automatyczny.

Włożyła niewielkie okulary przeciwsłoneczne firmy Ray-Ban i wyszła z mieszkania. Na placu zabaw po drugiej stronie ulicy stanęła przed zjeżdżalnią, na której siedział wczoraj wieczorem Tengo, i starała się odtworzyć w myślach tę scenę. Zaledwie dwanaście godzin temu był tu prawdziwy Tengo. Dzieliła go ode mnie tylko szerokość jezdni. Siedział spokojnie i długo patrzył w niebo. Na te same dwa księżyce, na które ja patrzyłam.

To spotkanie z Tengo zdawało jej się nieomal cudem. Był to też rodzaj objawienia. Coś przywiodło go do niej. I to wydarzenie najwyraźniej zdecydowanie zmieniło strukturę jej organizmu. Od przebudzenia nieustannie czuła w całym ciele jakby zgrzytanie. Pojawił się przede mną i zniknął. Nie mogliśmy porozmawiać ani dotknąć swoich ciał. Ale w tym krótkim czasie wywołał we mnie wiele przeobrażeń. Zamieszał w moim sercu, umyśle i ciele, jakby dosłownie mieszał kakao łyżeczką. Aż do głębi wnętrzności i dna macicy.

Postała tam około pięciu minut. Z ręką na stopniach zjeżdżalni upewniała się, że została w środku zamieszana, smakowała to uczucie. Potem podjęła decyzję, opuściła plac zabaw, wyszła na główną ulicę i złapała taksówkę.

– Niech pan pojedzie do Yōga, do wjazdu na autostradę stołeczną numer 3 i autostradą prawie do Ikejiri – powiedziała kierowcy.

Był oczywiście zaskoczony. – A potem, proszę pani, dokąd chce pani ostatecznie jechać? – zapytał beztrosko.

– Do zjazdu w Ikejiri. Na razie.

– To o wiele bliżej będzie pojechać stąd bezpośrednio do Ikejiri. Jak pojadę do Yōga, będę strasznie nadkładał drogi, a poza tym o tej porze rano na autostradzie w stronę miasta jest okropny korek. Prawie się człowiek nie posuwa. To tak samo nie ma sensu jak twierdzenie, że dziś środa.

– Mnie korek nie robi różnicy. Tak samo nie robi mi różnicy, czy dziś czwartek, czy piątek, czy urodziny cesarza. Proszę wjechać na autostradę w Yōga. Mam mnóstwo czasu.

Kierowca wyglądał na trzydzieści parę lat. Szczupły, o jasnej cerze i pociągłej twarzy. Przypominał ostrożne zwierzę roślinożerne. Miał wystający podbródek jak kamienne posągi z Wyspy Wielkanocnej. Patrzył na Aomame we wstecznym lusterku. Chciał wyczytać z jej twarzy, czy trafiła mu się osoba lekko stuknięta, czy też ktoś normalny, ale robiący coś podejrzanego. Jednak tego nie udało się łatwo stwierdzić. Przynajmniej z odbicia w niewielkim lusterku.

Aomame wyjęła z torebki portmonetkę, a z niej jakby świeżo wydrukowany nowiutki banknot dziesięciotysięczny. Podsunęła go kierowcy pod nos. – Reszty nie trzeba. Rachunku też nie trzeba – powiedziała krótko. – Dlatego wolę, żeby pan za dużo nie gadał, tylko zrobił, o co proszę. Niech pan jedzie do Yōga, do wjazdu na autostradę, a stamtąd do Ikejiri. Nawet jeśli będzie korek, tyle powinno wystarczyć.

– No pewnie, co ma nie wystarczyć – powiedział kierowca podejrzliwie. – Ale czy pani ma coś do załatwienia na autostradzie?

Aomame potrząsnęła banknotem jak chorągiewką. – Jeśli pan nie chce jechać, wysiądę i złapię inną taksówkę. Więc proszę się szybko zdecydować, czy pan jedzie, czy nie.

Kierowca przez dziesięć sekund wpatrywał się w banknot ze zmarszczonymi brwiami. Potem podjął decyzję i wziął pieniądze. Obejrzał banknot pod światło, upewniając się, że nie jest fałszywy, i włożył do specjalnej pochewki.

– Dobrze. Jedziemy. Na autostradę numer 3. Ale naprawdę jest tam okropny korek. Poza tym między Yōga a Ikejiri nie ma wyjazdu. Nie ma też toalety. Dlatego jeżeli miałaby pani korzystać z toalety, to lepiej teraz.

– Nie potrzebuję. Niech pan od razu jedzie.

Kierowca wyjechał z krętych uliczek dzielnicy mieszkaniowej na obwodnicę numer 8. Tą ruchliwą drogą skierował się w stronę Yōga. Nie odzywali się do siebie. Kierowca przez cały czas słuchał wiadomości radiowych. Aomame zatopiła się we własnych myślach. Kiedy dojechali do wjazdu na autostradę, kierowca ściszył radio i zapytał Aomame:

– To nie moja sprawa, ale czy pani zajmuje się jakąś szczególną pracą?

– Jestem detektywem w firmie ubezpieczeniowej – powiedziała Aomame bez wahania.

– Detektywem w firmie ubezpieczeniowej – uważnie powtórzył te słowa kierowca, jakby próbował potrawy, której nigdy wcześniej nie jadł.

– Udowadniam przypadki oszustw przy staraniu się o odszkodowania – dodała.

– Coś takiego – powiedział kierowca z podziwem. – Czy autostrada stołeczna numer 3 ma coś wspólnego z jakimiś oszustwami ubezpieczeniowymi?

– Właśnie o to chodzi.

– Zupełnie jak w tym filmie.

– W jakim filmie?

– Takim bardzo starym. Grał w nim Steve McQueen. Jak on... nie pamiętam tytułu.

– *Sprawa Thomasa Crowna* – powiedziała Aomame.

– Tak, tak, to ten. Faye Dunaway grała detektywa pracującego dla firmy ubezpieczeniowej. Specjalistkę od ubezpieczeń od kradzieży. A McQueen był bardzo bogaty i popełniał przestępstwa dla rozrywki. To był fajny film. Widziałem go w czasach szkoły średniej. Muzyka mi się podobała. Świetna.

– Michela Legranda.

Kierowca cicho zanucił pierwsze cztery takty. Potem jeszcze raz dokładnie przyjrzał się twarzy Aomame we wstecznym lusterku.

– Właściwie pani robi podobne wrażenie jak Faye Dunaway z tamtego okresu.

– Dziękuję bardzo – powiedziała Aomame. Ukrycie uśmiechu zadowolenia wymagało pewnego wysiłku.

Autostrada stołeczna numer 3 w stronę miasta była zgodnie z przewidywaniami kierowcy strasznie zatłoczona. Korek zaczął się już niecałe sto metrów po wjeździe. Był tak imponujący, że można by go umieścić w zestawie korków modelowych. Ale Aomame właśnie tego sobie życzyła. To samo ubranie, ta sama droga, taki sam korek. Niestety z głośników nie dobiegała *Sinfonietta* Janáčka i dźwięk radia w tej taksówce nie był tej klasy co system w tamtej toyocie crown royal saloon, ale nie można zbyt wiele wymagać.

Taksówka posuwała się niemrawo, wciśnięta między ciężarówki. Stała długo w jednym miejscu, a potem, jakby nagle się obudziła, podjeżdżała mały kawałek. Kierowca jadącej sąsiednim pasem ciężarówki chłodni przy każdym zatrzymaniu zatapiał się w lekturze komiksu. Nadęte małżeństwo w średnim wieku jadące kremową toyotą coroną mark II patrzyło w milczeniu prosto przed siebie. Pewnie nie mieli wspólnych tematów. A może właśnie dlatego tak milczeli, że przedtem o czymś rozmawiali. Aomame usiadła wygodnie i zatopiła się w myślach, a kierowca słuchał radia.

W końcu dotarli do drogowskazu z napisem „Komazawa" i ruszyli w ślimaczym tempie ku Sangenjaya. Aomame czasem podnosiła głowę i wyglądała przez okno. Więcej nie zobaczę tych okolic. Pójdę do jakiegoś innego miejsca. Ale jakoś wcale nie było jej żal opuszczać Tokio. Budynki przy autostradzie były brzydkie, poczerniałe od spalin, wszędzie straszyły krzykliwe reklamy. Na ten widok zrobiło jej się ciężko na duszy. Po co ludzie zbudowali takie miejsce, w którym nie da się odetchnąć pełną piersią? Nie mówię, że cały świat ma być od początku do końca piękny. Ale chyba nie musi być aż taki brzydki?

Wkrótce w jej polu widzenia pojawiło się zapamiętane wcześniej miejsce. To tu wysiadła wtedy z taksówki. Ten sypiący aluzjami kierowca w średnim wieku powiedział jej o schodach awaryjnych.

Dalej przy drodze widać reklamę stacji benzynowych Esso. Uśmiechnięty tygrys trzyma wąż dystrybutora. Taka sama reklama jak wtedy. *Put a tiger in your tank*. Do baku wpuść tygrysa.

Aomame nagle się zorientowała, że chce jej się pić. Chrząknęła, wsunęła rękę do torby i wyciągnęła cytrynowe drażetki przeciwkaszlowe. Włożyła jedną do ust, wsadziła opakowanie z powrotem do torby. Przy okazji mocno ścisnęła kolbę Hecklera und Kocha. Poczuła w dłoni jego twardość i ciężar. Tak, to wystarczy, pomyślała. Samochód znów posunął się trochę do przodu.

– Proszę zjechać na lewy pas – poprosiła kierowcę.

– Ale prawy przynajmniej trochę się posuwa – zaprotestował łagodnie kierowca. – A poza tym zjazd w Ikejiri jest po prawej, więc jak teraz zjadę na lewy, potem będę miał kłopot.

Aomame nie przyjęła jego protestu. – Nieważne, proszę zjechać na lewy.

– Skoro pani sobie życzy – powiedział zrezygnowany kierowca.

Wystawił rękę przez okno, dał znak ciężarówce chłodni z tyłu na lewym pasie, a upewniwszy się, że drugi kierowca go zauważył, wcisnął się na sąsiedni pas. Po pięćdziesięciu metrach samochody znowu stanęły.

– Wysiądę tutaj. Niech pan otworzy drzwi.

– Wysiądzie pani? – kierowcę zamurowało. – T u pani wysiądzie?

– Tak, tu wysiądę. Bo tu mam sprawę do załatwienia.

– Ale, proszę pani, to jest środek autostrady! To niebezpieczne, a poza tym gdzie pani się podzieje, jak pani wysiądzie?

– Niech się pan nie martwi. Tam zaraz są schody awaryjne.

– Schody awaryjne. – Kierowca pokręcił głową. – Nie wiem o istnieniu czegoś takiego. Ale jakby w firmie się dowiedzieli, że wysadziłem klienta w takim miejscu, miałbym straszne kłopoty. I dostałoby mi się od Nadzoru Autostrad. Niech się pani zlituje.

– Ale ja z pewnych powodów muszę tu wysiąść – powiedziała Aomame, wyciągając z torebki jeszcze jeden banknot dziesięciotysięczny. Wygładziła go i podała kierowcy. – Przepraszam, że pana do tego zmuszam, to na przeprosiny. Więc niech pan nic nie mówi i wysadzi mnie tutaj. Bardzo proszę.

Kierowca nie przyjął banknotu. Zrezygnowany pociągnął dźwignię i automatycznie otworzył tylne drzwi po lewej stronie.

– Pieniędzy nie trzeba. Wystarczy to, co pani przedtem zapłaciła. Ale naprawdę, proszę uważać. Przy autostradzie nie ma pobocza. Chodzenie w takim miejscu może być bardzo niebezpieczne, nawet kiedy jest korek.

– Dziękuję – powiedziała Aomame. Wysiadła, podeszła do przednich drzwi od strony pasażera i zapukała w okno. Gdy kierowca opuścił szybę, pochyliła się i wcisnęła mu w rękę banknot. – Niech pan weźmie. To dla mnie żadna sprawa. Mam za dużo pieniędzy.

Kierowca patrzył na zmianę to na Aomame, to na dziesięć tysięcy jenów.

– Jeżeli policja albo firma będzie się pana czepiać, niech pan powie, że groziłam panu pistoletem. Dlatego nie miał pan wyboru. Wtedy nie będą mogli mieć pretensji.

Kierowca zdawał się nie rozumieć, co ona mówi. Ma za dużo pieniędzy? Groziła mu pistoletem? Mimo to wziął banknot. Pewnie się bał, że jeśli odmówi, kto wie, co ta kobieta może mu zrobić.

Tak samo jak poprzednio szła w kierunku Shibuya, przeciskając się między barierą a rzędem samochodów. Odległość wynosiła około pięćdziesięciu metrów. Ludzie w samochodach przyglądali jej się z niedowierzaniem. Ale Aomame w ogóle się tym nie przejmowała. Szła wyprostowana, dużymi krokami, bardzo dystyngowanie, jak modelka paryskiej kolekcji na wybiegu. Wiatr rozwiewał jej włosy. Pędzące po drugiej niezatłoczonej stronie samochody wywoływały wibracje drogi, która trzęsła się jakby ze złości. Reklama Esso stawała się coraz większa. Wkrótce Aomame dotarła do zapamiętanej wcześniej zatoki.

Nic się wokół nie zmieniło. Metalowa bariera, obok żółta osłona z telefonem awaryjnym.

To jest punkt wyjściowy roku 1Q84, pomyślała Aomame. Od czasu gdy zeszłam po tych schodach na drogę numer 246, światy mi się przestawiły. Dlatego zamierzam jeszcze raz zejść. Ostatnim razem był początek kwietnia, miałam na sobie beżowy płaszcz. Teraz jest początek września i jest za wcześnie na płaszcz. Ale prócz tego jestem ubrana zupełnie tak samo. Taki sam strój jak wtedy, kiedy zabiłam w hotelu w Shibuya tego bydlaka pracującego w przemyśle naftowym. Kostium od Junko Shimady i buty na obcasie firmy Charlesa Jourdana. Biała bluzka. Rajstopy i biały stanik z fiszbinami. Podciągnęłam spódnicę mini, przelazłam przez tę barierkę i zeszłam stąd na dół.

Spróbuję jeszcze raz zrobić to samo. Z czystej ciekawości. Chcę po prostu wiedzieć, co się stanie, jeśli zrobię to samo, w tym samym miejscu, tak samo ubrana. Nie chcę się uratować. Nie boję się szczególnie śmierci. Jak przyjdzie czas, nie zawaham się. Potrafię umrzeć z uśmiechem na ustach.

Aomame nie chciała jednak umrzeć, nie wiedząc, nie rozumiejąc, jak doszło do tej sytuacji. Musiała przynajmniej spróbować się dowiedzieć.

Jeśli nic z tego nie wyjdzie, mogę zrezygnować, myślała. Ale zrobię absolutnie wszystko, co tylko możliwe. Taki jest mój sposób na życie.

Wychyliła się poza barierę, szukając schodów. L e c z s c h o d ó w n i e b y ł o. Patrzyła i patrzyła, ale efekt był ten sam. Schody awaryjne zniknęły.

Aomame przygryzła wargi i skrzywiła się.

Nie pomyliła miejsca. Niewątpliwie to była ta sama zatoka do awaryjnego postoju. Wokoło wszystko wyglądało tak samo, przed nosem miała reklamę Esso. W świecie roku 1984 były tu schody. Powiedział jej o nich ten dziwny kierowca i bez trudu je znalazła. Udało jej się przeleźć przez ogrodzenie i zejść na dół. Lecz w świecie roku 1Q84 schody nie istniały.

Wyjście zostało zablokowane.

Aomame przywróciła twarzy normalny wyraz, ostrożnie rozejrzała się dookoła, jeszcze raz podniosła wzrok na reklamę Esso. Tygrys trzymał wąż dystrybutora i z podwiniętym do góry ogonem uśmiechał się wesoło, rzucając jej zalotne spojrzenie. Jakby mówił, że jest w pełni szczęśliwy, że nie mógłby być bardziej zadowolony.

To oczywiste, pomyślała Aomame. Tak, od początku o tym wiedziała. Lider, zanim umarł z jej ręki, powiedział jej to w apartamencie w hotelu Okura. Nie ma drogi powrotnej ze świata roku 1Q84 do roku 1984. Drzwi prowadzące do tego świata otwierają się tylko w jedną stronę.

Mimo to musiała się co do tego upewnić i zobaczyć to na własne oczy. Taką miała naturę. I upewniła się. Już po wszystkim. Dowód został przeprowadzony. Cbdu.

Oparła się o balustradę i spojrzała na niebo. Pogodzie nie mogła nic zarzucić. Na tle intensywnie niebieskiego nieba unosiło się kilka podłużnych, prostych chmur. Niebo wydawało się ciągnąć w nieskończoność. Zupełnie nie jak niebo nad miastem. Ale księżyca nigdzie nie widać. Gdzie się podział? Nieważne. Księżyc to księżyc, a ja to ja. Każde z nas ma swój sposób na życie. Każde z nas ma swoje plany.

Faye Dunaway pewnie wyciągnęłaby teraz cienkiego papierosa i z właściwym sobie chłodem zapaliłaby go zapalniczką. Z gracją mrużąc oczy. Ale Aomame nie paliła, nie miała przy sobie ani papierosów, ani zapalniczki. W torebce były tylko cytrynowe drażetki przeciwkaszlowe. Plus dziewięciomilimetrowy stalowy pistolet automatyczny oraz specjalne narzędzie przypominające szpikulec do lodu, które wbiła w kark kilku mężczyznom. Oba przedmioty były nieco bardziej śmiercionośnie niż papierosy.

Spojrzała na rzędy stojących w korku samochodów. Wszyscy ludzie intensywnie wpatrywali się w nią ze swoich aut. To zrozumiałe. Nie co dzień zdarza się zobaczyć zwykłych szarych obywateli chodzących po autostradzie stołecznej. A szczególnie młode kobiety. I do tego w minispódnicy, na wysokich szpilkach, w zielonych okularach przeciwsłonecznych i z uśmiechem na twarzy. Raczej dziwne byłoby, gdyby się nie gapili.

Większość pojazdów stanowiły duże ciężarówki transportowe. Z różnych miejsc przywoziły do Tokio rozmaite artykuły. Prawdopodobnie jechały całą noc. I teraz znalazły się w tym fatalnym korku. Kierowcy byli znudzeni, zniechęceni i znużeni. Chcieli się wykąpać, ogolić, położyć i zasnąć. Tylko o tym marzyli. Gapili się tępo na Aomame, jakby oglądali jakieś rzadko spotykane zwierzę. Byli zbyt zmęczeni, by bezpośrednio się angażować.

Wśród ciężarówek transportowych stał srebrny mercedes coupé, jak smukła antylopa zaplątana w stado pospolitych zwalistych nosorożców. Był nowiutki, w jego pięknej masce odbijał się blask porannego słońca. Felgi dopasowane barwą do koloru karoserii. Okno po stronie kierowcy było otwarte, widać było przez nie elegancko ubraną kobietę w średnim wieku, która nie odrywała wzroku od Aomame. Okulary przeciwsłoneczne od Givenchy'ego. Widać też było jej ręce na kierownicy. Na palcach lśniły pierścionki.

Wyglądała na życzliwą. I zdawało się, że martwi się o Aomame. Zastanawiała się, co taka dobrze ubrana młoda kobieta może robić na autostradzie, co się mogło stać. Chyba chciała się do niej odezwać. Pewnie by ją gdzieś podwiozła, gdyby Aomame poprosiła.

Aomame zdjęła okulary przeciwsłoneczne Ray-Ban i wsunęła do kieszeni na piersi. Mrużąc oczy w jasnym świetle poranka, potarła odciśnięte miejsca na nosie. Oblizała wyschnięte wargi. Poczuła lekki smak szminki. Spojrzała na pogodne niebo, a potem na wszelki wypadek jeszcze raz pod nogi.

Otworzyła torebkę, powoli wyjęła pistolet. Upuściła torbę na ziemię, chcąc mieć wolne ręce. Lewą ręką odbezpieczyła broń, odciągnęła zamek, wprowadziła nabój do komory. Jej ruchy były szybkie i precyzyjne. Rozległ się przyjemny dźwięk. Lekko poruszyła dłonią z pistoletem, jakby sprawdzając jego ciężar. Sam pistolet ważył czterysta osiemdziesiąt gramów. Do tego dochodził ciężar siedmiu nabojów. W porządku, na pewno jest naładowany. Czuła różnicę.

Na jej ustach znów ukazał się uśmiech. Ludzie przyglądali się, co robi. Nikt się nie zdziwił, nawet kiedy wyciągnęła z torebki pistolet. A przynajmniej nie okazali po sobie zdziwienia. Może nie sądzili, że to prawdziwa broń. Ale jest prawdziwy, pomyślała Aomame.

Odwróciła pistolet kolbą do góry, wsunęła lufę do ust. Skierowana była prosto w stronę mózgu. Szarego labiryntu, w którym zamieszkuje świadomość.

Nie musiała sobie przypominać słów modlitwy. Same jej się nasunęły. Wyrecytowała je szybko z lufą w ustach. Chyba nikt nie mógł usłyszeć, co mówi. Ale to nie szkodzi. Wystarczy, że Bóg usłyszy. Jako dziecko Aomame prawie wcale nie rozumiała wypowiadanej modlitwy. Lecz ten ciąg słów wniknął w nią głęboko. W szkole przed obiadem koniecznie musiała się pomodlić. Jedna jedyna i do tego głośno. Nie przejmować się dociekliwymi spojrzeniami i pogardliwymi uśmieszkami. Ważne jest to, że Bóg patrzy. Nikt nie może uciec od jego wzroku.

> Panie w niebiosach, święć się imię Twoje, przyjdź królestwo Twoje. Odpuść nam nasze liczne winy. Pobłogosław naszym maluczkim poczynaniom. Amen.

Atrakcyjna pani w średnim wieku za kierownicą mercedesa nadal nie odrywała wzroku od Aomame. Ona, tak samo jak inni, chyba też nie bardzo rozumiała znaczenie tego pistoletu. Inaczej prawdopodobnie odwróciłaby wzrok, pomyślała Aomame. Bo gdyby zobaczyła, jak rozpryskuje się mózg, pewnie nie mogłaby dziś zjeść ani obiadu, ani kolacji. Lepiej odwróć wzrok, dobrze ci radzę, zwróciła się w myślach do kobiety. Chyba widzisz, że nie przymierzam się tu do mycia zębów. Mam w ustach lufę niemieckiego pistoletu automatycznego firmy Heckler und Koch. I skończyłam się modlić. Powinnaś wiedzieć, co to znaczy.

Ostrzegam cię. Poważnie cię ostrzegam. Odwróć wzrok, na nic nie patrz i wróć tym nowiutkim srebrnym mercedesem prosto do domu. Do pięknego domu, w którym czekają twój drogi mąż i dzieci. I żyj dalej swoim łatwym i spokojnym życiem. Ktoś taki jak ty nie powinien patrzeć na takie rzeczy. To prawdziwy brzydki pistolet nabity siedmioma brzydkimi dziewięciomilimetrowymi nabojami. A poza tym Antoni Czechow powiedział, że jeśli w opowieści pojawia się pistolet, musi kiedyś wystrzelić. Takie są zasady rządzące opowieścią.

Ale ta kobieta w średnim wieku za nic nie chciała oderwać wzroku od Aomame, więc Aomame poddała się i lekko pokręciła głową. Przepraszam, ale dłużej nie mogę czekać. Czas minął. Zaraz zaczniemy przedstawienie.

Put a tiger in your tank. Do baku wpuść tygrysa.

– Tak, tak – powiedział Klakier.

– Tak, tak – powtórzyło chórem pozostałych sześciu Little People.

– Tengo – powiedziała Aomame. Zaczęła powoli naciskać spust.

Rozdział dwudziesty czwarty – Tengo

Póki jeszcze zostało trochę ciepła

Przed południem Tengo wsiadł na Dworcu Tokijskim do ekspresu i pojechał do Tateyamy. Tam przesiadł się w pociąg osobowy jadący do Chikura. Był piękny pogodny poranek. Bezwietrzny, morze prawie zupełnie gładkie. Lato już odeszło, pogoda nakazywała teraz włożyć cienką bawełnianą kurtkę na koszulę z krótkim rękawem. Nadmorskie miasteczko, z którego zniknęli wczasowicze, było zdumiewająco spokojne i puste. Naprawdę zmieniło się w miasto kotów, pomyślał Tengo.

Zjadł prosty posiłek przy dworcu i wsiadł do taksówki. Do domu opieki dotarł po pierwszej. W recepcji przywitała go ta sama pielęgniarka w średnim wieku co ostatnim razem. Wczoraj też właśnie z nią rozmawiał przez telefon. Siostra Tamura. Pamiętała go i dziś była dla niego trochę milsza niż poprzednio. Może fakt, że się starannie ubrał, też miał na to jakiś wpływ.

Najpierw zaprowadziła go do jadalni i podała mu kawę. – Proszę tu zaczekać. Pan doktor do pana przyjdzie – powiedziała.

Po dziesięciu minutach pojawił się lekarz, który zajmował się ojcem. Wycierał ręce ręcznikiem. W jego sztywnych włosach lśniły srebrne nitki, miał koło pięćdziesiątki. Musiał właśnie skończyć jakieś inne zajęcie, bo był bez lekarskiego fartucha. Szara bluza od dresu, takie same spodnie, stare buty do joggingu. Dobrze zbudowany, nie wyglądał na lekarza z domu opieki, a raczej na trenera jakiejś drużyny uniwersyteckiej, która za nic nie może wyjść z drugiej ligi.

Lekarz powiedział mu mniej więcej to samo, co wczoraj przez telefon. Niestety w tej chwili medycyna właściwie nie może pana ojcu pomóc, stwierdził z żalem. Sądząc z wyrazu twarzy i sposobu mówienia, ten żal był jak najbardziej szczery.

– Pan musi do niego mówić jak syn do ojca, podnosić go na duchu, wzmagać jego wolę życia, nie ma innego sposobu.

– Czy ojciec usłyszy to, co będę do niego mówił?

Lekarz skrzywił się, popijając letnią herbatę. – Szczerze mówiąc, nie wiem. Pana ojciec jest w stanie śpiączki. Nie dostrzegamy żadnej fizycznej reakcji, kiedy go wołamy. Lecz są przypadki ludzi, którzy słyszą głosy nawet w stanie głębokiej śpiączki i są w stanie do pewnego stopnia zrozumieć treść słów.

– Ale patrząc na niego, nie da się poznać, czy słyszy, prawda?

– Nie da się.

– Mogę zostać do szóstej wieczorem – powiedział Tengo. – Do tego czasu będę przy ojcu i postaram się dużo do niego mówić.

– Proszę dać mi znać, jeżeli zauważy pan coś w rodzaju reakcji. Będę się kręcił gdzieś w pobliżu.

Młoda pielęgniarka zaprowadziła go do pokoju, w którym leżał ojciec. Na identyfikatorze miała nazwisko „Adachi". Ojca przeniesiono do jednoosobowego pokoju w innym budynku. Tego dla pacjentów w ciężkim stanie. Koło zębate przesunęło się o jedno oczko. Był to koniec podróży. Łóżko zajmowało prawie połowę powierzchni pokoju. Za oknem rozciągał się rząd sosen chroniących budynek od wiatru. Rozrośnięte drzewa wyglądały jak wielka ściana oddzielająca dom opieki od pełnego życia rzeczywistego świata. Po wyjściu pielęgniarki Tengo został sam z uśpionym, leżącym na wznak ojcem. Usiadł na małym drewnianym stołeczku przy łóżku i spojrzał na chorego.

Przy łóżku stał stojak z kroplówką. Jakaś ciecz płynęła rurką z plastikowego zbiornika do żyły na przedramieniu ojca. Do penisa też podłączono cewnik, lecz wyglądało na to, że ojciec wydala zadziwiająco mało moczu. Chyba skurczył się od czasu, gdy Tengo widział go ostatni raz. Wychudłe policzki i brodę pokrywał dwudniowy zarost. Zawsze miał głęboko osadzone oczy, lecz teraz wydawały się jeszcze bardziej zapadnięte. Do wydobycia gałek z oczodołów potrzebne byłoby chyba specjalistyczne narzędzie. Powieki zakryły te oczy ciasno, jakby ktoś opuścił żaluzje, usta były lekko otwarte. Tengo nie słyszał oddechu, lecz gdy przybliżył ucho do ust ojca, poczuł lekki powiew powietrza. Jego życie było sekretnie podtrzymywane na minimalnym poziomie.

To, co wczoraj powiedział lekarz, o „pociągu stopniowo tracącym szybkość przed zatrzymaniem się na stacji", wydało się Tengo strasznie realne. Pociąg ojca zwalniał, czekał, aż przestanie działać siła bezwładności, zamierzając spokojnie się zatrzymać pośrodku pustej równiny. Jedynym pocieszeniem było to, że nie został w nim już ani jeden pasażer. Nikt więc nie będzie miał pretensji, jeśli pociąg po prostu stanie.

Muszę coś do niego powiedzieć, pomyślał Tengo. Ale nie wiedział, co, jak i jakim tonem mówić. Chciał się odezwać, lecz nie przychodziły mu do głowy żadne sensowne słowa.

– Tato – powiedział na początek nieomal szeptem. Nic więcej nie udało mu się z siebie wydusić.

Podniósł się ze stołka, podszedł do okna. Patrzył na dobrze utrzymany trawnik i bezkresne niebo rozpościerające się nad sosnami. Na wysokiej antenie przysiadł kruk. Wygrzewał się na słońcu i z głębokim namysłem rozglądał dumnie dookoła. Przy łóżku stał budzik z radiem, lecz ojciec nie potrzebował ani jednego, ani drugiego.

– To ja, Tengo. Dopiero co przyjechałem z Tokio. Słyszy mnie tata? – zapytał, stojąc dalej przy oknie i patrząc z góry na leżącego na łóżku ojca. Nie było żadnej reakcji. Jego głos wywołał chwilowe wibracje powietrza, lecz potem został bez śladu wessany w pustą przestrzeń, która zagnieździła się na dobre w pokoju.

Ten człowiek chce umrzeć, pomyślał Tengo. Poznał to po głęboko zapadniętych oczach. Ojciec postanowił już, że zakończy życie. Zamknął oczy i zapadł w głęboki sen. Prawdopodobnie nie da się go odwieść od tej decyzji, choćby gadać do niego w nieskończoność i podnosić go na duchu. Z medycznego punktu widzenia jeszcze żyje. Ale dla niego życie już dobiegło końca. Nie ma w sobie woli, nie widzi żadnego powodu, by starać się to życie przedłużać. Tengo może tylko uszanować życzenie ojca i pozwolić mu spokojnie odejść. Miał bardzo pogodną twarz. Wyglądało na to, że w tej chwili w ogóle nie cierpi. Jak powiedział przez telefon lekarz, to jedyne pocieszenie.

Jednak musiał coś do ojca mówić. Po pierwsze obiecał to lekarzowi. Ten lekarz zdaje się bardzo życzliwie ojcem opiekować. A poza tym była też – nie przychodziło mu do głowy bardziej odpowiednie wyrażenie – kwestia dobrych manier. Już od bardzo dawna nie prowadził z ojcem normalnej rozmowy. Nawet na codzienne tematy. Ostatni raz odbyli prawdziwą rozmowę, gdy Tengo był w gimnazjum. Potem prawie nie bywał w domu, a kiedy nawet po coś tam wpadał, starał się w miarę możliwości unikać ojca.

A teraz ten człowiek leżał przed nim w stanie śpiączki i starał się spokojnie umrzeć. Wyglądało na to, że wyjawienie Tengo, że nie jest jego prawdziwym ojcem, w końcu pozwoliło mu zrzucić z barków ciężar i jakby odetchnąć z ulgą. Obaj pozbyli się swoich ciężarów. W ostatniej chwili.

Choć nie łączyły go z Tengo więzy krwi, oficjalnie uznał go za syna i wychowywał aż do czasu, gdy chłopak mógł zacząć niezależne życie. Za to Tengo winien jest mu wdzięczność. Ma zasadniczo obowiązek zawiadomić go, jak do tej pory żył, jakie myśli go zaprzątały. Tak mu się wydawało. Nie, to nie był obowiązek. To tylko k w e s t i a d o b r y c h m a n i e r. Niemająca związku z tym, czy to, co powie, dotrze do ojca, czy się w ogóle na coś zda.

Tengo usiadł znów na stołku przy łóżku i zaczął streszczać swoje dotychczasowe życie. Gdy poszedł do liceum, wyprowadził się z domu i zamieszkał w internacie klubu dżudo. Od tego czasu jego życie nie miało prawie punktów styczności z życiem ojca, doszło do sytuacji, w której żadnego z nich nie obchodziło, co robił drugi. Może lepiej w miarę możliwości zapełnić teraz tę wielką pustą przestrzeń.

Tengo nie bardzo miał co opowiadać o czasach licealnych. Dzięki swoim osiągnięciom w dżudo dostał się do znanego prywatnego liceum w prefekturze Chiba. Mógł się łatwo dostać do jeszcze lepszego, ale warunki zaproponowane przez to pierwsze były najkorzystniejsze. Zwolnienie z czesnego, a do tego internat z trzema posiłkami dziennie. Tengo został najlepszym zawodnikiem w drużynie dżudo, w przerwach między treningami uczył się (w tej szkole, nawet jeśli specjalnie się nie przykładał, łatwo utrzymywał się na pozycji najlepszego ucznia), a kiedy miał wolne, dorabiał sobie na kieszonkowe, wykonując prace fizyczne z kolegami z drużyny. Miał dużo zajęć, toteż dzień za dniem, od rana do wieczora ścigał się z czasem. Nie miał więc zbyt wiele do powiedzenia na temat tych trzech lat spędzonych w liceum, z wyjątkiem tego, że zawsze był zapracowany. Nie spotkało go nic specjalnie przyjemnego, z nikim się bliżej nie zaprzyjaźnił. W szkole było mnóstwo różnych nakazów i zakazów regulaminowych, więc wcale nie udało mu się jej polubić. Spędzał czas z kolegami z drużyny, dostosowując się do nich, ale zasadniczo nie bardzo do siebie pasowali. Szczerze mówiąc, Tengo nigdy nie był całym sercem oddany dżudo. Dobre wyniki umożliwiały mu niezależne życie, poza tym trenował pilnie, nie chcąc zawieść oczekiwań innych. Nie był to dla niego sport, ale raczej realny sposób na przetrwanie. Uważał dżudo nieomal za pracę. Spędził trzy lata w liceum, myśląc, że chce jak najszybciej skończyć szkołę, żeby zacząć żyć bardziej normalnie.

Lecz po dostaniu się na studia dalej uprawiał dżudo. Wiódł zasadniczo takie samo życie jak w liceum. Należąc do drużyny, mógł mieszkać w akademiku, więc miał gdzie spać i co jeść (choć jedno i drugie było na minimalnym poziomie). Dostał stypendium, ale nie wystarczyłoby mu na utrzymanie. Dlatego musiał dalej uprawiać dżudo. Oczywiście studiował matematykę. Niewiele się uczył, ale na studiach też miał dobre wyniki, więc promotor zachęcał go do studiów podyplomowych. Lecz kiedy był na trzecim, a potem na czwartym roku, zaczął błyskawicznie tracić zapał do matematyki jako nauki. Nadal lubił ją jako taką, ale jakoś nie miał ochoty zająć się studiowaniem jej zawodowo. Tak samo jak w przypadku dżudo. Było to dobre jako zajęcie amatorskie, ale brakowało mu kwalifikacji i chęci, by poświęcić temu całe życie. Sam był tego świadom.

Jego zainteresowanie matematyką stopniowo słabło pod koniec studiów, zniknął też powód do dalszego uprawiania dżudo. Tengo nie miał pojęcia, co dalej robić, jaką drogę wybrać. Jakby jego życie straciło oś. A może od początku nie miało osi, ale inni czegoś od niego oczekiwali i wymagali. W odpowiedzi na to jego życie jakoś się toczyło i wypełniało zajęciami. Lecz kiedy te oczekiwania i wymagania zniknęły, nie zostało nic godnego uwagi. W jego życiu zabrakło celu. Nie miał też ani jednego przyjaciela. Został sam jak żaglówka podczas ciszy na morzu i nie potrafił się na niczym skupić.

Na studiach miał kilka dziewczyn, miał też doświadczenia seksualne. Nie był ani przystojny w ogólnie przyjętym znaczeniu, ani szczególnie towarzyski, nie był też interesującym rozmówcą. Zawsze brakowało mu pieniędzy, więc ubierał się raczej nieciekawie. Ale tak jak woń pewnego typu roślin przyciąga ćmy, Tengo potrafił przyciągnąć pewien typ kobiet. I to dość silnie.

Odkrył to, kiedy skończył dwadzieścia lat (w tym samym okresie, kiedy zaczął tracić zapał do uprawiania matematyki jako nauki). Zawsze w pobliżu zjawiały się kobiety, które się nim interesowały, choć on wcale się o to nie starał. Pragnęły, by wziął je w swe potężne ramiona. A przynajmniej nie miały nic przeciwko temu, żeby to zrobił. Na początku nie bardzo rozumiał, jak to działa, i był dość skołowany, lecz wkrótce opanował konieczne triki i nauczył się dobrze wykorzystywać tę umiejętność. Od tego czasu prawie nigdy nie brakowało mu kobiet. Ale on sam nie czuł w stosunku do nich miłości. Tylko spotykali się i sypiali ze sobą. Wypełniali nawzajem swoje puste przestrzenie. O dziwo, kobietom, które były nim silnie oczarowane, ani razu nie udało się oczarować Tengo.

Opowiadał o tym wszystkim nieprzytomnemu ojcu. Najpierw mówił powoli, dobierając starannie słowa, ale wkrótce wypowiadał się coraz bardziej potoczyście, a na koniec nieomal z zapałem. O sprawach seksualnych mówił, jak umiał najszczerzej. Teraz już nie ma się czego wstydzić, myślał. Ojciec leżał nieruchomo na plecach, wciąż w tej samej pozycji, pogrążony w głębokim śnie. Rytm jego oddechu ani trochę się nie zmienił.

Przed trzecią przyszła pielęgniarka, zmieniła kroplówkę i torebkę na mocz, zmierzyła ojcu temperaturę. Była to krzepka, trzydziestoparoletnia kobieta. Piersi też miała duże. Na jej identyfikatorze widniało nazwisko „Ōmura". W mocno związanych włosach tkwił długopis.

– Czy coś się zmieniło? – zapytała Tengo, wpisując cyfry do karty, którą miała w papierowej teczce.

– Nic. Cały czas tylko śpi – odparł.

– Gdyby coś się działo, proszę nacisnąć ten guzik. – Pielęgniarka wskazała przy łóżku guzik do wzywania personelu. Potem znów wetknęła długopis we włosy.

– Dobrze.

Niedługo po jej odejściu rozległo się pukanie, a w drzwiach ukazała się twarz siostry Tamury, tej w okularach.

– Może pan coś zje? W stołówce powinni coś mieć.

– Dziękuję. Jeszcze nie jestem głodny – odpowiedział Tengo.

– A jak stan ojca?

Tengo skinął głową. – Cały czas do niego mówię. Nie wiem tylko, czy mnie słyszy.

– Trzeba do pacjenta mówić – powiedziała. Uśmiechnęła się, jakby chcąc podnieść go na duchu. – Na pewno ojciec pana słyszy.

Cicho zamknęła drzwi. Tengo został sam na sam z ojcem w ciasnym pokoju.

Mówił dalej.

Po studiach zaczął pracę w centrum miasta na kursach przygotowawczych na studia – uczył matematyki. Nie był już geniuszem matematycznym, po którym wszyscy spodziewali się wielkich rzeczy, ani obiecującym zawodnikiem dżudo. Był zwykłym nauczycielem na kursach przygotowawczych. Ale Tengo się z tego cieszył. W końcu odetchnął z ulgą. Po raz pierwszy w życiu nie musiał się z nikim liczyć, mógł wieść swobodne życie na własną rękę.

Wkrótce zaczął pisać. Napisał kilka utworów i wysłał na konkurs debiutów. Niedługo poznał ekscentrycznego redaktora, Komatsu, który zlecił mu poprawienie powieści *Powietrzna poczwarka* napisanej przez siedemnastoletnią Fukaeri (Eriko Fukadę). Fukaeri potrafiła stworzyć opowieść, ale nie umiała pisać literackim językiem, więc Tengo się tego podjął. Dobrze wykonał tę pracę, utwór zdobył nagrodę miesięcznika literackiego, został wydany w formie książkowej i stał się bestsellerem. Wokół tej powieści zrobił się duży szum, więc jurorzy uznali, że lepiej jej nie tykać, i nie dostała nagrody imienia Akutagawy, ale książka sprzedawała się tak doskonale, że – by posłużyć się bezpośrednim zwrotem Komatsu – „na cholerę nam ta nagroda".

Tengo nie był pewien, czy do ojca dociera to, co mówił. Być może słyszał słowa, ale nie było wiadomo, czy rozumie ich sens. Nie reagował, nie odpowiadał. Poza tym zakładając nawet, że coś rozumiał, takie opowieści mogły go w ogóle nie interesować. Może po prostu chciał, żeby Tengo „się zamknął". Może myślał, że obojętne są mu opowieści o życiu innych, bo on chce sobie spokojnie pospać.

Ale Tengo mógł tylko mówić dalej, co mu przychodziło do głowy. Co innego mu pozostało w tym małym pokoju sam na sam z ojcem?

Ojciec nadal ani drgnął. Powieki miał zaciśnięte, oczy ukryte w głębokich, ciemnych oczodołach. Wyglądało to tak, jakby tylko czekał, aż spadnie śnieg i wypełni je bielą.

– Na razie nie mogę jeszcze powiedzieć, że dobrze sobie radzę, ale chciałbym utrzymywać się z pisania. Nie z poprawiania utworów innych, ale z pisania tego, co sam mam ochotę napisać. Myślę, że mój charakter pasuje do pisania, a szczególnie do pisania powieści. Dobrze jest mieć coś, co człowiek chce robić. We mnie też się to w końcu narodziło. Jeszcze nic nie ukazało się pod moim nazwiskiem, ale myślę, że niedługo jakoś się uda. Może sam nie powinienem tak mówić, zdaje mi się jednak, że wcale nie najgorzej piszę. Niektórzy redaktorzy mnie cenią. Więc o pisanie raczej się nie martwię.

Może powinienem też dodać, że mam chyba kwalifikacje, żeby być receiverem, pomyślał. Zostałem w końcu naprawdę wciągnięty do fikcyjnego świata, który sam stworzyłem. Ale nie ma co opowiadać tutaj tej skomplikowanej historii. To zupełnie inna kwestia. Postanowił zmienić temat.

Większym problemem jest dla mnie to, że do tej pory nigdy nikogo naprawdę nie pokochałem. Nigdy w życiu nikogo bezwarunkowo nie kochałem. Nigdy nie poczułem, że mogę się komuś całkowicie oddać. Ani razu.

Mówiąc to, Tengo zastanawiał się, czy ten leżący przed nim wynędzniały starzec kiedyś kogoś całym sercem pokochał. Jeśli tak, znaczyło to, że jego duchowe życie było znacznie bogatsze niż życie Tengo.

– Wyjątkiem była jedna dziewczyna. Chodziliśmy razem do trzeciej i czwartej klasy w podstawówce w Ichikawa. Tak, to już dwadzieścia lat temu. Serce bardzo silnie mnie do niej ciągnęło. Przez te wszystkie lata myślałem o niej, nadal myślę. Chociaż w rzeczywistości właściwie nigdy z nią nie rozmawiałem. Ona zmieniła szkołę i od tego czasu się nie widzieliśmy. Ale ostatnio coś się stało i nabrałem chęci, żeby ją odnaleźć. W końcu się zorientowałem, że jest mi potrzebna. Chciałem się z nią spotkać i porozmawiać o różnych rzeczach. Jednak nie udało mi się ustalić, gdzie jest. Powinienem był wcześniej zacząć jej szukać. Być może wtedy sprawa byłaby prosta.

Tengo umilkł na chwilę. Czekał, by to, co dotąd powiedział, ułożyło się w głowie ojca. Potem mówił dalej:

– Tak, byłem bardzo tchórzliwy w takich sprawach. Z tego samego powodu nie obejrzałem własnej metryki urodzenia. Mogłem też przecież łatwo sprawdzić, czy matka naprawdę umarła. Wystarczyło iść do urzędu dzielnicy i sprawdzić w dokumentach stanu cywilnego. Prawdę mówiąc, kilka razy miałem zamiar to zrobić. Nawet poszedłem do urzędu. Ale nie mogłem się zdobyć na poproszenie o odpisy dokumentów. Bałem się zobaczyć wszystko czarno na białym. Bałem się własnymi rękami wyciągnąć prawdę na światło dzienne. Dlatego czekałem, aż kiedyś, jakimś sposobem, wszystko samo stanie się dla mnie jasne.

Tengo westchnął.

– No, mniejsza o to. Powinienem jednak był wcześniej zacząć szukać tej dziewczyny. Szedłem bardzo okrężną drogą. Nie mogłem się zmusić do działania. Bo jestem, jakby to powiedzieć, strasznie tchórzliwy w sprawach sercowych. To moja wielka wada.

Wstał ze stołka, podszedł do okna i spojrzał na sosnowy zagajnik. Wiatr ustał. Nie było też słychać szumu morza. Przez ogród szła wielka kotka. Sądząc z jej zwisającego brzucha, musiała być kotna. Położyła się pod drzewem, rozsunęła łapki i zaczęła się lizać.

Oparty o parapet, Tengo mówił dalej do ojca:

– A mimo to moje życie zdaje się ostatnio zmieniać. Takie mam wrażenie. Szczerze mówiąc, długo miałem do taty żal. Od dzieciństwa myślałem, że nie powinienem prowadzić takiego nędznego, ograniczonego życia, że pisane mi jest coś o wiele lepszego. Uważałem za niesprawiedliwość, że los mnie w ten sposób traktuje. Wydawało mi się, że wszyscy koledzy z klasy wiodą szczęśliwe, spełnione życie. Choć nie dorównywali mi zdolnościami ani umiejętnościami, żyli sobie nieporównanie przyjemniej niż ja. Bardzo wtedy pragnąłem mieć innego ojca. Zawsze sobie wyobrażałem, że to jakaś pomyłka, że tata nie może być moim prawdziwym ojcem. Że nie mogą nas łączyć więzy krwi.

Tengo jeszcze raz wyjrzał przez okno i popatrzył na kotkę. Nie wiedziała, że ktoś ją obserwuje, i w zapamiętaniu lizała swój obrzmiały brzuch. Patrząc na nią, mówił dalej:

– Teraz już tak nie uważam. Nie chcę tak myśleć. Myślę, że byłem w odpowiednich dla siebie warunkach i miałem odpowiedniego dla siebie ojca. To prawda. Nazywając rzeczy po imieniu, to ja byłem do niczego. Człowiekiem bez wartości. W pewnym sensie sam do tego doprowadziłem. Teraz dopiero dobrze to rozumiem. W dzieciństwie rzeczywiście byłem geniuszem matematycznym. Sam uważam, że miałem całkiem duży talent. Wszyscy zwracali na mnie uwagę i rozpływali się nade mną. Ale okazało się w końcu, że był to talent bez perspektyw rozwoju. Ja go po prostu m i a ł e m. Od dzieciństwa byłem wyrośnięty i dobrze sobie radziłem w dżudo. Zawsze osiągałem niezłe wyniki w zawodach prefekturalnych. Ale kiedy wypłynąłem na szersze wody, okazało się, że jest wielu zawodników lepszych ode mnie. Na uniwersytecie nie wybrali mnie nawet do reprezentacji na zawody ogólnokrajowe. To był dla mnie szok, wręcz kryzys tożsamości, przez pewien czas sam nie wiedziałem, kim jestem. Ale przecież rzeczywiście nikim szczególnym nie byłem.

Tengo odkręcił butelkę wody mineralnej, którą ze sobą przywiózł, i wypił łyk. Potem znów usiadł na stołku.

– Tak jak wcześniej mówiłem, jestem tacie wdzięczny. Myślę, że nie jestem prawdziwym synem taty. Jestem prawie pewny. Jestem tacie wdzięczny, że tata mnie wychował, mimo że nie łączyły nas więzy krwi. Niełatwo musiało być samotnemu mężczyźnie chować małe dziecko. Nawet teraz niedobrze mi się robi na myśl o tym, jak tata mnie ze sobą ciągał na inkasowanie abonamentu NHK, i serce mnie boli. Mam same nieprzyjemne wspomnienia. Ale zapewne tacie nie przyszedł do głowy inny sposób porozumienia ze mną. Jak by to powiedzieć? To była rzecz, którą tato potrafił n a j l e p i e j r o b i ć. Jedyny punkt styczności między tatą a społeczeństwem. Na pewno chciał mi tata pokazać, jak to robi. Teraz wreszcie to rozumiem. Oczywiście liczył też tata na to, że z dzieckiem łatwiej zainkasować pieniądze. Ale pewnie nie tylko o to chodziło.

Tengo znów zrobił przerwę, pozwalając, by jego słowa dotarły do ojca. Przez ten czas zbierał myśli.

– Ale w dzieciństwie oczywiście nie rozumiałem takich rzeczy. Było mi tylko wstyd i ciężko na duszy. W niedzielę, kiedy koledzy przyjemnie spędzali czas, ja musiałem chodzić z tatą zbierać abonament. Strasznie nie lubiłem niedziel. Teraz jednak do pewnego stopnia to rozumiem. Nie mówię, że tata słusznie postępował. To mnie bardzo raniło. Dla dziecka był to wielki ciężar. Ale co się stało, to się nie odstanie. Nie ma się czym przejmować. A poza tym mam wrażenie, że dzięki temu stałem się nieco twardszy. Poczułem na własnej skórze, że życie na tym świecie jest niełatwe.

Tengo rozłożył ręce i przyglądał się przez chwilę wnętrzom swoich dłoni.

– Dalej też będę jakoś żył. Myślę, że może uda mi się żyć lepiej niż do tej pory, prościej, bez niepotrzebnego chodzenia okrężnymi drogami. Nie wiem, czego tata pragnie. Może tata chce sobie dalej tak spokojnie tu spać. I już się nie obudzić. Jeżeli tego tata chce, to niech tata tak zrobi. Jeżeli tego tata pragnie, nie można tacie przeszkadzać. Można tylko pozwolić tacie smacznie spać. Ale i tak chciałem tacie to wszystko powiedzieć. O tym, co do tej pory robiłem. O tym, nad czym teraz się zastanawiam. Może tata nie chciał tego słuchać. Jeżeli tak, to przepraszam, że sprawiłem tacie przykrość. Tak czy inaczej, nie mam już więcej nic do dodania. Myślę, że mniej więcej powiedziałem to, co należało powiedzieć. Już nie będę tacie przeszkadzał. Może sobie teraz tata spać, ile dusza zapragnie.

Po piątej przyszła siostra Ōmura z długopisem we włosach, żeby sprawdzić kroplówkę. Tym razem nie mierzyła temperatury.

– Są jakieś zmiany?

– Nie, szczególnych nie ma. Tylko dalej śpi – powiedział Tengo.

Skinęła głową. – Za chwilę przyjdzie doktor. Do której może pan dziś tu zostać?

Tengo spojrzał na zegarek. – Złapię pociąg przed siódmą. Dlatego mogę zostać do pół do siódmej,

Pielęgniarka skończyła pisać coś w karcie i wsunęła długopis we włosy.

– Mówię do niego ciągle od południa, ale zdaje się, że nic nie słyszy – powiedział Tengo.

– W szkole pielęgniarskiej nauczono nas jednej rzeczy: wesołe słowa odbijają się wesołym echem w bębenkach usznych. W wesołych słowach są wesołe wibracje. Czy ktoś rozumie ich treść, czy nie rozumie – nie ma znaczenia. Bębenki i tak wesoło wibrują. Dlatego uczą nas, żeby mówić od pacjentów głośno i wesoło, bez względu na to, czy słyszą, czy nie. Bo na pewno im to dobrze zrobi – mniejsza o logikę. I doświadczenie też mi pokazuje, że tak jest.

Tengo zastanowił się nad tym przez chwilę.

– Dziękuję – powiedział.

Siostra Ōmura skinęła lekko głową i szybkim krokiem wyszła z pokoju.

Tengo z ojcem przez długi czas zachowywali milczenie. Tengo nie miał już o czym mówić. Lecz cisza mu nie ciążyła. Popołudniowe światło stopniowo słabło, wokoło czuło się nadchodzący zmierzch. Ostatnie promienie słońca znikały z pokoju ukradkiem i bezgłośnie.

Czy mówiłem ojcu o dwóch księżycach, pomyślał nagle Tengo. Zdawało mu się, że jeszcze nie. Żył teraz w świecie, w którym na niebie unosiły się dwa księżyce. To przedziwny widok, nawet jeśli się go wiele razy widziało – miał ochotę powiedzieć. Ale odniósł wrażenie, że nie ma sensu teraz mówić o takich rzeczach. Ojcu było już obojętne, ile księżyców unosi się na niebie. To problem, z którym Tengo będzie sam musiał sobie poradzić.

A poza tym czy na tym świecie (czy raczej na t a m t y m) świecił jeden, świeciły dwa czy trzy księżyce, i tak był na nim tylko jeden Tengo. Choćby nawet się zmienił, Tengo wszędzie był tylko Tengo. Jednym i tym samym człowiekiem ze swoimi indywidualnymi problemami i indywidualnymi zdolnościami. Tak, sedno nie tkwi w księżycach. Tkwi w nim samym.

Po trzydziestu minutach znów przyszła siostra Ōmura. Z jakiejś przyczyny w jej włosach nie tkwił już długopis. Gdzie się mógł podziać? Nie wiadomo dlaczego nie dawało to Tengo spokoju. Pojawili się dwaj pracownicy z łóżkiem na kółkach. Obaj byli krępi i śniadzi. I wcale się nie odzywali. Wyglądali na cudzoziemców.

– Proszę pana, pana ojciec musi być zabrany na badania. Czy może pan przez ten czas tu poczekać? – zapytała pielęgniarka.

Tengo spojrzał na zegarek. – Jego stan się pogorszył?

Pielęgniarka potrząsnęła głową. – Nie, nie. W tym pokoju nie ma urządzeń do przeprowadzenia badań, więc dlatego go tam zabierają. To nic niezwykłego. Pewnie doktor panu o tym powie.

– Dobrze. Poczekam tutaj.

– W stołówce może się pan napić ciepłej herbaty. Lepiej trochę odpocząć.

– Dziękuję – powiedział Tengo.

Mężczyźni, jakby je obejmując, unieśli szczupłe ciało ojca lekko, wraz z kroplówką, i przełożyli na łóżko na kółkach. Wywieźli łóżko na korytarz, zabierając stojak do kroplówki. Byli bardzo sprawni. I od początku do końca się nie odezwali.

– To nie potrwa długo – powiedziała pielęgniarka.

Lecz ojciec długo nie wracał. Wpadające przez okno światło było coraz słabsze. Tengo nie zapalał jednak lampy. Zdawało mu się, że gdyby zapalił, utraciłby coś cennego.

Na łóżku pozostał odcisk ciała ojca. Chyba niezbyt wiele ważyło, a mimo to pozostał po nim wyraźny odciśnięty kształt. Patrząc na ten kształt, Tengo miał wrażenie, że został sam na świecie. Że kiedy zapadnie noc, już więcej nigdy się nie rozwidni.

Usiadł na stołku i w tej samej pozycji zatopił się na długi czas w rozważaniach, w zmieniających się barwach nadchodzącego zmierzchu. Nagle zorientował się, że w rzeczywistości o niczym nie myśli. Zatapia się tylko w bezcelowej pustej przestrzeni. Powoli podniósł się, poszedł do łazienki i się załatwił. Umył twarz zimną wodą, wytarł chustką do nosa i przejrzał się w lustrze. Przypomniał sobie, co powiedziała pielęgniarka, poszedł do stołówki i napił się ciepłej herbaty.

Udało mu się wytracić w ten sposób dwadzieścia minut. Gdy wrócił do pokoju, ojca jeszcze nie przywieźli z powrotem, ale w odciśniętym na łóżku miejscu spoczywał teraz biały przedmiot, którego nigdy wcześniej nie widział.

Miał około stu czterdziestu albo stu pięćdziesięciu centymetrów długości, był gładki, o pięknym owalnym kształcie. Na pierwszy rzut oka przypominał kształtem łupinę orzeszka ziemnego, jego powierzchnię pokrywał miękki, krótki puszek. Ten puszek wydzielał leciutko ciągły łagodny blask. W pokoju, który z każdą chwilą ciemniał, obiekt ten spowijało delikatne światło z domieszką błękitu. Leżał cicho na łóżku, jakby chciał zapełnić tę ulotną prywatną przestrzeń pozostałą po ojcu. Tengo zatrzymał się w drzwiach z ręką na klamce i przez chwilę wpatrywał się w ten przedziwny przedmiot. Jego wargi jakby się poruszyły, lecz nie wydobyły się z nich żadne słowa.

Co to może być? Tengo zadawał sobie to pytanie i stojąc znieruchomiały, mrużył oczy. Dlaczego na miejscu ojca znalazło się coś takiego? Od razu widać, że nie przyniósł tego lekarz ani pielęgniarka. Wokół unosiła się jakaś szczególna, wykraczająca poza rzeczywiste ramy, aura.

Wtedy Tengo nagle sobie uświadomił: t o p o w i e t r z n a p o c z w a r k a.

Po raz pierwszy widział powietrzną poczwarkę. Opisał ją szczegółowo w powieści, ale nigdy w rzeczywistości jej nie widział, a poza tym pisząc, wcale nie zakładał, że coś takiego naprawdę istnieje. Lecz leżała tu powietrzna poczwarka, taka, jaką sobie wyobraził i opisał. Miał gwałtowne wrażenie déjà vu – zdawało mu się, że żelazna obręcz ściska mu żołądek. Na wszelki wypadek wszedł do pokoju i zamknął drzwi. Lepiej, żeby nikt tego nie zauważył. Przełknął zgromadzoną w ustach ślinę. Z jego gardła dobył się nienaturalny dźwięk.

Powoli podszedł do łóżka i z odległości metra ostrożnie obserwował powietrzną poczwarkę. Upewnił się, że wygląda dokładnie tak, jak ją sobie narysował, a potem opisał w powieści. Zanim zabrał się do tego opisu w *Powietrznej poczwarce*, zrobił ołówkiem prosty szkic. Nadał wizualny kształt obrazowi, który w sobie nosił. Potem przekształcił go w słowa. Podczas pracy nad poprawianiem powieści obrazek wisiał cały czas nad biurkiem przypięty pinezką do ściany. Sądząc z opisu, kształtem przypominała raczej kokon niż poczwarkę. Lecz Fukaeri (i Tengo) nie potrafili nazwać jej inaczej niż „powietrzna poczwarka".

Tengo wymyślił wtedy i dodał do jej opisu wiele charakterystycznych cech. Na przykład pełne gracji zwężenie w środku oraz krągłe wypukłości na końcach zostały od początku do końca stworzone przez niego. Oryginalna „opowieść" Fukaeri o nich nie wspominała. Dla Fukaeri powietrzna poczwarka była jedynie powietrzną poczwarką, czymś pomiędzy konkretem a pojęciem, dziewczyna prawie nie czuła potrzeby nadawania jej językowej formy. Dlatego to Tengo musiał sam wymyślić ten szczegółowy opis. Poczwarka, którą teraz miał przed oczami, była w środku wyraźnie przewężona i miała piękne wypukłości na końcach.

To jest dokładnie taka poczwarka, jaką naszkicowałem i opisałem, pomyślał. Tak samo jak w przypadku dwóch księżyców. Przedmioty, które opisał, z jakiegoś powodu stawały się rzeczywiste i identyczne we wszystkich szczegółach z opisanymi. Przyczyny poplątały się ze skutkami.

Doznał w kończynach dziwnego uczucia, że nerwy mu się skręcają, dostał gęsiej skórki. Nie potrafił odróżnić, gdzie w tym świecie kończy się rzeczywistość, a zaczyna fikcja literacka. Dokąd był światem Fukaeri, a odkąd był światem Tengo. I gdzie był „ich" wspólny świat.

Wzdłuż poczwarki biegła pozioma rysa. Zdawało się, że za chwilę pęknie na połowy. Utworzyła się dwucentymetrowa szpara. Jeżeli się pochyli i zajrzy, będzie mógł zobaczyć, co jest w środku. Ale nie miał odwagi tego zrobić. Usiadł na stołku przy łóżku, uspokajał oddech, lekko wznosząc i opuszczając ramiona, i uważnie przyglądał się poczwarce. Leżała nieruchoma, wydzielając słabe białe światło. Spokojnie, jak zadany problem matematyczny, czekała, aż Tengo się do niej zbliży.

Co może być w środku?

Co pragnie mu tam pokazać?

W powieści *Powietrzna poczwarka* bohaterka znajduje wewnątrz część siebie, swoją drugą ja. Daughter. Zostawia ją i ucieka sama ze wspólnoty. Lecz co może być w jego powietrznej poczwarce? (Tengo instynktownie czuł, że to prawdopodobnie jego w ł a s n a poczwarka). Czy to coś dobrego, czy raczej coś złego? Czy pokaże mu drogę dokądś, czy doprowadzi go do ruiny, będzie mu przeszkodą? A poza tym, kto mógł ją tutaj przynieść?

Tengo wiedział, że musi coś zrobić. Lecz za nic nie mógł się zebrać na odwagę, żeby zajrzeć do środka. Bał się. To, co było wewnątrz, mogło go skrzywdzić. Mogło bardzo zmienić jego życie. Na tę myśl jego ciało sztywniało, czuł, że nie ma drogi ucieczki. Był to ten sam strach, który nie pozwalał mu zapoznać się z dokumentami dotyczącymi rodziców ani szukać Aomame. N i e c h c i a ł w i e d z i e ć, co się znajduje w przygotowanej dla niego powietrznej poczwarce. Wolałby się tego nigdy nie dowiadywać. Gdyby to było możliwe, chciałby od razu wyjść z pokoju, wsiąść do pociągu i wrócić do Tokio. Chciał zamknąć oczy, zasłonić uszy i uciec do swojego małego świata.

Ale Tengo wiedział, że nie może tak zrobić. Jeżeli odejdę stąd, nie sprawdzając, co jest w środku, na pewno będę tego żałował do końca życia. Jeżeli odwrócę od t e g o wzrok, pewnie nigdy sobie nie wybaczę.

Tengo nie wiedział, co począć. Długo siedział na stołku. Nie mógł zrobić kroku w przód ani w tył. Z dłońmi splecionymi na kolanach wpatrywał się w powietrzną poczwarkę na łóżku, a czasami jakby uciekał wzrokiem za okno. Słońce już zaszło, lekka ciemność powoli spowijała sosnowy zagajnik. Nadal nie było wiatru. Nie dobiegał też szum fal. Było zadziwiająco cicho. Im ciemniej robiło się w pokoju, tym silniejsze i jaśniejsze stawało się światło wydzielane przez poczwarkę. Tengo zdawało się, że poczwarka żyje. Miała w sobie łagodny blask życia. Własne charakterystyczne ciepło i ciche brzmienie.

W końcu podjął decyzję, podniósł się ze stołka i pochylił nad łóżkiem. Nie mógł po prostu uciec. Nie mógł wiecznie żyć jak przestraszone dziecko, odwracając wzrok od tego, co było przed nim. Tylko poznanie prawdy dawało człowiekowi właściwą siłę. Bez względu na to, jaka ta prawda była.

Pęknięcie w poczwarce wyglądało na takie samo jak przedtem. Szpara nie powiększyła się ani nie zmniejszyła. Zmrużył oczy i zajrzał, lecz nie mógł dostrzec, co jest w środku. Wewnątrz panowała ciemność, a widok zasłaniała cienka błona. Tengo uspokoił oddech i upewnił się, że palce mu nie drżą. Wsunął je w ową dwucentymetrową szparę i powoli ją poszerzył, jakby otwierał dwuskrzydłowe drzwi. Nie poczuł oporu, nie rozległ się żaden dźwięk, poczwarka łatwo się otworzyła. Zupełnie jakby czekała, że właśnie on ją otworzy.

Teraz światło, które wydzielała, oświetliło miękko jej wnętrze jak blask rzucany przez śnieg. Światło nie było może wystarczające, ale pozwalało zobaczyć, co jest w środku.

Tengo ujrzał tam piękną dziesięcioletnią dziewczynkę.

Dziewczynka spała. Miała na sobie prostą i gładką białą sukienkę przypominającą koszulę nocną, drobne ręce złożyła na płaskiej piersi. Tengo od razu ją rozpoznał. Szczupła twarz, wargi proste, jak narysowane od linijki. Na kształtne gładkie czoło opadała prosto przycięta grzywka. Mały nosek zwrócony w przestrzeń, jakby czegoś sekretnie poszukiwał. Kości policzkowe nieco wystające na boki. Powieki były zamknięte, lecz Tengo dobrze wiedział, jakie oczy się pod nimi kryją. Nie mógł nie wiedzieć. Przez dwadzieścia lat ciągle nosił w sercu obraz tej dziewczynki.

Aomame, powiedział Tengo.

Dziewczynka była głęboko uśpiona. Zdawało się, że to bardzo głęboki, naturalny sen. Oddychała niezwykle lekko. Jej serce biło tak cicho, że było niedosłyszalne dla ludzkich uszu. Nie miała nawet siły unieść powiek. Jeszcze nie nadszedł t e n c z a s. Jej świadomość została gdzieś indziej, daleko stąd. Mimo to słowo wypowiedziane przez Tengo wprawiło jej bębenki w leciutkie wibracje. Powiedział jej nazwisko.

Aomame usłyszała to wołanie daleko stąd. Tengo, pomyślała. Wyraźnie to nawet powtórzyła. Lecz te słowa nie mogły poruszyć wargami dziewczynki leżącej w powietrznej poczwarce. Nie dotarły też do uszu Tengo.

Jak człowiek, któremu odebrano duszę, Tengo oddychał płytko i wpatrywał się chciwie w twarz dziewczynki. Wyglądała bardzo spokojnie. Nie dostrzegał ani cienia smutku, cierpienia czy niepokoju. Drobne wąskie wargi wyglądały, jakby miały się za chwilę poruszyć i uformować jakieś pełne znaczenia słowa. Powieki – jakby miały się za chwilę otworzyć. Tengo modlił się o to z całego serca. Nie znał żadnej modlitwy, lecz jego serce przędło i wysyłało w świat jakieś pozbawione kształtu modły. Nic jednak nie zapowiadało, że dziewczyna obudzi się z tego snu.

Aomame, zawołał jeszcze raz Tengo.

Musiał jej powiedzieć kilka rzeczy. I chciał jej przekazać pewne uczucia. Żył z nimi od wielu lat. Ale teraz potrafił tylko wypowiadać jej nazwisko.

Aomame, zawołał.

Zdecydowanie wyciągnął rękę i dotknął dłoni dziewczynki leżącej w poczwarce. Lekko położył na niej swoją dużą dorosłą dłoń. Ta drobna ręka kiedyś ścisnęła mocno dłoń dziesięcioletniego Tengo. Ta ręka go bezpośrednio pragnęła i podnosiła go na duchu. W dłoni dziewczynki śpiącej w wątłym świetle było niewątpliwe ciepło życia. Aomame przybyła aż tutaj, by mu je przekazać. Tak mu się wydawało. Takie było znaczenie tego pakunku, który mu przekazała dwadzieścia lat temu w tamtej klasie. W końcu go odpakował i udało mu się zajrzeć do środka.

Aomame, powiedział Tengo. *Na pewno cię znajdę.*

Gdy powietrzna poczwarka stopniowo utraciła blask i zniknęła jak wessana w ciemności wieczoru, gdy tak samo zniknęła Aomame w postaci dziewczynki, Tengo nie potrafił ocenić, czy to wszystko stało się naprawdę, czy nie, choć nadal czuł w dłoni dotyk jej drobnych paluszków i bliskie ciepło.

Prawdopodobnie nigdy nie zniknie, myślał Tengo w pociągu ekspresowym jadącym do Tokio. Przeżył tych dwadzieścia lat ze wspomnieniem dotyku jej ręki. Teraz powinno mu się udać dalej żyć z tym nowym ciepłem.

Gdy ekspres brał wielki zakręt w miejscu, gdzie góry zbliżały się do morza, zobaczył na niebie wiszące obok siebie dwa księżyce. Unosiły się wyraźnie zarysowane nad linią brzegu. Duży żółty i niewielki zielony. Kontury miały bardzo jasne, lecz trudno było ocenić, jak są daleko. Drobne fale odbijały ich światło i lśniły tajemniczo jak potłuczone i rozsypane szkło. Dwa księżyce przesuwały się powoli za oknem wzdłuż linii zakrętu, lecz wkrótce zniknęły z pola widzenia, pozostawiając po sobie te drobne okruchy jak jakąś milczącą sugestię.

Kiedy księżyce przestały być widoczne, do serca Tengo wróciło ciepło. Jak światełko widziane przez podróżnego u celu drogi, to ciepło było wątłe, lecz pewne i niosło w sobie obietnicę.

Teraz będę żył w tym świecie, pomyślał Tengo, zamykając oczy. Nie wiem jeszcze, jak powstał i na jakich zasadach działa. I nie potrafię przewidzieć, co się dalej zdarzy. Ale to nie szkodzi. Nie ma potrzeby się bać. Bez względu na to, co go czeka, pewnie przetrwa w tym świecie z dwoma księżycami i znajdzie drogę, którą powinien iść. Jeżeli tylko nie zapomni tego ciepła, jeżeli tylko nie straci tego uczucia.

Długo siedział z zamkniętymi oczami. Wkrótce je otworzył i wpatrzył się w ciemność wczesnej jesieni za oknem. Nie było już widać morza.

Znajdę Aomame, postanowił jeszcze raz Tengo. Bez względu na to, co się stanie, w jakim to będzie świecie i kim ona się okaże.

Spis treści

Książkę wydrukowano na papierze
Amber Volume 70 g/m²

Amber
BY ARCTIC PAPER

www.arcticpaper.com

Warszawskie Wydawnictwo Literackie
MUZA SA
ul. Marszałkowska 8, 00-590 Warszawa
tel. 22 6297624, 22 6296524
e-mail: info@muza.com.pl

Dział zamówień: 22 6286360, 22 6293201
Księgarnia internetowa: www.muza.com.pl

Warszawa 2011
Wydanie I

Skład i łamanie: MAGRAF s.c., Bydgoszcz
Druk i oprawa: DRUK-INTRO S.A., Inowrocław